Troublée par son ennemi

---

Une leçon de séduction

---

Les fiançailles d'un Westmoreland

JOANNE ROCK

# Troublée par son ennemi

*Traduction française de*
SOPHIA LIBRET

PASSIONS

HARLEQUIN

*Collection* : PASSIONS

*Titre original :*
ROCKY MOUNTAIN RIVALS



**HARPERCOLLINS FRANCE**
83-85, boulevard Vincent-Auriol, 75646 PARIS CEDEX 13
Service Lectrices — Tél. : 01 45 82 47 47 - www.harlequin.fr
ISBN 978-2-2804-7556-3 — ISSN 1950-2761

Composé et édité par HarperCollins France.
Imprimé en septembre 2022 par CPI Black Print (Barcelone)
en utilisant 100% d'électricité renouvelable.
Dépôt légal : octobre 2022.

FSC www.fsc.org MIXTE Papier issu de sources responsables FSC® C159065

Pour limiter l'empreinte environnementale de ses livres, HarperCollins France s'engage à n'utiliser que du papier fabriqué à partir de bois provenant de forêts gérées durablement et de manière responsable.

# - 1 -

Elle espérait qu'il s'agisse d'un bon présage. Attirée par l'offre d'emploi affichée dans la vitrine du seul restaurant de Catamount, dans le Colorado, Fleur Barclay sortit de sa vieille voiture déglinguée pour aller quérir quelques renseignements à l'intérieur de l'établissement. L'intense chaleur du soleil de plein été réchauffa aussitôt son visage. Le Cowboy Kitchen, une institution locale, était déjà en activité à l'époque où Fleur et sa famille venaient rendre visite à sa grand-mère à Catamount lorsqu'elle était enfant. Le restaurant était resté une adresse incontournable durant son adolescence. Fleur était alors le seul membre de la famille Barclay à rendre encore visite à Gran ; à ce moment-là ses parents s'étaient séparés au prix d'un divorce plein d'acrimonie et ses sœurs avaient choisi leur camp.

À présent, cinq ans après avoir fui cette petite ville à la suite d'une triste rupture, Fleur se réjouissait de constater que le Cowboy Kitchen existait toujours. Et qu'il avait besoin de l'aide d'un nouvel employé.

Étant donné qu'elle était sans emploi et qu'il lui fallait rester en ville jusqu'à ce qu'elle ait réglé la succession de sa grand-mère, Fleur choisit de considérer l'annonce comme le signe que le mauvais sort qui s'était abattu dernièrement sur elle serait bientôt un lointain souvenir.

Les derniers mois avaient été marqués par le décès de sa bien-aimée Gran, et par des avances inappropriées de la part de son patron qui avaient rendu impossible sa vie au travail. Elle s'était sentie contrainte d'abandonner son poste de cheffe assistante. Le seul bon côté de tout cela ? Elle pouvait vivre dans le ranch de Gran tout en préparant les lieux pour la vente. Elle n'aurait pas été en mesure de payer son loyer à Dallas encore longtemps de toute façon, et ce d'autant plus que trouver un bon job au Texas eût été particulièrement difficile sans une lettre de recommandation de son patron.

Un document qu'il ne lui avait jamais remis, étant donné qu'elle avait déposé une plainte contre lui auprès de l'État.

Préférant mettre ces pensées à l'écart pour le moment, Fleur longea une poignée de véhicules garés devant le bâtiment à l'allure de chalet qui abritait le restaurant. Enfin, il s'agissait d'un *diner*, à vrai dire. Mais elle ne pouvait guère faire la fine bouche, l'endroit ne se trouvant qu'à quelques kilomètres de Crooked Elm, le ranch de Gran. Il lui fallait un salaire pour payer ses factures et elle ne voulait pas toucher aux économies soigneusement mises de côté pour ouvrir un jour son propre restaurant. Un jour qui pourrait advenir rapidement si elle retirait suffisamment d'argent de la vente de la propriété de sa grand-mère.

Une cloche rouillée tinta au-dessus de sa tête au moment où elle franchit le seuil du *diner*. Une puissante odeur de bacon flottait dans l'air bien que l'heure du déjeuner soit passée depuis longtemps. La décoration était toujours telle que dans ses plus lointains souvenirs – comptoir blanc, sols stratifiés noirs et blancs, tabourets de bar chromés à l'assise turquoise appartenant à une époque révolue. Quelques vieux habitués vêtus de salopettes aux teintes défraîchies avaient pris place autour d'une table près de la vitrine, et se tenaient penchés au-dessus de leurs tasses de café.

— J'arrive tout de suite ! lança une voix féminine depuis l'arrière de la salle.

Tout en lissant sa jupe, Fleur s'approcha du comptoir sur lequel un élégant écran d'ordinateur était posé près d'un lecteur de carte de crédits tout simple. Le décor semblait peut-être sortir d'une autre époque, mais quelqu'un avait visiblement veillé à moderniser les moyens techniques à disposition. Devait-elle y voir un autre signe favorable ? Cela signifiait-il qu'une place de cheffe dans cet endroit lui fournirait un salaire raisonnable ? Fleur savait déjà que la succession de Gran ne comprenait pas de sommes d'argent, par conséquent tant qu'elle n'aurait pas vendu la propriété de Crooked Elm et réparti le fruit de la vente à parts égales avec ses sœurs aînées, il lui faudrait se montrer prudente en matière de dépenses.

Et n'en avait-il pas toujours été ainsi ? Son père, entrepreneur dans l'immobilier, lui avait coupé les vivres le jour de ses dix-huit ans, convaincu que les efforts de Fleur pour apaiser les divisions qui couraient dans la famille revenaient à « prendre le parti de sa mère » au cours de la guerre sans fin qu'était devenu le divorce de ses parents. Mais la situation déchirante qu'elle avait vécue était une autre source de frustration qu'elle décida de reléguer au fin fond de son esprit.

— Et… que puis-je faire pour vous ? demanda la souriante femme brune tout droit sortie de la cuisine. Voulez-vous une table pour une personne ?

La femme au rouge à lèvres rose éclatant avait un visage constellé de taches de rousseur, et ses cheveux sombres étaient coiffés en queue-de-cheval. Elle portait un uniforme entièrement blanc et un petit badge argenté indiquant le prénom « Marta ».

Fleur la reconnaissait. Il s'agissait de Marta Macon. Sa famille vivait en périphérie de la ville. Et il lui semblait se souvenir que son père travaillait à la quincaillerie.

— En fait, je ne suis pas ici pour me restaurer. J'ai vu l'annonce dans la vitrine. La place est-elle toujours libre ?

Fleur savait que certains à Catamount considéreraient qu'occuper un emploi dans un *diner* de la ville rurale qui avait vu naître sa grand-mère représentait une forme de régression professionnelle. Nombreux étaient ceux qui savaient qu'elle n'avait pas ménagé ses efforts pour gagner de quoi payer les frais d'inscription de l'école culinaire.

Certains de ses camarades avaient jugé que sa participation

à des concours régionaux de Miss Rodéo pour obtenir des bourses d'étude avait été une manière pour elle de « se donner de grands airs ». Un homme en particulier s'était moqué de son choix, multipliant les remarques déclarant que ces concours ne faisaient que renforcer la dynamique de pouvoir liée au genre et contribuer à faire des femmes des objets. Comme il était facile pour le riche Drake Alexander de la juger quand lui-même n'avait jamais vu ses projets entravés par le moindre souci financier.

Comment le souvenir de Drake avait-il bien pu surgir dans son esprit après tout ce temps ? Elle chassa son image de ses pensées.

— Oui, tout à fait, la place est toujours libre.

Marta saisit une feuille de papier sous le comptoir.

— Tu es l'une des filles Barclay, n'est-ce pas ?

— Oui, c'est exact, je suis Fleur.

Elle adressa un sourire poli à la femme, tout en songeant qu'il y avait certainement peu de personnes pour se souvenir de ses sœurs aînées sachant que ni Lark ni Jessamyn n'avaient passé de temps à Catamount depuis des années.

— Nous étions au club 4-H ensemble durant l'été.

Elle avait séjourné à Crooked Elm chaque été jusqu'à sa dernière année de lycée puis avait vécu deux ans au Colorado, cumulant les emplois pour économiser de quoi payer les frais d'inscription de l'école culinaire. Jusqu'à ce qu'elle n'ait plus eu d'autre choix que de partir.

— C'est vrai, je me souviens de toi. As-tu déjà travaillé comme serveuse ?

— Oui, répondit-elle. Mais j'espérais que vous auriez peut-être besoin d'assistance pour votre équipe en cuisine.

— Désolée, fit la femme tout en commençant à arranger quelques serviettes en papier échappées d'un distributeur. Nous n'avons besoin de personne en cuisine. Stella McRory est à son poste à chaque service !

— Oh !

Il lui était impossible de cacher sa déception. Ce n'était pas qu'elle soit contre l'idée de faire le service. Mais être ainsi au contact de la clientèle impliquerait d'avoir à sourire à trop de personnes qu'elle espérait ne jamais revoir. En particulier Drake Alexander.

— Je vais devoir réfléchir dans ce cas. Je peux prendre le formulaire ?

Il y aurait peu d'emplois disponibles en ville à vrai dire. Et d'ici à deux semaines, elle ne pourrait se montrer regardante quand ses économies auraient fondu comme neige au soleil.

— Bien sûr. Tu n'auras qu'à faire un saut par ici pour le rapporter si tu décides de postuler. C'est très agréable de travailler ici. Tout le monde en ville finit par pousser la porte de cet endroit à un moment ou à un autre.

C'était bien ce qu'elle craignait, justement.

Fleur recula d'un pas, et replia le formulaire. Avant qu'elle ne puisse répondre, Marta poursuivit :

— Et les conditions de travail se sont améliorées depuis que la direction a changé. Le nouveau propriétaire est génial. J'ai même un plan d'épargne retraite à présent.

La question d'un compte d'épargne amena Fleur à reconsidérer son besoin de travailler absolument en cuisine.

— Vraiment ? Et à qui appartient le *diner* désormais ?

Derrière elle, le carillon d'antan tinta tandis que le visage de Marta s'illuminait.

— Et voici le propriétaire actuel, lança-t-elle d'une voix enjouée, tout en désignant la porte d'entrée d'un grand geste.

Fleur se retourna avec un léger sentiment d'impatience.

Et à cet instant tous ses espoirs quant au fait que la chance s'apprêtait à lui sourire s'effondrèrent brutalement.

Car, lorsqu'elle découvrit la silhouette imposante et les traits ciselés de l'ordure la plus insensible qu'elle ait jamais connue, la possibilité de travailler dans cet endroit s'évanouit sur-le-champ.

Marta, qui ignorait tout de ce qu'elle ressentait, poursuivit :

— Te souviens-tu de Drake Alexander, notre star locale du rodéo ?

Il semblait à Fleur que ces mots étaient prononcés quelque part dans le lointain. Son attention était entièrement tournée vers l'homme à cause duquel elle avait quitté la ville cinq ans plus tôt. Il l'avait toujours détestée. Puis, quand elle avait commencé à sortir avec son frère cadet, son hostilité à son encontre n'avait fait que redoubler.

Au cours des cinq années écoulées son ennemi juré n'avait pas changé.

Des yeux sombres et des cheveux bruns et ondulés encadrant un visage anguleux – pommettes saillantes, menton carré, nez en lame de couteau. Il avait les hanches étroites, les épaules larges, et sa tenue, y compris le Stetson qu'il tenait à la main, était entièrement noire. C'était indéniable, l'homme semblait des plus séduisants mais tout ce que Fleur pouvait voir face à elle était une personne au cœur de pierre. Même son sourire ne semblait pas empreint de la moindre sincérité quand il prit la parole :

— Miss Colorado Silver Spurs et moi-même nous connaissons bien, Marta.

Fleur serra sa main si fort sur le formulaire qu'il se froissa dans son poing. Ce qui valait tout aussi bien. Il était préférable de voir ses rêves réduits à néant que de se soumettre à cet homme une nouvelle fois. Elle fourra le papier chiffonné dans la poche de sa veste en jean. Il lui sembla vaguement que Marta prononçait quelques mots tout près d'eux – mais son attention restait fixée sur celui qui avait rompu ses fiançailles avec son frère.

— Comme c'est regrettable de te revoir, Drake, dit-elle doucement, tout en se rappelant qu'elle s'était préparée à vivre ce moment.

Elle avait fort bien compris que croiser la route de l'homme dans cette petite ville serait inévitable. Par chance, elle n'avait pas à s'inquiéter de rencontrer Colin, son ancien fiancé étant parti vivre dans le Montana.

— Mais j'ai au moins appris qu'il me faut éviter cet endroit pendant que je séjournerai cet été à Catamount.

— Tu espères retrouver ton ancienne gloire en tant que reine du rodéo ? Ou vas-tu laisser le champ libre à de nouvelles venues ?

Il ne perdait pas une minute pour ressusciter leur ancien antagonisme. Mais de cette façon il était plus facile pour elle de gérer les sentiments complexes que cet homme avait toujours fait naître en elle.

— Je pourrais te poser la même question. J'ai entendu dire que l'époque où tu hantais les rodéos est aussi révolue que celle où je participais aux concours de Miss. Enfin, il serait certainement très amusant de discuter avec toi de toutes les façons grâce auxquelles tu as torpillé mon existence, mais, vois-tu, j'ai d'autres choses à faire.

Et sur ces mots elle remonta la lanière de son sac à main sur son épaule et se tourna vers Marta.

— J'ai été ravie de te revoir, Marta.

Et après être passée d'un pas vif devant la haute silhouette longiligne de Drake Alexander avec sur le visage un air de mépris froid – air qui se trouvait en complète contradiction avec la colère ardente qui bouillonnait en elle –, Fleur ouvrit brusquement la porte du Cowboy Kitchen et se jura de ne plus jamais y remettre les pieds.

À l'intérieur du Cowboy Kitchen, Drake se laissa retomber dans un box près de la porte et s'intima l'ordre de ne pas jeter un regard à travers la vitrine pour voir où était partie Fleur Barclay.

Malheureusement, ses yeux étaient déjà scotchés à sa silhouette élancée qui se faufilait entre les voitures garées. Fleur atteignit bientôt un petit tas de rouille et tira d'un coup sec sur la portière récalcitrante du véhicule, assez vieux pour mériter le titre d'antiquité. Ce qui n'était pas exactement le genre de voiture à laquelle il se serait attendu pour l'ancienne reine du rodéo. Mais, à vrai dire, rien de ce qui concernait Fleur ne correspondait à la réalité.

Quoi qu'il en soit, son allure était plus incroyable que jamais.

Mais même la beauté la plus aveuglante n'était pas à même de compenser un cœur cupide. Il lui en voulait d'avoir essayé de piéger son frère cadet, d'avoir tenté de l'amener à l'épouser après n'être sortis ensemble que durant quelques mois. Et même avant cela, il avait toujours trouvé nombre de raisons pour l'éviter.

Il était indéniable que Fleur attirait les regards. Dont le sien. Avec ses jambes interminables et ses lèvres charnues, elle déclenchait des fantasmes torrides dans l'esprit de ses interlocuteurs avant même d'avoir commencé à parler. Fleur le séduisait autant qu'elle l'irritait. Il s'agissait d'une étrange combinaison de sensations qui expliquait le fait qu'il ait gardé ses distances avec elle. Et ce d'autant plus qu'elle était âgée de sept ans de moins que lui et donc clairement intouchable quand ils n'avaient cessé de se croiser sur le circuit du rodéo.

Jusqu'à ce qu'il découvre ses soudaines et fort peu judicieuses fiançailles avec son frère alors qu'elle n'avait que vingt ans. Ayant pris par la force des choses la tête de la famille Alexander depuis le décès de ses parents, Drake avait la charge de protéger son frère et sa sœur et il prenait son rôle très à cœur. Il avait donc dit à Fleur tout le mal qu'il pensait de ses manœuvres pour épouser son frère. Et en quelques jours, ses fiançailles avec ce dernier avaient pris fin, et Colin – reprochant cette rupture à Drake – était parti vivre dans le Montana. Drake avait espéré que sa colère s'atténuerait, mais au cours des cinq années écoulées, Colin n'était pas revenu au ranch familial une seule fois.

À présent, alors qu'il regardait Fleur pénétrer dans son véhicule, Drake ne pouvait que remarquer la façon dont sa courte jupe bleue épousait avec grâce la courbe de ses hanches. Un rayon de soleil vint faire scintiller le trio de colliers d'argent qui se détachait sur son simple T-shirt blanc, sa veste en jean frangée constituant la seule allusion notable à son passé de reine du rodéo.

Un mug s'abattit lourdement sur la table face à lui, le forçant à sortir brusquement de ses rêveries. Marta se tenait près de son box et inclinait une carafe de café fumant au-dessus de son mug.

— J'aurais tout donné pour devenir la Miss Silver Spurs nationale, l'informa-t-elle. Les talents de cavalière dont il faut faire preuve dans cette compétition sont très respectés.

— Je n'en doute pas, acquiesça-t-il, une pointe de culpabilité venant taquiner sa conscience. Je ne voulais pas dire le moindre mal des concours de Miss Rodéo…

— Mais cela en avait tout l'air, pourtant, répliqua Marta, dont le sourire radieux avait à présent disparu. As-tu la moindre idée du nombre de bonnes œuvres dans lesquelles ces femmes s'impliquent après avoir gagné ce genre de concours ?

Il le savait, à vrai dire. Et il fallait qu'il fasse mieux que de parler ainsi à tort et à travers juste parce que Fleur l'avait toujours agacé.

— Je suis désolé. Fleur et moi avons une longue histoire derrière nous, je n'aurais pas dû m'adresser ainsi à elle.

Il n'avait aucune envie d'irriter celle qui était sa meilleure serveuse et une gérante de premier ordre. Il fit donc le choix de changer de sujet.

— A-t-elle dit ce qu'elle venait faire ici ?

Il devinait qu'elle était arrivée en ville pour régler la succession de sa grand-mère. Avec un peu de chance, il s'agirait de la procédure la plus rapide de l'histoire de Catamount.

— Elle cherchait un travail. Mais étant donné qu'elle a presque broyé le formulaire de candidature quand elle t'a vu, je doute qu'elle postulera.

Marta tourna les talons et partit d'un pas raide pour remplir les tasses des autres clients de l'établissement.

Ainsi Fleur voulait un emploi ?

Combien de temps prévoyait-elle de rester à Catamount ?

Il n'aurait pas dû céder au réflexe de la railler. Drake attendait depuis des années que Crooked Elm soit mis en vente. Et à présent que cela semblait enfin envisageable, son premier geste était de se quereller avec Fleur, un réflexe remontant à l'époque où il s'était donné du mal pour la tenir à distance.

Pourquoi ne lui avait-il pas adressé ses condoléances ? Il avait toujours apprécié Antonia Barclay, même si elle avait refusé de lui vendre une pièce maîtresse de son ranch durant des années. Elle l'avait averti qu'un jour il aurait à négocier avec ses petites-filles le droit d'acheter les terres.

À présent ce jour était arrivé et voilà qu'il avait déjà pris un mauvais départ. Il avait été décontenancé quand il était entré dans le *diner* et avait aperçu une femme si splendide qu'un violent frisson l'avait traversé. Mais quand elle s'était retournée et qu'il l'avait reconnue…

Tout le vieil enchevêtrement d'amertume et de désir l'avait amené à gaffer.

Drake prit une gorgée de café et se brûla aussitôt la langue. Il jura à voix basse et jeta de nouveau un regard vers le parking.

La voiture rouillée était toujours garée à la même place – juste à côté de son pick-up. À travers le pare-brise il pouvait voir Fleur, assise sur le siège passager et la tête penchée vers son téléphone.

Avant d'avoir pris le temps de réfléchir, il se releva d'un bond et se dirigea vers la sortie. Il enfonça son Stetson sur sa tête puis se redressa, prêt à lui faire face.

Il voulait lui proposer d'acheter Crooked Elm sur-le-champ. Elle s'était montrée tout à fait disposée à accepter un paiement de la part d'un homme de la famille Alexander cinq ans plus tôt lorsqu'elle était fiancée à Colin. Il avait surpris en effet une conversation dans laquelle ils évoquaient un contrat prénuptial

– avec des dispositions substantielles pour Fleur – alors que leur décision de se fiancer ne datait même pas d'une semaine. Voir son frère se faire passer la corde au cou alors que Fleur n'avait même pas eu la possibilité de suivre les cours de l'école culinaire lui avait mis les nerfs à vif et provoqué la visite qu'il avait rendue à la jeune femme pour lui dire exactement ce qu'il en pensait. Et si la discussion qu'ils avaient eue ce soir-là avait réussi à l'encourager à rompre avec son frère, elle avait également laissé de profondes cicatrices dans sa famille.

Il pouvait désormais reconnaître qu'il avait mal géré la situation. Il était devenu plus sage maintenant. Alors peut-être pouvait-il la convaincre de vendre le ranch sans faire appel à un agent immobilier.

Le fait qu'elle conduise ce tacot déglingué lui donnait toutefois matière à réflexion. Il l'avait autrefois considérée comme une femme vénale, étiquette qui ne s'accordait pas avec la voiture qu'elle conduisait. Ou avec le fait qu'elle ait été intéressée par un emploi au Cowboy Kitchen, parmi tous les endroits possibles. Il s'agissait d'un restaurant aux faibles prétentions, mais c'était l'unique établissement culinaire de tout Catamount, et Drake n'avait pas voulu laisser l'endroit faire faillite lorsque le précédent propriétaire n'avait plus été en mesure de rembourser son prêt hypothécaire. Il ne quitterait jamais cette ville, il n'y avait donc rien d'insensé à investir dans cette affaire.

Au moment où son ombre se refléta sur le pare-brise, Fleur releva la tête. Elle sursauta, lâchant brusquement son téléphone, puis baissa la vitre.

— As-tu réfléchi à d'autres piques ? demanda-t-elle, en clignant des yeux sous l'éclat aveuglant du soleil.

Il ne mordrait pas à l'hameçon. S'il existait la moindre chance que Fleur lui vende le ranch, il ne pouvait se laisser aller à retomber dans ses anciennes habitudes.

— Je suis désolé que ta grand-mère soit décédée. Tout le monde appréciait Antonia.

Le visage de Fleur s'assombrit. Était-ce dû à la tristesse causée par ce décès ou à sa déception qu'il ne s'en soit pas tenu à leur scénario habituel ?

— Je te remercie.

Son ton est tendu, ses mots forcés.

— J'organiserai une cérémonie commémorative dès que je serai sûre que mes sœurs peuvent venir jusqu'ici.

Il n'avait pas vu les trois sœurs Barclay ensemble à Catamount depuis l'époque de son adolescence. Il n'avait jamais oublié cette journée. Un rodéo junior avait été organisé à la foire du comté peu après la séparation des parents de Fleur. Sa mère était arrivée avec sa fille aînée, et son père… en compagnie de sa maîtresse. Jessamyn, la fille cadette, participait à un concours de course à cheval et Drake se trouvait installé dans les tribunes, la partie consacrée au rodéo commençant plus tard le jour même.

Le service de sécurité avait dû intervenir après que la maîtresse avait utilisé son sac à main pour projeter Mrs. Barclay au bas de quelques marches de l'estrade. Fleur en était alors au tout début de sa carrière dans l'univers du rodéo, elle devait avoir neuf ans à l'époque. Vêtue de satin rouge, blanc et bleu, elle se tenait en selle avec quelques autres petites filles portant comme elle un drapeau, se préparant pour les tours de piste marquant le début de l'événement. Mais elle avait provoqué la surprise de l'assemblée en entonnant spontanément, et seule, l'hymne patriotique *America the Beautiful* juste après le déclenchement de l'altercation. Cette décision avait semblé étrange à beaucoup, étant donné que sa propre mère aurait très bien pu être blessée à ce moment-là, bien que Drake ait soupçonné alors qu'elle avait essayé de détourner l'attention de tous de la scène.

Plus tard, il avait remis en cause son opinion, en particulier alors qu'il la voyait devenir peu à peu une compétitrice dévouée, voyageant à travers tout l'Ouest pour participer aux concours et tenter de gagner un titre.

Mais pour le reste des habitants de Catamount, la réputation de Fleur, vue comme un être nombriliste, n'avait fait que s'affirmer depuis ce jour du Rodéo junior. Il n'allait pas songer à cela à présent alors qu'il avait besoin de la convaincre de lui vendre Crooked Elm. Les pâturages du ranch avaient été utilisés à outrance par le locataire actuel et avaient besoin d'une intervention sérieuse pour rétablir la qualité des sols. Conserver les terres – les utiliser d'une façon durable – avait été l'un des buts poursuivis par ses parents. Pour cette raison, l'objectif était encore plus important à ses yeux.

— Je suis sûr que beaucoup de gens répondront présents, dit-il après quelques instants, hésitant toujours quant à la meilleure manière de procéder.

Devait-il faire son offre dans l'instant ? Ou plutôt faire machine arrière et essayer d'améliorer l'image qu'elle avait de lui pour augmenter les chances qu'elle lui donne son accord ? Ravalant sa fierté au prix d'un réel effort, il tenta d'adopter un ton raisonnablement agréable.

— Marta a dit que tu cherchais du travail ?

Elle ne put retenir un petit rire brusque.

— Jusqu'à ce que je découvre qui possédait l'endroit.

Il s'appuya contre son pick-up, décidé à choisir ses mots avec soin. La remontrance de Marta lui avait rappelé qu'il n'avait plus à taquiner Fleur. Elle n'était plus une gamine, et il ne pouvait plus prétendre être sous le choc du décès de ses parents.

— Nous pourrions nous tenir à l'écart l'un de l'autre. Je mets rarement les pieds dans cet endroit de toute façon.

Cette conversation était de plus en plus bizarre, décidément.

Elle secoua la tête, faisant danser ses boucles cuivrées.

— Est-ce une ruse pour m'humilier ensuite ? Vas-tu inviter tes riches amis pour me chahuter pendant que je les servirai à table ?

— Ne crois pas une chose pareille.

Il se démènerait comme un beau diable pour garder ses amis à distance d'une reine de beauté vénale.

— J'ai acheté le *diner* parce qu'il s'agissait d'une bonne opportunité en termes de business, et non parce que je fréquente l'endroit. Ne laisse pas ma présence t'empêcher d'y travailler.

— Maintenant je suis sûre que c'est un piège, dit-elle sèchement, tout en se penchant pour récupérer le téléphone tombé sur le plancher de la voiture.

Elle se redressa sur son siège, les yeux brillants de colère.

— Je ne peux pas croire que tu ferais quoi que ce soit pour m'aider après la façon dont tu as rompu mes fiançailles et provoqué mon départ de Catamount. Tu es probablement juste occupé à trouver le moyen le plus rapide de me faire quitter encore une fois la ville.

— Ce n'est pas vrai…, commença-t-il, mais elle continua comme s'il ne l'avait pas interrompue.

— Je ne doute pas que tu ferais de ma vie un enfer si tu étais mon patron, donc je vais passer mon tour. Mais merci quand même.

Elle remonta alors la vitre, mettant ainsi définitivement fin à leur conversation.

Pour ce qui était des efforts pour apaiser la situation avec elle, ce n'était pas si mal. Leur échange avait été presque courtois. Ou presque aussi courtois que les choses ne l'avaient jamais été entre lui et Fleur.

Cependant, alors que la voiture rouillée disparaissait au bout de la route, Drake se dit qu'il lui faudrait déployer plus d'effort pour entrer dans ses bonnes grâces si jamais il voulait qu'elle lui vende les terres de sa grand-mère.

# - 2 -

Installée dans la cuisine aux murs peints en jaune où elle avait passé tant d'heures à cuisiner en compagnie de sa grand-mère, Fleur ajusta sa tablette sur son support placé sur le plan de travail. L'aînée de ses sœurs, Lark, lui avait proposé d'utiliser FaceTime pour finaliser les détails de la cérémonie organisée en souvenir d'Antonia Barclay. Fleur lui était reconnaissante de lui avoir proposé ce moment de compagnie virtuelle car la maison de Crooked Elm lui semblait terriblement déserte sans Gran. En outre, cette conversation lui permettrait d'oublier un instant Drake et la frustration née de leur rencontre fortuite.

Avait-il tenté d'ouvrir la voie à une entente amicale après tout ce temps ? Elle devait avoir mal interprété la situation. Mieux valait se concentrer sur la cérémonie.

Combien de fois Gran et elle s'étaient-elles assises à cette table, testant et dégustant chacune les recettes de l'autre ? Elle leva les yeux vers les assiettes décoratives fixées au-dessus de l'évier de cuivre et se souvint que Gran lui avait raconté où et quand elle avait fait l'acquisition de chacune d'elles. Elle avait évoqué sa rencontre avec son défunt grand-père, puis leurs voyages à travers le pays et leur installation dans son ranch familial à Catamount. Fleur avait chéri chaque histoire, son âme romantique s'enthousiasmant à l'idée que le mariage n'ait pas à être tel le champ de bataille qu'avaient créé ses parents.

Fleur reporta son attention sur le visage de Lark qui se découpait sur l'écran de la tablette. Sa sœur aînée, une psychologue aux cheveux sombres noués en tresse et aux yeux verts cernés d'ombres, rangeait des jouets dans sa sacoche de travail.

Elle recevait des enfants en consultation dans le bureau qu'elle avait installé chez elle, à Los Angeles et travaillait également dans quelques écoles locales.

— Es-tu sûre de ne pas pouvoir passer la nuit au ranch après la cérémonie ? demanda Fleur pour la seconde fois.

Ne pas avoir une famille autour d'elle lui manquait terriblement, plus encore qu'habituellement. Bien que sa relation avec Lark et Jessamyn soit tendue, elle avait plus d'influence sur la plus âgée de ses sœurs. Lark ne gardait pas rancune à Fleur autant que Jessamyn pour ses efforts de pacificatrice au sein de leur famille.

— J'aurais aimé le faire, fit Lark en rangeant les derniers jouets. Mais j'ai dû tracer des frontières solides pour me protéger des interactions toxiques avec Papa. Et je suis déjà assez triste à cause du décès de Gran pour ne pas vouloir subir les inévitables problèmes qu'il ne manquera pas de créer ce jour-là.

Fleur se mordit la lèvre pour s'empêcher d'argumenter. Sa sœur paraissait épuisée, et Fleur savait qu'un retour à Catamount serait difficile pour elle, même en l'absence de tout dysfonctionnement familial. Son ex-mari, un ancien joueur de hockey, avait acheté un ranch à Catamount dans lequel il avait prévu de vivre après la fin de sa carrière sportive – juste à côté de celui des Barclay. Et bien que leur mariage ait volé en éclats avant que ce jour n'arrive, il n'avait toujours pas revendu la propriété. Sa sœur n'avait pas relaté tous les détails de la rupture à Fleur, mais cette dernière savait que les choses s'étaient mal passées.

Fleur comprenait que c'était bien une rupture difficile. Car elle-même portait encore à ce jour les cicatrices de la sienne.

— Je comprends, dit-elle tout en suivant du bout du doigt le dessin d'un des carreaux de céramique du plan de travail. C'est juste que l'endroit semble si silencieux sans Gran…

— Je suis désolée, Fleur. Cela me semble étrange, à moi aussi, de voir cette cuisine si lumineuse, si joyeuse, et de ne pas l'y apercevoir. Je ne peux qu'imaginer combien ce doit être difficile pour toi.

Fleur se contenta de hocher la tête, craignant de ne pouvoir parler alors qu'un nœud d'émotions remontait dans sa gorge. Leur grand-mère avait joué un rôle de maman pour elle durant les années qu'il avait fallu à sa propre mère pour se remettre du divorce et de la spirale dépressive qui s'était ensuivie. Jennifer Barclay avait mobilisé beaucoup d'énergie pour se battre contre son mari devant les tribunaux à chaque étape de la procédure de divorce, mais une fois qu'elle avait gagné les jugements décisifs contre lui et que leur mariage avait véritablement pris fin, elle avait semblé avoir perdu toute raison d'être.

Lark avait été un véritable soutien pour leur mère, s'assurant qu'elle reçoive les soins dont elle avait besoin au cours de ces années. Jessamyn était allée vivre avec leur père, convaincue que leur mère avait persécuté Mateo Barclay de façon injuste. Par conséquent, leur père avait rompu tout contact avec Lark et Fleur, les privant ainsi de son soutien financier. Cela n'avait pas empêché Fleur d'essayer de réparer les frictions entre eux au fil des ans. Mais plus elle essayait de restaurer un dialogue, plus il semblait qu'elle s'aliénait tout le monde. Après sa rupture avec Colin Alexander, elle avait abandonné tout effort. Mais sa famille lui manquait irrésistiblement.

— Je regrette de ne pas avoir été plus présente au cours de l'an passé, reconnut Fleur, sentant le poids de la culpabilité s'abattre sur ses épaules.

Elle avait été si concentrée sur son travail, économisant en espérant ouvrir un jour son propre établissement, pour se faire un nom dans le monde de la restauration de Dallas.

Elle ne voulait plus jamais dépendre du soutien d'une autre personne. Elle s'était tournée vers Colin à un moment difficile de son existence, pensant qu'il serait un ami et partenaire. Mais leur relation n'avait pas été assez solide pour résister au mépris de Drake. Il était habitué que les femmes s'éprennent de lui en raison de son allure séduisante et de sa fortune, peut-être avait-il pensé que c'était tout ce qu'elle avait vu en Colin, elle aussi.

— Je ressens la même chose, dit Lark avec tristesse. Je ne me pardonnerai jamais d'avoir évité de me rendre à Catamount ces dernières années à cause de Gibson. C'est autant de temps que je n'ai pas passé avec Gran.

Sa sœur laissa échapper un long souffle tremblant tandis que Fleur cherchait les mots appropriés pour la consoler. Mais avant qu'elle y parvienne, Lark reprit la parole.

— J'ai été surprise que Drake Alexander m'ait contactée cette semaine, lâcha-t-elle en passant la lanière de son sac sur son épaule, visiblement prête à partir.

— Pardon ?

Se redressant vivement, Fleur approcha la tablette d'elle si rapidement qu'elle la fit vaciller sur son support.

— Que voulait-il ?

— Tâter le terrain auprès de moi à propos de l'idée de faire une offre pour Crooked Elm.

— Que veux-tu dire ?

Fleur plissa le front. Pourquoi ne lui avoir rien dit alors qu'il savait qu'elle était celle des sœurs Barclay à résider sur place ? Le trouble fit s'accélérer son pouls.

— Il est intéressé par l'achat du ranch. Je crois qu'il espère que nous lui vendrons directement sans le mettre sur le marché, mais je pense que nous devrions attendre de voir quel type d'intérêt suscite la propriété avant cela.

Lark plongea sa main dans son sac et en ressortit des clés.

— Mais je dois filer, j'ai un rendez-vous avec le conseiller d'éducation d'un patient. Envoie-moi un texto si tu as besoin d'aide avec la cérémonie pour Gran.

— Entendu. Merci pour tout.

Fleur hocha la tête d'un air absent, songeant toujours à l'échange entre Drake et sa sœur. Elle raccrocha puis quitta la cuisine pour gagner le jardin envahi par la végétation.

Bien sûr, il n'y avait rien d'étonnant que Drake agisse

dans son dos en allant parler à Lark. Sa colère avait au moins l'avantage de chasser la mélancolie qui l'avait envahie.

*Le salaud.*

Elle resta sur le chemin dallé pour éviter les mauvaises herbes qui avaient poussé autour du petit jardin où Gran avait orné de plantes vivaces le tour d'un bassin à oiseaux et repensa à l'étrange conversation qu'elle avait eue avec Drake sur le parking du Cowboy Kitchen. Les affaires prenaient un nouveau sens à présent. Elle avait été troublée qu'il l'ait suivie à l'extérieur pour lui adresser ses condoléances.

Bon sang, il lui avait même offert un *emploi.*

Mais durant tout ce temps il n'avait fait que jauger sa potentielle volonté à lui vendre les terres de sa grand-mère.

Tout en remettant d'aplomb le bassin à oiseaux qui avait basculé au milieu des lavandes et des sauges, Fleur se jura de n'accepter aucune offre d'achat de son ennemi juré.

Il avait toujours pensé le pire à son propos, même avant le fiasco de ses fiançailles avec son frère. Durant ces années passées à participer aux concours pour remporter les prix constitués par des bourses d'études, il avait toujours été prêt à la fustiger à propos de ses tenues, de ses fréquentations, des choix qu'elle faisait, se désignant lui-même comme son protecteur réticent au prétexte qu'ils venaient de la même ville.

Mais jamais elle n'aurait pu prévoir le niveau d'hostilité qu'il avait manifesté à son égard quand elle s'était fiancée à son frère. Il avait été fermement décidé à la convaincre de rompre avec Colin, et elle avait été si bouleversée par la façon dont ses motivations avaient été mal perçues qu'elle avait fait exactement ce qu'il lui demandait.

Bien sûr, à ce moment-là, elle avait déjà perdu le bébé, ce qui avait anihilé la raison secrète ayant initialement provoqué ces fiançailles. Compte tenu de ce revirement de situation, elle n'avait pas eu la force de tenir tête à Drake, et s'était donc contentée de rendre sa bague à Colin.

Le libérant d'un engagement qu'il n'avait pris envers elle

que pour le bien du bébé. Mais elle avait sous-estimé combien elle serait anéantie d'un point de vue émotionnel, physique et mental ensuite.

Elle n'avait toutefois jamais dirigé sa colère contre Colin, même s'il avait quitté la ville sans un regard derrière lui. Non. Elle avait réservé son animosité à l'homme qui lui avait dit qu'elle ne devait pas épouser son frère.

Mais à présent, Drake avait besoin qu'elle lui rende un service. Eh bien, elle ne se laisserait pas influencer par le fait qu'il lui propose un chèque dont elle avait grandement besoin.

Fleur chassa un peu de la terre qui souillait le bassin à oiseaux. Elle avait besoin de voir la maison et les terres de Crooked Elm retrouver leur éclat même si elle n'avait pas les moyens de garder la propriété. Elle n'avait pas d'argent mais pouvait se retrousser les manches. Et, d'une manière ou d'une autre, elle trouverait un travail pour payer ses factures.

Et peut-être que, chemin faisant, elle trouverait une façon de guérir sa famille brisée.

Mais une chose était certaine. Jamais plus elle ne voudrait quoi que ce soit qu'un frère Alexander aurait à offrir.

Alors que le parfum des lys et des roses embaumait l'air, Drake balaya du regard la foule qui se pressait à l'intérieur de la salle louée à l'arrière de la plus grande église de Catamount. Les sœurs n'avaient pas accueilli ensemble les invités après la cérémonie commémorative en l'honneur d'Antonia Barclay, ce qui en disait long sur le dysfonctionnement de leur cellule familiale.

Elles s'étaient à présent dispersées pour la préparation du buffet. Et peut-être que, pour atteindre le but qu'il poursuivait, c'était tout aussi bien pour Drake que les sœurs n'aient pas de liens familiaux puissants. Que penserait Fleur du fait qu'il ait contacté Lark pour lui proposer l'achat du ranch ? Car, après leur conversation sur le parking, il s'était imaginé qu'il aurait plus de chance avec Lark.

Dommage qu'elle ait semblé distraite lorsqu'il lui avait téléphoné la semaine précédente. Et comme elle lui avait indiqué qu'elle n'avait pas prévu de revenir à Catamount après la cérémonie, ce moment serait peut-être son unique chance de s'adresser aux sœurs en personne.

Il retira son Stetson et avança vers le buffet, là où il avait aperçu la touche éclatante de la chevelure cuivrée de Fleur un instant plus tôt. Il était insensé qu'il se dirige vers elle alors qu'ils ne s'entendaient pas. Peut-être sa conscience n'était-elle pas tout à fait en paix. La cérémonie religieuse avait dû être un moment difficile pour elle. Elle n'avait pris que brièvement et pudiquement la parole mais les ombres soulignant son regard trahissaient la profondeur de sa peine.

— Excuse-moi.

Sa voix résonna soudain derrière lui et il se retourna pour apercevoir Fleur. Il détestait la façon dont son sang se mettait à s'échauffer et son pouls à s'accélérer dès qu'elle se trouvait toute proche. Elle était vêtue d'une simple robe grise constellée de fleurs blanches, tombant juste au-dessus du genou et, en dépit des circonstances, il aurait pu être distrait par ses jambes si elle n'avait pas eu du mal à tenir les deux énormes plateaux qu'elle avait dans les mains. Ils débordaient d'une multitude de tapas, semblables à ceux qu'Antonia Barclay apportait lors des événements locaux – *croquetas*, pommes de terre frites, chorizo et fromages.

— Eh bien ! Laisse-moi t'aider, veux-tu ?

Il tendit la main et ses doigts effleurèrent brièvement ceux de la jeune femme. Le contact furtif envoya une décharge électrique le long de son bras. Il se retourna pour aménager plus d'espace sur la table de buffet la plus proche.

— Le personnel ne devrait pas t'aider à faire tout cela ?

Il plaça la nourriture entre des chauffe-plats accueillant des brochettes de poulet et de poivrons rouges et d'autres gourmandises d'inspiration hispanique. Des airs espagnols joués par une guitare classique dans un coin de la salle rendaient hommage à l'héritage d'Antonia.

— Je dois avoir laissé mes employés au Texas, rétorqua Fleur. Je crois donc que je vais devoir m'en occuper seule.

Confus, Drake regardait les plats entassés sur les tables. Il y avait là de quoi nourrir la ville entière.

— Alors qui a préparé toute cette nourriture ?

Il ne put résister à l'envie de prendre l'une des *croquetas*.

— Certainement pas la futile reine des concours de rodéo qui a économisé le moindre centime pour pouvoir suivre les cours de l'école culinaire, dit-elle en le fusillant du regard. Comment trouves-tu la *croqueta*, au fait ?

La surprise lui fit avaler sa bouchée trop vite, mais ne l'empêcha pas de savourer le goût de la préparation. Fleur Barclay était peut-être une opportuniste, mais elle était aussi de toute évidence une cheffe accomplie. Pour quelle raison découvrir qu'elle était dotée de plus de détermination qu'il ne lui en avait jamais reconnue lui laissait-il un goût amer dans la bouche ?

— Elles sont aussi bonnes que celles d'Antonia, reconnut-il.

Son expression se radoucit, et ce qu'il vit dans ses yeux raviva l'ancien feu qui couvait à l'intérieur de lui. Un feu qu'il ne pouvait se permettre de laisser brûler alors qu'il se trouvait auprès de l'ex-fiancée de son frère. C'est sans doute pour cette raison qu'il s'entendit ajouter :

— Et j'imagine que suivre les cours de l'école culinaire s'est révélé plus gratifiant que de réaliser tes rêves de mariage, pas vrai ?

À ces mots, Fleur se pinça les lèvres.

— Je n'en sais rien. Je suis tout de même passée à côté de l'occasion de t'avoir pour beau-frère, Drake.

Elle croisa les bras sur sa poitrine, son regard transperçant le sien.

— Pense un peu à tout cet amusement que nous aurions

pu connaître à nous détester en silence chacun dans un coin du salon à chaque fête de famille.

La simple pensée d'être lié à elle le fit frissonner. Quelle que soit la nature de ce qu'elle lui faisait ressentir, il ne s'agissait pas d'une réaction appropriée vis-à-vis d'une femme que Colin avait aimée.

— Ou peut-être pas en silence, répliqua-t-il, en songeant avec répulsion à l'image de Fleur dans les bras de son frère. Tu as toujours aimé me faire réagir en m'asticotant.

Il aurait dû l'ignorer à l'époque où ils se croisaient sans cesse sur le circuit du rodéo. Mais elle avait rendu cela impossible en attirant constamment l'attention sur elle avec ses robes à paillettes, suscitant la convoitise d'hommes qui ignoraient combien elle était jeune. Ou le savaient, mais n'en avaient que faire, ce qui énervait d'autant plus Drake. Il avait pris sa défense plus de fois qu'elle ne l'imaginait, mais elle n'avait jamais rendu les choses faciles.

Il avait sans doute connu une enfance plus heureuse que Fleur, mais la vie lui avait joué un sale tour lorsque, alors qu'il avait dix-huit ans, ses parents avaient trouvé la mort sur leur propriété juste au moment où il était censé partir pour l'université. Une vieille grange s'était effondrée, un bâtiment qu'ils avaient espéré restaurer. Leur vie durant ils s'étaient consacrés à préserver les terres. Ils s'étaient passionnément dévoués aux questions de conservation, depuis la protection des zones humides jusqu'à la limitation de leur empreinte carbone. Ils avaient tenté de sauver de la ruine une vieille grange mais celle-ci avait des fondations instables et cela leur avait coûté la vie.

Après leur décès, Drake avait sacrifié ses rêves dans l'univers du rodéo, gardant un pied dans le circuit uniquement pour les revenus supplémentaires qu'il en retirait, tout en apprenant la gestion d'un ranch par lui-même. Il avait pu participer aux compétitions tout en rentrant chez lui pour être auprès de ses jeunes frère et sœur jusqu'à ce qu'ils terminent le lycée.

Mais aucun obstacle n'aurait pu l'inciter à utiliser d'autres personnes pour avancer dans l'existence, comme Fleur l'avait fait en se fiançant avec Colin. Ils sortaient ensemble depuis quelques semaines à peine que Fleur avait déjà une bague au doigt et la promesse que Colin lui fournirait son aide financière si leur union devait mal tourner .

Pour quelle autre raison Fleur aurait-elle subitement décidé de sacrifier l'école culinaire pour épouser son frère ?

— Tu as raison. Difficile de garder le silence quand on est confronté au genre d'homme qui manœuvre derrière le dos des gens pour arriver à ses fins.

La pique n'aurait pas dû le surprendre. Mais peut-être devait-il comprendre qu'il s'était trompé en pensant qu'elle serait heureuse de vendre Crooked Elm.

— Je suppose que tu fais allusion au fait que j'ai contacté Lark ?

Il scruta l'assemblée dans l'espoir d'apercevoir les sœurs de Fleur au milieu de la foule.

Il avait besoin que quelqu'un soit de son côté pour cette conversation car l'éclat brillant au fond des yeux de Fleur l'inquiétait. Si elle refusait de lui vendre le ranch, ses sœurs seraient-elles capables de passer outre son avis ? Mais il ne vit ni Jessamyn ni Lark parmi les habitants de Catamount.

— Bien sûr que c'est le cas.

Elle releva le menton d'un air de défi.

— Tu aurais simplement pu me dire ce que tu voulais le jour où nous nous sommes croisés au Cowboy Kitchen. Mais au lieu de cela tu as essayé de me rendre un grand service en me proposant un emploi. Était-ce pour que je te sois reconnaissante au point de te céder Crooked Elm pour une bouchée de pain ?

— Je suis prêt à faire une offre compétitive, Fleur. Je pensais que cela te ferait peut-être gagner du temps et t'épargnerai des ennuis si je te débarrassais du ranch…

— M'en débarrasser ?

Sa voix se fit plus aiguë et son souffle sembla se bloquer.

— Comme s'il était pénible pour moi de passer du temps dans l'unique endroit où je me sois sentie chez moi au cours des seize dernières années. Peut-être que je n'en vendrai pas un seul hectare avant d'être fin prête.

Ses yeux brillaient d'émotion, et Drake sut qu'elle regrettait de lui avoir laissé voir ses sentiments à la façon dont elle se mordit fermement la lèvre.

Elle se détourna vivement avant qu'il ait pu formuler une réponse, et bien qu'il eût aimé clarifier ses intentions, il savait que l'événement présent n'était guère le moment approprié pour le faire. Il eut à peine le temps de se remettre de cet échange qu'une main s'abattit lourdement sur son épaule.

— Qui parle de vendre des hectares ? demanda une voix masculine trop joviale.

En se retournant, Drake croisa le regard perçant de Mateo Barclay, le père de Fleur. Le fils unique d'Antonia portait un costume fait sur mesure et des mocassins italiens dans une foule où les bottes de cow-boy étaient légion. Sa deuxième fille, Jessamyn, se tenait près de lui, vêtue d'une veste noire et d'une jupe droite assortie, ses cheveux bruns et bouclés épinglés au sommet de la tête. Drake avait entendu dire qu'elle avait passé les six dernières années à travailler pour la société immobilière de son père à Manhattan.

— Bonjour, monsieur Barclay. Toutes mes condoléances.

Drake serra la main de l'homme et adressa un témoignage de sympathie à Jessamyn.

— Ai-je bien entendu ? Tu es intéressé par l'achat du ranch délabré de ma mère ? insista Mateo.

Que l'homme dénigre la propriété dont Fleur venait de dire qu'elle l'aimait agaça Drake. Non pas qu'il se sente soudainement du côté de Fleur. Mais son père lui était apparu comme un fanfaron égocentrique même avant le comportement qu'il avait eu durant le divorce.

— Je soumettrai une offre prochainement, en effet.

Drake se demanda pourquoi Antonia avait légué sa propriété à ses petites-filles plutôt qu'à son fils.

— Je ne m'intéresserais pas à cet endroit, fit Mateo d'un ton de conspirateur. La valeur des biens par ici n'a pas autant progressé que dans d'autres villes de vacances.

Il secoua la tête avant de se tourner vers Jessamyn.

— Eh bien, nous sommes restés assez longtemps. Es-tu prête à partir ?

— Papa, je t'en prie, protesta Jessamyn doucement. Nous n'avons même pas mangé.

— Je vous laisse profiter du repas, dans ce cas, dit Drake.

Il les salua d'un signe de tête, plus qu'impatient de s'éloigner de Mateo.

— Jessamyn, je te mettrai en copie de mon offre pour Crooked Elm. Fleur m'a dit que vous devez vous mettre d'accord toutes les trois quand vous serez prêtes à vendre.

Il aurait aimé exposer ses projets pour le ranch, mais ce n'était pas le moment.

— Bien sûr.

Elle lui sourit chaleureusement et lui tendit sa carte de visite. Puis, après l'avoir salué, elle disparut au milieu de la foule en compagnie de son père.

Après avoir glissé la carte dans la poche de sa veste, Drake se dirigea vers le buffet en songeant au ranch de la famille Barclay. Il avait besoin de leur propriété pour poursuivre l'œuvre de ses parents en matière d'efforts de préservation et de remise en état des terres. Drake investissait beaucoup pour mener à bien leurs projets dans le but d'honorer leur souvenir, mais il ne pouvait pas atteindre ses objectifs sur ses propres terres alors que la propriété de Crooked Elm continuait à être mal utilisée par le locataire de la famille Barclay. Il avait plus d'une fois tenté de convaincre Antonia Barclay de lui louer les pâturages, mais elle avait refusé, insistant sur le fait que le locataire en place travaillait à la mise en place d'un système d'irrigation en échange d'une réduction de loyer. Drake n'avait relevé guère de preuves du moindre progrès en ce sens. En l'état actuel, un ruisseau qui alimentait la White River traversait sa propriété et les terres destinées à l'élevage possédées par les Barclay, et il était impossible de rétablir les zones humides qui l'entouraient sans s'occuper de la propriété toute proche.

Toutes les terres dédiées à l'élevage auraient plus de valeur quand il aurait accompli cette tâche. Mais mieux valait pour lui que Mateo Barclay – le promoteur immobilier – continue à penser que Crooked Elm ne valait rien. Drake n'avait pas besoin qu'il s'implique dans la vente. Il téléphonerait à Jessamyn durant la semaine afin qu'ils puissent en parler en privé.

Pour le moment, il attendrait la fin de la réception pour trouver Fleur. Non pas pour parler de la vente. Mais pour arrondir les angles après ce qui s'était passé plus tôt. Et si elle comptait passer du temps à Catamount pour profiter du ranch de sa grand-mère, cela voudrait dire que Drake disposerait de plus de temps pour la convaincre de conclure la vente avec lui.

Sa première étape ? Créer quelques nouveaux souvenirs avec elle pour qu'elle puisse remplacer les anciens, ceux qu'elle s'était forgés le jour où il avait anéanti ses espoirs de mariage avec son frère.

# - 3 -

Fleur avait préparé toutes sortes de mets pour la réception. Deux heures après les avoir servis, elle jeta un regard en direction des tables du buffet et, tandis que la foule se dispersait peu à peu, décida qu'elle pouvait commencer à débarrasser. Même si la préparation des plats avait représenté un énorme travail, elle était heureuse d'avoir eu de quoi s'occuper en cette difficile journée. Son chagrin était trop profond pour être partagé avec les invités. Mieux valait rester dans un tourbillon d'activités pour l'instant et se confronter au vide laissé par cette perte plus tard, quand la douleur ne serait plus aussi récente.

Mettant fin en s'excusant à une conversation avec l'épicier local, Fleur se glissa entre les personnes qui se groupaient près de la sortie, prêtes à partir. Elle avait presque atteint le buffet quand une grande beauté blonde aux yeux noisette s'approcha d'elle, sa robe bleu marine épousant élégamment sa silhouette élancée. Après quelques instants elle reconnut la petite sœur de Drake et Colin, Emma.

Bien qu'elles aient été autrefois amies, une certaine nervosité s'empara de Fleur. Elle n'avait pas vu Emma ni ne lui avait parlé depuis la fin de ses fiançailles avec Colin.

— Fleur, la salua la jeune femme avant d'ouvrir grand les bras et de la serrer affectueusement contre elle.

Puis, après s'être légèrement écartée, Emma la regarda en plissant légèrement le front.

— Toutes mes condoléances. J'arrive tard car j'étais à Denver pour le dernier essayage de ma robe de mariée, mais je voulais que tu saches combien j'aimais Antonia. Colin vit toujours dans le Montana, mais je suis sûr qu'il voudrait que je l'associe à mes mots.

Les paroles attentionnées d'Emma, prononcées avec une sincérité évidente, allégèrent un peu le chagrin de Fleur. Elle se réjouissait que le mépris de Drake à son égard n'ait pas influencé l'opinion que la jeune femme avait d'elle. Ou, si tel était le cas, cette dernière était-elle trop bien élevée pour le montrer.

— Je te remercie. Toutes mes félicitations pour ton mariage. J'ignorais que tu étais fiancée.

Dès que les mots eurent franchi ses lèvres, Fleur craignit qu'ils lui rappellent l'échec de sa propre relation avec Colin, mais Emma se contenta de lui adresser un sourire radieux.

Ses yeux ressemblaient à ceux de l'aîné de ses frères. Mais alors que Drake la regardait avec un air de cynisme sombre, sa sœur semblait déterminée à ne voir que le bon côté des gens. Peut-être Drake avait-il tenu à l'écart ses propres rêves, sacrifiant ses études universitaires et sa participation aux rodéos, pour s'assurer que son frère et sa sœur puissent grandir dans la maison de leur enfance ? songea Fleur. Mais elle repoussa vite cette idée, ne comprenant pas pourquoi elle prendrait la défense de cet homme.

— Nous sommes fiancés depuis Noël dernier. Glen et moi venons d'avancer la date du mariage au 4 juillet car nous ne pouvons plus attendre de démarrer notre nouvelle vie.

Son sourire était contagieux, et le bonheur colorait ses joues d'une belle nuance rose.

— Ce n'est que dans quelques semaines. La cérémonie aura-t-elle lieu ici ?

— Drake a dit que nous pouvions nous marier au ranch, ce qui sera parfait, car il est difficile de changer de date lorsque l'on veut louer une grande salle. Mais la société chargée du service traiteur a fait soudainement faillite et je suis désespérée car je dois trouver quelqu'un à la dernière minute.

Emma lui décocha un sourire espiègle.

— Ou du moins, j'étais désespérée avant aujourd'hui.

Emma pivota sur ses escarpins couleur chair et désigna d'un geste les tables du buffet.

— Comment ?

Troublée, Fleur essayait de saisir le sens de ses paroles.

— Je n'ai aucun nom à te fournir malheureusement, je n'ai pas fait appel à un traiteur.

— Parce que tu es une cheffe maintenant ! s'exclama la jeune femme avec un vif enthousiasme. Ainsi que tu as toujours voulu l'être. Et tu as nourri toute seule la moitié de la ville aujourd'hui. Ne pourrais-tu réfléchir à faire la même chose pour mon mariage ? Je dispose d'un budget conséquent, mais je n'ai trouvé personne capable de proposer un travail de qualité et de venir jusqu'à Catamount au pied levé.

Cette demande était si flatteuse, si exaltante, que Fleur se sentit chanceler. Cependant, décrocher un tel contrat serait-il une bonne idée ? Elle n'avait pas la moindre envie de revoir Colin, et passer du temps à proximité de Drake était sans nul doute pire encore.

— Oh non, Emma. Je ne suis pas capable de préparer un repas formel à table, ou quoi que ce soit de la sorte. Je voulais juste évoquer d'une belle façon le souvenir d'Antonia…

— Bien sûr, et c'était absolument parfait.

Emma lui pressa doucement le bras.

— Tu as servi tous les plats qu'elle préparait et qui ont marqué nos souvenirs. Et c'est pour cela que j'adorerais que les mêmes recettes soient proposées lors de mon mariage. Antonia a cuisiné pour notre famille durant des semaines après le décès de mes parents. Elle a été si bonne envers nous. Envers moi, plus particulièrement.

Emma n'était âgée que de dix ans à la mort de ses parents. Fleur gardait le souvenir de cet atroce été, lorsque la grange s'était effondrée. Mrs Alexander avait été coincée sous les décombres et quand son mari était venu à son aide le reste de la structure s'était écroulé, les tuant tous d'eux. Âgée d'un an de plus qu'Emma, elle n'avait pas réussi à formuler des paroles de réconfort à l'adresse de sa jeune voisine.

— Je n'en avais pas pris conscience, dit Fleur, de nouveau émue par la générosité de sa grand-mère.

Bien que occupée durant des mois à garder un œil sur Fleur, elle avait ménagé du temps pour se consacrer également à une enfant ayant perdu sa mère.

— Peux-tu m'accorder quelques jours de réflexion ? Je te recontacterai la semaine prochaine si cela te convient.

Elle n'avait pas encore décroché d'emploi, par conséquent ce revenu serait le bienvenu. Mais ce travail la mettrait-il trop au contact de Drake et de Colin ? Elle n'était pas prête à se retrouver face à l'un des deux dans l'immédiat.

Et c'est alors, comme si ses pensées avaient provoqué ce moment, qu'elle croisa le regard sombre de Drake qui la fixait depuis l'autre côté de la pièce. Une conscience exacerbée de sa présence fit naître une étincelle qui traversa son corps. Mais ce ne pouvait être que parce qu'il éveillait sa méfiance. Elle devait se tenir sur ses gardes quand elle se trouvait à proximité de cet homme charismatique… et impitoyable. Et pourtant, elle ne pouvait nier l'impression qu'il y avait quelque chose… *de plus* entre eux.

— Avec plaisir. Et je suis désolée s'il ne s'agissait pas d'un moment approprié pour aborder le sujet.

Emma l'observa, le front légèrement anxieux.

Fleur se força à détourner son attention de Drake, tout en se demandant si celle-ci avait été trop évidente. Une onde de chaleur s'épanouit dans l'instant sur ses joues.

— Je suis heureuse que nous ayons parlé du mariage. Je me réjouis pour toi, Emma.

— Puis-je t'aider pour le rangement ? proposa-t-elle.

— Non, je te remercie. J'ai vu Lark entrer dans la cuisine il y a quelques minutes. Elle va le faire.

Peut-être. Ses sœurs s'étaient tenues à l'écart l'une de l'autre durant la journée. Éviteraient-elles Fleur pour s'éviter encore ?

Et comment pourraient-elles se mettre d'accord au sujet de l'avenir de Crooked Elm si elles ne se parlaient jamais ?

Une fois Emma partie, Fleur se chargea de ramasser les plateaux vides et de rassembler les restes sur quelques assiettes. Puis elle regagna la cuisine, où Lark était déjà occupée à faire la vaisselle dans un évier de taille industrielle, munie d'un tablier de toile qui recouvrait sa robe fourreau noire. Lark n'avait jamais accordé grande importance aux apparences, la sœur un peu intello de Fleur étant une adepte de l'efficacité dans tous les domaines. En la voyant œuvrer, environnée de vapeur brûlante, Fleur sentit une bouffée d'amour monter en elle.

— Merci beaucoup…, commença Fleur.

— Inutile de me remercier. S'il n'y avait rien eu pour occuper mes mains, j'aurais étranglé notre père. Jessamyn a quasiment dû l'attacher à son siège pour qu'il reste à la cérémonie dédiée à sa propre mère.

Du revers du poignet, Lark chassa une mèche qui lui barrait le front.

Fleur récupérait les assiettes et les empilait. Elle veilla à choisir ses mots, la fille favorisée par leur père ayant fréquemment constitué un sujet sensible pour Lark. Du reste, leur père représentait un sujet encore plus délicat.

— Tout le monde ne réagit pas de la même façon au deuil. Et Papa n'a jamais été doué avec certains sentiments.

Sa sœur ricana.

— C'est vrai. Comme aimer ses propres filles.

Avant que Fleur ne puisse répondre, la porte battante s'ouvrit et Jessamyn, si élégante avec ses talons à semelle rouge et son tailleur sur mesure, entra d'un pas décidé, un plateau chargé de verres entre les mains.

— La nourriture était fabuleuse, Fleur, lança-t-elle en déposant le plateau. Une seule bouchée de la tortilla española a suffi à me laisser submerger par la nostalgie. Elle avait exactement le goût de celle de Gran.

Fleur sentit sa gorge se serrer sous l'effet du compliment,

et ce d'autant plus que celui-ci émanait de Jessamyn, qui se targuait de ne jamais faire étalage de ses émotions. Elle s'était retenue de se laisser aller à son chagrin mais ses résistances menaçaient à présent de céder.

Elle regarda Lark, la psy intello, et Jessamyn, la femme d'affaires sans états d'âme, et regretta qu'elles ne partagent pas leurs chagrins plus souvent.

— Merci. C'était étrangement réconfortant de préparer les mets dans sa cuisine. J'ai cru que ce serait dur mais cela m'a aussi apaisée. Comme si j'avais senti qu'elle m'accompagnerait toujours. Et qu'elle voulait que je sois là.

Elle cligna des paupières pour tenir les émotions à distance et remarqua que Lark l'avait rejointe.

— Oh ! chérie ! Bien sûr, tu as raison, se hâta de lui confirmer sa sœur en entourant ses épaules de ses bras tandis que Jessamyn tendait sa main pour prendre la sienne.

Comme il était triste qu'il faille un décès dans leur famille pour qu'elles se retrouvent rassemblées. Se tenir si près d'elles lui rappela combien d'années elles avaient vécu heureuses sous le même toit, occupées à faire toutes les choses que des sœurs tiennent pour acquises lorsqu'elles sont jeunes. Se tresser mutuellement les cheveux. Partager jouets et livres. Dormir dans le même lit pendant l'orage.

Ou plus tard, lorsque leurs parents se disputaient et que le son de leurs voix pleines de colère faisait vibrer les murs.

Elle sentit ses sœurs commencer à s'écarter. Réticente à l'idée de voir ce moment s'achever, elle serra plus fort la main de Jessamyn et saisit celle de Lark.

— Attendez un instant. Je sais que vous devez toutes les deux partir ce soir mais j'aimerais que vous reveniez au ranch cet été avant que nous vendions l'endroit.

Cette question la surprit elle-même. Oui, bien sûr, elle avait besoin de l'argent de la vente. Mais elle savait qu'elle ne pouvait laisser l'état de ses finances lui dicter l'avenir de Crooked Elm.

— Fleur, mon travail m'occupe tellement, commença Jessamyn, tandis que Lark protestait :

— Je ne sais pas où je pourrais trouver le temps…

— S'il vous plaît. Je vous demande juste d'y penser. Si le ranch doit être notre unique héritage partagé, nous devrions réellement le partager. Même si ce n'est que brièvement.

Elle lâcha les mains de ses sœurs, comprenant qu'elles devaient elles-mêmes décider si elles reviendraient ou non.

Mais finalement, toutes deux acquiescèrent.

— J'essayerai, promit Lark.

— Moi aussi, répondit Jessamyn en écho, tout en s'écartant d'elles. Mais je vais devoir partir. Papa et moi reprenons l'avion pour New York ce soir. Il nous faut nous mettre en route.

Fleur sentit son souffle moins contraint, à présent qu'elle avait obtenu cela de ses sœurs.

— Merci de l'avoir gardé ici aussi longtemps, lui lança Fleur tandis que Lark restait silencieuse.

Jessamyn fit un geste avant de franchir la porte battante. Lark regagna l'évier et remonta ses manches.

Elles étaient bien loin des sœurs qu'elles avaient été autrefois. Et peut-être n'éprouveraient-elles plus jamais cet amour d'antan l'une pour l'autre. Mais Fleur ne pouvait s'empêcher de penser que, peut-être un jour, il y aurait une chance qu'elles puissent être une famille.

Assis sur le hayon de sa camionnette à l'extérieur de la salle des fêtes, Drake commençait à se demander si Fleur n'était pas rentrée avec quelqu'un d'autre. Une pensée qui l'irritait bien plus qu'elle n'aurait dû.

Le véhicule de la jeune femme était le dernier à occuper le parking. Il avait déplacé sa camionnette pour la garer sur l'emplacement près du sien et attendait, car il avait besoin de lui parler de nouveau. Pour clarifier ses intentions à propos de Crooked Elm et faire la paix avec elle.

Ce qui s'avérait plus spécialement nécessaire à présent qu'Emma s'était rapprochée de Fleur avec le projet qu'elle se charge du buffet de son mariage. La nouvelle l'avait étonné, vu combien sa sœur s'était montrée exigeante à propos de tous les détails de l'organisation de ses noces. Fleur était peut-être une cuisinière hors pair, elle n'était pas traiteur. Il espérait seulement qu'elle ne refuserait pas la proposition d'Emma à cause de ce qu'elle pensait de lui.

Un instant plus tard, la porte située à l'arrière de la salle s'ouvrit. Fleur émergea, les cheveux à présent attachés en une queue-de-cheval haute, deux grands sacs se balançant au bout d'un bras et une boîte ouverte glissée sous l'autre.

Drake bondit sur ses pieds et se dirigea vers elle en petites foulées. Il était rentré chez lui une heure plus tôt pour se changer et revêtir une paire de jeans et un T-shirt, tandis que Fleur, elle, portait toujours sa robe portefeuille grise, dont le tissu épousait ses courbes d'une façon qu'il ne devrait certainement pas remarquer.

— Laisse-moi t'aider, dit-il en lui prenant la lourde boîte des mains. Ta voiture est-elle ouverte ?

— Non. Mes clés sont dans mon sac. Mais que fais-tu encore ici ?

Le regard de Fleur parcourut sa silhouette.

Elle ne faisait sans doute que prendre note du fait qu'il s'était changé. Toutefois, il ne pouvait avouer qu'il aimait sentir son regard se poser sur son corps.

Et il devait régler la question qui l'occupait pour pouvoir rester loin d'elle. Il était déjà assez délicat d'être attiré par l'ancienne fiancée de son propre frère. Mais lorsqu'il s'agissait également de la jeune femme dont il avait détourné Colin, l'attirance le faisait se sentir encore plus mal.

— Une fois encore, j'aimerais corriger la mauvaise impression que j'ai pu te donner de moi lorsque nous nous sommes parlé plus tôt.

Il posa la boîte par terre près du coffre de la voiture de Fleur et prit ses sacs pour qu'elle puisse trouver ses clés.

Fleur acquiesça en fouillant dans son sac.

— Parce que tu as envie d'acheter la propriété. Si ce n'était pas le cas, tu n'essayerais pas d'être agréable avec moi.

Elle tira de son sac à main un petit porte-clés, inséra la clé dans la serrure et le coffre s'ouvrit en grinçant.

— Ce n'est pas entièrement vrai.

Il déposa la boîte à l'intérieur du coffre.

— J'ai déjà voulu être agréable avec toi.

Il n'avait pas eu pour intention de parler d'une voix si grave mais le mal était fait à présent.

— Ce que je veux dire, c'est que… il ne m'est pas difficile de me montrer courtois, dit-il en rangeant les deux sacs.

— Très bien. J'apprécie tes efforts pour être… moins lamentable que dans mes souvenirs, lâcha Fleur.

Elle appuya une hanche contre l'aile de sa voiture et inclina la tête pour l'observer.

Sa queue-de-cheval glissa de son épaule, révélant une surface de peau pâle au niveau de son cou.

Il lutta pour se débarrasser des visions dans lesquelles il goûtait sa peau juste à cet endroit.

— Voudrais-tu bien t'asseoir avec moi un instant ?

Il referma le coffre et désigna d'un geste le hayon ouvert de son pick-up, dont la peinture gris métallisé scintillait sous la lueur de la lune.

— La nuit est splendide.

Tout en acquiesçant elle se redressa et s'approcha de lui. Il serra les poings pour s'empêcher de lui proposer de l'aider à monter, mais il ne put se retenir de poser les yeux sur sa taille si fine, à l'endroit où il aurait été facile de la saisir.

Une fois qu'elle se fut installée, il l'imita. Le cri d'une chouette effraie résonna alors.

— Oui, une nuit splendide pour des envahisseurs extraterrestres, visiblement, marmonna Fleur tout en serrant ses bras autour d'elle. Quel est ce son monstrueux ?

Il éclata d'un rire franc, heureux du moment de répit qui lui était offert.

— C'est une chouette effraie, jeune citadine. Tu es partie bien longtemps.

Un frisson la traversa.

— Es-tu restée à Dallas durant tout ce temps ?

Il se souvenait que c'était dans cette ville que vivait sa famille, avant le divorce qui avait catapulté ses différents membres sur deux côtes opposées du pays.

— Oui. J'y ai vécu après que les choses ont mal tourné avec Colin. Ma mère vit sur la côte Ouest près de Lark, et l'entreprise de mon père est basée à New York, c'est donc là qu'habite Jessamyn.

Il avait envie de lui demander pourquoi elle n'avait rejoint aucun de ces deux endroits après que son projet de fiançailles avait été brisé, mais il savait que cela ne le regardait pas, et ce d'autant plus qu'il était responsable de la rupture en question. Ou peut-être ne voulait-il tout simplement pas remuer de mauvais souvenirs.

— J'ai remarqué que ton père a gardé ses distances avec toi aujourd'hui, se décida-t-il plutôt à observer. Lark ne lui parle toujours pas ?

Elle secoua la tête.

— Non. Moi, par contre, je serai toujours prête à échanger avec lui, mais il s'assure que nous ne nous retrouvions jamais assez proches l'un de l'autre pour que cela se produise. Lark dit qu'il est enclin aux ruminations obsessionnelles, mais je pense qu'il est juste terriblement rancunier.

Le ruban pâle qui était noué à la taille de sa robe portefeuille voleta et elle le captura entre ses doigts.

Le regard de Drake s'égara vers ses jambes. Quand il s'en rendit compte, il ramena vivement son attention sur son visage, maudissant cette alchimie indocile.

— Je voulais te parler ce soir pour que tu saches que mon offre concernant l'achat de Crooked Elm est honnête et qu'elle est le reflet juste des prix du marché.

Les lèvres de Fleur dessinèrent une moue.

— Le ranch n'est même pas encore sur le marché, et je n'ai pas eu le temps de trouver des propriétés comparables.

— Je t'assure…

Elle l'interrompit en poussant un soupir indigné.

— Tu ne peux pas sérieusement penser que je vais te croire sur parole au sujet d'un prix prétendu approprié étant donné notre relation.

Quelque chose dans son ton l'irrita.

— Nous n'avons pas de relation, rétorqua-t-il.

Il laissa les mots suspendus un instant dans l'air puis reprit :

— Mais j'ai essayé d'être un bon voisin pour Antonia, et j'aime imaginer qu'elle a apprécié mes efforts.

— Alors pourquoi ne l'avoir pas convaincue de vendre si vous étiez en si bons termes ?

L'accent plus aigu qu'avait adopté sa voix révélait à Drake combien leur conversation s'était engagée sur une mauvaise voie.

N'avait-il pas essayé d'arrondir les angles avec elle ? Luttant contre son agacement, il expliqua :

— Je crois qu'elle m'aurait vendu si elle n'avait pas été déterminée à laisser à ses petites-filles le choix de garder l'endroit ou non. Mais d'après ce que je peux voir, on ne dirait pas que l'une de vous ait envie de faire sa vie ici.

— Et comment pourrais-tu savoir ce que je veux ?

Elle rejeta la tête en arrière pour observer les étoiles.

— Il n'y a rien à mon propos que tu comprennes.

— Tu n'as pas mis les pieds à Catamount durant cinq ans. Pas même pour venir voir Antonia. Essayes-tu de me dire que tu veux soudainement devenir ma voisine ?

— Je ne suis pas venue à cause de *toi*, riposta-t-elle, glissant du plateau de la camionnette pour atterrir sur ses pieds. Tu n'as rien fait pour cacher ton aversion pour moi, et usé de tout ton pouvoir pour gâcher ma relation avec Colin. En particulier au moment où j'avais besoin de son soutien. As-tu la moindre idée combien je redoutais de retourner dans cette ville alors que tu t'y trouves ?

Le fait de la voir si agitée – si blessée et furieuse – tourmenta sa conscience pendant un moment. Elle ne l'avait pas laissé entrapercevoir ces émotions cinq ans plus tôt. Il avait été surpris à vrai dire qu'elle ait fait machine arrière à propos de ses fiançailles avec son frère. Il s'était attendu à ce qu'elle livre bataille, ou du moins qu'elle fasse preuve d'une défense passionnée de son amour pour son frère lorsque Drake avait fait pression sur elle pour qu'elle reconsidère la question du mariage. Mais elle avait acquiescé avec facilité.

— Que veux-tu dire quand tu parles du fait d'avoir eu besoin de son soutien ?

Il avait pensé qu'elle avait besoin de l'argent de Colin.

— Tu fais allusion à son soutien financier ?

Un grondement de colère résonna dans la gorge de Fleur. Elle tourna les talons et partit vers sa voiture.

— Fleur ?

Il quitta d'un bond le hayon pour la suivre, tout en se demandant ce qui lui avait échappé.

— Explique-moi. Si ce n'était pas une question d'argent, de quoi avais-tu besoin de la part de Colin ?

Elle fit volte-face si rapidement que l'ourlet de sa robe vint fouetter ses jambes et qu'il dut stopper net pour ne pas la percuter.

— Veux-tu que je te dise quelque chose, Drake ? Je ne te dois aucune explication. Je ne t'en devais pas à cette époque et je ne t'en dois toujours pas aujourd'hui.

Elle se tenait si près de lui que son parfum mêlant vanille et accents de noisette taquina ses narines. Son souffle effleura sa joue.

— Du reste, tu es le dernier homme sur Terre duquel

j'accepterais le moindre centime, et par conséquent je ne te vendrai pas Crooked Elm.

Sa chaleur et son doux parfum, si proches, l'empêchèrent un instant de comprendre ses paroles. Et quand il prit la mesure du coup qu'elle venait de lui asséner, elle était déjà installée sur le siège conducteur.

— Fleur, attends.

Il avait tout fait rater. Et alors que les terres étaient en jeu, il ne pouvait se permettre d'en faire une affaire personnelle avec Fleur.

— Ne prends pas de décision maintenant, alors que tu es contrariée.

— Bonne nuit, Drake.

Elle tendit la main pour refermer la porte de la voiture, puis, après un instant d'hésitation, leva les yeux vers lui.

— Et je ne serai pas celle qui apprendra à Emma que c'est toi qui as ruiné ses chances pour que je sois le traiteur de son mariage. Ce sera à toi de le faire, puisque tu supposes toujours le pire à mon sujet.

Il aurait aimé répondre, mais étant donné qu'elle referma la portière, il jugea préférable de s'écarter afin qu'elle ne lui roule pas sur les pieds en démarrant.

Comment pouvait-il à la fois perdre les terres dont il avait besoin *et* ruiner les préparatifs de mariage de sa sœur dans le même temps ? Il était dur toutefois d'y songer alors que les paroles de Fleur résonnaient encore dans son esprit. Elle avait dit avoir eu besoin du soutien de Colin. Y avait-il plus de choses à savoir à propos des fiançailles de son frère qu'il n'en avait eu connaissance à l'époque ?

Fleur s'engagea sur la route dans un rugissement de moteur et il réalisa qu'il était mal à l'aise à l'idée de l'avoir tant bouleversée. Sa colère avait semblé réelle, ce qui l'amenait à remettre en question ce qu'il avait cru savoir à propos d'elle autrefois. Tout ce qu'il avait su était que son Colin était un homme facile à vivre quand il avait commencé à sortir avec

Fleur. Et qu'il était devenu une personne tendue et plus triste lorsqu'ils s'étaient fiancés. Son frère avait refusé de parler de sa relation avec elle, et après que tous deux s'étaient séparés, Colin avait quitté la ville sans attendre. Ils s'étaient à peine adressé la parole depuis.

Il referma violemment le hayon. Peut-être Fleur n'était-elle qu'une excellente comédienne, et son air outragé était-il feint. Mais si tel n'était pas le cas – si Drake était passé à côté de quelque chose à propos de l'empressement de son frère à se marier – alors il lui fallait découvrir ce qui s'était passé. Et étant donné que Fleur avait clairement dit qu'elle ne lui fournirait pas la moindre explication, cela signifiait qu'il lui faudrait passer un appel à son frère.

Tout en faisant pianoter ses doigts sur le métal froid de l'aile de sa camionnette, Drake se disait qu'il devrait éprouver des remords pour avoir nui à la vie amoureuse de Colin. Mais alors que le souvenir du parfum de Fleur émouvait toujours ses sens, il ne pouvait s'empêcher de penser qu'il était, malgré tout, aussi bien qu'il se soit mis entre eux. Car quelle sorte de tourment aurait-il vécu en éprouvant ce qu'il ressentait à propos de l'épouse de son frère ?

# - 4 -

« Montez le volume. »

Fleur adressa la commande vocale en direction de l'enceinte Bluetooth d'où s'échappait un air de tango, tandis qu'une délicieuse odeur d'amande emplissait la cuisine.

Au son des guitares et du bandonéon, elle s'éloigna d'un pas dansant du plan de travail pour s'approcher du four et vérifier la cuisson des *polvorones*, ces biscuits aux amandes que sa grand-mère avait l'habitude de lui envoyer chaque Noël. Fleur avait trouvé quatre recettes différentes dans les carnets d'Antonia, mais aucune d'elles n'avait exactement le goût dont elle avait gardé le souvenir. Au cours des deux derniers jours, elle avait combiné les éléments des différentes recettes pour tenter de recréer le parfait équilibre.

Après avoir regardé à travers la vitre du four, Fleur en ouvrit la porte et retira une plaque à gâteaux qu'elle posa sur la cuisinière. Elle crut d'abord qu'un nouveau son rythmait la musique avant de réaliser que quelqu'un frappait à la porte.

Quand elle distingua les contours d'un Stetson à travers une petite vitre latérale, son souffle se bloqua un instant. Elle n'avait pas revu Drake, ni entendu parler de lui, depuis qu'ils s'étaient trouvés sur le parking après la réception, et il avait occupé ses pensées bien plus qu'il ne le méritait depuis lors. Elle regrettait d'avoir perdu son calme au point d'avoir menacé de ne pas assurer le service traiteur pour le mariage d'Emma. Non seulement cela était-il inutilement grossier envers Emma, qu'elle appréciait beaucoup. Mais cela revenait également à se tirer une balle dans le pied car Fleur avait réellement besoin de la rétribution attendue.

Et des clients potentiels que lui ferait gagner ensuite le bouche-à-oreille.

Quelques instants plus tard, toutefois, il lui apparut clairement que la silhouette n'était pas celle de Drake. Le visiteur était plus petit et large que le propriétaire grand et musclé du ranch voisin.

Non pas qu'elle ait beaucoup songé au corps de Drake, bon sang. Elle lança une nouvelle commande vocale pour faire baisser le volume de la musique, puis ouvrit la porte.

— Bonjour. Que puis-je pour vous ? lança-t-elle à l'adresse de l'inconnu.

L'homme aux cheveux grisonnants repoussa son chapeau sur son front tout en la mesurant du regard dans la lumière du soleil de juin. Sa salopette salie laissait supposer qu'il venait de travailler de ses mains.

— Je suis Josiah Cranston, le locataire de votre grand-mère. J'ai essayé de vous joindre pour connaître vos projets à propos de Crooked Elm. Je loue la plupart des pâturages depuis cinq ans.

— Je suis Fleur Barclay.

Elle tendit une main vers lui, tandis que le souvenir du chalet qui avait autrefois servi d'habitation au contremaître de Crooked Elm lui revenait en mémoire. Sa grand-mère avait mis la maison en location lorsqu'elle avait fait de même avec les terres.

— Merci de venir me rendre visite. Voulez-vous entrer ?

L'homme marqua d'une moue son hésitation.

— Non, merci, je viens de travailler dans les champs, mieux vaut que je reste dehors. Je voulais juste savoir si vous prévoyez toujours de me garder comme locataire cette année ou s'il faut que je prenne d'autres dispositions, fit-il d'un ton bourru tout en trépignant d'impatience sur le paillasson.

— Je suis désolée, monsieur Cranston. Mes sœurs et moi

n'avons pas eu l'occasion de discuter de ce que nous ferons à ce sujet, mais nous envisageons de vendre le ranch.

Il n'existait pas d'autre solution pour lui permettre de réaliser son rêve, celui de posséder son propre restaurant. Et elle comprenait que cette manne financière aiderait aussi Lark qui, ayant refusé la proposition de pension alimentaire de son ex-époux, peinait à boucler ses fins de mois depuis son divorce. Fleur ne comprenait que trop bien ce besoin d'indépendance financière, elle n'avait pas oublié les petits jeux que leur père leur avait fait subir en se servant de son argent.

Jessamyn n'aurait peut-être pas besoin de la somme, mais il était certain qu'elle ne ressentait pas d'attachement sentimental pour Crooked Elm. Ce qui attristait Fleur quand elle songeait au bonheur qu'ils avaient tous connu dans cet endroit autrefois.

L'éleveur la fixa en plissant ses yeux bleu pâle, puis prit un instant pour cracher par-dessus la rambarde du porche.

— Eh bien, voilà qui ne va pas me faciliter les choses. Mais cela ne vous concerne pas, j'imagine.

Il cracha de nouveau.

— Le ruisseau s'est asséché, de toute façon. Je ne crois pas que vous aurez de grandes chances de vendre une propriété dépourvue d'irrigation.

Elle voulait lui demander pourquoi il voulait continuer à louer les terres si la situation était si mauvaise, mais face à son attitude provocatrice elle décida de garder le silence.

— Je suis surprise d'apprendre cela au sujet du ruisseau. Peut-être n'est-ce qu'une année de sécheresse ?

— Non. C'est à cause de mauvaises pratiques de gestion des terres. Mais votre grand-mère n'avait pas d'argent à dépenser pour cet endroit.

Il bascula d'avant en arrière sur ses talons, et le cuir de ses vieilles bottes se mit à craquer sous son poids.

Fleur se raidit face à l'affront.

— Que voulez-vous dire par « mauvaise gestion des

terres » ? Gran n'a même pas utilisé les terres pour l'élevage depuis plus de dix ans.

Elle aurait dû se donner pour priorité de partir explorer plus largement la propriété. Antonia avait depuis longtemps vendu toutes ses bêtes à l'exception de quelques chèvres qu'elle gardait pour confectionner ses propres fromages.

— Pourquoi ne posez-vous pas la question à votre voisin ? suggéra l'homme en affichant un sourire proche de la grimace et qui exposait largement ses dents tachées par le tabac. Le fils Alexander est le héros local de la préservation des terres. Je suis sûr qu'il sera plus qu'heureux de vous raconter tout ce que votre grand-mère faisait de travers depuis bien avant mon installation.

Drake ? C'était bien la dernière personne à qui elle avait envie de parler ces derniers jours, mais avant qu'elle ait pu questionner Josiah davantage, l'homme inclina son chapeau pour la saluer d'une façon pleine de condescendance.

Affichant une expression polie sur ses traits, Fleur le salua à son tour, mais dès qu'elle eut refermé la porte elle s'exclama : « Comment suis-je censée passer une bonne journée à présent ? »

Inquiète, elle regagna la cuisinière et déposa à l'aide d'une spatule ses *polvorones* sur une grille de refroidissement tout en songeant à ses prochaines actions. Elle ignorait tout des efforts locaux en matière de préservation de la nature ou des pratiques de gestion des terres. Ses connaissances en matière d'élevage se limitaient au quotidien des trois chèvres de sa grand-mère dont elle s'occupait chaque jour.

Antonia avait-elle su que le ruisseau s'asséchait ? Ou Josiah tentait-il juste de l'inquiéter au sujet de son projet de vente pour qu'elle continue de lui louer l'endroit ? Gran avait gardé son locataire en place parce que le revenu de cette location couvrait ses impôts fonciers et ses dépenses courantes. Mais aurait-elle continué à le faire si elle avait été avertie des problèmes d'irrigation ?

Fleur n'avait pas les réponses à ces questions, mais suspectait que Josiah avait raison au fait que Drake les connaîtrait. Elle avait surpris une conversation en ville plus tôt dans la semaine vantant la façon dont il avait fait prospérer l'exploitation de son père et les succès qu'il rencontrait avec ses jeunes taureaux. Drake ne se contentait pas de jouer à être un éleveur. Il en était vraiment un.

Peut-être était-il tout aussi bien d'avoir une raison pour se rendre au Ranch Alexander. Elle devait une réponse à Emma à propos de son mariage, et s'il lui fallait faire amende honorable auprès de Drake pour s'être laissé emporter.

Toutefois, la pensée de revoir Drake éveilla un élan teinté d'une impatience bien particulière au fond d'elle…

Tout en marmonnant un juron, elle saisit l'un des biscuits sur la grille de refroidissement et le mordit à belles dents. L'alliance du sucre et de l'amande formait un accord parfait, qui fit naître en elle une bouffée de nostalgie au souvenir des Noëls d'antan. Elle sut alors qu'elle venait de percer le secret de la recette et le nota dans son carnet.

Elle aurait donc des biscuits tout juste sortis du four à offrir en échange des informations qu'elle comptait obtenir une fois arrivée au Ranch Alexander. De plus, elle semblait avoir besoin de grignoter quelque chose chaque fois qu'elle pensait à Drake. Elle ne s'était jamais trouvée aussi près de lui qu'elle ne l'avait été dans le parking sous le ciel étoilé.

Et elle se remémorait le moment précis de sa diatribe où sa colère envers lui s'était muée en quelque chose de différent. De fiévreux et avide. Comme si elle avait eu envie de se jeter dans ses bras plutôt que de se quereller avec lui.

Le souvenir lui fit légèrement tourner la tête. Par conséquent, tandis qu'elle disposait les biscuits dans un panier avant de partir pour le ranch voisin, elle dut se rappeler que Drake avait imaginé le pire à son propos cinq ans plus tôt, la bouleversant tant qu'elle avait agi comme il l'avait suggéré et mis un terme à sa relation avec son frère.

Se faisant souffrir par la même occasion en se privant du soutien de Colin au moment le plus difficile de son existence.

À présent qu'elle y songeait, avait-elle agi de manière si différente lors de la soirée commémorative quand elle avait permis à Drake de l'exaspérer tant qu'elle avait menacé de ne pas réaliser le buffet pour le mariage d'Emma ? N'avait-elle donc rien appris au cours des cinq années écoulées ? N'était-elle pas une femme plus responsable et pondérée que celle qui avait quitté Catamount à l'époque ?

Une fois qu'elle eut enfilé ses bottes et gagné la porte, Fleur reconnut que Drake lui avait fait du mal, et qu'elle avait toutes les raisons de ressentir de la colère à son égard. Mais lorsqu'elle pensait au passé, c'est envers elle qu'elle ressentait une colère plus forte encore.

D'un mouvement de genou, Drake dirigea Pearl, sa jument, plus près d'un ruisseau alimentant la White River. Tout en prenant grand soin d'éviter une parcelle de nouvelles plantes de zones humides, il fit ralentir l'allure de sa monture pour photographier l'endroit avec son téléphone. La différence de végétation le long du ruisseau comparé à ce qui pouvait être observé plus loin vers le sud, après que le cours d'eau eut traversé les pâturages de Crooked Elm, était considérable.

Il avait travaillé avec le groupe local de conservation de l'environnement sur de meilleures pratiques de gestion des terres afin de rétablir les zones humides au cours des trois dernières années. Ces efforts demandaient beaucoup de temps, mais les bénéfices à long terme ne pouvaient être sous-estimés. Si seulement Antonia Barclay avait été d'accord…

Parce que ce qui était certain, c'est que selon toute vraisemblance son entêtée petite-fille ne l'écouterait jamais. L'animosité entre eux était trop forte pour qu'ils puissent tenir une conversation courtoise plus de cinq minutes. Il relâcha un long souffle en songeant à Fleur, tout en se demandant si Colin le rappellerait à son sujet. Prenant le pari qu'il décrocherait s'il le recontactait dans l'instant, il composa le numéro de son frère. Une fois encore.

Il avait déjà laissé des messages. Envoyé des textos. Il détestait le fait que sa relation avec son frère cadet se soit détériorée au point qu'ils ne se parlent plus qu'à quelques reprises dans l'année.

— Drake ?

Entendre Colin fut pour lui une réelle surprise après le long silence de la semaine écoulée.

— Tout va bien ?

— Oui, tout va bien. Merci de décrocher. J'ai essayé de te joindre toute la semaine.

Drake perçut la note de reproche qui perçait dans sa propre voix, mais il était trop tard pour l'effacer. Il bascula la tête pour observer le ciel bleu sans nuage, et laissa l'air chargé de l'odeur des pins emplir ses poumons. Cet endroit avait le don de le calmer et d'apaiser ses douleurs. Jamais il n'avait quitté cette terre que ses parents avaient travaillée toute leur vie de leurs propres mains. Ils étaient morts en essayant de l'améliorer.

— Je pensais te rappeler ce week-end, marmonna Colin, tandis que le vrombissement d'un tracteur résonnait derrière lui. Nous avons rassemblé beaucoup de bêtes cette semaine et j'ai donc eu beaucoup de travaux à superviser.

Drake comprenait sa situation. Il regrettait que son frère se soit installé dans le Montana, si loin du ranch. Pourquoi diable s'efforçait-il de développer les activités du Ranch Alexander si cela ne pouvait bénéficier aux membres de la famille ?

Mais il refoula ces pensées pour se concentrer sur la raison de son appel. Il dirigea Pearl à l'écart du lit du ruisseau pour l'engager sur le chemin du retour.

— Désolé de te déranger. Mais une question m'est apparue cette semaine maintenant que Fleur Barclay est de retour à Catamount.

Le silence que rencontra sa question semblait terriblement pesant. Était-il même hostile ?

Il espérait qu'il n'en était rien. Ils n'avaient pas parlé d'elle depuis cinq ans. Spontanément, une image de Colin et de Fleur riant ensemble, leurs visages penchés au-dessus d'un panier rempli de chiots, s'imposa brutalement à son esprit. La chienne du contremaître avait donné naissance à une portée et Colin avait invité Fleur chez eux pour jouer avec les bébés chiens. C'était la première fois qu'il les avait vus ensemble en tant que couple. Cette image était restée gravée dans son esprit.

— Emma m'a parlé du retour de Fleur, dit enfin Colin.

S'il avait encore des sentiments pour Fleur, Drake n'aurait pu le deviner à son ton.

— Et j'ai été désolé d'apprendre le décès d'Antonia.

Il marqua une longue pause avant de poursuivre :

— Tu avais une question pour moi ?

— Fleur a dit quelque chose l'autre soir, après la soirée donnée en mémoire de sa grand-mère, qui m'a fait penser qu'il y avait plus à savoir à propos de vos fiançailles que ce que tu m'en as dit.

Il se souvenait parfaitement de son expression, de ses adorables yeux gris pleins de détresse et de colère.

La rupture avec Colin l'avait profondément ébranlée. Était-ce simplement parce qu'ils étaient terriblement amoureux ? Cette idée le tracassait. Avait-il mal interprété la situation à l'époque ? Il avait été si certain qu'ils n'étaient pas faits l'un pour l'autre, en dehors de toutes considérations financières.

— Tout d'abord, mon frère, il ne s'agit pas d'une question, fit Colin d'une voix tranchante. Ensuite tu devras lui poser la question si tu veux en savoir davantage. Et si c'est tout ce que tu avais besoin de savoir, sache que j'ai une foule de vaches et de veaux qui patientent.

— Attends…

Drake avait une question supplémentaire, mais l'écran de son téléphone lui indiquait que l'appel avait déjà pris fin.

Il fourra l'appareil dans la poche de son jean et s'apprêtait à lancer Pearl au trot quand un mouvement dans la clairière attira son regard. En se tournant, il aperçut une silhouette féminine vêtue d'un T-shirt rouge vif et d'un jean coupé en short qui avançait dans sa direction, un panier à la main.

Fleur.

Ses cheveux dansaient autour de ses épaules et leur couleur semblait plus proche du blond que du roux sous la lueur éclatante du soleil. Quant à son T-shirt, trop court pour atteindre la ceinture de son short, il rendait visible une parcelle de peau. Qu'y avait-il à propos de ce mince ruban de chair qui l'hypnotisait ? Il eut envie de glisser ses mains autour de sa taille à cet endroit, la presser contre lui et sentir sa peau douce contre ses paumes.

Il avait eu beau nier qu'il la désirait, cela n'avait jamais atténué la fascination qu'il éprouvait pour cette femme. L'espace d'un instant il laissa cette vérité le submerger et regretta qu'ils n'aient pas pu faire connaissance dans d'autres circonstances, sans le fardeau de leur passé commun.

Et sans que son frère l'ait voulue pour lui.

Drake se réjouit du temps qu'il fallut à Fleur pour réduire la distance entre eux. Car chaque seconde de ce moment lui fut nécessaire pour prendre le contrôle sur lui-même.

— Je me rends au Ranch Alexander pour enterrer la hache de guerre, annonça-t-elle une fois qu'elle fut plus proche, fixant son regard sur Pearl et non sur lui. Quel splendide cheval. Je peux lui dire bonjour ?

Bien qu'il soit méfiant quant aux raisons qui se cachaient derrière cette offre de réconciliation, Drake n'avait pas d'autre choix que de l'accepter car il avait lui-même des questions à lui poser.

— Bien sûr.

Il lança sa jambe au-dessus de la croupe de la jument et se laissa glisser pour mettre pied à terre.

— Je te présente Pearl, la fille de l'une des juments préférées de ma mère, Black Pearl.

Il n'évoquait pas souvent ses parents, mais il se disait que Fleur se souviendrait peut-être de l'animal. Et peut-être qu'aborder ce sujet était-il sa manière à lui de tenter d'obtenir une trêve.

— Je me souviens de Black Pearl, murmura-t-elle tout en caressant le chanfrein tout blanc de Pearl. J'admirais les talents de cavalière de ta mère. Elle m'encourageait toujours.

Elle jeta un bref regard vers lui, peut-être pour noter sa réaction à l'idée d'une conversation concernant sa mère.

Il réalisa qu'il avait envie d'entendre ce qu'elle avait à dire, cependant. L'ensemble des souvenirs dont il disposait à propos de ses parents était bien trop restreint, et souvent assombri par la querelle qu'il avait eue avec eux la dernière fois qu'ils s'étaient parlé.

*Ton frère et ta sœur t'admirent, Drake. Tu dois offrir un meilleur exemple…*

— Vraiment ? demanda Drake, tout en grattant l'arrière de l'oreille de Pearl après que Fleur eut retiré sa main.

Elle acquiesça d'un signe de tête.

— Je n'étais jamais aussi bonne qu'Emma parce que nous n'avions pas de chevaux chez nous, à Dallas. Mais ta mère choisissait toujours un animal paisible pour que je puisse le chevaucher et gagner en confiance.

Le sourire de Fleur illumina tout son visage, preuve qu'il s'agissait d'un bon souvenir. Il ne pouvait se rappeler avoir un jour vu briller une lueur aussi joyeuse au fond de ses yeux. Pas même lorsqu'elle avait été fiancée à son frère.

Cette pensée lui donna à réfléchir. Il se demanda si la vie avait été plus dure pour elle qu'il ne l'avait cru.

— Je suis heureux d'apprendre cela à propos de ma mère, même si ce que tu me racontes ne me surprend pas.

Tout en s'éclaircissant la voix, il mit de côté ses propres souvenirs pour se concentrer sur elle.

— Tu comptais venir au ranch ? Je ne suis pas sûr qu'Emma soit là, mais tu es… la bienvenue, quoi qu'il en soit.

Il ne pouvait s'empêcher de se montrer hésitant dans ses propos. Lui et Fleur s'étaient opposés trop longtemps. Mais Colin avait soutenu qu'elle était la seule à pouvoir lui fournir les informations qu'il désirait à propos de ses fiançailles rompues.

— J'avais l'intention d'apporter ceci à ta sœur.

Elle souleva le tissu qui couvrait son panier en osier et lui montra les pâtisseries.

— Je voulais m'excuser pour mes paroles hâtives et lui dire que je préparerai le buffet de sa réception de mariage si elle a toujours besoin de mes services.

— Si je t'affirme que je ne lui ai rien dit de ton refus, me permettras-tu de goûter un de ces biscuits ?

Sa main plana au-dessus du panier tandis que la délicieuse odeur d'amande et de beurre venait flatter ses narines.

— Ce sont des *polvorones*, et je te remercie, Drake. Avoir gardé le silence sur le mauvais côté de mon caractère vis-à-vis de ta sœur mérite une récompense. Je t'en prie, prends-en un.

Ses doux mots conciliants éveillèrent une chose à l'intérieur de lui qu'il repoussa vivement pour se concentrer sur les biscuits.

Drake en choisit un et en croqua aussitôt une bouchée. Il était délicieux, comme tout ce qu'elle cuisinait.

— Oh ! waouh ! Tu n'en as pas servi lors de la soirée en souvenir d'Antonia. Je m'en serai souvenu autrement.

Un nouveau sourire s'épanouit sur les lèvres de Fleur.

— J'ai peaufiné la recette toute la semaine, et je suis très contente de cette version.

— Ils sont fabuleux. Meilleurs que tout ce que nous pouvons proposer au Cowboy Kitchen.

Il se rappela qu'elle cherchait à travailler.

— Tu devrais songer à les vendre là-bas.

— Vraiment ? dit-elle d'un air surpris. La cuisinière n'appréciera peut-être pas d'avoir des pâtisseries confectionnées ailleurs qu'au *diner* ?

Drake eut un haussement d'épaules.

— Poser la question ne coûte rien. En attendant, si tu veux, nous pouvons rentrer à cheval, dit-il en désignant sa monture.

— Oh ! non ! ne t'inquiète pas. Cela ne me dérange pas de marcher.

Son regard passa nerveusement de lui à l'animal.

Puis de larges taches de couleur naquirent sur ses joues. Sa réaction renforça la détermination de Drake à la convaincre.

— C'est une journée dédiée à la bienveillance, après tout, insista-t-il.

Fleur fit courir ses yeux gris sur la silhouette du cheval

— Tu crois que Pearl peut supporter deux cavaliers ?

— Oui, elle me fait confiance.

La maison se trouvait seulement à moins d'un kilomètre de distance. Il ne l'aurait pas fait sur un trajet plus conséquent.

Ses mots semblèrent avoir l'effet désiré car Fleur s'approcha et lui tendit le panier pour pouvoir monter en selle.

Il accrocha le panier à un mousqueton attaché à la sacoche de selle, puis tint les rênes tandis qu'elle glissait une botte dans l'étrier. Elle se hissa sur le dos du cheval, d'un mouvement fluide et aisé, c'était comme si elle était née pour être en selle. Bien sûr, elle avait brillé dans les concours de Miss Rodéo et on ne choisissait pas n'importe qui pour représenter ce sport. Les meilleures des concurrentes étaient d'excellentes cavalières.

— Veux-tu t'asseoir devant ?

Elle prit place juste au milieu de la selle, ses jambes nues et bronzées émergeant de ses bottes de cow-boy.

— Tu prends les rênes. Je chevaucherai derrière.

Pearl avait de toute façon bien peu besoin d'être dirigée pour reprendre le chemin de la maison et, en outre, Drake ne pouvait nier son désir d'avoir Fleur entre ses bras, juste pour cette fois. Car il la connaissait suffisamment bien pour se douter que la trêve établie entre eux ne durerait pas.

S'installant d'un bond derrière elle, il enroula un bras autour de sa taille, se remémorant un peu trop tard la façon dont son

T-shirt court n'atteignait pas la ceinture de son short. Son avant-bras se pressa contre sa peau douce et nue et il s'enivra du parfum de vanille qui émanait d'elle au moment où son dos vint se presser contre son torse. Les rondeurs de sa chute de reins quant à elles se pressèrent contre… Ah, bon sang ! Il devait lutter pour s'empêcher de réfléchir aux sensations qui s'éveillaient en lui.

Il talonna doucement Pearl et savoura la vue qu'offraient les jambes de Fleur tout contre son jean tandis qu'ils avançaient au rythme de leur monture. Incapable de se retenir, il épousa de sa paume le contour de sa hanche, tout en sachant qu'il rejouerait cet instant dans son esprit nombre de fois après cette journée.

— Tu es donc d'accord pour préparer le buffet pour le mariage ? demanda-t-il afin de garder son esprit centré sur la réalité et sur les différents scénarios fantasmés tournoyant dans son esprit.

Pearl prenait son temps pour parcourir le chemin menant à la grange. C'était un sacrément bon cheval pour garder Fleur juste à l'endroit où Drake voulait qu'elle se trouve. Pour l'instant, tout du moins.

— J'ai toujours apprécié ta sœur.

Elle le regarda par-dessus son épaule.

— Je ne savais pas vraiment comment elle se sentait après que Colin et moi… après notre rupture. Elle était déjà partie à l'université à cette époque et j'ai hésité à la contacter.

Un oiseau surgit brusquement de l'herbe en poussant un petit cri et la jument s'écarta d'un pas, secouant de ce fait ses cavaliers. Les doigts de Drake se plièrent alors contre la hanche de Fleur et son pouce se glissa sur sa taille.

Rendant tout effort de concentration encore plus difficile.

— Colin n'a jamais parlé de tout cela.

Il se força à ramener ses pensées vers la conversation qu'il avait eue avec son frère un peu plus tôt.

— En fait, je lui ai posé des questions à propos de vos

fiançailles, suite à la discussion que toi et moi avons eue l'autre soir. Mais il m'a dit que si je souhaitais en savoir plus, c'est toi qu'il faudrait que je consulte.

Il patienta, leurs hanches roulant dans un mouvement synchrone tandis que la jument descendait la colline. La tension gagna les épaules de Fleur, mais, en bonne cavalière, jamais elle ne resserra sa prise sur les rênes.

— C'était très gentil de la part de Colin de garder mon secret durant tout ce temps, mais peut-être serait-il bénéfique pour nous tous de le dévoiler en effet, dit-elle enfin.

— Je ne comprends pas.

Le front soucieux, il se pencha sur le côté pour mieux jauger l'expression de la jeune femme.

Fleur tourna la tête pour croiser son regard un bref instant. Ses yeux brillaient d'émotion.

— Je n'ai jamais voulu que quiconque le sache, dit-elle doucement. J'étais enceinte.

# - 5 -

Le secret avait franchi ses lèvres plus aisément qu'elle ne l'aurait imaginé, après toutes ces années.

Fleur se sentait délestée d'un lourd fardeau. Pas nécessairement parce qu'elle s'était confiée à Drake. Mais simplement parce qu'elle avait dit la vérité à *quelqu'un*, enfin. Il était vrai toutefois que se trouver à cheval avec Drake, sans lui faire complètement face, avait facilité la divulgation de l'ancien secret. Ou plutôt, si elle voulait se montrer tout à fait honnête envers elle-même, peut-être que lui livrer cette information soigneusement gardée jusqu'alors avait-il aussi été un moyen de distraire son esprit de la conscience exacerbée qu'elle avait de sa présence en étant pressée contre son corps musclé et viril. Chaque bouffée d'air qu'elle respirait était chargée d'une senteur de pin et de cuir agrémentée de sa propre odeur si sensuelle.

Elle se sentait brûlante. À fleur de peau.

Alors peut-être que le fait de partager la vérité liée à son passé avec Colin était un moyen d'éteindre ce brasier.

— Mon Dieu, Fleur.

La voix de Drake semblait étranglée, comme si un poids pesait lourdement sur sa poitrine.

— Je ne m'en suis jamais douté. Et je ne peux pas croire que Colin n'ait rien dit…

— Je lui ai fait jurer de garder le secret. Je voulais d'abord trouver le moyen de le dire à ma famille. Puis à la tienne ensuite.

Elle jeta un regard par-dessus son épaule au moment où le cheval s'engageait dans un tunnel formé par de grands pins. L'ombre dissimula l'expression qui se peignait sur les traits de Drake, mais elle pouvait apercevoir sa mâchoire crispée et le pli amer de sa bouche.

— Mais tout de même, il aurait dû…

Il secoua la tête, la frustration l'empêchant de finir.

— Que veux-tu dire ? Qu'il aurait dû rompre sa promesse pour se confier à toi ? Je ne voulais pas que tout le monde sache que nous nous mariions à cause du bébé, même s'ils auraient tous fini par le découvrir.

Cela lui avait pris un certain temps, mais elle avait pardonné à Colin son empressement à fuir la ville une fois qu'elle lui avait rendu sa bague. Même si elle lui en voulait pour avoir montré tant de facilité à renoncer. Pas seulement à elle, mais à l'avenir qu'ils avaient entrevu ensemble, même brièvement, avec leur enfant.

— Ce n'est pas ce que je m'apprêtais à dire.

Tenant toujours sa taille, Drake retira son Stetson de sa main libre et s'essuya le front du revers du poignet.

— Il avait des obligations envers toi.

— Ce n'est pas ce que tu pensais à l'époque, lui rappela-t-elle, en prenant un plaisir un petit peu trop vif à ce défoulement de rancœur.

— Tu as raison. Bien sûr.

Il avait prononcé ces mots à voix basse tout en replaçant son chapeau sur sa tête. Il relâcha un souffle lent tandis que sa main glissait sur la ceinture de son short, son pouce effleurant de nouveau la peau nue sous son T-shirt court.

Un frôlement fortuit. Rien de plus.

Pourtant la sensation l'électrisa malgré tout.

Son pouls s'accéléra et le besoin de riposter s'éveilla. Le besoin de prendre de la distance avec ce qu'elle ressentait quand elle était près de lui.

— C'est une grande première dont je prendrai note. Le champion de rodéo et roi de l'élevage de Catamount est d'accord avec moi, la reine du rodéo réprouvée.

Elle garda les yeux rivés sur la piste devant eux, heureuse

d'apercevoir enfin l'imposante demeure de rondins et de pierres où elle pourrait mettre pied à terre.

Avait-elle réellement cru un instant qu'elle pourrait faire la paix avec Drake ? Son torse frottait son dos au rythme des pas du cheval, tandis que la chaleur de son corps et sa force lui rappelaient le temps qui s'était écoulé depuis la dernière fois où elle s'était retrouvée aussi près d'un homme. Ce devait certainement être la raison pour laquelle elle ne pouvait s'arrêter d'imaginer à quoi ressemblerait de se tourner et de goûter ses lèvres. De toucher son corps.

Pourquoi fallait-il qu'elle ressente cette sensation pour un homme qui ne l'avait jamais comprise ? Et qui s'était donné du mal pour s'assurer qu'elle sache qu'il ne l'appréciait pas.

— J'ai assez de cran pour reconnaître mes erreurs.

Son ton avait toujours la douceur adoptée plus tôt.

Sa gentillesse face à ses tentatives d'établir de nouveau une hostilité entre eux ne faisait que la déstabiliser. Elle résista à l'envie brûlante de jeter un regard vers lui par-dessus son épaule.

La gorge nouée, elle garda le silence et forma le vœu que Pearl rejoigne plus vite la vaste demeure qui n'était plus qu'à une cinquantaine de mètres. Ils arrivèrent par l'arrière de la bâtisse, à l'endroit où un ruisseau alimentant la White River décrivait une large courbe au pied de la grande terrasse pavée. Des chaises Adirondack étaient disposées autour d'un foyer de pierre à l'une des extrémités de la terrasse, et un ponton en bois s'avançait dans le cours d'eau de l'autre côté.

Le ruisseau ne semblait pas asséché à cet endroit, ainsi que Josiah Cranston l'avait suggéré. Elle avait remarqué que le cours d'eau sur la propriété des Barclay ne paraissait pas aussi vigoureux. Mais le moment était mal choisi pour parler de gestion des terres.

— Fleur ?

La voix de Drake paraissait plus proche, son souffle chaud balaya ses cheveux.

Son parfum entêtant donna à Fleur l'envie de respirer à

pleins poumons. Elle frémit et ferma les yeux l'espace d'un bref instant pour éloigner toute illusion d'attirance.

— Qu'y a-t-il ?

Les mots avaient franchi ses lèvres avec plus de sévérité qu'elle ne l'avait voulu.

— Puis-je te demander… ?

Il déglutit avec peine, ce qui parut à Fleur être le signe de son hésitation.

— Qu'est-il arrivé à l'enfant ?

L'ancienne douleur, toujours aussi intense, se réveilla en elle soudainement. Ce cruel sentiment de perte et de vide si fort que sa main se porta aussitôt sur son ventre.

Juste à l'endroit où se trouvait l'avant-bras de Drake.

Elle ne s'écarta pas, toutefois, tandis que ses souvenirs la portaient vers le bébé perdu.

— Ma fausse couche a été précoce, reconnut-elle, les yeux brûlants de larmes retenues. Juste après que Colin a fait établir l'accord prénuptial avec des dispositions généreuses pour moi au cas où notre union ne fonctionnerait pas. Il l'a fait dans l'idée de nous donner une chance.

Elle ressentait le besoin d'insister sur ce point, car elle savait que Drake avait été convaincu que l'argent avait été son unique raison de vouloir épouser Colin.

— Lorsque tu m'as demandé de rompre, je n'étais plus enceinte. C'est pourquoij'ai accepté.

Derrière elle, Drake se tenait tout à fait immobile. Le cheval s'était arrêté sur une étendue d'herbe proche de la terrasse.

— Je suis terriblement désolé, Fleur.

À un moment, Drake l'avait attiré plus près de lui, son bras musculeux la serrant plus fort. Sa joue était posée contre ses cheveux et elle pouvait sentir son cœur battre contre son dos. Il serait certainement préférable de s'écarter de lui, mais elle ne pouvait trouver en elle la volonté de renoncer à ce réconfort qu'elle n'avait jamais reçu pour la perte de son enfant.

L'espace d'un instant elle laissa la sensation se diffuser en elle, s'autorisant ce moment d'apaisement né de ses excuses.

Du contact de ses doigts.

Une larme jaillit de ses yeux pour retomber sur le bras de Drake. Elle fixa la goutte qui disparut bientôt dans l'interstice entre sa main et la peau de Drake.

— Je te remercie. Cela remonte à longtemps maintenant.

La période avait été complexe. Elle s'était inquiétée à propos de la grossesse et de la façon dont elle changerait sa vie, mais jamais elle n'avait eu envie de ne pas avoir ce bébé.

À cette époque, cette perte lui était apparue comme encore une autre façon de se voir refuser d'avoir une famille, chose qui lui manquait cruellement depuis que le mariage de ses parents avait volé en éclats. Jusqu'au moment de sa fausse couche, elle n'avait pas pris conscience des si nombreux espoirs qu'elle avait déjà bâti autour de la petite vie qui s'épanouissait en elle.

— Ce qui rend mes excuses non seulement inappropriées, mais aussi bien trop tardives.

Drake pressa légèrement sa main avant de la relâcher.

Il lança une jambe par-dessus la croupe de Pearl pour mettre pied à terre, puis tendit les mains vers Fleur pour l'aider à faire de même. Une politesse dont elle n'avait guère besoin. Mais étant donné qu'elle se sentait quelque peu ébranlée, elle ne protesta pas. Et plonger son regard dans ses yeux bruns à cet instant-là renforça les étincelles qui crépitaient en elle.

Ce n'était pas parce qu'elle avait accueilli avec plaisir le réconfort qu'il lui avait offert qu'elle céderait à cette conscience de plus en plus aiguë de sa présence.

Se détachant de ses bras, elle tendit une main pour libérer le panier de biscuits du mousqueton. Un peu tard, elle se souvint que sa mission du jour n'avait rien à voir avec les sujets qu'ils avaient évoqués. Comment pouvait-elle parler à Drake de zones humides et de gestion des terres alors que son pouls s'agitait follement et que sa peau semblait devenir brûlante sous ses doigts ?

— Je peux le détacher, proposa-t-il.

Leurs doigts se frôlèrent au moment où il pinçait le mousqueton pour l'ouvrir.

Elle voulut protester – elle avait vraiment besoin sur le champ de la protection offerte par un moment de désaccord – mais son regard percuta de nouveau le sien. Et elle fut stupéfaite d'y lire un sentiment tout nouveau de douceur et d'intérêt.

Sa gorge s'assécha. Elle prit une brève inspiration, luttant pour garder son sang-froid alors qu'ils se tenaient côte à côte, leurs mains posées de chaque côté du panier.

L'attention de Drake fut attirée vers sa bouche. On eût dit qu'il avait entendu son souffle heurté et qu'il avait compris ce qu'il signifiait. Le cœur de Fleur battait si fort qu'elle se demanda s'il l'entendait également.

Comme envoûtée, elle commença à se tourner vers lui.

Jusqu'à ce qu'une voix féminine s'élève depuis la maison.

— Fleur, te voilà ! s'exclama Emma, faisant reculer Fleur d'un bond.

Un soupir de soulagement – ce devait être cela et non une manifestation de déception à l'idée de voir s'interrompre ce moment – dissipa le trouble qui s'était emparé d'elle un instant plus tôt. Fleur se dit qu'elle parlerait à Drake en une autre occasion, à un moment où elle ne serait pas aussi bouleversée. Ses lèvres dessinèrent un sourire accueillant et elle se tourna vers son amie.

— Emma, je suis si contente de te voir.

Nerveux, Drake guida Pearl vers la grange tout en lui parlant à voix basse. La jument s'ébroua et le suivit, son doux chanfrein se pressant contre son épaule par instants.

Fleur avait porté l'enfant de Colin.

La nouvelle le sidérait. Peut-être aurait-il dû le deviner au vu de la rapidité avec laquelle ils s'étaient fiancés et du malaise qu'avait laissé apparaître Colin. Fleur elle-même n'avait pas donné l'impression d'être une future mariée pressée de marcher jusqu'à l'autel. Ce qui avait éveillé la méfiance de Drake au sujet de leurs motivations et de leur amour. Mais la possibilité d'une grossesse n'avait jamais traversé son esprit.

Et cela ne lui fournissait-il pas quelques indications à propos de la rapidité avec laquelle il avait fait des suppositions au sujet de Fleur ? Il le regrettait, ne serait-ce que parce que son ingérence dans leurs affaires aurait pu avoir des conséquences dévastatrices pour la lignée familiale des Alexander. Oui, elle avait dit qu'elle avait déjà perdu l'enfant au moment où Drake l'avait convaincue de rompre les fiançailles. Mais que se serait-il passé si tel n'avait pas été le cas ? Aurait-elle malgré tout cédé à son insistance ?

Il aurait alors été responsable d'avoir causé la séparation de Colin avec la mère de son enfant. Il n'y avait rien d'étonnant à ce que son frère ne lui parle pas.

Une fois arrivé à la grange, il attacha Pearl pour la brosser. Des employés du ranch auraient pu se charger de cette tâche, mais ce simple rituel représenterait une distraction bienvenue alors que son esprit était en surchauffe.

Car même s'il pouvait mettre de côté le fait que Fleur et Colin avaient partagé un lien plus profond que ce que Drake ne l'avait compris, il ne pouvait oublier l'autre pensée tournoyant dans son esprit. Un moment intense avait eu lieu quelques instants plus tôt quand il avait failli l'embrasser. Et il aurait pu jurer qu'elle aussi avait eu envie de lui.

Il retira la selle et la bride, les rapporta dans la sellerie et y prit la brosse. Les écuries étaient vides, mais un vieux palomino se tenait près de la grange dans un recoin ombragé.

— Bonjour, Pharaon, dit-il en lui grattant le flanc.

Depuis l'endroit où il se tenait, il pouvait apercevoir la maison principale et la terrasse pavée où sa sœur et Fleur avaient pris place, s'installant dans les chaises Adirondack près de la courbe du ruisseau. Le panier en osier empli de biscuits était posé sur une table basse placée entre elles à côté d'une carafe de limonade. Il était trop loin pour les entendre mais il pouvait suffisamment bien voir le profil de Fleur, son sourire et son attitude détendue, pour comprendre qu'Emma l'avait mise à l'aise.

Il se sentait soulagé de savoir que Fleur était capable de mettre suffisamment de côté leur conversation pour profiter du moment passé avec sa sœur. Parler de la fausse couche l'avait visiblement bouleversée. Il avait été surpris lorsqu'elle avait tenté de minimiser son rôle dans la rupture de ses fiançailles avec Colin en lui assurant qu'elle avait déjà perdu le bébé à ce moment-là. Il avait été si ébranlé par la nouvelle concernant sa grossesse qu'elle aurait pu le mettre K.-O. en lui laissant penser qu'il l'avait privée du soutien du père de son enfant à un moment critique.

Pourtant, elle ne l'avait pas fait. Même s'il était plus que certain que tel avait été le cas.

Depuis l'endroit où elle était assise, elle tourna soudainement la tête vers lui, comme si elle avait senti son regard sur elle. Le feu du désir se ralluma, comme une flamme jaillissant de braises cachées sous les cendres.

Il lui adressa un signe de tête et caressa une dernière fois Pharaon avant de regagner la fraîcheur de la grange. Après avoir trouvé une étrille et des brosses pour Pearl, il s'attela aux soins de sa jument.

Tout en s'occupant de l'animal, il songea à ce qu'il ferait ensuite, tout en sachant qu'il lui fallait se tenir sur ses gardes. Leur vieille inimitié s'estompait. Comment pouvait-elle perdurer avec tout ce qu'il savait à présent ?

Il avait fait du mal à Fleur Barclay.

Comme il le lui avait dit, il était capable de reconnaître une erreur. Mais ce n'était pas son problème le plus urgent. En cet instant, la seule pensée qui occupait son esprit était la façon dont son corps avait si délicieusement épousé le sien lorsqu'ils étaient en selle. La façon dont la respiration de Fleur s'était accélérée quand son pouce avait frôlé la mince bande de peau nue au niveau de sa taille. La façon dont ses yeux gris avaient pris la couleur de l'argent en fusion durant cet interminable moment où il avait songé à l'embrasser.

Il s'agissait d'un problème bien plus considérable que l'erreur qu'il avait commise cinq ans plus tôt. Parce que cela signifiait qu'il désirait la femme que son frère avait aimée.

Et s'il avait le moindre espoir de réparer les dégâts qu'il avait déjà causés à la relation qui l'unissait à son frère, il ne pourrait jamais céder à ce désir.

— Un peu plus de poulet ? demanda Emma à Fleur tandis qu'elles terminaient le dîner improvisé que la jeune femme lui avait proposé peu après son arrivée. Son hôtesse avait réussi l'exploit de préparer un barbecue vêtue d'une jupe de denim blanc et d'une blouse orange sans projeter la moindre goutte de sauce sur sa tenue. Sa bague de fiançailles ornée d'un solitaire en forme de poire brillait à son doigt.

— Ou veux-tu que j'apporte les *polvorones* pour le dessert ?

Toutes deux se tenaient sur la terrasse tandis que le soleil descendait plus bas vers l'horizon. Emma avait servi un repas délicieux, fait de salades, de pain frais et d'un plat de poulet. Il avait fallu un certain temps à Fleur pour se détendre car elle n'avait cessé de penser que Drake les rejoindrait à table.

En effet, Emma avait noté à plusieurs reprises qu'il se joignait habituellement à elle pour le dîner. Alors peut-être restait-il à l'écart du repas à cause de Fleur. Ce qui était tout aussi bien, évidemment. Elle préférait même qu'il en soit ainsi. Son ancienne façon de se comporter avec Drake – l'ignorer, le détester – était plus simple que quoi qui ait pu se passer entre eux plus tôt dans l'après-midi, au moment où les choses s'étaient brusquement enflammées.

— Je serais incapable d'avaler la moindre autre bouchée, Emma. Mais je tiens à te remercier. Tout était absolument succulent, et j'ai vraiment adoré le repas.

Fleur secoua sa serviette au-dessus de l'étendue d'herbe la plus proche de la table de pique-nique, puis plia le tissu vichy et le posa près de son assiette vide.

Elle avait presque réussi à se convaincre que ces moments haletants avec Drake, lorsque l'atmosphère s'était retrouvée saturée d'électricité et qu'elle aurait pu jurer qu'il était prêt à l'embrasser, n'étaient que le fruit de son imagination.

Ils ne s'étaient jamais appréciés et il était donc clair que le fait qu'elle pense avoir presque failli embrasser Drake Alexander n'était qu'une vue de l'esprit.

Tendant la main au-dessus de la table de fer forgé, Emma vint presser délicatement son bras.

— J'ai été ravie de cuisiner pour toi et de passer un peu de temps en ta compagnie. Je suis ravie que tu aies acepté d'assurer le service traiteur pour le mariage.

Fleur sourit, sentant la joie la gagner. Elle ne s'était pas attendue à ce qu'Emma se montre amicale si facilement après la rupture des fiançailles.

Cette pensée ramena à son esprit l'image de son ex-fiancé. Elle ne pouvait faire autrement que de poser à Emma une étrange question :

— Hum. Il y a un ennui à propos du mariage …

Elle changea sa position sur le banc, se forçant à croiser les grands yeux noisette d'Emma. Elle avait beau avoir vraiment envie d'obtenir ce travail – et elle avait vraiment besoin de la rémunération à ce stade – elle ne voulait pas créer le moindre malaise au sein de la famille Alexander.

— … Tu sais que ça s'est mal terminé entre Colin et moi. N'es-tu pas inquiète du fait que cela puisse être bizarre pour lui … que je sois impliquée dans l'organisation de ton « grand jour » ?

Emma inclina la tête sur un côté tandis que ses lèvres dessinaient une petite moue.

— J'espère que cela ne lui sera pas difficile, mais étant donné le peu d'efforts qu'il a fourni pour améliorer la situation avec Drake après leur brouille à ton sujet, je ne laisserai pas ses sentiments dicter mes choix.

Fleur eut un léger mouvement de recul à ces mots.

— Ils se sont disputés ?

Elle avait ignoré qu'il existait des tensions entre eux – aujourd'hui ou à l'époque.

— Et tu crois que c'était à mon sujet ?

— Tu ne le savais pas ?

Les yeux d'Emma s'arrondirent d'étonnement. Elle repoussa son assiette pour poser ses coudes sur la table.

— Lorsque Colin est parti vivre dans le Montana, son intention était de mettre de la distance entre lui et Drake. Il n'est pas rentré à la maison depuis… enfin, tu sais. Depuis que c'est fini avec toi.

Fleur secoua la tête. Elle ne pouvait croire qu'elle avait été la cause d'un pareil affrontement.

— Il devait y avoir une autre raison que moi. Colin et moi… nous n'étions pas destinés à passer notre vie ensemble. Il le savait tout autant que moi.

Elle n'avait pas toujours aimé l'admettre vis-à-vis d'elle-même. S'accrocher à sa colère contre Drake avait été plus facile que de faire des reproches à Colin, qui avait été son ami avant d'être son amant, même si cela n'avait duré que fort peu.

Elle repensa à la courte visite qu'il lui avait rendue dans la maison de sa grand-mère, à ce moment où elle lui avait dit qu'ils n'avaient plus de raison de rester ensemble étant donné qu'elle avait perdu le bébé. Il s'était montré gentil. Tendre, même. Et il lui avait souhaité le meilleur pour l'avenir lorsqu'elle lui avait rendu sa bague.

Ce souvenir aurait pu se perdre dans le passé, sauf qu'elle avait été profondément plongée alors dans sa propre douleur. Le fait qu'il quitte sa vie, alors qu'elle aurait eu besoin de quelqu'un avec qui partager sa peine, ou qui puisse la tenir dans ses bras tandis qu'elle pleurait, l'avait dévastée. Elle avait attendu son départ pour céder aux émotions qui la submergeaient. Et elle avait pleuré des jours durant. Des semaines, peut-être.

Pourtant elle n'avait pas blâmé Colin, faisant le choix de faire peser ses reproches sur son frère qui avait fait pression sur elle pour mettre fin à leurs fiançailles. À présent, elle devait s'interroger sur la raison pour laquelle elle avait été satisfaite de faire endosser à Drake les habits du méchant. Mais il était vrai toutefois que cet homme avait toujours suscité en elle des émotions puissantes.

Même en cet instant, ses pensées se portaient vers lui et non vers son frère qui se trouvait si loin, dans le Montana.

— Le penses-tu vraiment ? demanda Emma.

Autour d'elles, les torches tiki disposées autour de la terrasse s'enflammèrent automatiquement, nimbant les environs assombris d'une lueur dorée.

— Mais pour être tout à fait honnête, je n'ai jamais pensé non plus que vous étiez faits l'un pour l'autre.

Elle s'interrompit un instant, puis un sourire illumina ses traits.

— Quoi qu'il en soit, si Colin voulait avoir son mot à dire sur l'organisation de mon mariage, il aurait pu revenir au ranch pour me féliciter ou bien me rendre visite à n'importe quel moment au cours des cinq dernières années.

Fleur ressentit un nouveau malaise en songeant à ce qu'elle avait appris. Il se passait des choses au sein de la famille Alexander dont elle n'avait pas eu connaissance et auxquelles elle n'était pas prête à se confronter lorsqu'elle travaillerait durant le mariage. Elle compatissait – sa propre famille avait son lot de problèmes, mais l'idée d'être à l'origine du différend entre Drake et Colin la mettait mal à l'aise. Toutefois, étant donné qu'elle ne pourrait pas se permettre de payer l'électricité du ranch le mois suivant si elle ne travaillait pas, elle irait de l'avant.

Elle se leva pour aider Emma à débarrasser la table, changeant de sujet dans le but de détendre l'atmosphère. Mais alors qu'Emma se livrait à la description détaillée de sa robe de mariée et lui faisait part de son projet d'organiser l'échange de vœux près du ruisseau, les pensées de Fleur ne cessaient de revenir à Drake.

Non pas uniquement à propos de la façon dont il l'avait tenue alors qu'ils étaient en selle. Ou du moment suspendu durant lequel elle pensait qu'il aurait pu l'embrasser. Elle se demandait également ce qui s'était passé entre les frères Alexander pour que Colin quitte Catamount pour de bon.

Et si le malentendu la concernait, ou qu'elle avait le pouvoir de le dissiper ? Fleur savait à quel point il était douloureux que des membres d'une même fratrie soient en conflit.

Après avoir décidé d'aborder le sujet avec Drake quand elle l'approcherait à propos de la question de la gestion des terres, elle souhaita une bonne soirée à Emma. Il lui fallait repartir à pied avant qu'il ne fasse plus sombre.

— Laisse-moi te déposer chez toi, proposa Emma.

— Non, ne t'inquiète pas. L'air frais me fera le plus grand bien.

— Alors tu peux au moins prendre l'un des chevaux. Le ranch est trop loin pour que tu rentres en marchant, surtout à cette heure. Et Drake se trouve sans doute toujours dans la grange. Il peut en seller un pour toi.

— Ce n'est pas la peine, je t'assure, fit Fleur en avançant sur l'herbe humide bordant le ruisseau.

Même si elle avait décidé de parler à Drake, elle ne s'était pas encore suffisamment remise de leur dernière conversation pour passer plus de temps en sa compagnie.

— Et que se passera-t-il si tu mets le pied dans un marécage ? lança Emma. Un cheval te gardera en sécurité et t'offrira une compagnie bienvenue.

Fleur recula encore. Elle considérait avoir déjà pris trop de temps à la jeune femme.

— Oublie ça, veux-tu ? Merci encore pour cette charmante

soirée… Oups ! s'exclama-t-elle lorsque son dos rencontra un mur chaud et musclé.

Les mains de Drake se posèrent sur ses bras pour l'aider à retrouver son équilibre. Dans le même temps il appela sa sœur par-dessus la tête de Fleur.

— Je m'occupe d'elle, Emma. Je vais la reconduire chez elle.

Le cœur de Fleur battait trop fort pour le contredire. Et la dernière chose dont elle avait envie était de se quereller avec le frère de son amie Emma, qui lui passerait un contrat juteux pour un travail de traiteur.

Elle réprima l'élan intense qui s'était éveillé en elle et le transforma en énervement. Elle jeta donc des regards noirs à Drake tout en l'accompagnant vers son pick-up, garé près d'un hangar à matériel. Elle attendit qu'il l'aide à grimper dans la camionnette mais, une fois qu'il eut refermé la porte derrière elle et eut pris place sur le siège conducteur, elle se tourna vivement vers lui.

— Que crois-tu faire exactement ?

# - 6 -

Excellente question.

Drake ne se l'était posée qu'une vingtaine de fois depuis que sa proposition de reconduire Fleur chez elle avait jailli de ses lèvres. Qu'avait-il bien pu lui passer par la tête, alors qu'il avait sauté le repas pour l'éviter, et avait passé son temps à se houspiller pour convoiter la femme contre laquelle il avait mis son frère en garde ?

Il enclencha la marche arrière.

— Je te ramène chez toi, parvint-il à lâcher après avoir desserré suffisamment les mâchoires. Voilà ce que je fais.

Le son du lourd soupir de Fleur exprima une exaspération similaire à la sienne. Il engagea une vitesse et prit la direction de la route principale.

— Ce que je veux dire c'est, pourquoi proposer de me ramener maintenant, considérant combien cette journée a été étrange ?

Sa voix gardait sa douceur féminine malgré sa frustration. Cela le fit songer aux confidences échangées plus tôt.

— Et ne dis pas qu'elle ne l'était pas. Tu as tout fait pour décevoir Emma en ne venant pas à son dîner. Je sais que c'est parce que tu n'avais pas envie de me voir.

Il réfléchit à la question tandis que les phares illuminaient le chemin à travers l'obscurité.

— Je n'ai pas esquivé le dîner uniquement pour t'éviter, dit-il doucement. J'avais besoin de temps pour réfléchir à ce que tu m'as dit. Cela change… des choses. Entre mon frère et moi.

Voyant qu'elle ne répliquait pas, il jeta un regard furtif dans sa direction. Sa tête était tournée vers la fenêtre, côté passager, et elle traçait d'un doigt un dessin sur la vitre.

— Je n'avais pas réalisé avant ce soir que ta relation avec Colin était tendue. Je supposais qu'après la rupture de nos fiançailles tout était revenu à la normale entre vous.

Que dire de la discussion houleuse qu'il avait eue avec Colin cinq ans plus tôt ? Drake préférait en règle générale garder confidentielles les questions privées concernant la famille Alexander. Mais étant donné le rôle de Fleur dans cette affaire – et le fait qu'elle serait présente lorsque Colin ferait son retour pour le mariage d'Emma – il pensa qu'il valait mieux partager quelques informations.

Par ailleurs, il fallait bien qu'il commence quelque part s'il désirait bâtir une certaine confiance entre eux.

— Les choses ont atteint leur paroxysme le jour où je vous ai entendus tous les deux parler de l'accord prénuptial. Je lui ai confié mes inquiétudes la veille du jour où je t'ai affrontée au sujet de votre projet de mariage.

Il n'aimait pas se souvenir de cette querelle, mais il voulait lui dresser un tableau de la situation :

— Mon insistance quant au fait qu'il était trop jeune pour se marier et que vous n'étiez pas sortis ensemble suffisamment longtemps l'a amené à se révolter contre tout ce que j'avais fait depuis que j'étais devenu chef de famille. Il m'a accusé d'organiser toute sa vie à sa place, car j'attendais de lui qu'il s'implique dans la gestion du ranch.

Drake s'était alors emporté, se demandant comment son frère cadet pouvait avoir l'audace de suggérer que *sa* vie avait été planifiée par lui. Pensait-il sincèrement que Drake avait été en mesure de faire ses propres choix ? Toutes ses actions avaient eu pour but de protéger son frère et sa sœur, de garantir leur avenir. Il avait abandonné ses projets d'études universitaires et presque toute pratique du rodéo, un sport qui représentait tant pour lui.

— Mais Colin avait vingt-trois ans à l'époque, il avait fini ses études, ce n'était plus un gamin, dit-elle, déconcertée. Je pensais qu'il aimait vraiment travailler ici. Nous avons même parlé de nous installer à Catamount pour de bon.

Savait-elle à quel point elle semblait nostalgique ? se demanda-t-il.

L'idée lui rappela la responsabilité qui était la sienne dans leur rupture, et le nouveau sentiment de culpabilité se mêla à une forme d'amertume à l'idée qu'elle pourrait encore vouloir Colin alors que Drake ne pouvait s'empêcher de penser à *elle*.

Il resserra ses mains sur le volant.

— Peut-être l'a-t-il seulement dit pour être aimable.

Il ne pouvait empêcher la dureté perçant dans sa voix.

— Il m'a dit plus d'une fois qu'il voulait se retirer de l'affaire familiale. Je pensais que c'était parce qu'il n'aimait pas l'élevage de bétail. Imagine ma surprise quand il a acheté son propre ranch dans un autre État. Il s'avère que le problème n'était pas ce travail. Mais bien moi.

Malgré tout ce qu'il avait fait pour son frère et sa sœur après la mort de leurs parents. Colin était âgé de quatorze ans au moment de leur décès. Il aurait été placé en famille d'accueil si Drake n'avait pas abandonné ses études universitaires pour superviser le quotidien de son frère et de sa sœur et le ranch. Dieu merci, il était âgé de dix-huit ans à l'époque. Il trembla en songeant à ce qui aurait pu leur arriver à tous s'il avait eu ne serait-ce qu'un an de moins.

Il ne s'était pas attendu à recevoir des remerciements pour son choix. Jamais il n'aurait pu en faire un autre. Mais il n'aurait pu imaginer que Colin lui en voudrait.

Durant le moment de silence qui s'ensuivit, la main de Fleur se posa légèrement sur sa cuisse.

— Cela n'a peut-être rien à voir avec toi, dit-elle doucement. Mes sœurs ont couru vivre sur deux côtes opposées juste après le divorce de mes parents. Je ne crois pas que c'était moi qu'elles voulaient fuir, mais plutôt l'endroit où elles avaient été si malheureuses.

L'idée ne déplut pas à Drake. Il aurait même pu y puiser un certain réconfort, sauf que la main de Fleur sur sa cuisse ne lui faisait penser qu'à une chose : explorer tout son corps.

Son muscle se tendit sous sa paume. Tout son corps se tendit à vrai dire. Son sang se faisait plus brûlant quand elle se trouvait près de lui, et il ne pouvait l'empêcher.

Il fut donc heureux d'apercevoir l'embranchement menant à la maison de sa grand-mère. Plus vite il la déposerait, plus vite il pourrait mettre fin à cette torture. Il attendrait un autre jour pour tenter de l'amadouer pour qu'elle lui vende Crooked Elm. Pour ce soir, il lui fallait battre en retraite jusqu'à ce qu'il ait trouvé quoi faire de cette révélation inattendue, la découverte qu'un feu ardent couvait sous les braises de leur hostilité de longue date.

— Après tout ce temps passé à se consacrer aux rodéos à travers tout l'Ouest – moi, l'homme qui chevauchait les taureaux et toi, la reine du rodéo…, fit-il en jetant un regard dans sa direction, un sourire détaché sur le visage, qui aurait pensé que nous serions ceux qui nous emploierions à entretenir le feu au sein de nos foyers ?

Sa main quitta aussitôt sa jambe – aussi qu'il s'y était attendu. C'est sur la route que leur inimitié avait pris naissance, et il savait que ce souvenir viserait juste.

Son contact avait beau lui manquer, il savourait ce moment de répit.

— Tu ignorais que j'avais un côté sentimental, pas vrai ? répliqua-t-elle tandis qu'il ralentissait pour stopper devant la maison de sa grand-mère.

— Tu as toujours eu du mal à voir ce qui se cachait sous les robes à paillettes et les vestes à franges mais c'est bien là.

La dernière chose dont il avait besoin était de commencer à imaginer ce qui se cachait sous ses vêtements.

Mais son ton ironique et son sourire crispé le faisaient se sentir stupide de ne pas avoir simplement accepté le réconfort qu'elle lui avait offert. Cependant, découvrir qu'il était plus attiré que jamais par Fleur le perturbait terriblement et il ne pouvait se permettre un autre moment de fascination tel qu'il l'avait vécu plus tôt dans la journée. Mieux valait la laisser repartir furieuse contre lui.

— Si tu le dis, lâcha-t-il en stoppant le pick-up. Bonne nuit à toi, mademoiselle Silver Spurs.

Et il ne fut pas surpris lorsqu'elle lui claqua la porte au nez.

En arrivant au Cowboy Kitchen juste au moment de l'ouverture, sa voiture pleine de pâtisseries prêtes à être vendues par le *diner*, Fleur espérait pouvoir continuer à éviter Drake. C'était là un avantage d'avoir à se lever bien avant l'aube pour commencer à travailler en cuisine – entrer et ressortir du Cowboy Kitchen sans croiser son propriétaire. Dix jours s'étaient écoulés depuis qu'il l'avait reconduite chez elle après son dîner avec Emma, et elle imaginait qu'il se donnait autant de mal qu'elle pour s'assurer qu'ils restent à bonne distance l'un de l'autre.

Elle avait reconnu la tactique qu'il avait employée ce soir-là. Juste après lui avoir exposé quelque chose de profond et vrai, il avait transformé la conversation en joute verbale.

Jamais elle n'avait vu aussi clair dans son jeu : Il se cachait derrière leurs vieilles querelles aussi certainement qu'elle le faisait elle-même et comprendre cela l'avait ébranlée.

Quoi qu'il en soit, elle avait suivi son conseil et discuté avec la gérante et serveuse, Marta, sa vieille amie du club 4-H, de la possibilité de disposer biscuits, tartes et gâteaux sur un présentoir deux à trois fois par semaine. Marta avait accueilli l'idée avec enthousiasme et elles avaient débuté la semaine précédente.

Deux jours plus tôt, Marta avait informé Fleur que tout avait été vendu, et qu'elle était prête à lui passer de nouvelles commandes. Cela tombait à merveille pour le paiement des factures de Fleur. Le règlement pour la préparation du buffet du mariage d'Emma n'interviendrait qu'après l'événement et un premier versement dépendait d'une dégustation prévue pour le soir même. Elles finaliseraient le menu à son issue afin que Fleur puisse commander tout ce dont elle avait besoin. Il restait moins de deux semaines avant le mariage.

Et bien que ses deux nouvelles sources de revenu soient liées à Drake Alexander, au moins ne travaillait-elle pas directement pour lui. Elle n'était qu'une prestataire externe, n'est-ce pas ? Elle n'avait pas à se sentir dépendante de Drake, même si le riche propriétaire de ranch semblait apporter son soutien à tout Catamount d'une façon ou d'une autre. Même le groupe local de conservation de l'environnement avait chanté ses louanges lorsqu'il était venu chez elle la veille pour fixer un rendez-vous afin de discuter de la dégradation des zones humides sur la propriété de Crooked Elm. Elle avait remis leur rencontre à quelques jours plus tard, craignant que leurs demandes soient coûteuses alors qu'elle ne pouvait plus investir le moindre sou dans la propriété.

Toutefois, chaque journée passée à travailler dans la cuisine de Gran lui faisait regretter d'avoir à vendre Crooked Elm.

Elle s'apprêtait à ouvrir la porte arrière de son vieux tacot pour décharger ses pâtisseries lorsque son portable vibra. À 6 heures du matin ? Surprise, elle tira le téléphone de la poche de sa jupe en jean pour consulter son écran.

Jessamyn.

— Allô ?

Elle s'appuya contre le coffre de sa voiture en prenant bien soin d'éviter la rouille.

— Désolée de t'appeler si tôt, Fleur, mais je voulais te parler avant que Papa n'arrive au bureau.

La voix de sa sœur semblait lasse, ce qui était inhabituel chez Jessamyn, une femme à la volonté de fer, adepte des longues journées de travail.

— Pas de problème. Est-ce que tout va bien ? demanda

Fleur en rejetant la tête en arrière pour sentir les rayons du soleil levant caresser son visage.

— Oui, mais je voulais t'avertir que Papa a reçu un courrier de la part de groupes de préservation de la nature des environs de Catamount qui s'inquiètent des pratiques de gestion des terres en cours à Crooked Elm. Étais-tu au courant de ce problème ?

Le ton brutal dont usait Jessamyn semblait toujours vaguement accusateur, mais Fleur savait qu'il ne fallait pas s'en offusquer.

Avoir été élevée dans un foyer où deux camps s'affrontaient avait rendu Fleur d'autant plus prompte à s'emporter. Elle avait réalisé après son dernier échange avec Drake que sa tendance à se tenir rapidement sur la défensive avait façonné sa relation avec lui dès le début. Mais ces années sur le circuit du rodéo, à propos desquelles il aimait tant la taquiner, avaient été un enfer pour elle. Croyait-il qu'elle avait aimé revêtir ces robes achetées dans des dépôts-ventes pour participer à des concours dans l'espoir de gagner l'argent de ses études ? Même avant que son père lui ait coupé les vivres, il l'avait avertie qu'il ne l'aiderait pas pour assumer les frais liés à ses études supérieures. Elle avait dû mettre les bouchées doubles sur le circuit des concours de Miss dès ses seize ans.

Dans un sens, Fleur avait beaucoup aimé cette vie au contact du milieu du rodéo. Mais en coulisse, pour elle, la réalité n'avait pas toujours été chaleureuse ni bienveillante. Elle chassa ces sombres pensées et se concentra sur la question de Jessamyn.

— L'homme qui loue les pâturages de Gran m'en a parlé.

Mais elle ne dit rien de la visite du groupe local de protection de l'environnement.

— Pourquoi Papa reçoit-il du courrier à propos de Crooked Elm ?

La dernière chose dont elles aient besoin était que leur père s'implique dans la façon dont la propriété était gérée avant qu'elles ne la vendent. Antonia avait intentionnellement légué l'endroit à ses trois petites-filles, et non à son fils qui avait tourné le dos au vieux ranch il y avait fort longtemps.

— C'est un point que je voulais élucider. Peut-être a-t-il payé certains impôts pour Gran à un moment donné.

Fleur sentit l'inquiétude la gagner en entendant le manque de certitude dans la voix de sa sœur.

— Papa ne contestera pas le testament, n'est-ce pas ? Il est trop tard pour ça, non ?

— D'un point de vue technique, non, il n'est pas trop tard étant donné que la cour doit encore avoir une audience pour confirmer le testament, mais je suis sûre que tout est en ordre, ajouta Jessamyn en poussant un lourd soupir. Quoi qu'il en soit, je vais libérer du temps dans mon agenda pour travailler sur le dossier de la maison avant sa mise en vente une fois que la succession sera réglée. En attendant, je t'envoie une photo de cette lettre pour que tu puisses l'étudier. Il ne faut pas que des questions juridiques viennent bloquer la vente de la propriété.

Fleur, nerveuse, espérait que Jessamyn ne faisait que se montrer trop prudente.

— Je vais regarder tout ça, dit-elle. Merci de m'avoir informée.

Sa sœur sembla hésiter avant de répondre :

— Si c'est trop lourd pour nous, Fleur, nous pouvons demander de l'aide à Papa. Il emploie des entreprises en permanence pour des réparations dans des propriétés…

— Jamais, lâcha-t-elle avec plus de virulence qu'escompté. Il le ferait pour t'aider, Jess, mais il ne supporterait pas l'idée que le moindre cent puisse bénéficier à Lark ou à moi.

Le ton de sa sœur se fit plus doux.

— Je ne crois pas que ce soit encore vrai à présent.

Se mordant la langue pour s'empêcher d'entamer une querelle, Fleur se tourna vers les contenants plastiques attachés sur la banquette arrière de sa voiture.

— Quoi qu'il en soit, je n'accepterai pas son aide.

Il l'avait abandonnée quand elle avait eu besoin de l'amour d'un père, ne s'était presque jamais montré lors de ses concours lors de rodéos ni n'avait consacré de temps pour l'aider lorsqu'elle s'était donné tant de mal pour remporter des bourses d'études pour l'université. Était-ce si étonnant qu'elle ait développé une réputation de jeune femme prétentieuse, froide et hautaine dans le monde du rodéo ? Elle avait eu ses propres raisons de paraître inapprochable, la stratégie d'adaptation d'une enfant pour faire face à une attention portée sur elle qu'elle ne désirait pas. Et peut-être que, si elle avait conservé cette attitude distante, elle n'aurait pas eu à démissionner de son dernier emploi, où son patron s'était cru autorisé à empiéter sur son espace intime.

— Contrairement à Papa, je ne crois pas que le dieu Dollar permette de régler tout problème.

Son père avait veillé à empêcher que son ex-femme et quiconque l'ayant soutenue touche le moindre centime de sa fortune. Et si Fleur ne voulait reprocher ses problèmes à ses parents, elle avait fréquemment repensé à ce moment douloureux de son existence, à cette décision de son père lui ayant donné le sentiment qu'elle n'était pas digne d'être reconnue comme sa fille. Au moins, à présent, était-elle plus consciente des raisons de son propre comportement à l'époque.

— Entendu, répliqua Jessamyn d'un ton mordant plus conforme à ses habitudes.

Après avoir souhaité une bonne journée à sa sœur, Fleur glissa son téléphone dans sa poche et, désireuse de ne pas rater des ventes potentielles, sortit les premières boîtes en plastique et se hâta de les emporter à l'intérieur du restaurant. Depuis son arrivée, deux autres voitures amenant de nouveaux clients au *diner* s'étaient garées sur le parking.

Fleur remercia Marta au moment où celle-ci apparut pour lui ouvrir la porte, sa queue-de-cheval brune rebondissant sur son épaule au rythme de son pas dynamique.

— Bonjour, lança Fleur en prenant la direction du comptoir, sur lequel un présentoir à pâtisserie à l'ancienne avait été fraîchement installé. J'ai d'autres boîtes dans ma voiture.

Quelques clients jetèrent un regard intéressé sur sa livraison tandis qu'une chanson de George Jones s'échappait des haut-parleurs. Une riche odeur de café et de bacon emplissait l'air et le bruit des poêles et des ustensiles résonnait depuis l'arrière de la salle. Travailler dans un restaurant était ce qui manquait beaucoup à Fleur. Un jour, si elle parvenait à vendre Crooked Elm, elle aurait peut-être une chance d'ouvrir son propre établissement.

— As-tu besoin d'aide ? Je peux sortir un instant…

— Non, merci. Je vais me débrouiller.

— N'oublie pas de réfléchir à ce que tu aimerais pour le petit déjeuner, lui dit Marta en remplissant de café la tasse d'un client. Drake a dit de te proposer à manger chaque fois que tu nous apporteras tes produits.

Tout en parlant, la femme se déplaça pour commencer à remplir le présentoir de pâtisseries fraîches.

Fleur remarqua qu'un couple âgé quittait son siège pour découvrir les gourmandises, mais le plaisir causé par cet intérêt était entamé par les dernières paroles de Marta.

Drake lui avait-il demandé d'acheter ses pâtisseries ? Elle avait été d'accord qu'il lui conseille de tenter sa chance au Cowboy Kitchen, mais l'idée qu'il ait tout prévu pour elle alors qu'elle ne l'aurait peut-être pas mérité la mettait mal à l'aise. Et c'était certain qu'elle n'accepterait pas de repas d'un autre homme pensant qu'il pouvait obtenir ce qu'il voulait dans l'existence grâce à son argent.

En particulier un homme qui supposait également qu'elle pouvait être achetée. Ainsi l'avait-il cru quand il avait découvert que Colin et elle s'étaient fiancés. Il avait été convaincu qu'elle ne désirait l'épouser que pour la sécurité financière que lui procurerait cette union.

Elle continua sa livraison mais sa joie était atténuée par la possibilité de cette intervention de Drake.

Bien qu'elle ne veuille pas le revoir – elle maudissait l'attirance qu'il lui inspirait – elle devait absolument mettre les choses au clair avec cet homme qui semblait avoir tout

Catamount sous sa coupe. Elle lui expliquerait qu'elle n'avait pas besoin de son aide pour trouver du travail ou se nourrir, nom d'un chien ! Par ailleurs, elle voulait toujours lui poser des questions sur la conservation de la nature.

Par conséquent, après avoir déchargé son dernier paquet et poliment décliné l'offre de petit déjeuner de Marta, Fleur regagna l'extérieur et sortit son téléphone.

Sans prendre le temps de réfléchir, elle chercha le numéro de Drake dans son répertoire. Il avait insisté pour qu'elle en prenne note presque dix ans plus tôt lorsqu'il s'était érigé en protecteur lors des rodéos.

Elle n'oubliait pas combien il se montrait alors critique et condescendant envers elle. Pourquoi aurait-elle dû imaginer qu'il avait changé simplement parce qu'il faisait battre son cœur plus vite à présent ?

Faisant voler ses pouces sur l'écran, elle tapa : La dégustation que j'ai prévue pour la réception aura lieu ce soir à Crooked Elm. J'espère que tu te joindras à nous.

Et elle envoya son texto avant d'avoir le temps de changer d'avis.

# - 7 -

Debout à l'extérieur de l'enclos au ranch de Crooked Elm, Drake grattait la tête d'une petite chèvre aux oreilles tombantes dans l'espoir de l'apaiser. L'animal avait bêlé avec force durant la dernière demi-heure de la dégustation que Fleur avait organisée pour Emma. Et Drake avait pris le prétexte de ces cris perturbants pour laisser sa sœur faire ses choix à propos du menu de la réception. Ou peut-être pour fuir le pouvoir d'attraction de leur hôtesse.

Alors que deux autres chèvres approchaient, Drake vit leurs regards attirés vers la table de pique-nique, où Fleur passait en revue des idées de gâteau sur l'écran d'une tablette. Elle portait un débardeur blanc et une jupe vert pâle aux motifs fleuris qui tombait juste au-dessus du genou. Ses cheveux cuivrés étaient rassemblés en une queue-de-cheval maintenue par un foulard rose. Il avait passé la moitié de la dégustation à s'imaginer faire courir ce tissu sur sa peau.

Le reste du temps, il s'était toutefois forcé à reconnaître qu'il l'avait mal jugée autrefois et qu'elle était dotée d'une force qu'il ne fallait pas sous-estimer.

Il avait été si totalement persuadé qu'elle n'était revenue en ville que pour obtenir un profit en vendant le ranch au plus offrant. Mais elle l'avait surpris en restant pour l'été et en renouant des relations avec les habitants de Catamount. Après avoir constaté les efforts qu'elle consacrait à la confection de ses pâtisseries, il avait insisté pour que Marta lui permette de les vendre au Cowboy Kitchen. Et il n'avait pas été le seul à remarquer ses talents. Emma lui avait appris que deux de ses amies avaient passé à Fleur de petites commandes en tant que traiteur.

En la voyant durant la soirée vendre ses prestations, il avait compris qu'elle possédait bien plus de détermination qu'il ne lui en avait jamais reconnue. Elle avait accompli nombre de choses en cinq ans, et ses talents et son goût pour la cuisine transparaissaient dans tous ses propos. L'argent n'était pas sa seule motivation, son travail était clairement une passion pour elle.

Elle et Emma avaient levé les yeux de la tablette.

— Elles t'adorent ! lui lança Fleur.

— Je ne les ai pas vues aussi heureuses depuis mon arrivée.

Depuis combien de temps déjà était-elle revenue en ville, au fait ? Quel genre de travail avait-elle laissé à Dallas pour ne pas avoir encore à y retourner ?

— Je suis plutôt doué avec les animaux, observa-t-il d'un ton léger, tout en regrettant un instant de ne pas posséder une aisance similaire dans ses relations avec les êtres humains.

Son frère, notamment. Mais désormais il voulait prouver à Fleur que son seul but dans l'existence n'était pas de lui mener la vie dure. Il ne voulait pas s'opposer en permanence à elle. Mais agir de la sorte était pratique quand l'idée de goûter ses lèvres s'avérait si dévorante qu'il ne savait comment la maîtriser.

Avant qu'elle puisse lui répondre, le fiancé d'Emma, Glen, qui venait tout juste de finir sa journée de travail, arriva en petites foulées dans le jardin.

Soucieux d'accorder à l'homme le temps de se concentrer sur le menu, Drake quitta les chèvres et parcourut le jardin où le travail effectué par Fleur était évident. La dernière fois qu'il avait rendu visite à Antonia, le bassin à oiseaux était constellé de mousse, et les plantes vivaces qui l'entouraient formaient un bosquet sauvage. Désormais la pierre avait été nettoyée, la fontaine chantait de nouveau doucement, de nouvelles plantes se mêlaient aux anciennes – qui avaient été éclaircies, et les meubles de bois placés autour du foyer à présent rénové avaient été repeints. De plus un ensemble de bougies protégées de globes de verre donnait une atmosphère romantique au jardin dans le soir tombant.

Tout cela rendait le cadre de l'argumentaire de vente de Fleur d'autant plus attrayant.

— As-tu fini de jouer avec les chèvres ? lança la voix de Fleur derrière lui.

Peut-être remarqua-t-elle le bref coup d'œil qu'il jeta en direction de sa sœur car elle se hâta d'expliquer :

— J'ai pensé qu'il serait bien de leur accorder un petit moment en privé pour qu'ils discutent. Je ne veux pas que ta sœur se sente obligée d'accepter mes propositions juste parce que nous sommes amies – ou pour toute autre raison.

Son regard se ficha dans ses yeux gris argent au moment où elle se tournait vers lui, et il se demanda si elle avait toujours été si attentionnée, et s'il n'avait été que trop entêté pour le reconnaître. Il brûlait d'envie de la toucher. Il n'avait pas oublié ce qu'il avait ressenti lorsqu'elle s'était retrouvée pressée contre lui sur la selle. Combien sa peau lui avait semblé douce quand son pouce avait effleuré sa taille.

— J'ai été surpris que tu m'invites ce soir.

Sa voix avait diminué d'une octave, ses pensées prenant le dessus sur ses efforts pour garder le contrôle sur lui-même.

— En particulier après la façon dont nous nous sommes séparés la dernière fois, ajouta-t-il d'un ton plus dur, désireux de créer une distance entre eux.

— Il y a une ou deux choses dont j'espérais te parler.

Elle jeta un bref regard vers Emma et Glen.

— En privé. Pourrais-tu rester quand Emma aura fini ? Je pense que Glen aura bientôt validé ses choix.

Son sang se mit à bouillir à l'idée de se retrouver seul en compagnie de Fleur, même s'il savait qu'elle ne projetait rien d'intime entre eux.

— S'il raccompagne Emma à la maison, pas de problème.

Même si c'était sûrement peu judicieux. Même si passer

du temps avec l'ex-fiancée de Colin ne ferait qu'envenimer sa relation avec son frère.

— Je te remercie.

Elle paraissait soulagée. Avait-elle craint qu'il refuse ? L'idée lui donna l'impression de n'être qu'une crapule.

— Je vais voir s'ils sont prêts à finaliser tout ça.

Drake la regarda s'éloigner, son regard dérivant vers le balancement de ses hanches malgré ses meilleures intentions.

Il lui faudrait user de toute sa volonté pour empêcher ses mains de se poser sur elle. Et il refusait de recourir à l'ancienne méthode qui s'imposait d'instinct, celle consistant à déclencher une querelle. Elle méritait mieux que cela.

Toutefois son attirance pour elle couvait en lui depuis si longtemps qu'il craignait que le moindre faux pas déchaîne un enfer qu'ils ne pourraient ignorer.

Quinze minutes plus tard, le rendez-vous dédié à la dégustation avait pris fin et Fleur tenait entre ses mains un contrat signé pour la réception de mariage. Le revenu qu'elle en retirerait permettrait de régler les factures du mois et lui fournirait un peu plus de temps pour songer à l'avenir. Après avoir remercié les deux fiancés, elle s'avança avec Drake dans l'allée pour leur dire au revoir et les regarder partir.

Glen raccompagnerait Emma pour que Drake puisse parler avec elle. Voilà qui devrait être une bonne chose. Sauf que, tandis que le pick-up noir de Glen disparaissait dans un nuage de poussière et au son d'un air de musique country, Fleur devint plus consciente de la présence de la carrure athlétique de Drake juste derrière elle. Un frisson la traversa.

Ses sens étaient aiguisés par sa proximité. Mais elle savait qu'il lui fallait ignorer les signes montrant son attirance manifeste pour cet homme.

— Merci d'avoir attendu, dit-elle en se retournant pour lui faire face.

Et se trouver confrontée à ses fascinants atouts. Ses yeux

se rivèrent aux siens. Ce qu'elle y lisait était différent qu'à l'habitude, son regard était plus doux, moins critique.

Une pensée, qui ne faisait que de la détourner de son but.

— Que dirais-tu de t'asseoir ? lâcha-t-elle pour briser l'intensité du moment.

Elle voulait que la conversation se termine au plus vite, pour qu'il reparte avant qu'elle ne s'autorise à être hypnotisée par son regard magnétique.

— Entendu. Merci d'avoir accepté d'assurer le service traiteur de la réception, dit-il en plongeant les mains dans les poches de son jean sombre.

Il portait encore un Stetson noir, mais avait échangé ses bottes contre une paire de mocassins. Son T-shirt blanc et sa veste de sport aux élégants motifs gris et noir, réalisée sur mesure pour s'adapter aux contours de sa silhouette musculeuse, lui rappelèrent que cet homme était bien plus qu'un simple chevaucheur de taureaux.

— Je suis heureux de voir Emma si ravie.

Ils gagnèrent la table de pique-nique alors que les bougies à l'intérieur de la lampe-tempête projetaient une lueur dorée autour d'eux et que le ciel passait progressivement du rose au violet. Des averses étaient prévues dans la soirée, mais jusqu'à présent les nuages n'avaient fait que rendre plus charmant le coucher du soleil.

La sincérité perçant dans sa voix n'aurait pas dû la surprendre. Elle savait que Drake prenait au sérieux la question du bonheur de son frère et de sa sœur pour avoir elle-même fait les frais de son instinct de protection envers eux.

Une onde de chaleur l'envahit à la pensée d'avoir obtenu l'approbation de cet homme dans au moins un domaine. Considérant le nombre de fois où elle avait échoué à recevoir les louanges de quiconque dans sa propre famille, le fait que Drake remarque ses efforts était… agréable.

— Le plaisir est pour moi.

Elle s'arrêta près de la table de pique-nique et s'assit sur le banc, le dos tourné au plateau de la table.

— Et je ferai tout pour dépasser ses attentes.

Drake se mit à califourchon sur le banc pour lui faire directement face et il étendit l'un de ses bras sur la table.

— Mais je suppose que tu ne m'as pas demandé de rester pour parler du mariage, observa-t-il d'un ton sec, et elle accueillit avec plaisir le ton de défi qui perçait dans sa voix.

Pourquoi était-il tellement plus facile de parler à Drake quand elle le considérait comme son adversaire ?

— Tu as tout à fait raison. Je voulais te voir pour deux raisons. D'abord, as-tu dit à Marta de m'acheter des gâteaux pour augmenter tes chances d'obtenir Crooked Elm ?

Il eut un mouvement de vif recul en entendant ces mots.

— Pardon ?

— Ce n'est pas le cas ? demanda-t-elle, jugeant sa surprise sincère.

Se pouvait-il qu'il n'ait pas utilisé leur différence de statut financier à son propre avantage ? Un sujet sensible pour elle après les petits jeux auxquels son père s'était livré avec son argent.

— Bien sûr que non.

Il retira son Stetson et le plaça à l'extrémité de la table avant d'enfouir ses doigts dans la masse de ses cheveux.

— Marta et la cuisinière, Stella McRory, travaillent de manière autonome au *diner*. Ce sont elles qui gèrent l'affaire.

— Marta m'a aussi dit que tu avais demandé qu'elle me fournisse un repas quand j'apporte les pâtisseries, ajouta-t-elle tout en se laissant distraire par sa barbe naissante.

— Tout employé a droit à un repas par jour et j'ai aussi mis en place d'autres avantages. Je ne compte pas m'excuser d'avoir essayé de faire en sorte de satisfaire employés et fournisseurs.

— Marta semblait vraiment heureuse de ces efforts.

— Tu vois, c'est ce que je te disais.

Il hocha la tête, visiblement satisfait. Comme s'il avait été innocenté d'une faute. Puis son expression se radoucit.

— Je n'avais pas la moindre idée derrière la tête lorsque j'ai dit à Marta de te faire bénéficier d'un repas gratuit. Mais j'imagine que je ne devrais pas m'étonner que tu penses le pire à mon sujet, étant donné l'histoire qui est la nôtre.

— Notre passé n'est pas la seule explication à mon malaise. Cela m'a fait penser à mon père qui adore exercer le pouvoir que lui confère sa puissance financière. En particulier sur Lark et moi.

— Je ne suis pas sûr que deux œufs au plat constitueraient une démonstration impressionnante de ma fortune, non ? C'est juste une attention toute simple.

La note taquine dans sa voix la fit sourire malgré elle.

— Entendu. Désolée d'avoir mal interprété.

Un autre incident l'avait rendu méfiante vis-à-vis des hommes dotés d'un pouvoir sur son avenir financier. Mais le sujet de son répugnant ancien patron ne valait pas la peine d'être abordé.

— Tu as dit qu'il y avait deux raisons ? reprit Drake.

Il fit glisser la lampe-tempête plus près d'eux, éclairant soudain ses traits d'un halo doré.

Un souvenir traversa l'esprit de Fleur. Lors d'un rodéo où sa mère et Lark avaient été présentes, elle avait gagné les tribunes avec sa sœur aînée après avoir réalisé une belle prestation lors du concours d'équitation.

Lark avait l'âge de Drake, sept ans de plus que Fleur. Cela lui semblait une différence considérable lorsqu'elle avait quinze ans. Drake, pour une fois, l'avait complimentée pour sa prestation, et elle s'était sentie flattée et heureuse.

Jusqu'à ce que l'une des amies de Lark rejoigne le groupe et s'assoit sur les genoux de Drake. Elle l'avait embrassé à pleine bouche avant de dire en aparté à Lark qu'elle était prête à le ramener à l'hôtel pour donner le départ du *vrai* rodéo. Drake avait réprimandé la brune audacieuse et son regard s'était posé un instant sur Fleur. Elle avait cru alors qu'il lui reprochait d'avoir à agir ainsi avec sa petite amie.

Le souvenir la fit frissonner.

— Fleur ? Tout va bien ?

— Oui, excuse-moi.

Elle hocha la tête mécaniquement, désireuse de chasser cette vision dans laquelle Drake faisait vivre à une inconnue la meilleure nuit d'amour de sa vie.

— Hum. J'ai entendu dire que tu es un expert au sujet des efforts de préservation de la nature menés dans la région.

Sa voix avait une sonorité étrange. Trop aiguë. Comme si elle avait eu des pensées inappropriées au sujet de l'homme qu'elle préférerait détester.

— Je ne suis pas un expert, mais il est vrai que j'ai investi dans des mesures destinées à préserver l'écosystème naturel partout où cela était possible. Pourquoi cette question ?

— Eh bien, j'ai des raisons de croire que…

Leurs mollets se frôlèrent quand il étendit les jambes.

— Désolé, lança-t-il machinalement, son regard croisant le sien l'espace d'un instant.

Ce contact furtif lui fit l'effet d'une décharge électrique, elle avait perçu la chaleur de son corps sous son pantalon.

La respiration de Fleur s'accéléra un instant.

— Je crains que Crooked Elm soit en infraction avec certaines initiatives locales en matière d'environnement.

Elle se cramponnait à la conversation comme s'il s'agissait d'une bouée de sauvetage.

— Jessamyn m'a appris que mon père a reçu un courrier d'un organisme qui menace de nous adresser des citations en justice à propos de quelques points. La question du ruisseau représente apparemment le plus gros problème.

Elle avait étudié la lettre transmise par Jessamyn, mais elle comportait des références à d'autres textes réglementaires qu'elle n'avait pas encore dénichés.

Drake hocha la tête.

— Le locataire d'Antonia laisse son troupeau se déployer trop près de l'eau. Il faudra des années pour réparer les dégâts qu'il cause.

— Tu crois qu'il s'agit de cela ?

Le problème semblait facile à régler si elle parlait à Josiah Cranston. Mais l'éleveur revêche ne serait peut-être pas enclin à changer ses pratiques. Quoi qu'il en soit, elle devait l'informer de la résiliation du bail.

Le vent balaya ses cheveux, l'amenant à coincer une mèche égarée derrière son oreille.

— Il pourrait exister d'autres problèmes, mais cela semble le plus inquiétant. Tu devrais suivre le ruisseau pour voir combien la végétation qui le borde est différente selon que l'on se trouve sur tes terres ou sur les miennes.

Ces paroles l'auraient irritée quelques jours plus tôt. Mais elle avait atteint une nouvelle entente avec Drake.

Et même une nouvelle confiance. Car, peu importaient leurs différences d'autrefois, elle croyait en son engagement passionné concernant les terres. Il ne lui jouerait pas de mauvais tours à ce sujet.

Une nouvelle bourrasque frappa et ses mèches flottèrent dangereusement au-dessus de la lampe-tempête. Drake captura ses cheveux d'une main et repoussa la lampe de l'autre.

— L'orage arrive, dit-il d'une voix rauque tout en gardant ses cheveux serrés dans son poing un peu plus longtemps que nécessaire.

Une onde de chaleur pulsa à travers elle au rythme des battements de son cœur. Elle ne sentait pas sa main sur elle, mais pourtant l'imaginer tirer sa tête en arrière lui donnait le vertige. Quelque chose brillait-il au fond de ses yeux sombres, ou n'était-ce que le reflet des bougies ?

Un roulement de tonnerre s'éleva au loin. Une chose à laquelle ils devraient prêter attention, sans doute. Mais au lieu de cela le son semblait donner le départ de quelque chose. Un élan fou qui se concrétiserait entre eux ?

Elle passa sa langue sur ses lèvres tandis qu'il replaçait ses cheveux dans son dos. Puis sa main se trouva là, sur son épaule, un poids doux et apaisant.

— Drake.

Son nom franchit ses lèvres au moment où un autre grondement de tonnerre retentissait. Elle sentit alors l'électricité qui emplissait l'air, la puissance de la présence de la nuit autour d'eux… et de cet homme.

Sauf que le bruit de l'orage semblait différent. Plus proche. Presque semblable à des chevaux au galop en approche.

Au moment où la pensée se forma dans son esprit, Drake quitta le banc d'un bond. Tout en partant en courant, il cria par-dessus son épaule :

— Les chèvres se sont échappées.

# - 8 -

— Ne veux-tu pas ton dîner, Nimue ? lança Fleur à l'adresse de la seule chèvre qu'ils n'avaient pas réussi à capturer.

Les deux autres chevrettes – Fée Morgane et Guenièvre – bêlaient à l'intérieur de l'enclos.

Drake observait Fleur tout en cherchant à fixer une planche de bois pour réparer la barrière. Il aurait pu jurer qu'ils avaient été tout proches d'unir leurs lèvres juste avant que les bêtes ne s'échappent.

— Je m'étonne de n'avoir jamais remarqué qu'Antonia s'était inspirée des légendes arthuriennes pour baptiser ses chèvres, remarqua-t-il tout en plantant un clou.

Un nouvel éclair déchira le ciel, illuminant soudainement le visage de Fleur. Drake reposa le marteau et se porta à son aide pour attraper la dernière chèvre récalcitrante, car l'orage était imminent. Il savait qu'il aurait dû partir, sachant combien il désirait rester et découvrir si ce baiser pourrait avoir lieu. Mais comment aurait-il pu la laisser s'occuper seule de la clôture cassée alors qu'elle avait déjà une si mauvaise opinion de lui ? À raison.

Il avait mal jugé cette femme plus d'une fois, et à présent il voulait proposer un geste d'apaisement. Il l'aiderait avec les bêtes et lui fournirait les conseils nécessaires pour régler la question des citations concernant la gestion des terres.

Nimue semblant prête à jouer, Drake se saisit de la corde que Fleur avait utilisée pour attraper Guenièvre et s'approcha de l'animal alors que l'orage menaçait de plus en plus.

L'air était chargé de l'odeur de la pluie.

— Gran les a récupérées dans un refuge il y a deux ans. Puis elle m'a envoyé une photo de ces chèvres toutes frêles en me disant qu'elle aimait l'idée de leur donner des noms évoquant la royauté et la magie.

Quand un éclair déchira de nouveau le ciel, Drake put voir que le souvenir faisait naître un sourire sur ses lèvres. Mais il n'eut qu'un bref instant pour profiter de cette vision. Il allait jeter la corde par-dessus la tête de Nimue quand le déluge s'abattit.

Fleur poussa un cri et ils furent immédiatement trempés par la pluie glacée. Le temps était compté, il n'avait aucune envie de pourchasser l'animal plus longtemps sous la pluie. Il lança la corde par-dessus sa tête tout en forçant la voix pour se faire entendre à travers le fracas de l'averse.

— Je l'ai. Rentre dans la maison, je l'emmène à la grange.

Fleur devait avoir compris ses paroles car elle bondit vers la maison, sa jupe trempée collée à ses cuisses. Avant de se laisser envoûter par cette vision, il partit dans la direction opposée, ramena la chevrette près de ses compagnes et retira la corde passée à son cou. Il verrouilla la porte puis balaya les alentours du regard. Aucune trace de Fleur.

Devait-il gagner directement sa camionnette ou entrer dans la maison pour lui souhaiter une bonne soirée ? Mais Fleur mit fin à ce dilemme en l'appelant depuis le seuil d'une porte située à l'arrière de la maison.

— Viens te mettre à l'abri ! l'appela-t-elle.

Il n'eut qu'un instant pour remarquer le débardeur épousant si joliment ses formes. Un instant qui fit violemment s'accélérer son pouls.

Il courut vers la porte, mais s'arrêta sur le seuil.

— Tu es sûre…

La question inachevée resta suspendue dans les airs durant une fraction de seconde mais le sens de l'hospitalité de Fleur sembla vaincre toute hésitation car elle saisit son poignet et l'attira à l'intérieur.

— Mais oui, j'insiste.

Elle le relâcha aussitôt qu'il fut entré. Après avoir fermé la porte derrière lui, elle lui tendit une serviette de toilette.

— Il faut au moins que tu te sèches en attendant que le pire soit passé. Merci de ton aide avec les chèvres.

Sa course sous la pluie l'avait essoufflée. Elle se tenait pieds nus sur le sol de céramique grise. Ses courbes délicates et sa silhouette longiligne, mises en valeur par sa jupe et son débardeur trempés, offraient une image qu'il n'oublierait jamais.

Ils pénétrèrent dans le vestibule dans lequel il n'était pas entré depuis de longues années. Son frère et sa sœur, plus jeunes, avaient passé plus de temps que lui à jouer avec les petites-filles de Gran durant l'été. Étant l'aîné des enfants, on avait attendu de lui qu'il apprenne jeune la gestion d'un ranch. Son père, qui était parti de rien, avait voulu qu'il connaisse tous les métiers pratiqués sur l'exploitation pour pouvoir prendre sa suite un jour. Drake s'était agacé de consacrer tout son temps libre au ranch durant sa dernière année de lycée. À présent il donnerait n'importe quoi pour pouvoir passer une autre journée en compagnie de son père.

Mais Drake repoussa ces tristes pensées tandis qu'il séchait son visage et ses bras. Il aperçut devant lui la cuisine et la vieille cheminée au fond de la pièce.

— Pourrais-je faire un feu ? Pendant que tu… te sèches.

Elle devait changer de vêtements. Si ce n'était pour son propre bien, elle devait le faire pour lui.

Elle se mordilla les lèvres, rehaussant aussitôt leur couleur naturellement rosée. Ses yeux se rivèrent sur sa bouche dont il crut pouvoir s'imaginer le goût.

— Et nous n'avons pas fini de parler des questions de gestion des terres. J'ai des vêtements de rechange dans la camionnette. Je vais juste…

Ses mots moururent sur ses lèvres au moment où Fleur se pencha pour essorer l'eau qui trempait sa jupe. Quand ses yeux captèrent l'image de ses cuisses dénudées et le doux sursaut de sa poitrine, ses doutes quant à ses capacités à réussir à aller au bout de cette soirée se renforcèrent. Sans attendre sa réponse, il saisit l'une des vestes pendues près de la porte et l'enfila.

— Je reviens tout de suite, lança-t-il en se précipitant vers la porte.

Mais il savait déjà que la pluie glaciale ne calmerait pas la fièvre qui brûlait en lui.

Une heure plus tard, assise près de Drake sur le grand canapé de son enfance, Fleur se félicita d'avoir réussi à traverser avec succès le champ de mines que représentait le fait de passer une soirée en compagnie de lui.

Assis au bord du canapé, il lui expliquait les façons les moins coûteuses de régler le problème lié au cours d'eau, le doigt pointé sur une vieille carte de la propriété. Après s'être tous deux changés – elle avait revêtu une simple robe en maille et il portait un jean délavé et un T-shirt noir – ils avaient gagné le salon pour profiter du foyer ouvert.

Fleur avait préparé un chocolat chaud et apporté quelques croissants aux amandes, effort trahissant sa détermination à garder ses mains occupées et son esprit détaché de cet homme si attirant. Elle avait passé la dernière heure à le questionner à propos des problèmes susceptibles de faire obstacle à la vente de Crooked Elm. Drake s'était montré compétent et serviable, lui expliquant les soucis entraînés par la dégradation de la qualité de l'eau en raison du pâturage intensif et de la concentration de bétail.

Il lui montra sur la carte de la propriété les limites des terres sur lesquelles Josiah Cranston était supposé faire paître ses bêtes par rapport à celles qu'il utilisait réellement.

Fleur se rapprocha pour voir la zone qu'il désignait.

— Tu veux dire qu'il utilise une plus grande parcelle de terre que celle qu'il loue ? Et qu'il enfreint les termes de son bail ? s'exclama-t-elle, indignée.

Drake acquiesça.

— Il a convaincu Antonia de lui louer pour un prix réduit en lui laissant entendre qu'il installerait un système d'irrigation pour remplir le bassin asséché qui se trouve ici.

Il indiqua l'endroit sur la carte, et la joue de Fleur frôla son épaule quand elle se pencha pour mieux voir.

Un éclair la traversa. L'odeur de sa peau – pin et cuir – lui donna l'envie d'enfouir son visage dans son T-shirt et d'inspirer profondément. La vibration grave de sa voix faisant naître d'exquis frissons en elle. Elle tenta de se concentrer sur le bassin asséché. Le non-respect du bail.

— Il m'a dit qu'il n'y avait pas d'irrigation sur les terres. Penses-tu que cela signifie qu'il n'a jamais installé le système promis ?

Elle sentit la culpabilité monter en elle. Elle regrettait de ne pas avoir été plus présente sur place pour apporter son aide et d'avoir laissé sa douleur et sa colère la tenir à l'écart de Catamount. Sa grand-mère avait essayé de gérer la question seule avec un escroc qu'elle croyait sur parole.

— Il est certain qu'il n'a installé aucun système. Et j'ai vu son troupeau près d'un autre réservoir qu'il n'est pas autorisé à utiliser. Et dont le niveau est dangereusement bas actuellement.

— Gran était-elle au courant de tout cela ?

Si tel était le cas, pourquoi ne s'était-elle pas confiée à Fleur ? Elle serait revenue à Catamount, au diable l'état de ses relations avec les hommes de la famille Alexander.

— Je lui en ai parlé l'automne dernier pour m'assurer qu'elle savait que Cranston n'honorait pas sa part du marché.

— Et qu'a-t-elle dit ?

— Que cela ne l'inquiétait pas. Qu'elle savait que Cranston « rentrerait dans le rang ». Et elle m'a clairement fait savoir qu'elle ne voulait pas que je le confronte à ce sujet.

— Je regrette que tu ne m'aies pas contactée.

Elle soutint son regard sombre.

— Peu importent nos différences, j'aurais cru que tu aurais su que je serais là si elle avait besoin d'aide.

Elle hésita, consciente qu'il l'avait considérée comme une personnalité creuse. Superficielle.

— Ou si tu ne pouvais supporter l'idée de me parler, tu aurais pu envoyer un texto à l'une de mes sœurs.

Une bûche s'écroula dans la cheminée et la lueur dorée qui baignait la pièce se mua en un halo orangé assourdi.

— Tu as raison.

Sa réponse surprit Fleur.

— J'aurais dû prendre contact avec l'une de vous.

Il resta pensif un instant avant d'ajouter :

— Avec toi.

Elle cacha le frisson qui la traversa alors et se força à peindre un sourire sur son visage.

— Penses-tu vraiment que tu l'aurais fait ?

— Peut-être que non. Mais j'aurais dû. C'est toi qui passais le plus de temps ici. Il était évident – même à mes yeux – que tu te souciais profondément de ta grand-mère.

Que cette simple vérité soit reconnue par une personne si avare de reconnaissance à son égard apaisa un peu sa tristesse. Drake reconnaissait son engagement envers la seule personne à l'avoir aimée inconditionnellement, et cela lui faisait du bien.

— Oui, en effet, fit-elle en coinçant une mèche encore mouillée derrière son oreille. Mais, malgré tout, je n'ai pas été à la hauteur. J'aurais dû faire davantage pour elle.

— Ne parle pas ainsi.

Une main rassurante vint presser doucement son genou.

— Tu peux croire quelqu'un qui a traversé les sept niveaux de l'enfer depuis la perte d'êtres chers. Tu ne peux pas passer ta vie à regretter des choses que tu as faites ou non quand ces personnes étaient vivantes.

Son ton lui apprit qu'il avait acquis cette sagesse à grand prix. Et songeant au traumatisme de la perte de ses parents, elle glissa sa main sur la sienne.

— J'en suis désolée.

Elle n'aurait jamais pu imaginer qu'il conçoive des regrets à propos de quoi que ce soit.

— Je suis certaine que tes parents seraient incroyablement fiers de toi en voyant tout ce que tu as accompli ici. Tes efforts pour l'environnement. Ton sauvetage du *diner*. Ta volonté de préserver tes voisins de locataires sans scrupule.

Qu'il ait veillé sur Antonia comptait énormément aux yeux de Fleur. Et laissait entendre que cet homme avait plus à offrir que ce qu'elle avait toujours cru.

— J'aimerais pouvoir penser qu'ils seraient fiers des choix que j'ai faits depuis… ce moment-là.

Son regard plongea vers leurs mains jointes, et elle se demanda si elle le réconfortait, ou si le contact de leurs deux peaux éveillait en lui des sensations pareilles à celles qu'elle éprouvait.

— Mais à cette époque, je ne me suis pas toujours comporté comme le meilleur des fils.

Fleur songea qu'il n'avait pas dû le reconnaître souvent.

À présent que le feu s'était mué en braises, seuls leurs souffles résonnaient dans la pièce. Dehors, la pluie s'était calmée, les gouttes ne tombant plus qu'à un rythme doux et régulier.

Ses mots pleins de regrets résonnaient avec ses propres souffrances. Elle comprenait ce que l'on ressentait lorsque l'on décevait des personnes auxquelles on tenait.

— Drake…

Il releva la tête pour croiser de nouveau son regard.

— Tout va bien, Fleur. J'ai fait la paix avec le passé. Presque entièrement. Ce que je veux dire, c'est qu'il est inutile que tu t'adresses des reproches.

Elle comprenait ce qu'il n'avait pas dit. Qu'il n'avait pas besoin de la consolation qu'elle voulait lui offrir. Il avait seulement envie d'en procurer. Ce qui semblait en accord avec ce qu'elle savait de cet homme fort, qui avait dirigé, et fait prospérer, un empire financier depuis ses dix-huit ans.

Elle ne s'était cependant pas attendue à une telle gentillesse de sa part.

Tout en se disant qu'il lui fallait reprendre une certaine distance avant que ses yeux sombres ne l'envoûtent davantage, elle tenta de dégager ses doigts des siens.

Juste au moment où son pouce se mettait à tracer un cercle au creux de son genou. Lentement. Sciemment.

Et si cela n'avait pas déjà suffi à la faire fondre intérieurement, les deux flammes brûlant au fond des yeux de Drake y auraient réussi. La connexion chargée d'électricité qui s'était nouée entre eux durant toute la journée – ou, de qui se moquait-elle, depuis qu'elle était de retour à Catamount – se manifestait avec plus de force que jamais.

Elle avait voulu la fuir en se disant qu'elle n'appréciait pas Drake Alexander. Qu'elle ne voulait pas engager quoi que ce soit avec le frère de son ex-fiancé.

Mais en cet instant, dans le salon paisible, et alors qu'elle avait baissé sa garde et que Drake la regardait comme si elle était la réponse à toutes ses questions, elle ne pouvait plus s'échapper.

Elle n'en avait pas envie. Cet homme avait pulvérisé ses défenses, détruisant l'attitude hautaine qui l'avait sauvée autrefois.

Une part d'elle avait envie de le fustiger pour le trouble qu'il faisait naître en elle. De lui faire le reproche de lui montrer cette facette de sa personnalité dont elle avait jusque-là ignoré l'existence.

Mais lorsqu'elle ouvrit la bouche pour le dire, elle se surprit à demander :

— Que sommes-nous en train de faire ?

Mais la portée de ses paroles sembla se désintégrer face au feu du désir qui n'avait fait que grandir depuis des semaines.

Drake s'approcha, gardant sa main posée sur son genou. Son pouce frôla de nouveau sa peau, propulsant des étincelles de désir vers le haut de sa cuisse.

Et plus haut encore.

— Pendant des années, j'ai cru que je le regretterais si jamais je m'autorisais à me rapprocher de toi.

— Pendant des années ?

Avait-il eu conscience que ceci se cachait sous l'animosité dont il n'avait cessé de faire preuve à son égard ?

— Mais maintenant, poursuivit-il d'une voix plus grave, tandis que son front venait se poser contre celui de Fleur, je sais que j'aurais encore plus de regrets si je ne le fais pas.

# - 9 -

*Juste un baiser.*

C'était juste ce dont il avait besoin.

Juste un baiser, et il aurait la réponse aux questions qui avaient hanté son esprit depuis si longtemps. Que se serait-il passé s'il n'avait pas amené Colin avec lui lors de ce dernier rodéo ? Et si Colin n'avait pas reconduit Fleur à Catamount après qu'elle eut échoué à conquérir le titre de Miss Colorado Rodéo qui lui aurait permis d'obtenir le reste de l'argent de la bourse d'études dont elle avait besoin pour aller à l'université ?

Drake avait vu Fleur avec un regard neuf lors de ce fameux été. Elle avait alors vingt ans, elle n'était plus une enfant qu'il lui fallait protéger. Son armure défensive s'était faite moins épaisse alors, peut-être parce qu'elle avait acquis une nouvelle confiance en elle et en sa capacité à suivre les cours de l'école culinaire sans l'aide de sa famille. Il avait admis alors qu'il la désirait mais n'avait rien fait pour concrétiser quoi que ce soit, sachant qu'elle avait de grands rêves dans lesquels Catamount ou lui-même ne figuraient pas.

Son frère cependant avait agi. Et quand il avait revu Fleur, des semaines plus tard, il avait découvert qu'ils s'étaient fiancés. Sa réaction avait dépassé les limites. Non seulement parce qu'il s'agissait d'une mauvaise idée pour l'un comme pour l'autre. Mais parce qu'il la voulait lui aussi.

Il avait ignoré cet élan pendant si longtemps que son appétit n'avait fait que devenir plus urgent. Inévitable. Incontestable.

Juste un baiser.

Fleur battit des cils, son souffle chaud frôlant ses lèvres, ses joues rougies par le désir.

— Je crois que je le regretterais aussi, dit-elle enfin, en levant ses yeux gris vers les siens. Si nous ne découvrions pas…

Elle passa sa langue sur ses lèvres et ce geste l'hypnotisa. Sa résistance ne tenait plus qu'à un fil, il brûlait d'impatience. Il pressa doucement son genou.

— Que devrions-nous découvrir, Fleur ? demanda-t-il, le corps pulsant de désir. Dis-le-moi.

— À quoi ressembleraient les choses si nous nous embrassions au lieu de nous disputer.

Oui, c'était cela. Le sentiment de soulagement se mêla au besoin impératif de l'embrasser d'une façon qu'elle n'oublierait jamais. Les mains de Fleur se posèrent sur ses épaules et ses ongles s'enfoncèrent doucement dans le tissu de son T-shirt.

Le désir pulsa violemment à un point très sensible mais Drake prit son temps pour faire remonter sa main le long de son cou et sentir son pouls battre délicatement sous ses doigts. Il ne précipiterait rien. Il voulait savourer l'instant, la savourer, elle. Puis il inclina son menton avant d'approcher ses lèvres des siennes.

Son grognement fit écho au gémissement qui s'échappa des lèvres de Fleur qui se pressa contre lui, le dos si arqué que ses seins se plaquèrent à son torse.

Juste un baiser.

Il ignora la mise en garde qui résonna dans son esprit et l'aida à prendre place sur ses genoux. Sa hanche frôla l'érection qui tendait le tissu de son jean et le son qui s'échappa des lèvres de Fleur résonna dans leur baiser.

Les doigts de Fleur plongèrent dans ses cheveux pour l'attirer plus près d'elle. Il se demandait s'il lui faudrait longtemps pour enlever sa robe si jamais il désirait aller plus loin. Mais il ne pouvait pas. Ne le ferait pas.

Mais cela n'empêchait pas les pensées de s'agiter dans son esprit tandis qu'il prenait soin de maintenir le tissu de sa robe entre sa paume et la jambe de Fleur. Parce qu'il se sentait brûler d'un désir toujours plus grand et savait qu'il lui fallait reprendre le contrôle sur ses sens.

Ne s'était-il pas promis de se contenter d'un baiser ?

La main sur sa hanche, il l'imagina à cheval sur lui. Une vision dangereuse et délectable. Qu'il serait si simple de transformer en réalité.

Fleur ondulait contre lui, les pointes de ses seins pressées contre son torse appelant ses baisers. Voilà qui était possible n'est-ce pas, sans dépasser les limites fixées ? Il goûterait donc sa peau là aussi.

Accueillant son sein rebondi au creux de sa paume, il glissa son pouce dans l'encolure de sa robe pour tirer le tissu et dévoiler la dentelle et la soie rouge de son soutien-gorge, tendu par une pointe rosée qu'il accueillit entre ses lèvres. Il saisit les notes de vanille et de noisette de son parfum et inspira profondément tandis qu'elle s'approchait plus près.

Plus près encore.

— Drake.

Ses doigts se déplacèrent sur ses épaules pour le tenir plus fort… ou le repousser ?

Il s'écarta pour pouvoir plonger ses yeux dans les siens. Évaluer ce qu'elle désirait. Avait-il mal interprété la situation ?

— Est-ce trop ?

— Non, ce n'est pas assez.

Soulagé de se voir confirmer qu'il n'avait pas abusé de la situation, il se délecta de l'expression fiévreuse qu'il trouvait dans ses yeux et qui reflétait tout ce qu'il éprouvait. Mais le moment lui rappelait combien ils étaient proches d'emprunter un chemin vers un endroit dont ils ne pourraient revenir.

S'ils laissaient ce tourbillon les emporter, lui en voudrait-elle plus tard ?

— Ce n'est pas assez pour moi non plus. Mais je sais que ce n'est pas pour cela que tu m'as demandé de venir ce soir. Je ne dois pas…

Son regard se fixa sur le renflement de sa poitrine et il oublia ce qu'il s'apprêtait à dire.

Il se força à remettre l'étoffe de sa robe en place pour couvrir sa peau.

Elle ferma les yeux l'espace d'un instant, la gorge nouée.

— Tu ne dois pas ou tu ne veux pas ?

— Cela n'a rien à voir avec ce que je veux.

Il songea aux dégâts qu'un seul faux pas pourrait causer pour elle. Pour son frère, qui serait bientôt en ville pour le mariage d'Emma.

— J'ai déjà fait assez de mal à Colin.

Fleur se recula, quittant soudain ses genoux.

— Colin ? Tu crois que c'est lui qui a le plus souffert quand tu m'as convaincue de rompre avec lui ?

Bon sang, il n'avait pas assez réfléchi avant de parler. La chaleur de son corps lui manquait déjà et il détestait le fait d'avoir ranimé son ancienne rancœur.

— Non. Je sais que je t'ai blessée, toi aussi. Ce n'était pas juste de faire ses suppositions, d'agir par…

De quoi était-il question ? De colère ? De jalousie ?

Il se souvenait comment son sang s'était enflammé le jour où il avait trouvé Fleur et Colin dans la salle à manger du Ranch Alexander, son frère, le bras passé autour d'elle et embrassant son front, tandis qu'un gros diamant ornait la bague de Fleur et qu'ils évoquaient le projet de s'installer dans une nouvelle maison.

— Vas-y. Tu peux le dire, dit-elle en haussant légèrement les épaules. Tu croyais que je voulais gagner de l'argent en abusant de la confiance de Colin, et tu m'as traitée en conséquence. Comme une vénale opportuniste.

Une onde de chaleur se diffusa dans sa nuque. Il s'agissait d'une accusation qui était entièrement erronée car il lui avait volontairement permis de le croire durant toutes ces années.

— C'est faux.

Il ferma les paupières et se frotta les yeux un instant avant de les rouvrir. Et de se heurter à son regard gris qui le foudroyait.

— J'ai mal réagi ce jour-là parce que j'étais jaloux de lui, Fleur. Même à cette époque, je te voulais dans ma vie, je te désirais, et j'étais furieux contre Colin – contre moi, de n'avoir jamais tenté ma chance avec toi. Mais à ce moment-là, il était déjà bien trop tard.

Stupéfaite, Fleur ouvrit puis referma la bouche sans avoir pu prononcer le moindre mot. Elle cligna plusieurs fois des paupières puis, enfin, son regard s'éclaircit quand elle sembla comprendre.

— Tu n'es pas sérieux, murmura-t-elle à moitié. Tu ne m'as jamais appréciée…

— J'ai lutté contre le fait de t'apprécier plus qu'il ne fallait.

Il s'était comporté de façon honorable. Il avait montré le bon exemple à son frère et à sa sœur chaque jour depuis la mort de ses parents parce que son père l'avait mis en garde lors de cette dernière querelle qu'il n'offrait pas un bon modèle à son frère et à sa sœur.

— Pourquoi avoir agi ainsi ? Étais-je si horrible que tu ne pouvais supporter l'idée d'être attiré par moi ?

— Bon sang, non. Tu étais trop jeune pour moi.

Il avait été son défenseur. Son protecteur. Il s'était assuré que quelqu'un prenait soin d'elle alors que sa famille ne prenait pas la peine de la protéger, car même lorsqu'ils assistaient à ses shows, ils restaient absorbés dans leurs propres drames.

— Quand j'ai compris que peut-être tu avais cessé d'être trop jeune, tu étais avec mon frère.

— Mais ton comportement… Ta manière revêche. Tes remarques blessantes. Pourquoi aurais-tu agi ainsi ?

— Je me montrais rude avec quiconque te regardait trop longtemps, fit-il dans un haussement d'épaules. Et si je t'ai critiquée, c'était dans un effort maladroit d'empêcher des cow-boys sans scrupule d'essayer de se retrouver seuls avec toi.

Durant de longs moments, le crépitement du feu fut le seul son qui résonna dans la pièce.

— Tu m'as demandé de mettre fin à ma relation avec Colin pour cette raison ?

L'air interrogateur qui se peignait sur son visage révélait qu'elle ne croyait toujours pas ce qu'il venait de livrer.

— À cause d'un sentiment qui n'était pas réciproque…

— Absolument pas. Je n'ai pas géré la situation avec autant de tact que j'aurais dû à cause de mes sentiments pour toi. Mais quoi qu'il en soit, j'aurais tout de même conseillé à Colin de réfléchir à deux fois à l'idée d'un mariage alors que tu n'étais même pas encore allée sur les bancs de l'école culinaire. Tu n'avais pas eu la possibilité de vivre tes rêves. Il n'aurait pas été juste de sa part – de la part de quiconque – de t'amener à te fixer dans une autre vie et t'empêcher de le faire.

Bouleversée par cette révélation, Fleur perdit toute notion du temps jusqu'à ce qu'il se lève.

— Il ne pleut plus. Je ferais mieux de partir.

Il s'éloigna d'un pas silencieux.

— Je suis désolé si je suis allé trop loin ce soir.

Il partait ?

Tout son corps vibrait encore sous l'effet de la fièvre qu'il avait attisée avec ses mains. Sa bouche.

Et elle ne voulait pas regretter d'avoir laissé les choses tues. Elle avait besoin de parler de tout cela.

— Tu n'es pas allé trop loin.

Elle bondit sur ses pieds sans savoir réellement ce qu'elle voulait. Mais elle savait que le départ de Drake n'était pas la meilleure solution. Pas alors qu'elle était en pleine confusion avec ses sentiments et que son désir pour lui pesait encore lourdement dans ses membres.

— J'essaye simplement de comprendre ce que tu as dit et… ce que cela signifie.

Elle trouvait difficile de croire que cet homme qui l'avait toujours repoussée avait – parfois – voulu l'attirer plus près de lui. Et elle ne pouvait nier que ce qu'il avait dit à propos du fait de ne pas vouloir que quiconque l'amène à se fixer avant qu'elle ait eu une possibilité de poursuivre son rêve lui avait donné le sentiment d'être… vue.

Drake Alexander, son éternel ennemi juré, avait compris des choses à son propos que personne d'autre n'avait pris le temps de découvrir.

Il s'arrêta près du manteau de la cheminée et son regard se porta sur une photo encadrée qui la montrait, heureuse, le jour de la remise des diplômes de l'école culinaire.

— Cela signifie que je me suis efforcé de faire ce qui convenait en ce qui te concerne, mais que j'ai un don pour échouer.

Un faible sourire naquit sur ses lèvres.

— Si jamais tu as besoin d'aide pour l'amélioration des terres, tu sais où me trouver.

Il se rapprocha de la porte d'entrée, mais elle se précipita pour lui barrer le chemin, le cœur battant à tout rompre.

— Et si c'est d'une autre chose dont j'ai besoin ?

Elle n'avait pas la moindre idée de ce qu'elle était en train de faire. Elle agissait juste d'instinct.

Parce qu'elle reconnaissait au plus profond d'elle qu'elle ne voulait pas qu'il s'en aille. Pas alors que ses lèvres tremblaient encore d'avoir senti les siennes se presser contre elles.

Un désir incandescent s'alluma au fond des yeux de Drake. Il ne s'agissait pas du simple reflet des flammes qui brûlaient dans l'âtre. Elle pouvait clairement lire le même élan qui s'agitait en elle.

— Ce serait de la folie.

La dureté de ses mots ne la découragea pas.

Et ce d'autant plus que son souffle se faisait plus profond à mesure qu'elle approchait.

Cet homme avait essayé de la faire fuir depuis toujours. Et pourtant, au cours de cette soirée, il avait livré des explications à propos de son comportement qu'elle n'oublierait pas avant longtemps. La virulence qui sous-tendait tous ces vieux sentiments était enracinée dans quelque chose de plus complexe qu'une simple inimitié.

Une chose qu'elle mourait d'envie d'explorer.

— Tu ne peux plus me repousser en me faisant peur à présent.

Elle posa sa paume sur la tiède paroi de son torse et sentit son cœur battre aussi fort que le sien sous sa main.

— Et encore moins maintenant que je sais à quoi ressemble d'être au centre de tes attentions.

Où puisait-elle une telle audace ? Elle n'en avait pas la moindre idée. Tout ce qu'elle savait, c'est que s'il quittait les lieux maintenant, elle n'aurait peut-être jamais la possibilité de découvrir toutes les facettes de l'attirance qu'il cachait sous la froideur des apparences. Et elle ne voulait pas laisser passer cette chance. Trop de personnes dans sa vie l'avaient négligée.

Drake prit une profonde inspiration, et quelque chose dans son expression lui fit penser qu'il allait la repousser. Trouver une excuse pour ne pas la toucher en raison de ses brèves fiançailles avec son frère avant de se ruer vers la porte. Mais Colin n'avait jamais posé un regard aussi affamé sur elle. Colin ne lui avait jamais fait ressentir ce qu'elle éprouvait en cet instant.

Elle n'attendit donc pas qu'il y ait une autre querelle. Elle noua ses bras autour de son cou, et vint se plaquer contre le corps de Drake, si chaud, si dur, si fort.

— Juste un autre baiser, l'implora-t-elle avant de laisser ses lèvres frôler les siennes.

Le grognement d'approbation qu'il émit vibra à travers sa poitrine et se répercuta dans celle de Fleur, dont le dos fut aussitôt parcouru d'un délicieux frisson. Un tressaillement d'excitation la traversa, et le plaisir se diffusa dans ses veines à la manière d'une drogue.

Ses bras s'enroulèrent autour de sa taille et il la souleva contre lui, abolissant le moindre espace entre leurs deux corps. Ses lèvres s'emparèrent des siennes avec avidité et il goûta sa bouche de sa langue taquine. Elle plaqua alors ses paumes sur ses épaules, enfonçant ses doigts dans la masse de ses muscles, se tenant prête pour l'assaut sensuel.

Le baiser, si merveilleusement prodigué par Drake, lui faisait perdre la tête, et le jeu expert de sa bouche éveillait en elle des sensations qu'elle n'aurait jamais imaginé ressentir en pareille situation. C'était comme s'il n'y avait rien de plus important au monde pour lui que de découvrir ce qui la faisait soupirer et se tordre de plaisir, ce qui pourrait la rendre pantelante entre ses bras.

Il la plaqua contre la porte d'entrée, ses mains courant vivement le long de ses cuisses pour les relever. Les enrouler autour de ses hanches.

Cette position toute nouvelle lui fit rencontrer au point le plus sensible le renflement qui tendait son jean. La toile de denim et le tissu de sa robe, qui séparait encore leurs deux corps, ne suffit pas à empêcher un doux spasme.

Sa bouche captura son cri de plaisir.

— Tu ne peux pas imaginer depuis combien de temps j'ai envie de t'embrasser ainsi.

Ses doigts se glissèrent sous sa jupe pour tracer un chemin de caresses vers le haut de ses cuisses. Dans le même temps, ses hanches se basculèrent vers l'avant, appliquant une ferme pression à l'endroit où elle en avait le plus besoin.

Un feu d'artifice explosait dans son esprit.

— S'il te plaît, donne-m'en plus, murmura-t-elle contre sa bouche, tout en se demandant s'il serait possible de retirer sa robe sans même avoir à quitter ses bras.

Personne ne l'avait touchée de la sorte depuis... Personne ne l'avait jamais touchée ainsi. Parce que les moments qu'elle avait passés avec d'autres hommes n'étaient rien – de pâles simulations de moments intimes – en comparaison avec ce qu'elle vivait en cet instant. Et ils n'avaient même pas encore retiré leurs vêtements.

— J'ai rêvé de toi pendant des années, Fleur. Je ne vais pas te prendre contre une porte pour notre première fois.

L'accent rauque dans sa voix fit se tendre la pointe de ses seins de manière presque douloureuse.

Et alors elle prit conscience de ce qu'il avait dit.

Allait-il réellement la prendre ?

Serait-ce vraiment une première fois avant d'autres ?

— Ma chambre est par là, fit-elle en pointant le doigt vers l'arrière de la maison. Mais j'aimerais qu'il soit noté que je n'ai rien contre le fait d'une première fois contre la porte.

Elle serra ses cuisses plus fort pour enserrer davantage ses hanches et renforcer le divin frottement de leurs deux corps.

Au lieu de lui répondre, il releva son menton pour plonger ses yeux tout au fond des siens.

— En es-tu bien certaine ? demanda-t-il d'une voix rocailleuse.

— Oui, tout à fait. J'ai besoin de toi.

Ce devait être ce qu'il voulait entendre, car un moment plus tard, il referma ses bras sous elle et l'emporta vers sa chambre.

Ses longues enjambées faisaient tanguer leurs corps à l'unisson, et elle s'agrippa plus fermement à son cou.

Il s'arrêta cependant sur le seuil, renonçant à accomplir le dernier pas.

— Je n'ai pas de protection avec moi. Pas même dans le pick-up. Je n'ai pas…

— J'ai ce qu'il faut, admit-elle. Je constitue un stock chaque année depuis que…

Depuis qu'elle était tombée enceinte. Qu'elle avait fait une fausse couche et ainsi perdu le bébé de son frère.

Était-ce le fruit de son imagination ou un courant d'air glacial venait de s'abattre sur eux ? Mais juste au moment où elle pensait qu'il la reposerait au sol et lui tournerait de nouveau le dos, il relâcha un long souffle.

Ses mains se serrèrent plus fort sur elle.

— Parfait. Parce qu'il va nous en falloir autant que tu en as.

# - 10 -

Son ronronnement de plaisir était le son le plus doux qui soit jamais parvenu à ses oreilles.

Il aurait lutté contre son désir pour elle pour le bien de Fleur. Il l'aurait contrainte à se taire si elle n'avait pas voulu de lui.

Mais il ne pouvait lui refuser ce qu'elle lui demandait.

*J'ai besoin de toi.*

Il ne se soustrairait pas à son envie. Pas après la façon dont il l'avait blessée cinq ans plus tôt. Pas après le temps infini qu'il avait passé à nier ses sentiments pour elle.

Drake franchit donc le seuil de sa chambre baignée de pénombre, en la portant toujours dans ses bras. Elle restait enroulée autour de son corps, ses chevilles nouées derrière son dos. Chaque pas faisait naître un frottement brûlant entre leurs corps.

— Où sont les préservatifs ?

Il la tint plus fort, pour soulager le contact si intime qui faisait bouillir ses sens. Il attendait le moment d'être en elle. Tout au fond d'elle. Il était au comble du bonheur de savoir qu'elle avait envie de lui, d'entendre le désir dans sa voix et de voir la façon dont ses paupières se fermaient à moitié dès que leurs corps se frôlaient.

— Je vais les chercher, murmura-t-elle en dénouant ses jambes et en sautant sur le sol.

Tandis qu'elle disparaissait dans la salle de bains, Drake retira son T-shirt et s'avança davantage dans la chambre. Il s'agissait d'un espace exigu mais au confort largement suffisant. Il inclina les stores pour laisser filtrer les reflets argentés du clair de lune.

Il s'attaquait aux boutons de son jean, lorsque Fleur réapparut. Elle avançait pieds nus et en silence sur le plancher avec sa robe de maille au décolleté entrouvert.

Avait-elle seulement idée de combien elle était sexy ?

— Je les ai, annonça-t-elle, le souffle court.

Il noua ses bras autour de sa taille et la hissa contre sa poitrine. Ses mains vagabondèrent sur son corps, savourant la sensation offerte par sa poitrine de taille parfaite et les pointes raidies de ses seins.

— Te souviens-tu du moment où nous avons chevauché ensemble ? murmura-t-il à son oreille. Quand je te tenais devant moi, juste comme cela ?

Elle acquiesça, haletante, et inclina la tête, révélant ainsi la peau claire de son cou. Avec avidité il la goûta à cet endroit et joua de sa bouche pour remonter vers sa gorge, puis derrière son oreille.

— C'est comme cela que je voulais te toucher ce jour-là.

Il fit glisser l'une des manches de sa robe le long de son bras, dévoilant la dentelle rouge de son soutien-gorge et le doux renflement de sa poitrine juste au-dessus de sa lingerie.

D'une main, il accueillit dans sa paume la douce rondeur, la pressant avant de taquiner la pointe tendue. De l'autre il remonta sa robe jusqu'à ce qu'un morceau de satin rouge apparaisse entre ses cuisses. Il devait avoir gardé les yeux fixés à cet endroit une seconde de trop, envoûté par le corps au sujet duquel il avait élaboré toutes sortes de fantasmes depuis si longtemps, car Fleur se cambra vers lui.

— Vraiment ?

— Bien sûr, gronda-t-il sourdement, tout en sachant qu'il avait besoin qu'elle soit bientôt nue. Et je l'ai imaginé depuis cet instant.

Il glissa sa main au sommet de ses cuisses où la preuve de son désir pour lui faillit avoir raison de sa résistance.

— Montre-moi, dit-elle, les yeux clos. Tu n'as plus besoin de te contenter d'imaginer à présent.

Quelque chose dans la façon dont elle prononça ces mots lui apprit combien elle appréciait ce qu'il lui faisait. Il prit donc tout son temps.

— Je voulais voir cela en premier.

Il baissa le bonnet de son soutien-gorge pour découvrir son sein. Puis, emprisonnant sa pointe entre ses doigts, il exerça une délicate pression.

— Trouver quel type de caresse avait ta préférence ici.

Il ne pouvait attendre d'appliquer sa langue à cet endroit, également, mais il n'avait pas fini de lui rappeler ce moment de leur chevauchée.

— À quoi d'autre as-tu pensé ? demanda-t-elle, tandis qu'elle avait de plus en plus de mal à rester immobile.

Ses cuisses se pressaient à présent contre sa main qu'il maintenait de manière inflexible entre ses jambes.

— J'ai du mal à croire que mes seins aient capté *toute* ton attention.

— Ils sont parfaits, dit-il en dégageant l'autre manche de sa robe.

— Drake, l'implora-t-elle, faisant onduler ses hanches de façon hypnotique. Dépêche-toi, s'il te plaît. J'en veux plus.

— C'est ce que je veux, moi aussi. Ce que je veux depuis si longtemps, reconnut-il tout en glissant deux doigts sous le sous-vêtement de satin.

Et découvrant alors quelque chose d'infiniment plus doux. Plus brûlant.

Il emprisonna le trésor caché et le fit rouler entre ses doigts, reproduisant le geste qu'il avait appliqué à la pointe de son sein. Elle se mit à haleter. Se tendit. Tout son corps se tordit avant de s'immobiliser dans un moment suspendu.

Puis ce fut la libération. Les vagues déferlèrent à travers elle avant qu'elle ne se détende de nouveau.

Il n'avait jamais rien vu de plus beau. Ne s'était jamais senti plus privilégié. Cela l'émouvait. Ne faisait que lui donner plus urgemment envie de se retrouver en elle.

— Fleur, lâcha-t-il dans un souffle rauque, le cœur battant à coups sourds. Viens avec moi.

Elle était pantelante contre lui et il la souleva aisément, la débarrassant de ce qui la couvrait encore avant de l'étendre au centre de la couette blanche immaculée. Une fois qu'elle fut nue, ses cheveux cuivrés étalés sur l'oreiller et ses yeux gris arrimés au moindre de ses mouvements, il finit de retirer son jean et le reste de ses vêtements aussi vite que possible. Chaque battement de son cœur semblait renvoyer l'écho de son nom.

*Fleur. Fleur. Fleur.*

Il éventra la boîte de préservatifs et enfila une protection. Sur le lit, Fleur se redressa sur ses coudes pour le regarder. Et sentir son regard ardent sur lui ne faisait que lui donner plus férocement envie de s'enfouir en elle.

Il la couvrit de son corps et il se sentit envoûté par sa douceur et son parfum.

Il écarta un peu plus ses jambes pour se mettre en place et plongea ses yeux dans les siens tandis qu'il la pénétrait doucement. Lentement, il progressa, accordant le temps à son corps de s'ajuster au sien. Fleur avait le souffle court et il ne l'aurait pressée pour rien au monde.

Toutefois, ses bras tremblaient sous l'effet de l'impatience. Une fièvre violente semblait s'être emparée de son corps.

— Tout va bien. Je vais bien, murmura-t-elle pour elle autant que pour lui.

— Vraiment ?

Il releva son menton pour la regarder dans les yeux. Quelque chose lui avait-il échappé ?

— Oui. C'est juste que…

Elle eut un instant d'hésitation.

— Ce n'est que ma deuxième fois. Et la première remonte à bien longtemps.

Cette révélation eut des effets contradictoires. Il voulait recommencer la soirée, prendre encore plus de temps. La choyer.

Il s'immobilisa, le temps de prendre un contrôle complet sur lui-même. Peut-être devrait-il se retirer. Lui donner un autre orgasme.

Mais alors qu'il soupesait les possibilités, elle arqua son dos et fit de nouveau rouler ses hanches. Ses soupirs adoptèrent un rythme plus rapide.

— Voilà, lâcha-t-elle dans un souffle, tandis qu'un feu nouveau brillait au fond de ses splendides yeux gris. Il me fallait juste un instant.

Elle poussa ses hanches en avant d'une façon si inattendue qu'il crut un instant l'extase proche.

— Fleur.

Son nom n'était qu'un son étranglé peinant à sortir de sa gorge, son corps en exigeait davantage. Il voulait qu'il bouge. Qu'il la prenne. Que jamais il ne la laisse partir.

— Je vais bien maintenant, souffla-t-elle langoureusement au moment où elle imprimait à ses hanches une autre poussée diabolique. Je suis prête.

Et il espérait de toute son âme que c'était vrai, car rien n'aurait pu l'empêcher de s'enfoncer plus loin. Encore. Et encore.

Mais alors que ses jambes fines étaient nouées autour de lui, le tenant fermement en place, il savait qu'elle avait besoin de la même chose que lui. Il referma une main sur sa hanche, la fit onduler, trouvant le rythme qui les propulsa tous deux au sommet du plaisir. Ses muscles féminins commencèrent à se contracter juste avant qu'il perde tout contrôle.

Le plaisir le frappa avec une intensité telle qu'il pensa ne plus jamais être capable de bouger. Il se laissa retomber sur le lit à son côté.

Quand la réalité eut repris forme autour de lui et que son souffle se fut calmé, il se demanda ce qui devrait se passer ensuite. Il attira Fleur contre lui, incapable de résister au désir d'embrasser son épaule, d'écarter ses cheveux emmêlés de son visage. Sa peau était tout à la fois sucrée et salée, sa peau pâle perlée de sueur. Tout comme la sienne.

— Tu réfléchis si intensément que je peux entendre tourner les rouages de ton esprit, murmura-t-elle. Cela te dérangerait-il si nous attendions pour parler de… ce qui vient de se passer ? Jusqu'au lever du jour peut-être ?

L'estomac de Drake se noua à ces mots, même s'il reconnaissait qu'elle lui accordait un sursis. Une chance de faire le clair dans son esprit avant qu'ils se confrontent aux événements de la soirée. Ou – au moins – de profiter de cette trêve entre eux et tous les avantages sensuels qui pourraient l'accompagner.

Pourtant, il ne pouvait s'empêcher de soupçonner qu'elle réfléchissait déjà à une façon d'établir une distance avec lui. Et n'était-ce pas complètement insensé qu'il redoute cela, alors même que lui aussi soupesait les options pour se soustraire à la situation en causant le moins de dégâts possible ? Il avait peut-être tout fait rater concernant la vente du ranch. Probablement abîmé sa relation avec son frère de façon irréparable. Et qu'en était-il de Fleur ?

Mais il écarta ces pensées en glissant les doigts dans ses mèches auburn emmêlées. Pour l'instant, il voulait juste être étendu à son côté. La tenir contre lui.

— Je n'aurais jamais cru pouvoir te dire un jour ces mots, Fleur Barclay, mais je suis cent pour cent d'accord avec toi.

Demain, il serait bien assez tôt pour faire face aux conséquences inévitables de cette nuit passée ensemble.

Fleur ignorait combien de temps elle avait dormi.

Sa chambre n'était éclairée que par la lueur de la lune, et la pluie crépitait doucement sur le toit. Ce son l'apaisait en temps normal, mais avec Drake allongé tout près d'elle, sa main épousant la courbe de sa hanche même dans son sommeil, elle avait l'impression d'être une boule de nerfs.

Qu'avait-elle donc fait ?

Elle se tourna sur son oreiller pour pouvoir observer ses épaules puissantes et carrées, son torse qui dessinait un impressionnant V. Elle eut envie de faire courir ses doigts sur ses muscles, mais s'en empêcha. Elle ne souhaitait pas le réveiller.

Pas alors qu'il lui fallait réfléchir.

Parce que dormir avec Drake n'avait pas fait partie de ce qu'elle avait prévu. Jamais.

Elle leva les yeux vers son visage, vers ses mâchoires ombrées d'une barbe naissante sombre. Dans les lueurs argentées baignant la chambre, c'était comme si Drake était une sorte de fantôme qui pourrait s'évaporer dans l'air de la nuit.

Mais cela ne se produirait pas. Sa présence était bien réelle. Solide. Il lui avait fait ressentir des sensations dont elle n'avait fait que rêver. Elle n'avait jamais voulu dormir auprès d'un homme après le désastre qu'avait été sa relation avec Colin.

Qui tombait enceinte après un seul rapport sexuel ?

Elle, bien sûr. Il ne faisait pas le moindre doute à ses yeux que sa relation avec Colin, le seul homme avec qui elle avait fait l'amour – avant Drake – avait été une erreur. Une décision malencontreuse de la part d'une jeune femme de vingt ans qui rêvait d'avoir quelqu'un auprès d'elle chaque jour, d'avoir une famille. Elle tremblait quand elle avait annoncé sa grossesse à Colin. Mais passé le choc initial il avait agi honorablement, lui proposant de l'épouser et la laissant décider de la manière d'annoncer qu'elle était enceinte. Il avait eu peur, mais avait décidé d'agir comme il convenait. Même s'il n'était pas amoureux d'elle – et qu'elle n'était pas amoureuse de lui. Pas de manière réelle.

Mais comprendre tout cela à présent ne réparait pas les dégâts causés. Des dégâts au sujet desquels Drake avait joué un large rôle. Parce qu'après avoir été déshéritée et ignorée par son propre père, Fleur n'avait pas disposé des meilleurs mécanismes d'adaptation pour gérer l'intervention de Drake dans sa vie ainsi que le départ de Colin.

Blessée et éplorée, elle avait suivi les cours de l'école culinaire en tenant les autres à distance, pour finir par travailler dans un restaurant pour un homme qui ne savait pas respecter les distances les plus élémentaires. Où donc se trouvait sa force ? Sa volonté d'être une dure à cuire et de se battre quand la situation l'exigeait ? Déposer une plainte pour harcèlement sexuel semblait une réponse bien trop timide pour un acte qui la faisait tant bouillir de rage.

Son retour à Catamount avait réveillé quelque chose au fond d'elle. L'esprit de sa grand-mère, peut-être. Ou juste un lien renouvelé avec la personne qu'elle était, avant que sa famille n'explose. Préparer des gâteaux dans la cuisine de Crooked Elm lui avait rappelé que ce n'était pas à elle de réparer sa famille.

Elle ne pouvait que se réparer elle-même.

Près d'elle, Drake s'agita, l'arrachant brusquement à ses pensées. Ses doigts se plièrent sur la hanche de Fleur, la tiède pression de sa paume contre sa peau suffisant à lui rappeler ce qu'ils avaient partagé plus tôt. Une connexion incandescente. Potentiellement du genre de celles qui pourraient lui brûler les ailes si elle n'y prenait garde.

— Humm, pourquoi es-tu éveillée ? dit-il d'une voix enrouée. Je croyais que nous n'étions pas censés trop réfléchir avant le lever du jour.

D'une main et sans le moindre effort, il l'attira plus près.

Qu'y avait-il de si excitant dans cette expression de force insouciante et aisée ? Son cœur se mit à battre plus fort.

— Peut-être étais-je juste en train de réfléchir à toutes les façons démoniaques que je pourrais utiliser pour te réveiller.

Elle fit courir ses doigts sur sa poitrine, ses muscles souples.

— Pourquoi ai-je l'impression que tu essaies de détourner mon attention en utilisant le sexe ?

Sa main frôla sa peau jusqu'à épouser un peu plus haut le creux de sa taille et ses yeux interrogateurs se perdirent dans les siens.

— Et est-ce que cela fonctionne ?

Mon esprit est ailleurs, c'est certain, reconnut-il,enroulant son bras autour de sa taille tandis que sa cuisse puissante venait se glisser entre ses jambes. Mais je ne laisserai pas cela t'empêcher de me parler si quelque chose te tracasse.

Du bout des doigts il écarta quelques cheveux égarés sur son visage.

— Tu avais l'air préoccupée quand j'ai ouvert les yeux.

Elle pouvait percevoir son inquiétude, si évidente dans la façon dont il la regardait. Dans la façon dont il ne s'emparait pas de la proposition sensuelle qu'elle lui avait offerte pour ne pas avoir cette conversation. Son cœur se serra en songeant qu'elle se sentait… importante.

Repoussant ses émotions, elle songea à la manière d'exprimer tout ce que cette nuit avait éveillé en elle.

— Te souviens-tu de ce rodéo en ville, juste après la séparation de mes parents, ce jour où j'ai chanté *America the Beautiful* ?

Elle était presque certaine qu'il était présent ce jour-là. Il devait l'avoir déjà taquinée à ce propos, mais elle ne pouvait s'en souvenir avec certitude.

— Tout le monde à Catamount se souvient de ce jour.

— Je n'ai su qu'après que tout le monde avait eu l'impression que je l'avais fait pour attirer l'attention sur moi.

Cela l'avait blessée. Mais encore une fois, elle n'avait jamais livré d'explication à personne. Ne s'était jamais battue pour se défendre.

— C'était peut-être à cause du choix du moment avant tout, tenta-t-il prudemment. Ta mère aurait pu être blessée.

L'avait-elle été ?

Cela n'avait pas dû être grave car sinon Fleur s'en serait souvenue, bien que son cœur se serrât en songeant qu'elle n'y avait pas pensé à l'époque.

— Je ne pouvais pas bien voir depuis l'endroit où je me trouvais sur la piste.

Les lumières avaient été si vives. La tension si intense qu'elle avait eu le sentiment d'être littéralement écrasée quand elle avait entendu son père et sa mère crier l'un contre l'autre. Nul autre son ne résonnait alors dans l'enceinte à part leurs voix furieuses.

— Je savais qu'ils se disputaient et que toute la ville les entendait. C'était si douloureux. Si inutile, si mal. J'ai fait l'unique chose qui m'est venue à l'esprit pour qu'on ne les entende pas.

— Tu as chanté.

— Aussi fort que j'ai pu.

Comment expliquer les décisions d'une petite fille de neuf ans d'une façon qui paraîtrait sensée à un homme adulte ?

— Je ne voulais plus les entendre mais je voulais aussi que les autres habitants de Catamount ne passent pas leur journée à parler de mon père infidèle et de ma mère incontrôlable. Ou peut-être l'ai-je fait pour que mes parents soient forcés de m'écouter durant ces deux minutes où je me trouvais sur le devant de la scène.

Une fois que les mots se furent précipités hors de sa bouche – la dernière partie de l'explication faisant figure de surprise même pour elle – Fleur regretta de ne pas pouvoir les effacer. Ne voulait-elle pas se montrer forte ? Pourtant elle semblait s'apitoyer sur son sort. Mais avant qu'elle puisse faire machine arrière, la voix de Drake s'éleva, sa poitrine vibrant contre la sienne à l'endroit où leurs peaux se rejoignaient.

— Toi et tes sœurs avez traversé bien des turbulences quand vos parents se sont séparés.

Il l'observa avec un regard empli de curiosité, se demandant sans doute pour quelle raison elle avait évoqué cette histoire.

— Et nous avons passé bien trop de temps à nous concentrer sur leur détresse plutôt qu'à regarder vers l'avenir.

Elle pouvait l'admettre sans apitoiement, après tout. Si elle voulait grandir, changer, il lui fallait regarder en arrière et considérer tout le chemin parcouru et non pas uniquement les meilleurs moments.

— Mais je me suis toujours sentie plus heureuse lorsque je me trouvais ici. À Catamount.

— Grâce à ta grand-mère.

Il hocha la tête, montrant ainsi qu'il comprenait désormais.

— Elle doit tant te manquer cet été.

— C'est le cas, en effet. Mais en même temps je me sens proche d'elle quand je suis ici. J'ai de magnifiques souvenirs dans cette maison, et j'ai l'impression qu'après avoir été un peu perdue ces cinq dernières années, être à Crooked Elm m'aide à me retrouver.

Elle avait fui pour échapper au souvenir de ses fiançailles, et de sa grossesse qui n'était pas allée à son terme.

Mais rester éloignée de cet endroit si longtemps avait été une erreur qu'elle ne pourrait jamais réparer. Rien ne lui rendrait ce temps qu'elle n'avait pas passé aux côtés de Gran, la personne qui l'avait le plus aimée.

— Je suis heureux de l'entendre, dit-il en faisant courir un doigt sur son bras. C'est bon de te revoir.

Son regard plongea vers ses lèvres et il releva son menton pour diriger son visage vers lui.

Son intention était claire, mais elle ne pouvait l'embrasser sans lui dire ce qu'elle avait en tête. Une décision à laquelle elle venait d'aboutir cette nuit alors qu'elle était étendue dans ces draps avec lui.

— Je ne suis pas certaine que tu le penseras toujours quand je t'aurai dit que j'envisage de rester à Catamount.

Elle se raidit, prête à se montrer de nouveau forte. À se battre pour ce qu'elle voulait.

— Je n'ai pas envie de vendre Crooked Elm.

# - 11 -

— Rester à Catamount.

Drake répéta ses paroles afin de s'accorder plus de temps pour absorber l'impact de la bombe qu'elle venait de larguer. N'avait-elle pas voulu retarder une conversation à propos de ce qui venait de se passer entre eux ? Et pourtant elle avait opté pour une discussion à propos d'un sujet bien plus susceptible de faire éclater le fragile lien qu'ils avaient créé.

Son pouls s'accéléra vivement, son esprit se mettant en quête d'une réponse. Car même s'il avait envie de la soutenir, il pouvait voir le risque de catastrophes qui pourrait découler de ce choix. Entre eux. Entre lui et son frère si Drake continuait à fréquenter Fleur. Et pour ce qui était de son projet d'achat des terres pour redonner vie au cours d'eau et honorer le souvenir de ses parents ?

Il venait de partir en fumée.

— Oui, c'est bien ce que j'ai dit.

Fleur s'était figée entre ses bras.

— Mes affaires en tant que traiteur se portent encore mieux que ce à quoi je m'attendais. Il pourrait exister une possibilité viable pour moi ici. Et je pourrais peut-être même un jour ouvrir un restaurant.

Il se redressa sur un coude et ne put retenir un rire étranglé.

— Si tu savais ce que me rapporte le Cowboy Kitchen tu réfléchirais à deux fois à cette idée. Je ne l'ai acheté que pour le bien de la communauté – pour garder une entreprise locale en activité.

Elle se redressa contre l'un des oreillers, une vive tension crispant ses épaules nues.

— Peut-être est-ce la raison pour laquelle tu ne réalises aucun profit. Tu n'es pas passionné comme moi par ce secteur. Je peux voir un vrai potentiel pour l'établissement approprié.

Drake comprit qu'il l'avait offensée, il décida donc de changer de sujet. Il y avait une centaine d'autres problèmes qu'il pourrait évoquer concernant son plan, après tout.

Il s'assit, le drap enroulé autour de la taille.

— Et qu'en est-il des questions de gestion des terres ? Comment pourras-tu régler le problème des citations à venir si tu n'as pas de capitaux à investir ?

Les soucis liés au cours d'eau sur la propriété de Crooked Elm avaient déjà d'énormes répercussions sur la qualité de l'eau et des terres au Ranch Alexander et sur celles des propriétés situées en aval de la sienne. Il avait une responsabilité vis-à-vis de son bétail, il devait s'en charger.

— Je n'ai pas encore trouvé toutes les réponses, dit-elle en tirant la couette sur elle. Je ne fais qu'explorer cette possibilité.

Sa voix trahissait sa blessure et il regretta son approche. Il tendit une main vers elle, désireux de retrouver la proximité qu'ils avaient partagée plus tôt.

— Tu as raison. Nous avons le temps de réfléchir à un moyen de régler cette question.

Il perçut la tension qui tendait toujours ses muscles.

— Je peux t'aider. Certaines des mesures que tu peux prendre pour les terres demandent plus de travail manuel que d'argent…

— Tu sais, Drake… ?

Tout en évitant son regard, elle glissa hors du lit, ramassa sa robe et la fit passer par-dessus sa tête.

— Je n'aurais probablement dû rien dire pour l'instant. Mes projets sont encore embryonnaires et je ne suis pas prête à réfléchir à des questions pareilles à cette heure.

— Fleur, je ne voulais pas te décourager…, commença-t-il, tout en se hâtant pour se lever et enfiler ses boxers.

La chaleur du corps nu de Fleur lui manquait déjà.

— En es-tu sûr ? demanda-t-elle en nouant le ruban de sa robe.

— Ce n'était absolument pas ce que je voulais faire.

Il posa ses paumes sur ses épaules dans l'espoir de la ramener jusqu'au lit mais il comprit que ses efforts n'aboutiraient à rien.

*Seulement ce soir*, se dit-il, bien décidé à ne pas laisser ce moment unique avec elle être le seul passé à goûter sa peau. Ils avaient partagé une chose plus profonde qu'un intense désir physique, et il avait pleinement l'intention de découvrir toutes les facettes de ce qui s'était noué entre eux.

Voyant qu'elle restait muette, il prit ses mains dans les siennes, dans l'espoir d'obtenir de nouveau toute son attention. Il avait besoin de sentir ses yeux sur lui.

— Je suis désolé. Je m'inquiétais pour toi et pour les obstacles que tu pourrais rencontrer, voilà tout.

Il porta ses deux mains à ses lèvres et embrassa la jointure de ses doigts.

— S'il me fallait tout recommencer depuis le début je dirais simplement que Crooked Elm te réussit.

Enfin un soupçon de sourire apparut sur les lèvres de Fleur.

— Merci.

Son regard chercha le sien pendant un instant avant qu'elle ne recule d'un pas.

— Mais puisque je suis bien réveillée à présent je crois que je vais commencer à préparer mes gâteaux pour le *diner*. J'ai toujours tout vendu jusqu'à présent, donc j'aimerais préparer plus que d'habitude.

Il n'avait nul besoin de consulter l'heure pour savoir que l'aube n'était pas encore proche. Mais il lutta pour ne pas se quereller avec elle, pour ne pas l'attirer à lui et l'embrasser fougueusement.

Il ne lui donnerait pas matière à regretter quoi que ce soit qui s'était passé entre eux.

— On dirait que la pluie s'est arrêtée, dit-il en gardant un ton léger, tout en se rhabillant.

Peut-être qu'il était plus sage de battre en retraite pour l'instant. Cela lui donnerait le temps de réfléchir à la façon dont il devrait procéder pour la vente de Crooked Elm. Et avec Fleur.

— Je vais partir. Mais que dirais-tu de dîner chez moi ce soir ? Nous devrions parler.

Des projets de Fleur. Du mariage et de l'arrivée imminente de Colin à Catamount. De ce qui s'était passé entre eux cette nuit.

Tout en hochant la tête, elle se dirigea vers la porte.

— Je te dirai si c'est possible.

Elle s'engagea dans le couloir avant même qu'il ait fini de reboutonner son jean.

Drake ressentait une forme de malaise. Il sentait qu'elle s'éloignait de lui et ils avaient trop partagé durant cette nuit pour simplement se tourner le dos à présent.

Il la rejoignit dans le vestibule, incapable de trouver les mots justes. Alors il lui donna le baiser qu'il brûlait d'envie de déposer sur ses lèvres depuis qu'il s'était éveillé près d'elle dans son lit.

— Je te téléphonerai.

Il se dirigea vers la porte arrière pour récupérer ses chaussures, tout en se disant qu'il était encore possible de trouver un moyen de régler la situation sans que l'un d'eux n'en souffre.

Sans blesser son frère plus qu'il ne l'avait déjà fait.

Comment pourrait-il perpétuer l'héritage de ses parents à propos des terres si elle demeurait à Crooked Elm ? Et quelle sorte de relation pourraient-ils avoir en tant que… voisins ? Plus que cela ? L'idée l'alléchait et le tourmentait car, quoi que la soirée signifiât pour leur avenir, il leur fallait élaborer un plan avant le retour de Colin.

— Es-tu certaine de vouloir gérer cela toute seule ? demanda Jessamyn dont le visage apparaissait sur la tablette que Fleur avait placée dans la cuisine de Gran. Nous pouvons embaucher une tierce personne pour remettre à Cranston les papiers concernant la résiliation du bail, si tu veux.

Fleur cessa d'étaler la pâte à biscuit et leva les yeux vers sa sœur à la coiffure impeccable. Elle avait travaillé durant des jours à la préparation du mariage d'Emma Alexander, faisant tous les achats nécessaires, cuisant et congelant tout ce qui pouvait être préparé à l'avance. Elle avait eu besoin d'occuper au maximum son temps depuis l'étrange issue de sa nuit avec Drake.

Pourquoi avait-elle été assez idiote pour lui confier les projets qu'elle avait en tête ? Et comment aurait-il pu exprimer de manière plus évidente qu'il n'était pas ravi à l'idée qu'elle reste à Catamount ? Le souvenir de ses yeux, pareils à ceux d'un cerf pris dans les phares d'une voiture, après qu'elle lui eut avoué ce qu'elle avait en tête l'avait tenaillé depuis lors.

— Si je suis capable d'assurer le service traiteur pour un mariage de deux cents personnes toute seule, répondit Fleur en chassant une tache de farine de l'écran, je crois que je suis en mesure de donner à Josiah Cranston quelques papiers concernant la résiliation du bail.

Elle avait peut-être terminé sa nuit avec Drake sur une note désagréable, elle avait toute confiance en ses conseils concernant ce qu'il fallait régler sur les terres du ranch de Crooked Elm. Si elle voulait s'attaquer aux problèmes de gestion des terres, elle devait commencer par annuler le contrat de location avec le locataire peu coopératif de sa grand-mère. Sa sœur lui avait fourni les documents appropriés afin que Fleur puisse entamer la procédure.

— Comment se passe la préparation de la réception de mariage ? demanda Jessamyn. Tu as l'air épuisée.

— Je suis un peu fatiguée, confessa-t-elle. Mis à part cela – et la tristesse récurrente à cause des malentendus avec Drake, ajouta-t-elle en son for intérieur – je me réjouis du mariage, et de me trouver à Crooked Elm. Être ici comble un vide à l'intérieur de moi dont j'ignorais l'existence.

Il était amusant de constater que tous ses rêves avaient porté sur l'ouverture d'un restaurant, mais que pourtant elle aimait confectionner ses pâtisseries et cuisiner dans cet endroit plus qu'en tout autre. Et ce n'était pas uniquement dû à un sentiment de nostalgie lié à Gran. Fleur se sentait efficace ici. Sûre d'elle. C'était comme si elle avait besoin de revenir à la maison pour retrouver tous les morceaux de celle qu'elle avait été et les recoller ensemble.

Elle avait même reçu d'excellentes nouvelles de la part de Texas Workforce Commission. Ils avaient pris au sérieux sa plainte pour harcèlement sexuel. Son ancien patron ne serait plus jamais en mesure de jouer les mêmes tours à d'autres.

Assise face à la fenêtre de son bureau offrant une vue imprenable sur Central Park, Jessamyn affichait un air pensif. Son expression sembla soudain se radoucir.

— J'ai réfléchi à ce que tu as dit -que nous devrions passer du temps au ranch cet été pour pouvoir partager ce que nous a légué Gran.

Vraiment ?

Fleur reposa son rouleau à pâtisserie pour accorder toute son attention à sa sœur. Elle ne s'était pas réellement attendue à ce que Lark ou Jessamyn repense à la question.

Son cœur se mit à battre plus vite, mais elle tenta de ne pas trop espérer. Sa sœur voulait probablement simplement lui expliquer pour quelle raison il était impossible qu'une visite soit compatible avec son emploi du temps.

— J'y ai beaucoup songé, à vrai dire. Il s'est passé certaines choses ici… des petits problèmes que j'ai eus avec Patrick…

Elle s'éclaircit la voix en mentionnant le nom du protégé de leur père, l'homme avec lequel elle sortait depuis des mois.

— Rien de sérieux. Mais j'ai réservé un billet d'avion pour

la semaine qui fait suite au mariage d'Emma. Je ne voulais pas venir avant que tu aies terminé ton contrat de traiteur.

Un puissant sentiment de gratitude s'épanouit dans la poitrine de Fleur, mais elle tenta de contenir sa réaction pour s'adapter au sérieux de sa sœur. Une réaction trop expansive pourrait probablement effrayer Jessamyn et l'inciter à annuler son projet.

Après avoir été confrontée aux manifestations émotionnelles excessives de leur mère, Jessamyn avait opté pour un comportement inverse. Les choses devaient rester mesurées, c'était ainsi qu'elle les préférait.

— Je suis si heureuse que tu viennes bientôt, dit simplement Fleur. Merci, Jess.

Mais sur l'écran Jessamyn semblait déjà en discussion professionnelle avec un assistant. Elle reprit bientôt la parole :

— Je dois y aller. Mais je te souhaite bonne chance avec Josiah Cranston, et avec les préparatifs pour le mariage.

— Merci beaucoup, fit Fleur en lui adressant un petit signe avant de se déconnecter.

Elle allait retourner à la préparation de biscuits apéritifs pour la soirée de mariage quand son téléphone sonna.

Elle voulut ignorer l'appel pour poursuivre son travail, mais vit le nom de Drake s'afficher sur l'écran.

Une fois encore.

Elle l'avait évité depuis la nuit qu'ils avaient passée ensemble, car elle ne voulait pas l'entendre formuler plus d'excuses à propos de la raison pour laquelle il ne voulait pas qu'elle s'installe à Catamount. Mais alors qu'il ne restait plus qu'une semaine avant le mariage, elle savait qu'elle ne pouvait continuer à l'éviter.

Et peut-être qu'une part d'elle avait envie d'entendre sa voix également.

— Allô ?

Tout en passant son téléphone en mode mains libres, elle se saisit de son emporte-pièce.

— Fleur.

Il lâcha un lourd soupir qui paraissait… soulagé ?

— Je commençais à penser que tu bloquais mes appels.

Les joues brûlantes, elle tenta de changer de sujet :

— Je suis juste très occupée avec les préparatifs du mariage. Comment vont les choses au ranch ? Emma doit se consacrer à la décoration de la grange, non ?

— Oui, et elle a des idées très arrêtées sur la question. Les ordres pleuvent plus vite qu'il ne m'est possible d'y répondre.

Son ton de confidence, tendrement taquin, lui rappela le moment qu'ils avaient passé ensemble à capturer les chèvres.

Il avait été si attentionné. Et tant de choses s'étaient passées entre eux. Cela avait été tellement plus qu'une simple relation sexuelle, bien que ce soit vers cet aspect que ses pensées se soient probablement le plus souvent laissé emporter au cours des derniers jours. Enfin, vers cela, et vers la façon dont leurs relations s'étaient terminées.

— J'admire les femmes qui savent ce qu'elles veulent. Et à présent que j'ai eu quelques autres clients pour mon activité de traiteur, j'apprécie encore plus la détermination d'Emma.

— Tes affaires se portent bien ? demanda-t-il, semblant ne pas être pressé d'en venir à la raison de son appel.

Elle sentit la nervosité la gagner alors qu'elle disposait les biscuits sur la plaque à pâtisserie. Parce qu'elle ne savait pas ce qu'elle voulait en ce qui concernait Drake. Tout ce qu'elle savait, c'était qu'elle ne pouvait pas risquer qu'il la fasse souffrir alors qu'elle commençait tout juste à retrouver un équilibre.

— Les affaires marchent encore mieux que ce que j'aurais pu espérer.

Elle avait été engagée pour deux autres événements après avoir accepté d'assurer le service traiteur du mariage.

— En partie grâce à ta sœur. Elle a été parfaite pour passer le mot.

— Je suis heureux de l'entendre. Marta dit que les plats que tu apportes au *diner* sont tous vendus avant midi.

Une bouffée de fierté assaillit Fleur.

— Le contremaître du ranch de Ryder Wakefield envoie quelqu'un au Cowboy Kitchen chaque matin pour le petit déjeuner de son équipe.

Tout en nettoyant le plan de travail de la cuisine, elle jeta un regard en direction de l'horloge, car elle espérait intercepter Josiah Cranston avant qu'il ne rentre chez lui.

— Y a-t-il quelque chose d'autre ? Je prévois d'essayer d'aller trouver le locataire de Gran pour lui faire officiellement savoir que nous mettons fin à son bail.

— Oui, il y a bien autre chose.

Sa voix s'était faite plus grave et l'effet sur elle fut immédiat.

Son souffle se bloqua. Sa peau sembla se tendre. Des souvenirs de la façon dont il l'avait regardée, l'avait déshabillée, s'agitaient dans son esprit.

— Oh. Hum. Et de quoi s'agit-il ?

Elle se reprocha de parler avec le ton d'une adolescente survoltée. En particulier alors qu'il avait semblé si décontenancé par l'idée qu'elle puisse rester à Catamount.

— J'aimerais beaucoup cuisiner pour toi. Es-tu libre ce soir ?

— Eh bien, je ne sais pas, Drake.

Elle ferma les yeux, essayant de réprimer ce que le son de sa voix lui faisait ressentir. La façon dont elle lui rappelait tant d'instants de cette nuit d'amour.

— Est-ce vraiment sage pour nous de nous engager alors que…

Elle s'interrompit, devinant qu'il connaissait fort bien toutes les raisons pour lesquelles ce serait une mauvaise idée. Elle ne voulait pas rendre la situation plus embarrassante pour lui ou Colin lors du mariage.

— Il est un peu tard pour se poser cette question. Après la dernière soirée que nous avons passée ensemble, je dirais que nous nous sommes déjà engagés.

Elle se mordilla nerveusement la lèvre, elle savait qu'il avait raison.

— Nous n'avons jamais eu l'occasion d'en reparler, lui rappela-t-il, d'un ton qui s'était fait plus doux. Un dîner nous offrirait une chance de le faire.

— De parler ? demanda-t-elle pour clarifier la situation.

Elle n'était pas certaine de pouvoir faire davantage.

L'entendre semblait déjà faire bouillir son sang.

— Ne crois-tu pas que nous devrions au moins arriver à un accord à ce sujet ? Et peut-être élaborer un plan pour le mariage, pour que les choses ne soient pas trop étranges.

Tandis qu'il parlait, un petit bruit s'éleva à l'arrière-plan.

Un animal qui s'ébrouait, se dit-elle.

— C'est une bonne idée, reconnut-elle.

Elle voulait que la journée d'Emma se passe sans accroc.

— Je peux être disponible pour un repas ce soir, mais avant cela il me faut rendre visite à Josiah Cranston. Je veux lui remettre les papiers pour la résiliation du bail pour que le délai de préavis de trente jours avant son départ de la propriété puisse démarrer.

Il lui faudrait garder ses distances durant le dîner. Ce ne serait qu'un repas fait pour prendre certaines décisions en vue du mariage d'Emma. Et elle rentrerait ensuite chez elle.

Il n'y aurait pas de baisers qui enflammaient tout son corps ou d'orgasmes qui l'expédiaient dans la stratosphère. Certes, elle ressentait une cruelle déception à l'idée de ne jamais ressentir de nouveau ces émois, mais elle était déterminée à réussir ce qui devait être fait.

— Parfait, répondit Drake, visiblement satisfait.

Un nouveau bruit s'éleva derrière lui. Ce devait être un veau, étant donné qu'il n'y avait pas de chèvres au Ranch Alexander. Elle chassa cette pensée pour se concentrer sur sa stratégie. Garder ses distances. Régler la question de ce qui se passait entre eux. Faire un plan pour le mariage d'Emma. Partir.

— Je t'enverrai un texto après avoir trouvé Cranston et je te ferai savoir à quelle heure je peux arriver.

Même si elle se disait qu'elle ne succomberait plus au charme de Drake Alexander, elle se réjouissait de son invitation. Il lui faudrait toutefois se montrer prudente au risque de se retrouver avec des sentiments qu'elle n'était pas prête à ressentir pour lui.

— J'ai un meilleur plan. Pourquoi ne te conduirais-je pas au travers des pâturages pour t'aider à trouver Cranston ? Je pourrais ensuite te ramener au ranch avec moi, qu'en dis-tu ?

Un bêlement retentit à l'arrière-plan.

Elle ne voyait pas l'utilité de passer plus de temps avec lui alors qu'il serait déjà assez compliqué de lui résister lors du repas.

— D'accord. Je vais partir bientôt et…

— Parfait. Parce que je suis juste devant chez toi en train de jouer avec Guenièvre.

Le timbre grave de sa voix mit tous ses sens en éveil.

— Et je suis prêt à me mettre en route dès que tu voudras.

•

# - 12 -

En voyant Fleur sortir de la maison et s'avancer vers lui simplement vêtue d'un T-shirt blanc et de son short en jean, une paire de bottes marron éraflées aux pieds, Drake ne put s'empêcher de penser combien elle semblait parfaitement à son aise dans les lieux. Sa tresse cuivrée reposant sur l'une de ses épaules, elle se pencha pour gratter la tête de Fée Morgane.

Quand Fleur lui avait annoncé qu'elle songeait à rester à Catamount, il avait considéré qu'il s'agissait d'une erreur. Qu'une cheffe ambitieuse venue de Dallas ne serait pas heureuse dans cette petite ville retirée du Colorado. Mais combien de ses suppositions se fondaient-elles sur les vieux souvenirs qu'il gardait d'elle ? À l'époque des rodéos il avait pensé qu'elle était trop fière, trop imbue d'elle-même. Mais à présent il comprenait l'insécurité qu'elle avait ressentie après la séparation de ses parents.

Quoi qui ait pu expliquer ses idées préconçues à l'égard de Fleur, la vérité était qu'elle s'épanouissait maintenant à Catamount. Elle y avait lancé sa propre affaire. Noué des liens avec des gens du cru comme Marta et sa sœur. Qui était-il pour vouloir lui faire quitter la ville où elle avait de si beaux souvenirs avec Gran, au motif qu'il voulait acheter ses terres ? Cette notion provoqua en lui un profond malaise.

Fleur s'arrêta à quelques pas de lui, ses lèvres dessinant un sourire inattendu. Combien de fois avait-il pensé à elle depuis la nuit qu'ils avaient passée ensemble ?

— Tu aurais dû me dire plus tôt que tu étais devant la

maison, le sermonna-t-elle, ses yeux gris croisant les siens l'espace d'un instant avant de glisser plus bas sur son corps.

Une vague de chaleur déferla en lui avant qu'elle fixe de nouveau son regard sur son visage, les joues légèrement rougissantes.

Cet instant calma la douleur de leur séparation momentanée. Elle n'avait pas oublié leur lien.

— Je ne voulais pas gâcher la surprise.

Il brûlait d'envie d'enrouler ses mains autour de sa taille et de l'attirer contre lui, mais il devait procéder prudemment.

— Et si on partait à la recherche de ton locataire ?

Il indiqua d'un signe de tête son pick-up garé dans son allée baignée de la lueur du soleil descendant à l'horizon.

— Ce serait génial, fit-elle tandis qu'ils gagnaient le véhicule. Si tu veux bien faire le tour de la propriété, je lui donnerai les papiers dès que nous l'aurons trouvé.

— Parfait. J'ai aperçu sa camionnette tout à l'ouest en arrivant.

Il referma sa portière et contourna le véhicule pour grimper sur le siège conducteur.

Après avoir démarré et s'être engagé sur le chemin de terre menant aux pâturages, Drake sentit ses pensées revenir au problème de l'achat de Crooked Elm. Il n'avait vraiment pas envie de déloger Fleur ou de la contrarier.

Et de plus, une part de lui aimait l'idée qu'elle reste à Catamount. Se verraient-ils davantage si elle vivait à deux pas de chez lui ?

— Je suis impatiente de l'informer et de lancer cette procédure pour que nous puissions envisager quoi faire ensuite de Crooked Elm.

Il continua à rouler à petite vitesse, la route étant fréquemment traversée par des tracteurs.

— Pourrais-tu envisager de garder la maison de ta grand-mère et de ne vendre que les terres ?

L'idée semblait parfaite pour chacun d'eux. Si parfaite qu'il ne pût s'empêcher d'insister davantage.

— De cette façon, tu pourrais conserver ton lien avec la partie de la propriété qui compte le plus à tes yeux, mais tu obtiendrais tout de même un revenu grâce à la vente des terres que tu n'utilises pas.

Voyant qu'elle ne répondait pas, il jeta un regard dans sa direction. Elle semblait en pleine réflexion.

— Je n'avais pas songé à un tel arrangement. La maison semble tellement faire partie intégrante des terres qu'il ne m'est jamais venu à l'esprit de dissocier les deux.

Son attention se porta un long moment sur les pâturages.

— Alors, cette idée te plaît ? reprit-il.

L'espoir jaillissait en lui. Si elle donnait son accord pour ce projet, il pourrait améliorer l'état des terres sans la pousser à partir. Elle pourrait rester et développer son affaire.

Ils auraient tout le temps nécessaire pour explorer leur attirance.

— Je ne peux pas l'affirmer. Et il me faudrait l'accord de Lark et Jessamyn, quelle que soit la direction prise.

— Bien sûr.

Pour la première fois une solution viable apparaissait. Une façon de les satisfaire tous les deux.

Ses sœurs avaient semblé favorables à une vente, il ne pouvait donc pas imaginer qu'elles s'y opposent à présent.

— Voilà Josiah Cranston, annonça-t-elle soudain. Tu peux te garer ici.

Drake aperçut au loin le véhicule de Cranston, et Fleur glissa la main dans sa poche arrière de son short pour en sortir une liasse de papiers pliés.

Les documents de résiliation du bail.

Sa main était déjà sur la poignée de la porte lorsqu'il stoppa le pick-up.

— J'en ai pour une minute.

— Je t'accompagne.

Il coupa le moteur et tendit la main vers la portière.

— Non, je te remercie, fit-elle d'un ton ferme. J'aimerais gérer moi-même mes propres affaires.

— Et que se passera-t-il s'il ne prend pas bien les choses ?

Son regard se porta sur l'homme dans le champ.

— Il a déjà menti à Antonia à propos de l'irrigation…

La main de Fleur se posa sur son bras de manière décidée.

— Je vais me charger de lui. Il s'agit des terres de ma famille, et j'en suis responsable à présent.

Les yeux de Fleur se rivèrent aux siens. Il pouvait y lire toute sa détermination.

Drake n'aimait pas la laisser l'affronter seule, sachant que Josiah Cranston n'était pas un homme des plus respectables. Mais il voyait que cela importait à Fleur.

Il acquiesça à contrecœur.

— Je serai juste ici, si jamais tu as besoin de moi.

Elle partit et la tension noua ses épaules quand il la vit s'éloigner pour aller parler à Cranston. Avait-elle la moindre idée de combien il lui était difficile de la laisser aller seule ? Non pas qu'il s'attende à ce que l'éleveur bourru s'en prenne physiquement à elle. Il reconnaissait que son côté protecteur s'était renforcé depuis la mort de ses parents. Il lui était difficile de voir ceux auxquels il tenait affronter quoi que ce soit qu'il percevait comme un potentiel danger.

C'était la raison pour laquelle il lui avait été impossible de laisser Colin épouser Fleur sans rien dire. Même Emma avait eu besoin de lui demander de se raviser en certaines occasions. Et avec Fleur, ce besoin se révélait encore plus puissant. Et que dire de ses sentiments pour elle ?

Il se rassura en se disant qu'il pouvait les observer de loin et, pour se distraire, il sortit son téléphone et décida d'écrire un message à Jessamyn Barclay.

Le concept d'acheter les terres du ranch de Crooked Elm, mais pas la maison, était si intéressant qu'il voulait le lui soumettre, et ce d'autant plus que Fleur semblait déjà ouverte à l'idée.

Il rédigea un texto, rappelant à Jessamyn que son offre impliquait qu'il se chargerait de toute citation adressée par les organismes locaux de gestion des terres. Cela ne manquerait sûrement pas de rendre sa proposition d'autant plus attrayante. Il appuya sur « Envoi », tout en espérant que les sœurs Barclay seraient d'accord avec son projet.

De cette façon, il pourrait honorer son engagement en mémoire de ses parents. Le dernier point l'empêchant d'explorer son attirance pour Fleur était donc son obligation de révéler sa relation à son frère.

Drake ignorait comment procéder. Mais Colin ne serait en ville pour le mariage que dans quelques jours, ce qui lui laissait du temps pour trouver un moyen. Et alors que Fleur regagnait le pick-up, son entretien avec Cranston apparemment terminé, Drake se sentait prêt à la convaincre qu'une seule nuit ensemble était bien loin d'être suffisant.

De retour au Ranch Alexander une heure plus tard, Fleur regarda Drake à la dérobée tandis qu'ils se dirigeaient vers une grange récemment rénovée. Elle était toujours surprise d'admettre que ce robuste éleveur n'était plus désormais son adversaire.

— Es-tu sûre de ne pas avoir faim ? demanda-t-il, tout en marquant une pause devant la vieille bâtisse.

Une puissante odeur de paille et de pin flottait dans l'air. Quant à la grange grise toute simple, elle affichait une élégance digne de la couverture d'un magazine. De grandes fleurs pourpres avaient été plantées de part et d'autre de l'immense porte coulissante.

— J'aimerais d'abord voir la salle où aura lieu la réception du mariage.

Elle ne mentait pas mais savait qu'elle était également un peu nerveuse à propos du dîner prévu avec Drake.

Quelque chose avait évolué dans son attitude envers elle

depuis leur nuit ensemble. Ce qui n'aurait pas dû la surprendre, car pour elle dormir à deux constituait également une grande étape. Et pourtant, elle n'avait pas encore déterminé ce que cela signifiait pour eux. Ce qu'elle voulait que cela signifie.

— Comme tu voudras, fit-il en pivotant vers elle, un sourire radieux sur le visage. Prépare-toi à découvrir l'endroit où aura lieu la réception qui va propulser ta carrière de cuisinière dans la stratosphère.

Elle rit, réjouie par cet instant de légèreté. Entre l'entretien avec Josiah Cranston – qui s'était déroulé aussi bien qu'on pouvait s'y attendre, même s'il n'avait pas été ravi – et la tension qui montait à propos de sa soirée avec Drake, il s'agissait d'un moment de distraction bienvenu.

Et ce d'autant plus que la proximité de Drake mettait tous ses sens en éveil. Lui donnant envie de se laisser aller à tous les désirs refoulés qui faisaient partie intégrante des sentiments complexes qu'elle éprouvait pour cet homme.

— Espérons que tu as raison.

Sa voix était un petit peu trop saccadée, mais elle tenta de le cacher en poursuivant :

— La rénovation est superbe. Pas étonnant qu'Emma ait voulu organiser son mariage ici.

Le regard de Drake s'attarda sur elle encore un instant, puis il s'écarta pour ouvrir l'immense porte.

— Je te remercie. Mon père avait laissé des notes à propos de toutes les restaurations prévues sur le ranch, qu'il s'agisse des bâtiments ou de l'amélioration des terres. Il voulait que tout soit fait dans le respect de l'environnement.

Il y avait un accent sérieux dans sa voix qu'elle n'avait jamais perçu jusqu'alors. Son regard était dirigé vers le toit couvert de panneaux solaires qui couronnait l'édifice.

— Tu as poursuivi les projets de ton père pour la grange ?

Elle considérait les environs d'un regard neuf. Car elle comprenait à présent qu'il s'agissait, pour Drake, plus qu'une salle destinée à accueillir un mariage. La grange était une forme d'hommage.

— Oui, en effet, dit-il en entrant et en activant l'éclairage. Il a laissé des instructions précises à propos de tout : Le matériel recyclé à utiliser, les collecteurs d'eau… pour la maison et les granges.

— Tu as également restauré les autres bâtiments ?

— Oui, tous.

Elle sentit monter en elle l'envie d'explorer le ranch entier avec plus de soin, à présent qu'elle savait.

— Et je n'ai pas encore terminé, ajouta-t-il d'un ton déterminé. Redonner pleinement vie au cours d'eau était censé être sa réalisation suprême.

Et c'est alors qu'elle comprit. Sa volonté farouche à acheter Crooked Elm s'enracinait dans un objectf bien plus profond que ce qu'elle avait imaginé. L'inciter à vendre n'avait pas été simplement une façon de la chasser de la ville ou de profiter de sa puissance financière. Il avait voulu concrétiser la vision de son père.

— Entrons, veux-tu ? Il faut que tu voies l'œuvre d'Emma.

Quand ses doigts se glissèrent dans sa paume, elle sentit un violent frisson remonter le long de son dos. Elle ne pouvait nier la force de ce qu'elle ressentait pour cet homme.

Elle voulait s'abandonner de nouveau dans ses bras, retrouver les sentiments que lui seul lui avait inspiré. Mais pour l'heure, elle prit une profonde inspiration et pénétra dans la grange, chaque instant écoulé ne faisant qu'attiser le feu du désir courant dans ses veines.

— C'est magnifique, murmura-t-elle tout en levant les yeux vers les mètres de tulle rose pâle courant sur les chevrons, créant une canopée piquée de petites ampoules blanches.

Plus bas, les poutres, de bois récupéré, étaient ornées de tulle et de rubans blancs. De grandes bougies blanches abritées de globes de verre étaient déjà disposées dans la salle et des tables rectangulaires avaient été installées sur le parquet, aux différents angles. La table d'honneur ornée de lin blanc et de tulle était la pièce maîtresse de l'ensemble.

— Il y aura de la verdure et des pivoines roses un peu partout.

— Tu as accompli un travail admirable, dit Fleur.

Elle se demanda à quoi ressemblerait d'avoir un frère ou une sœur capable de faire tant d'efforts pour toi, de se soucier tant de ton bonheur.

— Emma doit être aux anges.

Fleur sentit l'émotion la submerger. Elle avait envie de se lover contre cet homme qui cachait si bien sa gentillesse et sa générosité, un homme prêt à consacrer sa vie à la réalisation des rêves de ses parents ou à tout mettre de côté pour décorer une grange pour une sœur bien aimée.

— Je le crois. Il ne reste plus qu'à réussir le buffet…

Fleur toucha sa mâchoire, tournant son visage vers elle pour pouvoir le regarder dans les yeux. Puis, se hissant sur la pointe des pieds, elle posa un doux baiser sur ses lèvres. Une fois. Puis deux.

Et elle nota avec plaisir que ses yeux restaient fermés pendant quelques instants juste après.

— Que me vaut ce plaisir ? demanda-t-il doucement en ouvrant les paupières et en enserrant sa taille.

— C'était ma façon de m'excuser pour avoir pensé de toi que tu n'étais pas un bon frère.

Elle avait cru le pire à son propos pendant des années et il ne l'avait pas mérité.

— Tu peux penser ce qu'il te plaira de moi si cela veut dire que tu t'excuses ensuite de cette manière, murmura-t-il.

Elle sema des baisers sur sa joue puis le long de sa mâchoire. Prenant tout son temps pour s'enivrer du parfum de sa peau.

— Expier toutes mes fautes envers toi pourrait prendre du temps.

Avec un grognement plein de promesses, il la guida doucement vers l'extérieur. Avec tendresse mais détermination.

— Dans ce cas, il faut que je te montre l'endroit que je préfère ici.

Il s'arrêta, la souleva et noua ses jambes autour de sa taille tandis qu'elle s'accrochait à son cou. Il se mit alors en marche et leurs corps serrés se balançant au rythme de ses pas. Fleur ne pouvait ignorer la délicieuse pression que son érection appliquait au point le plus sensible de son être.

— De quoi peut-il bien s'agir ?

Elle tenta de voir par-dessus son épaule l'endroit où il la conduisait.

— Nous avons transformé le vieux grenier à foin en chambres pour les invités étant donné que la grange rénovée sera utilisée uniquement comme salle de réception.

Il rejoignit un escalier ouvert à l'arrière de la bâtisse et commença à gravir les larges marches de bois, la tenant toujours. Puis elle put apercevoir un petit palier avec des portes ouvertes sur chacun des côtés.

— Allons-nous vraiment jouer dans le grenier à foin ?

Un sourire se peignit sur ses lèvres, puis la bouche de Drake chercha la sienne pour lui prodiguer un lent et patient baiser. Quand il eut fini, elle était haletante, tendue de désir.

— Avec un peu de chance nous ferons bien plus que cela.

Après l'avoir emportée dans l'une des chambres, Drake referma d'un coup de pied la lourde porte derrière eux.

Le rythme du cœur de Fleur s'accéléra, et ses membres lui semblèrent terriblement lourds. Pressée contre lui, elle glissa ses doigts sous son T-shirt et pressa les muscles de ses bras.

— Et si tu retires tous ces vêtements, tu auras la réponse à cette question.

# - 13 -

Fleur perçut l'effet puissant de ses derniers mots.

Les doigts de Drake se crispèrent sur ses cuisses, puis il la déposa sur la couette blanche. Elle tenta de reprendre son souffle mais il lui était difficile de retrouver son calme alors que Drake faisait passer son T-shirt au-dessus de sa tête.

Dénudant ses muscles durs et sculptés, un territoire qu'elle brûlait d'envie d'explorer. Les murs blancs et le plancher en bois gris s'évanouirent, la présence de Drake écrasant tout.

— Y a-t-il des préservatifs ici ?

Elle devait fixer son attention sur les questions pratiques avant de perdre toute capacité à se concentrer.

Un moment qui approcha à grands pas quand elle le vit porter sa main sur le bouton de son jean. Le désir flamba soudain en elle, un feu que lui seul pouvait éteindre. Elle serra plus fort ses cuisses et tendit ses mains vers lui avant même qu'il repousse du pied son pantalon et ses boxers.

— Dans la salle de bains.

Il prit sa main dans la sienne, l'attirant vers lui tout en se penchant plus près pour embrasser ses lèvres.

— Je reviens tout de suite, dit-il, et sa silhouette aux larges épaules disparut dans la pièce adjacente.

Comment pouvait-elle s'abandonner si complètement à ces sensations dévastatrices ? Le sexe ne lui avait pas manqué durant les années qui avaient séparé sa première incursion imprudente dans la vie de couple et l'expérience bouleversante de l'intimité avec Drake. Elle avait alors gardé son attention concentrée sur l'école culinaire et sur le travail.

Mais tout en se déshabillant, les mains tremblantes, elle se demanda comment elle réussirait à vivre sans cette sensation pendant une semaine. Et encore moins des mois. Des années.

Elle n'avait jamais imaginé qu'il puisse en être ainsi.

Et ce fut sa dernière pensée rationnelle avant que Drake ne réapparaisse dans la chambre et se dirige d'un pas décidé vers elle, ses yeux bruns rivés sur son corps presque nu.

Son souffle se coupa, puis aussitôt ses bras l'encerclèrent, sa bouche couvrit la sienne. Elle se coula contre lui tandis qu'il l'allongeait avant de la couvrir de son corps.

Sa peau semblait brûlante contre la sienne. Sa force, son parfum l'enivrèrent quand la langue de Drake par ses caresses prit possession de la sienne. Ses hanches s'inclinèrent vers lui. Elle en voulait plus.

— Drake, s'il te plaît, souffla-t-elle tandis que ses mains s'égaraient sur ses muscles noueux. J'ai besoin de toi.

Glissant un doigt sous la dentelle de son tanga blanc, il fit glisser le fin tissu le long de ses cuisses avant de l'en débarrasser, la laissant uniquement vêtue du soutien-gorge de dentelle coordonné.

Il libéra ses épaules de ses bretelles et embrassa ses pointes de seins dressées à travers la dentelle. Puis il dégrafa l'attache et continua son exploration avide.

Elle se cambra contre lui, impatiente de le sentir en elle.

Lorsqu'elle glissa sa main entre eux pour faire courir sa main le long de son sexe tendu, son grondement saccadé la fit tressaillir.

— Tu ne m'aides pas à prendre tout mon temps avec toi, tu sais ?

Il parla tout en traçant un chemin de baisers jusqu'à son oreille, dont il mordilla délicatement le lobe.

Un intense frisson descendit le long du dos de Fleur.

— J'ai trop pensé à cela depuis la dernière fois, reconnut-elle, incapable de retenir ses mots.

Quelque chose à l'intérieur d'elle s'était libéré.

— Je n'ai pensé qu'à toi, Fleur, lâcha-t-il entre deux baisers, et il attira sa bouche vers la sienne.

La façon enfiévrée dont il l'embrassait, la manière dont ses hanches se pressaient contre les siennes soulignaient à merveille la portée de ses mots. Elle trouva à tâtons le préservatif et déchira l'emballage.

— Laisse-moi m'en charger.

Il prit la protection et s'en munit aisément avant de la placer à califourchon sur lui. Leurs regards se croisèrent. Ne se lâchèrent pas.

Il la souleva de nouveau afin qu'elle le chevauche, la positionnant juste à l'endroit où elle avait besoin d'être pour se laisser lentement glisser sur lui. La sensation était merveilleuse, elle se sentait entièrement et parfaitement unie à lui, avec l'envie de rester ainsi pour toujours.

Sauf qu'à cet instant Drake se mit à bouger, et qu'elle comprit alors qu'il s'agissait exactement de ce dont elle avait besoin. Ses jambes se nouèrent autour de lui tandis que les hanches de Drake se mettaient à rouler. Encore et encore.

Chaque poussée la propulsait plus haut. Chaque élan de leurs corps semblait le nouer à son cœur. De plus en plus profondément.

Il s'agissait d'une pensée dangereuse, mais aussi inévitable que le moment de paroxysme du plaisir qui semblait tout proche.

— Fleur, souffla-t-il près de son oreille. Laisse-toi aller avec moi. Sens-moi.

L'espace d'un instant, elle croisa son regard intense et tout sembla se figer autour d'elle. Le temps parut s'arrêter.

Puis l'orgasme s'abattit sur elle et ses muscles féminins se contractèrent, les spasmes semblant agiter son corps tout entier. Elle sentit confusément Drake se tendre, chaque partie de lui se raidissant tandis qu'elle s'abandonnait à ses sensations. Puis il la rejoignit, son cri de plaisir l'amenant à l'enserrer plus fortement de ses jambes.

Il n'existait pas de mot pour décrire la perfection sensuelle du moment, et Fleur laissa la béatitude la submerger tandis qu'elle se laissait retomber contre lui.

Lentement, ses pensées s'éclaircirent. Il était presque déconcertant de revenir à la réalité, de réaliser comment cet homme lui avait fait perdre la tête et ce qu'ils avaient partagé. Elle se souvenait qu'il en avait été de même avec lui la première fois, et qu'elle avait eu à demander un moment de répit avant de discuter du sens de leur relation.

Et voilà qu'elle se retrouvait dans la même situation, toujours pas prête à en parler avec lui. Même si, à présent, elle craignait de ne comprendre que trop bien ce qu'elle ressentait.

Car, malgré ses meilleures intentions, elle était tombée amoureuse de Drake Alexander.

Son corps se tendit en le réalisant, et elle se demanda si elle parviendrait à le lui cacher. Il le faudrait, bien sûr. Drake n'avait même pas voulu qu'elle reste à Catamount quand elle lui avait fait part de son souhait de s'y installer. Sa nouvelle idée consistant à essayer d'acheter les terres tandis qu'elle et ses sœurs garderaient la maison n'avait pas été élaborée sur la base du moindre espoir d'avoir une relation avec elle non plus. Il avait juste voulu exaucer les souhaits de son père.

— Hey, fit Drake en bougeant sous elle. Est-ce que tout va bien ?

Non. Elle était en pleine crise.

Elle était amoureuse.

Mais elle repoussa ces pensées et se força à sourire.

— C'était fabuleux, dit-elle. J'essaye juste de retrouver mes esprits.

L'espace d'un instant, ses yeux sombres cherchèrent les siens, comme s'il pouvait voir qu'il y avait plus que ce qu'elle n'avouait. Mais il se contenta de hocher la tête.

— Moi aussi. Et je compte toujours te préparer un dîner. Cela te fera le plus grand bien, tu retrouveras toute ton énergie après.

Fleur n'en était pas si certaine et, en attendant de réfléchir à ce qu'elle ferait ensuite de leur relation, elle se contenta de tendre la main vers ses vêtements. Elle avait besoin de dresser une barrière entre eux avant que ses sentiments ne deviennent trop visibles.

Quelque chose avait changé entre eux.

Drake le sentait même si le repas avait été très agréable. Ses steaks étaient parfaits et leurs accompagnements simples mais bien assortis. Et même s'il savait que Fleur était une cheffe professionnelle, il ne croyait pas que la nourriture ait pu constituer une déception pour elle.

Au contraire, elle avait semblé sincèrement apprécier ses efforts.

Non, il se passait autre chose. Après avoir rangé les restes dans le vaste réfrigérateur, il jeta un bref regard en direction de Fleur qui essuyait l'îlot de quartz blanc sur lequel ils avaient mangé.

— Merci de me laisser utiliser cette cuisine pour la préparation du buffet de mariage. C'est un vrai rêve pour un traiteur.

Alors qu'elle faisait courir un doigt sur les boutons de la cuisinière industrielle à gaz, son téléphone portable vibra. Hésitante, elle jeta un regard dans sa direction.

— Ne te gêne pas pour décrocher, l'encouragea-t-il. Je peux aller dans la pièce d'à-côté si tu as besoin d'intimité.

Elle sortit l'appareil de sa poche et consulta l'écran.

— Non, c'est inutile. C'est Jessamyn qui m'appelle.

Fleur s'assit sur l'un des hauts tabourets entourant l'îlot.

— Allô ? dit-elle avant d'écouter sa sœur parler durant une minute tout en jetant des regards furtifs vers Drake.

Pendant un instant, il se demanda si sa sœur appelait pour transmettre des nouvelles qui seraient bonnes pour eux deux – pour dire qu'elle aimait l'idée de vendre à Drake les terres de Crooked Elm tandis que les sœurs Barclay gardaient la maison.

Mais quand il s'approcha de l'îlot central pour prendre un

siège à côté de Fleur, il comprit qu'il ne s'agissait pas de bonnes nouvelles. Son front se plissa puis, peu à peu, à mesure que sa sœur parlait, la surprise se lut sur ses traits.

— Tu es sérieuse ? Papa peut faire cela ?

Elle bondit de son siège et se mit à faire les cent pas.

Drake se raidit. Il n'aimait pas la voir contrariée.

Qu'avait donc fait son père ?

Il se rapprocha d'elle, son instinct le poussant à vouloir la réconforter. Mais avant qu'il puisse la toucher, les épaules de Fleur se crispèrent, et ses lèvres se pincèrent.

Ses yeux gris se levèrent pour rencontrer les siens. Et il aurait pu jurer que toute cette colère était dirigée contre… lui.

— Qu'y a-t-il ? demanda-t-il, car il sentait qu'il était impliqué dans sa conversation.

Mais Fleur ne lui répondit pas. Les yeux toujours rivés aux siens, elle parla de nouveau dans le combiné :

— Jess, Drake est avec moi. J'active le haut-parleur. Peux-tu lui répéter ce que tu viens de me dire ?

L'inquiétude le saisit. Fleur actionna brusquement une commande sur son écran et plaça l'appareil entre eux.

— Bien sûr. Je disais à Fleur que notre père a intercepté le message que tu m'as adressé à propos de ton projet d'achat, Drake. Il a remarqué ton intérêt pour la propriété, visiblement, lors de la soirée en souvenir de Gran puis avec ton appel et ton texto disant que tu achèterais le terrain même avec les citations imminentes. À présent il se dit que peut-être ces terres valent plus que ce qu'il ne le pensait.

Drake secoua la tête, il ne comprenait pas le problème.

— Croit-il que je devrais proposer un prix plus élevé ? Je peux faire une offre plus généreuse.

Pourquoi Fleur était-elle si fâchée ?

— Dis-lui, lâcha Fleur d'un ton plus dur que jamais. Explique-lui ce à quoi son besoin d'imposer son propre tempo a conduit.

À l'autre bout de la ligne Jessamyn poursuivit du même

ton professionnel un peu sec. Mais il était indéniable que la colère couvait aussi sous ses mots.

— L'argent n'est pas le problème. Désormais notre père conteste le testament d'Antonia, Drake. Il pourrait être coincé au tribunal successoral durant des mois. Ou plus longtemps encore. Pour faire court, tu ne pourras pas quoi qu'il en soit acheter les terres jusqu'à ce que l'affaire soit réglée.

La nouvelle le terrassait. Il comprenait donc qu'elle bouleverse Fleur cent fois plus. Son ventre se serra.

— Fleur, je suis vraiment désolé.

Il avait envie de la réconforter. De trouver une façon de l'aider à supporter la nouvelle qui devait être dévastatrice.

— Il doit bien exister un moyen…

— Il n'y en a aucun, cingla-t-elle, les yeux brillants de colère. Jessamyn, merci pour ces infos. Crois-tu que j'aie légalement le droit de vivre ici ?

Drake plongea ses mains dans ses cheveux. Il ne pouvait croire ce qu'il entendait. Comment Mateo pouvait-il faire une chose pareille à ses propres filles ?

— Tu ne devrais pas avoir de problème dans la mesure où tu vivais déjà là avant que Papa ne conteste le testament. Mais il y a une autre mauvaise nouvelle, d'un point de vue juridique : Josiah Cranston n'a pas à quitter la propriété jusqu'à ce que la succession soit réglée.

*Bon sang.* La colère pulsait à présent dans les veines de Drake. Même si Fleur et ses sœurs étaient les seules à avoir le droit d'être furieuses.

— Cela fait beaucoup de choses à assimiler à la fois, dit enfin Fleur, d'une voix légèrement tremblante. Je te rappellerai plus tard, quand j'aurai les idées plus claires, d'accord ?

— Bien sûr, Fleur, répondit Jessamyn qui parut épuisée au moment de lâcher un petit soupir. Je contacte Lark.

Fleur raccrocha et glissa lentement son téléphone dans sa poche. Elle paraissait calme mais Drake avait perçu le tremblement de sa voix quelques instants plus tôt.

— Je suis vraiment désolé, répéta-t-il, tout en venant poser ses mains sur ses épaules. Nous pouvons embaucher un avocat spécialisé dans les questions de succession…

— Nous ? lâcha-t-elle d'une voix aiguë, tout en s'écartant de lui. *Nous* n'allons rien faire ensemble, Drake.

Elle retira les sets de table et les rangea abruptement dans le tiroir.

— C'est à mes sœurs et à moi de nous occuper de ce problème. Il ne fait pas partie de ceux que tu peux traiter avec de l'argent et des jeux d'influence. En fait, il ne te concerne pas le moins du monde.

Il essayait de comprendre sa colère envers lui, mais les pièces du puzzle avaient du mal à se mettre en place.

— Fleur, ce n'est pas ma faute si votre père a contesté le testament.

— Oh non ? Vraiment ? As-tu raté le moment où ma sœur a dit que l'intérêt que tu as témoigné aux terres a donné envie à mon père assoiffé d'argent de s'impliquer dans l'affaire ? Tu es si enthousiaste à l'idée de l'acheter que, bien sûr, mon père, cet as de la promotion immobilière, veut savoir s'il ne pourrait pas s'enrichir.

Elle était contrariée et avait toutes les raisons de l'être. Mieux valait donc ne pas se disputer avec elle. Mais, bon sang, comment pouvait-il la laisser penser le pire à son propos alors qu'il avait voulu essayer d'apporter son aide ?

— Je ne pouvais pas savoir qu'il interpréterait mon intérêt de cette façon. Je n'ai fait qu'en parler à Jessamyn, pas à lui.

Ne s'étaient-ils pas trouvés dans le même lit quelques heures plus tôt à peine ? Il avait partagé davantage avec elle qu'avec aucune autre femme avant elle. Il était donc dévasté de voir qu'elle le regardait à présent comme s'il avait fait exprès de lui faire du mal.

— C'est vrai. Tu as parlé à ma sœur parce que tu ne pouvais pas attendre que je le fasse. Pourquoi ne pouvais-tu pas simplement me laisser régler les choses à mon propre rythme ? J'ai invité mes sœurs ici cet été pour que nous puissions parler face à face, mais cela n'était pas assez bien pour toi. Pourquoi tes désirs ont-ils dû passer en premier ?

Le débit de ses paroles s'accélérait à chaque phrase, sa douleur se faisant de plus en plus évidente. Ses yeux brillaient de larmes retenues, et il ressentit le besoin de l'apaiser. Vite.

— Ce n'est pas ce qui s'est passé. J'espérais juste t'aider tout en m'aidant moi-même.

Il n'était pas le méchant dans cette histoire, mais il semblait qu'il aurait du mal à le lui faire comprendre.

— Vraiment ?

Elle croisa les bras sur sa poitrine, ses épaules vibrant presque sous l'effet de sa colère.

— Ou t'es-tu dit cela pour justifier le fait d'utiliser ton argent pour obtenir ce que tu voulais ?

Était-ce là la vérité ? L'idée plana désagréablement dans son esprit, l'espace d'un instant.

— Si c'est ce que j'ai fait, je te promets que je n'ai jamais eu l'intention de te blesser.

Son cœur battait à tout rompre. Il était en train de tout gâcher.

Elle secoua la tête, reculant d'un pas et saisissant la lanière de son sac à main.

— C'est trop tard. Et ton offre généreuse ne va pas te permettre d'obtenir ce que tu voulais cette fois-ci de toute façon, donc tous tes efforts pour accélérer les choses n'auront servi à rien.

— Fleur, attends.

Il la suivit jusqu'à la porte. Il ne voulait pas qu'elle parte ainsi. Aussi bouleversée.

— Parlons-en…

— Non.

Elle marqua une pause dans l'entrée pour s'assurer qu'il prenait la mesure de sa détermination.

— Nous ne parlerons pas de ce sujet, ni d'aucun autre. Je

serai présente au mariage d'Emma, mais je ne veux pas te revoir, ni là-bas, ni jamais.

La douleur était plus forte que celles rencontrées au temps des rodéos. Aucune chute ne l'avait tant blessé.

Mais tout empira quand elle tourna les talons et franchit la porte.

# - 14 -

Chaque jour passé sans Fleur lui faisait plus mal que le précédent.

Alors que le soleil disparaissait derrière les arbres, Drake, depuis l'extérieur de la salle de réception du mariage d'Emma, observait les festivités dans l'espoir d'apercevoir Fleur qui avait assuré la préparation du buffet. Un groupe de musiciens jouaient des airs de musique country à l'intérieur de la grange dont les portes étaient grandes ouvertes. Les invités pouvaient également savourer leurs cocktails à l'extérieur. Des lumières blanches décoraient le bar autour duquel avaient été dressées quelques tables supplémentaires.

Tout semblait parfait. Les souhaits de ses parents à propos de cette journée étaient respectés à la lettre, ce qui le réjouissait. Mais à l'intérieur de lui, rien ne semblait aller. Son seul échange avec son frère, de retour pour l'occasion, s'était limité à quelques paroles superficielles.

Et pire encore, il n'avait pas vu Fleur.

Il avait remarqué des signes de sa présence partout durant la journée. Depuis les petites attentions délicates qu'elle avait créées pour les invités d'Emma – de petits sachets de noix épicées, à la table de buffet débordant de tapas espagnoles dont elle avait fait sa spécialité, Fleur semblait partout autour de lui. Et pourtant, elle était restée si parfaitement à l'écart qu'il ne l'avait même pas entr'aperçue. Avait-elle décidé de l'éviter ? Ou était-elle simplement… indifférente ?

Son regard se porta vers la demeure principale où les lumières brillaient dans la cuisine. Fleur avait embauché du personnel pour l'aider qui ne cessait d'en emporter des plateaux chargés et d'y ramener les plats vides. Lui permettant de rester loin de tout.

Une voix qu'il n'attendait pas gronda alors derrière lui.

— Papa et Maman seraient fiers.

Chassant ses pensées, Drake se tourna pour voir Colin sortir de l'ombre et approcher. Vêtu d'un smoking et coiffé d'un Stetson, son frère offrait une apparence relativement similaire à la sienne. Pourtant, leurs différences étaient grandes au point qu'ils s'étaient à peine parlé au cours des dernières années.

Et il en était responsable. Drake n'était peut-être pas d'accord de la vision que Fleur avait de ses erreurs vis-à-vis d'elle. Mais il ne pouvait nier qu'il avait causé un tort sérieux à son frère cinq ans plus tôt en insistant pour que Fleur rompe avec lui. L'admettre lui était douloureux. En particulier si l'on considérait que le reconnaître devant Colin pourrait amener son frère à vouloir retrouver la jeune femme.

Cette possibilité fit naître un insupportable poids au fond de sa poitrine.

— Glen est un type bien, acquiesça Drake. Maman et Papa approuveraient cette union.

— Je ne parlais pas de Glen.

Colin secoua la tête et s'adossa contre un petit cerisier.

— Je faisais référence au ranch. Aux granges. Aux terres. Tout ressemble exactement à ce que Papa voulait accomplir.

Deux enfants plus âgés passèrent près d'eux en courant dans leurs beaux habits de mariage avec des feux de Bengale à la main. Un feu d'artifice était prévu quand le ciel serait tout à fait sombre.

— Tu le penses vraiment ?

Drake ne recherchait pas les compliments. Il savait que Colin ne lui dirait que ce qu'il pensait vraiment.

— J'ai eu parfois des questions à propos de ses plans, et j'aurais aimé pouvoir lui demander ce qu'il voulait…

L'émotion qui lui noua la gorge le força à s'interrompre.

En temps normal, il était doué pour enfouir ses vieilles blessures, mais en ce jour, celui du mariage d'Emma, alors qu'il se tenait près de son frère avec lequel il était brouillé depuis longtemps, il prit toute la mesure du poids des erreurs qu'il avait commises en tant que chef de famille.

— J'aimerais pouvoir lui parler moi aussi. Leur parler à tous les deux. Être à la maison renforce encore cette envie.

Drake redressa vivement la tête à ces mots.

— Considères-tu toujours le ranch comme ta maison ? Je n'ai pas gâché cela ?

— En dépit de toi, oui, je le crois.

Colin repoussa son chapeau sur son front.

— J'aime le Montana et je ne reviendrai pas ici de sitôt. Mais je considérerai toujours cet endroit comme ma maison.

La gorge de Drake se serra douloureusement à l'idée que son frère ne serait plus jamais là que pour des événements occasionnels. La musique country et les rires qui s'élevaient depuis l'intérieur de la grange semblaient à des kilomètres de distance quand il puisa la force en lui de formuler des excuses qu'il était plus que temps de faire.

— Je suis désolé d'apprendre que tu ne reviens pas. Et ce d'autant plus que c'est par ma faute que tu es parti. Je n'avais pas le droit d'entraver tes projets quand tu as voulu te marier.

Il ne pouvait se résoudre à dire *quand tu as voulu te marier avec Fleur*. Car il ne pouvait même pas associer leurs deux noms dans son esprit sans terriblement souffrir.

— Ta faute ?

Colin secoua la tête. Il semblait sincèrement surpris.

— Pour quelle raison ? Pour avoir énoncé une évidence ? Avoir dit qu'une union entre Fleur Barclay et moi ne fonctionnerait jamais ? Ne crois pas que je l'ignorais, frangin.

Sous le choc, Drake retira son chapeau et plongea une main dans ses cheveux, tout en méditant les paroles de son frère. Il voulait être certain qu'il n'entendait pas simplement ce qu'il désirait entendre.

— Je croyais que tu étais furieux contre moi parce que je lui ai demandé de rompre vos fiançailles.

Fleur lui avait adressé des reproches. Qu'il méritait.

— Bon sang, bien sûr que non. J'étais furieux contre moi-même de lui avoir fait du mal dès le départ en sachant qu'elle et moi nous ne serions jamais plus que des amis.

Colin tourna vers lui un regard plein de tristesse. Une expression torturée s'était peinte sur ses traits.

— Durant tout ce temps, je croyais que tu le savais. J'avais honte de m'être rapproché d'elle alors que je savais que tu l'appréciais beaucoup.

Comment ? Cela avait-il été si évident ?

— Moi ?

Il avait l'impression que quelqu'un lui avait asséné un coup sur la tête.

— Pourquoi penserais-tu cela alors que nous ne pouvions même pas supporter de nous trouver à proximité l'un de l'autre ?

Colin leva des sourcils surpris.

— Tu peux peut-être te mentir à toi-même, Drake, mais tu ne peux pas me duper. Ni alors, ni maintenant. Tu as toujours bien aimé Fleur. Depuis l'époque où tu t'es désigné toi-même comme son protecteur personnel lors des rodéos, repoussant les gars en montrant les dents, jusqu'au moment où tu as failli m'arracher la tête parce que j'avais couché avec elle.

Drake sentit son sang bouillir, il serra fortement les poings. Et si le simple fait d'entendre ces mots lui faisait cet effet – peut-être son frère avait-il raison.

Il poussa un juron à voix basse.

— Je me détestais même avant que tu rentres à la maison et découvres la vérité à propos de nous.

Colin rejeta la tête en arrière pour observer le ciel qu'illuminaient quelques fusées rouges lancées par un voisin dans le lointain en l'honneur de la fête nationale.

— Soit, disons pour les besoins de la discussion que j'avais véritablement des sentiments pour Fleur.

Avais ? Le caractère bien réel de ce qu'il éprouvait lui sautait littéralement aux yeux chaque fois qu'il fixait les fenêtres de la cuisine au bas de la colline et espérait l'apercevoir.

Il l'aimait.

Profondément. Passionnément. Et son frère l'avait su bien avant lui.

— Très bien, acquiesça son frère. Disons cela.

— Pourquoi avoir voulu être avec elle ? Je sais que nous n'avons pas toujours été sur la même longueur d'onde, mais je croyais que nous nous entendions plutôt bien.

Colin plissa le front et le regarda d'un air surpris.

— Cela a plus à voir avec moi qu'avec toi. Je t'en voulais trop de pouvoir maîtriser ta vie alors que je me débattais en permanence dans ton ombre. Quand tu as endossé le rôle de Papa et que tu as fait la loi ici, le fait d'avoir un grand frère m'a manqué. Je t'ai mis tous mes problèmes sur le dos.

Un éclat de rire provenant de l'intérieur de la grange rappela à Drake qu'il lui faudrait regagner bientôt la réception. Partager cette journée avec Emma. Et pourtant, il avait attendu une éternité pour avoir cette conversation avec son frère. Il ne pouvait l'interrompre maintenant.

— Je viens tout juste de commencer à réaliser que je tente de diriger peut-être plus que je ne le devrais.

— Peut-être ? dit son frère en levant un sourcil surpris.

Drake eut un petit haussement d'épaules. Il se rappelait les paroles de Fleur. Il avait voulu agir à sa propre guise. Et pour quel résultat ? Il n'avait fait que la blesser en ne lui laissant pas la possibilité de s'occuper des questions juridiques liées à l'héritage à sa façon.

— Et d'ailleurs, j'ai aussi commencé à comprendre que j'ai des sentiments pour Fleur.

Il avait besoin de partager cette vérité qui pesait sur son cœur.

— Je l'aime, reconnut Drake. Et j'ai été aussi entêté et aveugle avec elle que je l'ai été avec toi.

Une autre fusée lointaine propulsa des éclats jaune et vert à travers le ciel.

Colin s'approcha de Drake et lui donna une tape sur l'épaule.

— S'il y a bien une chose que j'ai apprise au cours des cinq dernières années, c'est qu'il n'est jamais trop tard pour faire de meilleurs choix. Créer mon propre ranch m'a forcé à devenir indépendant.

Colin désigna de la tête la cuisine où travaillait Fleur.

— Je me suis excusé auprès de Fleur ce soir pour les erreurs que j'ai commises autrefois, et j'ai été heureux de savoir qu'elle ne m'en voulait pas.

Ainsi Colin avait déjà parlé à Fleur ? Drake dirigea une nouvelle fois son regard vers la fenêtre de la cuisine. Il réalisa que sa vie entière – son avenir – se trouvait en cet instant dans cette pièce même. Il lui fallait le dire à Fleur, qu'elle le pardonne ou non.

Il ne laisserait pas cette querelle s'envenimer durant cinq ans comme il l'avait laissé faire avec Colin.

— Merci.

Ne sachant trop que dire, il le serra dans ses bras.

— Et cette maison est toujours la tienne.

Colin pressa son épaule et le relâcha.

— Très bien. Dans ce cas je vais aller représenter les hommes de la famille Alexander, pendant que tu vas recoller les morceaux avec Fleur.

— Marché conclu.

Se sentant plus léger qu'il ne l'avait été depuis des années, Drake laissa apparaître un sourire sur ses traits. Il savait que la route serait encore longue pour le réconcilier tout à fait avec son frère, mais cette soirée était un début. Et il était sacrément agréable de l'avoir ici de nouveau.

Il espérait simplement qu'il serait capable d'exprimer ce qu'il ressentait plus efficacement qu'il ne l'avait fait par le passé. Il ne pouvait contrôler le fait que Fleur veuille ou non de lui dans sa vie. Mais il pouvait s'assurer qu'elle comprenne combien il l'aimait, et il ne sortirait pas de cette cuisine tant qu'il n'aurait pas dit ce qu'il avait à dire.

Tout en admirant par la fenêtre les éclats d'argent dessiner une forme d'étoile de mer dans le ciel au-dessus du ruisseau, Fleur se fustigea d'être trop peureuse pour profiter du spectacle à l'extérieur.

Elle se sentait encore à fleur de peau après sa discussion avec Colin. Ils avaient réussi à parler, à exprimer leur chagrin à propos de la perte de leur enfant et à mettre un point final à l'histoire de leur relation. Elle sentit son cœur se serrer en réalisant que ses sentiments pour Colin n'avaient jamais été ni profonds, ni forts, ni complexes. Il avait représenté un filet de sécurité pour elle, et elle avait été pour lui le moyen de se rebeller contre les règles imposées par son frère. Ils s'étaient quittés sur une note positive.

Pour l'instant, seules les fusées tirées depuis les ranchs environnants avaient éclairé le ciel. Mais Emma et Glen avaient un spectacle prévu un peu plus tard pour couronner leur journée de mariage. Il y a quelques jours encore Fleur aurait pu imaginer profiter de l'instant avec Drake à ses côtés.

Mais après leur querelle la semaine précédente, elle lui avait dit qu'elle ne voulait plus le revoir. Et même s'il était douloureux de penser à ne plus jamais être avec lui, elle se connaissait aussi suffisamment bien pour comprendre qu'elle ne pourrait passer sa vie avec le sentiment que ses souhaits passaient au second plan, après ceux d'un homme ayant de l'argent. Son père l'avait fait tellement se sentir comme une moins que rien qu'elle ne l'accepterait plus jamais.

Désormais elle prendrait ses propres décisions. C'est elle qui mènerait sa barque.

Le seul moment heureux de la soirée avait été sa conversation avec Colin. Ils s'étaient entendus qu'être amis était ce qui leur convenait le mieux. Et elle sentait son esprit plus léger.

Sa conscience était soulagée vis-à-vis de son passé avec Colin. Ils s'étaient pardonné mutuellement.

Regagnant le plan de travail, elle empila les plateaux de service nettoyés et les glissa dans leur housse de transport en toile. La soirée avait semblé se dérouler à merveille même si elle n'avait pas encore mis un pied dans la salle de réception. Et il faudrait qu'elle le fasse, bientôt. Emma méritait qu'elle lui adresse ses félicitations personnellement.

Lorsqu'une porte latérale s'ouvrit, elle s'attendit à voir Marta entrer avec en mains un autre plateau vide. Mais quand elle releva la tête, elle découvrit que c'était Drake qui se tenait devant elle.

Vêtu d'un smoking et coiffé d'un Stetson noir, il portait une rose à la boutonnière. Jamais elle ne l'avait trouvé plus terriblement séduisant.

— Fleur.

Il prononça son prénom comme s'il s'agissait de la réponse à toutes ses questions.

Et cela lui fit mal parce qu'elle savait que ce n'était pas le cas.

— La mariée a besoin de quelque chose ? demanda-t-elle en adoptant le ton plein de professionnalisme cher à Jessamyn. Marta peut servir d'autres *croquetas* s'il le faut.

Elle se pressa vers le réfrigérateur, se refusant à penser à combien Drake était beau. Ou à ce qu'il pourrait bien vouloir.

Ou à combien elle le désirait.

— Emma n'a besoin de rien, répondit Drake en pénétrant plus avant dans la pièce, tout en conservant une certaine distance avec elle. La nourriture était incroyablement bonne et tous les invités sont ravis.

Elle aurait vraiment aimé avoir supervisé la fête personnellement.. Mais elle était restée à l'écart pour protéger son cœur. Et s'empêcher de déclencher une scène. Cette nouvelle l'enchantait donc.

— Je suis heureuse de l'entendre.

Elle songea à son tablier, au filet protégeant ses cheveux et les retira en hâte.

Parce qu'elle avait fini de cuisiner, bien sûr. Non parce que Drake se tenait là face à elle, si beau que cela la faisait souffrir.

— Tu es superbe, lui dit-il.

Sa voix basse l'enveloppa et elle vit son regard se porter sur sa robe jaune mi-longue dont la jupe de tulle était brodée de marguerites.

Tentant de maîtriser sa nervosité, elle serra les bras devant elle.

— Je sais que tu n'es pas là pour me flatter. Que puis-je faire pour toi ?

— Emma voulait que je m'assure que tu ne rates pas le feu d'artifice.

Il retira son Stetson et le déposa sur un tabouret.

— Mais ce n'est que la moitié de la vérité. J'ai pris conscience qu'il me faut faire de meilleurs choix en ce qui te concerne si je veux avoir la moindre chance de te convaincre de ne pas tourner le dos à ce qui se passe entre nous.

Fleur ne put contenir son irritation.

— N'est-ce pas justement pour cette raison que nous en sommes arrivés là ? Parce que tu fais tous les choix ?

Elle avait eu des journées entières pour réfléchir à leur relation et elle se sentait toujours frustrée. Pleine de rancœur.

— Je comprends que tu n'avais pas l'intention de me nuire en contactant directement ma sœur, Drake. Mais c'est ainsi que j'ai ressenti. Et je suis extrêmement sensible à la façon dont mon père a joué de son pouvoir financier.

— Je suis allé trop loin, reconnut-il, une expression affligée sur le visage. J'ai pris pour acquis que tu voudrais de l'aide, et j'ai pensé que je t'aidais vraiment. Rétrospectivement, je comprends que je n'avais pas à le supposer. Mais j'ai accompli des actes en fonçant droit devant moi sans demander la permission à personne, et je n'ai pas vu que cela blessait des gens auxquels je tiens.

— Des gens ?

La curiosité la poussait à poser la question. En particulier à présent qu'elle remarquait les ombres violettes soulignant son regard.

— Toi. Et Colin aussi.

Il ouvrit sa veste et desserra son nœud papillon.

— Nous venons de parler tous les deux, et j'ai réalisé alors que, lorsque je pensais être protecteur, ceux qui m'entourent m'ont jugé autoritaire.

Elle s'adoucit un peu en entendant l'accent de désespoir dans sa voix.

— C'est ce qu'a dit Colin ?

Ses pensées la ramenèrent à l'époque qu'elle avait passée à ses côtés. Ils avaient toujours été amis, leurs échanges étaient simples, amusants, loin des frictions qu'elle avait connues avec Drake.

Elle se souvint que, durant les quelques semaines qu'avait duré leur relation, Colin s'était plaint du fait qu'il était difficile de vivre avec Drake, que ses attentes envers tous étaient trop élevées. À l'époque, elle avait cru comprendre, puisqu'elle vivait elle-même des relations tendues avec Lark et Jessamyn. Mais peut-être les fractures étaient-elles plus profondes entre les deux frères.

— Apparemment, il est parti pour le Montana pour cette raison, dit-il en plongeant ses yeux sombres dans les siens. Ou du moins, c'était l'une de ses raisons. Mais cela m'a fait comprendre que je ne veux pas être cet homme qui croit qu'il sait mieux que les autres. Je n'ai pas vu les dégâts que je causais en me mêlant de tes affaires, Fleur, mais je peux changer.

Elle n'avait jamais entendu la sincérité, l'inquiétude profonde qui perçaient dans sa voix. Cette nouveauté réveilla sa compassion. Son espoir.

— N'importe qui peut changer, reconnut-elle, le cœur battant à tout rompre. S'il le veut. Si cela a vraiment du sens pour lui.

Combien de fois avait-elle pensé ainsi au sujet de sa propre famille ? Tous les Barclay s'étaient moqués de ses tentatives pour essayer d'apaiser les tensions au sein de leur clan dysfonctionnel, mais elle était toujours assez idéaliste pour croire que les gens pouvaient changer s'ils voulaient bien s'en donner la peine.

Et c'était la première fois que quelqu'un qu'elle aimait exprimait son désir de changer.

— Fleur.

Drake s'approcha et prit une de ses mains entre les siennes.

— Je t'aime. Et je ne peux imaginer une raison plus incontestable de changer que l'amour.

La chaleur de sa peau l'apaisait tandis que son cœur se gonflait de bonheur à ces mots. Parce que venant de Drake Alexander, elle savait qu'il ne s'agissait pas d'une phrase lancée à la légère. Elle avait vu par elle-même comment il tenait ses engagements envers ses parents.

La joie qui explosait en elle était semblable au feu d'artifice qu'elle avait aperçu par la fenêtre de la cuisine. Pourtant, avant qu'elle puisse parler, il poursuivit :

— Je sais que je ne te mérite pas. Pas encore.

Ses yeux sombres étaient graves. Il pressa ses mains avec douceur, sa voix se faisant soudain plus basse :

— Mais si tu veux bien m'accorder une chance, je suis convaincu que je peux te montrer que tu représentes tout pour moi.

Une étincelle s'épanouit à l'intérieur d'elle, une nouvelle tendresse qui lui faisait porter un regard neuf sur Drake. Il ne faisait pas doute qu'il était un homme doté de principes solides et d'une indéfectible loyauté. Et, à présent, il voulait faire d'elle une pièce centrale de son univers.

Une relation avec Drake lui offrait la promesse d'un amour profond, d'une passion intense – tels qu'elle n'en avait jamais connus.

— Je t'aime aussi, Drake. Je t'aime tant.

Elle dit à haute voix les mots qui avaient hanté son esprit à chaque heure depuis les derniers moments qu'ils avaient passé ensemble et c'était magnifique de les partager.

Il la serra fort contre lui. Et elle sut sans le moindre doute qu'il avait été aussi affreusement inquiet de la perdre qu'elle l'avait été de ne plus l'avoir dans sa vie. Elle poussa un doux soupir.

Et eut l'impression de rentrer dans son foyer.

— Je risquerai certainement de toujours vouloir orchestrer, dit-il, la bouche plaquée dans ses cheveux et ponctuant sa phrase de baisers. Mais tu me diras quand je ne devrai pas le faire et je promets que je t'écouterai.

Les derniers soucis de Fleur s'envolèrent, tandis que le bonheur le plus pur irradiait en elle.

— Je n'oublierai pas de te le rappeler, lui dit-elle simplement, se reculant pour regarder au fond des yeux ce fier éleveur, si travailleur, qu'elle aimait.

— Je ferai tout ce que je pourrai pour te rendre heureuse, tu sais.

Il caressa sa joue du bout des doigts, ralentissant son geste à l'approche de sa bouche pour pouvoir effleurer ses lèvres de son pouce.

Fleur sentit ses jambes faiblir sous elle.

— J'aime entendre ces mots. J'espère que cela signifie que tu cuisineras de nouveau pour moi.

— Ce que je veux dire, c'est que je serai toujours derrière toi, peu importe ce que tu décides de faire. Je te fournirai des conseils quand tu en auras besoin. Je te laisserai mener les batailles qu'il te faudra mener avec ton père mais en étant présent pour toi quand tu le voudras. Quoi que toi et tes sœurs décidiez de faire, vous aurez mon entier soutien.

Une lueur de promesse éclaira son regard au moment où le son fracassant du feu d'artifice résonna dehors, au-dessus du ruisseau. Plus haut, près de la grange, les invités du mariage déclenchèrent un tonnerre d'applaudissements.

Elle savait qu'il leur fallait rejoindre Emma et fêter son mariage, mais Drake la retint quelques instants.

— Je ferai bien plus que cela, promit-il. Et lorsque tu

voudras ouvrir un restaurant, j'espère que tu garderas à l'esprit qu'il se trouve que j'en possède un.

Elle rit, un peu étourdie par la promesse de cette vie qu'ils pourraient partager ensemble. Il y avait encore des problèmes à gérer. Des points qu'il fallait régler avec ses sœurs au sujet de l'héritage laissé par leur grand-mère. Mais savoir que cet homme se tenait à ses côtés était un rêve devenu réalité.

— Je le garderai à l'esprit. Mais maintenant, nous ferions bien d'aller assister au feu d'artifice.

Prenant sa main, elle l'attira vers la porte latérale.

— C'est le moment parfait pour célébrer le début d'une vie de bonheur pour les jeunes mariés.

— J'aime entendre cette belle parole, dit-il à son oreille, juste avant de la soulever du sol et de la prendre dans ses bras. Presque autant que je vais aimer t'appeler *Madame* Silver Spurs.

Vous avez aimé *Troublée par son ennemi* ?
Retrouvez la suite de la série « De retour à Catamount »
dès le mois prochain dans votre collection Passions !

SOPHIA SINGH SASSON

# Une leçon de séduction

*Traduction française de*
HÉLÈNE ARNAUD

PASSIONS

HARLEQUIN

*Titre original :*
BOYFRIEND LESSONS

# - 1 -

— Tu es partie ? Sans prévenir ? lâcha Caitlyn Lattimore, incrédule.

Elle était habituée aux flirts catastrophiques d'Alice ; mais cette fois-ci, elle se redressa dans sa chaise longue. Son amie fit glisser ses immenses lunettes de soleil sur son front pour maintenir ses cheveux blonds ondulés et se resservit un verre de blanc. Caitlyn, elle, n'avait pas terminé le sien.

— Ce type a commandé deux assiettes d'amuse-gueules, du homard et une bouteille du meilleur cru de la maison. Puis il me fait le coup du « j'ai oublié mon portefeuille à la maison ». Non merci ! Je lui ai dit que j'allais aux toilettes et j'ai demandé à la serveuse de me faire sortir par-derrière en expliquant que c'était un pervers.

*Ses rencards deviennent de plus en plus flippants…*

Alice attrapa sa crème solaire et entreprit d'enduire ses bras tout en parlant :

— Franchement, je crois que je devrais me trouver un meilleur site de rencontres !

Son amie prit la crème à son tour. On était début juin et le soleil était déjà cuisant. Si elle s'exposait trop, elle risquait de brunir en un clin d'œil, et elle ne pouvait pas se le permettre. Les Lattimore devaient participer à une foule d'événements dans les semaines à venir et sa maquilleuse venait à peine de lui créer un fond de teint à la nuance parfaite. Alice se moquait souvent de ses « problèmes de fille riche », et elle avait raison. Caitlyn avait gagné le gros lot quand les Lattimore l'avaient adoptée, vingt-quatre ans plus tôt. À présent, elles étaient installées au bord d'une piscine, dans le ranch familial, avec une bouteille de vin frais et quelques employés prêts à se précipiter au moindre appel. Alice appelait cette maison le *Ritz-Lattimore* mais, pour Caitlyn, c'était simplement chez elle. Elle aimait y vivre, non pas pour profiter de tout ce luxe, mais parce que sa famille était là aussi.

— J'aimerais avoir autant de cran que toi, dit-elle. S'il m'était arrivé une chose pareille, j'aurais payé l'addition sans oser protester et passé la nuit à m'en vouloir…

— Ma chérie, pour que ça t'arrive, il faudrait déjà que tu acceptes de sortir avec quelqu'un, que tu quittes cette cage dorée et que tu t'aventures dans ce bain de brouillard puant que nous appelons le monde réel.

— On croirait entendre Alexa !

La sœur de Caitlyn avait quitté Royal pour New York, puis Miami. Elle était entrée à l'université et n'avait jamais regardé en arrière, n'étant revenue qu'une fois pour l'enterrement de Victor Grandin, peu de temps auparavant.

— J'ai été navrée d'apprendre la mort du grand-père de Layla, soupira Alice. Victor était un véritable pilier de cette communauté.

— Oui. Alexa a assisté aux funérailles et je pense que Layla aurait voulu qu'elle emménage de nouveau en ville : ses talents d'avocate auraient pu aider nos deux familles.

— Tu parles de cette lettre, arrivée le jour de l'enterrement ? Tu ne m'as jamais raconté les détails…

Caitlyn sentit son estomac se nouer douloureusement.

— Apparemment, Heath Thurston prétend posséder les droits d'exploitation du pétrole qui se trouve sous les ranchs Grandin et Lattimore, expliqua-t-elle.

Ce n'était pas tant ses prétentions qui l'inquiétaient que l'effet que cet incident avait eu sur sa famille.

Alice soupira et se pencha vers elle avec un clin d'œil.

— Tu vois ce qui se passe, quand je m'absente un mois ? Je rate tous les bons potins…

— Ce n'est pas qu'un potin. Ces droits incluent la terre sur laquelle est bâtie la maison Lattimore. Heath nous a dit que Daniel Grandin était le père de feue sa demi-sœur Ashley et que le père de Daniel a accordé les droits à sa mère, Cynthia. Il dit aussi qu'il a retrouvé des documents étayant ses arguments dans les papiers personnels de sa mère.

Alice ouvrit grand la bouche. Même elle ne trouvait apparemment rien à dire, cette fois. Caitlyn, elle, était rongée d'inquiétude depuis les funérailles de Victor Grandin. Ses frères et sa sœur supporteraient-ils de perdre leur maison ?

— Tu dis qu'Ashley est morte ? Comment ?

— Dans un accident de voiture qui a aussi emporté sa mère, Cynthia.

— Et pourquoi Victor Grandin Senior a-t-il accordé les droits à la mère, plutôt qu'à la fille ?

— Nous l'ignorons. Néanmoins, mon grand-père a signé, ce qui veut dire qu'il était au courant. Pour tirer ça au clair, Victor Junior a embauché un détective privé au nom des deux familles pour découvrir pourquoi ils ont cédé les droits d'exploitation pétroliers et savoir si Daniel était vraiment le père d'Ashley.

Alice se laissa retomber au fond de sa chaise longue.

— As-tu déjà rencontré Heath ou Nolan, son jumeau ?

Caitlyn secoua la tête.

— Je suis allée au lycée avec eux. Ils sont sexy – *vraiment* sexy. J'avais oublié Nolan, mais s'il est de retour à Royal, ça va m'ouvrir des opportunités…

Elle adressa un coup d'œil complice à son amie et ajouta :

— Ils sont tous les deux célibataires, tu sais.

Caitlyn ne put s'empêcher de sourire.

— Je crois que ma famille traverse assez d'épreuves en ce moment sans que j'essaie de sortir avec le type qui veut détruire notre ranch.

Elle se mordilla néanmoins la lèvre, consciente qu'Alice avait au moins raison sur un point : elle devait vivre un peu ! Elle en avait assez de son image de petite fille sage qui sursautait à chaque fois qu'on éternuait près d'elle – même si c'était vrai…

— Je devrais peut-être m'inscrire sur un de tes sites de rencontre, murmura-t-elle. Tu n'y as pas croisé que des sales types. Qu'est-il arrivé à l'homme qui t'envoyait des fleurs et qui t'avait présenté sa famille ?

— Il était sympa. Un peu ennuyeux au lit, mais j'étais prête à m'en contenter… Jusqu'au jour où il a pris un appel de sa mère pendant qu'on faisait l'amour.

Caitlyn, qui venait de boire une gorgée de vin, la recracha brutalement et tacha le coussin de sa chaise longue. Mortifiée, elle plaqua une main sur sa bouche. Alice sourit et lui passa l'un des essuie-mains roulés dans un panier, près de la table basse.

— Tu sais qu'il ne faut pas me raconter des trucs pareils quand je bois, gloussa Caitlyn en épongeant le vin.

— Désolée, j'avais oublié que tu ne sais pas te tenir avec un verre à la main, plaisanta son amie.

— Ce gars a vraiment parlé à sa *mère* pendant l'amour ?

Alice acquiesça.

— Pire encore : ça a bien duré deux minutes. Et, après, il voulait qu'on continue comme si tout était normal.

— Comment as-tu pu me cacher cette histoire ?

— Ça s'est passé le jour des funérailles de Grandin ; et j'avais tellement honte que je ne voulais pas en parler, répondit Alice. Il faut vraiment qu'on arrive à rencontrer des hommes dans la vraie vie, toi et moi. C'est plus difficile de filtrer les cas graves, sur le Net. Tu sais quoi ? C'est la soirée des célibataires au Lone Star, aujourd'hui. On pourrait se faire belles et sortir danser.

*Je préférerais être dévorée par une meute de loups !*

— Tu sais que ce n'est pas mon truc… Il n'y a pas assez d'alcool sur la planète pour m'aider à parler à un inconnu dans une boîte de nuit. Je préfère commencer par du chat en ligne, c'est plus sûr.

— Non, tu n'es pas prête pour ça, répondit sentencieusement Alice. Tu as besoin d'un mentor entraîné pour te guider au milieu des vautours et des fils à maman.

Caitlyn faillit cracher son vin une nouvelle fois.

— Je te laisse les fils à maman, mais je n'aurais rien contre un mec avec du caractère capable de tenir tête aux autres Lattimore. La dernière fois que je suis sortie avec quelqu'un, Jonathan m'a demandé son numéro de sécurité sociale pour vérifier ses antécédents. De son côté, Jayden m'a traquée jusqu'au restau où j'allais et, comme il n'aimait pas l'allure du type, il est resté garé sur le parking jusqu'à la fin du repas pour nous suivre sur le chemin du retour.

Alice plaqua une main sur son cœur.

— Tes frères sont si gentils !

— Non, ils sont surprotecteurs. Ils ne font pas ça avec Alexa !

— Parce qu'elle a déménagé, répondit Alice en savourant son vin. Je connais un type gentil et correct avec qui tu pourrais affiner tes charmes, si tu veux…

Son sourire entendu éveilla les soupçons de Caitlyn.

— Il a forcément un défaut, sinon tu serais déjà sortie avec, dit-elle.

Son amie éclata de rire.

— Ça aurait été bizarre : je te parle de Russ.

— Ton frère ? Je croyais qu'il ne voulait pas se caser ?

— Non, en effet, dit Alice en se redressant sur sa chaise. C'est pour ça qu'il est la cible idéale pour t'entraîner. Comme vous vous connaissez peu, ce sera presque comme aborder un inconnu dans un bar.

Caitlyn se mordit la lèvre. Elle ne voulait pas offenser Alice, mais elle n'avait jamais ressenti la moindre attirance pour Russ. Il était gentil, certes, mais beaucoup trop… *blanc*. Non pas qu'elle fût gênée de sortir avec un Blanc. Elle-même était métisse mais, depuis deux ans, elle avait eu quelques problèmes à définir son identité – comme beaucoup d'autres personnes, dans le pays. Même Alice, qui pourtant était son amie la plus proche, ne comprenait pas ses difficultés à assumer sa couleur de peau. On ne lui demandait jamais d'où elle venait, comme si le teint sombre de Caitlyn la transformait en étrangère exotique… Elle se sentait parfois si perdue. Était-elle Noire, Blanche ou les deux ? Chaque fois qu'un formulaire lui demandait son ethnie, elle laissait la case vide, car aucune catégorie ne lui convenait réellement. C'était l'un des points qu'elle avait eus en commun avec Jax. Son ex était aussi métissé et il comprenait son dilemme. Hélas, ça n'avait pas marché avec lui, comme avec les précédents. Était-elle une cause perdue ?

— Quel est le problème ? demanda son amie. Ce n'est que Russ, et tu as vraiment besoin de t'entraîner.

— Je ne sais pas… Lui en as-tu parlé ?

Alice secoua la tête avec une grimace.

— Écoute, il va rentrer après un voyage de plusieurs mois et je pensais manger avec lui vendredi soir. Tu n'auras qu'à venir aussi. On sera tous les trois, dans l'intimité, sans pression ; et je serai là pour combler les vides si tu bafouilles ou si tu craches ton vin.

Caitlyn jeta sa serviette sur Alice en riant. *Après tout, qu'ai-je à perdre ?* Elle en avait assez d'entendre tout le monde s'inquiéter de l'avenir des deux ranchs ou lui demander sans cesse pourquoi elle était encore célibataire. Depuis que Layla Grandin et Josh Banks étaient ensemble, la famille de Caitlyn semblait décidée à la caser coûte que coûte et elle était lasse d'attirer la pitié. Il était temps pour elle de surmonter ses blessures. Jax et elle étaient séparés depuis plus d'un an, et ses rares rendez-vous depuis avaient échoué à cause des blessures qu'il lui avait laissées en partant. Certes, elle savait que son ex ne méritait pas qu'elle souffre autant, mais son image venait encore la hanter aux pires moments… Il était temps de remplacer ces souvenirs pénibles – même par un simple flirt, pour commencer.

— Allons, Caitlyn, que pourrait-il se passer de si mal ?

Elle soupira. *Je pourrais haïr Russ. Ou bien tu pourrais*

*vouloir nous pousser dans les bras l'un de l'autre et ça finirait par gâcher notre amitié.*

— Je commanderai un plat chez ton italien préféré, ajouta Alice, comme pour la convaincre.

— D'accord, je viendrai manger. Mais en amie : je ne veux pas sortir avec Russ.

— Qui a parlé de sortir avec lui ? C'est juste pour t'entraîner !

— Dis-moi que je rêve ! lâcha Alice en fixant l'écran de son portable.

— Un problème ?

Caitlyn, qui était en train de mettre le couvert, leva un instant les yeux. Son amie vivait dans une charmante maisonnette, dans le centre-ville de Royal. Elle l'avait décorée dans l'esprit cottage, avec des meubles en bois et un camaïeu de peintures pastel. Depuis un moment, déjà, les deux amies préparaient ensemble le repas. Caitlyn avait toujours aimé cuisiner ici. Au ranch, le personnel était offensé de la voir mettre la main à la pâte – comme s'il s'agissait d'un jugement de sa part…

— Russ est en retard, et il a prévu d'amener quelqu'un !

Caitlyn sourit. Alice tenait tant à ce qu'elle *s'entraîne* sur son frère avant de chercher un nouveau copain qu'elle aurait du mal à le voir débarquer avec une autre femme. De toute évidence, ses soupçons étaient fondés : le pauvre Russ ne savait pas qu'il allait servir de cobaye.

— Je vais ajouter une assiette, dit-elle avec douceur. Ne t'en fais pas : nous avons de quoi nourrir tout le quartier.

Si Russ venait avec une chérie, Caitlyn n'aurait plus qu'à les observer ensemble et prendre des notes… D'un seul coup, sa nervosité reflua et elle ouvrit une bouteille de vin pour remplir deux verres. Elle avait prévu de rester sobre – elle était assez tendue comme ça – mais puisque sa soirée semblait s'éclaircir…

— Comment Russ ose-t-il amener une femme ? marmonna Alice entre ses dents.

— Lui as-tu dit qu'il était censé me donner des leçons de drague ?

En prononçant ces mots, Caitlyn se rendit soudain compte que l'idée de départ avait été parfaitement ridicule. On n'apprenait pas à draguer, si ? Elle but une gorgée, s'imaginant prendre de vraies notes tout en regardant Russ et sa copine discuter, comme si elle était à l'école, et gloussa.

Une demi-heure plus tard, quand la sonnette retentit, Alice et elle avaient déjà vidé la bouteille de bordeaux. D'un seul coup, le dîner leur paraissait bien plus prometteur.

Pendant que son amie allait accueillir son frère, Caitlyn attendit sur le canapé de cuir gris, réticente à l'idée d'interrompre l'inévitable dispute chuchotée qui allait éclater. Après tout, Russ avait gâché le rencard arrangé auquel il ne savait pas qu'il devait participer… Elle se sentit soudain assez mal pour lui et sa copine qui ne comprendrait pas ce qu'elle avait fait pour s'attirer les foudres d'Alice.

— Je n'arrive pas à croire que c'est toi !

Le couinement de son amie la poussa à se redresser, intriguée. Elle n'eut pas le temps de se lever avant que la petite troupe fasse son apparition à la porte, et faillit s'étouffer dans le fond de son verre. Face à elle se tenait le plus bel homme qu'elle ait vu de sa vie.

# - 2 -

À l'instant où Dev Mallik pénétra dans le salon d'Alice, il sut que Russ le détesterait avant la fin de la soirée. Ils étaient amis depuis l'université et faisaient une bonne équipe. Dev avec ses cheveux bruns, ses yeux verts orageux et son calme naturel ; Russ avec sa toison blonde, ses yeux bleus de bébé et son visage à croquer qui poussait ses ex à s'accrocher à lui bien après la rupture… Oui, en soirée, Russ obtenait toujours la fille et Dev était condamné à distraire la copine. C'était un accord tacite qui lui allait bien. Il avait déjà assez de soucis avec sa famille pour y ajouter des problèmes de cœur. Il préférait les femmes actives, confiantes et prêtes à l'oublier après une nuit. C'était pour ça que Russ l'avait si facilement convaincu de venir manger chez sa sœur avec lui. Apparemment, Alice avait un don pour lui tendre des pièges et, la dernière fois qu'il était sorti avec une de ses amies, il avait dû éviter Royal pendant six mois ensuite, de peur de la croiser dans la rue. Il avait donc demandé à Dev de faire diversion.

Sauf qu'il lui avait suffi de voir l'amie d'Alice porter délicatement la main à ses lèvres pour sentir ses genoux faiblir. Jamais encore il n'avait vu de femme plus splendide. Leurs regards se croisèrent, et ses yeux d'un brun intense, pétillants de rire et d'innocence, s'écarquillèrent un peu.

Elle se leva lentement. Il remarqua que son verre de vin se mit à pencher et s'avança d'un pas pour placer sa main sous son coude et stabiliser son bras.

Elle ouvrit les yeux encore plus grand – ce qu'il n'aurait pas cru possible – et Dev se laissa hypnotiser. Peut-être était-ce impoli de sa part, mais il ne put s'empêcher de contempler ses lèvres d'un rose parfait, entrouvertes, et son teint sombre. Avait-elle la peau aussi douce qu'elle en avait l'air ?

Quelque part dans son dos, quelqu'un s'éclaircit la voix. Alice ou Russ, sans doute… La belle inconnue sursauta et s'écarta de lui dans un bond paniqué.

— Dev, voici mon amie Caitlyn.

*Caitlyn.* Il laissa son prénom rouler sur sa langue. Il lui allait si bien…

— Ravi de faire ta connaissance, dit-il dans un sourire.

Il lui tendit la main et, cette fois, elle posa son verre avant de s'avancer pour la serrer. Oui, sa peau était souple et soyeuse… Il aurait tant voulu sentir ces doigts sur son corps nu qu'il les retint un peu trop longtemps.

Alice dit quelque chose – qu'il n'entendit pas – et Caitlyn récupéra sa main. Russ s'approcha alors à son tour.

— Ça fait plaisir de te revoir, Caitie !

La jeune femme grimaça en entendant ce surnom. Quand il vit son ami la serrer dans ses bras, Dev sentit une pointe de jalousie le traverser. Étaient-ils sortis ensemble, par le passé ? Ou bien faisait-elle partie des filles que Russ classait dans la catégorie *trop bien pour jouer avec* ?

— Quand es-tu arrivé en ville, Dev ? demanda Alice.

— Aujourd'hui. J'ai appelé Russ et il a passé l'après-midi à déplacer mes affaires du Royal Grand Hôtel à son appartement…

— Ça ne m'étonne pas !

Elle se tourna vers son amie et expliqua :

— Ces deux-là étaient inséparables à la fac. Ça fait des années qu'on ne s'est pas vus, Dev ! Quoi de neuf ?

Il sourit à Alice. Il avait toujours apprécié son caractère pétillant – et elle était la sœur de son meilleur ami.

— Dès ma sortie de la fac, mon père m'a embarqué dans son entreprise ; et les problèmes n'ont fait que s'enchaîner. C'est pour ça que je suis venu ici. J'avais besoin de me couper un peu de ma famille.

Il aimait aussi ça, chez Alice et Russ : ils se disputaient peut-être, parfois, mais ils tenaient sincèrement l'un à l'autre. Leurs parents vivaient en Arizona et les laissaient tranquilles tout en les soutenant lorsqu'ils avaient besoin d'aide pour leurs projets. Jamais les parents de Dev ne lui accorderaient une telle liberté. Certes, il appréciait son héritage culturel mais, certains jours, il enviait un peu l'indépendance de son ami.

Ses parents, Indiens tous les deux, avaient l'habitude d'interférer dans tous les aspects de sa vie – depuis le menu de son petit déjeuner jusqu'à ses projets de carrière. Le simple fait de venir à Royal avait déclenché une mini-guerre nucléaire à la maison… C'était pourquoi il tenait tant à se concentrer sur *lui*, maintenant qu'il était ici, et à construire enfin la vie dont il rêvait.

— Dev veut ouvrir un restaurant en ville, annonça Russ, et je vais l'aider.

— Quel genre de restaurant ?

C'était la première fois qu'il entendait la voix de Caitlyn depuis son arrivée. Contrairement aux rudes accents texans de Russ et Alice, elle parlait d'une voix soignée, éduquée et aussi douce qu'un verre de thé glacé en plein été. Il lui fallut quelques instants pour se souvenir de sa question et Russ lui donna un grand coup dans le dos avant de répondre pour lui :

— Ce sera de la cuisine indienne fusion : un de ces trucs à la mode. Tu devrais vraiment en parler à Caitlyn, Dev. Elle fait partie du gratin, à Royal.

La jeune femme se renfrogna, clairement gênée par cette description.

— Un bon restaurant indien manque dans cette ville, dit-elle néanmoins avec un sourire électrisant.

Alice apporta deux autres verres de vin et demanda :

— Alors, les garçons, quels sont vos projets ?

— Je pense rester un mois, le temps de visiter des propriétés à vendre et de faire une étude de marché. J'ai cru comprendre qu'il y avait déjà de bonnes tables dans la région, et je veux m'assurer que l'espace n'est pas saturé.

Il avait répondu à Alice, mais son regard refusait de se détacher de Caitlyn.

— Peut-être qu'une native de Royal pourrait me servir de guide ? ajouta-t-il à mi-voix.

*Après tout, pourquoi ne pas mêler travail et plaisir ?*

— Alice et moi pourrons t'aider, proposa gentiment Russ.

Dev le fusilla du regard. N'était-il pas censé être là pour distraire la copine d'Alice ? Pourquoi son ami tenait-il tant à lui mettre des bâtons dans les roues ?

— Allons préparer la suite, intervint Alice en prenant le bras de son frère pour l'entraîner dans la cuisine. Vous êtes arrivés en retard et le repas va refroidir.

Caitlyn sourit un instant, comme s'il s'agissait d'une plaisanterie entre elles, et s'approcha de la table

— Qu'y a-t-il de si drôle ? chuchota Dev en la suivant.

Qu'est-ce qui avait ainsi le don de faire sourire ces lèvres délicates ? Il tendit l'oreille : Alice et Russ semblaient se disputer à voix basse dans la cuisine, mais il ne put comprendre un seul mot. Caitlyn, elle, le dévisagea d'un air malicieux qui le fit frissonner.

— Je pense, murmura-t-elle, qu'Alice est en train de pousser son frère à te détourner de moi. Je suis censée être là pour lui, même s'il ne le sait pas.

Dev dut se mordre la lèvre pour ne pas rire. Caitlyn le regardait toujours avec attention – et une pointe d'amusement. Il se pencha à son oreille.

— En fait, Russ le sait déjà. C'est pour ça qu'il m'a fait venir : pour éviter un tête-à-tête gênant…

Il profita de cet instant pour inspirer son parfum – un discret mélange de vanille et de lavande. Il ne put s'empêcher de sourire de nouveau.

— Tu es donc son fidèle complice ? demanda-t-elle en s'écartant insensiblement pour boire une gorgée de vin.

— Plutôt son leurre.

Il mesurait une bonne tête de plus qu'elle et dut se pencher pour qu'elle entende son murmure.

— Entre toi et moi, je le soupçonne aussi d'essayer de me caser avec sa sœur, depuis quelque temps.

Le sourire de Caitlyn s'évanouit.

— Elle te plaît ?

Sa voix était restée neutre et mesurée, mais il perçut une pointe de déception derrière sa question.

— Alice est la petite sœur de Russ, et donc un peu la mienne aussi, dit-il. Franchement, je ne me vois pas sortir avec elle.

Nouveau sourire solaire.

— Je te comprends. J'ai toujours connu Russ et je n'imagine pas avoir une aventure avec le frère d'une amie.

— Alors pourquoi es-tu là ce soir ?

— Je voulais m'entraîner à parler avec des hommes, soupira-t-elle.

— Tu plaisantes ?

Elle secoua la tête d'un air navré.

— Je ne suis pas douée pour le bavardage ou la séduction. Puisque Russ est très fort à ce jeu-là, Alice m'a proposé de m'entraîner sur lui.

Il s'approcha, juste pour voir si elle était aussi nerveuse qu'elle voulait le faire croire, mais elle se contenta de lever les yeux avec audace – et une pointe de défi. *Si c'est ce qu'elle appelle de la timidité, pourquoi les hommes de Royal ne font-ils pas déjà la queue devant sa porte ?*

— Dis-moi, qu'espérais-tu apprendre avec lui ?

Elle rougit un peu, si joliment que Dev eut du mal à rester de marbre.

— Juste comment discuter, draguer, ce genre de choses.

— Tu n'as pourtant aucun problème pour parler avec moi. Oserais-je même dire que nous flirtons un peu ?

Elle haussa un sourcil surpris.

— Tu apprécies vraiment de discuter avec moi ?

Il se pencha, effleurant presque son lobe du bout des lèvres. Elle ne recula pas, mais il l'entendit étouffer un hoquet nerveux.

— J'aimerais faire bien plus, si tu m'y autorises…

Les pommettes de Caitlyn s'assombrirent encore plus et il s'empressa d'ajouter d'un air taquin :

— Je veux dire que j'aime notre conversation, c'est tout.

C'était cependant bien loin de la vérité. Certes, il aimait parler avec elle ; mais il avait surtout envie de découvrir si tout son corps rougissait aussi fort que ses joues, quand elle était troublée.

Elle but une longue gorgée de vin et le couva d'un regard caressant, à travers ses cils. Du côté de la cuisine, les voix se rapprochèrent. Alice et Russ allaient revenir avec le repas.

— Tu sais quoi ? Tu as raison, admit Caitlyn en jetant un rapide coup d'œil en direction de la porte. Je n'ai aucun mal à te parler, et j'aimerais même te demander une faveur.

*Tout ce que tu veux ! Je suis à tes ordres…*

— Tu m'intrigues.

— Accepterais-tu de me donner des leçons de drague ?

# - 3 -

Caitlyn n'arrivait pas à en croire ses oreilles. *Ai-je vraiment demandé à un parfait inconnu de me donner des leçons de drague ?* Qu'est-ce qui ne tournait pas rond, chez elle ? Avait-elle trop bu ? Elle baissa les yeux sur son verre, comme s'il contenait la réponse. Sans doute avait-elle englouti un peu plus de deux ballons de blanc – pas assez pour expliquer sa demande incongrue.

Il avait été si facile de flirter avec lui, même pour quelques minutes à peine. Jamais encore elle ne s'était sentie aussi à l'aise avec un homme ; mais Dev n'éveillait pas chez elle la nervosité handicapante qu'elle ressentait avant chaque rendez-vous. Alice et elle avaient parlé d'entraînement, et voilà qu'apparaissait un inconnu sexy comme un dieu avec lequel elle bavardait sans la moindre gêne ! Si elle parvenait à se sentir bien en sa compagnie, alors elle pourrait sans doute affronter n'importe qui d'autre. De plus, il ne passerait qu'un mois à Royal, ce qui leur éviterait de devoir se croiser en ville, gênés, après coup. Elle ne serait pas non plus obligée de le fuir comme elle le faisait avec Jax.

Alice les fit asseoir – Dev et Caitlyn d'un côté, elle-même et son frère de l'autre. On avait commandé des raviolis à la bolognaise accompagnés d'une sauce au vin, des légumes vapeur et du pain à l'ail provenant du petit restaurant italien local ; une entreprise familiale sans prétention, mais qui servait toujours des plats divins. Pour accompagner le tout, Caitlyn avait préparé une salade César.

— La sauce est excellente, commenta Dev.

En face de Caitlyn, Russ grimaça.

— Personnellement, je préfère celle de chez Primi Piatti. Celle-là est trop crémeuse…

— C'est la preuve qu'ils utilisent du fromage de qualité. La plupart des restaurants se contentent de mozzarella premier prix, expliqua son ami en léchant sa cuillère.

Caitlyn ne voulait pas le dévisager, mais elle ne put détacher ses yeux de sa langue. Une chaleur parfaitement inhabituelle – surtout à table – l'envahit. En général, elle avait pourtant besoin de plus que cela pour se sentir émoustillée – bien plus !

— Il y a aussi une pointe de Grana Padano, poursuivit Dev d'un ton de connaisseur. C'est ce qui donne plus de corps aux saveurs.

— Tu t'y connais, murmura-t-elle, admirative.

— Dans une autre vie, j'aurais été chef.

— Pourquoi pas dans celle-ci ?

Leurs regards se croisèrent et le reste du monde parut s'évanouir dans la distance. Il haussa les épaules.

— C'est un peu compliqué, et c'est aussi pour ça que je tiens à ouvrir un restaurant. Je veux lancer une chaîne d'établissements de luxe basés sur la cuisine indienne fusion.

*Il est donc vraiment indien*, songea Caitlyn, qui avait déjà eu ses soupçons en entendant son prénom. Sa peau était à peine plus sombre que la sienne, mais ses yeux verts étaient… *Waouh.* Et ses épais cheveux noirs ondulés semblaient appeler les caresses.

— Pourquoi veux-tu installer ton premier restaurant à Royal ? demanda soudain Alice, brisant leur bulle.

Caitlyn se sentit un peu coupable. À force de boire les paroles de Dev, elle négligeait Russ… Non pas qu'il l'eût remarqué : il avait le nez plongé dans son portable.

— Parce que c'est assez loin de chez mes parents pour les décourager de débarquer à l'improviste. Et, d'après ce que m'a dit Russ, les gens de cette ville sont assez riches et gourmets pour apprécier l'ouverture d'un nouvel établissement. Dans un endroit comme LA ou Vegas, je serais passé inaperçu… Il m'aurait fallu dix fois plus d'efforts pour sortir du lot. Ici, il y a plein de gens aisés…

Caitlyn sentit son regard sur elle, tandis qu'elle découpait avec soin l'un de ses raviolis.

— … et de bon goût qui pourraient apprécier mon travail.

Elle leva les yeux et vit qu'il l'observait bel et bien. D'un seul coup, un frisson nerveux la traversa.

— En plus, les loyers ne sont pas très élevés, à Royal, intervint Russ. De nombreuses boutiques ont fermé dans le centre-ville et le prix au mètre carré a chuté. Je connais l'agent immobilier du coin, je pourrai lui parler de toi.

— Ces boutiques appartenaient à des résidents de longue date, coupa Caitlyn, un peu agacée par la légèreté de Russ. Prenez le salon de thé de Mme Lowrey, par exemple. Elle l'avait hérité de sa mère, qui l'a ouvert dans les années 1920. Quand on l'a mis en faillite, cent ans d'histoire ont été effacés d'un revers de la main.

— Mon frère ne voulait pas paraître insensible. Tu sais, Dev, Caitlyn a essayé d'aider ces gens à obtenir des prêts. Elle a même organisé des levées de fonds et a convaincu les fortunes régionales d'ouvrir leur porte-monnaie.

— Et alors ? demanda-t-il, d'un air très intéressé.

La jeune femme haussa les épaules.

— Nous avons réussi à sauver quelques commerces de Main Street, mais la plupart des résidents âgés n'ont simplement pas eu la force de se battre.

— Tu as au moins essayé de les aider. C'est ce qui compte le plus, dit Dev avec un sourire doux.

— Et toi, Russ, reprit Alice assez fort pour essayer de le tirer de son téléphone, parle-nous un peu de tes projets !

Celui-ci se lança dans un interminable monologue pour leur décrire ses derniers succès, au sein de la banque d'investissements new-yorkaise où il travaillait. Il était rentré à la maison pour s'offrir un *petit break bien mérité*, après ça.

De nouveau, Caitlyn songea à sa demande osée et assez peu orthodoxe, tout à l'heure. Dev n'avait pas eu le temps de répondre et, maintenant, une bouffée d'angoisse montait en elle. Que devait-il penser d'elle ? Elle lui avait demandé de lui donner des leçons de drague de but en blanc, sans le connaître ! Ils n'étaient pourtant pas des gamins, à l'école. Comment allait-elle réussir à se sortir de ce mauvais pas, maintenant ? Mieux valait peut-être ne rien dire, ou bien prétendre qu'elle avait juste voulu plaisanter. Oh ! jamais elle n'oserait aborder le sujet avec lui !

À la fin du repas, tout le monde débarrassa la table et Caitlyn sentit plus que jamais la présence de Dev, tout près d'elle. Une fois de plus, Alice entraîna son frère dans la cuisine – sans doute pour le gronder de nouveau.

Caitlyn se rassit en face de Dev. Elle ne voulait pas se placer à côté de lui de nouveau… Elle n'avait pu s'empêcher de jeter des coups d'œil dans sa direction pendant tout le repas et avait bien remarqué que son amie n'avait rien raté de son trouble. Elle but une gorgée de vin, un peu gênée, ne sachant comment renouer la conversation.

— Alors, lança-t-il au bout d'un moment, comment pourrai-je contacter ma fausse petite amie, à l'avenir ?

Surprise, elle plaqua une main sur sa bouche. Trop tard. Le vin avait déjà jailli de ses lèvres pour éclabousser la main de son compagnon. Mortifiée, elle prit une serviette et l'essuya très vite, sans oser le regarder en face.

— Oh ! mon Dieu ! Je suis désolée ! Vraiment désolée !

Il posa sa paume chaude sur ses doigts fiévreux et elle leva les yeux. Il souriait. Ses prunelles couleur émeraude pétillaient, envoyant un flot de chaleur dans tout son corps.

— Je suis sincèrement navrée, répéta-t-elle faiblement.

Il ne la lâcha pas, se levant pour se pencher par-dessus la table et approcher son visage du sien. Le cœur de Caitlyn s'emballa. Son après-rasage avait un parfum divin et l'ombre de sa barbe naissante lui donna soudain envie de le caresser.

— Quand nous sortirons ensemble, demain, pourras-tu refaire ça ? dit-il. C'est la chose la plus sexy que j'aie jamais vue…

Horrifiée, elle étouffa un petit cri.

— C'est une sale manie et j'ai un peu honte.

Il lâcha enfin sa main pour plaquer un doigt sur ses lèvres et l'empêcher de s'excuser de nouveau. Un frisson la parcourut. Dev, lui, souriait toujours.

— Ne sois jamais désolée de faire ça…

Alice s'éclaircit soudain la voix depuis la porte de la cuisine et les fit sursauter comme deux adolescents.

— Oserais-je demander ce qui se passe ici ? lança-t-elle de la voix trop aiguë qu'elle prenait quand elle était contrariée.

— J'ai encore ri en buvant du vin, avoua Caitlyn, embarrassée, et Dev m'aidait à essuyer.

Son amie allait-elle accepter cette explication ? Heureusement pour elle, Russ revint à son tour et posa une pile d'assiettes à dessert sur la table.

— Oh-oh… Tu as eu droit à la douche de Caitie. Ne t'en fais pas : on l'a tous subie.

Jamais Caitlyn n'avait connu une humiliation pareille. Elle aurait voulu se rouler en boule sous la table ! Alice fusilla son frère du regard avant de changer de sujet :

— J'ai prévu du tiramisu pour finir, avec un délicieux vin blanc frais apporté par Russ.

Caitlyn n'avait plus vraiment faim, et elle n'était pas certaine de pouvoir rester encore longtemps en compagnie de Dev sans prendre feu spontanément sur sa chaise.

— Je suis désolée, s'empressa-t-elle de dire. Je dois partir. Comme je savais qu'on allait boire, j'ai demandé à mon frère de passer me prendre et il ne devrait pas tarder.

— Oh ! reste ! insista Alice. Tu pourras toujours appeler un Uber tout à l'heure.

Mais la jeune femme resta inflexible. De toute manière, elle avait déjà prévu de commander une voiture et n'avait parlé de son frère que pour se trouver une excuse valable…

Après le départ de Caitlyn, Russ décida de proposer un vieux jeu datant de la fac qui impliquait l'ouverture d'une nouvelle bouteille et le récit de certains de leurs souvenirs les plus embarrassants. Alice ne paraissait pas plus enchantée par ce projet que Dev, mais son frère n'en démordit pas. Au bout d'un moment, elle leva une main et le coupa dans son élan avec fermeté.

— Je crois que nous n'avons plus rien à boire.

Russ fit la moue.

— Dommage… Dans ce cas, il est sans doute temps de rentrer.

— Avant de partir, dis-moi un peu ce que tu as pensé de Caitlyn ? reprit sa sœur.

— Caitie ? Je ne comprends pas, répondit Russ.

Dev fit son possible pour ne pas éclater de rire.

— Pour ma part, je l'ai trouvée fantastique.

Alice lui lança un regard noir.

— Elle était censée être là pour *Russ*, dit-elle.

Hélas pour elle, les deux amis gloussèrent sans se gêner.

— Frangine, tu devrais vraiment arrêter d'organiser des rencards pour moi – surtout sans me prévenir ! J'admets que Caitie n'est plus aussi timide que dans mes souvenirs. Elle semble enfin prête à s'affirmer et c'est bon pour elle…

Dev perçut une note d'intérêt dans la voix de son ami et son cœur se serra. Russ était-il attiré par elle, malgré tout ? S'ils avaient jeté leur dévolu sur la même fille dans un bar, ils auraient sans doute joué l'affaire à pile ou face ; mais la situation était différente. Russ et Caitlyn se connaissaient. Si son ami avait vraiment des vues sur elle, Dev ne pouvait pas se permettre d'interférer – et pourtant, cette femme avait éveillé son intérêt comme aucune autre auparavant. Il ne s'agissait pas que de sa beauté ou de ses courbes sensuelles. En général, il n'appréciait que les flirts d'un soir. Mais il avait réellement envie d'apprendre à *connaître* Caitlyn. Il y avait quelque chose chez elle qui l'émouvait. Son innocence sincère, peut-être. Elle paraissait franche, authentique, comme si elle disait tout ce qui lui passait par la tête sans calcul, sans penser à la suite. Russ n'était pas un homme pour elle. Il était un banquier sans scrupule et savait mentir mieux que personne pour attirer les femmes dans son lit. Imaginer Caitlyn, qui lui avait demandé avec tant de candeur de lui donner des leçons de drague, entre les griffes de son ami ? Non. Impossible. Un frisson le parcourut en songeant qu'un autre homme aurait sans doute profité d'elle, dans la même situation.

— Alors ? Elle te plaît ? demanda-t-il avec plus d'insistance qu'il ne l'aurait voulu.

— Et toi ? Ta langue pendait si bas que tu aurais pu lécher ton assiette sans te pencher, répliqua son ami.

Dev lui donna un coup amical dans l'épaule, mais mesura néanmoins avec soin sa réponse :

— Oui, je crois que je l'aime bien… Mais je ne ferai rien si elle t'attire.

Son cœur s'arrêta en attendant la réplique de Russ. Ce fut hélas Alice qui brisa le silence :

— Bien sûr qu'elle lui plaît !

— Je te demande pardon ? lâcha son frère froidement.

Dev poussa un soupir de soulagement. Même s'il avait été tenté par Caitlyn, Russ passerait outre si cela signifiait laisser sa sœur gagner. Il avait toujours été ainsi : il détestait la manie qu'Alice avait de fourrer son nez dans sa vie sentimentale, ou les jugements implacables qu'elle portait sur ses petites amies. Lui-même connaissait bien ça, depuis que ses parents s'étaient mis en tête de lui présenter les plus jolies jeunes Indiennes de leur entourage dans l'espoir de le caser. Aucune n'avait encore éveillé sa curiosité comme Caitlyn… Et cette pensée lui arracha un frisson. Sa famille n'approuverait jamais leur relation ; mieux valait ne pas y songer. Après tout, il ne l'avait pas demandée en mariage ! De toute manière, s'ils devaient continuer à se voir, ses parents n'étaient pas obligés de le savoir.

*La voir ?* Il ne l'avait rencontrée qu'aujourd'hui ! Ils ne s'étaient même pas embrassés, et voilà qu'il faisait déjà des plans sur la comète. *Une chose à la fois, Mallik*, se dit-il.

Tout d'abord, il allait devoir obtenir son numéro.

— Alice, dit-il alors, Russ ne va pas simplement sortir avec Caitlyn parce que tu en as envie.

Elle le dévisagea d'un air exaspéré, tandis que son frère se calait tranquillement au fond de son siège.

— Mon copain peut l'avoir, si ça le chante, dit-il en accentuant son accent texan.

— Aucun de vous ne la mérite ! Je ne sais pas ce qui m'est passé par la tête quand je l'ai entraînée dans ce combat de coqs ! Cette fille est beaucoup trop bien pour vous et j'espérais…

Elle frappa son frère sans douceur.

— … que tu aies mûri.

À ces mots, Dev se redressa.

— Sérieusement, Alice, elle me plaît beaucoup. Elle a l'air gentille et je te promets de ne pas lui faire de mal. De plus, elle m'a demandé de lui donner des leçons de drague et je devrais au moins lui dire que je suis intéressé.

Alice ouvrit la bouche comme un poisson hors de l'eau.

— Elle a fait quoi ? Qu'a-t-elle dit d'autre ?

— Rien. Nous n'avons pas vraiment eu le temps de parler, puisque tu n'arrêtais pas de pousser ton frère sous les projecteurs. Je n'ai même pas son numéro pour lui proposer de sortir. Pourrais-tu me le donner ?

Le regard bleu glacier d'Alice le fit tressaillir.

— Hors de question. Je refuse de te laisser l'approcher de nouveau.

# - 4 -

Le lendemain matin, Caitlyn fut réveillée par un texto venant d'un numéro qu'elle ne connaissait pas. Elle repoussa ses couvertures, gênée par la lumière qui inondait la chambre.

Quand elle était rentrée, la veille, elle avait trouvé toute sa famille – sauf Alexa, qui était retournée à Miami – en train de bavarder avec les Grandin dans le salon. Ils parlaient de leur sujet favori du moment : les prétentions de Heath Thurston. Le détective avait confirmé qu'Ashley était très probablement la fille de Daniel mais personne ne savait encore si Victor Grandin avait cédé les droits d'exploitation à Cynthia, plutôt qu'à Ashley comme l'auraient voulu les lois de succession. Plus étonnant encore : pourquoi Augustus Lattimore avait-il signé les documents ? Jonas Shaw, le détective, essayait aussi de déterminer si le dossier présenté par Thurston était valide ou s'il y avait eu tromperie.

Layla et Josh avaient aussi été présents ; et Caitlyn avait passé la fin de la soirée à les observer discrètement, en se demandant si elle serait un jour capable de nouer ce genre de relation avec qui que ce soit. Le visage de Dev n'avait cessé d'apparaître devant ses yeux, et elle l'avait repoussé.

Après le départ des Grandin, ses parents s'étaient couchés et elle s'était retrouvée seule avec Jayden et Jonathan. Pour une fois, ils n'avaient pas parlé de sa vie sentimentale. Ils avaient été trop préoccupés par l'affaire des droits. Répugnant à attendre les conclusions de Jonas Shaw sans rien faire, Jonathan avait suggéré qu'ils passent en revue tous les papiers liés à la propriété. Augustus, le père de Ben et grand-père de Caitlyn, avait toujours été distrait. Même Ben le soupçonnait d'avoir caché des dossiers au grenier et de les avoir tout bonnement oubliés là…

Jonathan avait donc descendu plusieurs cartons. La famille avait déjà étudié tous les documents enfermés au bureau et chez les Lattimore. Il était temps de passer à la vitesse supérieure. Tous trois avaient donc ouvert les boîtes poussiéreuses et y avaient découvert des photos de famille, pas mal d'araignées mortes et même le squelette d'une souris coincée entre de vieux livres. Au lever du jour, ils avaient renoncé. Caitlyn s'était douchée rapidement puis s'était couchée, épuisée.

À présent, elle examinait son portable. Alice lui avait envoyé plusieurs textos et elle les ignora, préférant attendre que son amie se soit calmée. Puis elle lut le message provenant du correspondant inconnu.

Entraînement à la drague ce soir ? Dev.

Dev ? Lui avait-elle donné son numéro ? Elle se frotta les yeux et relut la question. Puisqu'elle n'avait pas enregistré son contact, cela voulait dire qu'ils n'avaient pas fait l'échange… Intriguée, elle ouvrit tout de même les textos d'Alice.

Russ a fouillé mon portable et a donné ton numéro à Dev.

Il t'a écrit ?

NE SORS PAS avec lui.

Appelle-moi dès que tu lis ça.

Elle relut le message de Dev une troisième fois, perplexe. Que voulait-il dire par *entraînement* ? Les whiskies qu'elle avait bus avec ses frères brouillaient sa mémoire. Il lui fallut une bonne minute pour se souvenir du repas de la veille et elle se redressa dans son lit, pétrifiée. Elle avait demandé à un parfait inconnu de lui donner des leçons… *Qu'ai-je fait ?*

Elle fixa son écran, le cœur battant. Il avait été si facile de parler avec lui. Elle n'avait pas une seule fois ressenti l'angoisse qui la saisissait toujours face aux étrangers. Soudain, elle revit sa silhouette, ses yeux verts, la manière dont il léchait sa fourchette avec délectation. Une flamme la traversa. Sortir avec lui aurait sans doute été une folie. N'y avait-il pas d'autres moyens d'affiner ses talents sociaux ? Elle prit une profonde inspiration, puis lui répondit.

— Alors, dis-moi un peu ce que tu attends d'un petit copain d'entraînement ? demanda Dev.

Caitlyn se figea, son verre d'eau à mi-chemin de sa bouche. Comment pouvait-elle lui expliquer, alors qu'elle-même n'avait trouvé aucune réponse depuis le matin ?

Heureusement pour elle, le serveur un peu trop empressé du Grill RCW, l'un des meilleurs restaurants de Royal, vint les interrompre pour prendre leur commande. C'était Dev qui avait suggéré de manger là et il était à présent assis en face d'elle, parfaitement détendu dans sa chemise au col ouvert et son pantalon de toile. Il était parfait – ni trop habillé, ni pas assez… De son côté, après avoir vidé presque toute sa garde-robe, Caitlyn avait opté pour sa tenue « dîner entre copines » : une robe fourreau rose pâle à col bateau. Cette toilette, si familière, était censée apaiser son angoisse à l'idée d'accepter l'invitation de Dev. Au moins, elle se sentait plus confiante et maîtresse de la situation.

— Parlez-moi un peu des menus, demanda son compagnon d'un air amusé.

Le serveur se lança dans la description de toutes les viandes de la carte, achevant sa liste par le plat du jour – de la poitrine de bœuf.

— Que me conseilles-tu ? demanda Dev à Caitlyn.

— Le steak, répondit-elle sans hésiter.

Ils commandèrent tous les deux une soupe à l'oignon en entrée et se fixèrent finalement sur une côte de bœuf à partager. Après le départ du serveur, Dev éclata de rire.

— Je dois avoir passé trop de temps à New York… Les

grills, là-bas, servent rarement de simples steaks. Cet endroit est charmant, mais je pense qu'ils pourraient varier le menu.

Caitlyn sourit à son tour.

— C'est une ville de ranchers et le RCW est l'un des restaurants les plus courus ici. J'y viens au moins une fois par semaine.

— Y a-t-il vraiment de la place pour une nouvelle table de luxe, à Royal ?

— Sans doute, répondit-elle très vite. La plupart des gens organisent leurs rendez-vous d'affaires autour d'un bon repas. Le conseil d'administration de l'hôpital, par exemple, vient souvent déjeuner ici. Les femmes commandent toutes des salades et pas de viande. Je les soupçonne de venir surtout pour le whisky… Certes, la nourriture est excellente, mais pour satisfaire les propriétaires terriens du coin, il ne faut pas lésiner sur l'alcool.

Dev sourit et fit semblant de noter l'info.

— On dirait que c'est toi qui vas finir par me donner des leçons… sur le meilleur moyen de séduire les habitants de Royal !

Elle sentit ses joues s'empourprer. Que s'était-il donc passé, chez Alice, pour qu'elle se laisse aller à ce point ? Était-ce le vin ? Ou le fait qu'elle était terriblement attirée par Dev ? À moins qu'elle ait juste eu un accès de folie.

Elle continua à parler de grands crus, de whisky et de bourbon – les boissons favorites des locaux. Elle n'avait pas l'habitude de bavarder autant, mais elle préférait encore ça à devoir s'expliquer sur sa demande incongrue de la veille. Le dîner se passa bien, sans accroc et elle sentit peu à peu sa tension s'évanouir. Le sourire tranquille de Dev la mettait à l'aise.

— Alors, que fais-tu dans la vie ? finit-il par demander.

Ah… La question redoutée. Elle ne pouvait s'y soustraire. *Le moment est venu de lui détailler toutes les choses importantes que tu accomplis, pour lui faire croire que tu as un vrai travail.*

Elle croisa son regard et sentit qu'elle en était incapable.

Il était si ouvert, si gentil et si chaleureux. Elle se souvenait encore de sa réaction lorsqu'elle avait recraché son vin à table. Quand la même chose était arrivée avec Jax, il s'était moqué d'elle, choqué qu'elle ait pu salir ses belles chaussures... Tous les hommes de sa connaissance étaient pareils – mais pas Dev. Elle soupira.

— Pour faire court, on peut dire que je suis une sorte de mondaine. Tu as dû comprendre hier que ma famille est riche. À la fin de mes études, j'ai eu du mal à entamer une carrière parce que mes parents avaient souvent besoin de moi. Je devais participer aux réunions des associations que nous soutenons, organiser des fêtes de charité, des dîners... Je te mentirais en prétendant sauver le monde. Je suis juste un électron libre. Je suis rentrée après la fac et, comme mes parents ont demandé mon aide, j'ai mis mes projets de côté.

Il n'existait en général que deux réactions, quand les hommes apprenaient qu'elle n'avait pas de vrai boulot. Soit ils partaient du principe qu'elle se contentait de profiter de l'argent de ses parents. Soit ils pensaient qu'elle cherchait à tout prix un mari. Et elle ne savait pas vraiment lequel de ces préjugés la révoltait le plus. Inquiète, elle sonda le regard de Dev pour voir de quel côté il allait se placer.

Il tendit la main pour prendre la sienne. Le poids de sa paume était agréable, réconfortant.

— Tu devrais être très fière de rester présente pour tes proches. Les grandes familles sont compliquées et il faut travailler dur pour maintenir l'équilibre. Ne t'excuse jamais pour ce que tu fais.

Plus émue qu'elle n'aurait voulu l'admettre, elle ravala les quelques larmes qui vinrent picoter ses yeux.

— As-tu une grande famille, toi aussi ?

— Disons plutôt qu'il y a de grandes personnalités dans ma famille, dit-il en souriant. J'ai un frère et une sœur, mariés, avec des enfants. Mes parents possèdent une entreprise florissante et ils voudraient que je leur succède, au grand dam de ma fratrie.

Elle haussa un sourcil, étonnée. Jamais elle n'aurait pu se battre avec les siens pour hériter du ranch ! Si elle s'occupait tant de leurs relations sociales, c'était parce que personne d'autre ne voulait le faire. Et, à Royal, c'était une chose essentielle pour maintenir son standing.

— Ton frère et ta sœur veulent l'entreprise de tes parents et tu refuses de la leur laisser ?

Il sourit de plus belle, comme si cette idée était absurde, et secoua la tête.

— Maman et Papa ont grandi en Inde. Là-bas, le fils aîné succède aux parents et prend soin de la famille. Je suis l'aîné ; mais je ne veux pas de la fortune de mon père. Je veux accomplir quelque chose par moi-même, ne serait-ce que pour leur prouver que j'en suis capable. C'est pour ça que je suis venu ici. Les autres seraient ravis d'hériter à ma place mais ils ont tendance à dépenser sans compter et Papa a peur qu'ils enterrent sa compagnie. Comme il ne leur fait pas confiance, c'est à moi d'arrondir les angles en permanence.

— Waouh… Donc, qu'arrivera-t-il à cette entreprise, si ton restaurant est un succès ?

— Je préfère ne pas me poser la question. J'espère que mon absence donnera à mon frère et à ma sœur l'occasion de montrer à Papa qu'ils sont sérieux. Je l'aime, tu sais, mais c'est un homme dur. Sans moi, il verra peut-être les talents de ma sœur : elle a un don pour les affaires que Papa refuse de prendre en compte.

*Était-il sérieux ?* La plupart des hommes voyaient l'attachement de Caitlyn à sa famille comme un signe d'immaturité. Mais Dev comprenait l'importance de l'amour et du sacrifice…

— Ta famille te manque-t-elle ?

Cette fois, il éclata franchement de rire.

— Je ne veux plus de drames domestiques. Ne te méprends pas : je prendrais une balle pour eux. Mais j'ai besoin de faire une pause. C'est pourquoi j'ai choisi de monter mon premier restaurant au Texas. Nous n'avons pas de contacts ici et mes proches ne risquent pas de venir déposer leurs crises devant ma porte.

Caitlyn sentit son cœur se serrer. Elle fut un instant sur le point de lui exposer le dilemme que les siens affrontaient en ce moment, mais se retint. Ça n'aurait pas été juste.

— Bon, reprit Dev. Maintenant qu'on en a fini avec les bavardages, vas-tu me dire pourquoi tu as tant besoin de leçons de drague ?

*Non ! Tout, mais pas ça !*

Il la contemplait avec une telle étincelle au fond des yeux que son pouls s'accéléra et elle oublia les quelques mots qu'elle parvenait encore à formuler depuis le début du repas. *Qui ose demander à un si bel homme de lui donner des cours ?*

— J'ai... du mal à flirter, admit-elle d'une voix étranglée. Quand j'ai un rendez-vous, je me crispe et je n'arrive plus à parler. Il faut que je m'entraîne pour être plus à l'aise, la prochaine fois. Tu es le premier homme qui ne me pétrifie pas sur ma chaise... Mais je ne voulais pas te mettre dans cette situation. Hier, j'avais trop bu.

— Tu n'as pas encore touché à ton vin, ce soir, et tu n'as pourtant aucun mal à me parler.

Oui. Elle l'avait déjà remarqué.

— C'est pour ça que tu es parfait pour le rôle. Je me sens bien avec toi et...

*J'arrive à supporter qu'on se voie en tête à tête.* Elle s'interrompit juste à temps. Comment pourrait-elle lui expliquer la peur qui la saisissait au moindre rencard ? Elle-même ne le comprenait pas. *Frigide.* C'était ainsi que Jax l'avait qualifiée – en usant d'expressions plus colorées. Son psy, lui, avait parlé de « phobie de l'intimité ». Une phobie née de ce qui s'était passé avec son ex, justement.

Certes, ils s'étaient bien entendus au lit ; mais émotionnellement, ils n'avaient pas su se trouver. Lorsqu'elle voyait Layla et Josh, elle sentait leur amour, leur soutien mutuel. Ils se comprenaient et prenaient soin l'un de l'autre. Était-ce trop demander, pour elle ?

Dev se pencha un peu plus sur la table et demanda :

— Tu veux uniquement me voir pour parler, ou bien souhaites-tu aussi t'entraîner à d'autres choses ?

Un sourire dansa sur ses lèvres et Caitlyn sentit son cœur s'emballer. Sans le vouloir, elle contempla sa bouche, ferme et charnue. Est-ce que ce serait bon de la sentir sur certaines parties de son corps ? Un flot de chaleur déferla en elle et elle se plongea dans son regard intense. Il lisait en elle comme dans un livre ouvert…

*On peut s'entraîner pour ce que tu voudras.* Euh… Quoi ? Terrifiée, elle baissa les yeux et but une gorgée de vin, juste pour s'empêcher de l'imaginer nu. Elle voulait sortir, affiner ses talents et apprendre à mieux connaître les gens pour se lier à eux. Si jamais elle couchait avec Dev, cette liaison éclipserait tout le reste. Certes, elle était attirée par lui, mais pouvait-elle prendre le risque de le décevoir dans ce domaine ? *Non, je refuse. Il faut à tout prix que cette relation reste platonique.*

— Eh bien, je me disais que je pourrais te tenir compagnie pendant que tu fais des recherches dans les restaurants de la ville. Je peux aussi te présenter aux personnes influentes et, en échange, tu pourrais m'apprendre à…

— À quoi ?

— Un dessert ?

Dev jeta un regard noir au serveur, qui ne parut pas comprendre et leur tendit les menus avec un sourire. Caitlyn refusa très vite, imitée par son compagnon. Elle doutait encore de sa capacité à lui résister… Mieux valait mettre fin à cette soirée avant de déraper.

Dev prit son portefeuille pour régler l'addition, mais Caitlyn avait déjà sorti sa carte bleue.

— Je devrais payer, dit-elle.

— Hors de question. C'est moi qui t'ai invitée.

Lorsque Alice avait refusé de lui donner son numéro, il avait supplié Russ de l'aider. Il n'avait pensé qu'à cette femme depuis. Elle était encore plus belle, ce soir, que dans ses souvenirs. *Pourquoi donc avait-elle besoin de leçons de drague ?* Les hommes devaient sans doute se battre pour décrocher un rendez-vous avec elle ! Lui-même avait passé une très bonne soirée à parler de Royal, de l'histoire du Texas et des spécialités culinaires du monde. Elle était intelligente, amusante et stable – très différente des filles riches qu'il avait rencontrées à New York et qui vivaient dans une compétition perpétuelle, que ce soit pour la mode, les bijoux ou les cocktails à Manhattan. Il désirait réellement la *connaître*, et pas juste la ramener dans son lit ; une occupation qui ne lui était pas arrivée depuis longtemps. Bien sûr, s'il avait une chance de coucher avec elle, il ne dirait pas non… Plus tard. Tant qu'elle acceptait une simple liaison temporaire. Il avait bien assez de soucis à gérer sans se mettre en couple. Certes, il n'avait pas prévu de vivre ce genre d'aventure à Royal, néanmoins il n'était pas homme à renoncer aux bonnes choses.

— Tu m'as invitée, mais uniquement parce que je t'ai demandé d'être mon… faux petit ami, protesta-t-elle avec une timidité qui le fit sourire.

Lorsque le serveur revint, il lui tendit sa propre carte avec autorité et celui-ci s'en empara avant de s'éloigner.

— Je t'ai invitée parce que je voulais te voir. Il n'est pas question de leçons, ici. De plus, c'est une dépense professionnelle pour mon étude de marché.

Caitlyn sourit à son tour, avec une douceur délicieuse.

— Dans ce cas, méfie-toi de cet endroit. C'est une institution en ville et, si tu ouvres ton restaurant à Royal, ce sera ta principale compétition.

— Russ me répète sans cesse que Royal est le meilleur endroit pour mon projet, qu'il y a des habitants très riches amateurs de bonne cuisine.

— Il a raison.

Le serveur revint avec le reçu, bien trop efficace au goût de Dev. Il avait espéré passer quelques instants de plus avec Caitlyn.

— Connais-tu un endroit où nous pourrions boire un café ? demanda-t-il.

Elle parut hésiter. Allait-elle refuser ? Non. Elle finit par acquiescer sans un mot.

En sortant du grill, il glissa une main autour de sa taille, sans y penser. Ce ne fut qu'en la sentant se crisper qu'il s'inquiéta et s'écarta. *Ai-je fait une bêtise ?*

Ils remontèrent la rue principale. La nuit était tombée, chaude et agrémentée d'une brise agréable. Quelques reflets cuivrés et violines zébraient encore le ciel. De vieux lampadaires ménageaient des ombres romantiques sur le trottoir pavé. Ce centre-ville était l'essence même des petites cités américaines à l'ancienne. Dev mourait d'envie de prendre le bras de Caitlyn mais il résista. Tout en marchant, elle lui indiqua un certain nombre de boutiques, fermées pour la nuit. Elle connaissait le nom de chaque propriétaire et leurs histoires…

Enfin, elle s'arrêta devant un vieux bâtiment de briques rouges portant un écriteau *Magasin Général.*

— Si tu tiens vraiment à t'installer ici, tu vas devoir t'entendre avec le vieux Fred. Surtout, ne l'appelle jamais Fred, tout court : il aime son surnom.

— Et il a l'accent texan qui va avec ?

— Oui, dit-elle en souriant. Sa famille habite Royal depuis la fondation de la ville. Il connaît tous les habitants et peut te donner tous les renseignements dont tu pourrais avoir besoin. Il est intime avec les agents immobiliers, les inspecteurs de l'urbanisme, les architectes en charge des permis de construire du comté. Et, si jamais tu as besoin d'une certaine marque d'eau aromatisée introuvable, même sur Amazon, pour une cousine gâtée, il te la dénichera.

Ils se tenaient à présent sous un réverbère et le halo doré

de l'ampoule illuminait le visage de Caitlyn. Dev l'observa longtemps, incapable de supporter sa proximité sans la toucher.

— Jouons cartes sur table, dit-il au bout de quelques instants. Je t'apprécie. Je veux passer plus de temps avec toi, et pas uniquement pour te soutirer des informations sur la ville. Qu'attends-tu de moi, exactement ?

Elle ravala sa salive mais ne se détourna pas.

— Je ne veux pas qu'on me prenne en pitié parce que je n'arrive pas à rester en couple. Je veux apprendre à m'ouvrir et à tenir des conversations sérieuses. J'ai besoin de savoir comment exprimer mes émotions.

Il se rapprocha d'elle. Elle se raidit, immobile.

— Est-ce tout ce que tu désires ? Exprimer tes émotions ? Et physiquement, Caitlyn ? As-tu besoin de t'entraîner pour ça aussi ?

Il ne pouvait empêcher sa voix de prendre des accents plus rauques. Elle était si séduisante, si vulnérable qu'il avait envie – non, *besoin* – de la toucher, de lui faire comprendre qu'elle était tout à fait capable de se rapprocher de lui, ou de qui que ce soit, sans aide. Si elle éprouvait des difficultés, ce n'était pas sa faute. C'était parce que les autres hommes ne savaient pas apprécier son intelligence, sa bonté.

— Je… Je… ne sais pas, avoua-t-elle dans un souffle.

Ses prunelles s'assombrirent. Comme au restaurant, elle baissa les yeux sur la bouche de Dev.

— Laisse-moi t'aider à y voir plus clair…

Il se campa devant elle, effleurant ses bras nus du bout des doigts, savourant la douceur soyeuse de sa peau. Il la regardait toujours. Elle ferma finalement les yeux et entrouvrit les lèvres. Un frisson le parcourut en dépit de la chaleur du soir et il devina qu'elle ressentait le même effet, comme un courant électrique entre eux. Il lui prit la main.

— Regarde-moi, murmura-t-il.

Elle obéit.

— Je vais t'embrasser, Caitlyn.

Elle écarquilla un instant les yeux et il se pencha pour déposer un baiser léger sur ses lèvres. Il sentit la pression de sa bouche quand elle le lui rendit. Il avait tellement envie d'aller plus loin, mais il avait peur de l'effrayer… Il passa donc un bras autour de sa taille pour la rassurer. C'était si bon de la sentir tout contre lui. La serrant un peu plus, il sentit sa poitrine se presser sur son torse.

Soudain, pour la première fois de sa vie, il fut repoussé par une femme comme si elle ne supportait pas son contact.

# - 5 -

*Qu'ai-je fait ?*

Caitlyn n'avait pas eu l'intention de le pousser si brutalement. Elle n'avait qu'une envie : l'embrasser encore, ouvrir sa chemise si bien repassée et laisser courir ses mains sur sa peau. Elle s'était plaquée à lui, avait senti une chaleur pulser dans son pantalon… et ça l'avait soudain terrifiée. Elle ne voulait pas qu'il la rejette. *Frigide.*

Il s'écarta et leva les mains en signe d'apaisement. Sous la lueur des lampes, son regard paraissait horrifié.

— Je suis désolé, Caitlyn ! J'ai dû mal te comprendre et je ne t'aurais jamais enlacée si j'avais su que tu ne le voulais pas…

*Ne pas le vouloir ? Oh non, ce n'est pas ça le problème !* Elle en avait *trop* envie, au contraire. Un feu incontrôlable l'envahissait et elle ne se reconnaissait plus. Ce n'était qu'un baiser. Et Dev n'était qu'un homme.

Elle secoua vivement la tête.

— Non, c'est à moi de m'excuser. Je ne voulais pas…

— Quoi ? M'embrasser ou me repousser ?

*Les deux.*

— Te repousser, précisa-t-elle. Je ne sais pas ce qui m'a pris. Je n'ai encore jamais réagi comme ça.

— Suis-je donc si maladroit ? dit-il avec un petit sourire, une main plaquée sur son cœur, là où elle avait posé la sienne.

Il était si beau, avec ce charme un peu canaille. Caitlyn sentit son cœur battre plus fort. Elle s'était attendue à ce qu'il se fâche, à ce qu'il crie ou l'insulte. Elle avait voulu qu'il l'embrasse – et il l'avait prévenue. Elle fut tentée de lui mentir, de lui dire qu'elle avait changé d'avis et qu'elle ne voulait plus le voir. Leur fausse relation était déjà trop intense pour elle !

*Mais n'est-ce pas justement ce que tu demandais ?*

— En fait, c'est l'inverse, répondit-elle. C'était bien trop… bon.

— Ah, voilà une réponse qui me plaît plus. Que veux-tu dire par là, exactement ?

— Ça ne te dérange pas de marcher un peu ?

Il était trop près, trop attentif. C'en devenait déconcertant. Aussi irrationnel que cela puisse paraître, elle avait la désagréable impression qu'il lisait dans ses pensées. Elle ne voulait pas qu'il devine l'étendue de son trouble.

— Je te suis.

Ils reprirent leur route et elle se lança de nouveau dans une description des boutiques de la ville. Elle évitait d'affronter la réalité – et ils le savaient tous les deux. Néanmoins, Dev entra dans son jeu, lui posa des questions sur Royal et sur sa famille. Il se cantonnait à des sujets banals. Lorsqu'ils arrivèrent devant la sellerie, elle s'arrêta de nouveau.

— C'est ici que tout le monde se fournit en équipements d'équitation pour les parades.

— Montes-tu à cheval ?

Elle acquiesça et jeta un regard mélancolique à la vitrine. Dev était ici pour réaliser son rêve, tandis que les siens étaient à l'arrêt depuis bien longtemps.

— Qu'y a-t-il ?

Elle se retourna, surprise.

— Rien.

— J'ai une mère et une sœur, répliqua Dev en levant les yeux au ciel. Je sais très bien que, quand une femme répond « rien », c'est qu'il y a quelque chose.

Cette fois, ce fut à elle de soupirer.

— Par pitié, ne deviens pas paternaliste. Parfois, ça veut aussi dire « je n'ai pas envie d'en parler », ou du moins « pas avec *toi* ».

— Allons ! Je suis ton faux petit ami. À qui d'autre pourrais-tu en parler ?

Son petit rire eut un effet contagieux et Caitlyn se surprit à sourire de sa réaction ridicule.

— Très bien. Si tu veux tout savoir, j'ai toujours rêvé de créer une école d'équitation pour les enfants placés, sur le ranch Lattimore. J'ai passé ma vie entourée de chevaux et ça m'a tant appris : m'occuper d'un animal, l'aimer…

Elle indiqua une grosse boucle de ceinture en argent émaillée de strass, dans la vitrine.

— Cet objet coûte plus que ce qu'une famille d'accueil gagne en un mois. Ils ne peuvent offrir des cours aux enfants, tandis que nous embauchons des gens pour monter nos chevaux parce que nous en avons trop. C'est du gâchis.

— Et qu'est-ce qui t'empêche de réaliser ton rêve ?

— Je ne peux pas simplement ouvrir les portes du ranch et inviter des gosses à faire du cheval. Il faut des permis, des inspections. C'est tout un processus.

— Je vois, répondit-il avec un petit sourire. Et comme tu as vexé le vieux Fred, il te met des bâtons dans les roues.

— Au contraire, il a voulu m'adopter dès mon plus jeune âge… Il ferait n'importe quoi pour m'aider. C'est juste que… la vie est compliquée. J'ai des obligations, je dois siéger à des réunions. Je n'ai pas le temps.

— Voilà qui ressemble à de mauvaises excuses.

— Quoi ? !

*Comment osait-il ?* Il ne savait rien de son quotidien !

Dev se tourna face à elle et les lumières de la vitrine jetèrent de grandes ombres sur son visage. Il leva les mains – elle crut qu'il allait la toucher – puis croisa les bras.

— Tu m'as l'air de quelqu'un qui sait comment les choses se passent, dans cette ville. Si tu voulais ouvrir cette école, je suis sûr que tu y parviendras d'un claquement de doigts. Alors, qu'attends-tu ? Qu'est-ce qui te freine ? Je veux la vraie raison, pas le mensonge que tu répètes à tout le monde, y compris à toi-même.

Elle aurait voulu se mettre en colère, mais son cœur ne résista pas à son regard doux et à la petite ride interrogatrice qui barrait son front. Après tout, ne voulait-elle pas créer un lien solide avec lui ? Qu'avait dit son psy, déjà ? Elle dressait des barrières, se cachait derrière des sujets de conversation banals. En général, les hommes avec qui elle sortait ne mettaient jamais ses déclarations en doute – ils étaient trop concentrés sur eux et leur désir de l'entraîner dans leur lit. Mais Dev voulait en savoir plus. Il voulait s'aventurer sur un terrain pour lequel elle ne s'était pas préparée. Elle ravala finalement sa salive et observa encore la vitrine pour éviter d'avoir à croiser son regard.

— Je suis la plus jeune de ma famille. J'ai deux frères et une sœur qui ont toujours veillé sur moi, qui se sont assurés que je ne connaisse jamais l'échec.

— Tu n'as pas encore pu voler de tes propres ailes…

— Ce n'est pas ça. J'ai organisé un bon nombre de fêtes de charité en tout genre. Tu as raison : je pourrais ouvrir cette école les doigts dans le nez. Mais je n'ai encore rien fait d'aussi important. Depuis le début de la pandémie, les foyers sociaux ont été débordés. Il ne s'agit pas seulement que de gamins abandonnés, maltraités ou négligés. Il y a aussi des parents qui aiment leurs enfants mais qui travaillent nuit et jour pour boucler leurs fins de mois, des gens qui vivent dans leurs voitures ou dans des accueils pour sans-abri. L'État déchire ces familles contre leur gré, pour offrir aux gosses une maison plus confortable. Seulement, on coupe les fonds. Les familles d'accueil ont trop de personnes à charge et pas assez d'argent. Les petits sont ballottés en permanence et, même quand ils tombent dans un bon foyer, ils se sentent obligés de maintenir leurs distances par loyauté envers leurs parents biologiques. C'est un dilemme si cruel pour eux !

En songeant à certains enfants qu'elle avait pu rencontrer,

des larmes lui montèrent aux yeux. Elle faisait souvent du bénévolat pour les services sociaux, gardant des gamins en attente de placement. Elle jouait avec eux, leur accordait toute son attention quand les assistantes sociales surchargées ne pouvaient simplement pas le faire.

— Je veux leur offrir du stable. Un endroit où ils se sentiraient en sécurité, où ils pourraient se lier à un autre être vivant sans se soucier des étiquettes « père d'adoption » ou « mère biologique ».

— Est-ce ce que tu ressens pour les chevaux ?

Surprise, elle se tourna vivement vers lui.

— Quoi ?

— Un cheval n'a besoin que d'eau, de nourriture, d'un abri et de quelques soins. Il se moque de nos émotions compliquées…

Un goût amer lui monta dans la bouche. Était-ce pour ça qu'elle s'était toujours si bien entendue avec les chevaux ? Parce qu'ils n'exigeaient pas de véritable attachement de sa part ? Non, impossible. Elle les aimait, elle leur parlait et se liait à eux. Ils sentaient sa colère ou sa tristesse. Mais un détail était vrai : ils n'en demandaient pas autant qu'un homme. Néanmoins, il était hors de question qu'elle l'admette. Dev et elle se rapprochaient déjà beaucoup trop à son goût.

— Les chevaux ressentent aussi les émotions, soupira-t-elle. Eux aussi ont besoin d'amour. C'est pourquoi mon projet serait parfait : les enfants placés ont de l'affection à revendre et ne savent pas où la diriger.

Dev se pencha pour se mettre à sa hauteur. Ses yeux étaient tendres, un peu trop brillants dans la pénombre.

— Tu es une personne merveilleuse, Caitlyn. J'espère que tu le sais. Très peu de gens s'intéressent aux autres avec la même passion que toi.

*Dans ce cas, pourquoi suis-je si froide ?* faillit-elle crier. Elle fit de son mieux pour sourire, mais les larmes venant, elle se détourna une fois de plus.

— J'étais prête à me lancer, quand un problème est survenu

au ranch. Je ne veux pas créer une école juste pour qu'on me l'enlève.

— Que veux-tu dire ?

Pouvait-elle réellement se confier à lui ?

— C'est le genre de drame familial que tu as fui…

Son compagnon éclata de rire.

— Tant qu'il ne s'agit pas de *ma* famille, je peux gérer.

Alors, convaincue, elle lui parla de Heath Thurston.

— Laisse-moi résumer, dit-il quand elle eut fini. Ashley pourrait être une parente mais Cynthia non et, étant sa mère, elle a hérité des droits à sa place ?

— C'est ça. C'est ce qui rend leurs menaces plus réelles : Heath et Nolan sont les fils de Cynthia. Seulement, il y a encore des zones d'ombre et nous avons engagé un détective privé pour défaire ce sac de nœuds.

— Je suis navré. Je ne suis pas rancher, donc je ne suis pas sûr de comprendre. Ce… Victor Grandin a-t-il dû céder les droits sur vos terres pour couvrir les erreurs de son fils ?

— C'est ce qui nous étonne le plus. Mon grand-père a signé des papiers qui nous privent de la propriété dans laquelle nous vivons !

— Il vit avec vous, n'est-ce pas ? Pourquoi ne pas lui poser la question ?

— Augustus a quatre-vingt-seize ans et sa mémoire flanche. Nous avons essayé de l'interroger mais il ne répond jamais deux fois pareil. Nous doutons même de l'authenticité de sa signature.

— Et en quoi cela t'empêche-t-il de créer ton école ?

— Si Heath et Nolan sont dans leur bon droit, ils peuvent exiger de creuser des puits à l'endroit où se dressent les écuries, répondit-elle. Nous perdrions tout, y compris les chevaux. Je ne peux pas faire subir ça à des enfants placés ! Les laisser s'attacher à une chose qu'on leur arracherait…

— T'est-il arrivé la même chose ?

— Quoi ?

— T'a-t-on arraché ce que tu aimais ? précisa-t-il avec douceur.

Le cœur de Caitlyn s'emballa et ses paumes devinrent moites. Elle avait eu plus de chance que quiconque : un bébé métis, adopté par une famille riche et aimante… Elle n'aurait pas pu demander plus. Tout ce qu'elle avait perdu, c'était Jax. Son meilleur ami et, peut-être, l'amour de sa vie.

— Pas du tout, répondit-elle. Mon histoire est le rêve de tout enfant placé. Mes parents m'ont adoptée très jeune et toute ma famille m'adore. Je leur dois mon bonheur.

— Te sens-tu coupable ?

— Je ne comprends pas.

— Tu as eu plus de chance que les autres gamins que tu as connus. Est-ce pour ça que tu tiens à cette école ?

Elle tressaillit. *Comment avait-il deviné ?*

— Ce n'est pas grave, tu sais, poursuivit-il. Tu pourrais même être en colère d'avoir eu tout ça sans l'avoir demandé. Ce serait humain.

Cette fois, elle fut incapable de retenir ses larmes. Depuis toujours, on lui avait répété qu'elle devait se montrer reconnaissante pour la vie qu'elle menait. C'était pour ça qu'elle était rentrée à Royal après ses études et qu'elle travaillait si dur pour sa famille. Et pourtant, elle se sentait coupable, en effet. Coupable de prendre et de ne pas donner assez. De ne pas sauver tous ces gosses, surtout des Noirs, comme les Lattimore l'avaient sauvée.

Dev posa une main sur son bras et l'invita d'un geste à se nicher contre lui. Elle ne put résister et posa la joue contre son torse. En un instant, ses forces lui revinrent.

*Sais-tu qu'il y a un ghetto, à Royal ? C'est là que vivent les gens comme moi. C'est là qu'habitent ton majordome, ton jardinier, ton cuisinier et le vieux Fred.* Jax lui avait annoncé ça en partant à la fac. C'était sa manière de lui dire qu'elle ne savait rien du monde réel. Il n'avait pas voulu la blesser, bien sûr, mais elle avait souffert tout de même.

Même si elle portait de hauts talons, Dev la dépassait d'une tête ; et pourtant, elle se sentait si bien contre lui. Elle se concentra sur les battements de son cœur, qui tambourinait aussi vite que le sien. Fermant les yeux, elle prit une profonde inspiration et chassa Jax de son esprit. Dev n'était pas *obligé* de la fréquenter, lui. Il était ici parce qu'il le *voulait*…

— Tu sais quoi ? Passons un marché.

Elle s'écarta, ravalant ses dernières larmes.

— J'accepte d'être ton faux petit ami et de t'aider à monter ton projet, si tu me présentes aux personnes qui pourraient me permettre d'ouvrir un restaurant ici.

Elle sourit, émue par son regard vert pétillant.

— Et qu'attends-tu d'une fausse petite amie ?

— Je ne sais pas. C'était ton idée.

Bien qu'elle se soit redressée, il avait toujours les mains sur ses bras et elle aima les sentir là. Elle aima leur chaleur, le parfum de son savon et de son après-rasage. Peut-être pourrait-elle lui proposer de sortir avec elle, pour de vrai. Mais s'ils couchaient ensemble et que le pire arrivait ? Leur liaison s'achèverait-elle comme toutes les autres ? Après tout, il ne comptait pas s'installer définitivement à Royal, juste y lancer sa chaîne de restaurants ; et elle ne pourrait jamais quitter cette ville. Elle avait juste besoin qu'il l'aide à se sentir plus à l'aise avec les hommes. Rien de plus.

— Voilà ce que je te propose, reprit-il de cette voix si masculine qui la troublait et lui donnait envie de baisser la garde. Nous pouvons passer du temps ensemble, manger ensemble et discuter aussi longtemps que tu le veux…

Elle acquiesça, attendant soudain la suite avec impatience.

— Je ne te toucherai pas sans ta permission. Et je ne coucherai pas avec toi.

— Hein ? Quoi ?

Elle n'avait pas voulu crier, mais ça lui avait échappé.

— Je n'ai encore jamais eu besoin de convaincre une femme de me suivre au lit, dit-il avec un sourire, et je ne compte pas commencer. Notre relation sera purement platonique, à moins que…

La gorge de Caitlyn se noua.

— À moins que ?

Il se pencha, ses lèvres à un souffle des siennes.

— Je peux t'apprendre beaucoup plus que la drague.

Elle réprima un soupir. Elle voulait tant se hisser jusqu'à lui et l'embrasser ! Mais il reculait déjà.

— Si tu finis par en vouloir davantage, c'est *toi* qui devras me séduire.

# - 6 -

Elle se redressa, frémissante et brûlante, dans sa chambre au plafond bleu ciel et aux murs gris perle. Elle avait rêvé de Dev et elle, au lit. Il lui donnait des leçons d'un autre genre, qui avaient recouvert son corps entier d'une sueur délicieuse. Caitlyn rêvait rarement, mais quand ça arrivait, les images étaient incroyablement nettes. Inutile d'être un génie pour deviner ce que tout ça voulait dire.

Soudain, son téléphone vibra – comme si Dev avait senti qu'elle pensait à lui.

Je vais voir un restau sur Colton Street à 9 heures. Veux-tu venir avec moi ? On pourra déjeuner ensemble après.

Elle l'avait vu moins de douze heures plus tôt, mais l'idée de le rejoindre aussi vite l'excita. Elle lui répondit et bondit du lit. Elle n'avait que trois quarts d'heure pour se préparer, ce qui l'empêchait de se laver les cheveux – un exercice long et complexe avec ses boucles denses. Elle se contenta d'un rapide shampooing sec et opta pour une queue-de-cheval, sans son lissage et brushing habituels. Elle n'avait pas des ondulations aussi ravissantes qu'Alexa, et la jalousait souvent pour sa crinière si parfaite…

Elle enfila une de ses robes d'été préférées, bleu paon et cache-cœur, qui s'arrêtait juste au-dessus du genou, avec un décolleté en V profond. Sa montre connectée annonçant une journée chaude, elle évita le maquillage, qui fondrait au soleil. De toute manière, elle n'avait pas le temps. Elle mit juste un peu de gloss et enfila des sandales plates au cas où il faudrait marcher.

Enfin, elle jeta un dernier regard à son reflet dans le grand miroir et sourit. Elle ressemblait presque aux minettes séduisantes des magazines de mode. Elle avait l'habitude de porter des tenues si strictes, quand elle sortait ; avec des cheveux lissés et domptés. Jamais elle ne les laissait friser naturellement comme aujourd'hui. Sans être vaniteuse, elle se savait plutôt belle : de grands yeux, un petit nez droit et des lèvres pleines. Sa peau passait du beige au brun doré quand elle bronzait. Elle jeta un coup d'œil à sa collection de fonds de teint, puis se passa juste un peu de crème solaire. Son calendrier était rempli d'événements mondains dans lesquels elle ne pourrait jamais se montrer ainsi. Seulement, cette matinée n'appartenait qu'à Dev…

Il lui avait proposé de passer la prendre, mais elle préféra conduire jusqu'en ville. Malgré les protestations de son père, elle choisit pour ça la Tesla Model 3. Le véhicule paraissait ridiculement petit comparé aux autres voitures du garage familial, mais elle aimait se pavaner en électrique au milieu des pots d'échappement bruyants de Royal. Comme on était dimanche, elle n'avait aucune réunion de prévue. Elle s'arrêterait néanmoins aux bureaux de la protection de l'enfance pour leur demander s'ils auraient besoin d'elle dans l'après-midi. Ils étaient débordés et sacrifiaient souvent leurs week-ends. Elle les aidait souvent à classer des dossiers pour leur éviter de passer tout leur temps à travailler.

Elle arriva avec cinq minutes de retard. Dev lui avait donné rendez-vous dans le restaurant mais elle le trouva à la porte, en train de l'attendre. Elle se gara près de lui. Adossé au mur, une jambe repliée, il était plongé dans son téléphone. Il portait un simple T-shirt et un jean. Ses cheveux étaient parfaitement coiffés, ondulations douces encadrant son visage. Il leva les yeux et sourit.

— Ce n'est pas une place, dit-il. Il y a un parking derrière le bâtiment…

— Je sais mais je n'aurai pas de contravention, ne t'en fais pas. Désolée pour le retard.

Il vint ouvrir la portière pour elle – du moins, essaya. Elle était verrouillée et il dut attendre qu'elle actionne le bouton.

— Ces fabricants n'ont aucune notion de galanterie, dit-il en riant.

— Parce que la galanterie n'existe plus. Les gentlemen ont été remplacés par des brutes qui essaient de voler les voitures et d'agresser les femmes. D'où la fermeture automatique…

Il soupira et lui tendit la main. Elle n'avait pas besoin de son aide, bien sûr, mais fut touchée par l'attention. Ça lui donnait une bonne excuse pour effleurer ses doigts.

— Tu es ravissante, ce matin, lui glissa-t-il à l'oreille.

Le ton grave et sensuel de sa voix lui échauffa les joues. Il la lâcha, puis tendit de nouveau sa main, paume ouverte. Étonnée, elle le dévisagea un instant.

— Suis-je censée te donner quelque chose ?

— Tes clés, dit-il en souriant, pour que je puisse garer ta voiture derrière.

Caitlyn éclata de rire.

— En fait, il n'y a pas de clés : le démarrage est commandé par une appli sur mon portable. Est-ce donc ce que font les New Yorkaises ? Tendre leurs clés et dire : « Va garer ma voiture » ?

— Pas vraiment, mais elles sont habituées à certains égards.

— Cette place est sûre, vraiment. Je connais les policiers du coin et ils ne me mettent jamais d'amende.

Il haussa les sourcils, visiblement étonné.

— On dirait que tu as toute la ville dans ta poche.

— Tu n'imagines pas ce qu'on peut obtenir avec quelques fêtes de charité et des bagels livrés au commissariat de temps à autre…

— Caitlyn, princesse de Royal, remarqua-t-il en se fendant d'un petit salut amusé.

Au même instant, la porte du restaurant s'ouvrit sur un homme en costume, grand, mince, avec des cheveux blonds et des yeux bleus. Il eut un grand sourire en la reconnaissant.

— Miss Caitlyn ! Je ne savais pas que vous étiez l'amie qu'attendait M. Mallik.

— Bonjour, Greg ! répondit-elle avec chaleur. Ça fait longtemps qu'on ne vous a pas vu au ranch. Votre père me dit que vous travaillez dans l'immobilier, maintenant.

Il hocha fièrement la tête.

— Et c'est un succès, grâce aux recommandations de M. Lattimore, Miss.

— Par pitié, appelez-moi Caitlyn. Nous avons le même âge, protesta-t-elle gentiment.

Dev paraissait stupéfait.

— Vous vous connaissez depuis longtemps ?

— C'est une petite ville. Presque tout le monde se connaît.

— Elle est si gentille, ajouta Greg. Mon père est un employé du ranch Lattimore et j'ai passé mes étés à travailler là-bas, quand j'étais ado.

Puis, sans doute un peu gêné de s'être livré à ces confidences, il se ressaisit.

— Laissez-moi vous montrer les lieux. C'était…

— … l'ancienne brasserie Stevens, acheva Caitlyn.

— Miss… Excusez-moi. *Caitlyn* en sait plus que quiconque sur l'histoire de Royal. À part peut-être le vieux Fred, ajouta Greg.

Réalisant qu'elle l'avait coupé dans sa présentation, la jeune femme se tut et le laissa finir, le suivant docilement à l'intérieur. La brasserie était fermée depuis plus de dix ans. Les Stevens avaient été un vieux couple et l'avaient tenue pendant trois décennies. À leur mort, ils avaient légué la propriété à un neveu vivant à Los Angeles et celui-ci l'avait mise en vente. Elle avait changé de mains plusieurs fois depuis. Un rancher du coin avait tenté d'ouvrir un grill en compétition avec RCW, ce qui avait causé une mini-guerre en ville. Puis il avait vendu son bien à une chaîne de restauration qui n'avait pas trouvé son public. On voyait encore le reste d'une enseigne au-dessus du bar. Depuis, le local était inoccupé – et aurait eu besoin d'un bon rafraîchissement. Quelqu'un avait passé le balai, mais de la terre séchée restait accrochée au plancher et une odeur d'humidité combinée à celle des souris en décomposition flottait dans l'air.

Dev posa de nombreuses questions au sujet du prix et de l'état de la cuisine. Greg répondit sans hésiter. Il avait clairement bien préparé son dossier et son père serait ravi de savoir qu'il se débrouillait si bien. Bien qu'elle ait passé beaucoup de temps dans les écuries, plus jeune, elle n'avait jamais vraiment appris à connaître Greg… *Tu ne t'intéresses à personne en dehors de ton cercle privilégié*, avait dit Jax, lors d'une de ses visites après son entrée à la fac. À l'époque, il avait paru plaisanter, mais elle avait fini par comprendre qu'il avait rarement été plus sincère.

— Je crois que je vais vous laisser en parler entre vous, conclut Greg avec un sourire. Vous pourrez me retrouver au café, un peu plus bas. Prévenez-moi quand vous aurez fini et je reviendrai fermer.

Resté seul avec Caitlyn, Dev rit.

— À le voir, on dirait presque que ce type a un faible pour toi, dit-il.

Elle fronça les sourcils, étonnée.

— Quoi ? Non ! Greg est juste… Greg.

— Au contraire, c'est un jeune homme viril qui aime bien la petite *Miss Caitlyn*, dit-il en contrefaisant son accent d'une manière comique qui la fit pouffer.

— Alors, que penses-tu de cet endroit ?

Ils se tenaient au milieu de la salle. Caitlyn n'avait encore jamais mis les pieds ici mais en avait entendu parler, à l'époque des Stevens. Dev réfléchit un bon moment.

— C'est sympa. Les espaces sont intéressants et tout ce bois lui donne un charme ancien, mais c'est un peu trop…

Il chercha un instant ses mots.

— Trop texan ? suggéra Caitlyn.

— Oui, dit-il avec un nouveau sourire. C'est ça : comme le Grill RCW.

— L'endroit où on s'attend à voir des vieux avec leurs steaks saignants et leurs cigares ?

Ils éclatèrent de rire à cette image.

— J'aimerais que mon restaurant donne l'impression de venir manger chez un ami. Un décor différent et familier à la fois. Chaleureux.

— Et tu penses trouver ça à Royal ?

— Franchement, viendrais-tu manger ici ?

Elle hocha la tête, consciente qu'il lui tendait un piège.

— Je pense que les jeunes sont moins traditionnels que leurs aînés. Ils connaissent le monde, apprécient la cuisine raffinée…

— En tout cas, conclut Dev, cette propriété est la première de la liste de Russ. Il m'en a conseillé trois. Espérons que les autres me plairont plus.

— Tu trouveras, le rassura Caitlyn.

Ils se regardèrent un moment, puis Dev reprit plus bas :

— Tu sais que j'aime beaucoup ce nouveau look.

— C'est-à-dire ?

— Tu sembles plus… naturelle, comme si tu n'avais pas le moindre souci.

— Cette Caitlyn-là ne sort presque jamais de la maison.

— Pourquoi pas ?

*Oui, pourquoi pas ?* Elle haussa les épaules.

— On attend plus de moi. Je suis une Lattimore, je dois faire honneur à mon nom.

Tout en parlant, elle sut qu'elle mentait. Ses parents ne lui mettaient jamais la pression et ses frères, sa sœur, ne s'encombraient pas de ce genre de règles.

— Es-tu sûre que ce n'est pas plutôt une sorte d'armure ?

— Pourquoi en aurais-je besoin ? J'ai tout ce dont je pouvais rêver, répondit-elle d'une voix trop aiguë qu'elle n'aima pas.

— Je te trouverai toujours belle, mais je crois que ce look restera mon préféré…

Il s'approcha, et elle frissonna quand il enroula une de ses mèches autour de son doigt.

— J'aime tes cheveux au naturel.

Il était assez près d'elle pour qu'elle puisse s'enivrer de son après-rasage épicé, aux notes boisées sensuelles. Pourquoi tenait-elle tant à conserver une relation platonique, déjà ? Levant les yeux sur lui, elle remarqua une minuscule coupure de rasoir sur sa mâchoire et l'effleura du bout du doigt. Il se figea un instant, puis recula d'un pas.

— Quoi ? Tu as le droit de me toucher les cheveux, mais je ne peux pas t'approcher ? demanda-t-elle, amusée – et un peu aguicheuse.

Elle avait presque l'impression d'être une nouvelle femme, avec lui. Les yeux verts de Dev s'assombrirent et elle fut traversée par un nouveau frisson. Enhardie, elle caressa ses ondulations naturelles et sourit quand il retint son souffle. Une pointe d'excitation montait en elle. Il n'utilisait clairement pas autant de produits qu'elle pour garder ses cheveux épais et brillants. Elle aimait cela. Apprécierait-il qu'elle glisse ses doigts sur son crâne avec plus de force ?

— As-tu fini ton petit manège ? demanda-t-il soudain.

Elle recula, mortifiée par le désir qui devait sans doute se lire sur son visage. Dev, lui, se rapprocha.

— Ne te méprends pas : je *veux* que tu touches mes cheveux. En fait, je veux que tu me touches, tout court.

Sa voix était plus grave, son regard plus intense. Même son corps paraissait plus chaud d'un seul coup.

— Je fais de mon mieux pour agir en gentleman, mais tu dois savoir une chose…

Il se pencha jusqu'à ce que ses lèvres caressent presque les siennes.

— Si tu as envie de moi, ce sera n'importe où, n'importe quand. Je ne te poserai pas de questions.

Elle retint son souffle. Comment devait-elle réagir ? Au fond d'elle, une voix cria : *Prends-moi ! Ici et maintenant ! Plaque-moi contre le bar, soulève ma jupe et montre-moi à quel point tu me désires !* Mais, évidemment, les mots refusèrent de sortir. Il attendit longtemps – très longtemps – puis se redressa et s'écarta. Enfin, il brisa le silence :

— Greg doit nous attendre. Rendons-lui les clés avant d'aller déjeuner.

Elle acquiesça et le suivit dans la rue. La magie de l'instant s'était évanouie. Venait-elle de rater sa chance ? Reproduisait-elle encore et toujours les mêmes erreurs ?

# - 7 -

— On se croirait presque dans un décor de film d'horreur, murmura Caitlyn.

Ils étaient installés dans la voiture de location de Dev, en attendant l'arrivée de Greg. Il était tôt, et la propriété qu'ils devaient visiter ce matin était clairement déserte. Néanmoins, ils n'avaient aucune envie d'explorer les lieux sans l'agent immobilier. Le bâtiment avait dû être un *diner*, autrefois. La grande enseigne au néon ne fonctionnait plus, mais ses lettres étaient toujours lisibles. Il y avait de larges fenêtres recouvertes de poussière et de crasse, derrière lesquelles on devinait à peine des rideaux vichy. Le parking était immense, mais sans places pour handicapés, un signe que l'endroit avait été fermé depuis bien longtemps.

— Je crois que Russ m'a donné cette liste atroce pour me punir d'être retourné à l'hôtel plutôt que de rester chez lui.

— Était-il en colère ? demanda Caitlyn.

Dev acquiesça.

— Il a pris ça comme un affront personnel. D'un autre côté, sa version du petit déjeuner est un bol de céréales sèches « à la cow-boy », comme il dit… Ce qui est une manière élégante d'expliquer qu'il ne veut pas s'embêter à garder du lait au frais.

— Tu devrais faire quelque chose pour le consoler.

— Je lui ai promis de sortir en boîte avec lui. Apparemment, il y a un club qu'il tient à me montrer. Le Lone Ranger ?

En entendant cela, Caitlyn sentit une bulle de rage irrationnelle lui monter à la gorge.

— Le Lone *Star*, corrigea-t-elle. C'est une sorte de marché de la drague, l'endroit où vont les célibataires pour trouver quelqu'un…

Dev la contempla un instant d'un œil mutin.

— Est-ce que ça te gênerait que j'y aille ?

Elle se concentra sur le dîner, de peur qu'il surprenne son regard. Il avait un don troublant pour lire en elle. Ils s'étaient rencontrés trois jours plus tôt et avaient passé énormément de temps ensemble, soit pour visiter des restaurants à vendre, soit pour manger. C'était presque une sorte de routine, à présent. Il lui envoyait un texto le matin pour lui demander si elle avait quelques heures de libre et lui proposer de se retrouver quelque part. La veille, comme elle avait été très occupée, ils s'étaient contentés de boire un café entre ses réunions et sa soirée au Texas Cattleman's Club. Elle avait même été tentée de l'inviter, pour ne pas se montrer seule une fois de plus, mais elle avait fini par renoncer. On lui aurait posé trop de questions auxquelles elle n'avait pas encore de réponses. Elle n'avait pas besoin de devenir un sujet de ragots, alors qu'on lui demandait encore ce qui avait bien pu se passer entre Jax et elle pour qu'ils se séparent.

*Jax*. L'autre raison qui l'avait empêchée de convier Dev au gala. Elle n'avait pas su s'il y serait ou non et, dans le doute, elle voulait l'affronter seule. Ils ne s'étaient pas revus depuis leur rupture et ils devaient parler. Ils s'évitaient depuis trop longtemps. Étonnamment, fréquenter Dev la rendait moins nerveuse à l'idée de le croiser.

En dépit de la tension sexuelle qui vibrait entre eux, elle n'avait aucun mal à parler avec Dev. Sans doute parce qu'il n'acceptait jamais ses excuses toutes faites. Il insistait jusqu'à obtenir de vraies réponses à ses questions. Elle avait partagé plus de choses avec lui en trois jours qu'avec quiconque. Même Jax. Bien sûr, il ne resterait pas en ville ; mais tant qu'il était là, elle ne voulait pas le partager.

— Que ferais-tu, si je répondais que je n'ai pas envie que tu y ailles ? demanda-t-elle.

Comme il gardait le silence, elle se retourna et vit qu'il la dévisageait. Depuis qu'ils avaient visité la brasserie Stevens, ils avaient gardé leurs distances. Elle aimait le voir, mais le désir et la frustration qu'elle ressentait commençaient à devenir insoutenables.

— Pourquoi ne veux-tu pas que je m'y rende, Caitlyn ?

La balle était dans son camp. Elle le savait. Mais elle avait peur de faire un pas de plus… Elle n'avait jamais été autant à l'aise avec un homme. Ils flirtaient, riaient, partageaient leurs pensées intimes et elle comprenait enfin pourquoi son psy voulait qu'elle s'ouvre plus. Elle n'avait pas envie de perdre ce lien. Que se passerait-il, s'ils couchaient ensemble et que ça ne marchait pas ? Dev serait parti dans deux semaines, à la fin du mois. Peut-être devait-elle se contenter de son amitié…

— Je ne veux plus de leçons. Je veux qu'on soit vraiment ensemble, lâcha-t-elle sans pouvoir se retenir.

Le regard brillant de Dev l'hypnotisait et elle se pencha vers lui. Il n'hésita pas un instant et s'approcha aussi. Sa main chaude se referma sur sa joue et ses lèvres se pressèrent fermement contre les siennes. Elle sentit sa langue effleurer sa peau et perdit toute notion de la réalité. Tout son corps frémit, le suppliant de la toucher. Cette fois, elle ne se retint pas, ouvrit la bouche et rencontra sa langue. Puis, sentant qu'un simple baiser ne suffirait jamais à la satisfaire, elle se contorsionna pour mieux se coller à lui.

Lorsque Dev s'écarta soudainement, elle réprima un soupir de frustration.

— Greg est là, lui glissa-t-il à l'oreille.

Elle le vit rajuster son pantalon et constata que sa robe cache-cœur était un peu de travers, dévoilant son décolleté généreux. Dev ne parut rien manquer du spectacle… Néanmoins, elle se cala sur son siège et remit ses vêtements en place.

Greg s'approcha de la voiture et tapota au carreau. Sur un dernier sourire complice, Dev et Caitlyn sortirent enfin.

Le *diner* était en si mauvais état qu'ils ne purent pas

vraiment explorer l'intérieur. Lorsque Greg tenta d'ouvrir la porte d'entrée, il découvrit que la serrure à l'ancienne était mangée de rouille et il dut forcer – à tel point que quelque chose craqua au niveau des gonds. Le plancher de la salle était fendu en plusieurs endroits et aucun d'eux ne prit le risque d'avancer. Leur guide eut un sourire navré.

— Comme je l'avais dit, la propriété est en mauvais état, mais c'est la dernière option disponible du côté ouest de Royal, à la limite de la ville. Ce bâtiment aurait sans doute été rasé s'il ne s'accompagnait pas de deux cent mille mètres carrés de terre et d'une grange encore exploitable.

Dev haussa un sourcil.

— Deux cent mille ?

Greg acquiesça et Caitlyn dut s'empêcher de glousser devant l'air hébété de son compagnon.

— On est au Texas, mon grand, dit-elle en souriant. Ce genre de propriété n'est pas rare, ici.

— Oui, je suis habitué à New York, où on mesure tout au centimètre près…

— C'est une belle parcelle, plate et dégagée. Je sais que l'Association des Femmes le loue régulièrement pour son marché aux vêtements.

— La grange donne sur *Piedmont Road*, n'est-ce pas ? demanda Caitlyn.

— Oui, et vous voyez ce sentier, là-bas ? Il conduit à travers les arbres jusqu'à la grange, justement. Puisque nous sommes là, autant y jeter un coup d'œil.

Caitlyn se tourna vers Dev.

— Je suis déjà entrée dans ce bâtiment et il est assez sympa. Peut-être que ton restaurant pourrait s'installer là.

— Vraiment ?

Il n'avait pas l'air convaincu…

— En tout cas, on peut toujours aller voir, ajouta-t-elle.

— Très bien, reprit Greg. Je vous laisse partir devant. J'ai quelques appels à passer. Il faut qu'on répare cette porte avant que quelqu'un se fasse mal.

Puis, leur tendant les clés, il ajouta :

— Celle-ci ouvre la porte secondaire. Vous n'aurez qu'à poser le trousseau à mon bureau quand vous aurez fini. Faites attention aux bestioles.

Comme Dev paraissait encore sceptique, Caitlyn lui prit le bras et l'entraîna sur le sentier à moitié envahi par des herbes hautes.

— Es-tu sûre d'être habillée pour ça ? demanda-t-il en pointant ses sandales et ses jambes nues.

Elle hocha la tête, sans ralentir. Une idée lui était venue lorsque Greg avait mentionné la grange, mais Dev ne comprendrait qu'une fois sur place. Elle le guida donc à travers le bosquet et, en émergeant dans le pré voisin, sec et jauni, ils découvrirent la silhouette de l'immense grange, à une vingtaine de mètres devant eux.

— Waouh, on se croirait sur la couverture de *Farm and Country* ! murmura-t-il.

Caitlyn fut ravie de constater que c'était bien l'endroit dont elle se souvenait. De l'extérieur, la grange était l'image même des bâtiments fermiers du sud – haute sous son toit gris, avec des fenêtres aux volets soulignés de renforts blancs. La peinture, autrefois rouge, était devenue presque brune et, en s'approchant, on pouvait voir que les planches des grandes portes coulissantes avaient souffert du soleil. Ils contournèrent un angle et trouvèrent l'entrée secondaire dont Greg avait parlé. Le cadenas ne résista pas.

À l'intérieur, l'espace vertigineux sentait la terre et la sève de pin. Il avait dû servir récemment, car des dalles de caoutchouc étaient posées par terre et de longues tables occupaient le centre de la pièce. Quelques cartons traînaient dans les coins mais, dans l'ensemble, tout était propre. L'odeur de pin artificielle provenait de plusieurs désodorisants accrochés sous les poutres de la mezzanine à foin. Caitlyn sourit. Il n'y avait que l'Association des Femmes pour tenter ainsi de chasser le parfum de la terre ! Elle alla déverrouiller les immenses portes coulissantes, laissant le soleil et l'air frais pénétrer dans la grange.

— J'ai eu une idée folle, commença-t-elle.

Dev sourit.

— Je t'écoute.

Il ne paraissait pas critique, juste sincèrement intéressé, et elle fit de son mieux pour ne pas se laisser troubler par ses yeux pétillants, dans la lumière vive. Sans doute avait-il surtout hâte de reprendre ce qu'ils avaient dû interrompre dans la voiture – elle aussi. Après tout, la grange était déserte et étrangement romantique…

— Cette ville possède déjà beaucoup de restaurants de luxe. Et si tu choisissais plutôt d'ouvrir un lieu plus convivial et familial ? Imagine des tables ici, où les parents pourraient profiter de ta cuisine indienne, tandis qu'un terrain de jeu permettrait aux enfants de gambader dehors tranquillement. Tu pourrais même installer une cuisine à moitié extérieure : un four tandoor en plein air pour que ton chef y cuise des naans frais à la demande.

— On dirait que quelqu'un s'est renseigné sur la gastronomie indienne…

Elle sourit, timidement. Oui, elle avait fait pas mal de recherches, mais elle n'osait pas lui avouer combien de temps elle avait passé à se familiariser avec sa culture. Elle avait appris que *chai* signifiait thé, donc parler de « thé chai » était un pléonasme ; tout comme *naan* signifiait pain, donc il était inutile de dire « pain naan ». En fait, il lui avait posé tant de questions sur elle qu'elle n'avait pas encore pu parler de son héritage à lui, et elle avait voulu se rattraper.

— J'aime ton idée, mais rénover cet endroit risque de coûter cher… J'étais parti sur un projet de chaîne de luxe. J'ai du mal à imaginer les clients du RCW ou les ranchers de cette ville venir manger dans une grange. À New York, oui : les gens sont prêts à aller loin pour ce type d'expérience. Mais ici, n'aurait-on pas l'impression de dîner dans sa propre cour de ferme ? Non, mieux vaut tabler sur un établissement plus huppé.

Il n'avait pas entièrement tort, et Caitlyn fut un peu déçue.

— Hé, ça ne va pas ? demanda-t-il en s'avançant pour la regarder dans les yeux.

Comment pouvait-il lire en elle aussi facilement ? Elle secoua la tête, n'osant pas parler.

— Il y a un problème : je le vois à ton regard.

Il posa les mains sur ses épaules et ce contact l'embrasa.

— Je crois que je tiens à te trouver une propriété sur Royal pour que tu puisses y rester plus longtemps…

— Apprécies-tu vraiment ma compagnie à ce point ? dit-il avec un sourire.

Elle releva la tête pour croiser son regard et passa les doigts le long de sa mâchoire, puis sur sa lèvre. Enfin, elle prit son visage et l'attira à elle. Leurs bouches se rencontrèrent avec force et toutes les secondes passées à réprimer son propre désir annihilèrent ses dernières inhibitions.

Elle glissa les mains dans sa nuque, le serra plus fort, se plaqua à lui. Dans ses chaussures plates, elle devait se hisser sur la pointe des pieds, même s'il était penché sur elle. Son corps se moulait à la perfection contre le sien. Une flamme brûlait entre ses cuisses, comme un écho à l'érection évidente qu'elle sentait sous le pantalon de Dev. Il la prit par la taille et elle donna un petit coup de reins, incapable de contrôler la pulsion sensuelle qui l'envahissait.

Glissant les mains sous ses fesses, il la souleva de terre. Elle noua ses jambes autour de ses hanches, savourant la fermeté chaude de son sexe. Jamais encore elle n'avait connu un tel désir, une telle fièvre. Sa culotte était humide et une pulsation presque douloureuse battait au creux de ses jambes. Dev la porta jusqu'à la table la plus proche et l'assit dessus. Il l'embrassait toujours. Elle chercha sa main à l'aveuglette, mais il avait un peu d'avance sur elle et posa sa paume sur son genou, avant de remonter le long de sa cuisse.

Caitlyn gémit, se cambra pour l'encourager. Elle avait toujours les doigts crispés dans sa nuque et ne bougea que pour caresser son torse. Passant une main entre eux, il atteignit sa culotte de soie et elle gémit plus fort. Ce contact la soulagea – pour un temps… Elle finit par s'arracher à ses lèvres, le temps de murmurer :

— J'en veux plus, Dev !

Il n'hésita pas. Écartant ses sous-vêtements, il plaqua son pouce à l'endroit le plus sensible. Une vague de chaleur déferla en elle, lui coupant le souffle. Il déposa une série de baisers gourmands dans le creux de son cou, tout en dessinant de petits cercles sur son clitoris.

— Encore, dit-elle d'une voix rauque.

Elle avait besoin de le sentir en elle, l'emplissant, assouvissant tous ses désirs.

Il la pénétra d'un doigt, tout en poursuivant ses caresses excitantes. Elle soupira, attrapa les plis de sa chemise de peur de perdre l'équilibre. Tout son corps vibrait de plaisir.

— J'ai besoin de toi…

Elle le suppliait à présent. L'orgasme était si proche ! Elle lui offrit sa poitrine, qu'il embrassa après avoir tiré sur le col V de sa robe. En quelques secondes, le lien qui la maintenait fermée fut dénoué et les pans s'écartèrent, révélant son corps. Il écarta les bonnets de dentelle de son soutien-gorge pour gober son téton. Et elle se laissa emporter.

Lorsque les dernières vagues d'extase se calmèrent, elle laissa retomber son front contre le torse de Dev. Elle avait eu ce qu'elle désirait, et pourtant, ce n'était pas encore assez. Lorsqu'il retira sa main d'entre ses cuisses, un grognement déçu lui échappa.

— Je suis désolée. Je ne t'ai pas attendu, chuchota-t-elle, un peu gênée.

Elle avait été si pressée d'atteindre l'orgasme qu'elle n'avait pas pensé à lui. D'ailleurs, jamais elle n'aurait imaginé pouvoir jouir aussi vite…

Il embrassa son lobe et un nouveau frisson la traversa. Elle effleura son sexe toujours dressé à travers son pantalon. Alors, enhardie, elle commença à déboucler sa ceinture. Peut-être que sa malchance avec les hommes allait prendre fin, cette fois. Si Dev était encore excité alors qu'elle avait déjà atteint son plaisir, tout espoir était permis. Peut-être n'était-elle pas aussi *froide* qu'elle l'avait toujours cru…

Sa main trembla un instant, et Dev la saisit avec douceur.

— Caitlyn, non.

Elle se figea. Il ne voulait pas d'elle. Il l'avait touchée parce qu'elle le lui avait demandé – parce qu'elle l'avait *supplié*. Mais il n'avait pas envie de poursuivre.

Elle s'écarta de lui, rajusta ses sous-vêtements, puis sa robe. Elle respirait trop vite et son cœur tambourinait encore ; elle n'y pouvait rien. Tout recommençait. Comment avait-elle pu oublier que toutes ses relations étaient identiques ? Comment avait-elle pu penser que les choses seraient différentes avec Dev ? *Parce que ça l'avait été, jusque-là…*

— Hé, tout va bien ? demanda-t-il. Est-ce que je suis allé trop loin ?

Elle garda les yeux baissés de peur qu'il voie les larmes perler au coin de ses paupières, et secoua la tête. Sans un mot, elle bondit de la table, manquant de trébucher. Il la rattrapa, lui releva le menton et l'obligea à soutenir son regard.

— Ai-je fait une erreur ?

Voyant soudain ses pleurs, qu'elle ne pouvait retenir, il soupira et parut presque angoissé.

— Oh ! mon Dieu ! Est-ce que je t'ai fait mal ? Que se passe-t-il ? Je t'en supplie, parle-moi.

Voilà qu'elle empirait les choses. *Pourquoi suis-je incapable de me contrôler ?* Elle n'avait plus qu'une solution : se réfugier une fois de plus sous son armure et préserver au moins sa dignité.

— Si tu ne voulais pas sortir avec moi, il suffisait de le dire, répondit-elle avec tout le calme qu'elle put conjurer.

— Quoi ? C'est ce que tu crois ?

Il l'attira dans ses bras et la serra contre lui.

— Est-ce que tu as l'impression que je me force ?

*Non, au contraire…*

— Alors, pourquoi as-tu refusé que j'aille plus loin ?

Il déposa un baiser tendre sur son front, puis sa joue. En dépit de sa douleur, Caitlyn ne put s'empêcher de se nicher dans le creux de son épaule, là où elle se sentait protégée.

— Je ne veux pas que notre première fois ait lieu dans une vieille grange, dit-il. Traite-moi de fleur bleue, mais je veux que cet instant soit spécial. Je veux prendre mon temps pour m'occuper de toi comme tu le mérites…

Il mordilla son lobe, le souffle brûlant, et elle s'abandonna en gémissant. *Je ne veux pas attendre. J'ai envie de toi.*

— J'aimerais te voir nue et sentir tes mains sur moi, reprit-il. J'aimerais que nous ayons toute la nuit devant nous pour en profiter, pas que nous nous contentions d'un instant volé. Ce soir… ?

Oh ! comment aurait-elle pu refuser une telle offre ?

# - 8 -

— Non, Maman ! Je n'ai pas regardé sa bio et ça ne m'intéresse pas ! s'écria Dev, plus frustré que jamais.

Sa mère l'avait appelé en vidéo, ce qui l'empêchait de prétendre qu'il avait une réunion – elle avait flairé le piège depuis longtemps, de toute manière, et ne s'y laissait plus prendre.

— Dev, tes cadets sont tous mariés. J'ai parlé au *Pandit-ji* et il dit que les étoiles te sont favorables : c'est le moment.

— Je n'ai que vingt-huit ans, Maman. Je compte lancer mon entreprise, pas endosser des obligations familiales.

— Ton père avait vingt ans quand il m'a épousée. Crois-tu que ça l'ait empêché de bâtir un empire ? Pourquoi vois-tu les conjoints comme des poids ?

*Parce que ceux de mes cadets les ont épuisés, financièrement et émotionnellement.* Il aimait son frère et sa sœur, mais il les avait vus abandonner leurs rêves un par un pour céder à la pression de leurs couples. Son frère ne voulait pas d'enfants, et sa femme l'avait convaincu d'en faire deux. Sa sœur, carriériste chevronnée, avait accepté de rester à la maison pour s'occuper des parents de son mari. Dev ne voulait pas vivre ça à son tour. Il avait un projet bien précis qui exigeait qu'il reste libre de toute attache.

*Vraiment ? Et que fais-tu avec Caitlyn ?* Il chassa cette pensée. Dès le premier jour, il avait été clair : il ne resterait pas longtemps à Royal.

— Peu importe, reprit-il. Je vois quelqu'un.

C'était un aveu dangereux, et il le savait. Mais ça lui permettrait aussi d'obtenir un court répit, le temps de rentrer à New York, où il éviterait sa mère *en personne* et pas juste au téléphone.

— Ah, bonne nouvelle ! Tu m'envoies sa photo ?

Dev leva les yeux au ciel.

— Pourquoi ne pas me demander quel genre de femme elle est, Maman ? Tu ne t'intéresses qu'à la beauté !

— *Aaare*, crois-tu que je ne te connais pas ? Tu veux l'impossible, chez une femme. Elle doit être intelligente, gentille, douce, et je ne sais quoi encore... Toutes les déesses des Vedas combinées ne suffiraient pas à te satisfaire ! Alors, si celle-ci a réussi à retenir ton attention, c'est qu'elle doit être spéciale et je veux voir sa photo.

Hélas, il savait pourquoi sa mère insistait tant. Elle voulait s'assurer que Caitlyn soit bien réelle, et comprendre quel genre de femme l'attirait. Sans doute était-ce une très mauvaise idée, mais il aurait été prêt à tout pour raccrocher au plus vite.

Il avait déjà proposé à Caitlyn de venir visiter avec lui une nouvelle propriété et elle avait accepté. Il avait hâte de la rejoindre... Mais chaque chose en son temps.

Il téléchargea l'une de ses photos sur son ordinateur. Comme elle siégeait dans plusieurs comités locaux, il était facile de trouver des portraits d'elle en ligne. Son préféré ressemblait à une photo d'album de lycée, cadré de près, sur lequel elle souriait avec douceur. Elle avait sans doute tenu à avoir l'air sérieuse, mais il adorait son innocence sensuelle, son maquillage discret, le rang de perles qui soulignait son long cou et ses cheveux qui tombaient en vagues sur ses épaules. Ils ne s'étaient quittés que quelques heures plus tôt, et, déjà, il était pressé de la revoir. Il avait même prévu leur soirée dans les moindres détails.

Elle lui avait donné une idée, ce matin, et il avait appelé Greg qui lui avait trouvé un lieu prometteur. Dev l'avait déjà vu et comptait y retourner avec elle. Ensuite, ils prendraient un plat chez son italien préféré et rentreraient dans sa chambre d'hôtel – où il espérait bien l'avoir toute à lui jusqu'au lendemain soir.

Il partagea le portrait avec sa mère, qui poussa un cri d'admiration.

— *Wouah !* Tu as bon goût, mon fils. Elle est très belle.

Pourquoi l'approbation de sa maman le toucha-t-elle à ce point ? Il ne le savait pas – et cela lui déplut un peu. Il essayait de devenir indépendant mais, au fond de lui, il restait un petit garçon qui voulait plaire à ses parents…

— Est-elle indienne ?

Il tressaillit. Il avait espéré pouvoir éviter ça. Il savait ce que sa famille pensait : on voulait qu'il épouse une femme venant du même pays que lui, partageant sa culture. Son frère, sa sœur et lui avaient beau être nés aux États-Unis, vivre à l'américaine, leurs parents étaient convaincus que seuls des conjoints indiens pourraient comprendre leurs valeurs et leurs liens si étroits. Avant même de rencontrer Caitlyn, Dev n'avait pas été d'accord ; et en la connaissant mieux, il n'avait pas changé d'avis. Elle aussi plaçait toujours sa famille avant elle. Elle l'avait apparemment fait depuis son adoption. Ces valeurs étaient peut-être plus ancrées chez elle que chez lui…

— Non, répondit-il.

— Pourtant, elle n'est pas blanche. D'où vient-elle ? Du Mexique ?

Fidèle à ses habitudes et à son manque de tact légendaire, sa mère n'essayait même pas d'édulcorer ses questions…

— Non plus.

— Dev, reprit-elle d'une voix tendue et soudain moins patiente.

— Elle est métisse, Maman, soupira-t-il. À moitié blanche et à moitié afro-américaine.

Un silence accueillit sa réponse. Quand sa mère parla enfin, ce fut encore pire que ce à quoi il s'attendait.

— Essaies-tu de me punir, fils ?

Il ne dit rien. De toute manière, c'était une question rhétorique. Il se contenta de soutenir le regard offensé de sa mère. Elle n'avait que quarante-huit ans, s'étant mariée à dix-huit avant de l'avoir deux ans plus tard. Pourtant, elle paraissait encore dans la trentaine, avec sa peau lisse et son maquillage soigné. Elle portait des diamants aux oreilles tandis qu'une coloration brune aux reflets brun-rouge cachait ses premiers cheveux blancs. Dev avait hérité ses yeux verts mais, en cet instant, le simple fait de la voir le fit frémir.

— Sais-tu ce qui se passera pour nous, ce que penseront nos amis, si tu épouses une femme noire ?

Il ne prit même pas la peine de corriger son erreur. En fait, il ne savait même pas à quelle ethnie Caitlyn s'identifiait et il s'en moquait. Ce n'était pas le plus important.

— Tu es le célibataire le plus demandé de notre communauté, Dev. Tu pourrais avoir n'importe quelle fille *du* monde ! Je reçois au moins trois propositions par jour, tu sais : des jeunes femmes éduquées, bonnes, belles. Des femmes qui connaissent notre langue et notre culture, qui pourraient les transmettre à tes enfants. Certes, je t'ai laissé le champ libre en pensant que tu avais besoin de vivre ta vie de jeune homme – et si c'est de ça qu'il s'agit, aucun problème. Mais laisse-moi te dire une chose : tu *n'épouseras pas* une fille qui ne serait pas indienne !

— Maman ! cria-t-il, exaspéré. Qui parle de mariage ? Nous sortons juste ensemble !

Il se sentait un peu lâche d'éluder le sujet ainsi, mais il n'était pas d'humeur à poursuivre cette conversation. Il connaissait bien ses parents et ne lutterait contre leurs préjugés que lorsqu'il aurait une vraie raison de le faire. Pour l'instant, il n'envisageait pas de se marier et Caitlyn n'était de toute manière pas une prétendante sérieuse : elle était liée à Royal, corps et âme. Jamais elle ne quitterait cette région pour qui que ce soit.

Clairement rassurée, sa mère sourit.

— Dans ce cas, amuse-toi, mon fils. Tu sais que je suis très moderne, sur ce point… Tant que tu n'oublies pas ce qu'on attend de toi.

*Comment pourrais-je l'ignorer ?*

Il parvint enfin à se débarrasser de sa mère en planifiant

leur prochain appel vidéo et en lui promettant de lire la bio de la dernière femme qu'elle souhaitait lui présenter. Il s'agissait d'un profil de rencontre détaillé avec sa photo, ce qu'elle aimait et n'aimait pas, son CV… Il attendrait un jour ou deux, puis se contenterait de lui dire qu'elle ne lui convenait pas – comme d'habitude. Comme ils ne se parleraient pas immédiatement, elle aurait le temps de calmer sa colère.

Alors qu'il venait de raccrocher, son portable sonna, lui rappelant que Caitlyn attendait encore l'heure de leur rendez-vous. Il s'empressa de répondre.

— À qui écris-tu ? demanda Alice d'un air soupçonneux.

Soudain coupable, Caitlyn éteignit son téléphone avant que son amie ait pu lire le message par-dessus son épaule. Elles étaient dans sa chambre, qui n'avait pas changé depuis que sa mère l'avait fait redécorer dans son adolescence. Il y avait toujours le même grand lit avec sa tête molletonnée grise, orné de ses oreillers argentés et de son édredon assorti. Un petit divan était placé sous la fenêtre et deux chaises venaient encadrer la table basse pour donner à ce coin de la pièce des allures de salon douillet. Caitlyn et son amie étaient néanmoins assises en tailleur sur le lit, comme autrefois. Elles n'avaient pas fréquenté le même lycée : Caitlyn avait été envoyée dans une école privée tandis qu'Alice avait étudié dans le public. Néanmoins, dès leur rencontre à la fac, leurs racines communes les avaient rapprochées. Plus d'une fois, Caitlyn avait regretté de ne pas avoir connu Alice avant Jax… Avec elle, elle n'aurait pas eu besoin d'un autre ami.

— On en est à combien ? demanda-t-elle pour changer de sujet.

Alice leva les yeux au ciel.

— Peu importe ! Il en reste au moins un million à faire… Je n'arrive pas à croire que tu m'aies enrôlée !

— C'est pour une bonne cause.

Elles étaient en train de préparer des sachets de snacks pour les enfants placés, qui n'avaient pas toujours de goûters pendant les week-ends. En général, les ados du coin s'en chargeaient, mais comme le bal de promo approchait, Caitlyn manquait de bras. L'un des organismes caritatifs qu'elle dirigeait pour les Lattimore était à l'origine de cette initiative. D'ailleurs, Alice ne se plaignait pas *vraiment* : c'était elle qui s'était proposée pour lui donner un coup de main.

— Tu sais, je reste convaincue que tu devrais laisser une chance à mon frère, dit-elle.

— Je ne l'intéresse pas, lui rappela Caitlyn.

— Écoute, je connais Dev. Russ l'invitait toujours pour Thanksgiving, car ses parents ne le fêtent pas. Il est vraiment gentil, mais il ne se casera jamais tant qu'il n'aura pas lancé son entreprise. Il nous l'a dit plus d'une fois.

— Qui parle de se caser ? Je lui ai juste demandé de m'aider à être plus à l'aise avec les hommes. N'est-ce pas ce que tu voulais ?

— Non ! Je voulais que tu sortes avec un type bien. Comme Russ.

— Celui qui enchaîne les conquêtes sans lendemain ?

Caitlyn ne put cacher son agacement. Parfois, Alice semblait oublier qu'elle passait son temps à se plaindre du comportement de son frère…

— Il a changé. Il est prêt à se ranger pour de bon.

— Non, *tu* veux qu'il change et se range. Nuance.

Son amie lui lança un regard blessé et elle s'adoucit. Après tout, n'aurait-elle pas défendu ses propres frères avec la même véhémence, à sa place ?

— Russ est un homme bien, je n'en doute pas ; mais j'ai du mal à le voir autrement que comme un ami. Il n'y a pas d'étincelle entre nous, tu comprends ?

Hélas, Alice ne sembla pas convaincue.

— Je ne veux pas que ça altère notre relation, insista Caitlyn. Comment te sentirais-tu, si j'essayais de te caser avec un de mes frères alors que tu n'en as pas envie ? Peut-on enfin laisser tomber cette histoire ?

— OK, j'abandonne. Alors, l'homme-mystère à qui tu viens d'écrire, c'est Dev ?

— Oui, soupira Caitlyn.

— Je le savais !

— Un homme-mystère ? Waouh !

Caitlyn se retourna d'un bond et découvrit Alexa sur le seuil. Ses longues boucles brunes étaient lâchées et elle portait un T-shirt gris assorti d'un short moulant – sa tenue de sport habituelle. *Bon sang…* La dernière chose dont Caitlyn avait besoin était bien que sa sœur se mette à l'interroger. Alexa était rarement à la maison et elle n'avait pas envie de gâcher ses courts passages en dissertant sur sa vie sentimentale.

Hélas, celle-ci se tourna vers Alice, consciente qu'il serait plus facile de lui tirer les vers du nez.

— Ça fait plaisir de te voir, dit-elle en s'asseyant pour les aider à remplir leurs sacs. Alors, ma petite sœur a un amant secret… On dirait que j'ai bien choisi mon week-end pour rentrer. Je veux tout savoir !

Alexa avait toujours intimidé Alice – sans doute était-ce son autorité d'avocate. Celle-ci se dandina, gênée.

— C'est ce que j'essaie de découvrir aussi. Elle ne veut rien me dire. Peut-être que *tu* pourrais la faire avouer.

*Rusée.* Caitlyn fusilla son amie du regard, mais elle savait déjà que sa sœur n'abandonnerait pas.

— Alice sait tout, au contraire, dit-elle. Ce n'est pas un secret : il s'appelle Dev Mallik et il est le meilleur ami de Russ. Je l'ai rencontré chez elle, l'autre soir.

— Mais encore ? Comment est-il ?

— Il est gentil. Il voudrait ouvrir un restaurant à Royal et j'ai accepté de lui montrer la ville. Nous avons dîné ensemble cinq ou six fois et on s'appelle de temps en temps. C'est tout.

Les deux autres échangèrent un regard entendu et parfaitement exaspérant. N'étaient-elles pas censées la soutenir ?

— Qu'y a-t-il ? demanda-t-elle.

— Tu l'as rencontré il y a deux semaines et tu l'as déjà vu cinq ou six fois, déclara Alexa sans cacher sa surprise.

En fait, Dev et elle s'étaient vus bien plus souvent, mais il était hors de question de donner plus d'armes aux filles contre elle. Au fond, leurs rendez-vous platoniques étaient de plus en plus frustrants… Dev avait tenu parole. Certes, ils s'étaient parfois effleurés par accident mais, jusqu'à ce matin, rien d'autre n'était arrivé. Ils s'étaient contentés d'écumer les bonnes tables de la ville comme deux critiques culinaires et avaient compris que Dev allait devoir offrir quelque nouveauté extraordinaire s'il voulait trouver sa place à Royal. Le seul hic, c'était que les propriétés repérées par Russ ne lui avaient pas plu – ni celles de la liste fournie par Greg.

Puis, ce matin, tout avait changé. Était-ce parce qu'il risquait de partir plus tôt que prévu, s'il ne trouvait pas son bonheur en ville ? Ou bien parce que la tension sexuelle qui vibrait entre eux était devenue insoutenable ? Quoi qu'il en soit, Caitlyn était prête à passer à la vitesse supérieure. Elle devait savoir si leur fausse liaison pouvait en devenir une vraie. Et ce soir serait un test.

— Allô ? La Terre appelle Caitlyn, lança Alexa en claquant des doigts devant ses yeux.

Elle se secoua.

— Oui, je suis sortie quelquefois avec lui, et alors ? Je l'aide à connaître Royal et il m'apprend à discuter plus sereinement en public. Ce n'est pas comme si nous allions nous marier ! C'est une amitié temporaire.

— Pour toi, autant de rencards d'un coup, c'est du sérieux, ma chérie, dit Alice.

*Et c'est bien ce qui m'inquiète*, songea-t-elle.

— Il pense prolonger son séjour.

Elle ne savait pas si c'était vrai, mais elle espérait le convaincre, en tout cas – si tout se passait bien cette nuit.

— Vraiment ? Je croyais qu'il voulait rentrer à New York dès qu'il aurait trouvé le lieu idéal pour son projet.

— Et il reviendra de temps en temps pour suivre l'avancée de son commerce, répliqua Caitlyn avec un peu trop de virulence. Nous pourrons nous revoir.

— Je croyais que c'était temporaire, glissa Alexa.

Caitlyn étouffa un juron. Bien sûr, son avocate de sœur avait mis le doigt sur la faiblesse de son argument…

— Écoutez, je sais que vous voulez m'aider, mais je suis assez grande pour savoir ce que je veux. Je sais très bien que Dev n'est pas d'ici et qu'il va partir. Je sais que ce que nous vivons ensemble ne durera pas et je n'ai pas besoin qu'on me le rappelle. Je ne suis pas une ado amoureuse !

Alice s'éclaircit la voix :

— Il y a quand même une chose que tu devrais savoir à son sujet…

Cette fois, Caitlyn perdit son calme.

— Eh bien, dis-le !

Les deux autres la dévisagèrent, sans commenter son ton cassant pour autant.

— Russ voulait que je sorte avec lui, autrefois, parce qu'il est gentil et que mon frère sait que j'aimerais me marier. Mais Dev lui a dit qu'il ne pouvait épouser qu'une Indienne. Apparemment, sa famille est très traditionnelle.

À ces mots, le cœur de Caitlyn se serra. Dev et elle n'avaient certes jamais mentionné le mariage, mais elle avait conscience qu'ils n'avaient fait que tourner autour du pot. Il parlait souvent de ses parents, des attentes qui pesaient sur lui – professionnellement, jamais en termes de sentiments.

— Ouh là ! Une seconde, les filles ! Tout le monde me pousse à sortir plus souvent et, dès que je fréquente un homme, vous parlez de mariage ? C'est un peu rapide !

Alice et Alexa eurent au moins la décence de paraître honteuses.

— Désolée, ma chérie, dit son amie. Je voulais juste éviter

que tu souffres. Je ne t'ai jamais vue passer autant de temps avec un homme, à part Jax. Russ dit que Dev ne parle plus que de toi et j'ai peur que les choses aillent trop vite entre vous. Je n'ai pas envie qu'il te brise le cœur.

— En tout cas, ajouta sa sœur, je suis contente que tu aies enfin tourné la page.

— Combien de fois dois-je répéter que j'ai oublié Jax ? soupira Caitlyn en faisant de son mieux pour rester calme.

Elle avait été brisée par son ex, mais pouvait-on la blâmer pour ça quand on connaissait leur passé commun ?

Alexa se pencha pour lui prendre la main.

— Quand tu avais six ans, tu aimais un cheval de tout ton cœur. Comète. Tu te souviens ?

Oh oui, bien sûr ! Comète avait été un appaloosa magnifique, avec des taches brunes et une crinière dorée.

— Tu le montais par tous les temps, mais il est tombé malade et nous avons dû le piquer. Tu as été dévastée. Quoi qu'on te dise, tu refusais de croire qu'il était incurable.

— J'étais gamine, lui rappela Caitlyn.

— Et tu as passé deux jours dans son box pour empêcher le vétérinaire de l'emmener. Tu pensais qu'il guérirait seul, que ton amour suffirait à lui rendre ses forces. Papa ne voulait pas t'arracher à lui et nous avons attendu que tu tombes d'épuisement pour laisser le véto le prendre.

— Quel est le rapport avec Dev ?

Elle avait hâte de mettre fin à cette conversation.

— Aucun. C'est de toi que je parle, reprit Alexa avec douceur. Tu as beaucoup d'amour en toi et tu le donnes à tous ceux auxquels tu tiens. Parfois même, tu en donnes trop. Je savais que les choses allaient trop vite avec Jax et pourtant je n'ai rien dit. Aujourd'hui, je le regrette.

Caitlyn prit une profonde inspiration.

— Je ne suis pas un bébé fragile, Alexa. Je sais que je suis aimée et soutenue par vous tous… mais vous devez me faire confiance. Je sais ce que je fais. Je sors avec un gars qui partira bientôt, juste pour passer un bon moment et apprendre à flirter.

Elle fit tout son possible pour paraître détendue, alors que son estomac se nouait douloureusement.

Avait-elle vraiment réfléchi à sa relation avec Dev ? Elle avait été si charmée par leur amitié facile, si inquiète de voir ce rêve voler en éclats sans prévenir qu'elle n'avait jamais pris le temps d'envisager l'inverse… *Et si ça se passait bien ?*

# - 9 -

— Une petite demoiselle comme toi ne devrait pas charrier ces grosses boîtes, cria le vieux Fred.

Caitlyn posa ses cartons contenant les snacks emballés.

Le vieux Fred était à sa place habituelle, derrière son comptoir de bois. Sa boutique ressemblait plus à une épicerie de station-service qu'aux élégants magasins qui l'entouraient, mais elle avait été là depuis la naissance de Royal et personne ne dirait jamais au vieil homme comment tenir son commerce. Il proposait des produits alimentaires de base, des gadgets, des outils, tout ce dont on pouvait avoir besoin au pied levé dans une ville comme celle-ci. Il avait aussi une cave de connaisseur – vins et whiskies – qui incitait l'élite de Royal à passer sa porte. Bref, c'était le seul endroit où tous les résidents, riches et pauvres, se retrouvaient.

— Je ne suis pas aussi fragile que j'en ai l'air, répondit Caitlyn. Puis-je les laisser ici ? Yolanda a promis de passer les prendre demain matin.

— Inutile de demander : tu sais que je ferais n'importe quoi pour ces gosses.

Il appela un de ses employés pour qu'il aide la jeune femme, puis prit une canette de soda et la lui tendit. Caitlyn sourit et l'ouvrit avec soin pour ne pas s'éclabousser. C'était leur tradition, depuis son enfance. Sa mère lui refusait ces boissons pleines de sucre, mais le vieux Fred lui en offrait toujours en douce.

— Tu viens de rater Jax, dit-il.

Elle sursauta et jeta un regard autour d'elle.

— Ne t'en fais pas, il est parti.

Était-elle déçue ou soulagée ? Ils s'évitaient depuis un an, déjà, et elle avait besoin de tourner la page pour de bon.

— Tu ne m'as jamais dit ce qui s'est passé entre vous, reprit le vieux Fred d'une voix paternelle.

Elle se pencha et déposa un baiser sur sa joue.

— Comme tu le dis souvent : feu d'artifice un jour, pétard mouillé le lendemain. C'était un peu ça…

— Tu ne m'en diras pas plus, hein ?

Elle hocha la tête, le remercia pour le soda et sortit. Au moment où elle passait la porte, elle percuta quelqu'un de plein fouet et faillit renverser sa canette encore à moitié pleine. Elle balbutia des excuses et s'apprêtait déjà à repartir quand une voix trop familière lança :

— Je vois que le vieux Fred te gâte toujours !

Elle se figea, pétrifiée, puis leva lentement les yeux.

— Jax.

Il lui sourit, mais elle ne put se résoudre à l'imiter. Il portait un short de basket et un T-shirt, comme souvent. Ses cheveux avaient été coupés récemment. Ils se dévisagèrent longuement, sans savoir quoi dire.

— Je crois que nous devrions parler, finit par murmurer Jax. Nous nous fuyons depuis trop longtemps. On ne peut pas continuer comme ça.

Elle acquiesça. Sans un mot, elle le suivit dans le parc – jusqu'à leur banc. Celui sur lequel ils venaient faire leurs devoirs. Là où il lui avait annoncé que Ben Lattimore lui avait offert une place dans son école privée pour qu'elle y ait un ami ; et là où ils s'étaient retrouvés quand il était revenu de la fac. C'était le banc sur lequel ils s'étaient embrassés pour la première fois et l'endroit où ils s'étaient finalement séparés.

Caitlyn avait la gorge nouée. Elle ne savait pas par quoi commencer, quoi dire. Jax, lui, semblait avoir tout préparé.

— Écoute, je suis vraiment désolé de la manière dont notre histoire s'est finie. Je n'aurais pas dû partir comme ça, ou te dire toutes ces choses. J'espère que tu les as oubliées.

Au contraire, elle avait revécu chaque instant de cette soirée dans sa tête pendant des mois.

— Le pensais-tu ? Ce que tu as dit ?

Elle n'aima pas sa voix trop aiguë, mais elle avait besoin de savoir s'il avait été sincère, dans sa colère. Comme il ne répondait pas, elle insista :

— Nous avons été amis pendant des années, Jax. J'ai besoin d'entendre la vérité.

— Ton père a peut-être tout fait pour que j'aille à l'école avec toi, il m'a demandé d'être ton ami ; mais il n'a pas fait naître mes sentiments pour toi. Tu l'as fait. Tu étais la seule à m'accepter, dans cet établissement coincé. Étant l'un des rares Noirs et le seul qui ne pouvait aller passer l'été en Europe ou ailleurs, j'étais intimidé. Mais tu m'as donné confiance en moi, tu m'as convaincu que j'avais ma place. C'est pour ça que je t'ai aimée, pas parce que ton père m'a payé pour ça.

Elle eut un petit sourire triste.

— Tu étais le seul camarade que j'appréciais, dans cette école. Me lier à toi a été facile.

— Si je t'ai dit que ton père avait payé mes frais d'inscription, c'est parce que je ne voulais pas que tu l'apprennes de quelqu'un d'autre. Par contre, je ne t'ai pas dit que tu étais plus que ma meilleure amie : j'étais amoureux de toi depuis toujours. Hélas, ma mère bossait pour vous. Si les choses s'étaient mal passées entre nous, ça aurait ruiné ma famille. Je n'avais pas le choix et je me suis tu.

— C'est justement ce qui nous a rapprochés, à ton retour de la fac, non ?

— C'est le problème. Quatre ans avaient passé et je n'étais plus le même. J'espérais que tu avais changé aussi.

— Qu'est-ce que ça veut dire ?

— Tu te souviens de Declan Grayson ?

À ce nom, les joues de Caitlyn s'échauffèrent.

— C'était au lycée, Jax !

— Oui, en première. Tu étais folle de lui, tu faisais tout

ce qu'il exigeait puis, sans prévenir, tu l'as plaqué. J'ai essayé de te poser des questions et tu as toujours refusé de répondre.

— Est-ce à cause de ça ? Un stupide secret d'ado…

Il secoua la tête mais elle ne lui laissa pas le temps de poursuivre et lança :

— Tu veux savoir ce qui s'est passé avec lui ? Je l'aimais bien, je suis sortie avec lui, mais il a fini par me demander d'aller plus loin que je ne le voulais – sexuellement. J'ai dit que je préférais attendre. Il m'a pressée. Je l'ai quitté. Excuse-moi de ne pas avoir eu envie de dévoiler des choses aussi intimes à mon meilleur ami, un *garçon* !

Un nœud pénible se forma dans son estomac. Avait-elle vraiment raison de parler avec lui ? Qu'espérait-elle retirer de cette conversation ? Elle connaissait bien le problème, avec Jax : c'était le même depuis toutes ces années.

— J'étais déjà au courant, Caitlyn, soupira-t-il. Declan a raconté à toute l'école que tu étais une prude – et d'autres choses moins polies encore. Ce n'est pas pour ça que j'en parle. Je voulais dire que tu te consacres corps et âme à tout ce que tu fais, y compris les histoires d'amour. Tu t'es jetée à l'eau pour Declan, alors que tu le connaissais à peine. Au bout d'une semaine, tu commençais déjà à griffonner des cœurs dans tes cahiers de cours en écrivant *Mme Caitlyn Grayson…*

Elle sentit son cœur s'emballer. De gêne. Elle aurait dû se douter qu'il remarquerait ça, à l'époque.

— Bon sang, Jax ! J'avais seize ans !

Il se massa la nuque – un geste qu'elle connaissait bien.

— Alors, qu'est-ce que tu essaies de me dire ? reprit-elle. Crache le morceau.

— Quand je suis revenu en ville, je voulais nous donner une chance. Je ne voulais pas passer ma vie à regretter de ne pas avoir franchi le pas. Mais tu as fait comme si rien ne s'était passé, comme si on s'était quittés la veille. En quelques jours, on s'est quasiment retrouvés fiancés sans même que tu prennes la peine d'apprendre de me connaître.

— Je te *connais*, lui rappela-t-elle. On a passé quatre ans ensemble, à l'école.

— Oui, et on était ados, répondit-il avec un sourire. Je ne suis plus le même. Sais-tu, par exemple, que j'ai dirigé une manifestation de Black Lives Matter à Washington ? Ou que j'ai demandé une bourse pour essayer de devenir un avocat de défense des droits civiques ?

Ces aveux choquèrent Caitlyn et elle le dévisagea.

— Tu venais d'arriver en ville. On n'a pas eu le temps de parler de tout ça.

— Justement. Tu n'as pas pris le temps de découvrir l'homme que j'étais devenu avant de te jeter dans notre liaison. Dès le début, tu m'as traîné à ton bras dans tous les cocktails du Club des Ranchers. Tu commençais même à préparer notre mariage !

Elle secoua la tête, la gorge nouée.

— Ce n'est pas vrai, Jax. J'étais enthousiaste, c'est tout. Comme toi, j'ai plus ou moins pensé à nous, au lycée, mais j'avais peur de gâcher notre amitié… Et puis, tu es revenu. Ce n'est pas comme si nous étions des inconnus.

— Si, au contraire. Nous étions de vieux amis qui auraient dû prendre le temps de discuter. Nous avons sauté la phase « flirt » pour nous lancer trop vite dans quelque chose de sérieux – et je ne dis pas que c'était uniquement ta faute. J'étais là aussi. Tu étais si belle que je n'ai pu m'empêcher de croire au rêve que tu tissais pour nous. Puis, au bout de six mois, j'ai compris notre erreur.

— C'est ma faute, alors ? Je t'ai trop mis la pression ?

— Je n'ai pas dit ça. Je pense que nous sommes tous les deux responsables d'avoir avancé trop vite.

La gorge nouée, Caitlyn se leva d'un bond.

— Ça y est ? Tu as fini ? lâcha-t-elle.

— Je suis désolé, je m'y prends mal. Je veux que tu saches que je tiens beaucoup à toi…

*Mais pas assez.* La fin de la phrase était évidente. Caitlyn voulut lui dire qu'elle avait eu confiance en lui, en tant qu'ami, puis petit copain, et qu'il lui avait brisé le cœur. Hélas, les paroles refusèrent de sortir. Elles l'étranglèrent. Au moins, il ne l'avait pas accusée d'être *frigide*, cette fois.

— Merci de m'avoir parlé, parvint-elle à articuler. Je te souhaite une belle vie.

Puis, sans attendre, elle tourna les talons et s'éloigna d'un pas vif, résistant au besoin de courir. Une chose était sûre : elle ne commettrait pas les mêmes erreurs avec Dev ! Les histoires sérieuses, c'était terminé pour elle.

# - 10 -

C'était la première fois que Dev venait chercher Caitlyn au ranch Lattimore. Il ne put réprimer son admiration. Devant lui s'étalait une étendue infinie de gazons bien entretenus et de granges photogéniques. Pas de peinture écaillée ou de ferrures rouillées, ici. L'allée de plus d'un kilomètre qui reliait le portail à la maison de famille était bordée de haies taillées avec soin. Oui, Russ ne s'était pas moqué de lui en lui suggérant d'ouvrir son premier restaurant à Royal. Ce genre d'étalage de richesse ridiculisait les plus beaux lofts de Manhattan !

D'ailleurs, la propriété qu'il avait visitée aujourd'hui pourrait non seulement réaliser son rêve, mais aussi celui de Caitlyn. Il avait tellement hâte de la lui montrer… Il avait déjà parlé au chef et au gérant qu'il avait embauchés et leur avait montré les lieux en visioconférence. Ils avaient été aussi conquis que lui. Il ne restait plus qu'à convaincre Caitlyn.

Certes, ils ne se connaissaient pas depuis bien longtemps, mais Dev sentait qu'ils étaient liés, intellectuellement et émotionnellement. Elle comprenait son attachement à sa famille *et* son besoin d'indépendance. S'associer avec elle serait un moyen idéal de s'assurer qu'elle ne disparaisse pas de sa vie. Ça leur donnerait tout le temps nécessaire pour voir où ils voulaient que leur liaison les mène.

Elle l'attendait sous l'auvent principal, stupéfiante dans sa robe bleu glacier aux bretelles croisées offrant une vue sensuelle sur le haut de son dos. La jupe s'arrêtait à mi-cuisses, dévoilant ses longues jambes fuselées. Jamais encore il ne l'avait vue dans une tenue aussi sexy. Elle avait laissé ses cheveux lâchés, sans les lisser. Ses boucles indomptables étaient sublimes… Au milieu de tous ces efforts pour lui plaire, elle n'en avait pas moins gardé son sens pratique et portait des chaussures plates – *bonne idée*, songea-t-il.

Elle ne lui laissa pas le temps de s'arrêter complètement devant elle et tapota à sa vitre avec urgence. Il déverrouilla les portières pour sortir et lui ouvrir, mais elle ne l'attendit pas. S'asseyant rapidement près de lui, elle murmura :

— Allons-y.

— Tu es pressée ?

— Oui ! Si mes frères ou ma sœur te voient, ils ne nous laisseront pas partir et nous retiendront toute la soirée.

*Est-ce uniquement pour ça que tu veux me tenir éloigné de ta famille ?*

Il accéléra sans protester, impatient d'arriver à destination.

— Tu sais, ton idée de ce matin m'a inspiré, dit-il en conduisant. J'ai demandé à Greg de faire une petite recherche pour moi et il a déniché l'endroit idéal…

— Super !

— Mais j'aurai besoin de toi pour réussir.

— Moi ? Pourquoi ?

Il perçut une pointe d'inquiétude dans sa voix, et choisit de l'ignorer. Après tout, il entretenait le mystère : c'était sa faute… Il lui prit la main et sourit.

— Tu verras.

Greg lui avait confié les clés du petit ranch – Dev préférait expliquer son projet à Caitlyn en privé. Il ne savait pas comment elle allait réagir et n'avait même pas pris le temps de se demander ce qu'il ferait, si jamais elle refusait. Dans ce cas, il aurait sans doute épuisé toutes ses options à Royal et serait contraint de chercher une autre ville. Il était déjà là depuis trop longtemps. Certes, il s'était donné un mois, mais les cinq premiers jours avaient suffi à lui faire découvrir des propriétés à vendre tout à fait convenables. Et pourtant, il avait poursuivi ses recherches superflues. Juste pour voir où allait le conduire sa liaison avec Caitlyn…

Il l'avait compris en parlant à sa mère. En général, il évitait de lui donner des détails au sujet de ses conquêtes et il avait su qu'elle aurait du mal à accepter le fait que Caitlyn ne soit pas indienne. Il avait néanmoins abordé le sujet pour lui laisser le temps de s'habituer à l'idée ; et parce qu'il ne s'était encore jamais senti aussi bien avec une femme. Elle le comprenait, l'écoutait sans essayer de lui imposer ses propres idées. Ce soir serait leur plus grand test : tenait-elle à lui comme il tenait à elle ? Accepterait-elle de participer à son projet ? Serait-elle prête à partager son rêve avec lui, à le remodeler pour qu'il y trouve sa place ?

— Nous allons vers l'est de la ville ? demanda-t-elle.

Il acquiesça.

— Oui. Nous avons ratissé tout le quartier ouest et j'ai demandé à Greg d'étendre le périmètre de recherches. Pourquoi ? Est-ce un problème ?

Elle garda le silence quelques instants, comme si elle cherchait ses mots. Dev vit une ride se creuser sur son front.

— L'est de Royal ne possède pas le… standing social dont tu auras besoin pour faire fructifier ton grand restaurant.

— Tu veux dire que c'est la partie pauvre de la ville ? murmura-t-il dans un sourire.

— Oui, et ce n'est pas péjoratif. Je dis juste que c'est là que vivent les travailleurs. Ils ne pourront jamais s'offrir un menu aux tarifs que tu prévois et les ranchers riches de l'ouest de la ville ne viendront pas dans ce quartier juste pour manger. Ce n'est pas leur monde.

— J'ai déjà une idée pour régler le problème.

— Vraiment ? Tu m'intrigues. Tu sais, la boutique du vieux Fred est la seule à offrir des produits simples pour les gens normaux, sur Main Street. Toutes les autres cherchent à attirer le gratin de Royal. Ce serait agréable d'avoir un second lieu comme ça, en ville…

— Ne fais-tu pas partie du gratin, toi aussi ? gloussa-t-il.

— Tout à fait, et c'est pour ça que je tiens tant à ouvrir mon école d'équitation pour les enfants placés. Ma famille siège à des conseils d'administration et gère des œuvres de charité, mais ils ne font qu'effleurer la surface. La moitié du temps, je ne sais même pas à quoi sert l'argent des dons. Je veux créer un endroit unique qui me permettrait de voir les résultats de mes yeux – pas de les lire sur un bout de papier.

Dev sourit de nouveau.

— Des nouvelles de cette histoire de pétrole sur ton ranch ?

— Non, soupira-t-elle. Nous attendons toujours les conclusions du détective concernant la validité des documents de Thurston. Nous avons examiné toutes les archives familiales sans rien trouver… J'aimerais tellement qu'on s'en sorte pour que je puisse enfin envisager de créer mon école ! Je ne pensais pas que ce serait si long.

— Peut-être est-ce une bonne chose…

— Que veux-tu dire ?

— Tu sais, j'aurais pu financer mon restaurant grâce à mon trust, ou en vendant une des voitures que mon père m'a offertes et qui prennent la poussière dans un garage loué à prix d'or dans le centre de New York. Mais je ne l'ai pas fait. Veux-tu savoir pourquoi ?

— Parce que tu veux être autonome.

— En partie, mais aussi parce que tout est lié, dans ma famille. Notre maison, nos finances, nos vies sociales… Nous faisons tout ensemble et, du coup, ça ne laisse pas de place pour les désaccords. Je ne peux pas m'opposer à ma famille, tant qu'elle a une main dans l'engrenage. Financer mon restaurant seul est un moyen pour moi de me ménager une issue de secours, si nécessaire.

Il s'arrêta enfin devant le portail du petit ranch que Greg lui avait fait visiter et regarda Caitlyn.

— Penses-tu vraiment que tu auras besoin d'une issue de secours pour fuir ta famille ? demanda-t-elle.

— Je préfère ne pas avoir à me poser cette question…

La jeune femme remua sur son siège d'un air gêné.

— Je ne m'imagine pas tourner le dos à mes parents.

— Les miens ont sans doute des exigences que les tiens n'ont pas, sur certains points.

— Au sujet de la femme que tu devrais épouser, par exemple ?

Dev sentit son cœur s'emballer. Il ne voulait pas parler de ça maintenant. Il voulait consacrer cette soirée à *eux* et à leur relation. Il avait besoin de savoir si ses sentiments étaient partagés, si leurs cœurs battaient à l'unisson. Il était bien trop tôt pour penser à l'avenir – ils ne se connaissaient que depuis deux semaines ! Du moins, c'était ce que sa raison lui répétait, alors que son cœur et son instinct lui murmuraient que Caitlyn était spéciale. Unique. Et c'était vrai. Assis près d'elle, il sentit le lien qui les rapprochait, mais sa conversation avec sa mère l'avait troublé. Il tenait à savoir si Caitlyn voyait leur histoire du même œil que lui, si elle pensait au futur, elle aussi.

Elle attendait toujours sa réponse…

— J'épouserai qui je veux, dit-il avec fermeté.

— Et tes parents n'auront pas leur mot à dire ?

— Laisses-tu les tiens interférer dans ta vie sentimentale ?

Elle réfléchit un instant, puis secoua la tête.

— Ils ne s'opposent jamais à mon bonheur. Certes, ils ont une idée bien arrêtée sur le genre d'homme qui me mérite et quand je ramène un petit copain à la maison, il subit un interrogatoire digne de la CIA, mais mes parents finissent toujours par accepter mon choix.

Oh ! si seulement la famille de Dev était aussi souple !

— Allons voir ce ranch.

La propriété était assez grande, nichée dans une petite vallée plate entourée d'arbres. Ils remontèrent l'allée jusqu'à la ravissante maison de plain-pied.

— Je ne connais pas cet endroit, murmura Caitlyn. Qui vivait ici ?

— D'après Greg, M. et Mme Frederick. Ils ont légué le ranch à leur fils, qui vient de le mettre en vente.

Il ouvrit la porte d'entrée et précéda Caitlyn dans un grand hall au sol de plancher brut.

— Tu voudrais transformer la maison en restaurant ?

— La cuisine est immense et je n'aurais qu'à y ajouter du matériel professionnel. Le reste de la maison pourrait facilement devenir une grande salle, tandis que les pièces plus petites seraient dédiées à l'accueil de réceptions privées.

Caitlyn examina la salle à manger. Elle avait des proportions généreuses mais restait accueillante, avec son immense table pour dix couverts.

— Je verrais bien ma famille dîner ici, dit-elle. En plus, avec toutes ces fenêtres, la maison paraît plus grande qu'elle n'est…

Dev acquiesça.

— J'aime bien cette ambiance, reprit-elle, et je n'ai aucun mal à imaginer des sièges sous le porche, des tables par là et les chambres transformées en salons privés. Mais j'insiste : l'élite de Royal ne viendra pas aussi loin.

— J'ai un plan pour ça.

Un plan qui *la* concernait. Il sentit son estomac se nouer. Les prochaines minutes allaient lui montrer ce qu'elle ressentait vraiment pour lui, et s'il devait rester à Royal.

— On dirait que les propriétaires ont très bien entretenu cette maison. Les sols sont polis, les murs sont sains… et les meubles sont déjà presque tous partis. Pourquoi n'a-t-elle pas encore été vendue ? Le marché de l'immobilier est pourtant dynamique, à Royal.

— Eh bien, les gens peuvent être refroidis par les conditions de vente…

Elle haussa un sourcil, et Dev la conduisit jusqu'à la porte de derrière qu'il ouvrit en grand. Elle écarquilla les yeux. Le terrain de quatre-vingt mille mètres carrés possédait deux carrières circulaires pour l'équitation et deux immenses granges.

Un cheval noir et un blanc à taches sombres se promenaient sur le sable de l'une des carrières.

Caitlyn eut un hoquet de surprise.

— Je ne m'attendais pas à ça ! Ces animaux sont splendides, dit-elle avant de montrer le noir. Celui-ci est un mustang, et bien dressé à ce que je vois. L'autre est un appaloosa…

Sa voix parut s'étrangler, et Dev glissa un bras autour de sa taille. Elle se crispa insensiblement.

— Qu'y a-t-il ?

— Rien. J'avais un appaloosa, quand j'étais petite. Il est mort, soupira-t-elle.

Dev la serra un peu contre lui.

— Je suis désolé.

— Voir ces bêtes m'a juste rappelé des souvenirs tristes.

Le jeune homme prit une profonde inspiration. Était-ce le moment de lui confier son projet ? *Quand il faut y aller…*

— Dans ce cas, c'est peut-être un signe, dit-il.

— De quoi ?

— Ce cheval pourrait t'être destiné.

Elle leva les yeux sur lui avec perplexité.

— Je ne comprends pas.

— Cette propriété comprend les deux écuries, qui peuvent accueillir plus de vingt chevaux, et ces deux beautés, là-bas. Les propriétaires exigent que l'acheteur garde ces bêtes et ne les sépare pas. Apparemment, ils sont liés – quoi que ça puisse vouloir dire.

— Ça signifie qu'ils se sont attachés l'un à l'autre et qu'ils souffriraient d'être séparés. Ils pourraient même se laisser mourir, expliqua-t-elle sans les quitter des yeux. Allons les voir !

Ils descendirent les quelques marches de la terrasse. Alors qu'ils approchaient de la carrière, l'appaloosa se figea et les contempla. Quelques instants plus tard, le mustang grogna, hennit et s'agita. Dev retint Caitlyn par le bras.

— Sois prudente. Je ne sais rien de ces chevaux…

Elle lui sourit et il sentit ses jambes faiblir sous lui. Le soleil bas l'auréolait d'or et de cuivre. *Comment une femme peut-elle être aussi stupéfiante, belle et parfaite ?* Dev avait eu une journée chargée, mais il n'avait pas cessé de penser à elle un seul instant, et à leur matinée ensemble. Est-ce que ça avait bien été ce matin ? Il avait l'impression que des années s'étaient écoulées depuis qu'il l'avait sentie frémir sous ses mains, la tête rejetée en arrière dans un abandon qui avait failli le rendre fou. Il avait fréquenté assez de femmes pour savoir se contrôler et le fait qu'il ait presque perdu cette maîtrise avec Caitlyn prouvait qu'elle était spéciale. Pour la première fois de sa vie, il était intimidé à l'idée de passer une nuit avec elle. Et s'il n'arrivait pas à gérer la situation ? S'il la décevait ? S'il s'avérait incapable de lui donner ce qu'elle méritait ?

Il chassa cette pensée. Il ne savait même pas ce qu'elle ressentait pour lui ! Il devait s'assurer qu'ils soient sur la même longueur d'onde avant de poursuivre ses projets.

— Fais-moi confiance, dit-elle. Et recule un peu.

Il était hors de question qu'il la laisse s'approcher des chevaux, sans souci pour sa sécurité. Il la suivit donc de près, bien décidé à bondir si les animaux se montraient agressifs. Elle commença à leur parler avec douceur.

— Bon garçon… Oui, tu es un bon garçon, dit-elle à l'appaloosa qui renâcla et se mit à gratter la terre du sabot.

Le mustang, lui, gardait ses distances.

Caitlyn se pencha pour arracher quelques brins d'herbe et le cheval l'imita.

— Non, ne mange pas ça… Les trèfles sont meilleurs.

Elle ouvrit sa main pour lui montrer les quelques feuilles vert tendre et s'approcha lentement. Arrivée devant la barrière, elle tendit le bras. L'appaloosa renifla, puis la rejoignit pour enfouir son museau dans sa paume et dévorer les trèfles avec gourmandise.

Caitlyn lui flatta l'encolure et le gratta derrière l'oreille. Convaincu, cette fois, le mustang hennit et les rejoignit avec entrain, pressé d'être nourri aussi. *Peut-être que les choses vont être plus faciles que je ne le pensais*, songea Dev.

— Qui s'occupe d'eux, en l'absence des propriétaires ?

Il sourit. Elle s'inquiétait déjà pour les chevaux…

— L'employé d'un des ranchs voisins les nourrit, les abreuve et les laisse sortir chaque matin.

Elle caressa les flancs du mustang, qui se collait à la barrière pour mieux profiter de son attention.

— Dans ce cas, il n'est pas très attentif, dit-elle d'une voix déçue. Ces chevaux ont besoin d'être brossés : ils ont des semaines de poussière dans les poils. J'appellerai Greg pour lui demander de parler à cet employé.

— Tu pourrais même faire mieux que ça.

Elle se retourna tandis que l'appaloosa pressait son museau dans son cou. Elle sourit immédiatement et le caressa de nouveau. Dev sentit une absurde jalousie poindre en lui à ce spectacle. Il s'éclaircit la voix, gêné :

— Voilà mon idée : je te propose de créer ton école ici.

Caitlyn ouvrit de grands yeux incrédules.

— *Quoi ?*

— Mon restaurant pourrait être couplé avec un haras qui proposerait quelques chevaux de race pour des clients fortunés. Quand ils ne viendront pas les monter, tu seras libre de donner des cours aux enfants placés. Ainsi, nous dirigerions l'affaire ensemble. Je pensais même ouvrir un café pour proposer des plats plus abordables aux familles du quartier. Les restaurants chics de New York font tout le temps ça : ils ont des food-trucks avec quelques plats moins chers à emporter.

Dev s'interrompit brusquement. Il avait été tellement pris par son explication qu'il n'avait même pas regardé Caitlyn. Elle s'écarta des chevaux, qui repartirent gambader plus loin.

— Ça va ?

Elle se détourna de lui et il posa une main sur son épaule, un peu inquiet.

— Qu'y a-t-il ?

— Ne penses-tu pas qu'on va un peu vite ? demanda-t-elle d'une toute petite voix.

— Ce serait un partenariat professionnel. Ton idée de ce matin m'a vraiment plu et j'ai envie d'ouvrir mon restaurant dans ce quartier. Je veux créer un lieu où tout le monde sera le bienvenu. Si nous hébergeons des chevaux de luxe, ça attirera les riches ; et tu auras bien assez de place pour ton école sans plus te soucier de l'avenir du ranch Lattimore.

— Qu'entends-tu par *partenariat professionnel* ?

Pourquoi paraissait-elle si tendue ? *Ai-je été trop pressé ? Me suis-je trompé sur ses intentions ?*

— Notre relation sera telle que tu la désires, Caitlyn. Nous pouvons devenir copropriétaires de ce domaine, ce qui me permettrait de gérer le restaurant et toi, le haras… Ce n'était qu'une idée, que j'aurais voulu réaliser avec toi.

— Et que se passera-t-il quand notre liaison prendra fin ?

Elle avait dit *quand*, et pas *si*… Dev se plaça face à elle. Le soleil s'était rapidement couché et l'obscurité commençait déjà à envahir la cour. Elle ne le regardait pas dans les yeux. Tout son corps était tendu, crispé, à croire qu'elle était prête à détaler. Il joignit les mains dans son dos, pour ne pas être tenté de la toucher. Il comprenait sa peur, car il avait ressenti la même chose lorsqu'il avait réalisé pourquoi il avait envoyé sa photo à sa mère. Il était en train de tomber amoureux. Pour la première fois de sa vie, il envisageait un avenir qui impliquait une seconde personne.

— Dis-moi, jusqu'où penses-tu que notre liaison pourrait tenir ? demanda-t-il.

Elle ne le regardait toujours pas, tournée vers les chevaux.

— Nous nous connaissons à peine, Dev.

Il fit un pas de côté, pour investir son champ de vision.

— Pose-moi toutes les questions que tu veux. Vas-y. Que veux-tu savoir à mon sujet ?

— Ta famille tient-elle vraiment à ce que tu épouses une Indienne ?

Il inspira profondément et acquiesça.

— Oui, mais je n'ai pas forcément l'intention de me plier à leurs désirs. Je te l'ai dit : je sais déjà que ce sera un désaccord. Ils veulent choisir ma future femme et si je tiens à être indépendant financièrement, c'est justement pour ne pas être pris en otage. Je veux me marier par amour.

— Et quelle place cette hypothétique âme sœur aurait-elle dans ton rêve de sillonner le pays pour bâtir ton empire ?

Cette question lui fit l'effet d'un coup de poignard. Il ne s'était pas attendu à ce que leur conversation prenne un tel tour ; mais maintenant qu'il avait lancé Caitlyn sur ce sujet, il était obligé d'aller au bout.

— Écoute, je ne veux pas tourner autour du pot, dit-il en posant avec douceur ses mains sur ses épaules, ce qui la fit tressaillir. Regarde-moi…

Elle leva enfin la tête et son cœur se serra. Ses yeux brillaient trop, son nez et ses pommettes étaient rouges. Lui avait-il fait de la peine ? Qu'avait-il bien pu dire de si cruel ? L'avait-elle mal compris ?

— Je ne veux pas qu'il y ait de malentendu. Caitlyn… Je t'aime. Je veux être avec toi. Tout ceci, expliqua-t-il en indiquant le ranch d'un geste, est un moyen pour moi de te le prouver. Certes, je n'ai pas encore de réponse à toutes tes questions, et je ne veux pas les trouver trop vite. Tout ce que j'ai besoin de savoir, c'est si tu ressens la même chose que moi. Si c'est le cas, nous ferons le reste ensemble.

— Ne penses-tu pas que c'est trop rapide ? On ne se connaît que depuis deux semaines et tu suggères de…

Pouvait-elle le faire souffrir davantage encore ? Elle n'avait pas dit qu'elle l'aimait. Elle n'avait même pas l'air d'apprécier l'importance de son aveu.

— Quoi ? Qu'y a-t-il de si terrifiant dans ce que je te propose ? demanda-t-il, haïssant la colère qui perçait dans sa voix.

Il était en train de perdre le contrôle de ses émotions. Elle ne l'aimait pas. Elle n'envisageait même pas d'avenir avec lui…

— Je t'ai déjà dit que je n'osais pas créer mon école dans le ranch de mes parents parce que j'avais peur d'offrir une chance à ces gamins, uniquement pour qu'on la leur arrache ensuite, dit-elle. Ils n'ont jamais connu la stabilité, tu comprends ? Et toi, tu arrives en ville pour ouvrir un restaurant avant de repartir en quête d'autre chose. Comment puis-je être sûre que tu ne m'abandonneras pas à mon tour ?

— Parce que je te le dis, maintenant.

Elle se rapprocha, les lèvres pincées.

— Peux-tu me promettre de rester à Royal si je te le demande ?

— Ce ne serait pas très juste.

— Pourquoi pas ?

— Tu n'es même pas prête à passer un accord avec moi pour gérer ce ranch et tu me demandes de renier tous mes rêves pour emménager ici ?

— C'est bien le problème, Dev. Tu as l'intention d'ouvrir ton restaurant, puis de quitter la région. Mais ma vie est ici, à Royal.

— Tu t'attends donc à ce que j'abandonne mes projets séance tenante pour repartir de zéro dans cette ville ?

Il regretta immédiatement son agressivité. Il n'avait pas voulu que la conversation prenne un tour aussi hostile. Avait-il trop précipité les choses ?

Caitlyn soupira et une larme roula sur sa joue. Il l'essuya de la main et elle saisit ses doigts pour les embrasser.

— Je ne peux pas faire ça, Dev. Je suis désolée, mais je ne peux vraiment pas…

# - 11 -

— Je ne comprends pas, dit Alice, assise sur une chaise longue face à elle.

Cette fois, c'était Caitlyn qui avait bu la plus grande partie de la bouteille de chardonnay posée entre elles. Elle n'avait pas revu Dev depuis deux jours. Lorsqu'elle avait mis fin à leur pénible conversation, il l'avait déposée chez elle sans un mot et était parti. Il n'avait pas téléphoné, ni répondu au texto qu'elle lui avait envoyé ce soir-là pour s'excuser.

Après avoir appris la nouvelle par Russ, Alice s'était empressée de venir sans attendre d'invitation.

— Sais-tu qu'il compte partir demain ?

Le cœur de Caitlyn se serra. Ces dernières quarante-huit heures avaient été une tornade émotionnelle. Ses discussions avec Alexa et Alice, sa confrontation avec Jax, puis Dev… Tout se mêlait à présent pour former une boule dure et noueuse dont elle ne parvenait plus à se défaire.

— Écoute, je sais que je n'étais pas rassurée à l'idée de te voir avec Dev, mais je n'aime pas te sentir aussi triste. Russ dit qu'il est dans le même état que toi et qu'il ne l'a encore jamais connu comme ça.

Elle vint s'asseoir près de son amie, sur la seconde chaise longue et passa un bras autour de ses épaules. Il faisait frais et des nuages cachaient le soleil, rendant leurs robes légères tout juste suffisantes.

— Que s'est-il passé, ma chérie ? Vous avez eu un problème au lit ?

Bien sûr, il fallait qu'elle touche le point sensible !

— Non, pas cette fois. Nous n'avons même pas essayé.

Techniquement, ce n'était pas tout à fait vrai. Cette matinée, dans la grange, était gravée dans la mémoire de Caitlyn. Jamais elle ne pourrait oublier la manière dont son corps avait réagi à ses caresses…

— C'est Jax, dit-elle, la gorge nouée. Je l'ai vu et on a parlé…

Alice la serra plus fort contre elle.

— Oh ! ma chérie ! Pourquoi ne m'as-tu pas appelée ? Qu'a-t-il encore osé te dire, ce salaud ?

— Il n'a dit que la vérité. Il m'a fait comprendre que je suis sortie avec lui sans même prendre le temps d'apprendre à connaître l'homme qu'il est devenu, que je lui ai trop mis la pression et que c'est pour ça que notre couple a implosé.

En quelques mots, elle répéta leur conversation à Alice.

— Il n'a même pas parlé de notre dernière nuit ensemble, mais c'était inutile. J'ai bien compris qu'il m'en voulait de l'avoir tant pressé.

— Quelle enflure ! s'étrangla son amie avant de lui prendre les épaules pour l'obliger à la regarder. Écoute-moi bien. Quand il est revenu en ville, tu es la première qu'il a voulu voir. Il était aussi motivé que toi.

Caitlyn eut un hoquet et sentit ses larmes couler.

— Il a quand même raison. Nous sommes sortis ensemble tout de suite et j'imaginais qu'on se marierait. J'ai mis toute ma vie en pause pour lui, tout comme je le fais avec Dev. Je repousse même mon projet d'école…

— Non, tu repousses ce projet à cause du litige concernant les terres de ta famille. Ça n'a rien à voir avec Dev.

— Au contraire ! Quand il m'a montré ce ranch, j'ai tout de suite compris que *j'aurais dû* le trouver en premier. Il serait parfait pour mon école, mais j'étais tellement concentrée sur ma relation avec lui que je n'ai même pas vu qu'on mettait en vente la propriété de mes rêves. J'ai tout raté !

— Caitlyn…

Alice remplit de nouveau leurs verres et son amie but une

longue gorgée. Elle connaissait bien ce regard : elle était sur le point de recevoir une leçon cinglante.

— Tu es la personne la plus aimante que je connaisse. Tu consacres ta vie aux autres sans compter. C'est pour ça que tu prépares des goûters sur ton temps libre ou que tu t'épuises à faire tout le boulot que tes frères et ta sœur ne veulent pas assumer. Tu es ainsi. Jax n'était pas qu'un type comme un autre pour toi : vous avez été les meilleurs amis avant de sortir ensemble. Vous aviez un passé commun. S'il te blâme aujourd'hui, c'est uniquement parce qu'il refuse de se remettre en question.

— Il a admis qu'on était tous les deux fautifs. J'ai trop fait monter la pression, et lui pas assez… Mais ça ne change rien au fait que je suis tombée dans le même piège avec Dev.

— Pas du tout ! Il veut t'acheter ce ranch parce qu'il tient à toi, rectifia Alice.

— Comment puis-je le savoir ? Comment puis-je être sûre qu'il va rester dans la région ? Qu'il ne repartira pas à New York dès que sa famille l'exigera ?

Tout en parlant, elle se souvint qu'il avait dit qu'il l'aimait. Il montait sa propre affaire pour que ses parents n'aient plus de moyen de pression sur lui et pour pouvoir épouser la femme qu'il voudrait.

— Est-ce que tu t'entends ? Pourquoi as-tu si peur ? Qu'as-tu à perdre ?

*Tout.* Elle avait tout à perdre. Une seule mauvaise expérience avec Jax l'avait rendue froide. Que se passerait-il, si elle laissait Dev s'installer encore plus profondément dans son cœur ?

— Que partageons-nous, lui et moi ? Nous jouons comme deux gosses et il fait semblant de me donner des « leçons de drague », soupira Caitlyn, honteuse de son propre ridicule. Je ne veux pas reproduire les erreurs que j'ai commises avec mon ex. Si Dev avait réellement eu des sentiments pour moi, il m'aurait appelée. Mais il m'a tourné le dos à la première anicroche, exactement comme Jax.

— Tu es injuste, Caitlyn. La situation est totalement différente, protesta son amie.

— Peu importe. Je ne veux plus en parler.

Elle ne voulait plus y penser non plus. Elle venait de passer deux jours à se lamenter chez elle. Si elle s'était lancée à corps perdu dans cette nouvelle liaison, c'était parce qu'elle craignait que Jax l'ait brisée. Dev avait néanmoins su réveiller son désir, alors qu'elle pensait ne plus rien pouvoir ressentir pour un homme. À moins qu'elle ait réussi à vaincre ses démons seule… Il n'y avait qu'un moyen de le savoir.

— Écoute, reprit-elle, je crois que j'ai besoin de sortir. Aimerais-tu aller au Lone Star avec moi, ce soir ?

— Es-tu sûre de toi ?

Elle acquiesça vigoureusement.

— J'ai besoin d'aller quelque part où je ne serai pas obligée d'être moi-même, pour une fois.

# - 12 -

— Je ne sais pas si c'était une bonne idée, murmura Alice en prenant le bras de Caitlyn.

Celle-ci se libéra. La malédiction que Jax lui avait jetée était enfin dissipée et elle avait bien l'intention d'en profiter. Elle avait déjà parlé à plusieurs hommes, ce soir, avait flirté et même dansé avec deux d'entre eux. Et tout ça sans ressentir la panique qui venait d'habitude la prendre à la gorge. Peut-être que Dev avait été un bon *faux petit ami*, après tout. N'était-ce pas ce qu'elle avait attendu de lui ?

— Je ne suis pas soûle, Alice, dit-elle. Je sais ce que je fais et tu devrais être contente que je suive enfin tes conseils… Je me lâche, comme tu le voulais.

Le Lone Star était plein à craquer. On était vendredi soir et l'air était chargé d'odeurs de bière, de cacahuètes et de sciure de bois. La boîte était décorée comme un saloon du Far-West, avec des chapeaux de cow-boys et des fers à cheval accrochés aux murs, un grand bar en bois ciré et une piste de danse carrée. On trouvait aussi un taureau mécanique dans un coin – et il semblait avoir beaucoup de succès.

— Salut. Puis-je t'offrir un verre ?

Caitlyn se retourna et découvrit un homme musclé, aux cheveux bruns et aux sourcils épais campé près d'elle. Il lui parut vaguement familier, mais elle ne parvint pas à le situer. Alice posa une main sur son bras, comme pour la mettre en garde. Elle avait raison : Caitlyn n'était pas faite pour ce genre de soirées. Elle était venue pour tester une théorie et elle avait réussi ; il n'y avait absolument rien de « cassé » chez elle.

— Je suis désolée, mais…

Elle se figea. Sans savoir pourquoi, elle coula un regard en direction de la porte et sentit son cœur s'arrêter. *Comment peut-il être encore plus beau que dans mes souvenirs ?* Dev venait d'entrer avec Russ, vêtu d'un jean qui mettait ses longues jambes en valeur et d'un simple T-shirt. N'avait-il pas dit que le frère d'Alice insistait pour qu'il l'accompagne en boîte ? Il ne lui avait pas fallu longtemps pour ravaler ses scrupules et accepter !

Elle se pinça l'oreille – le signal convenu avec Alice pour lui faire comprendre qu'elle se sentait bien avec son nouvel admirateur. C'était leur code, tout comme le fait de se toucher le nez était un appel à l'aide…

Puis, dès que son amie se fut éloignée, elle se tourna vers l'homme et sourit.

— J'aimerais beaucoup boire un verre, merci. Une bière.

Il acquiesça et fit signe à la barmaid qui se précipita pour prendre leur commande. Caitlyn et Alice avaient dû batailler une bonne demi-heure en arrivant, mais ce bel inconnu semblait retenir l'attention de toutes les femmes.

— Je m'appelle Caitlyn, dit-elle lorsqu'elle fut servie.

— Heath.

Soudain, son cœur s'emballa. Il ne pouvait tout de même pas être le *même* Heath… ?

— Oui, Heath Thurston, précisa-t-il comme s'il lisait dans ses pensées.

— Et je suppose que tu sais que je suis une Lattimore.

— La porte est juste là, si tu veux t'enfuir.

*En fait, j'aimerais pouvoir te jeter mon verre à la figure*. Elle prit une profonde inspiration et sourit de son mieux.

— Ravie de te rencontrer.

Ils trinquèrent.

— Merci de ne pas m'arroser de bière.

— J'y ai pensé, admit-elle, mais je préfère te faire boire pour te soutirer des informations.

Il éclata de rire. Elle en profita pour jeter un rapide coup d'œil à Dev, qui ne les quittait pas des yeux. Sa jalousie évidente la fit presque sourire. Elle se força néanmoins à se concentrer sur Heath. Peut-être tenait-elle sa chance de découvrir quels étaient ses projets…

— Je suis content de te rencontrer, Caitlyn. Je me doute bien que je ne suis pas très apprécié dans ta famille.

— Oui, personne n'aime qu'on menace son foyer.

— Écoute, murmura-t-il en se penchant vers elle, je ne veux pas détruire vos vies. J'essaie juste de respecter la mémoire de ma sœur.

— Je peux comprendre ça.

— Bref, dis-moi un peu ce qu'une belle fille comme toi fait dans une boîte comme celle-ci ?

Ses yeux se mirent à pétiller. Il flirtait avec elle ! Elle coula un nouveau regard en direction de Dev, qui n'avait pas bougé d'un pouce. Avait-elle de vrais sentiments pour lui, ou bien n'avait-il été qu'un pansement destiné à lui faire oublier Jax ? Pouvait-elle espérer ressentir les mêmes frissons avec un autre homme ? Heath était très séduisant, après tout.

— Tu me trouves vraiment belle ?

Il sourit et elle se pencha à son tour, accoudée au bar.

— Je te trouve stupéfiante.

— Tu n'es pas mal non plus.

Elle ferma presque les yeux, sondant son corps à la recherche de la chaleur et du désir qu'elle aurait dû ressentir. Heath était charmant, sexy… Si sa matinée dans la grange avec Dev avait réellement débloqué les freins psychologiques qui la rongeaient depuis un an, elle aurait dû éprouver la même chose avec Heath qu'avec lui, non ?

Hélas, elle ne ressentit pas le moindre trouble.

Russ donna une grande claque dans le dos de Dev.

— Si tu continues à la regarder comme ça, tu vas te changer en statue, vieux !

Le jeune homme leva les yeux au ciel. Il n'avait eu aucune envie de passer la soirée au Lone Star, mais son ami avait insisté et il n'avait pas eu la force de lutter. Il venait de passer deux jours à nager dans le malheur, se demandant sans cesse comment il avait pu se tromper à ce point au sujet de Caitlyn. C'était la première fois qu'il tombait amoureux, et il avait tout gâché.

Il jeta un nouveau coup d'œil dans sa direction et croisa son regard pendant un bref instant. Elle était splendide dans son jean slim, son débardeur rouge à paillettes et ses talons qui la rendaient presque trop sexy pour un endroit comme celui-ci. Pourquoi donc se tenait-elle si près de l'homme avec qui elle parlait ? On aurait presque pu croire qu'elle allait l'embrasser ! Il serra les poings. *Ce type n'a pas intérêt à poser un doigt sur elle…* Comment pouvait-elle laisser un inconnu la toucher ? Qu'avait-il de plus que lui, ce dragueur de bas étage ?

Soudain, ce que Dev craignait arriva. L'homme l'embrassa. La bulle de colère qui avait lentement enflé en lui éclata d'un coup. Il bondit de sa chaise et s'approcha, poussant l'autre type sans ménagement pour l'écarter de Caitlyn.

— Hé, mec ! Qu'est-ce qu'il y a ? lâcha le Dom Juan.

— Dev ! cria Caitlyn au même moment.

— Que fais-tu avec lui ? demanda-t-il sèchement.

— Ça ne te regarde pas, répliqua la jeune femme.

Dev se retourna alors vers l'autre homme, celui qui avait osé embrasser la femme qu'il aimait, et le fusilla du regard.

— Tire-toi.

— Écoute, vieux, je ne veux pas d'ennuis mais il me semble que c'est plutôt à toi de partir.

Dev le dévisagea encore un instant avant de faire un pas vers lui, les poings serrés. Caitlyn le retint par l'épaule.

— Dev, non !

Il la regarda un instant, surpris. Voulait-elle rester avec ce loser ? Avait-elle déjà tourné la page sur leur histoire ? N'avait-il réellement été qu'une cible d'entraînement pour elle, le temps de lui donner confiance en ses capacités ? Elle soutint son regard, puis soupira.

— C'était sympa de te rencontrer, Heath, mais je dois parler avec Dev en privé…

Elle ouvrit son sac et tira son portefeuille pour payer sa bière, mais il l'en empêcha.

— Je te l'offre, dit-il. C'est le moins que je puisse faire, étant donné les circonstances.

Elle acquiesça.

*Étant donné les circonstances ?* Dev brûlait de lui demander ce que ça voulait dire, mais ce n'était pas le plus urgent. Il préférait savoir ce que ce type pouvait lui donner de plus que lui, par exemple. La réponse le frappa immédiatement : *Royal.* Cet homme était de Royal. Il n'obligerait pas Caitlyn à choisir entre lui et sa maison.

— Viens, Dev. Allons trouver un coin plus tranquille pour discuter. Accorde-moi juste un instant…

Elle s'approcha d'Alice, qui discutait avec un homme un peu plus loin, et lui glissa un mot à l'oreille. Son amie hocha la tête avec un sourire.

Comme le bar était rempli de monde et de musique, ils sortirent sur le côté du bâtiment et se glissèrent dans une allée sombre, uniquement éclairée par les fenêtres des immeubles au-dessus d'eux. Ça sentait le tabac et autre chose – un parfum plus sucré.

— Que fais-tu ici ? lança vivement Caitlyn.

Même dans la pénombre, Dev pouvait voir ses yeux briller de colère.

— Moi ? Et toi, pourquoi embrassais-tu ce type ?

— Je te demande pardon ? J'embrasse bien qui je veux, non ? répliqua-t-elle.

Dev recula. La rage qui l'avait consumé quelques instants plus tôt fut soudain remplacée par un torrent glacé qui se déversa dans ses veines. Oui, elle embrassait qui elle voulait…

— Tu sais quoi ? Tu as raison, dit-il. C'est moi qui suis fou.

Après tout, tu as été claire dès le départ : tu voulais un faux petit ami pour te préparer à sortir draguer des types comme celui de ce soir, c'est tout.

Il soupira une nouvelle fois, puis tourna les talons, non sans avoir jeté un dernier coup d'œil en direction du bar.

— J'imagine que tu n'as plus besoin de leçons, maintenant.

# - 13 -

La dernière chose que Dev voulait était bien de laisser Caitlyn seule dans cette allée, car il avait dit ce qu'il avait à dire. C'était à elle de réagir, à présent. Elle lâcha un petit hoquet étranglé dans son dos et il ferma les yeux.

— Ne pars pas !

Il ne s'était même pas rendu compte qu'il avait retenu son souffle en guettant ces trois petits mots. Il respira enfin, soulagé. Caitlyn s'approcha et se plaça devant lui.

— Je dois te parler, dit-elle.

Ce n'était pas ce à quoi il s'attendait – surtout avec une telle grimace de douleur et d'angoisse. Instinctivement, il posa les mains sur ses épaules.

— Est-ce que tout va bien ?

Elle hocha la tête.

— Pourrait-on aller ailleurs pour causer tranquillement ?

Il était déjà tard et la plupart des cafés ou restaurants de Royal étaient fermés. Dev conduisit donc Caitlyn en silence jusqu'à son hôtel. Qu'avait-elle donc de si important à lui dire ? Avait-elle changé d'avis au sujet du ranch ? Probablement pas… Il confia ses clés au voiturier et la guida dans le hall.

— Je préférerais qu'on soit seuls, dit-elle. Peut-on monter dans ta chambre ?

— Caitlyn… Es-tu sûre que ce soit une bonne idée ?

— Je veux juste parler, répéta-t-elle une nouvelle fois.

Il secoua la tête nerveusement.

— Je ne peux pas te jurer qu'il ne se passera rien d'autre, mais je tiendrai la promesse que je t'ai faite lors de notre premier rendez-vous. S'il doit se passer quelque chose, *tu* feras le premier pas. Néanmoins, me retrouver seul dans une chambre avec toi risque d'être trop dur pour moi…

Elle rougit et Dev sentit une vague de chaleur monter de ses reins. Ils rejoignirent l'ascenseur en silence, puis remontèrent le couloir de l'étage jusqu'à sa porte. Toutes les suites étaient déjà réservées à son arrivée, donc il avait dû se contenter d'une simple chambre avec un lit double, un petit bureau et une table ronde flanquée de deux chaises dans un coin. Il était difficile d'ignorer le fait que le lit occupait presque tout l'espace… Dev s'en détourna résolument et alla tirer l'une des chaises pour Caitlyn.

— Je vais appeler le service d'étage. Veux-tu boire ou manger quelque chose ?

— Je prendrais bien un café.

Il passa commande, puis s'assit en face d'elle. Elle se mordilla la lèvre… Il attendit.

— Quand j'étais ado, commença-t-elle enfin, j'avaisJax comme mon meilleur ami.. Nous ne sommes jamais sortis ensemble, à l'époque, mais il y a toujours eu quelque chose entre nous. Hélas, quand il est parti poursuivre ses études à la fac, Jax m'a avoué que mon père avait payé ses frais d'inscription au lycée privé pour que j'y aie un ami. Ça m'a brisé le cœur…

Dev sentit son propre cœur se serrer. Elle leva les yeux, guettant sa réaction, et il sourit de son mieux.

— Tu sais, au lycée, j'étais grassouillet avec le pire cas d'acné que tu aies vu.

Il fut ravi de lui arracher un petit gloussement.

— J'ai du mal à l'imaginer.

— Un jour, je te montrerai tous les détails de mon adolescence sur le profil Facebook de mes parents. C'est… embarrassant. Bref, j'ai été incapable d'avoir une cavalière pour le bal de fin d'année et mon père ne voulait pas que j'y aille seul alors il a payé une escort pour m'accompagner en pensant que ça me donnerait l'air cool. Sauf que la moitié des geeks de mon école huppée avait eu la même idée et les filles se connaissaient. Elles ont passé la soirée à discuter ensemble et je suis quand même resté dans mon coin.

Le sourire de Caitlyn s'était fait plus large, plus sincère. Dev sentit un pincement dans sa poitrine. Il était *vraiment* amoureux d'elle… Allait-elle lui briser le cœur ?

— Je ne pense pas que mon père ait voulu me faire du mal, reprit-il avec plus de douceur, tout comme le tien. Ils sont juste convaincus de savoir ce qui est bon pour nous mais ne comprennent pas que, à force de chercher à nous protéger, ils nous blessent.

Elle cligna des paupières et une larme roula sur sa joue. Elle avait l'air si innocente, si triste… Dev aurait voulu essuyer sa pommette humide, mais il osa à peine poser la main sur la sienne. Elle n'avait clairement pas terminé son histoire et il devait lui laisser le temps de la raconter à sa manière.

— Jax est allé à la fac et nous nous sommes perdus de vue. Je lui en voulais d'avoir accepté l'argent de mon père pour entrer dans mon lycée sans me le dire, mais quand il est enfin revenu quatre ans plus tard, j'avais fini par lui pardonner. Nous nous sommes retrouvés. Il m'a dit qu'il m'aimait depuis cette époque mais que sa mère l'avait empêché de sortir avec moi parce qu'elle travaillait pour nous. Il voulait savoir si je ressentais la même chose – et c'était bien sûr le cas. Nous étions amis. Il me connaissait. Je pouvais tout lui dire… Puisque l'amour s'était invité dans notre histoire, il m'a semblé logique d'aller plus loin.

Dev comprenait parfaitement. Il n'avait encore jamais rencontré de femme à qui il se sentait aussi lié – avant Caitlyn. Quand il racontait aux autres l'histoire de son bal de fin d'année, elles étaient horrifiées par le comportement de ses parents. Comment pouvait-il tolérer qu'ils régentent sa vie à ce point ? Aucune Américaine n'avait compris pourquoi il n'avait pas encore quitté le nid à vingt-huit ans alors qu'il avait un emploi, qu'il n'était selon elles « pas un loser ». Caitlyn, elle, ne lui avait pas posé la moindre question. Elle n'avait pas exigé d'explications.

— Notre couple a évolué très vite. Avec du recul, je vois bien que j'ai sauté des étapes : j'étais tellement excitée de retrouver mon ami, le garçon que j'avais aimé au lycée !

Sa voix se brisa, et Dev serra sa main dans la sienne. Lui-même sentait son estomac se nouer.

— Jax a été mon premier amant. J'ai connu quelques autres hommes depuis, mais ça s'est toujours passé de la même manière…

Un frisson la parcourut. Dev aurait voulu la serrer dans ses bras mais il avait peur de gâcher cet instant. Elle était sans doute sur le point de lui livrer les clés de son rejet – car elle avait *forcément* senti la puissance de leur lien, elle aussi.

— Avec Jax, nous avions prévu une occasion spéciale pour notre première nuit ensemble. Il avait eu des amantes mais savait que j'étais vierge et il voulait que ce soit une belle expérience pour moi, reprit-elle en ravalant clairement sa douleur. Je ne sais même pas comment t'expliquer ce qu'il y a eu. Je ne suis pas sûre de comprendre. Jax a essayé de me donner du plaisir mais ça n'a pas marché… Pour lui non plus… Nous avons retenté notre chance quelquefois et les choses ont empiré. Il a aussi commencé à avoir des problèmes. Quand on s'est séparés, il m'a dit qu'il n'avait jamais rencontré ce genre de soucis avec les autres, que j'étais juste… *frigide*.

Elle baissa la tête. Comment un homme pouvait-il voir en elle autre chose qu'une femme sincère, passionnée ? Avait-elle terminé ? Dev pouvait-il enfin la réconforter ?

— J'ai passé des mois en thérapie pour comprendre mon problème, poursuivit-elle. Mon psy m'a encouragée à fréquenter des hommes et je l'ai fait, mais dès que j'essayais de coucher avec eux, le même drame arrivait. Apparemment, on appelle ça la « phobie de l'intimité ».

— Caitlyn…

— Non, ne dis rien ! Ne prétends pas que j'ai tort, que

je suis belle ou que je t'attire. J'ai déjà entendu ces mots. Le problème ne vient pas de toi mais de moi.

*Et pourtant, tu as tort, Caitlyn.* Le simple fait de penser à ce qu'ils avaient fait dans la grange, l'autre jour, l'excita. Elle avait réagi à la moindre de ses caresses. Son corps avait été chaud, son sexe humide. Il avait connu assez de femmes pour savoir qu'il n'était pas séduit par n'importe qui de la même manière ; mais pas un seul instant il n'avait remis en question l'alchimie brûlante qui le liait à Caitlyn.

— La dernière fois que nous nous sommes vus, au ranch, j'avais… Je venais de croiser Jax. Il vit de nouveau à Royal, maintenant, mais nous nous évitons depuis des mois. Il a enfin décidé qu'il voulait me parler et il m'a accusé de trop lui avoir mis la pression quand nous étions ensemble. Nous sommes passés en un claquement de doigts de l'amitié à une relation sérieuse. C'était trop.

— Oh ! Caitlyn, dit-il en serrant ses doigts dans les siens.

Il souffrait pour elle mais, en même temps, il était soulagé de savoir enfin pourquoi elle l'avait repoussé si brutalement. Lui aussi avait brûlé les étapes. Il lui avait demandé de s'investir dans une relation pour laquelle elle n'était pas prête – exactement ce dont son ex l'avait accusée.

Il approcha sa chaise, prit son visage entre ses mains et essuya ses larmes.

— Je suis désolé d'avoir commis la même erreur et d'avoir précipité les choses.

— Je ne veux pas que notre histoire s'achève comme ma relation avec Jax.

— Je comprends, Caitlyn, et…

Un coup frappé à la porte les interrompit brusquement et Dev étouffa un juron. Il avait complètement oublié sa commande et dut laisser le serveur poser leur café sur la table. Heureusement, il avait pensé à demander une assiette de gâteaux pour accompagner la boisson : Caitlyn paraissait pâle. Peut-être n'avait-elle pas dîné. Le serveur s'éclipsa avec un sourire poli et Dev put refermer la porte, soulagé. Caitlyn ajouta mécaniquement un peu de lait dans leurs deux tasses, et du sucre pour elle. Ils avaient déjà si souvent mangé ensemble qu'elle savait exactement comment il prenait son café. *Que ce serait bon de partager un petit déjeuner avec elle*, songea Dev avec une pointe de culpabilité. Seulement, s'il avait bien retenu une chose de ses aveux, c'était qu'il risquait de la perdre en la pressant. Elle avait peur…

Ils burent leur café en silence, tranquillement, puis Dev la resservit.

— Caitlyn, dit-il, je ne veux pas que tu te sentes acculée avec moi. Je n'ai encore jamais eu de relation sérieuse, comme Jax et toi. Tu es la première femme avec qui je ressens ce type de lien. Tu me comprends. Tu me connais. Je n'ai pas à me justifier face à toi.

Elle le regarda, sans trahir la moindre émotion, et il sentit son café lui brûler la gorge. Il était amoureux pour la première fois de sa vie et n'avait pas eu peur de l'admettre. Ce qu'elle venait de lui raconter ne faisait que renforcer ses sentiments. Il n'avait pas pensé que les choses puissent être aussi solides entre eux, que leur attirance et leurs émotions puissent s'être enracinées si profondément. Elle ressentait la même chose que lui et il n'avait qu'un seul moyen de le lui faire comprendre.

— Mais si tu ne peux m'offrir que ton amitié, reprit-il la gorge nouée, je le comprendrai et l'accepterai.

# - 14 -

Caitlyn contempla Dev un long moment. Ainsi, la même chose se reproduisait une fois de plus. Elle venait de lui avouer son secret le plus intime – celui qu'elle n'avait partagé qu'avec son psy et Google. Qu'avait-elle donc espéré ? Qu'il la serre dans ses bras et lui prouve qu'elle avait tort ? *Oui !*

Elle n'avait pas prévu de lui raconter tout ça ; mais un regard avait suffi pour lui faire comprendre qu'il l'aimait vraiment, qu'il pensait tout ce qu'il lui avait dit. Jax avait prononcé ces mots aussi, de temps à autre, mais sans plus de chaleur que lorsqu'elle le disait à ses frères. Il n'avait jamais admis qu'il était *amoureux* d'elle.

Pendant quelques instants, elle envisagea d'appeler un Uber et de rentrer, pour s'épargner l'humiliation qui allait venir. Mais elle était pétrifiée sur sa chaise. Dev la regardait d'un air plein d'espoir, attendant sa réponse. *Son amitié ?* Il lui offrait son *amitié* ? Elle dut rassembler tout son courage pour se lever. Ses jambes tremblèrent. Dev se redressa aussi.

— Caitlyn…

— J'ai bien assez d'amis. Je n'ai pas besoin d'avoir un nouveau, dit-elle.

Il recula d'un pas, mais elle le rattrapa.

— Ce dont j'ai besoin, en revanche, c'est d'un amant. Un homme qui saurait éveiller ma passion et me montrer que je ne suis pas aussi froide que je le crois.

Il écarquilla les yeux de surprise et elle sourit, s'approchant toujours jusqu'à se placer juste devant lui.

Elle avait les jambes en coton et, alors qu'elle pensait ne

plus pouvoir supporter la tension entre eux, il la prit dans ses bras. Il se pencha sans un mot et l'embrassa. Elle lui rendit son baiser avec une fièvre qu'elle n'essaya pas de contrôler. Tout son corps était en feu. Dev aussi était clairement excité. Elle recula pour lui enlever son T-shirt et il l'aida avec empressement. Enfin, elle put passer les mains sur son torse ferme, lui arrachant un délicieux soupir. Elle embrassa sa peau nue, effleura ses pectoraux.

— Tu m'as vu, à mon tour, dit-il d'une voix mutine avant de lui ôter son haut.

Elle dégrafa son soutien-gorge. Elle avait tellement envie de sentir son corps contre le sien. Il referma les mains sur ses seins et caressa ses tétons. Elle ne put s'empêcher de gémir de plaisir… Dev déposa alors un baiser dans le creux de son épaule et un frisson brûlant la traversa. Elle prit son sexe dressé en main, émoustillée par cette puissance. Il avait envie d'elle et elle ne se sentait pas gênée. Elle savourait ses caresses au lieu de les craindre. Elle voulait… Non, elle avait *besoin* de lui.

Elle ouvrit donc sa braguette et le débarrassa de son pantalon avant de se libérer de ses talons pour faire glisser son propre jean et sa culotte au sol.

— As-tu un préservatif ?

Dev acquiesça et alla le chercher dans un tiroir. Il voulut ouvrir la boîte, mais elle l'arrêta.

— Pas encore…

Elle sourit, se plaquant de nouveau à lui. Elle voulait savourer plus longtemps la douceur de sa peau sur la sienne. Passant les mains sous ses fesses, il la souleva et elle noua ses jambes autour de ses hanches, gémissant de plus belle lorsque son sexe se pressa contre son ventre. Il se frotta à elle avec un grognement animal, puis l'embrassa de nouveau.

Ils s'enlacèrent – elle, chaude et humide, lui, fort et déterminé. Son membre éveillait des sensations si douces contre son clitoris. Oh ! qu'elle avait envie de lui ! Elle se tortilla, l'invitant à entrer en elle.

Il la porta jusqu'au lit et l'allongea. Elle le contempla un instant, émerveillée par son corps nu.

— Dev… J'ai besoin de te sentir en moi…

Mais il secoua la tête.

— Pas encore, répondit-il, répétant ses propres paroles.

Il s'agenouilla devant elle et embrassa son sexe palpitant. En un éclair, elle perdit le contrôle. La langue experte de Dev lui donnait le vertige et elle dut se raccrocher à ses bras, de part et d'autre de ses hanches. Elle griffa sa chair, se préparant au feu d'artifice qui montait déjà.

— Hmm, murmura-t-il tout contre elle, tu es si douce…

Il plaqua son pouce sur son clitoris, le caressa tout en la léchant. Caitlyn sentit sa raison s'envoler, remplacée par un plaisir tel qu'elle n'en avait encore jamais éprouvé. Elle cria, cambrée pour mieux le laisser humer son nectar.

Quand la vague fut passée, elle retomba sur le matelas, frémissante. Elle empoigna son sexe et le plaqua contre le sien. Il gémit à son tour.

— Caitlyn… Oh ! mon Dieu, je ne vais pas tenir…

Ces mots l'enhardirent et elle le caressa de haut en bas. D'un seul coup, il s'écarta pour enfiler un préservatif. Quand il la pénétra, elle eut peur d'éclater en mille morceaux. C'était si bon ! Elle était prête pour lui et sentit son corps se couler contre le sien comme s'il avait été fait pour cela. Très vite, un second orgasme monta. Elle voulait l'attendre, jouir avec lui, mais elle ne put se retenir. Les ongles enfoncés dans le dos de son amant, elle s'abandonna.

Lorsque son cœur se calma, elle se rendit compte qu'il était immobile en elle. Pendant un instant, la peur la saisit. Était-ce encore arrivé ? Avait-elle étouffé son désir ?

Il lui sourit.

— Je suis désolé, dit-il. J'aurais voulu tenir un peu plus longtemps, mais je n'ai pas pu.

— Tu as… fini ? demanda-t-elle timidement.

Il s'écarta et enleva son préservatif.

— Un peu trop vite à mon goût, mais j'ai toute la nuit pour me rattraper. Nous avons bien toute la nuit, n'est-ce pas ? Tu ne vas pas me quitter comme ça ?

Elle secoua la tête. Elle était exactement là où elle voulait : dans son lit. Elle se glissa sous le drap et il la rejoignit, la laissant se tourner dos à lui pour l'enlacer. Avait-il une nouvelle érection ? Déjà ? Elle résista à l'envie de vérifier, préférant savourer cet instant de calme et de tendresse. Elle avait besoin de temps pour comprendre ce qui venait de se passer. Elle l'avait séduit. Elle l'avait excité. Et il avait allumé un incendie en elle…

Pendant ce câlin inespéré, elle comprit enfin de quoi son psy parlait. Il n'y avait rien de brisé en elle. Tout ce dont elle avait eu besoin était de rencontrer un homme avec qui elle se sentait à l'aise, même au lit. C'était pour ça que le baiser de Heath n'avait pas réussi à l'embraser autant qu'un simple regard de Dev. Elle s'était ouverte à lui, lui avait avoué ses sentiments les plus intimes. Ils avaient un *lien*. Était-elle tombée amoureuse aussi ? Cette pensée l'emplit de joie et elle se pressa contre lui.

— Si tu continues comme ça, je vais vite devoir recommencer, dit-il à son oreille.

Elle se retourna et il l'embrassa au bout du nez.

— Quel dommage que tu ne m'aies pas dit plus tôt ce qui s'est passé entre ton ex et toi. Je n'arrive pas à croire que ce type ait pu te trouver froide. Tu es passionnée, gentille, attentionnée… N'importe quel homme aurait de la chance de t'avoir.

Le cœur de Caitlyn se serra. Lorsqu'ils avaient visité le ranch, il lui avait dit qu'il l'aimait. Avait-il changé d'avis ? L'avait-elle découragé, comme tous les autres avant lui ?

— Je suis désolée d'avoir réagi comme ça, l'autre jour, quand tu m'as proposé de nous associer.

Il lui caressa le dos et elle ne put s'empêcher de se nicher un peu plus dans ses bras.

— C'était si soudain, reprit-elle. J'ai perdu pied.

— Vraiment ? Il n'y avait rien d'autre ?

Une fois de plus, il refusait de se contenter d'une réponse toute faite…

— À ton avis ? J'ai parfois l'impression que tu me connais mieux que je ne me connais moi-même.

— J'en doute, murmura-t-il avec un sourire, en la serrant très fort. Mais si tu veux tout savoir, je pense que tu as été déçue que je te propose un partenariat et pas une vraie relation…

Elle secoua vivement la tête.

— C'est absurde ! On ne s'est rencontrés qu'il y a quelques semaines, je ne m'attendais à rien de spécial. Tu m'as surprise, c'est tout. En fait, je n'ai pas compris comment tu pouvais vouloir te lier à moi de cette manière, sans même savoir où notre liaison va nous conduire.

Il l'embrassa, puis demanda :

— Et où veux-tu qu'elle nous mène ?

Caitlyn n'hésita pas un seul instant.

— Tu es mon âme sœur, Dev. C'est ça que je veux.

— Et où vivrons-nous, si nous restons ensemble ?

— Dans ce ranch… Nous pourrions en faire un foyer. Je vois déjà des meubles confortables, des rideaux à la place des stores en bois. Je pourrais m'occuper des chevaux et ouvrir mon école tandis que tu transformerais la brasserie Stevens en restaurant. Tu sais, plus j'y pense, plus je suis convaincue que quelques travaux suffiraient. L'endroit est idéal et…

— Caitlyn, coupa-t-il avec douceur. Tu sais que je ne peux pas poser mes valises à Royal.

Elle soupira.

— Je sais. Ce n'était qu'une idée en l'air…

Il déposa un nouveau baiser sur son nez avec un sourire.

— Je ne dis pas que nous ne pourrions pas revenir pour voir ta famille, mais mes parents ont monté leur entreprise à New York et, si mes restaurants ont du succès, je serai obligé de voyager dans tout le pays.

Elle s'écarta de lui et s'assit sur le matelas. Elle avait su que cette conversation arriverait tôt ou tard et avait tout fait pour l'éviter. Elle n'avait pas encore trouvé les bons mots pour exprimer ce qu'elle ressentait ; mais à présent, elle comprenait enfin pourquoi son projet de ranch la dérangeait tant.

— Qu'attends-tu de moi, alors ? demanda-t-elle. Que je te suive partout, sans jamais me fixer nulle part ? Ou que je reste à Royal, attendant sagement que tu reviennes quand ton planning te le permettra ?

— Je n'y ai pas encore réfléchi. Nous commençons à peine à sortir ensemble. Accorde-nous cette chance et trouvons une solution ensemble. Ma famille possède un jet. Nous vivons dans le même pays. J'ai des amis qui arrivent à entretenir une relation avec leurs partenaires restés en Inde. Nous allons nous en sortir.

Hélas, elle n'était pas certaine de le croire. Elle ne pouvait pas lui demander de tout abandonner pour rester ici, avec elle : il ne serait pas heureux. Tout comme elle ne pensait pas pouvoir être heureuse dans une autre ville.

Il caressa ses lèvres du bout des doigts, puis son cou, sa poitrine, ses cuisses. Elle était déjà humide, pressée de le sentir en elle de nouveau. Toutes ces décisions déchirantes pouvaient attendre encore un peu, non ? Ils étaient ensemble, ce soir, et Dev était si doué pour la faire frissonner. Elle n'avait aucune envie de gâcher cette nuit en pensant à l'avenir. Demain arriverait bien assez tôt pour tout compliquer…

# - 15 -

Quand Dev ouvrit les yeux, Caitlyn était allongée près de lui, nue dans un rayon de soleil. Ils avaient passé une nuit merveilleuse et ne s'étaient endormis qu'à l'aube. Il contempla son amante en silence. Comment allait-il réussir à la laisser partir ? Il était soulagé d'avoir pu repousser leur conversation au sujet de leur avenir, préférant ne pas assombrir cette soirée inespérée. Néanmoins, lorsque Caitlyn avait laissé le sommeil l'emporter, il était resté éveillé longtemps, hanté par ce qu'elle avait dit.

Il ne pouvait pas lui demander de tout quitter pour le suivre dans ses aventures, tout comme il ne pouvait se résigner à vivre à Royal. C'était une ville charmante, mais il ne s'y sentait pas chez lui. Il avait vu ses frères et sœurs renoncer à leurs rêves pour le bien de leurs conjoints et il n'était pas prêt à un tel sacrifice – tout comme il ne pouvait pas l'exiger de Caitlyn. Où se trouvait le juste milieu ? N'allait-il pas trop vite en besogne ? Elle ne lui avait même pas dit qu'elle l'aimait et voilà qu'il se torturait déjà pour trouver une solution qui leur permettrait de vivre ensemble !

Elle murmura soudain quelque chose d'incompréhensible dans son sommeil et il déposa un baiser sur son front avant de se lever. Il jeta un coup d'œil à son agenda, sur son téléphone, et grimaça en voyant qu'il avait prévu un appel vidéo avec sa mère... dans quelques minutes. Il avait dormi trop longtemps.

— Pourquoi as-tu l'air de t'être fait piquer par un essaim de guêpes ?

Il se retourna et sourit. Elle était assise dans le lit, le drap remonté sous son menton, le regardant avec ses beaux yeux innocents. Il aurait tant voulu se réveiller chaque jour aux côtés de cette femme souriante, qui le contemplait comme s'il était la meilleure chose qui lui soit arrivée.

— C'est une expression texane ? Tu as ça dans la peau… *Littéralement*.

— En effet, admit-elle avant de jeter un coup d'œil interrogateur à son portable.

— Je dois appeler ma mère en vidéo dans cinq minutes.

En un éclair, la joie tranquille disparut des traits de Caitlyn, remplacée par un flot de panique. Elle se leva et commença à rassembler ses vêtements.

— Je vais partir !

Dev l'arrêta et la prit dans ses bras.

— Non. Je veux que tu la rencontres.

— Pas dans cet état ! Je dois m'y préparer, savoir quoi dire. Il faut que j'apprenne quelques mots d'hindi et…

Il la fit taire en plaquant un doigt sur ses lèvres.

— Inutile. Sois simplement toi-même, comme quand on est tous les deux. N'enfile pas ton armure : ce n'est qu'un rapide coucou.

— Je ne vais quand même pas la laisser me voir enveloppée dans un drap ! protesta-t-elle.

Il ne put réprimer un sourire amusé.

— Très bien, habille-toi. J'ai déjà hâte de t'effeuiller de nouveau…

Elle ramassa ses affaires et courut s'enfermer dans la salle de bains au moment où le téléphone se mit à sonner.

— Bonjour, Maman !

— Bonjour, fils. Comment vas-tu ?

Ils discutèrent pendant quelques instants. Dev fit de son mieux pour garder la porte de la salle de bains hors-champ afin de pouvoir présenter Caitlyn convenablement à sa mère, le moment venu. Celle-ci s'étendit un instant sur les qualités de sa petite-fille, avant de lui raconter le dernier drame familial en date. Apparemment, le frère de Dev n'avait pas saisi sa chance d'épauler leur père comme il l'avait espéré. Sa sœur s'en sortait bien, mais son mariage battait de l'aile.

— Il est temps que tu rentres. Je ne veux pas que le couple de Maya implose juste parce qu'elle travaille trop dur. Je crois que ton père voit enfin à quel point elle est capable et qu'il envisage de lui donner des responsabilités supplémentaires...

Dev soupira. Sa mère ne comprenait pas les vraies raisons des difficultés de sa sœur : si son couple allait si mal, c'était uniquement parce que Maya comprenait enfin qu'elle avait tout sacrifié pour son époux. Sa frustration devenait plus visible – il l'avait clairement compris depuis qu'elle avait quitté son emploi. Mais ce n'était pas le moment d'en parler. Il venait d'entendre Caitlyn ouvrir la porte avec précaution et vit sa tête passer par l'entrebâillement. Il lui fit signe d'approcher. Elle avait rassemblé ses cheveux en queue-de-cheval et s'était passé un peu d'eau sur le visage. Elle était... ravissante.

Elle voulut quitter la chambre, mais il fit non de la tête.

— Qui d'autre est là ? demanda sa mère.

La jeune femme se figea près du lit.

— Maman, tu te souviens de la photo de Caitlyn que je t'ai envoyée ? Eh bien, elle est ici et je voudrais te la présenter.

Sa mère se mit immédiatement à parler en hindi :

— Tu sais que ce n'est pas comme ça que les choses doivent se passer, Dev ! Tu ne peux pas me présenter les femmes avec qui tu couches !

— Elle est bien plus importante que ça pour moi, Maman, et tu le sais. Je ne t'aurais pas parlé d'elle, sans cela.

Sa mère soupira.

— On dirait que tu ne me laisses pas le choix.

Caitlyn était déjà en train de se chausser, mais il lui fit signe d'approcher sans lui laisser le temps de fuir.

— Maman, voici Caitlyn. Caitlyn, ma mère.

Elle lui jeta un coup d'œil affolé, puis se tourna vers l'écran et sourit.

— Vous êtes encore plus charmante que sur votre photo, dit la mère de Dev.

Celui-ci retint son souffle. Sa maman ne serait jamais ouvertement impolie, mais elle avait un don pour les remarques à double tranchant…

— Je suis heureuse de vous rencontrer, madame Mallik. J'aurais aimé que ce soit en d'autres circonstances.

Un sourire lui répondit.

— Mon fils n'est pas doué pour respecter les traditions, mais nous devons combler ses lacunes, n'est-ce pas ?

Elles bavardèrent pendant quelques instants. La mère de Dev interrogea Caitlyn sur sa famille et, immédiatement à son aise, celle-ci lui raconta son histoire, les œuvres de charité qu'elle mettait sur pied. Elle parut marquer des points en mentionnant son travail auprès des enfants placés.

Tant mieux. Dev voulait qu'elles s'entendent, que Caitlyn trouve sa place au sein de sa famille.

— Dites-moi, ma chère, vous considérez-vous comme une femme noire ou blanche ?

En un instant, il sentit ses espoirs vaciller. Au moins, sa mère avait abordé le sujet avec politesse…

— C'est une question difficile, répondit Caitlyn avec un sourire. Il y a quelques années, j'aurais dit « les deux ». Mais ma famille est noire et que je le veuille ou non, j'ai toujours été considérée comme telle.

— En tant que femme de couleur, je vous comprends. Dites-moi un peu comment vous pensez que vos enfants pourront s'identifier ?

— Je vous demande pardon ?

— Cela mérite réflexion, non ? Prenez ma petite-fille, par exemple – une enfant ravissante ! Mon fils a épousé une Indienne, mais ma petite-fille tient à se définir comme Américano-Indienne. Lorsqu'elle dessine des portraits de sa famille, elle colore sa peau d'une teinte différente que ses parents, alors qu'ils sont pareils.

Dev savait déjà où sa mère voulait en venir et il était hors de question qu'il la laisse semer le doute dans le cœur de Caitlyn.

— Bref, nous devons aller prendre notre petit déjeuner, coupa-t-il. Je crois que je vais récupérer ma petite amie…

— Non, attends, répondit Caitlyn. J'aimerais répondre. Pour être honnête : je n'en ai aucune idée. J'ai passé ma vie sans savoir comment me décrire. Je ne suis ni noire, ni blanche ; et je trouve qu'il est assez triste de continuer à classer les gens selon leur couleur de peau. J'espère que mes enfants n'auront pas à se préoccuper de ça quand ils iront à l'école, mais si c'est le cas, je leur dirai ce que ma mère m'a dit autrefois : *« Ta peau n'a aucune importance. Ce qui compte, c'est que tu t'aimes. »*

— Votre mère semble être une femme bien…

Dev reconnut ce ton et grimaça. Heureusement, Caitlyn ne sentit pas la condescendance sous cette remarque.

— Nous devons y aller, Maman.

Sa mère repassa à l'hindi :

— C'est une fille gentille, Dev, mais ça ne change rien au fait qu'elle n'est pas indienne. Il est temps pour toi de rentrer à la maison et de cesser de perdre ton temps dans cette ville perdue du sud.

Sur ce, elle raccrocha et Dev prit une profonde inspiration.

— Elle m'a détestée, n'est-ce pas ? murmura Caitlyn.

— Non, soupira-t-il. Elle aurait voulu que tu sois indienne, c'est tout. Je te promets de lui parler.

Il rangea son téléphone, puis prit le visage de la jeune femme entre ses mains.

— Tu as été super.

— Elle a raison sur un point, tu sais.

— Comment cela ?

— Tu l'as interrompue, mais elle essayait de dire que nous sommes très différents. Tu ne sais pas ce que c'est qu'être noir et je ne sais pas ce que c'est qu'être indienne.

— Et alors ? Quelle importance ? Nous avons toute la vie pour partager nos cultures et nos traditions.

Elle s'assit au bord du lit, les yeux baissés.

— Il y a quelques années, j'aurais été d'accord avec toi, Dev. Mais l'une des choses que Jax m'a fait comprendre, c'est que j'ai ignoré trop longtemps ma couleur de peau et la manière dont ça affecte ma vision du monde ou le comportement des autres. Ça affecte aussi mes responsabilités vis-à-vis de ma communauté. Je suis sûre que ça jouera aussi sur l'opinion de ta famille…

— Écoute, j'ai fréquenté bien assez de femmes indiennes et je peux te dire que je partage tes valeurs. C'est ce qui compte, répondit-il.

— Ta mère vient de parler une autre langue pour que je ne comprenne pas ce qu'elle avait à dire sur moi ! Ce sera toujours pareil, tu sais. Ton frère et ta sœur ont épousé des Indiens, ce qui fera de moi une étrangère chez eux aussi.

Dev vint s'asseoir près d'elle et lui prit la main.

— Je ne laisserai pas cela arriver, promit-il.

— Dans ce cas, c'est *toi* qui tourneras le dos à ta famille.

Il ne pouvait pas le nier. Ses parents allaient avoir besoin de temps pour s'habituer à parler anglais à table, en présence de Caitlyn. Depuis des années, tout le monde échangeait en hindi à la maison pour que la jeune génération apprenne leur langue natale. Néanmoins, ce n'était qu'un détail…

Il déposa un baiser sur la joue de Caitlyn.

— Je t'apprendrai l'hindi. Ne t'en fais pas.

— Il ne s'agit pas que de ça.

— Non, en effet, reprit-il en l'obligeant à le regarder, mais nous avons déjà accompli l'impossible : trouver une autre personne qui nous comprenne, qui soit prête à nous soutenir, qui sera là pour nous. Ce que nous vivons mérite qu'on se batte pour le défendre, non ? J'ai connu beaucoup de femmes et je n'ai jamais encore ressenti un tel lien. Dans ma culture, nous pensons que nous avons tous une âme sœur quelque part. Tu es la mienne, Caitlyn, et je suis prêt à faire tout le nécessaire pour te garder.

Son regard se mit à briller un peu plus.

— En es-tu sûr ? Je sais à quel point tu tiens à ta famille et je ne veux pas vous séparer…

Il l'embrassa brièvement.

— Ça n'arrivera pas.

Elle souleva sa main pour presser ses lèvres contre ses doigts et sourit enfin.

— Tant que tu restes à mes côtés, nous y parviendrons peut-être. De toute manière, ma famille ne sera pas facile à amadouer non plus.

— Parce que je n'ai pas l'accent texan ?

— Oui, et tu n'es pas un rancher, ou originaire de Royal.

— Ça te pose problème aussi, n'est-ce pas ? Que je ne sois pas né ici ?

Elle saisit ses deux mains dans les siennes avec fièvre.

— Je t'aime, Dev. Je crois que je t'ai aimé dès l'instant où je t'ai craché mon vin au visage…

Une vague de chaleur et de soulagement l'envahit.

— Je t'aime aussi, Caitlyn. Je te promets de trouver une solution à nos problèmes. L'amour ne se contrôle pas. Décider de l'endroit où nous allons vivre et de la manière de gérer notre travail, ce n'est que de la logistique.

— À t'entendre, ça a l'air si facile !

Elle se pencha pour l'embrasser et il lui rendit son baiser. Il fut doux et tendre, désirant par-dessus tout lui montrer à quel point il l'aimait et voulait se battre pour elle.

— Veux-tu que nous passions la journée ensemble ? Oublions nos familles un moment et profitons d'être tous les deux…

Elle acquiesça.

— Dans ce cas, commençons par manger. Je meurs de faim !

Il inclina la tête pour embrasser la peau sensible de son cou, juste à la naissance de l'épaule, et vit qu'il lui donnait la chair de poule.

— Me laisseras-tu savourer autre chose, avant de commander le petit déjeuner ?

Pour toute réponse, elle lui enleva son T-shirt. Il se débarrassa docilement de son jean, tandis qu'elle se déshabillait de son côté. Il voulait prendre son temps, mais elle n'était clairement pas de cet avis et referma immédiatement la main sur son sexe déjà dressé. Elle le caressa avec un mélange de douceur et de fermeté qui faillit lui faire perdre la tête. Comment parvenait-elle à l'embraser ainsi, juste en le touchant ? En général, il avait un bon contrôle sur une telle situation, mais Caitlyn brisait toutes ses barrières.

— Attends, murmura-t-il. Un instant…

Elle secoua la tête avec détermination.

— Je ne veux pas patienter. J'ai besoin de toi, maintenant.

Son regard brûlait, comme le corps de Dev. Il savait ce qui se passait. Leur conversation avec sa mère avait fait éclater la bulle qui les entourait depuis la veille, qui les avait convaincus que seul leur amour comptait. Ils avaient tous les deux besoin de se rappeler que leur histoire était réelle et qu'elle en valait la peine – ou bien était-ce seulement lui ? Il ne pouvait l'admettre devant Caitlyn, mais elle avait raison de s'inquiéter de sa famille. S'il voulait rester avec elle, il aurait des sacrifices à faire, c'était certain. Il allait devoir être fort… Ses parents avaient toujours eu un don pour le tirer en arrière, le manipuler afin d'obtenir ce qu'ils voulaient. Hélas pour eux, il avait *besoin* de vivre cette histoire.

Elle le prit par la main, sans lâcher son sexe palpitant et l'entraîna sur le lit avec elle. Il tenta bien de la faire ralentir, mais elle ne l'écouta pas et le guida en elle. Quelque part, un téléphone sonna. Il l'ignora. Il embrassa de nouveau Caitlyn, savourant ses gémissements et l'ondulation de ses hanches. Le plaisir monta trop vite – encore – et il se retint autant que possible pour être certain de ne pas la frustrer. Enfin, leurs deux corps furent saisis de spasmes au même instant et il se laissa aller dans ses bras.

— Qu'est-ce qui sonne, comme ça ?

Le téléphone semblait en effet décidé à gâcher cet instant de paix. Dev était certain que ce n'était pas le sien.

— C'est mon portable ! cria soudain Caitlyn.

La sonnerie s'arrêta, leur offrant quelques secondes de répit, puis reprit de plus belle. Voyant la panique de son amante, Dev s'écarta d'elle.

— Il faut que je réponde. Ça pourrait être une urgence.

Elle se leva précipitamment, et Dev sentit son cœur s'arrêter. Il avait oublié le préservatif ! Comment avait-il pu être aussi bête ? Certes, il se savait en bonne santé et ne doutait pas de Caitlyn, mais il aurait dû la protéger. Trop emporté par son désir, il avait manqué de prudence… Il allait falloir qu'il la prévienne, pour qu'elle prenne ses précautions. Comment allait-elle réagir ? Si un tel accident était arrivé avec une de ses ex, Dev aurait été terrifié. D'ailleurs, ça ne serait *pas* arrivé. Malgré tout, quitte à avoir ce genre de problème, il préférait que ce soit avec Caitlyn.

Elle répondit au téléphone, le souffle court.

— Désolée, je n'ai pas entendu la sonnerie… OK… J'arrive. Je serai là dans un quart d'heure.

Elle raccrocha et se tourna vers Dev, qui se rhabillait déjà.

— Un souci ?

— Le détective privé a découvert quelque chose au sujet des droits d'exploitation du ranch. Les Grandin vont venir à la maison et toute la famille se rassemble. Je dois y aller.

# - 16 -

— Je te raccompagne.

Caitlyn soupira. Était-elle prête à présenter Dev à sa famille ? Les Grandin étaient presque des parents et, s'il venait, il les rencontrerait tous. *Vont-ils l'aimer ? L'effrayer ?*

Elle boutonna son jean et jeta un coup d'œil à son reflet dans le miroir. Elle ne pouvait pas arriver échevelée, comme si elle avait passé une nuit à faire des folies – ce qui était le cas !

— Je ne suis pas obligé de voir qui que ce soit, reprit Dev. Je peux juste te déposer.

Leurs regards se croisèrent dans la glace. Il avait enfilé un T-shirt propre et se passait un coup de peigne. Il avait une barbe naissante, mais ça lui allait bien.

— Caitlyn, il faut que je te dise une chose…

Elle se retourna, soudain plus nerveuse. *Quoi encore ?*

Il ravala sa salive, visiblement gêné.

— Je suis désolé, mais j'ai oublié de mettre un préservatif, cette fois.

Elle faillit éclater de rire. Comment avait-elle pu oublier, elle aussi ? Elle qui était toujours si prudente ! Presque sans réfléchir, elle vérifia la date sur son portable. *Zut !* Bien sûr, c'était sa semaine d'ovulation.

— Je reconnais mes torts, tu sais. Quoi qu'il arrive, je serai à tes côtés et je…

Elle le fit taire en plaquant un doigt sur ses lèvres.

— Hé, on est deux. S'il y a un problème, on le réglera ensemble.

Il l'embrassa et elle eut à peine besoin de le regarder pour savoir qu'il ne la laisserait pas tomber. Il l'avait présentée à sa mère, après tout. Il avait beau prétendre que ce n'était pas important, elle savait ce que ça signifiait pour lui ; et, sous ses airs tranquilles, Mme Mallik lui avait posé des questions très personnelles. Le simple fait qu'il lui ait parlé de leur relation avant même qu'ils fassent l'amour prouvait qu'il avait des sentiments pour elle. S'il était prêt à prendre un risque pour elle, alors elle devait faire de même…

— Je veux que tu rencontres ma famille, dit-elle. Autant le faire tout de suite.

D'ailleurs, tout le monde se tiendrait à carreau en présence des Grandin. Dev posa les mains sur ses épaules, l'obligeant à le regarder.

— Je ne te force pas. Je veux les voir, mais uniquement quand tu seras prête. Rien ne presse.

— Allons-y, répondit-elle avec un sourire.

Lorsqu'ils arrivèrent au ranch, ils trouvèrent la famille rassemblée dans le salon. Tous les regards se tournèrent vers eux. Augustus, le grand-père de Caitlyn, était assis dans son habituel grand fauteuil à oreillettes.

Chaque fois qu'elle le voyait, son cœur se serrait de le voir si diminué. Il était encore grand et imposant, mais son esprit l'abandonnait peu à peu. Sa grand-mère Hazel était installée près de ses parents, Ben et Barbara. L'antique cafetière d'argent trônait sur la table basse, emplissant la pièce des effluves du café spécial de ses grands-parents. Le service de tasses du mariage de ses parents était disposé autour, avec des sandwichs, des scones et des gâteaux. L'estomac de Caitlyn gargouilla et elle se souvint qu'elle n'avait rien mangé depuis la veille.

Jayden était assis un peu plus loin, tandis que Jonathan faisait les cent pas au milieu des chaises et des trois canapés.

Caitlyn serra la main de Dev dans la sienne en affrontant le silence de l'assemblée.

— Bonjour, tout le monde ! Je vous présente mon… Voici Dev, dit-elle, sans oser prononcer les mots *petit ami*.

Jax avait été son petit ami. Dev était bien plus que ça !

Jonathan fut le premier à répondre. Il s'avança et tendit la main, que Dev serra.

— Bienvenue chez nous.

Nul ne put ajouter un mot, car les Grandin arrivèrent au même instant. Victor Junior était accompagné par son fils Vic et ses filles, Chelsea et Layla. La plus jeune, Morgan, n'était pas là ; par contre Josh, le fiancé de Layla avait fait le déplacement. Pour la première fois, Caitlyn ne se sentit pas jalouse en les voyant ensemble. Tout le monde se salua, non sans dévisager Dev de la tête aux pieds. Layla s'empressa d'emmener Caitlyn à l'écart pour chuchoter :

— Qui est ce bel inconnu qui t'accompagne ?

— Quelqu'un à qui je tiens beaucoup, dit-elle avec sincérité.

— Eh bien, ne le laisse pas partir !

Layla lui fit un clin d'œil et alla se servir à table. Dev apporta à Caitlyn une tasse de café et quelques gâteaux.

— Assieds-toi. Mange un morceau.

— Tu as entendu mon estomac ?

Il sourit.

— Oui, et quelque chose me dit que tu vas avoir besoin de reprendre des forces avant la fin de cette journée.

Elle n'en doutait pas. En général, quand les deux familles se retrouvaient, on discutait avec entrain… Mais ce matin, tout le monde s'assit en silence – certains ne prirent même pas de café.

Jonathan plaça le haut-parleur de la salle de réunion au milieu de la table, étalant comme des tentacules ses huit petits micros filaires.

— Jonas Shaw et Alexa sont en ligne.

Tout le monde se tut. Dev et Caitlyn se tenaient derrière le canapé où étaient assis ses parents. Sa main se mit à trembler et elle reposa sa tasse sur un guéridon. Dev lui tendit un scone, de sa propre assiette, mais elle refusa d'un signe. Elle n'avait soudain plus d'appétit. Il serra alors ses doigts pour lui donner du courage.

La voix grave du détective privé se fit entendre dans le micro :

— Je sais que vous avez tous hâte de savoir ce que j'ai appris, donc je vais aller droit au but.

La pièce entière retint son souffle. Caitlyn se serait écroulée, si Dev n'avait pas été là pour la soutenir. Et si elle se rendait compte qu'elle était enceinte, dans deux ou trois semaines ? Comment se sentirait-elle ? *Pourquoi ne suis-je pas en train de paniquer ?* Était-elle folle, de penser que cet homme resterait à ses côtés ?

Jonas s'éclaircit la voix :

— Comme vous le savez tous, Ashley Thurston est née environ neuf mois après le début de la relation entre Daniel Grandin et Cynthia Thurston. Vous m'avez demandé de vérifier l'authenticité des documents sur lesquels Heath Thurston s'appuie pour réclamer les droits d'exploitation du pétrole qui se trouve sur vos terres. J'ai réussi à dénicher la trace d'un ancien avocat de Royal. Il est mort, mais sa fille a conservé ses papiers, parmi lesquels une copie de celui de M. Thurston.

Tout le monde prit une profonde inspiration. Jusqu'à présent, on avait décidé de considérer ce document, portant les signatures de Victor Senior et d'Augustus, comme un faux.

— Et le paraphe d'Augustus est-il authentique ? demanda le père de Caitlyn.

— Je le crains. J'ai aussi retrouvé un registre dans les affaires de l'avocat, signé par chaque visiteur. Le jour de l'établissement de ce document, Augustus a inscrit son nom sur le registre, et sa signature est identique à celle que vous a montrée Heath.

Un lourd silence retomba.

— Vous êtes-vous assuré qu'il ne soit pas venu pour un autre motif ? demanda Alexa. Il a pu consulter cet avocat pour une affaire qui n'avait rien à voir…

Caitlyn ne supportait pas de les entendre parler de son grand-père comme s'il n'était pas là – et, d'après sa grimace, il partageait son agacement.

— J'ai vérifié et n'ai rien découvert. Augustus n'était présent à l'étude que ce jour-là, ce qui porte à croire que sa signature est bien la sienne.

Alexa et Layla posèrent quelques autres questions, bien décidées à trouver une faille. En vain. De toute évidence, Heath Thurston était dans son bon droit et les deux ranchs étaient en grand danger. Lorsque Jonas eut raccroché, Ben se tourna vers son père.

— Te souviens-tu d'avoir signé des papiers à la demande de Victor ?

Augustus fronça les sourcils.

— Pourquoi cette question ? Et qui était ce type, qui salit mon nom ? Pourquoi ne pas demander à Victor, directement ? Où est-il ?

Son épouse posa doucement la main sur son épaule.

— Victor ne peut pas venir, mon chéri.

— Dans ce cas, je m'en vais aussi ! répliqua-t-il en se levant avec une souplesse surprenante pour son âge.

— Je crois que je ferais mieux de le coucher…

Hazel le conduisit à l'étage, et tout le monde se mit soudain à parler en même temps.

— Augustus n'avait pas le droit de donner nos terres pour laver la faute de Daniel ! grommela Ben, hors de lui.

— Excuse-moi, mais comment sais-tu que l'idée ne venait pas de *lui* ? cria Chelsea, l'aînée des Grandin.

Elle aurait sans doute ajouté une remarque bien sentie, comme à son habitude, si Jonathan ne s'était pas interposé.

— Augustus n'a jamais eu d'enfant bâtard, lui !

Caitlyn sentit la peur et la colère monter. Leurs familles étaient amies depuis toujours, et voilà qu'elles se déchiraient.

— Je ne peux pas imaginer que…

— Taisez-vous tous ! s'écria la jeune femme, surprise par sa propre virulence.

Comme elle prenait rarement la parole, tous les regards se tournèrent vers elle et elle les soutint avec détermination.

— Ce n'est pas le moment de nous disputer. Si nous voulons nous en sortir, nous allons devoir nous serrer les coudes : nos deux propriétés sont menacées.

Dans le haut-parleur, Alexa murmura :

— Seulement s'il y a bien du pétrole. Pourrions-nous prouver que ce n'est pas le cas ?

Tout le monde parut séduit par cette idée.

— Je vais demander à Jonas de se renseigner, suggéra Victor Junior avant de quitter la pièce, son portable à la main.

— On dirait bien que nous allons avoir besoin d'un bon avocat, reprit Caitlyn. Le nôtre ne s'investit pas entièrement dans cette affaire parce qu'il y est étranger…

Elle n'eut pas besoin d'en dire plus. Tous les yeux se posèrent sur le haut-parleur.

— Alexa, dit Layla avec douceur, tes talents nous seraient utiles.

— Je sais que tu n'avais pas prévu de rentrer à la maison dans les prochains mois, mais cette affaire est importante, ajouta Barbara.

Un soupir répondit.

— D'accord, je veux bien nous représenter. Caitlyn a raison : nous devons travailler ensemble. Dans un premier temps, aucun d'entre nous ne doit parler à Heath ou à Nolan Thurston. Est-ce bien clair ?

Caitlyn soupira et jeta un coup d'œil à Dev. Il ne savait pas que l'homme du bar était Heath…

— Nous ne savons pas ce qu'ils ont en tête, mais je ne veux pas que nous leur donnions la moindre information par inadvertance, poursuivit Alexa.

Tout le monde acquiesça, puis Barbara invita les Grandin

à rester manger – mais personne ne semblait avoir d'appétit et ils déclinèrent son offre.

— Je crois que je vais y aller aussi, glissa Dev à l'oreille de Caitlyn tandis que les autres se disaient au revoir.

— Non ! répondit-elle en le retenant par le bras.

— Tu as besoin d'être présente pour ta famille, aujourd'hui. J'aurai bien d'autres occasions d'apprendre à les connaître plus tard. Pour l'instant, ils doivent prendre le temps d'accepter la situation, aussi difficile soit-elle.

Elle sourit. Elle ne voulait pas qu'il parte mais apprécia sa délicatesse. Il comprenait.

— Je suis désolée que nous ne passions pas la journée ensemble.

— Plus tard, je te le promets.

Il déposa un petit baiser sur sa joue, puis s'éclipsa.

— Où est parti ton copain ? demanda son père en se servant un café, quelques instants plus tard.

— Ce n'était pas le meilleur moment pour des présentations officielles.

— Il n'y a jamais de bon moment, marmonna Jonathan. Je voulais lui parler, moi…

— Et lui arracher son numéro de sécurité sociale ? gloussa Jayden en gobant un sandwich.

— Avez-vous fait des recherches sur lui ? Alexa vous a-t-elle donné son nom ? demanda Caitlyn, soupçonneuse.

— Calme-toi, petite sœur. Il a l'air d'un type bien.

— J'ai quand même quelques questions à lui poser.

La jeune femme dévisagea ses frères et soupira.

— C'est pour ça que je ne voulais pas qu'il reste.

— Est-ce que tu sais que son frère et sa sœur ont épousé des gens ayant les mêmes origines que lui.

— Oui, Jonathan. Il me l'a dit, et je ne vois pas en quoi ça me concerne.

— Oh ! ma chérie, intervint sa mère. Je vois bien que vous

êtes amoureux. Tu ne nous l'aurais jamais amené, si ce n'était pas une histoire sérieuse.

— Alors pourquoi ai-je l'impression que vous vous liguez tous contre moi ?

Barbara l'invita à s'asseoir près d'elle et l'enlaça.

— Nous voulons juste être sûrs que tu sais ce que tu fais.

— Je ne suis pas une gamine et, puisque ça vous intéresse, il m'a présentée à sa mère, ce matin.

— Comment ça s'est passé ?

— Bien.

— Dev pense-t-il que ses parents accepteraient une femme qui ne partage pas leur culture ?

— Et vous ? Êtes-vous prêts à accepter un homme qui ne soit pas noir ? répliqua-t-elle en refusant l'assiette que lui tendait son père – elle était trop nerveuse pour manger.

— Tu sais que ça n'a aucune importance pour nous.

— De toute manière, il est bien trop tôt pour parler de ce genre de problème. Nous ne nous connaissons que depuis trois semaines. Vous passez votre temps à me dire d'oublier Jax ; mais comment suis-je censée trouver quelqu'un, si vous soumettez tous mes petits copains à des interrogatoires ?

Ses frères eurent la délicatesse de paraître gênés. Alexa toussa soudain et on se souvint qu'elle était encore en ligne. Prenant les choses en main, comme toujours, elle demanda à tout le monde de s'asseoir pour établir leur plan d'action. Elle seule pouvait avoir autant d'autorité sans même être dans la pièce… Caitlyn écouta quelques minutes, puis se décida à remplir une assiette de sandwichs et sortit. Parler pendant des heures de ce qui les attendait ne changerait rien à leur situation. Un seul point était clair : elle n'était pas près d'ouvrir son école d'équitation dans le ranch familial. L'engrenage judiciaire dans lequel ils s'apprêtaient à plonger prendrait une éternité, et Caitlyn en avait assez de repousser son rêve au lendemain.

Soudain, une autre pensée l'assaillit. Dev était censé quitter Royal aujourd'hui… et il n'avait pas encore parlé d'altérer ses plans.

# - 17 -

Caitlyn poussa un soupir de soulagement lorsque Dev lui envoya un texto pour lui proposer de passer la prendre en fin de journée. Elle s'était déjà douchée et avait séché ses cheveux avec soin. Elle en profita donc pour passer dans sa boutique de vêtements préférée et, au grand amusement de la vendeuse, acheta une robe rouge qui n'avait rien à voir avec son style habituel. Le décolleté était scandaleusement plongeant et se portait sans soutien-gorge – c'était l'effet qu'elle recherchait. La coupe, moulante, soulignait sa poitrine et deux pans venaient se croiser dans le dos pour finir noués à la taille.

Elle frémit d'excitation en imaginant Dev défaire ce nœud comme un paquet-cadeau. Elle paracheva sa tenue en enfilant une paire de sandales à talons hauts et une nouvelle culotte en soie. Déjà, elle sentait presque les mains de son amant sur l'étoffe fine, et une vague de chaleur la traversa. Un regard dans le miroir lui montra une femme différente, confiante. Sa peau resplendissait et, dans cette robe, elle aurait presque pu faire la une d'un magazine de mode.

Elle eut à peine le temps d'enfiler un manteau léger avant que la voiture de Dev vienne se garer devant la maison devenue étrangement calme après le drame du matin. Il sortit pour lui ouvrir sa portière et la regarda avec surprise.

— Il ne fait pas un peu chaud pour porter un manteau ?

Elle sourit, jeta un regard autour d'elle pour s'assurer qu'ils étaient seuls, puis ôta son pardessus et fit un petit tour sur elle-même. Dev siffla.

— Je ne peux pas me montrer en public habillée comme ça. J'ai acheté cette robe juste pour toi…

Il caressa son dos partiellement dénudé et l'embrassa sur la joue.

— Tu es magnifique, lui glissa-t-il à l'oreille.

Le cœur de Caitlyn s'emballa en voyant la gourmandise illuminer ses yeux.

— Ta famille est encore là ? Je ne suis pas sûr de pouvoir attendre avant de te sauter dessus.

Elle fit oui de la tête, en souriant, et il soupira.

— Je comptais t'emmener au restaurant, mais je n'ai plus vraiment envie de te partager avec qui que ce soit, ce soir.

— De toute manière, il est hors de question qu'on me voie en ville dans cette tenue ! Je suis censée être une Lattimore un peu coincée, n'oublie pas. Cette tenue est ton cadeau.

Ils s'installèrent dans la voiture, et Dev lui adressa un sourire si vorace qu'elle fut heureuse d'avoir fait une telle dépense pour lui plaire.

— Allons à l'angle de Main et Porterhouse. Il y a un excellent italien qui fait des plats à emporter. Si je l'appelle maintenant, tout sera prêt à notre arrivée.

Ils passèrent donc prendre leur repas et Dev s'engagea sur Porterhouse Street.

— Attends, lança Caitlyn. Ton hôtel est de l'autre côté.

— Nous n'allons pas à l'hôtel. Tu vas voir…

Il se gara devant l'un des immeubles neufs bâtis à la sortie de la ville et se tourna vers elle.

— J'ai loué un appartement. Je voulais t'accueillir dans un endroit plus intime.

Que voulait-il dire ? Il avait *loué* un logement ? Comptait-il rester à Royal plus longtemps que prévu ?

L'appartement, au dernier étage, avait une vue imprenable sur les ranchs voisins. Les pièces étaient lumineuses mais pas trop luxueuses, avec une cuisine ouverte, un salon, une salle à manger et deux chambres. Le mobilier était simple et moderne, disposé avec goût.

— Comment as-tu fait, si vite ? On s'est vus il y a quelques heures à peine !

— Je n'avais que ma valise et l'appartement était meublé.

Il s'approcha d'elle, dans son dos, et l'enlaça pour embrasser sa nuque. Elle frissonna de plaisir.

— Bien sûr, il manque quelques touches personnelles. Tu pourrais peut-être m'aider pour ça ?

*Aménager un logement ensemble ? Quand tu veux !*

— Tu penses donc rester à Royal ?

— Oui, pour l'instant.

Cette réponse floue eut quelque chose d'affolant. *Pour l'instant ? Qu'est-ce que ça veut dire ?* Caitlyn n'eut cependant pas l'occasion de poser la question : une traînée de baisers descendit de son cou aux parties exposées de son dos. Dev plaqua les mains sur ses seins pour caresser ses tétons, avec lenteur, et elle perdit pied.

— Alors, comment dois-je m'y prendre pour ouvrir mon cadeau ?

Toute palpitante d'excitation, elle défit le nœud de sa ceinture… et la sonnette retentit. Dev lâcha un juron.

— Attends-tu quelqu'un ? demanda Caitlyn.

Il ajusta son pantalon et cria qu'il arrivait tandis qu'elle remettait sa robe en place.

— Ma mère m'a annoncé qu'elle m'envoyait un petit colis et j'ai demandé aux gens de l'hôtel de donner cette adresse au coursier. Je pensais qu'il déposerait le paquet chez le concierge.

Lorsqu'elle fut rhabillée, Caitlyn s'écarta de la porte et Dev alla ouvrir. Elle ne voulait pas qu'on la voie – même si ce n'était qu'un livreur.

— Papa ? ! Que fais-tu ici ?

*Hein ? Quoi ?*

— Surprise !

Oh non, c'était impossible ! Caitlyn sentit son cœur s'emballer.

Elle chercha frénétiquement son pardessus, mais il était posé à l'autre bout de la pièce et elle ne pourrait jamais passer devant la porte sans attirer l'attention. Devait-elle se cacher dans la chambre en attendant le départ du père de Dev ? Non, mauvaise idée : avec sa chance, il s'inviterait pour la nuit et elle aurait l'air ridicule en se faisant surprendre…

L'homme qui entra dans le salon quelques secondes plus tard ne ressemblait absolument pas à son amant. Il était plus petit et mince, avec une calvitie naissante et des lunettes. Malgré la chaleur, il portait un élégant costume et sa voix résonnait si fort que Dev paraissait presque intimidé en sa présence.

— Ta mère s'inquiétait pour toi, alors je suis venu pour te ramener à New York. Notre jet est à l'aéroport. Tout est…

Il s'interrompit en apercevant Caitlyn.

— Oh ! reprit-il en lui adressant un regard qui la fit regretter de ne pas s'être réfugiée dans la chambre. Je vois que tu as de la compagnie. Navré, j'aurais dû appeler. Je peux revenir plus tard.

— Non, tout va bien, Papa. Je veux te…

— Non, non, fils. Tu as payé pour la nuit, profite.

Caitlyn tressaillit, comme si on venait de la brûler au fer rouge. Elle courut récupérer son manteau et son sac. Elle ne pouvait pas rester ! Sa rencontre avec le père de Dev n'aurait pas pu être pire !

— Je dois y aller, marmonna-t-elle.

— Caitlyn, attends ! cria Dev en l'arrêtant par le bras quand elle passa près de lui. Papa, voici Caitlyn. Ma petite amie.

Son père la dévisagea encore, les sourcils levés.

— Je comprends pourquoi ta mère est si soucieuse…

— Papa ! Ne sois pas grossier. Caitlyn est très importante à mes yeux.

— Tout va bien. Ce n'était pas le moment de faire les présentations, c'est tout. Je suis désolée.

Elle repoussa Dev, priant pour que le plancher l'engloutisse.

— Laisse-moi au moins te raccompagner.

Elle croisa son regard suppliant, mais c'en était trop. Elle n'avait encore jamais été aussi humiliée de sa vie.

— Ne t'occupe pas de moi, reste avec ton père. Je vais prendre un Uber.

Sur ce, elle tourna les talons et quitta l'appartement.

•

— Papa, tu ne peux pas venir chez moi comme ça, sans prévenir, gronda Dev dès qu'elle fut partie.

— Pourquoi ? As-tu honte ? Et depuis quand quittes-tu ton hôtel pour louer un logement ? Je croyais que tu étais ici pour ouvrir un restaurant, où est-il ? Qu'as-tu fait ces dernières semaines ?

Le jeune homme prit une profonde inspiration. Du point de vue de son père, la situation ne devait pas être bien reluisante… Il était très attaché aux traditions indiennes et sa rencontre avec Caitlyn n'aurait pas dû avoir lieu ici, alors qu'elle portait une robe aussi sexy. Il fallait à tout prix qu'il reprenne le contrôle avant que la situation dérape davantage.

— Papa, repartons de zéro. Viens t'asseoir. Je vais te servir un verre d'eau et on pourra parler.

Temporairement radouci, son père accepta et s'installa à la table de la salle à manger. Dev jeta un coup d'œil au plat préféré de Caitlyn qui refroidissait dans sa boîte et soupira. Il le partagea en deux assiettes. Dans l'entreprise de son père, on mangeait toujours un morceau avant chaque réunion. Dev trouvait que c'était une perte de temps et d'argent, mais son père répétait que, lorsque les estomacs étaient vides, les mots l'étaient aussi – un vieux dicton indien. Dans leur culture, l'hospitalité passait avant tout. Avec un peu de chance, ça le mettrait dans de meilleures dispositions…

— Tu dois rentrer avec moi, fils.

— Je t'ai déjà dit que j'avais besoin de faire cavalier seul.

— Je comprends : j'ai fait la même chose quand j'avais ton âge. Ton grand-père ne voulait pas que je vienne en Amérique.

Il a même refusé de payer mon billet d'avion, mais ta mère et moi sommes partis quand même. Nous avons logé chez des amis, j'ai dépensé toutes mes économies et vendu les bijoux de ta mère pour monter ma première entreprise. De là, j'ai bâti un empire. Je suis tout à fait prêt à te soutenir dans ton projet…

Dev sentit un énorme « mais » arriver et serra les dents.

— Néanmoins, j'ai besoin de ton aide, en ce moment.

Son père soupira, retira ses lunettes et se massa l'arête du nez. Toute sa vie durant, il avait semblé immense et fort aux yeux de Dev. Le grand Vishvanath Mallik, l'homme qui faisait pleurer ses concurrents après leur avoir offert du thé et des sandwichs au concombre. Mais, en cet instant, il paraissait usé, fatigué.

— Je sais que tu tenais à ce que je laisse une chance à ton frère et ta sœur. Ce que tu ignores, c'est que j'ai accordé à Kushal de nombreuses occasions de prouver sa valeur en tant qu'associé ; hélas, il aime son train de vie et rechigne à travailler. Ta sœur Maya est très capable, mais ses responsabilités lui prennent trop de temps. Tu sais que ses beaux-parents sont vieux et vivent avec elle. Son mariage a pâti de ton départ. Son époux m'a très clairement expliqué qu'elle ne pouvait pas continuer à travailler si dur : leur couple en souffre. C'est pour ça que je suis ici. J'ai tenté de régler le problème sans toi, de te donner le temps de réaliser ton rêve, mais je ne suis plus très jeune. Je ne peux pas porter ce poids seul. J'ai besoin de toi.

Dev sentit son estomac se nouer.

— Papa, tu dois engager des cadres, faire confiance à d'autres personnes que tes enfants.

— Tu n'as pas eu la même vie que moi, tu ne sais pas à quel point les entreprises familiales comme la nôtre sont vulnérables. Une erreur, et tout s'écroule ! Ton oncle a hérité des usines de mon père, en Inde. J'étais si occupé de ce côté de l'océan que je l'ai laissé les gérer seul – mon héritage. Et il a fait couler toute l'affaire. Ton arrière-grand-père avait bâti ces usines sous la colonisation, à une époque où les Indiens n'avaient que rarement le droit de s'enrichir. Elles ont survécu aux Anglais et ont succombé à cause de quelques mauvaises décisions. Je ne peux *pas* faire confiance à des étrangers.

Ils avaient souvent eu cette conversation, depuis que Dev avait achevé ses études de commerce. À l'époque, il ne s'était pas senti capable d'épauler son père à la tête de la firme, mais celui-ci avait toujours refusé de prendre d'autres associés.

— Papa, Maya est adulte. Elle a le droit de faire ses propres choix. Elle aime sa carrière, elle est allée à Harvard. Quand je suis perdu, c'est à elle que je demande conseil.

— Son mari est venu me voir et je lui ai promis de te ramener pour qu'elle puisse se concentrer sur leur famille.

— Ne penses-tu pas que c'était injuste de la part de Neeraj ? Je suis parti il y a trois semaines seulement et il t'appelle déjà au secours. Vous n'avez même pas laissé à Maya la liberté de décider !

— Ce n'est pas le sujet. Tu sais ce que ta mère et moi pensons du mariage. Nous ne serions jamais arrivés aussi loin sans ses efforts et ses sacrifices. Maya a la même responsabilité vis-à-vis de sa famille.

— Ne sommes-nous donc plus sa famille, désormais ?

— Lorsqu'une femme se marie, sa belle-famille et son époux deviennent ses priorités.

— Papa, soupira Dev, le monde a changé et nous ne sommes plus en Inde. Il est temps que tu oublies ces vieilles traditions démodées.

Son père lui adressa un regard soupçonneux.

— C'est à cause de cette fille, n'est-ce pas ?

— Non, protesta Dev. Il ne s'agit pas que de Caitlyn…

— Parce que si c'est le cas, laisse-moi te dire que ta mère et moi ne te laisserons jamais gâcher ta vie pour ce genre de femme.

Le jeune homme serra le poing, tentant de canaliser sa colère pour rester respectueux.

— Tu ne la connais pas. Ce que tu as vu aujourd'hui était un rendez-vous romantique *privé*.

— Écoute, Dev, je sais que tu me trouves vieux jeu, mais je ne suis pas obtus à ce point. Maya a connu des hommes avant de se marier et je ne m'attends pas à ce que ta future épouse soit vierge, mais j'exige un semblant de décorum, de valeurs familiales et de…

— Caitlyn possède toutes ces qualités. Comme je l'ai dit, tu es arrivé au mauvais moment. Elle vient d'une des familles les plus respectées du Texas, siège au conseil d'administration d'un hôpital et de plusieurs fondations caritatives. Elle soutient sa famille sans hésiter quand…

— Ta mère m'a déjà dit tout ça. Le problème ne vient ni de ses parents, ni de leurs valeurs. Sera-t-elle prête à quitter tout ça pour te suivre dans tes projets ? Ta vie, c'est New York. Quittera-t-elle Royal pour toi ?

La bouche de Dev s'assécha. *Non. Jamais.*

# - 18 -

Caitlyn mit son téléphone, qui ne cessait de sonner, sur silencieux. C'était Alice, qui avait appris la nouvelle par Russ quand celui-ci avait croisé le père de Dev à l'appartement. Dev, lui, n'avait ni appelé, ni envoyé de message. Certes, il allait avoir besoin de temps pour arrondir les angles avec son père, mais il s'était déjà passé plus de six heures depuis l'affreuse scène. Il y avait un problème : elle en était sûre.

Pire encore, elle craignait que ses plus affreuses peurs se soient réalisées. Le père de Dev avait-il réussi à le convaincre de rentrer à New York ? De l'abandonner ?

La nuit était tombée depuis longtemps et elle était épuisée. Elle jeta un dernier coup d'œil à son portable. Aucun signe de Dev. Elle éteignit l'appareil et se coucha. Il n'y avait plus rien d'autre à faire.

Son sommeil fut agité. Elle rêva qu'elle était nue au lit avec son amant et que les Lattimore et les Grandin venaient les accuser d'être de mèche avec Heath Thurston. Elle se réveilla en sursaut, uniquement pour voir qu'il était à peine quatre heures du matin. Lorsqu'elle ralluma son téléphone, elle vit que Dev avait essayé de la joindre une dizaine de fois et jura. Il avait appelé pendant qu'elle dormait.

Incapable de fermer l'œil de nouveau, elle lança son ordinateur et consulta l'annonce du ranch qu'elle avait visité avec lui. Hélas, un bandeau « compromis en cours » s'afficha sous les photos. Quelqu'un avait fait une offre. Était-ce un signe que son histoire avec Dev était condamnée ? Elle aurait aimé acheter la maison et lui faire une surprise mais le destin semblait en avoir décidé autrement…

Comme il était trop tôt pour monter à cheval, elle décida de calmer sa frustration dans la piscine.

À peine eut-elle fait quelques longueurs qu'Alexa apparut au bord de l'eau.

— Tu t'entraînes pour les Olympiques ?

Caitlyn se hissa sur le rebord.

— Je me suis levée tôt. Il fait trop chaud pour courir et je ne peux pas monter tant qu'il fait si sombre.

Sa sœur portait un jean, un T-shirt large et tenait une tasse en papier à la main.

— Tu as pris le premier avion depuis Miami ?

Elle acquiesça.

— Il fallait que je jette un coup d'œil aux archives familiales et au dossier de Jonas.

— Je sais que toute cette affaire est atroce, mais je suis contente qu'elle te force à passer du temps à la maison.

Alexa la considéra un moment.

— Y a-t-il un souci, Caitlyn ? Tu ne nages comme ça que lorsque tu es contrariée. Qu'est-ce qui ne va pas ?

Elle se mordit la lèvre. Elle n'avait pas besoin que sa sœur vienne mettre son nez dans ses problèmes de cœur.

— Des nouvelles, depuis le drame d'hier ? demanda-t-elle, pressée de changer de sujet.

Ne s'était-il vraiment passé qu'une journée ? Elle avait l'impression d'avoir vieilli de dix ans ! En quelques heures, elle était passée de la promesse d'un bonheur éternel avec Dev à la tristesse la plus sombre. Elle n'avait même pas pris le temps de songer à ce que l'appel de Jonas Shaw allait changer pour l'avenir de sa famille.

— Rien de neuf, non. Mais les découvertes de Jonas sont assez terribles pour nous. Il faut que nous en sachions plus sur les intentions des Thurston, sans pour autant leur dévoiler notre jeu. Ce sera délicat…

— Je sais que c'était mon idée, mais nous représenter ne te dérange pas ?

— J'y pensais, moi aussi, répondit Alexa. Cette affaire est trop importante pour la confier à un inconnu. D'un autre côté, je ne peux pas rester à Royal : j'ai ma vie à Miami. C'est pourquoi je vais avoir besoin de ton aide.

Elle prit une profonde inspiration.

— Caitlyn, toute la famille va devoir s'appuyer sur toi dans les mois à venir. Ce combat avec Heath va être dur et l'état de Grand-père empire. Papa a essayé de lui parler, hier, et il ne se souvient plus de ce qu'il a pu signer ou non.

— En quoi puis-je t'être utile ?

Alexa sourit.

— Nous savons tous à quel point tu te dévoues à la famille et nous t'en sommes reconnaissants. Comme je ne peux pas rester longtemps à la maison, j'aimerais que tu m'aides à trier les papiers de Grand-père.

Caitlyn acquiesça. Peut-être était-ce une bonne chose que le ranch soit vendu : sa place était ici, avec les siens. Ils avaient besoin d'elle. Elle quitta donc la piscine et s'habilla – une tenue sage, comme elle en possédait tant, tailleur-pantalon et chemisier blanc. Elle passa son rang de perles et descendit en voiture jusqu'à sa pâtisserie préférée, après avoir commandé des gâteaux et du café. Lorsque Dev lui avait montré son appartement, il l'avait inscrite sur la liste du concierge pour lui permettre de demander une seconde clé quand elle le désirait. Puisqu'il avait tendance à faire la grasse matinée et risquait de ne pas l'entendre frapper, elle prit la clé et monta. Pourvu que son père et lui n'aient pas encore déjeuné. Malgré sa difficulté à surmonter la scène de la veille, elle devait parler à Dev en tête à tête.

Elle frappa et, comme elle s'y était attendue, il ne répondit pas. Elle entra donc. L'appartement n'avait pas changé, mais un détail la troubla : les portes des deux chambres étaient ouvertes.

Inquiète, elle s'approcha de la première, rangée avec soin.

Personne n'avait dormi dans le lit. La seconde chambre était dans le même état. Dev et son père s'étaient-ils levés si tôt que ça ? Non, les lits étaient trop bien faits. Dev avait grandi entouré de personnel, il ne savait sans doute pas lisser un drap avec autant de précision… Pénétrant dans la chambre, elle ouvrit le placard – vide. Celui de l'autre pièce l'était aussi. Paniquée, elle fouilla chaque recoin de l'appartement.

Dev était parti.

# - 19 -

Dev jura en voyant son téléphone, à son réveil. Son câble s'était mal connecté et la batterie ne s'était pas rechargée. Il le rebrancha et s'habilla. Ses parents possédaient un loft en triplex du côté est de Central Park. Sa chambre aux allures de palais était garnie d'un lit double, de matériel de sport, d'un immense bureau avec un ordinateur dernier cri et ouvrait sur une salle de bains personnelle. En jetant un coup d'œil, il eut néanmoins l'impression de se retrouver sur son ancien campus. Ses vêtements de la veille étaient abandonnés par terre et dans le fauteuil de cuir sombre. Il allait demander à sa mère de faire venir un décorateur pour redonner vie à cet espace trop strict. Mais avant cela, il passa sous la douche et laissa les jets massants finir de le réveiller. Il avait horreur de se lever si tôt.

Après avoir passé dès heures à parlementer avec son père, il avait fini par accepter de rentrer à la maison pour quelques jours. Il avait appelé Caitlyn pour la prévenir. Elle n'avait pas répondu et, comme l'affaire était trop compliquée à expliquer dans un simple message, il n'avait plus qu'à essayer encore... Il ne voulait pas la quitter sur un malentendu, mais son père lui avait fait comprendre qu'il était grand temps pour lui de rentrer et de mettre de l'ordre dans la situation de Maya. Elle était sa petite sœur, après tout, et il l'avait toujours protégée.

Son téléphone sonnait lorsqu'il sortit de la douche. C'était elle, qui lui disait qu'elle l'attendait dans la salle à manger, à l'étage du dessous. Il n'était que sept heures du matin, et pourtant il n'était pas surpris de la voir déjà sur le pied de guerre. Il soupira, s'habilla et descendit.

— Maya, dit-il en entrant dans la pièce.

Le triplex de leurs parents occupait presque tout le sommet d'un immeuble de quarante étages. La grande salle à manger offrait une vue imprenable sur Central Park. Il vit que les employés avaient déjà préparé du café et servi des pâtisseries ; bien que les parents de Dev n'aient pas l'habitude de se lever avant huit heures.

Sa sœur était là, grande et tirée à quatre épingles dans son tailleur blanc digne de la couverture de *Business Week*. Elle enlaça Dev et l'embrassa sur la joue. Il avait toujours été proche d'elle, plus encore que leur frère. Dès leur enfance, il avait été son meilleur ami, son rempart… Il s'était opposé à son choix d'époux mais avait fini par l'accepter, parce qu'elle le lui avait demandé. En fait, il avait passé sa vie à la soutenir.

— Je vois que Papa ne peut pas vivre sans toi, dit-elle.

Elle lui servit une tasse de café, ajouta de la crème et sélectionna un pain au chocolat – son préféré – dans le panier de viennoiseries. Dev accepta l'assiette et soupira.

— Apparemment, ton mari ne peut pas se passer de toi non plus…

Elle baissa les yeux, comme si elle était sur le point de fondre en larmes.

— C'est pour ça que je suis venue. Je voulais te parler avant le réveil de Papa et Maman. J'ai besoin de ton aide, Dev. Je ne veux pas te mettre dans une position inconfortable et je sais que tu avais prévu de prendre du temps pour toi, mais il me faut le soutien de mon grand frère.

Dev sentit son estomac se nouer. Maya était si forte… Si elle se mettait dans un état pareil, aujourd'hui, cela voulait dire que la situation était grave.

Son portable sonna et il jeta un coup d'œil à l'écran. *Caitlyn.* Il regarda une nouvelle fois sa sœur larmoyante. Non, il ne pouvait pas l'abandonner comme ça. Il refusa l'appel.

— Tu sais que je suis là pour toi, dit-il. Que se passe-t-il ?

# - 20 -

Dev n'avait pas répondu. Caitlyn raccrocha sans laisser de message. Une douleur sourde s'étendit dans sa poitrine. Toutes les angoisses qu'elle tentait de refouler remontèrent soudain à la surface.

Certes, il avait essayé de l'appeler, la veille, mais pour dire quoi ? Que son père n'avait eu qu'à se montrer pour qu'il s'en aille sans un adieu ?

Elle s'approcha de la fenêtre et contempla le troupeau qui paissait sur les terres du ranch. Que faisait Dev en ce moment ? Regardait-il aussi dehors, hypnotisé par les toits de Manhattan, se demandant comment il avait pu croire qu'il pourrait vivre au Texas avec elle ?

Les larmes qu'elle avait retenues à grand-peine se mirent à couler sur ses joues. Soudain, son téléphone vibra et elle alla le chercher précipitamment ; mais ce n'était qu'Alice. Elle décrocha néanmoins. Son amie aurait peut-être des informations à lui donner. Une part d'elle espérait presque que Dev était parti à cause d'une urgence familiale.

Alice insista pour que Caitlyn la rejoigne chez elle et, lorsqu'elle passa la porte, l'enlaça avec douceur.

— Ma chérie… Je suis tellement désolée…

Avait-elle donc si bien réprimé ses émotions jusque-là ? En un instant, elle fut secouée de sanglots amers incontrôlables. Alice la serra fort et, quand le plus gros de la tempête fut passé, l'installa dans son canapé avant de préparer du café. La dernière fois que Caitlyn s'était retrouvée assise ici, Dev avait passé la porte. Elle l'avait aperçu et avait failli recracher son vin. Ne s'était-il écoulé que trois semaines, depuis cette soirée ? À l'époque, elle pensait encore que son plus gros problème était son incapacité à parler aux hommes…

Alice revint avec deux tasses fumantes et lui en tendit une. Elle se laissa tomber près d'elle. Caitlyn replia les jambes sous ses fesses et lui fit face.

— Dev a appelé Russ hier soir, quand il a vu que tu étais injoignable, commença son amie. Il a dû rentrer à New York avec son père.

Caitlyn hocha la tête et but une gorgée, dans l'espoir de faire passer la boule nerveuse qui l'étouffait.

— Russ dit qu'il était effondré et qu'il a même pensé passer chez toi, malgré l'heure tardive, mais mon frère l'a dissuadé. Il ne voulait pas qu'on lui tire dessus en le prenant pour un cambrioleur.

— Qu'y avait-il de si urgent ?

— Il ne l'a pas dit. Juste qu'il devait partir et qu'il t'appellerait, répondit Alice en haussant les épaules.

— Tu avais raison depuis le début, tu sais…

Ravalant son humiliation, Caitlyn lui raconta en quelques mots sa conversation avec la mère de Dev et sa rencontre atroce avec son père.

— Il t'a vraiment prise pour une prostituée ? gloussa Alice. Et moi qui croyais que j'avais atteint le fond en sortant avec un type qui parle à sa mère pendant qu'il fait l'amour !

Caitlyn sourit faiblement.

— Je ne savais même pas que tu possédais ce genre de robe, reprit son amie.

— Je ne l'avais pas avant. Je l'ai achetée juste pour lui. J'ai même refusé de me montrer dans un restaurant habillée comme ça…

Alice lui caressa le bras pour la réconforter.

— Pour ce que ça vaut, Russ dit qu'il ne l'a jamais vu se mettre dans un état pareil pour une fille. Je pense qu'il t'aime sincèrement.

— Mais il restera toujours fidèle à sa famille avant tout.

— Et toi ?

— Que veux-tu dire ?

— Si Dev avait réussi à te parler et t'avait demandé de le suivre à New York pour régler ce problème avec ses parents, l'aurais-tu accompagné ?

La question fut un choc pour Caitlyn. Elle n'eut même pas besoin de réfléchir pour connaître la réponse. Elle répéta à Alice les nouvelles du détective privé.

— Nous ne pouvons plus espérer prendre Heath en faute : ses documents sont authentiques. Je dois être là pour soutenir les autres. Ils sont dévastés. Même Alexa est revenue.

Elles gardèrent un instant le silence, puis Alice déclara :

— Je suis ton amie et je te soutiens à cent pour cent, mais ne penses-tu pas que ce serait hypocrite de demander à Dev de tourner le dos à ses parents, quand tu n'es pas capable de le faire toi-même ? Tu es la plus jeune, mais il est l'aîné de sa fratrie. Imagine quelle pression il doit subir.

Elle venait de dire à voix haute ce que Caitlyn avait toujours pressenti. Elle exigeait de Dev un sacrifice qu'elle n'était pas prête à faire.

Son portable vibra de nouveau et elle l'alluma pour découvrir un texto de son amant.

J'ai essayé de te joindre. J'ai dû rentrer à New York mais je promets de t'appeler très vite.

Alice lut le message par-dessus son épaule.

— Tu devrais lui parler.

Caitlyn secoua la tête, essuya ses larmes et répondit :

Laisse tomber. Je comprends. Je t'aimerai toujours mais nous avons été idiots de penser que ça aurait pu marcher entre nous. Tu vis à New York et moi à Royal.

Alice essaya de l'empêcher d'envoyer le texto.

— Tu ne peux pas régler ça par écrit. Tu dois l'appeler.

— Et quel bien ça ferait ? Je croyais que parler avec Jax

allait m'aider à accepter notre rupture, mais ça n'a fait que me rendre encore plus perturbée.

Elle soupira et essuya de nouveau ses joues humides.

— Que dirait Dev, de toute manière ? Qu'il m'aime mais que sa famille passe d'abord ? Et que répondrais-je ? Que je ressens la même chose ? Qu'il doit abandonner ses parents pour que je puisse rester auprès des miens ?

Alice prit sa tasse et la posa sur la table basse avec autorité, puis elle la serra de nouveau contre elle pour la laisser pleurer. Il ne lui restait plus qu'à accepter la réalité : l'homme de sa vie était parti.

Dev lut le message de Caitlyn et étouffa un juron.

— As-tu lu la bio d'Anjali Verma ? demanda sa mère par-dessus son assiette de petit déjeuner.

Son père était assis en tête de table, le nez plongé dans le *New York Times*. À ses yeux, l'affaire Caitlyn était résolue depuis qu'il avait convaincu son fils de quitter Royal.

Dev posa sa fourchette avec trop de violence et le bruit du métal contre la porcelaine tira Vishvanath de sa lecture. Maya était déjà partie, après lui avoir arraché la promesse qu'il l'aiderait. Néanmoins, il devait d'abord régler son propre problème.

— Maman, tu pourras m'envoyer les bios de toutes les filles du monde, je ne les lirai pas et je n'épouserai aucune d'entre elles, dit-il fermement.

— Est-ce à cause de cette femme ? soupira son père.

— Caitlyn est mon âme sœur, répliqua Dev sans cacher sa colère.

— Tu sais que nous sommes très ouverts d'esprit, fils, dit sa mère avec douceur. Nous n'avons qu'une seule exigence : que tu épouses une Indienne.

— Maman, tu m'as toujours enseigné que ce qui comptait le plus dans notre culture est la famille, que nous devons nous épauler et nous chérir avant toute chose.

— Et une Américaine ne comprendra jamais ça ! Combien de tes petites amies *gori* ont accepté que tu vives encore à la maison ? Combien auraient voulu que nous emménagions avec vous, quand nous serons vieux ?

— C'est ce que j'essaie de te dire, Maman. Sais-tu seulement que Caitlyn habite encore chez ses parents ? Qu'elle travaille nuit et jour pour faire fructifier leur ranch ?

— Ce n'est pas pareil. Les Indiennes ont du respect pour leurs aînés, bien plus que les Américaines.

— Tu te trompes si tu penses que l'origine suffit à accepter le concept de famille unie. La dernière fille avec qui tu m'as casé… Tu te souviens d'elle ? Priya. On a passé quelques semaines ensemble.

Sa mère acquiesça avec enthousiasme. Pour une fois, Dev avait cédé et rencontré une des prétendantes sélectionnées pour lui, une étudiante en droit – cursus qui l'avait intrigué.

— Je l'aimais bien, dit-elle. Sa mère m'a appelée le mois dernier pour me dire qu'elle est encore célibataire…

— Ça ne m'étonne pas. Elle m'a clairement fait comprendre qu'elle ne voulait pas d'un homme dévoué à sa famille et qu'elle n'accepterait jamais de vivre avec mes parents ou les siens, plus tard. Elle pense que ses grands-parents ont gâché son enfance. Oh ! et elle ne veut pas d'enfant non plus. Elle rêve d'un mari prêt à la suivre dans le monde entier au rythme de sa carrière, qu'elle veut étendre à l'international.

Tout en parlant, une pensée enfouie et désagréable lui vint. N'avait-il pas espéré que Caitlyn fasse la même chose ? Ne prévoyait-il pas d'ouvrir une chaîne de restaurants dans tout le pays et de voyager de ville en ville ?

— *Hai*, la mère de Priya est une menteuse ! s'écria sa mère. Elle m'a assuré qu'elle avait élevé sa fille dans le respect de nos valeurs ! Je suis désolée. Mais la bio que je t'ai envoyée ce matin…

— Tu ne m'écoutes pas, Maman !

Sa mère le dévisagea et son père frappa du poing sur la table, faisant trembler la vaisselle.

— Inutile de nous disputer, dit-il. Laisse-moi poser le problème clairement. Dev, tu as un choix à faire : ce sera cette fille ou nous. Qui compte le plus à tes yeux ?

Le jeune homme retomba contre le dossier de sa chaise. Jamais il n'aurait cru que ses parents aillent si loin. Mais c'était fait, et ils venaient de sceller son destin.

# - 21 -

Caitlyn soupira en voyant qui l'appelait. Dev était parti depuis une semaine et elle avait passé le plus clair de son temps à pleurer ou à trier avec acharnement les papiers de son grand-père – puisque personne d'autre ne semblait décidé à le faire. Ça lui convenait : elle ne voulait voir personne. Elle avait annulé plusieurs rendez-vous et repoussé sa permanence bénévole au bureau des services de l'enfance. Elle n'avait pas besoin qu'on lui rappelle son échec. Elle se consacrait donc à sa tâche, aidant Alexa de son mieux à se préparer pour la bataille judiciaire qui s'annonçait.

Ce fut le cœur lourd qu'elle répondit au téléphone.

— Bonjour, Greg.

— Miss Caitlyn, je suis heureux de vous avoir trouvée.

Elle n'eut pas l'énergie de lui dire de l'appeler par son prénom, comme elle le faisait souvent.

— Vous vous souvenez des deux chevaux du ranch Frederick ? Nous en avions parlé.

La jeune femme se redressa d'un bond.

— Oui. Avez-vous donné des consignes à l'employé qui vient s'occuper d'eux ? Ils doivent être brossés et…

— Oui, coupa Greg. En fait, le nouveau propriétaire aimerait que vous le rejoigniez sur place vers dix-neuf heures, si c'est possible. Il n'a jamais possédé de chevaux et aurait des questions à vous poser.

Elle soupira de plus belle. Sans doute le ranch avait-il été acheté par quelqu'un de Houston ou de Dallas, convaincu qu'il aimerait la vie à la campagne. Elle en avait déjà trop vu qui se déchargeaient de l'entretien de leurs bêtes sur des employés mal formés et avait sauvé quatre chevaux, maltraités comme ceux du ranch Frederick.

Elle fut tentée de refuser, mais ne voulait pas que ces animaux souffrent, juste parce qu'elle était trop occupée à pleurer le départ de Dev.

— Je serai là, dit-elle donc.

— Merci, Miss Caitlyn !

Elle raccrocha et allait quitter son lit quand on frappa à sa porte. Alexa, portant son uniforme d'avocate (un pantalon noir et une blouse bleu ciel), entra.

— Debout, la marmotte ! dit-elle en souriant. Je suis venue te dire au revoir. Je rentre à la maison.

— Tu n'y es pas déjà ? demanda sa sœur en se frottant les yeux.

— C'est mignon, mais tu sais ce que je veux dire… Bref, un de mes clients a une urgence et je dois partir.

— Que fait-on pour Thurston ?

— Je n'ai pas besoin d'être là pour travailler sur le dossier. Je reviendrai quand ce sera nécessaire.

Elle posa les deux mains sur les épaules de Caitlyn.

— Tu sais que je vis à Miami, maintenant. Je suis déjà absente depuis trop longtemps, il faut que j'y retourne.

La jeune femme acquiesça. Elle avait espéré que sa sœur pose ses valises au ranch pour de bon, mais celle-ci avait construit sa vie en Floride et elle ne laissait jamais rien se dresser en travers de sa route.

— Je serai là pour t'aider, murmura-t-elle avec tristesse.

Alexa s'assit au bord du lit pour passer un bras autour de ses épaules.

— Tu sais quoi ? dit-elle. Ne reste pas ici si tu n'es pas heureuse… J'ai toujours eu l'impression que nous placions trop de poids sur tes épaules. N'abandonne surtout pas tes rêves parce que tu te sens coincée à la maison.

Elle recula pour croiser son regard.

— Prends ton envol et fais ce que tu veux. Ouvre ton école. Pars à New York pour être avec Dev. Tout ça ne dépend que de toi. Jonathan et Jayden peuvent prendre le relais.

Après le départ de sa sœur, Caitlyn se doucha tout en réfléchissant à ses paroles. Elle avait annulé tous ses rendez-vous de la semaine, et le monde ne s'était pas arrêté de tourner pour autant. Peut-être que l'appel de Greg était une opportunité à saisir, après tout. Peut-être pourrait-elle proposer au nouveau propriétaire de racheter le ranch ou de louer les écuries pour créer son école. Soudain, une nouvelle détermination l'envahit et elle s'habilla rapidement. Depuis le départ, elle prenait le problème à l'envers.

Elle n'avait pas besoin de petit ami et elle ne perdrait pas son temps à pleurer Dev. Il fallait qu'elle se concentre sur ce qui comptait le plus à ses yeux.

Elle arriva au ranch avec quelques minutes d'avance. Une voiture de location était garée dans l'allée. Son cœur se serra, mais elle avança jusqu'à la maison. Elle avait aimé cet endroit dès l'instant où elle y avait mis les pieds. La demeure avait tout d'un foyer idéal et elle n'eut pas le courage d'entrer. Néanmoins, puisqu'elle était invitée, elle prit le risque de faire le tour pour aller voir les chevaux. Ils étaient dans la carrière et elle leur parla doucement. L'appaloosa parut la reconnaître. Elle ramassa une poignée de trèfles qu'il vint manger dans sa main, suivi de près par le mustang.

— Vous avez l'air en meilleure forme, dit-elle.

Ce n'était que sa seconde rencontre avec ces bêtes, mais elle avait l'impression de les connaître – alors qu'elle ignorait jusqu'à leurs noms !

— Ils s'appellent Brume et Ombre.

Caitlyn se retourna en sursaut. *Lui ?* Non, impossible !

# - 22 -

Dev fut saisi par le regard de Caitlyn. Le soleil était encore haut dans le ciel et l'auréolait d'or. Elle avait attaché ses cheveux en queue-de-cheval et portait un simple T-shirt sur un jean. Il avait été absent une semaine, mais cela lui parut soudain une éternité…

Il n'avait pas répondu à son dernier texto, conscient qu'il lui devait plus d'explications que ça. Quoi qu'il arrive entre eux, il refusait de se comporter comme son ex et de laisser leur histoire finir sans un mot. Il voulait l'aider à créer son école ici et elle méritait qu'il le lui dise de vive voix.

Elle le dévisagea tandis qu'il s'approchait. Elle ne souriait pas. Il sentit alors son estomac se nouer. Lui en voulait-elle ?

— Que fais-tu là ? Pourquoi revenir maintenant ?

Elle se détourna, ne levant les yeux de nouveau que lorsqu'il s'arrêta devant elle.

— Pensais-tu que j'avais disparu ? Est-ce toute l'estime que tu as pour moi ?

Il fit un pas de plus, mais elle recula.

— Ne rendons pas les choses plus compliquées. Nous savons tous les deux que rien n'est possible entre nous. La visite de ton père n'a fait que précipiter l'inévitable.

— Laisse-moi t'expliquer ce qui s'est passé… Je ne comptais pas partir pour de bon.

— Peut-être pas cette fois, mais ça viendra.

Devant son air défait, il voulut la serrer dans ses bras. Comment aurait-elle réagi à son contact ? Il se massa la nuque, gêné. Cette discussion ne se passait pas comme prévu et il avait horreur de la voir si méfiante, si blessée.

— J'ai acheté ce ranch pour toi, lâcha-t-il.

— Quoi ?

— La veille de mon départ, j'ai fait une offre. Les papiers sont à ton nom. Pas de pression, pas de partenariat. Tu es libre d'y créer ton école, ou ce que tu voudras.

Elle recula encore un peu, dos à la barrière. Brume, l'appaloosa, vint nicher son museau dans son cou mais elle ne quittait plus Dev des yeux.

— Qu'est-ce que c'est ? Un cadeau d'adieu ?

Sa voix tendue le déchira. Pensait-elle qu'il la quittait ?

— Non. Je pensais… C'est… J'ai acheté ce ranch pour toi, afin que tu saches que rien ne t'obligera à…

— M'obliger ? De quoi parles-tu ?

Il perdait le contrôle. Autant en finir et faire ce qu'il avait prévu dès le départ. Sous son regard ébahi, il mit un genou en terre.

— Caitlyn, tu es mon âme sœur. Dès notre rencontre, j'ai su que nous avions un lien. Je t'ai aimée ce premier soir, chez Alice, et je t'aime encore plus aujourd'hui. Tu es bonne, attentionnée, intelligente, et tu as su me donner une force que je n'ai jamais eue avant. Je ne veux pas vivre sans toi.

Il se rendit compte que la bague était encore dans sa poche et la récupéra.

— Cet anneau a appartenu à ma *nani*, ma grand-mère maternelle. Elle l'a donné à ma mère, mais il a toujours été destiné à ma future épouse. Je suis venu te demander ta main.

Caitlyn le regarda, les yeux brillants. Ne voulait-elle pas être avec lui ? Avait-elle changé d'avis ?

— Comment pourrons-nous faire fonctionner ça, concilier nos vies ? Il a suffi que ton père vienne pour que tu abandonnes tout et partes.

Le cœur de Dev s'arrêta un instant. Elle était juste devant lui, mais sa voix paraissait venir de très loin. Avait-il gâché son unique chance ? Était-il resté à New York trop longtemps pour régler ses conflits familiaux ?

— Je suis désolé, Caitlyn. Je ne savais pas comment faire. Je ne suis parti que pour faire comprendre à mes parents que ma place est à tes côtés. Pardonne-moi si je t'ai fait du mal…

— Où allons-nous vivre ? Comment vois-tu notre avenir, Dev ? L'amour ne suffit pas à écarter toutes les épreuves.

Il était toujours agenouillé. La perspective de cet instant lui avait donné la force de surmonter la semaine, de se dresser face à sa famille. Hélas, il avait rêvé qu'elle crie « oui » et se jette dans ses bras… S'était-il trompé à ce point ? L'herbe mouillait son pantalon. Ses muscles se crispaient. Il se leva donc, sans ranger la bague, et s'approcha – pour mieux reculer quand elle s'appuya contre la rambarde à deux mains.

— J'espérais que tu acceptes de me laisser vivre ici, avec toi, dit-il. Je pense que cette maison serait parfaite pour nous et que l'écurie ferait un bon haras. J'ouvrirai mon restaurant dans la brasserie Stevens. Je suis sûr que ça marchera. Nous resterons ici, à Royal, près de ta famille…

— Non, protesta-t-elle, je ne peux pas te demander ça, t'arracher aux tiens. Je sais que tu le supporteras, au début, mais après ? Tu m'en voudras. Tu me haïras pour t'avoir privé de tes proches.

Clairement, cette demande en mariage n'était pas digne des films. Dev n'avait pas un instant envisagé qu'elle puisse refuser… Le cœur gros, il rangea la bague.

— J'y ai réfléchi. Ce restaurant sera mon fleuron, mais il ne m'empêchera pas d'en ouvrir d'autres dans le pays. Certes, je devrai voyager et il va falloir que tu l'acceptes ; mais je te promets de me racheter chaque fois que je reviendrai ici.

Il sourit et fut soulagé de la voir se dérider aussi.

— Ce n'est pas juste. Tu veux laisser tomber tes projets, tes parents. Pourquoi ?

— Mes projets ne sont plus les mêmes, Caitlyn. C'est

*toi* que je veux et j'ai compris que je ne pourrai jamais être heureux sans toi.

Elle s'approcha timidement, les mains tendues. Il les saisit avec fièvre et vit que ses yeux brillaient.

— Je ne peux pas te laisser faire.

— C'est ce que je veux.

Elle secoua encore la tête avec fermeté.

— Non, les relations ne se construisent pas sur un sacrifice. Ma famille peut aussi se débrouiller sans moi. Ma sœur vit à Miami. Elle revient quand c'est nécessaire, mais sa vie est là-bas. Je peux faire la même chose.

— Et ton école d'équitation ?

— Je n'y renoncerai pas ; mais je ne suis pas obligée de tout faire seule. Je pourrais embaucher une ou deux personnes, apprendre à déléguer. Ce qui compte, c'est d'avoir un lieu pour accueillir les enfants, même s'ils ont d'autres professeurs que moi, de temps en temps.

*Que disait-elle ?*

— Tu serais prête à laisser de côté tes parents, ton école… pour moi ?

— Ce n'est pas la question, murmura-t-elle avec un sourire. Je veux juste que les choses fonctionnent entre nous. Si nous renonçons tous les deux à une partie de nos responsabilités, nous aurons une chance. D'ailleurs, ce matin, j'ai démissionné de quelques conseils d'administration et de certaines fondations que j'épaulais. Beaucoup de gens peuvent prendre ma place, mais un seul homme a le pouvoir de me rendre heureuse.

Le cœur de Dev battait si fort qu'il eut peur de le sentir exploser. Il la prit dans ses bras et elle se laissa faire. Il se pencha, l'embrassa, savourant la douceur de ses lèvres.

— Je t'aime, Caitlyn. Je suis prêt à tout pour toi.

— Je ne t'ai pas encore pardonné d'être parti…

— Dis-moi comment me racheter !

Elle sourit et recula d'un pas.

— Il va en falloir beaucoup pour que j'oublie ce que j'ai

subi à cause de toi, cette dernière semaine. Tu vas devoir passer ta vie à me consoler.

*Sa vie à... Quoi ?*

— Est-ce que ça veut dire que… ?

Il n'eut pas le temps d'achever sa phrase. Elle se hissa sur la pointe des pieds et l'embrassa de nouveau avec fougue.

# - 23 -

— Je suis le seul à ne pas porter de chapeau de cow-boy, remarqua Dev. Tu aurais pu m'en prêter un.

— Ne t'en fais pas, gloussa Caitlyn. Je suis sûre que tu vas en trouver, quelque part.

— Quel est cet endroit ?

— Le Texas Cattleman's Club. Chaque année, ils organisent un barbecue pour l'été et toutes les personnes importantes de Royal sont conviées. Il va falloir que tu les rencontres, si tu veux que ton restaurant soit un succès.

Des tables étaient installées sur la pelouse du club. Il faisait chaud, mais une brise agréable soufflait depuis le matin. Un immense barnum blanc offrait sa fraîcheur grâce à des ventilateurs, mais la plupart des invités préféraient le grand air. Un parfum de viande grillée et de whisky flottait.

— Caitlyn ! Dis-moi que ce que je vois à ton doigt n'est pas une bague de fiançailles ! s'écria soudain Chelsea Grandin, en s'approchant d'eux.

— Si, dit-elle dans un sourire. Et voici mon fiancé, Dev Mallik.

Chelsea le salua avec entrain.

— Je suis ravie de vous revoir. Maintenant, montre-moi cette bague, ma chérie.

Elle prit la main de Caitlyn pour l'inspecter.

— La pierre est surprenante… Un diamant rose ?

— Dev, raconte-lui l'histoire. J'ai pleuré quand je l'ai entendue pour la première fois.

Oui, la bague *était* étonnante, avec sa pierre ronde rose

pâle aux reflets orangés sertie dans une simple monture d'or qui la mettait en valeur. La mère de Caitlyn s'était pâmée en la voyant, déclarant qu'elle devait au moins faire dix carats. Dev, qui ignorait ce détail, leur avait raconté l'histoire du bijou.

— C'est un padparadscha, un genre de saphir très rare venant du Sri Lanka. Ma grand-mère maternelle y est née et sa famille a émigré en Inde pour fuir la famine. Ils ont emporté très peu d'affaires, mais possédaient cette pierre montée en pendentif. Le propriétaire de la mine où travaillait mon arrière-grand-père la lui avait offerte pour le remercier de lui avoir sauvé la vie dans un éboulement. Ma grand-mère, l'aînée de ses filles, la portait. Elle est la seule de la famille à avoir survécu à leur fuite et était convaincue que ce bijou portait chance. Quand elle est morte, l'an dernier, elle a demandé à ma mère d'en faire une bague pour l'offrir à ma future épouse. Comme elle savait qu'elle ne me verrait pas marié, c'était sa manière de me donner sa bénédiction.

Chelsea plaqua une main contre son cœur.

— Oh ! je suis si jalouse de toi, Caitlyn !

Ils discutèrent encore quelques instants, puis Chelsea s'éloigna pour saluer d'autres amis. Dev en profita pour entraîner Caitlyn sous la tente. Elle était presque vide et ils purent obtenir facilement deux verres de vin au bar.

Ces derniers jours avaient été un pur bonheur. Dès que Caitlyn avait accepté la demande de Dev, ils étaient allés annoncer leurs fiançailles à sa famille. Alexa avait proposé de revenir pour l'occasion, mais sa sœur avait refusé. Elle rentrerait bien assez tôt pour gérer l'affaire Thurston, et Caitlyn n'avait pas voulu qu'elle s'épuise dans de longs voyages rapprochés. Dev et elle avaient ensuite choisi leurs meubles, pour le ranch – qu'ils avaient rebaptisé Brume et Ombre, en hommage aux chevaux. Le vieux Fred avait même aidé Dev à trouver un artisan pour rénover la brasserie.

Installés dans un coin calme de la tente, ils profitèrent de cet instant de paix pour discuter.

— Tu ne m'as jamais dit comment tu as réussi à convaincre ton père de nommer Maya directrice de sa firme.

Dev sourit.

— J'ai supplié, prié, menacé, cajolé, dit-il en buvant une gorgée de vin. Ma sœur avait déjà pris les rênes en mon absence et la seule raison qui a poussé mon père à venir me chercher était que son époux lui avait demandé d'intervenir pour sauver leur mariage car il trouvait que Maya travaillait trop et négligeait leur couple.

— Mais tu n'as été absent que trois semaines !

— Oui, je sais. Maya est venue me voir, le matin de mon arrivée. En fait son mariage battait de l'aile depuis quelque temps, déjà. Elle a abandonné ses rêves, sa carrière pour son époux et sa belle-famille, mais ça ne l'a pas rendue heureuse. Elle avait décidé de divorcer et a eu besoin de mon aide.

— Pourquoi ? demanda Caitlyn, surprise.

— Parce qu'elle sera la première à faire ça, dans ma famille. En Inde, ce n'est pas très bien vu et elle avait peur d'être rejetée par nos parents. Il a fallu que je les convainque que son bonheur est plus important que nos projets pour elle.

— Je suis tellement désolée. Si tu m'avais expliqué tout ça, j'aurais compris…

— Je sais. Sur le moment, j'avais juste trop de soucis à gérer en même temps et je n'ai pas réfléchi. Maya et moi nous sommes battus pour faire entendre raison à nos parents et, d'une certaine manière, ç'a été bon pour moi aussi.

Caitlyn sourit malgré elle.

— Ta mère a-t-elle pris le mari de Maya pour un gigolo ?

— Non, cet honneur restera tien !

Elle lui donna un petit coup dans le bras et il retrouva son sérieux.

— Quoi qu'il en soit, mes parents ont compris que leur obstination, qui a poussé ma sœur à épouser un Indien à tout prix, l'avait rendue malheureuse. J'ai parlé de toi à Maya et elle a insisté pour que ma mère pense à *notre* bonheur, sans interférer dans nos vies au risque de me perdre. Le jour de mon départ, elle est venue me donner la bague… pour toi.

— Papa a été très impressionné que tu viennes lui parler avant de me faire ta demande, tu sais.

— C'est ce que nous faisons en Inde, répondit Dev. Ma mère ne m'aurait jamais pardonné si j'avais piétiné cette tradition. J'avoue qu'il a été difficile de venir voir ton père sans que tu le saches…

— Tu es venu chez nous ?

— Oui, juste avant le départ d'Alexa. Elle a été envoyée dans ta chambre pour te retenir.

— Je n'arrive pas à y croire ! Elle m'a vue si malheureuse et n'a pas vendu la mèche !

— J'ai insisté pour qu'elle garde le secret. Ton père m'a fait promettre de ne jamais plus te faire pleurer et de te demander en mariage le jour même, ce qui a un peu gêné mes plans.

— C'est-à-dire ?

Il sourit de plus belle.

— Dans ma culture, le fiancé vient voir sa promise à cheval. Je voulais demander à quelqu'un de seller Brume pour moi.

— Est-ce que tu sais seulement monter ?

— Non, mais je ne comptais pas participer à une course. Je pensais juste me percher sur son dos pour faire quelques pas, sans me presser.

— Tu as encore tant de choses à apprendre, soupira-t-elle. Pour commencer, on ne peut pas *juste* se percher sur un cheval !

Dev se pencha et l'embrassa.

— J'ai hâte que tu me donnes des leçons…

Elle ne put s'empêcher de lui rendre son baiser. Elle ne serait jamais rassasiée, avec lui.

— Content de voir que vous vous êtes réconciliés.

Caitlyn se retourna d'un bond et vit Heath à quelques pas d'eux. Dev lui tendit la main sans hésiter.

— Désolé pour l'autre soir, dit-il. J'ai passé les bornes.

— Ce n'est rien. J'ai vu que vous étiez ensemble au premier

regard, répondit Heath, et je ne voulais pas me mettre en travers de votre chemin.

Caitlyn s'excusa poliment et entraîna Dev plus loin.

— Qu'y a-t-il ? demanda-t-il.

— C'est Heath Thurston…

Dev parut surpris.

— J'ai bien fait de te tirer de ses griffes, alors !

Puis, se tournant vers la pelouse, il ajouta :

— Si ce type est Heath, qui est l'homme qui parle à ton amie, là-bas ?

Caitlyn suivit son regard et cracha son vin dans un hoquet.

— Oh ! mon Dieu ! cria-t-elle en essuyant sa robe avec une serviette.

— Je crois qu'on va devoir rentrer pour t'enlever ça, murmura Dev malicieusement.

En temps normal, elle aurait été gênée, mais elle était trop troublée par ce qu'elle voyait. Chelsea discutait avec un homme qui était le portrait craché de Heath…

— C'est Nolan Thurston, son frère jumeau, dit-elle.

Elle vit son amie lui glisser deux mots à l'oreille.

— Ils ont l'air de bien s'entendre. Quand je pense qu'Alexa vous a interdit de leur parler !

Caitlyn acquiesça. Que faisait donc Chelsea ? Quand elle-même avait croisé Heath au bar, elle avait flirté avec lui pour lui soutirer des informations. Son amie avait-elle eu la même idée ? Ne comprenait-elle pas que c'était dangereux ? Après tout, Dev était juste censé lui donner des leçons de drague, et voilà qu'ils étaient fiancés !

Soudain, une pensée terrible la traversa.

— Les Grandin ont beaucoup plus à perdre que nous. Si Ashley est bien la fille de Daniel, ça veut dire que les Thurston sont des parents directs.

— Écoute, dit Dev, j'ai vu ce genre de choses arriver à bien des familles. Je sais que les Grandin sont des amis, mais sois prudente. Quand notre foyer est menacé, on est prêt à tout pour sauver sa peau…

Elle hocha de nouveau la tête. Elle allait appeler Alexa, pour découvrir ce que Chelsea et Nolan mijotaient. Au même instant, le vieux Fred vint interrompre ses pensées :

— Je suis content de te voir si heureuse. Ce jeune homme est-il la cause de ton bonheur ?

Elle sourit et tendit la main pour lui montrer sa bague.

— Eh bien ! Quel beau saphir ! Plutôt rare… Alors, à quand le grand jour ? Il va falloir que je passe des commandes pour préparer la fête.

Caitlyn et Dev échangèrent un regard. Le plus tôt serait le mieux, songea-t-elle. Ils avaient déjà décidé de ne pas attendre le mariage pour entamer leur nouvelle vie. La semaine suivante, elle avait prévu de l'accompagner à New York pour rencontrer ses parents – comme il fallait, cette fois.

— Bientôt, dit Dev. J'ai hâte que Caitlyn devienne ma femme.

Après le départ du vieux Fred, elle se tourna vers son fiancé et l'embrassa.

— Alors, si nous quittions cette fête pour apprendre à devenir un vrai couple ?

BRENDA JACKSON

# Les fiançailles d'un Westmoreland

*Traduction française de*
ALBA NERI

PASSIONS

HARLEQUIN

*Titre original :*
THE REAL THING

*Ce roman a déjà été publié en 2015.*

# - 1 -

— Donc, si j'ai bien compris, tu es dans le pétrin et tu as besoin de mon aide, résuma Adrian Westmoreland.

*Dans le pétrin…* Oui, c'était le moins que l'on puisse dire, songea Trinity Matthews en regardant Adrian.

Elle était même doublement dans le pétrin. Non seulement elle se trouvait dans une situation très délicate, mais, en plus, Adrian était incroyablement beau. S'il l'avait été moins, le solliciter pour une affaire pareille aurait été plus simple.

Leurs chemins s'étaient croisés pour la première fois un an plus tôt au mariage de Riley, un cousin d'Adrian. Quand elle l'avait vu, il se trouvait au centre d'un groupe de Westmoreland, des frères et des cousins, tous grands et beaux. Mais pour une raison quelconque, elle l'avait tout de suite remarqué, à côté de son jumeau Aidan.

Rien d'étonnant là-dedans. Lorsque sa sœur Tara avait épousé Thorn Westmoreland, à Atlanta, Trinity avait appris que les hommes de la famille du marié étaient extrêmement agréables à regarder. Elle n'avait donc pas été étonnée en découvrant que leurs cousins de Denver partageaient leurs caractéristiques les plus appétissantes : des traits réguliers, une taille imposante assortie d'une carrure d'athlète et une allure virile.

Elle ne s'était pourtant pas imaginé une seule seconde qu'elle deviendrait la petite amie d'un de ces hommes — même s'il ne s'agissait que d'une imposture temporaire.

— Oui, je suis dans le pétrin, fit-elle avec un soupir de frustration. Mais avant d'entrer dans les détails, je tenais à te remercier d'avoir pris le temps de me retrouver ce soir.

Il avait même proposé le lieu du rendez-vous, Laredo's Steak House, un restaurant qu'elle connaissait bien et qu'elle appréciait.

— Ce n'est rien, répondit-il.

Elle allait avoir du mal à se concentrer s'il lui parlait avec cette voix si grave, un peu rauque. Mais il fallait qu'elle expose son cas de la façon la plus claire et neutre possible.

— Mon but, commença-t-elle, c'est de terminer mon internat au Denver Memorial pour ensuite retourner en Floride et travailler avec mon père et mes frères, dans leur cabinet. Et mon problème, c'est le Dr Casey Belvedere. C'est un chirurgien de renom, tout le monde le connaît à Denver. Il voudrait que…

— Il te veut, toi.

Un autre trait typique des Westmoreland : ils ne mâchaient pas leurs mots. Elle hocha la tête, embarrassée.

— Oui, malheureusement. Je n'ai rien fait pour encourager ses avances ou lui donner l'impression que je m'intéressais à lui. Je lui ai même dit que j'étais déjà prise, mais il ne veut pas lâcher l'affaire. Pire encore, il m'a fait comprendre que si je ne cédais pas à ses avances, il allait me rendre la vie impossible.

Elle but une gorgée de vin avant de continuer.

— J'ai signalé son comportement au directeur de l'hôpital, mais il fait la sourde oreille. Belvedere est un nom très respecté dans cette ville, c'est une famille de philanthropes. Ils vont financer une nouvelle aile pédiatrique pour l'hôpital, qui devrait d'ailleurs porter leur nom. Je pense que c'est pour ça que le directeur ne souhaite pas faire de vagues avec eux. Il m'a conseillé d'apprendre à choisir mes batailles et de laisser tomber celle-ci. Alors j'ai dû élaborer mon plan.

Elle roula les yeux pour se moquer d'elle-même.

— Pour être précise, c'est une idée de ma sœur. Elle s'était retrouvée dans une situation similaire, lorsqu'elle faisait son internat dans le Kentucky. Sauf que dans son cas, et ça change tout, l'administration de l'hôpital l'avait soutenue et avait renvoyé le médecin qui la harcelait. Mais les Belvedere sont apparemment intouchables. Personne ne veut se les mettre à dos.

Adrian la fixa un instant en silence avant de plonger le regard dans son verre. Elle aurait donné cher pour lire dans ses pensées.

— Il y a une autre façon de régler la question, dit-il finalement.

— Je suis tout ouïe.

— Belvedere est chirurgien, n'est-ce pas ? Eh bien, je pourrais lui briser les doigts, ce qui l'empêcherait définitivement de travailler au bloc.

— C'est une… blague, non ? demanda-t-elle après avoir attendu en vain de l'entendre ajouter qu'il plaisantait.

— Pas du tout. Je suis on ne peut plus sérieux.

Elle se pencha en arrière et l'étudia. Il arborait une expression grave, son regard s'était durci. C'est alors qu'elle se rappela ce que Tara lui avait raconté sur les jumeaux, leur petite sœur Bailey et leur jeune cousin Bane. Adolescents, ils étaient la terreur de Denver, après avoir fait les quatre cents coups et même un peu plus. Mais leur période rebelle appartenait au passé. À présent, Bane faisait partie du corps d'opérations spéciales de la Marine, les jumeaux avaient obtenu leur diplôme à Harvard — ingénieur docteur en génie civil pour Adrian, docteur en médecine pour Aidan — tandis que Bailey, la plus jeune de la bande, devait bientôt finir un MBA. Trinity soupçonnait cependant que, derrière ses manières charmantes et son doctorat, Adrian Westmoreland saurait retrouver en un clin d'œil son savoir-faire de voyou.

— Je pense qu'on n'a pas besoin d'aller aussi loin, dit-elle, prudente. On peut suivre la suggestion de ma sœur, feindre d'être amoureux et croiser les doigts pour que ça marche.

— Si c'est ce que tu préfères, bien sûr.

— Oui, c'est plus sensé, je crois. Mais tu es sûr que ça ne te pose pas de problème ? Pour que ce soit crédible, il faudrait que tu évites de sortir avec d'autres femmes entre-temps…

Il écarta son assiette pour se pencher vers elle.

— Non, aucun problème. Je peux parfaitement mettre ma vie sociale en attente jusqu'à ce qu'on t'ait débarrassée de ce minable.

Elle poussa un soupir, soulagée. Depuis son retour à Denver pour participer à la gestion de Blue Ridge Land Management, l'entreprise familiale, Adrian avait mené une vie sociale trépidante. Il ne restait pas tellement d'hommes Westmoreland célibataires à Denver : son cousin Stern était sur le point de se marier, Bane au large avec la Marine, Aidan en Caroline du Nord. Les autres hommes de la famille avaient déjà trouvé la femme de leur vie. Dans les faits, il n'y avait donc plus qu'Adrian. N'importe quelle fille pouvait voir qu'il était un bon parti et elles étaient d'ailleurs nombreuses à vouloir lui passer la bague au doigt. Trinity avait aussi entendu dire qu'il prenait du très bon temps en les laissant tenter leur chance.

Mais tout cela ne la concernait pas directement. La seule chose qu'elle attendait de lui, c'était qu'il l'aide à mettre son plan en pratique. En fait, c'était la première fois qu'ils se voyaient depuis qu'elle s'était installée ici, huit mois plus tôt. Quand elle avait décidé de faire son internat au Denver Memorial, elle savait déjà qu'une partie des cousins par alliance de sa sœur y vivaient, elle en avait rencontré quelques-uns au mariage de Riley. La plupart habitaient dans la banlieue de Denver, surnommée de ce fait « Westmoreland Country », tandis qu'elle-même occupait un appartement dans le centre. Tara lui avait expliqué qu'Adrian avait lui aussi choisi de vivre en ville afin de mieux préserver sa vie privée.

— Je pense alors qu'on devrait mettre notre plan en action sur-le-champ, dit-il en la tirant de ses pensées.

Et, à sa grande surprise, il prit sa main entre les siennes. Elle essaya d'ignorer le frisson qui la traversa lorsqu'il effleura sa peau du bout des lèvres.

— Je ne nous voyais pas commencer tout de suite, répliqua-t-elle, troublée.

— Question de timing, expliqua-t-il en lui embrassant de

nouveau la main, les yeux dans les siens. Ne te retourne pas, mais le Dr Casey Belvedere vient d'arriver. Il nous a vus et n'arrête pas de regarder dans notre direction.

*Que le spectacle commence !*

Adrian pouvait lire l'anxiété qui teintait le regard de Trinity. Même si elle semblait d'accord avec le plan de Tara, c'était évident que prétendre être sa petite amie la mettait mal à l'aise. Cela dit, tout en condamnant le comportement du Dr Belvedere, Adrian le comprenait : n'importe quel homme à sang chaud craquerait pour elle. Comme sa sœur, Trinity était une femme d'une incroyable beauté. Dire qu'elle était renversante ne commençait même pas à la décrire.

Lorsque son cousin lui avait présenté Tara, il avait aussitôt voulu savoir si elle avait des sœurs. Tara lui avait répondu, avec un grand sourire qu'en effet elle avait une jeune sœur, qui était encore au lycée où elle travaillait dur parce qu'elle rêvait de devenir médecin.

Seigneur ! C'était il y avait si longtemps que ça ?

Il se rappela le mariage de Riley, la réaction des hommes de la famille lorsque Trinity était arrivée avec Thorn et Tara. Il avait alors appris qu'elle allait s'installer pendant deux ans à Denver pour ses années d'internat.

— Tu es sûr que c'est Belvedere ? demanda-t-elle.

— Certain, répondit-il en étudiant ses traits.

Elle avait un teint parfait, d'une belle nuance cuivrée, des cheveux noirs soyeux qui tombaient sur ses épaules, et les iris noisette les plus éblouissants qu'il ait jamais vus.

— C'est d'ailleurs ce que j'avais prévu, ajouta-t-il.

— Pardon ?

— Eh oui. Quand Tara m'a appelé pour m'expliquer son idée, j'ai décidé qu'il n'y avait pas de temps à perdre. J'ai appris de source sûre que Belvedere dînait assez souvent ici, notamment le jeudi soir.

— Donc, c'est pour ça que tu m'y as donné rendez-vous ?

— Bien sûr. L'idée, c'est qu'il nous voie ensemble, non ?

— Oui. C'est juste que je n'avais pas prévu qu'on commencerait dès ce soir. Mais avec un peu de chance, maintenant qu'il nous a vus, il va…

— Laisser tomber ? Ne compte pas trop là-dessus. Ce mec te veut et il semble persuadé qu'il lui suffit de vouloir quelque chose pour l'obtenir. Te débarrasser de lui ne sera pas facile. Je continue à penser que lui broyer les phalanges permettrait d'en finir au plus vite.

— Non.

Il haussa les épaules.

— C'est toi qui décides. Mais quoi qu'il en soit, il faut agir tout de suite. Nous devons attirer son attention.

— Comment ?

— Comme ça.

Et il l'embrassa.

Trinity avait cru qu'il s'agirait d'un baiser léger, mais leurs bouches s'attiraient comme deux aimants et refusaient de s'écarter. L'intensité de cette passion soudaine s'empara de ses sens.

Comment aurait-elle pu prévoir qu'un simple baiser la mettrait dans un tel état ? Elle en voulait plus, son corps en redemandait. Toutefois le tintement des couverts sur la porcelaine lui rappela où ils se trouvaient et ce qu'ils étaient en train de faire. À contrecœur, elle écarta ses lèvres de celles d'Adrian.

Elle soupira.

— J'ai l'impression qu'on a fait plus qu'« attirer son attention ». On a carrément dû le mettre en colère.

Adrian sourit.

— Tant mieux, non ? Maintenant qu'il sait quel est ton partenaire, il ne fera rien de stupide. Je le mets au défi.

Il fit signe au serveur d'apporter la note.

— Je crois qu'on a assez joué nos rôles pour ce soir, décréta-t-il d'un ton désinvolte. Prête à partir ?

— Oui.

Et une fois le dîner réglé, ils quittèrent le restaurant, main dans la main.

# - 2 -

— Alors, comment ça s'est passé hier avec Trinity ?

Adrian leva les yeux vers son cousin Dillon et vérifia qu'ils étaient seuls. Oui. La réunion convoquée par celui-ci au siège de Blue Ridge Land Management venait de finir et leurs collaborateurs avaient déjà quitté la salle.

Avant son retour à Denver pour travailler dans l'entreprise familiale, il n'avait jamais songé à son cousin comme à un magnat de l'immobilier. Pour lui, Dillon était l'homme qui était parvenu à maintenir la famille unie après une horrible tragédie.

Les parents d'Adrian, ainsi que son oncle et sa tante, avaient perdu la vie lors d'un crash aérien, vingt ans auparavant. Les deux couples avaient en tout quinze enfants, et Dillon et Ramsey, les aînés des deux fratries, avaient endossé les responsabilités de chef de famille. Cela n'avait pas été facile, et Adrian était le premier à reconnaître que les quatre cadets — Aidan, Bane, Bailey et lui — ne les avaient pas aidés. La nouvelle de la mort des quatre personnes qui comptaient le plus pour eux avait été un choc difficile à surmonter, difficile au-delà des mots. Ils avaient réagi en se rebellant contre toute forme d'ordre établi, et à présent qu'il était un adulte, Adrian avait honte de leur comportement. Mais ni Dillon, ni Ramsey, ni les autres membres de la famille ne les avaient laissés tomber, en dépit de leur conduite problématique. Pour cette raison et beaucoup d'autres, il adorait sa famille, et notamment Dillon, qui avait affronté l'État et les services de l'enfance lorsqu'on avait voulu les placer, lui et les trois autres cadets, en foyer d'accueil.

— Bien, je crois, répondit Adrian.

Il n'avait parlé du rendez-vous à personne, mais Dillon était proche des Westmoreland d'Atlanta, et notamment de Thorn, le mari de Tara. Et puis, les nouvelles circulaient vite dans une famille aussi soudée que la leur.

— Heureux de l'entendre, approuva Dillon en rangeant ses documents. J'espère que ça va marcher. Cela dit, que le directeur de l'hôpital n'entreprenne aucune démarche contre ce Dr Belvedere me pose problème. Je me fiche que sa famille soit riche ou qu'ils soient en train de construire une nouvelle aile pour l'hôpital, ça ne lui donne pas le droit de harceler sexuellement ses collègues. Son comportement envers Trinity est intolérable.

En effet. Et si on l'avait laissé prendre les choses en main, Adrian aurait fait en sorte que Trinity n'ait plus à le tolérer, justement.

— On va essayer de suivre le plan de Tara, mais si ça ne marche pas, alors…

— Alors nous nous en occuperons, Adrian, mais en bonne et due forme, par des moyens légaux. Je ne veux pas que tu te crées de problèmes. Cette époque-là est révolue.

— Je sais me tenir, répondit-il sans avouer que sa première réaction — casser les doigts de Belvedere — était justement celle qu'aurait eue l'Adrian de « cette époque-là ». Tu connais ces gens ?

— Roger Belvedere, le frère du Belvedere en question, est membre de certains conseils d'administration auxquels j'appartiens, mais je ne l'apprécie guère. Il est arrogant et plutôt snob. Un trait de famille, apparemment.

— Faut croire, fit Adrian en se relevant.

— Les Belvedere ont fait fortune dans l'alimentaire, les produits laitiers, notamment. D'après ce que j'ai entendu dire, Roger a des ambitions politiques et annoncera sa candidature au poste de gouverneur, le mois prochain.

— Je lui souhaite bonne chance. C'est son frère Casey qui

me pose un problème, répondit Adrian en se dirigeant vers la porte. On se voit plus tard.

Une heure après, il avait fini de rédiger un rapport de la plus haute importance pour Canyon. Ce dernier ainsi que Stern étaient les deux seuls parmi ses cousins à travailler pour la société familiale, en tant qu'avocats. Adrian était le seul de sa branche à travailler pour Blue Ridge, que son père et celui de Dillon avaient fondé plus de quarante ans auparavant.

Les Westmoreland de Denver appartenant à sa génération étaient quinze : les huit enfants de Thomas et Susan Westmoreland, cinq garçons — Ramsey, Zane, Derringer puis lui-même et son jumeau Aidan — et trois filles — Megan, Gemma et Bailey — auxquels s'ajoutaient les huit fils de son oncle Adam et sa tante Clarisse : Dillon, Micah, Jason, Riley, Canyon, Stern et Bane.

Les deux fratries formaient une famille très soudée qui se réunissait, chaque vendredi, chez Dillon pour une « bonne bouffe » bien assaisonnée de questions familiales. Des rendez-vous galants avaient empêché Adrian d'assister aux deux dernières réunions mais, étant donné sa « relation » avec Trinity, il valait mieux qu'il mette en veilleuse sa vie amoureuse.

Il lâcha son stylo-plume sur la table, s'adossa au fauteuil et, pour la énième fois de la journée, il repensa au baiser échangé avec Trinity. Un baiser qu'il lui avait volé avant qu'elle comprenne ce qu'il s'apprêtait à faire. Et s'il pouvait toujours tenter de se persuader qu'il avait agi pour enquiquiner Belvedere, il savait au fond de lui que ses motivations n'avaient rien d'altruiste.

Tout avait commencé lorsqu'il était arrivé chez elle. Trinity devait être en train de le guetter car, avant même qu'il ait eu le temps d'arrêter le moteur et encore moins d'ouvrir la portière de la voiture, elle était déjà sortie de la maison et marchait vers lui.

Il avait dû lutter pour réprimer le sourire de prédateur qui menaçait de trahir son trouble. Qu'elle était belle ! Il aurait pu se dire que c'était à cause de la longue robe imprimée en cachemire qui caressait ses chevilles quand elle marchait. Ou que c'était l'effet des stilettos bleus assortis à sa pochette. Ou de ses cheveux longs qui encadraient son visage et mettaient en valeur ses pommettes. Mais ce qui la rendait si belle importait peu, ce qui comptait, c'était qu'il l'avait trouvée encore plus séduisante qu'au mariage de Riley et Alpha.

Il prit une longue inspiration en pensant aux lèvres de Trinity. Jamais la bouche d'une femme n'avait eu un goût aussi doux, aussi irrésistible.

Elle avait à peine parlé pendant le trajet de retour chez elle. Et c'était tant mieux, car il brûlait de désir. Grossière erreur, bien sûr. Comment était-il censé la protéger des grosses pattes de Belvedere si tout ce à quoi il pensait, c'était de mettre sur elle ses pattes à lui ?

Il se releva et marcha vers la fenêtre, mains dans les poches. Son bureau offrait une vue imprenable sur le centre de Denver. Lorsque Tara l'avait appelé pour lui parler de son plan, il avait accepté sans réfléchir. « Pas de souci, bien entendu. Jouer le rôle de l'amant de Trinity ? Du gâteau. » Il n'avait pas imaginé une seconde que cette femme aurait un tel effet sur lui. Mais depuis hier, il ne pensait qu'à elle. Grossière erreur numéro deux.

Avec un grognement frustré, il se frotta le visage. Il fallait qu'il se maîtrise mieux. Elle n'était pas la première femme qui l'attirait, elle ne serait pas la dernière. Il consulta sa montre. Il dînait avec Bailey MacKays, il pourrait la surprendre en arrivant à l'heure, pour une fois.

La lecture du dernier document à vérifier ne lui prendrait pas longtemps, et, avant de quitter le bureau, il appellerait Trinity pour savoir comment s'était passée sa journée au travail. Il voulait s'assurer que Belvedere ne lui avait pas rendu la vie impossible après les avoir vus s'embrasser au Laredo's.

— Alors, comment s'est passée ta soirée avec Adrian ?

Trinity s'écroula sur le canapé de son salon après une longue journée de travail. Sa sœur, comme c'était à prévoir, appelait pour connaître les dernières nouvelles.

— Super. Nous avons fait connaissance en mangeant une excellente côte de bœuf. En plus, Belvedere était en congé aujourd'hui, ce qui tombait bien, étant donné qu'il nous a vus hier soir, Adrian et moi.

— Ah, bon ? C'était une coïncidence ? Ou c'était exprès ?

— Exprès. Adrian n'est pas du genre à perdre son temps, on dirait. Après t'avoir parlé, il s'est renseigné sur les habitudes de Belvedere et m'a donné rendez-vous dans un des restaurants qu'il fréquente. C'était une bonne idée, mais j'aurais préféré qu'il me prévienne, j'ai été prise au dépourvu.

— Je comprends. Mais tu veux en finir au plus vite avec cette histoire, n'est-ce pas ?

— Oui, mais…

— Mais quoi ?

— Il y a des choses auxquelles je n'avais pas pensé…

Elle se mordilla la lèvre en essayant de décider jusqu'à quel point se confier à sa sœur. En dépit de leurs dix ans d'écart, elles avaient toujours été proches. Même après son départ pour l'université, Tara revenait souvent à la maison, car Derrick Hayes — son amoureux depuis le lycée et qui était censé devenir ensuite son mari — habitait tout près.

Sauf que le jour de leurs noces… Elle secoua la tête. Ce qui devait être le plus beau jour de la vie de sa sœur avait tourné au cauchemar. Tara avait marché vers l'autel au bras de leur père, souriante, belle, la plus rayonnante des futures mariées. Adolescente à l'époque, Trinity avait rêvé du jour où elle se marierait, en voyant sa sœur dans sa superbe robe.

Et soudain, avant que le prêtre ait commencé la cérémonie, Derrick avait annulé le mariage. Face à tout le monde, il avait expliqué qu'il ne pouvait pas aller plus loin, car il n'aimait plus sa fiancée. Il était amoureux de Danielle, la meilleure amie de Tara et sa demoiselle d'honneur.

Trinity n'oublierait jamais l'expression de douleur et

d'humiliation peinte sur le visage de sa sœur. Derrick avait tendu la main vers Danielle, et ils s'étaient enfuis ensemble, main dans la main, heureux. En laissant Tara, humiliée et en larmes, dans une église pleine d'invités.

Le soir même, Tara avait quitté Bunnell et n'y était plus retournée pendant deux ans. Elle était revenue avec Thorn Westmoreland, le célèbre pilote de moto, qui lui avait fait une demande en mariage publique, dont toute la ville parlait encore dix ans plus tard. Avec l'amour qu'il portait à sa sœur et les mille façons qu'il avait de le lui prouver, son beau-frère avait rendu à Trinity sa foi dans les hommes.

— Des choses ? demanda celle-ci, d'un ton qui indiquait qu'elle était en train de répéter sa question. Comme quoi ?

— Rien, répondit-elle en revenant à la réalité. Sauf que j'aurais préféré un mec banal, Adrian est trop beau. Tu n'imagines pas à quel point il attire le regard des femmes.

Et il valait mieux ne pas mentionner que ces regards étaient devenus des expressions d'envie lorsque Adrian l'avait embrassée. Il ne l'avait fait que pour duper Belvedere, bien sûr, mais elle s'était endormie en pensant à ce baiser volé. Au réveil, elle y pensait toujours. Et une journée de travail intense n'avait pas réussi à le lui faire oublier.

— Oui, il est vraiment beau, c'est clair. Comme la plupart des Westmoreland, d'ailleurs. Mais ne te soucie pas des autres femmes. Il est célibataire, et s'il a accepté de jouer le rôle de ton petit ami, il va s'occuper de toi comme s'il l'était pour de bon.

Trinity soupira. C'était, d'une certaine façon, ce qu'elle craignait.

— Selon Adrian, Belvedere ne va pas se calmer juste parce qu'il nous a vus ensemble une fois.

— Il a probablement raison. D'après ce que tu m'as raconté, ce type est obsédé par toi.

Trinity prit un instant pour réfléchir.

— Bon, j'espère qu'on a fait tout de même passer le message. Adrian semble déterminé à ce que notre plan fonctionne.

— Super. Tu es entre de bonnes mains, alors.

Elle n'était pas sûre de pouvoir s'en réjouir, étant donné la fréquence à laquelle elle avait pensé aux mains d'Adrian pendant et après leur rendez-vous. Il avait des doigts remarquables, longs et souples, et elle n'avait pas pu s'empêcher de se demander quel effet cela ferait de les sentir courir sur sa peau.

— Trinity ?

Oh ! il fallait qu'elle arrête de penser à ce genre de choses !

— Tu tiens encore ce journal, n'est-ce pas ?

Tara lui avait suggéré de noter systématiquement les occasions où Casey Belvedere lui faisait des avances ou l'importunait.

— Oui, bien sûr.

— C'est bien. Je ne veux pas que tu te fasses du souci. Je n'aurais jamais demandé son aide à Adrian si je n'étais pas sûre qu'il saurait t'aider à régler ce problème.

— Je sais, mais…

— Mais quoi ?

Trinity prit une longue inspiration.

— Ce n'est pas grave. J'espère seulement que ton plan va marcher.

— Moi aussi, sœurette. Et au pire, on passera au plan B.

— Au plan B ? C'est quoi, le plan B ?

— Je n'y ai pas encore pensé !

Trinity éclata de rire. Elle adorait sa grande sœur et lui était très reconnaissante de son soutien.

— Espérons qu'il ne sera pas nécessaire, alors.

— Je croise les doigts. En attendant, profite de la compagnie d'Adrian. Il est amusant, et tu ne t'es pas beaucoup amusée dernièrement. Je sais ce que c'est qu'être interne, je suis passée par là, moi aussi. On voudrait tout apprendre, tout faire, mais… On n'est que des médecins, pas des faiseurs de miracles. On a une vie aussi, et tout le monde a besoin de souffler. Le stress tue, ne l'oublie pas.

— Je ne l'oublierai pas.

Après avoir raccroché, alors qu'elle allait se préparer une

salade pour dîner, la sonnerie de son portable retentit de nouveau. Elle sentit son cœur s'accélérer en lisant le nom sur l'écran : c'était Adrian.

D'où venait-il, ce frisson ? Avait-elle perdu la tête, ou quoi ? Sa propre réaction la déconcertait, elle se trouvait bête, niaise même. Il n'était pas son prétendant, elle n'était pas amoureuse de lui ! Leur relation n'était qu'un simulacre destiné à décourager le Dr Belvedere.

Elle décrocha.

— Allô ?

— Salut, c'est Adrian. Comment s'est passée ta journée à l'hôpital, aujourd'hui ?

Sa voix était malheureusement aussi sexy que l'homme lui-même. Lorsqu'il était venu la chercher hier, et qu'il était sorti de la voiture, elle avait eu l'impression d'assister au tournage d'une publicité pour du parfum.

Elle était sortie de la maison dès qu'elle l'avait vu arriver. Il n'avait donc aucune raison de quitter la voiture. Mais il fallait croire qu'il tenait à faire preuve de galanterie, car non seulement il était venu la rejoindre à mi-chemin dans l'allée, mais il lui avait aussi ouvert la portière. Cela dit, ce n'était pas ses bonnes manières qu'elle appréciait le plus chez lui. Il était tellement grand qu'elle devait lever la tête pour regarder son visage. Un visage d'une beauté à se damner, songea-t-elle en fermant les yeux avec un petit soupir, avant de se rappeler que l'objet de ses fantasmes attendait une réponse à l'autre bout de la ligne.

— Ça s'est bien passé, merci, mais probablement parce que le Dr Belvedere est absent aujourd'hui et demain. Il revient vendredi, et j'avoue que je suis inquiète.

— Je parie que tout se passera bien. On continuera notre comédie jusqu'à ce qu'il accepte que tu aies déjà un homme dans ta vie.

*Un homme pour de faux, mais… quel homme !*

— Tu penses qu'il va croire que nous formons un couple après nous avoir vus hier ?

— Oh ! je suis sûr qu'il le croit ! Mais qu'il l'accepte, c'est une autre paire de manches. À mon avis, il va avoir du mal.

Elle se mordilla la lèvre, nerveuse.

— J'espère que tu te trompes.

— Moi aussi. Profite d'une journée sans lui demain, et on verra ce qui se passe vendredi. Mais comme on n'est jamais trop prudents, si on sortait ce week-end ? Que dirais-tu d'aller voir un spectacle samedi soir ?

— Un spectacle ?

— Oui, tu connais le Dunning Theater ? C'est décontracté, on va passer un bon moment.

Elle pensa aux conseils de sa sœur : se reposer, prendre le temps de vivre. De plus, il fallait qu'ils se montrent en public autant que possible jusqu'à ce que le Dr Belvedere comprenne le message…

— Tu crois qu'il va assister à la représentation, lui aussi ? demanda-t-elle.

Il lâcha un petit rire, et elle sentit sa peau se hérisser. Comme si le souffle d'Adrian l'avait caressée.

— Je n'en suis pas certain, mais peu importe. Plus on nous verra ensemble, plus notre histoire sera crédible. Tu es libre, samedi soir ?

— Oui. Il se trouve que j'ai mon week-end.

— Très bien. Je passe te chercher vers 19 heures.

# - 3 -

*Ce n'est qu'un faux rendez-vous. Pourquoi est-ce que je me mets dans un état pareil ?* Trinity laissa tomber la robe qu'elle venait de sortir de son placard sur la pile de plus en plus volumineuse qui s'amoncelait sur son lit.

Elle regarda sa tenue d'un œil critique. À l'instar des autres qu'elle avait aussi écartées, celle-ci était trop habillée ou pas assez ou tout simplement banale. Ah, si seulement elle avait le même sens du style que sa grande sœur ! Chaque fois qu'elle voyait Tara et Thorn, ils étaient sur leur trente et un et ressemblaient à un couple de stars. Mais même avant qu'elle devienne Mme Thorn Westmoreland, les gens disaient que Tara ressemblait plus à un mannequin qu'à un pédiatre.

Adrian allait arriver dans moins d'une heure et elle ne savait toujours pas ce qu'elle allait porter. Il fallait qu'elle arrête de se voiler la face : elle voulait porter quelque chose qui lui plairait. Elle ne sortait pas souvent avec des hommes et à présent, à cause de Casey Belvedere, elle s'y voyait contrainte.

Peut-être qu'elle devrait appeler Adrian pour annuler, mais elle se ravisa aussitôt. La semaine à l'hôpital s'était écoulée sans aucun souci. En l'absence du Dr Belvedere, qui n'était pas venu non plus vendredi, chacun semblait plus à l'aise, détendu, sans pour autant cesser de se montrer vigilant. Personne n'avait à surveiller ses arrières pour guetter l'arrivée de ce médecin dont elle n'était pas la seule à penser qu'il était une nuisance ambulante.

En décidant que Tara avait raison et qu'elle avait besoin d'un peu de distraction, elle choisit finalement un jean et un pull vert, les plaça devant elle encore sur leurs cintres, et se regarda dans la glace. Adjugé. C'était la mi-mars et chez elle, en Floride, les gens se baladaient déjà en débardeur et chemisier. Mais ici, à Denver, la météo imposait des vêtements d'hiver.

Elle doutait de s'habituer un jour à ce climat.

— Une raison de plus pour finir ton internat, marmonna-t-elle en se dirigeant vers la salle de bains. Ensuite, tu pourras regagner la Floride à laquelle tu appartiens.

Après s'être douchée et habillée, elle se maquilla légèrement. Elle mit une dernière touche de mascara et sourit à son reflet dans le miroir. Pas mal. Étant donné qu'Adrian se privait de sortir avec d'autres femmes pour l'aider, le moins qu'elle puisse faire, c'était de se donner du mal pour montrer qu'elle appréciait sa générosité.

Elle consulta sa montre : elle avait vingt minutes devant elle pour se coiffer. Mais elle venait à peine d'ouvrir le tiroir où elle rangeait le fer à boucler que son portable retentit. C'était Adrian. Appelait-il pour dire qu'il avait un empêchement ?

— Allô ?

— Trinity ?

Elle ignora l'essaim de papillons qui avait envahi son estomac.

— Je suis là.

— Là ? Où ?

— Devant ta porte.

— Oh ! s'exclama-t-elle en déglutissant avec difficulté. Tu es en avance.

Elle jeta un coup d'œil à son reflet dans le miroir.

— Je ne suis pas encore coiffée…

— Ne t'inquiète pas, j'ai trois sœurs, je sais comment ça marche, une fille. Je peux attendre… à l'intérieur, si ça te va ?

Elle déglutit de nouveau. Évidemment qu'il pouvait attendre à l'intérieur. Le faire attendre dehors, dans sa voiture, ce serait terriblement impoli.

— Bien sûr. Je t'ouvre.

Soulagée d'avoir au moins eu le temps de s'habiller, elle se dirigea vers la porte sans vouloir analyser la cause de l'excitation qui s'emparait de son corps.

— Reprends-toi, grommela-t-elle. C'est juste Adrian. Il est presque de la famille.

Mais dès qu'elle le vit sur le seuil, une petite voix lui suggéra d'oublier tout de suite cette absurde idée de liens familiaux. Il était superbe, de la tête aux pieds. Elle aurait voulu rester indifférente, mais c'était mission impossible. Elle était subjuguée. La dernière fois, dans son costume d'homme d'affaires, il lui avait semblé séduisant, mais là, en jean, chemise blanche et blazer en velours côtelé, il dépassait tout ce qu'elle avait pu connaître en matière de beauté masculine. Et le Stetson sur la tête ne gâchait rien.

— Ah, oui, je vois ce que tu voulais dire. Il faut faire quelque chose, avec ces cheveux.

D'instinct, elle porta les mains sur les mèches qui lui tombaient sur les épaules, mais face au regard taquin d'Adrian, elle s'écarta en souriant pour lui permettre d'entrer.

— C'est si affreux que ça ?

— Mais non. Tes cheveux sont superbes.

Elle roula les yeux en l'invitant d'un geste à s'asseoir sur le canapé.

— Je n'ai pas pu les boucler.

Il rit doucement.

— Tu n'as pas besoin de boucles. Fais-moi confiance, je m'y connais. Comme je te le disais, j'ai trois sœurs.

Qu'elle connaissait et appréciait sincèrement.

— Que veux-tu boire pendant que tu attends ?

— Ce que tu as.

— Voyons... Soda, bière, vin, citronnade.

— Un soda, s'il te plaît.

— Ça marche, répondit-elle en quittant la pièce sans se retourner malgré le désir qu'elle en avait.

Elle se sentait fébrile ; heureusement, la fraîcheur du frigidaire l'aida à tempérer sa réaction. C'était fou, l'effet qu'Adrian lui faisait ! Elle referma le frigo et réfléchit un instant. Cet homme émettait une vibration d'un érotisme animal qui dépassait l'entendement et lui donnait envie de le manger tout cru.

— C'est joli, chez toi.

Elle se retourna, à peine surprise. Là, debout dans sa cuisine, il semblait encore plus grand que d'habitude. Plus sexy, aussi.

— Tu trouves ? C'est petit, mais l'alternative, c'était de vivre en colocation.

— Il te ressemble.

Quand il prit la boisson qu'elle lui tendait, leurs mains se touchèrent. Elle pria pour qu'il n'ait pas remarqué son frémissement.

— C'est-à-dire ?

— Bien fait. Soigné. De belles couleurs qui s'harmonisent à la perfection.

Était-ce son imagination ou les yeux d'Adrian étaient devenus plus sombres ? Et cette comparaison avec son appartement, c'était une manière de flirter ?

— Bois tranquillement ton soda pendant que je me coiffe.

— Tu as besoin d'aide ?

Elle lui décocha un sourire avant de retourner dans sa chambre.

— Non merci, je me débrouille.

Adrian entama sa boisson alors que Trinity quittait la cuisine. *Magnifique*, se dit-il avant de s'autocensurer. Tara l'écorcherait vif s'il faisait des avances à sa sœur. Pire : si elle en parlait avec Thorn, il pouvait commencer à rédiger son testament, car tout le monde savait de quel bois se chauffait son cousin.

*Alors, pourquoi tu flirtes comme ça avec elle ? Tu cherches les problèmes ? On t'a demandé de faire semblant d'être son amoureux, pas de fantasmer sur elle ! Tu as déjà dépassé les bornes avec ce baiser, n'aggrave pas ton cas.*

Qu'y avait-il de pire que de désirer une femme hors de votre portée ? Il sourit en songeant que Casey Belvedere n'allait pas tarder à l'apprendre.

— Je suis prête.

Il faillit s'étrangler à mi-gorgée. Elle avait dû se servir d'un fer à boucler pour donner forme aux mèches qui tombaient sur ses épaules, et ça lui allait à ravir. De toute façon, avec son visage magnifique et son corps de rêve, elle pouvait tout se permettre.

— Tu es superbe.

— Merci. Tu n'es pas mal non plus. Tu ne m'as pas encore dit quel spectacle on allait voir.

— Ah bon ? Comme ça, ce sera la surprise. J'ai parlé à ta sœur tout à l'heure pour me renseigner sur ton dessert préféré. J'ai appris que tu ne pouvais pas résister au cheesecake aux fraises. Alors j'ai prévu qu'on s'arrête au retour pour aller manger le meilleur cheesecake de la ville, ça te dit ?

— C'est très prévenant de ta part, ça.

— Je suis quelqu'un de prévenant. On y va ?

— Oui.

Il posa le verre vide dans l'évier et traversa la pièce pour lui offrir son bras.

— Alors en route.

Une voiture de sport, racée et étincelante, attendait devant sa porte.

— Ce n'est pas la même que l'autre jour, si ? demanda-t-elle.

Elle était sûre de ne pas se tromper. La dernière fois, il conduisait une berline Lexus noire, alors qu'il était en train de lui ouvrir la portière d'un convertible rouge pomme d'amour. De la même marque.

— Non, et aucune ne m'appartient. Un de mes amis possède une concession Lexus, où j'ai acheté un SUV lorsque je suis revenu à Denver. Quand il s'est rendu compte que mes allées et venues attiraient pas mal l'attention, il s'est dit que me prêter ses véhicules pour que je les fasse circuler lui ferait une bonne publicité. Et il avait raison. Il a obtenu plusieurs ventes grâce à ça.

— Je parie que la plupart des acheteurs étaient des acheteuses.

Il rit, accoudé au rebord de la portière.

— Et pourquoi ce serait des femmes ?

— Une intuition. Est-ce que j'ai raison ?

— Peut-être.

— Allez, admets-le, insista-t-elle en bouclant sa ceinture de sécurité. Ce n'est pas grave, on m'a déjà parlé de tes nombreuses aventures.

— Qui ça ?

— Je dois protéger mes sources.

— Mais qu'est-ce qui te fait croire qu'elles sont fiables ?

— Je ne vois pas pourquoi elles ne le seraient pas.

Il haussa les épaules et ferma la portière pour contourner le capot en quelques foulées. Il s'installa derrière le volant en silence et attacha sa ceinture avant de tourner les yeux vers elle.

— Il n'y a qu'une source fiable lorsqu'il est question de moi.

Elle haussa un sourcil.

— À savoir ?

Il se pointa du doigt.

— Moi. Sens-toi libre de me poser les questions qui te traversent l'esprit. Dans la limite du raisonnable.

Elle sourit.

— Alors voici ma première question : parmi les clients qui ont acheté des véhicules à ton ami, il y avait plus de femmes que d'hommes, non ?

Il démarra le moteur et lui rendit son sourire avant de reculer dans l'allée.

— Je dois admettre que c'est le cas.

— Je ne suis pas surprise.

— Pourquoi donc ?

— Pour plusieurs raisons, répondit-elle en remarquant que le moteur n'émettait que très peu de bruit.

Adrian avait un style de conduite suave, très agréable. C'était à peine si elle avait remarqué qu'ils s'étaient arrêtés à un feu rouge.

— Je t'écoute, insista-t-il.

— Je n'ai pas de mal à imaginer pourquoi certaines femmes pourraient te trouver convaincant et prendre ce que tu dis pour parole d'Evangile.

Un sourire un rien crâneur effleura les lèvres d'Adrian.

— Vraiment ? Tu penses que je pourrais exercer ce genre d'influence ?

— Oui, mais tu remarqueras que j'ai dit « certaines femmes ».

— Et toi, alors ? Tu as besoin d'une nouvelle voiture ?

Elle soutint son regard.

— Sauf si c'est cadeau, je ne suis pas intéressée. En ce moment, je n'ai vraiment pas besoin d'ajouter à mon budget les traites d'une voiture. Celle que j'ai me convient parfaitement. Elle m'amène du point A au point B et, les bons jours, si je lui parle très gentiment, même au point C. Je ne peux pas m'autoriser plus.

— Ou si, mais tu préfères t'en abstenir.

Il avait tapé dans le mille. Mais comment avait-il su ?

— Qu'est-ce qui te fait penser une chose pareille ?

La voiture roulait de nouveau, et il ne répondit pas jusqu'à ce qu'un nouveau feu l'oblige à s'arrêter. Il la regarda.

— J'ai mes sources, moi aussi. J'ai cru comprendre que, sous ces boucles, ta tête héberge un esprit indépendant.

Elle se déroba à son regard en haussant les épaules.

— Je ne peux pas faire autrement, nos parents nous ont appris à penser par nous-mêmes.

— C'est pour ça qu'au départ, tu ne voulais pas suivre le plan de ta sœur ?

— Tu conviendras que c'est un peu tiré par les cheveux, constata-t-elle en tournant de nouveau les yeux vers lui.

— La fin justifie les moyens.

— J'espère seulement que ça marchera.

— Ça va marcher.

Elle était sur le point de lui demander d'où il tenait cette certitude lorsqu'elle s'aperçut qu'ils attendaient un voiturier devant un superbe bâtiment qui devait dater du XIX^e siècle. Imposant de blancheur avec les montagnes à l'arrière-plan, il occupait tout un pâté de maisons.

— Magnifique, dit-elle.

— N'est-ce pas ? C'était un hôtel, à l'origine, mais il a été restauré et reconverti en théâtre. La compagnie de Pam travaille sur un spectacle qui sera joué ici.

Elle savait que la femme de Dillon, qui avait été une star du cinéma, avait fondé une école d'art dramatique à Denver.

— C'est super.

— Oui, ils ont travaillé d'arrache-pied, sans lésiner sur les répétitions et tout le reste. Ce sera leur première production.

Au guichet, le vendeur reconnut Adrian et le salua.

— Bonsoir, monsieur Westmoreland.

— Bonsoir, Paul. Il me semble que tu dois avoir des billets à mon nom.

— Oui, monsieur, répondit Paul en lui tendant une enveloppe.

Adrian en vérifia le contenu.

— Comme nous sommes en avance, on a le temps de prendre un verre, lui proposa-t-il avec un sourire charmant.

— Très bien.

Il ouvrit une porte donnant sur une grande salle, décorée elle aussi dans le style original du bâtiment.

— Qu'est-ce qui te ferait plaisir ?

— Que bois-tu ?

— De la bière.

— La même chose pour moi.

Adrian attira l'attention d'un des serveurs, qui s'approcha en même temps qu'un couple élégamment habillé.

— Roger ? demanda-t-il au mari. C'est toi ?

L'homme regarda Adrian, l'air hésitant. Il approchait la quarantaine ou venait juste de la dépasser.

— Oui, c'est moi. Mais excusez-moi, je n'arrive pas à vous remettre.

Adrian lui tendit la main.

— Adrian Westmoreland. On se connaît par le biais de mon cousin Dillon, prétendit-il avec la certitude que son interlocuteur ferait semblant de se souvenir de lui.

Roger lui serra la main avec un grand sourire.

— Mais oui. Bien sûr. Je me rappelle, maintenant. Voici mon épouse, Kathy.

Adrian serra la main de la femme avant de se tourner vers Trinity.

— Je vous présente Trinity, le Dr Trinity Matthews, précisa-t-il, avec une étincelle amusée dans les yeux. Une amie *très* spéciale.

Adrian semblait satisfait comme un chat qui vient d'attraper une souris, et Trinity se demanda pourquoi. Mais elle comprit dès qu'elle entendit la suite.

— Trinity, je te présente Roger et Kathy Belvedere.

Elle s'efforça de ne pas trahir sa surprise.

— Enchantée de faire votre connaissance.

— Tout le plaisir est pour nous, répondit Roger. Et dites-moi, docteur, où exercez-vous ? Je connais bien les hôpitaux du secteur. D'ailleurs, ajouta-t-il, visiblement satisfait de lui-même, ma famille est en train de construire une nouvelle aile au Denver Memorial.

— Mais c'est justement là que je travaille, en qualité de pédiatre, et je suis avec attention l'avancée du projet. La ville en avait grand besoin, ça va changer la vie des enfants malades et de leurs familles.

Le sourire de Roger s'élargit.

— Merci. Si vous travaillez au Denver Memorial, vous connaissez sans doute mon frère Casey. Il est chirurgien. Je suis sûr que vous avez entendu parler du Dr Casey Belvedere.

Elle fit de son mieux pour ne pas éclater de rire.

— Oui, je le connais, en effet.

— Dans ce cas, je lui dirai que je vous ai vue, ici.

— Et n'oublie pas de lui passer le bonjour de ma part, s'il te plaît, ajouta Adrian.

— Tu savais qu'il allait être là, n'est-ce pas ? demanda Trinity dès qu'ils se trouvèrent en tête à tête.

— Oui. Et j'espère bien qu'il va faire la commission à son frère.

Le serveur apporta leurs bières, et elle sirota la sienne, pensive. En fait, la soirée, l'invitation au théâtre n'étaient rien d'autre qu'une partie de la stratégie d'Adrian pour l'aider. C'était bien étudié, c'était gentil, c'était réussi. Mais alors pourquoi… Pourquoi était-elle déçue ?

Une voix dans les haut-parleurs annonça que les portes de la salle n'allaient pas tarder à ouvrir. Elle finit sa bière et, en gagnant sa place, décida que, quelle que soit la motivation d'Adrian pour l'inviter à ce spectacle, elle allait se détendre et passer un bon moment.

# - 4 -

Après le spectacle, Adrian emmena Trinity au Andrew's où, tel qu'il l'avait annoncé, on servait les meilleurs gâteaux de Denver. Il décida, entre deux bouchées d'un excellent cheesecake aux fraises, qu'il adorait le son de la voix de Trinity.

Et sa conversation aussi. Il aurait pu l'écouter parler de sa famille durant toute la nuit : son père dirigeait un cabinet médical où travaillaient aussi sa mère, en tant qu'infirmière, et ses deux frères aînés, qui, comme elle et sa sœur, avaient suivi les pas de leur père.

Elle lui expliqua aussi certains choix qui avaient défini sa vie et sa carrière. Ne voulant pas s'éloigner de sa famille, elle avait fait deux ans de classe préparatoire dans un établissement de Bunnell avant de s'inscrire à l'Université de Floride, à Gainesville, qui avait conservé le charme d'une petite ville en dépit d'un nombre d'étudiants croissant. Elle aimait tellement sa vie là-bas qu'elle y était restée jusqu'à la fin de ses études de médecine.

— Denver est trop grand pour moi, conclut-elle. J'ai hâte de finir mon internat pour retourner m'installer à Bunnell.

— Allez, avoue, la taquina-t-il. Tu es surtout pressée de rentrer chez toi parce que tu as un amoureux qui t'y attend.

Elle fit la moue. La façon dont elle fronçait le nez en plissant la bouche était le geste le plus craquant du monde.

— Pas du tout, répliqua-t-elle. Après ce que Derrick a fait à Tara, la dernière erreur que je risque de commettre c'est de croire qu'un homme m'attendra jusqu'à ce que j'aie obtenu mon diplôme.

Adrian hocha la tête. Il était au courant de ce triste épisode du passé de Tara qu'un de ses nombreux cousins, il ne se rappelait pas lequel, lui avait raconté. Cela dit, il avait du mal à croire qu'un homme en pleine possession de ses moyens abandonne, devant l'autel de surcroît, une femme aussi belle que Tara Matthews Westmoreland. Il fallait être fou. Ou idiot.

— Donc, après la mésaventure de ta sœur, tu en veux aux hommes de ta ville natale et tu t'en méfies ?

Elle haussa les épaules en léchant d'un geste distrait la chantilly restée sur sa fourchette. Il sentit son désir monter en flèche. Son sexe se durcit sous son jean. Il but une longue goulée d'eau pour tenter de se calmer.

— Pire encore : ça m'a appris à ne donner mon cœur à aucun homme, de chez moi ou d'ailleurs.

Il étudia son visage grave.

— Mais tout est bien qui finit bien, non ? Ta sœur a trouvé son bonheur avec Thorn.

Un sourire dissipa lentement les brumes qui troublaient les beaux yeux de Trinity.

— Oui, c'est vrai. Je suis très contente pour elle. Il la rend heureuse.

Il hocha la tête.

— C'est la preuve que les *happy ends* existent, alors.

Elle mangea son dernier bout de gâteau.

— Oui, parfois, répondit-elle. Mais c'est trop rare pour que je me risque à tenter ma chance.

— Tu comptes donc ne jamais tomber amoureuse ?

— Non, si je peux l'éviter. Je viens de te raconter ma vie, tu sais quels sont mes rêves.

Il hocha de nouveau la tête.

— Tu veux retourner à Bunnell et travailler avec ton père et tes frères.

— Voilà, confirma-t-elle en se passant de nouveau la langue sur les lèvres.

La gorge soudain desséchée, il dut finir son verre d'eau.

— Et que fais-tu du bonheur ? demanda-t-il.

— Du bonheur ?

— Ce n'est pas un gros mot, non ? Tu ne veux pas vieillir avec quelqu'un ?

— Et toi, c'est ce que tu veux ?

Même si elle avait posé la question pour éviter la sienne, c'était une bonne question qui méritait qu'on s'y attarde. Il réfléchit un instant avant de répondre.

— J'ai l'intention de m'amuser, de faire des rencontres et de profiter de la vie à fond. Dans l'absolu, je sais qu'un jour j'aurai envie de me poser et de fonder une famille. Mais pour l'instant, il y a déjà suffisamment de Westmoreland qui s'y emploient. Quand j'étais à Harvard, chaque fois que je rentrais à la maison, j'avais l'impression que c'était pour assister à un mariage ou apprendre la naissance d'une nouvelle nièce ou neveu ou d'un cousin au second degré.

— En parlant de cousins, enfin des tiens, j'ai entendu dire qu'il y avait eu une rencontre entre les Westmoreland de Denver et ceux d'Atlanta, mais est-ce que vous avez appris quelque chose sur ces autres membres de votre famille ?

Elle faisait allusion à l'enquête menée par Rico, le mari de Megan, qui était détective privé.

— D'après ce qu'on sait, mon arrière-grand-père, Raphel Westmoreland, a eu des relations avec quatre femmes avant d'épouser mon arrière-grand-mère Gemma, mais on ignore quel était le degré d'intimité de ces relations. On est à présent certain qu'il n'a pas épousé trois d'entre elles, mais il reste encore des détails à éclaircir.

Il marqua une pause avant de reprendre :

— Rico et Megan ont découvert qu'une de ces femmes, nommée Clarice, avait eu un enfant de Raphel dont celui-ci ignorait l'existence. Cette Clarice est morte dans un accident ferroviaire mais, avant de mourir, elle a pu confier son enfant à une femme qui venait de perdre son mari et son enfant. On sait que le nom de famille de cette dernière était « Outlaw ».

Trinity l'écoutait avec une expression fascinée. Il y avait de quoi : lui aussi trouvait cette histoire incroyablement romanesque. Et il était persuadé que s'il y avait d'autres membres du clan Westmoreland éparpillés de par le monde, Rico saurait les trouver.

Il regarda l'heure.

— Il est encore tôt, annonça-t-il. Qu'est-ce qui te ferait envie, avant que je te ramène chez toi ?

— Tôt ? Il est presque minuit !

Il sourit.

— Ton heure de coucher est passée ?

— Mais non !

— Alors, on devrait essayer de s'amuser un peu. Je connais l'endroit parfait pour ça.

— Où ?

— Viens, et tu verras.

Une demi-heure plus tard, Trinity se demandait si elle n'avait pas perdu la tête. Elle regarda vers le haut, vers ses jambes et ses pieds. Comment avait-elle pu laisser Adrian l'embarquer là-dedans ? De l'escalade en salle ? À minuit passé ? Bon sang !

Mais oui. Et c'était pour cela qu'elle se trouvait harnachée, chaussures d'escalade aux pieds, des cordes autour d'elle comme si elle n'était rien de plus qu'une marionnette, au bas d'un mur prétendument artificiel mais qui ressemblait dangereusement au flanc d'une falaise.

— Prête ? demanda Adrian.

*Prête ? La bonne blague.*

Il se tenait à côté d'elle, paré pour l'ascension comme un pro, les yeux brillants d'excitation. De toute évidence, il était féru de ce sport et le pratiquait régulièrement. Pas elle. Les sports d'extérieur n'étaient pas sa tasse de thé.

Loin s'en fallait.

*Mais alors, pourquoi t'es-tu laissé convaincre ?*

Peut-être à cause de la façon dont il lui avait pris la main en sortant d'Andrew's, songea-t-elle. Le frisson qui l'avait traversée lorsqu'il l'avait touchée avait dû démolir son bon sens. À moins que la faute n'en revienne au sourire qui retroussait ses lèvres. Ou bien…

Il claqua les doigts devant son visage. Elle avait oublié de répondre à sa question.

— Désolé, fit-il, mais ce n'est pas le moment de rêvasser. Tu as besoin de toute ta concentration.

Elle regarda le mur qu'elle était censée escalader. Adrian lui avait assuré qu'il était adapté aux débutants, mais elle nourrissait de sérieux doutes à ce sujet.

— Franchement, je ne suis pas sûre que ce soit une bonne idée, Adrian. Je…

Il élargit son sourire. Dangereux comme un piège, ce sourire. Il ne fallait pas qu'elle tombe dedans.

— Tu peux le faire, insista-t-il. Tu m'as l'air assez sportive.

Elle roula les yeux.

— Les apparences sont trompeuses.

— Alors cette petite séance te remettra en forme. Quoique je ne voie pas trop ce qu'il y aurait à redire sur ton physique.

Elle déglutit. Venait-il de flirter avec elle pour la deuxième fois de la soirée ?

— Est-ce que tu as déjà fait de l'escalade pour de bon ? demanda-t-elle en ajustant ses gants. Au grand air, je veux dire ?

— Bien sûr, plein de fois. J'adore ça. Et tu vas adorer, tu verras.

Elle en doutait. Comment avait-elle atterri dans une salle d'escalade ouverte toute la nuit à l'heure où les gens normaux se reposaient paisiblement dans leurs lits ?

— Prête pour des sensations grisantes ?

— C'est maintenant ou jamais, j'imagine.

— Tu vas bien t'en sortir.

Rien n'était moins sûr. Surtout s'il continuait à se tenir si près d'elle.

— Bon, comment dois-je m'y prendre ?

— Tu vois ces saillies ? Ce sont les prises, tu grimpes tranquillement en y prenant appui, jusqu'en haut.

Elle leva les yeux, puis dut renverser la tête pour distinguer le bord supérieur de la paroi.

— C'est ma première fois, Adrian. Comment veux-tu que je monte si haut ? C'est impossible.

— Tu ne peux pas savoir si tu n'as pas essayé.

Si, elle savait. Elle connaissait ses propres limites. Et cela concernait aussi Adrian. Elle savait qu'elle éprouvait une forte attirance pour lui, mais aussi que cette attraction risquait de lui coûter cher. Autrement dit, elle avait intérêt à garder la tête sur les épaules.

Elle avança vers l'imposante structure et posa un pied sur la première prise. Elle était en train de réfléchir à la suite quand elle sentit une main se poser sur ses fesses. Elle pivota brusquement.

— Je peux savoir ce que tu fais ?

— Je te donne un coup de pouce. Tu en as besoin, non ?

Ce dont elle avait besoin, c'était de se faire examiner la tête. Elle devenait parano. Ou alors Adrian venait vraiment de poser sa main à un endroit « privé ». Malheureusement, son corps ne tenait pas compte de ces subtilités et s'était enflammé sur-le-champ.

— Non, je n'en ai pas besoin. Donc, bas les pattes.

Il lui offrit le plus innocent des sourires.

— Me voilà bien mouché. Mais crois-moi, je voulais juste t'aider. Même si la tentation de faire autre chose était forte.

— Peu importe, grommela-t-elle sans en croire un mot.

Pour clore le sujet, elle se tourna vers le mur et attaqua l'ascension.

Ce n'était pas facile. Mur pour débutants ou pas, son but était évidemment de fournir aux clients une bonne séance d'entraînement. Mais quelle personne saine d'esprit voudrait faire ça pour son plaisir ? Trinity avançait lentement mais, elle l'espérait, sûrement. Chaque fois qu'elle hissait le poids de son corps, elle devait s'arrêter pour reprendre son souffle et prier en silence pour tenir jusqu'au bout.

À sa grande surprise, elle n'était toujours pas tombée à mi-parcours.

— Tu fais ça bien, Trinity. Vraiment très bien.

Cette phrase, ou plutôt la façon dont il l'avait prononcée, l'obligea à se tourner légèrement et à le chercher du regard. Elle faillit perdre pied. L'escalade l'obligeait à forcer sur ses fessiers, elle les sentait se contracter à chaque mouvement. Elle était certaine que, depuis sa position, Adrian en avait une vue imprenable.

— Assez.

Agacée contre lui, et envers elle-même d'en tirait une certaine fierté, elle commença à redescendre.

— Tu abandonnes déjà ?

Elle attendit d'avoir les deux pieds bien posés au sol pour l'affronter d'un regard peu amène.

— À ton avis ?

Il plissa les yeux.

— À mon avis, tu es une tentation irrésistible.

La repartie bien sentie qu'elle comptait lui assener se perdit avant d'avoir trouvé le chemin de sa bouche. Mais pourquoi fallait-il qu'il lui dise de telles choses ? Et pourquoi le faisait-il avec ce regard sexy à tomber ? C'était rageant : elle se sentait toute chaude, alors qu'elle voulait garder son sang-froid.

— Je me demande si tu ne confonds pas notre prétendue relation avec la réalité.

Il se pencha sur elle, elle sentit son odeur enivrante titiller ses narines. Il sourit. C'était insupportable, une bouche aussi séduisante.

— Je ne suis pas sûr d'être d'accord. Tu me laisses t'expliquer un ou deux trucs avant de continuer à m'engueuler ?

— Quoi ? répliqua-t-elle, de plus en plus agacée.

D'autant plus qu'elle trouvait aussi qu'il était trop tentant pour lui résister.

— Je suis censé te trouver désirable. Si ce n'était pas le cas, je n'arriverais pas à jouer mon rôle comme il faut pour décourager Belvedere. Mes talents d'acteur ont leurs limites. Si une femme ne me fait pas envie, je suis incapable de faire semblant.

Elle se figea. Il venait de dire qu'il la désirait, non ? Ce n'était pas une conclusion insensée, à en juger par l'intensité de son regard.

— Il va falloir qu'on parle, alors.

— Pas maintenant.

Avant qu'elle ait pu protester, il murmura, tout près de son oreille :

— Tu vois la structure, là-bas ?

Il indiquait un mur vertigineux, deux fois plus haut que celui qu'elle venait d'essayer, destiné à mettre au défi les grimpeurs les plus chevronnés.

— Oui, bien sûr. Qu'est-ce qu'il a, ce mur ?

L'expression dans les yeux d'Adrian se chargea d'un désir ardent et sans équivoque.

— Je dois l'escalader tout de suite, sinon je vais te sauter dessus dans la seconde qui vient.

# - 5 -

Certains mots, une fois lâchés, ne peuvent pas être repris. Il faut en assumer les conséquences. C'était ce qu'Adrian tentait de faire. Ce n'était pas évident.

Il pouvait au moins être fier de sa performance sur le mur d'escalade. Alors qu'il avait échoué lors de ses précédentes tentatives, ce soir il avait réussi à le gravir. Le désir vous pousse à vous dépasser, songea-t-il. Ou la stupidité, c'était selon. Car avouer sa passion à Trinity les avait mis dans une situation très inconfortable. Elle semblait mal à l'aise, méfiante même, et elle se collait à la portière de la voiture comme si sa vie en dépendait. Ou comme si elle prévoyait de sauter en marche si jamais il tentait de l'approcher.

— Je ne mords pas, marmonna-t-il finalement alors qu'ils quittaient la voie rapide.

*Mais je sais faire des trucs dingues avec ma langue,* ajouta-t-il dans son for intérieur, conscient que ce n'était vraiment pas le moment d'étaler sa science en la matière.

— On ne va pas pouvoir aller jusqu'au bout de notre plan, Adrian.

— Pourquoi tu dis ça ? feignit-il de s'étonner alors qu'il n'était pas loin de penser la même chose. Parce que j'ai avoué que j'avais envie de toi ?

— Par exemple.

Il se tut. Le corps de Trinity vu en contre-plongée l'avait mis dans tous ses états. Son pouls s'était accéléré, son sexe avait refusé de rester au repos sous son jean. Il la voulait et, en dépit de sa séance d'exercice intensif, il ne parvenait pas à penser à quoi que ce soit d'autre.

— Je suis désolé, Trinity, je t'ai expliqué ma façon de voir les choses. Tu es très sexy. Je suis un animal à sang chaud. C'était inévitable que ça fasse des étincelles.

— Mais je ne veux pas que les étincelles dégénèrent en incendie.

— Tu n'as aucun souci à te faire, répondit-il d'un ton nonchalant. Je ne tiens pas plus que toi à ce qu'on devienne un couple pour de bon, donc détends-toi. Tu es belle, tu me fais envie, il n'y a pas mort d'homme. J'ai bientôt trente et un ans, je sais me maîtriser.

En tout cas, en théorie. Mais vu l'effet que Trinity avait sur lui, il valait mieux changer de sujet.

— Tu as des plans pour demain ? demanda-t-il.

Elle soupira.

— Tu veux dire pour aujourd'hui, non ? Il est presque 2 heures du matin. Et on est déjà dimanche.

— Bien sûr. Alors, c'est quoi tes plans, pour aujourd'hui ?

— Dormir, dormir et… dormir. C'est rare que j'aie un week-end libre, et j'ai l'intention de le passer dans mon lit. Lundi sera là avant qu'on ait eu le temps de s'en rendre compte.

*Passer le dimanche dans son lit.*

Oh ! non ! Mais pourquoi fallait-il qu'elle mentionne son lit ? Il ne put éviter de l'imaginer étendue sur des draps en satin. Ses sens s'émurent en conséquence.

Il pouvait aussi imaginer son odeur, semblable à celle qu'il percevait, là, dans la voiture, mais plus sensuelle. Il pouvait aussi imaginer son corps. Non. Stop ! C'était de la torture. Il crispa les doigts sur le volant.

— Et toi ? demanda-t-elle. Qu'est-ce que tu as prévu ?

Ce qu'il devrait faire, s'il était malin, c'était se trouver une charmante jeune femme désireuse de s'envoyer en l'air avec lui. Cela l'aiderait peut-être à se débarrasser de ces fantasmes dangereux qui risquaient de le rendre fou. En même temps, il avait promis à Trinity qu'il ne fréquenterait pas d'autres femmes tant qu'elle n'aurait pas réglé ses problèmes avec Belvedere.

— Je n'aurai pas droit à la grasse matinée, moi. J'ai promis à Ramsey de l'aider à poser une clôture sur le côté nord de sa propriété.

— Tara m'a dit que tu ne vivais pas sur les terres de ta famille, que tu préférais vivre en ville.

— Pour l'instant, oui. Je ne suis pas encore prêt à construire sur mes quarante hectares. Mon appartement est pratique et j'ai quelqu'un qui vient chaque semaine s'occuper du ménage et des repas. Ça me suffit.

Une fois chez elle, il arrêta le moteur et l'accompagna jusqu'à la porte, même si, comme la fois précédente, elle lui avait dit de ne pas se donner cette peine.

Elle tourna la clé dans la serrure avant de se tourner vers lui.

— Merci pour cette charmante soirée et pour m'avoir accompagnée jusqu'à ma porte, Adrian.

— Il n'y a pas de quoi. Je voudrais vérifier que tout va bien chez toi.

Elle roula les yeux.

— Est-ce vraiment nécessaire ?

— Je crains que oui. Après ce qui s'est passé pour Keisha l'année dernière, je me sentirai mieux après avoir vérifié.

Tout le monde était au courant que Keisha, à présent la femme de son cousin, était rentrée un soir pour trouver son appartement vandalisé.

— Bien sûr. Si c'est pour le bien-être de monsieur…

Ignorant ce sarcasme, il entra dans l'appartement et vérifia toutes les pièces de l'appartement. Lorsqu'il retourna dans le séjour, Trinity qui se tenait adossée à la porte, les bras croisés, lui lança d'un ton agacé :

— Satisfait ?

Une faim féroce s'empara de lui sans crier gare. C'était la même faim urgente qu'il tentait sans succès d'enrayer depuis le début de la soirée. Il savait que la seule option sensée était de partir sur-le-champ, mais il se sentait incapable de refouler le désir qui l'envahissait jusqu'à l'empêcher de respirer. Trinity exsudait une sensualité renversante, et qu'elle semble l'ignorer décuplait l'impact de son charme.

Il avança vers elle d'un pas mesuré et, quand elle se tourna pour lui ouvrir la porte, il posa la main sur son épaule. Ce simple contact le secoua comme une décharge électrique.

Avant qu'elle ait pu protester, il la plaqua contre la porte et s'empara de sa bouche. Quelques battements de cœur plus tard, elle lui rendit enfin son baiser et elle le lui rendit avec fougue. Sans qu'il sache à quel moment précis elle avait commencé, il se rendit compte qu'elle le faisait avec une fébrilité jumelle de la sienne. Il se pressa contre elle pour qu'elle sache à quel point elle l'excitait. Leurs langues étaient si intimement mêlées qu'il n'aurait su dire de qui venaient les gémissements qu'il entendait.

Il était prêt à jurer que, s'ils n'avaient pas eu à reprendre leur souffle, le baiser se serait prolongé jusqu'au bout de la nuit. Elle le regarda, ses yeux magnifiques agrandis par la surprise, visiblement abasourdie par l'intensité de leur étreinte.

La bouche tout près de la sienne, il répondit enfin à la question qu'elle avait posée :

— Extrêmement, Trinity. Je suis extrêmement satisfait.

Et il partit.

La porte claqua. Trinity ne bougea pas, frappée de stupeur.

Que venait-il de se passer, au juste ? D'où sortait ce besoin imparable qui l'avait prise d'assaut, en la poussant dans les bras d'Adrian comme un ordre du destin ? Et pourquoi ses lèvres s'étaient-elles abandonnées à celles d'Adrian comme si elles leur appartenaient ?

Elle secoua la tête pour tenter de passer à autre chose. En vain. Leur premier baiser l'ayant laissée dans un état second pendant des jours, elle redoutait déjà les séquelles de celui-ci.

L'irritation commença à prendre le pas sur la surprise. Pourquoi l'avait-il embrassée de nouveau ? Et pourquoi s'était-elle laissé faire ? Non, elle avait fait bien plus que « se laisser faire », elle avait participé à ce baiser de son plein gré, avec la même voracité qu'Adrian, la même fougue débridée… Sans aucune retenue. Exactement comme lui. Qu'est-ce que cela avait révélé d'elle ? Et comment l'avait-il interprété ?

Quand elle se dirigea vers la salle de bains pour prendre une douche, une image de la soirée lui traversa l'esprit. Adrian, en train d'escalader ce mur terrifiant. Il était en forme, aucun doute là-dessus. Et tellement masculin… Chaque fois qu'il se hissait sur une prise, les muscles de ses jambes mettaient à l'épreuve les coutures de son jean. Et la façon dont le denim lui moulait les fesses, eh bien, c'était un chef-d'œuvre de la nature qu'il était impossible de ne pas admirer. Sans parler de l'aperçu fugace qu'elle avait eu de ses abdominaux au moment où il avait retiré sa chemise.

C'était la partie la plus animale, la plus primitive en elle, qui avait réagi au spectacle de cette virilité. C'était pour ça qu'elle avait perdu la tête quand il l'avait prise dans ses bras, voilà tout. Mais, maintenant, il était parti, et lorsqu'elle se réveillerait après dix-huit heures de sommeil ininterrompu, elle aurait recouvré son bon sens.

Ou alors elle s'était mise dans de sales draps.

# - 6 -

Il n'avait pas fermé l'œil de la nuit et le souvenir du baiser torride avec Trinity hantait ses pensées jusqu'à le rendre fou, mais Adrian ne voulait pas poser de lapin à son frère aîné et aux autres hommes de la famille. Ainsi, comme promis, il était arrivé de bonne heure chez Ramsey et avait travaillé avec les autres à réparer une clôture qui s'étendait sur plusieurs kilomètres.

Ramsey avait été co-P.-D.G. de Blue Ridge avec Dillon avant de tout quitter pour réaliser son rêve : posséder un ranch. Zane et Derringer, les suivants dans la fratrie, préféraient eux aussi le grand air. Après avoir travaillé quelques années dans l'entreprise familiale, tous les trois s'étaient associés avec leur cousin Jason pour monter avec les Westmoreland du Montana un élevage équin.

La femme de Ramsay, Chloe, venait d'arriver avec sandwichs, thé glacé et cookies maison. Tout le monde taquina le cousin Stern à propos de son prochain mariage avec Jo, qui avait été sa meilleure amie pendant des années. Ils s'étaient fiancés six mois plus tôt et Stern avait hâte de se marier. Il disait avoir assez attendu.

Adrian ne participa pas à ces échanges affectueux, mais il appréciait la bonne ambiance qui régnait dans la famille. Partir à Harvard avait été un déchirement, mais heureusement, son jumeau et lui avaient décidé de s'inscrire dans la même université. Ensuite, leurs carrières respectives les avaient obligés à prendre des chemins différents, mais il savait qu'Aidan finirait par revenir à Denver un jour. Comme

Trinity, son frère ne saurait vivre loin de sa famille et de sa ville natale. Adrian comprenait donc parfaitement l'envie de Trinity de retourner en Floride. En revanche, il n'arrivait pas à comprendre pourquoi l'idée qu'elle quitte Denver dans un an et demi le chagrinait à ce point. Ce n'était pas comme s'ils sortaient ensemble. À vrai dire, elle n'était même pas son type. Ils n'avaient rien en commun. Elle aimait les petites villes, alors qu'il penchait pour les grandes métropoles. Elle n'aimait pas le grand air, lui adorait. Il soupira. Son obsession pour cette femme n'avait aucun sens.

— Et toi, Adrian, comment ça va ? À moins que tu ne sois Aidan ?

C'était son frère Zane qui l'avait sorti de ses réflexions. Adrian sourit en s'apercevant que tous les autres avaient fini leur repas et se disposaient à reprendre le travail.

— Arrête, tu sais parfaitement qui je suis. Et ça va bien. Tu me connais : à chaque jour suffit sa peine.

— Tu es content de bosser dans l'entreprise ?

— Plutôt, oui. Mais je comprends pourquoi vous avez décidé que la vie d'entreprise n'était pas pour vous. Ça doit être insupportable, si on n'aime pas.

Lui, il s'éclatait dans son poste de chef de projets. Il assistait Dillon dans la prise de décisions techniques, le conseillait dans le développement des principaux projets et supervisait le respect des budgets et des délais.

Pendant qu'ils marchaient vers la clôture, Zane demanda :

— Et comment tu t'en sors dans ton rôle d'amant imaginaire de la belle-sœur de Thorn ?

Zane était donc au courant. Ça n'avait rien d'étonnant, mais qui d'autre savait, dans la famille ? Pas Bailey en tout cas, sans quoi elle en aurait dit quelque chose lorsqu'ils avaient dîné ensemble.

— Bien, je crois. Pour l'instant, je cherche à apparaître souvent avec elle en public afin qu'on nous croie ensemble. La première fois, j'ai fait en sorte que Belvedere nous voie l'un avec l'autre et, hier, on a assisté à un spectacle où je savais qu'on croiserait son frère.

— Et ça marche ?

— Je l'espère. Reste à voir la réaction de Belvedere, Trinity n'a pas retravaillé avec lui depuis le début de notre « relation ».

— Hum, fit Zane. Je suis très curieux de voir comment ça va se finir.

— S'il est malin, il lui fichera la paix.

— Oh ! je ne parlais pas d'elle et du docteur !

— Tu parles de quoi, alors ?

— D'elle et de toi, répondit son frère avec un sourire plein de sous-entendus.

Adrian s'arrêta net. Son frère l'imita.

— Tu délires, Zane.

— Non, je ne délire pas. Je l'ai vue au mariage de Riley. C'est une bombe, comme sa sœur d'ailleurs.

— Et donc ?

Zane fourra les mains dans ses poches arrière.

— Donc… rien. Laisse tomber, je n'ai rien dit. En revanche, il faudrait qu'on se remette au travail si on veut finir avant la tombée de la nuit.

Adrian le suivit en roulant les yeux. Depuis que Zane s'était marié, il racontait n'importe quoi.

— Docteur Matthews, j'espère que vous allez bien.

Trinity leva les yeux du dossier qu'elle était en train de compléter. Cette voix sur son épaule lui avait hérissé la peau.

— Merci, docteur Belvedere. Je vais bien.

La politesse voulait qu'elle lui retourne la question, mais elle n'avait aucune envie de se montrer aimable avec lui. Elle poursuivit ses annotations d'un air concentré.

— Je vous ai vue, l'autre soir.

Il s'était approché d'elle, beaucoup trop. Elle sentit son pouls s'accélérer.

— Quel autre soir ? répéta-t-elle sans lever les yeux du dossier.

— Le soir où vous dîniez au Laredo's.

— Oh ! je ne vous ai pas vu !

Ce qui n'était pas faux, puisqu'elle avait évité soigneusement de regarder dans sa direction.

— Eh bien, moi, si. Vous étiez avec un homme, insista-t-il d'un ton accusateur.

Elle serra le dossier contre sa poitrine, comme un bouclier, avant d'affronter son regard.

— En effet. Rappelez-vous, je vous avais dit que j'avais quelqu'un.

— Je ne vous ai pas crue.

— Je ne comprends pas pourquoi.

Belvedere lui adressa un sourire d'une hypocrisie écœurante.

— Peu importe. Mettez un point final à cette histoire.

Elle cilla.

— Pardon ?

— Vous m'avez entendu.

Son sang ne fit qu'un tour, et sans s'inquiéter qu'on l'entende, elle rétorqua :

— Je ne ferai rien de tel. Vous n'avez aucun droit de regard sur ma vie privée !

Après avoir vérifié que personne n'assistait à la conversation, il se tourna vers elle, une grimace arrogante peinte sur le visage.

— Je peux vous aider ou vous détruire, docteur Matthews. Si vous me prenez à rebrousse-poil, toutes les années que vous avez passées à étudier la médecine ne vous auront servi à rien. Réfléchissez-y

Il tourna les talons, puis, comme s'il avait oublié quelque chose, il revint vers elle.

— La prochaine fois que vous voudrez me dénoncer, pensez-y à deux fois. Ma famille possède pratiquement cet hôpital. Vous feriez bien de ne pas l'oublier. Et pour être sûr qu'on s'est bien compris, j'ai demandé que vous m'assistiez dans mes deux prochaines interventions, programmées durant vos prochains jours de repos. Dommage, n'est-ce pas ?

Il s'éloigna avec un ricanement satisfait.

Elle le suivit du regard en tremblant de colère. Il venait d'admettre qu'il sabotait sciemment ses congés.

*Comment ose-t-il ?*

Elle déposa le dossier dans le chariot correspondant et partit au pas de charge vers le bureau de Wendell Fowler, le chef du service pédiatrie. Trop énervée pour attendre l'ascenseur, elle monta à pied mais, même après avoir gravi trois étages, elle était toujours aussi furieuse.

La secrétaire du Dr Fowler, une dame proche de la retraite qui répondait au nom de Marissa Adams, la reçut avec un petit hochement de tête.

— En quoi puis-je vous aider, docteur Matthews ?

— Je voudrais voir le Dr Fowler. C'est important.

— Je vais voir s'il est disponible. Asseyez-vous.

Trinity n'eut pas à attendre longtemps.

— Docteur Matthews ? fit Marissa quelques minutes plus tard. M. Fowler peut vous recevoir maintenant.

— Merci, dit-elle en lui adressant un sourire poli avant d'entrer dans le bureau de son supérieur.

Moins d'une heure plus tard, elle le quittait, frustrée et dépitée. Le Dr Fowler ne s'était pas montré enclin à l'aider. Il avait même sous-entendu qu'elle dramatisait, avant d'essayer de la convaincre qu'assister le Dr Belvedere pendant ses jours de congé aiderait sa carrière.

En proie à une rage comme elle n'en avait jamais connue, elle traversa le bureau de Marissa Adams le menton fièrement dressé pour éviter que les larmes coulent sur ses joues. Si le but de Belvedere était de la briser moralement afin d'arriver à ses fins, il perdait son temps. Il allait l'obliger à travailler deux semaines d'affilée sans le moindre répit ? Elle le ferait. Elle refusait de courber l'échine devant qui que ce soit, et encore moins devant ce minable.

# - 7 -

Adrian, assis derrière son bureau, s'appuya contre son dossier, les yeux rivés au téléphone qu'il venait de raccrocher. Il avait essayé d'appeler Trinity depuis un numéro différent et, encore une fois, elle n'avait pas décroché. Il se frotta le menton, frustré. D'accord, ils s'étaient embrassés. Passionnément. Deux fois. Mais ce n'était pas une raison pour se fâcher et cesser de répondre à ses appels. Il avait très peu de patience, et encore moins de temps pour ce genre de choses.

En plus, il s'était écoulé plus d'une semaine depuis leur dernier baiser. Dix jours, pour être précis. Ce n'était pas possible qu'elle lui en tienne encore rigueur, elle ne pouvait pas être si rancunière. Pour un baiser ? D'autant qu'il aurait été prêt à jurer qu'elle avait autant aimé que lui. Il n'avait qu'à fermer les yeux pour revivre l'interaction fébrile de leurs langues. Tous les baisers de sa vie se mesureraient désormais à l'aune de celui qu'il avait échangé avec Trinity.

Son portable émit le petit sifflement indiquant qu'il venait de recevoir un SMS. Il sortit le téléphone du tiroir de son bureau. Et sursauta d'excitation en voyant que c'était de Trinity.

J'ai bien eu tes messages. Dix jours non-stop à l'hosto, travaillé pendant mes jours de repos. Ordres de Belvedere. Je suis KO. Quelques jours libres à partir de demain.

Il se redressa dans son fauteuil. Comment ça ? Belvedere l'avait obligée à travailler pendant ses jours de repos ? Les doigts tremblants de colère, il répondit :

Je viens te chercher tout de suite.

Trinity :

Pas la peine. Ça va, juste fatiguée. Je t'appelle demain matin de la maison.

Il fronça les sourcils. Si elle croyait que ce message allait le rassurer, elle le connaissait mal. C'était illégal de la faire travailler sur ses jours de congé ! Et dangereux, pour elle et pour les patients. Ce Belvedere se croyait tout permis, mais il allait bientôt découvrir qu'il se trompait. Il en faisait son affaire, foi d'Adrian.

Quelqu'un frappa alors à son bureau.

— Entrez.

Dillon passa la tête par la porte.

— J'y vais. Bailey va garder les enfants, alors je sors en amoureux avec Pam, annonça-t-il. Adrian, ça va ? Tu fais une drôle de tête.

Inquiet, il entra dans le bureau en refermant la porte derrière lui.

— Adrian, qu'est-ce qui ne va pas ?

Il se releva, traversa la pièce dans un sens, puis dans l'autre. Il dut prendre une longue inspiration pour se calmer avant de répondre.

— Je n'avais pas eu de nouvelles de Trinity depuis dix jours. Je commençais à m'inquiéter parce que Belvedere nous avait vus ensemble au Laredo's. Elle vient de m'envoyer un texto. Ce mec l'a forcée à bosser pendant ses jours de repos. Dix jours d'affilée, Dil. C'est intolérable. Je… Bon sang ! J'ai vraiment envie de foncer dans cet hôpital et de lui faire passer un sale quart d'heure.

— Assieds-toi. Tu dis n'importe quoi. Réfléchis d'abord.

La dureté dans le ton de son cousin l'interloqua, mais Dillon n'avait pas perdu son ascendant sur lui, et il obtempéra.

— Je m'assieds, Dil, mais ça ne change rien au fait que j'ai envie de lui briser les os.

— Je comprends. Toutefois je vais te dire la même chose que

je t'ai dite le jour où tu es rentré à la maison après avoir botté les fesses de Joel Gaffney. Une bagarre n'est pas une solution.

Peut-être. Mais si ses souvenirs ne le trompaient pas, il s'était senti beaucoup mieux après avoir vu le nez de Joel pisser le sang. Il avait juste voulu s'assurer que ce rigolo ne s'amuserait plus à mettre un serpent dans le casier de Bailey.

— C'était moi ou Bane, répondit-il. Et je suis sûr que Gaffney a préféré que ce soit moi qui le chope plutôt que ton petit frère. Bane aurait été sans pitié.

Dillon roula les yeux.

— On n'est plus à l'école, et je ne comprends pas que j'aie encore à te le répéter : la violence n'arrange jamais les choses. Belvedere risque de porter plainte et toi, de finir en prison. Tu crois que ça aiderait Trinity ?

— Bien sûr. Je serai en prison, mais j'aurai surtout fait en sorte que Belvedere ne puisse plus jamais exercer comme chirurgien.

Dillon le regarda longuement avant de s'asseoir en face de lui.

— Je crois qu'il faut qu'on discute, dit-il.

— À quoi bon ? Si je découvre que Belvedere a fait travailler Trinity par pur sadisme, je vais le lui faire regretter.

— D'accord, mais alors agis en respectant la loi. Commence déjà par vérifier les faits. Si ça se trouve, ils avaient vraiment besoin d'elle, les médecins ont des emplois du temps de fous. On a des médecins dans la famille, tu sais ce que c'est. En cas d'urgence, vacances ou congé, ils sont sollicités.

— Très bien, il se pourrait que Trinity ait été appelée pour des raisons tout à fait respectables. Mais s'il s'avère que Belvedere a abusé de son pouvoir ?

— Tu peux alors décider de la marche à suivre. Et si ton plan est censé et légal, tu auras tout mon soutien. Je trouve aussi intolérable que toi qu'un type se serve de sa position pour forcer la main aux femmes. En attendant, ne cherche pas les problèmes, conclut Dillon en se relevant.

Il était sur le point de quitter la pièce lorsque Adrian lança :

— Merci, Dil.

Son cousin se retourna.

— Fais juste ce que je te dis et surtout, ne te mets pas dans une solution intenable.

— Je vais essayer, dit-il.

Le regard d'avertissement de son cousin lui fit comprendre que sa réponse n'était pas satisfaisante.

— D'accord. Comme tu veux. Je resterai à l'écart des problèmes.

*Allez, on avance*, se dit Trinity. Si elle mettait un pied devant l'autre sans se poser de questions, elle finirait bien par arriver jusqu'au parking, non ? En revanche, une fois dans sa voiture, allait-elle réussir à conduire jusque chez elle ? Les yeux ouverts ?

Elle n'avait jamais été aussi fatiguée de sa vie. Elle avait mal partout. Non seulement par manque de sommeil, mais aussi à cause des corvées qu'on lui avait assignées en sus de son travail habituel. Toutes, exprès et dans le seul but de la faire céder aux désirs de Belvedere. Elle n'arrivait pas à savoir s'il était plus bête que méchant ou vice versa. Quand bien même elle aurait éprouvé l'ombre d'une attirance pour lui, comment pouvait-il croire qu'elle le laisserait l'approcher après avoir été traitée de la sorte ? Est-ce qu'il se fichait qu'elle ait commencé à le haïr ? Il ne la voyait pas comme une collègue ; tout ce qu'il voyait, c'était un corps qui lui faisait envie. Un trophée.

En sortant de l'ascenseur du rez-de-chaussée, elle tomba justement nez à nez avec lui, qui attendait pour monter. Leurs regards se croisèrent, il sourit. Elle grinça des dents. Quel culot !

— Docteur Belvedere, fit-elle avec un bref hochement de tête.

— Un instant, docteur Matthews.

Elle aurait aimé continuer à marcher, mais elle ne pouvait pas se permettre de manquer de respect envers « l'insigne » chirurgien en public. À contrecœur, elle se retourna.

— Oui, docteur Belvedere ?

Il fit quelques pas pour venir à sa hauteur.

— Je voulais vous féliciter à propos de l'excellent travail que vous avez accompli au bloc avant-hier.

— Merci, répondit-elle d'un ton sec.

— J'ai pensé qu'il faudrait qu'on dîne ensemble pour discuter d'une ou deux choses, ajouta-t-il d'un ton mielleux. Je passe vous prendre ce soir à 19 heures.

— Désolée, elle a d'autres projets, répondit une voix masculine à sa place.

Le souffle coupé, elle se retourna vers Adrian qui avançait vers eux. Oh ! mais pourquoi son cœur s'affolait-il comme ça dès qu'il approchait ? Pourquoi rien qu'en le voyant se sentait-elle un peu plus forte qu'un instant plus tôt ?

Adrian souriait, mais ce n'était pas le sourire de tombeur qu'elle lui connaissait, c'était un sourire glacial qui masquait une menace. Il était en colère, elle pouvait le sentir, mais elle voyait aussi qu'il se retenait, ce dont elle lui était reconnaissante. La dernière chose dont elle avait besoin, c'était qu'il fasse une scène à l'un de ses supérieurs hiérarchiques.

Il arriva à leur niveau en quelques enjambées.

— Adrian, je ne m'attendais pas à te voir ici ! s'exclama-t-elle.

Il ouvrit les bras et l'attira contre lui pour déposer un bref baiser sur ses lèvres.

— Salut, bébé. Je me suis dit qu'après dix jours de boulot non-stop la moindre des choses que je pouvais faire pour toi, c'était de venir te chercher.

Elle risqua un œil vers Belvedere. Contrairement à Adrian, il ne souriait pas. Peut-être parce qu'il mesurait l'abîme entre son allure dans cette casaque chirurgicale froissée et celle d'Adrian dont le costume semblait avoir été taillé sur mesure.

Avant qu'elle ait pu songer à faire les présentations, Adrian tendit la main à Belvedere.

— Docteur Belvedere, je présume, dit-il. Je suis Adrian Westmoreland, le petit ami de Trinity.

Adrian lut dans l'expression de Belvedere aussi clairement que s'il le lui avait dit en toutes lettres : le médecin aurait préféré qu'il ne joue aucun rôle dans la vie de Trinity. Lui serrer la main et s'en tenir à cela lui coûta un effort considérable. Il avait envie de la lui broyer et d'improviser ensuite avec ses poings, mais comme il gardait à l'esprit sa promesse à Dillon, il se contenta de lui serrer les doigts un peu trop fort, sans pour autant se départir de son sourire. Il savait que Belvedere ne manquerait pas de comprendre le message.

*Tu vois ce que je pourrais faire à tes mains expertes si jamais je m'énervais ?*

Quand il regarda de nouveau Trinity, il sentit son cœur se serrer en voyant son regard épuisé et ses traits tirés. Il songea un instant à manquer à sa parole, il s'expliquerait plus tard avec Dillon.

Pourtant, il réussit à se raisonner.

— Prête à partir, ma chérie ?

— Oui, mais j'ai laissé ma voiture au parking.

Comme lui, elle feignait d'ignorer la présence de Belvedere. Ce qui dépassait son entendement, c'était que ce goujat reste planté à côté d'eux.

— On reviendra la chercher à un autre moment, dit-il en la prenant par la main.

Il ne se donna pas la peine de prendre congé du médecin. Il ne saurait pas mentir et lui lancer un « enchanté de vous avoir rencontré » doté d'un minimum de crédibilité.

Une fois à l'extérieur du bâtiment, Trinity s'arrêta et leva son visage vers lui.

— Merci.

Il devina qu'elle lui était reconnaissante d'être intervenu, mais, surtout, de l'avoir fait de façon policée.

— Ça n'a pas été facile. Savoir que ce mec t'avait fait travailler pendant tes jours de repos m'avait déjà mis en rogne. Il y avait des raisons médicales qui justifiaient ta présence à ses côtés ou il t'a fait bosser par dépit ?

Elle détourna le regard et prit une longue inspiration.

— Par dépit, répondit-elle, la voix frémissante de colère.

Sans la conversation avec Dillon, il serait retourné à l'hôpital et l'aurait nettoyé avec Belvedere en guise de serpillière. Mais son cousin avait raison. Il finirait derrière les barreaux et Belvedere aurait les coudées franches pour rendre la vie impossible à Trinity.

— Viens, je suis garé par là. J'ai eu de la chance, j'ai trouvé une place près de l'entrée.

— Tant mieux. Je ne crois pas avoir été aussi fatiguée de ma vie. J'aurais pu tenir le coup si j'avais pu dormir, mais Belvedere s'est débrouillé pour me faire bosser sur tous les fronts.

— C'est un vrai salaud.

— Je ne te le fais pas dire, j'ai établi le même diagnostic. Le pire, c'est qu'il pense être sur la bonne voie et que je serai finalement heureuse de lui tomber dans les bras. Il faut être tordu, vraiment.

Il n'allait pas la contredire sur ce point.

— Il faut absolument qu'on mette un plan sur pied.

Elle lâcha un rire sans joie.

— Je croyais qu'on avait déjà un plan.

— Oui, mais il nous faut un plan B puisqu'il s'entête à ne pas comprendre.

— Il m'a carrément dit de me débarrasser de toi, et il a admis qu'il avait exigé exprès ma présence au bloc alors que j'étais de repos. J'ai essayé de parler au Dr Fowler, le chef de pédiatrie, mais ça n'a servi à rien. D'après lui, je « dramatise ». Dès qu'on met Belvedere en question, les chefs font la sourde oreille.

Devant la voiture, Adrian la serra contre lui un instant avant de lui ouvrir la porte et de boucler la ceinture pour elle.

— Vas-y. Tu peux fermer les yeux et te reposer. Je te réveillerai une fois à la maison.

Elle suivit son conseil. Elle se voyait déjà dans son lit — douillet mais ferme, avec des draps frais et des oreillers moelleux. Il faudrait aussi qu'elle fasse quelques courses, mais pas aujourd'hui. Pour l'instant, elle avait plus besoin de sommeil que de nourriture. Non, tout de suite, son envie la plus présente était une douche bien chaude, non, pas une douche, mais un bain moussant et relaxant qui effacerait les tensions de ses muscles. Ensuite, elle comptait dormir toute la journée et ne plus penser à rien.

*Sauf...*

Sauf à l'homme qui avait surgi inopinément ce matin pour la ramener chez elle. Le voir avait mis son cœur en émoi et ses sens en vrac. Aucun homme ne l'avait jamais perturbée ainsi. Elle devait être plus fatiguée qu'elle ne le pensait, en fait. Le manque de sommeil, ça vous fiche en l'air l'équilibre hormonal.

Pourquoi cette réaction en présence d'Adrian et de personne d'autre ? Pourquoi son odeur, si masculine, un peu épicée, non seulement s'insinuait par ses narines mais s'infiltrait par ses pores et déclenchait des sensations dans un corps trop fatigué pour répondre ?

Elle avait peur de s'abandonner au sommeil car, dès qu'elle baissait sa garde, elle repensait à la dernière fois qu'ils s'étaient vus et au baiser... Pourtant c'était le souvenir de ce baiser qui l'avait bercée lorsqu'elle se croyait trop fatiguée pour dormir, et c'était aussi lui qui l'avait aidée à continuer lorsqu'elle se croyait à bout de forces.

Aucun doute là-dessus, Adrian savait embrasser comme personne. Même maintenant, elle pouvait se souvenir exactement de la façon dont sa bouche épousait la sienne. Elle se rappelait la texture de ses lèvres, leur saveur, qui avait été différente du premier baiser. Plus douce. Plus persistante. Elle s'était accordé le droit de profiter de cet instant de plaisir, et c'était comme si tout son corps s'en ressentait. Sa tête semblait flotter alors que sa langue, au contraire, paraissait plus perceptive qu'avant. Mais le plus sidérant, c'était l'intensité du désir qu'elle avait éprouvé.

Elle se souvenait aussi de sa façon de la serrer… Il l'avait plaquée contre lui, les bras autour d'elle, les mains au centre de son dos, à la fois conquérant et possessif. Elle aurait pu dessiner de mémoire la carte en relief de son corps. Ses creux, ses pleins, et notamment un certain… trop plein… sur lequel elle n'avait pu s'empêcher de fantasmer.

— Trinity, tu dors ? On est arrivés.

Elle ouvrit lentement les yeux, regarda par la vitre. Quelque peu désorientée, elle cilla pour que sa vision redevienne nette. Elle n'avait jamais mis les pieds dans ce quartier.

— Ce n'est pas chez moi ?!

Il ébaucha un sourire.

— Non, c'est chez moi. Quand j'ai dit « à la maison », je voulais parler de la mienne.

Elle ne comprenait plus rien. Elle se redressa.

— Mais pourquoi ?

— Pour m'assurer que tu te reposes sans être dérangée. Je crois que Belvedere serait bien capable de trouver une excuse pour t'appeler ou même se pointer chez toi.

L'idée lui glaça le sang.

— Tu crois qu'il oserait ?

— Je n'en sais rien. Mais s'il le fait, tu ne seras pas là. C'est clair que ce mec ne sait pas où sont les limites.

Et elle, savait-elle encore où étaient les siennes ? En ce qui concernait Adrian, pas vraiment. Mais pas au point d'ignorer que dormir chez lui serait une grossière erreur.

— Je ne crois pas que ce soit une bonne idée que je reste ici. Les gens pourraient se faire des idées.

— Trinity, les gens sont *censés* se faire des idées à notre sujet. Plus ils s'en font et mieux c'est. Belvedere passerait pour le pire des goujats s'il essayait de draguer une femme qui est prise. Cela mettrait en évidence à quel point c'est un pauvre type imbu de sa personne et sans principes.

Ses arguments ne manquaient pas de poids, mais elle portait encore sa tenue d'hôpital et n'en pouvait plus.

— Je n'ai pas de vêtements pour me changer.

— Ce n'est pas un souci. Je peux te prêter un de mes T-shirts pour dormir ; vu notre différence de taille, ils doivent t'arriver à mi-cuisse. Puis, quand tu auras dormi assez, je te raccompagnerai chez toi, auprès de ton armoire. Le plus important, c'est que tu te reposes. Je te montre les lieux et, ensuite, je pars au bureau.

— Je ne peux pas passer ma vie à me cacher, Adrian.

— Personne ne te le demande. Mais je pense que c'est mieux si on arrive à persuader les gens qu'on est amants, et pas juste des amis qui sortent ensemble de temps en temps.

Il marqua une pause avant d'ajouter :

— Pourquoi tu as si peur de rester chez moi ?

*Bonne question.*

— Ce n'est pas que j'ai peur de rester ici, c'est que j'avais hâte de retrouver mon propre lit.

Il lui décocha un sourire diabolique.

— Le mien risque de te plaire davantage, répliqua-t-il de sa voix profonde, un peu rugueuse et incroyablement sexy.

*C'est bien ce qui me fait peur.*

Mais, surtout, elle avait peur de s'endormir sur place. Elle avait besoin de se laver, de s'allonger et de sombrer dans l'inconscience pendant quelques heures, peu importait dans le lit de qui.

— D'accord, allons-y. Je dors ici. Mais, Adrian…

— Oui ?

— Je dors seule, et je ne veux pas d'entourloupe.

Il la regarda droit dans les yeux.

— Pas d'entourloupe. Tu as ma parole. Je ne te toucherai que si tu me touches d'abord.

Dans ce cas, elle ne risquait rien, parce qu'elle ne comptait pas lui mettre la main dessus.

Si elle pouvait l'éviter, bien sûr.

# - 8 -

Adrian jeta un regard circulaire aux quatre autres hommes autour de la table de réunion, qui l'écoutaient avec une concentration presque palpable. C'était toujours le cas, avait-il observé, lorsque le conseil d'administration devait prendre des décisions cruciales concernant le futur de Blue Ridge Land Management.

Aujourd'hui, ils avaient à se prononcer au sujet d'un terrain qui les intéressait à Miami, dans le quartier de South Beach. Il avait rendu son rapport et c'était au tour du conseil d'administration de se prononcer. Dillon prit la parole en premier.

— Et tu ne crois pas qu'un centre commercial là-bas serait un bon investissement pour nous ?

— Non, pas d'un point de vue pratique. Qu'il n'y ait pas de malentendus, South Beach est une excellente zone, mais il y a des écueils auxquels on préfère ne pas se heurter concernant, notamment, la main-d'œuvre et les coûts de construction. Il y a aussi cette entreprise qui monopolise déjà le marché et fait grimper délibérément les prix. Ce n'est pas le bon moment pour affronter ce type de situation. Par ailleurs, si on décidait de développer le projet, on se retrouverait en concurrence avec les centres déjà existants sur place. Tout est écrit noir sur blanc dans mon rapport.

Il était conscient que les conclusions auxquelles il était parvenu à la fin de son rapport n'allaient pas dans le sens attendu par la direction de Blue Ridge, qui souhaitait investir dans South Beach depuis quelques années.

Mais il savait qu'un problème devait appeler une solution si bien qu'il continua :

— Il y aurait cependant un projet alternatif très profitable, et en Floride lui aussi.

— Et ce serait où ? demanda Riley en prenant une gorgée de café. À West Palm Beach ?

— Non, répondit Adrian. Plus au nord. Amelia Island se situe au large de la Floride. Elle fait partie des Sea Islands, une chaîne d'îlots qui s'étend le long de la côte depuis la Caroline du Sud.

Un sourire anima le visage de Dillon.

— J'y suis allé une fois pour un congrès. Pam m'a accompagné, nous y sommes restés une semaine. C'est calme, très relaxant, un rien désuet. Et il y a six ou sept merveilleux terrains de golf, ajouta-t-il avec un sourire encore plus large.

— C'est ce qu'on m'a dit. Et pendant que tu améliorais ton swing, qu'est-ce qu'elle faisait, Pam ? demanda Adrian.

Dillon fronça les sourcils en tentant de se rappeler.

— Elle a dû aller au spa deux ou trois fois. Sinon… elle a passé son temps à lire au bord de la piscine, je crois.

— Songe maintenant à quoi elle aurait pu s'occuper s'il y avait eu un beau centre commercial sur l'île. Les vacanciers qui choisissent Amelia Island peuvent se permettre d'arriver en jet privé, de passer une semaine à jouer au golf et à dîner dans des restaurants gastronomiques. Ils seraient le cœur de cible du complexe commercial qu'on pourrait y construire.

Adrian sentait qu'il avait éveillé l'intérêt de l'assemblée.

— Mais que fais-tu des soucis de main-d'œuvre et des coûts de construction ? intervint Stern.

— Il n'y en a presque pas. On risque toujours de se trouver face à l'habituelle poignée de locaux qui n'aiment pas le changement. Mais la personne à qui j'ai parlé ce matin, et qui se trouve être un vieil ami de l'université, m'a confirmé qu'il ne s'agit que d'une minorité et que, dans l'ensemble, la population voudrait que l'île devienne une destination de tourisme haut de gamme.

Il marqua une pause pour distribuer les comptes rendus qu'il avait préparés et continua à expliquer dans le détail ce qu'ils avaient à gagner en investissant sur Amelia Island.

Canyon lança, d'un ton résolu :

— Eh bien, je propose qu'on commence dès aujourd'hui à tout mettre en place pour que ce soit un succès.

Une heure plus tard, Adrian était de retour à son bureau. La réunion avait commencé à 10 heures, ce qui lui avait donné le temps de récupérer Trinity à l'hôpital et de l'installer chez lui. En partant au bureau, il l'avait laissée en train de se prélasser dans le Jacuzzi. Elle devait dormir dans son lit, à l'heure qu'il était. Elle en avait plus que besoin.

Par chance, la femme de ménage était passée la veille, le frigo était bien rempli et l'appartement propre et rangé. Trinity l'avait même complimenté.

Il avait devant lui une journée bien chargée, couronnée par un dîner d'affaires, mais il avait hâte de rentrer chez lui. Rien que pour vérifier comment elle allait, bien sûr. Rien d'autre, c'était son devoir d'hôte, non ? Cela dit, il avait passé la journée à penser à elle en dépit de ses efforts pour se concentrer sur son travail, sans avoir forcément envie de se demander pourquoi.

Il venait de prendre un dossier de sa pile « Urgent » lorsque son portable sonna. Il grogna avant de voir sur l'écran qu'il s'agissait de son jumeau.

— Oui, docteur Westmoreland ?

Un rire bien senti lui parvint de l'autre bout de la ligne.

— Ça sonne bien, non ?

— Je l'ai toujours dit. Tout va bien ?

— Bien, très bien. Quand est-ce que tu viens me voir ?

— J'avais prévu de faire un saut en Virginie ce mois-ci, mais…

— Mais il y a cette jeune femme que tu ne veux pas lâcher d'une semelle, n'est-ce pas ?

— Les bras m'en tombent. Et comme tu n'es pas là pour me voir, je te le signale. Qui te l'a dit ?

— Personne. Tu émets des vibrations émotionnelles très fortes.

— Disons que je suis très pris, en ce moment.

Et il expliqua à son frère la supercherie avec Trinity.

— Trinity Matthews ? Je l'aime bien, cette fille. J'ai beaucoup discuté avec elle, au mariage de Riley.

— Je me rappelle.

— Oups. Je fais un jaloux ?

— Non, pas du tout. C'est juste qu'on pouvait voir que vous aviez beaucoup de choses à vous dire. Mais j'avais cru comprendre que tu cherchais à faire réagir Jillian.

— Si c'était mon intention, je n'ai pas réussi.

— Et qu'est-ce que tu comptes faire à son sujet, dans ce cas ?

— Oublier le passé et tourner la page.

— Tu vas y arriver ? demanda Adrian.

— Il faut quand même que j'essaie. Mais assez parlé de moi. Comment ça se passe avec Trinity ? Son vilain docteur a compris le message et lui a fiché la paix ?

— Non, plutôt le contraire. Il lui a ordonné de rompre avec moi et, quand elle a refusé, il lui a concocté un planning d'esclavagiste. Il l'a obligée à assister à ses opérations pendant ses jours de repos, pour son bon plaisir.

— Mais il est fou, ce type ! s'exclama son jumeau. L'augmentation du risque d'erreurs médicales liée à l'état de fatigue du médecin est de plus de vingt pour cent ! Ce type est indigne d'exercer la médecine s'il risque la vie de ses patients pour mettre une femme dans son lit. Ça me révolte.

— Moi aussi. C'est pour ça que je refuse de le laisser faire.

— Je ressens de nouveau tes émotions, Adrian. Elles sont vraiment très fortes. Soit tu avances avec Trinity, soit tu vas devoir trouver une façon de les maîtriser.

— C'est l'hôpital qui se moque de la charité. Je te suggère d'appliquer le même traitement dans ta relation avec Jillian, rétorqua Adrian. Je sens tes émotions comme toi les miennes, cher jumeau.

— Tu as raison. J'ai tendance à l'oublier.

Après avoir raccroché, Adrian songea un instant à son frère et à sa relation compliquée avec Jillian avant que ses pensées ne dérivent encore une fois vers Trinity. Est-ce qu'elle dormait encore ? Rien qu'à l'imaginer recroquevillée dans un lit, chez lui, il sentit son pouls commencer à s'agiter.

Il la revit, rompue par la fatigue, à peine capable de tenir debout. Il serra les dents. Personne ne devrait avoir à travailler dans de telles conditions. Sa colère envers Belvedere n'était pas près de s'apaiser… Heureusement, Trinity était à présent bien à l'abri, chez lui. Il se frotta la nuque. Son frère avait vu juste : cette histoire avec Trinity l'affectait trop. Et il n'avait pas envie de se demander pourquoi. Le mieux, dans ce cas, c'était de prendre de la distance. Il avait du mal à suivre ce conseil au sens figuré, mais il pouvait commencer par essayer au sens propre. Il n'allait pas rentrer chez lui directement ce soir, ce serait une mauvaise idée. Il avait besoin de se distraire.

Il n'y avait qu'une femme sur terre qui puisse l'aider. Il prit son téléphone, appela le numéro en tête de sa liste et lâcha un soupir soulagé lorsqu'on décrocha.

— Bailey Westmoreland.

— Bay ? Ça te dirait, un ciné ce soir ?

— Oui, si tu me laisses choisir le film.

— Super ! J'ai un rendez-vous en fin de journée, mais on finira tôt. Je passe te prendre vers 19 heures.

Trinity tapota l'oreiller et changea de position sous l'édredon. C'était sans doute la fatigue, mais jamais un matelas ne lui avait semblé aussi confortable. Elle ouvrit lentement les yeux, laissa son regard se promener dans la pièce. De beaux rideaux bleus, assortis au couvre-lit. Bleus ? Ses rideaux et son édredon n'étaient pas bleus, ils étaient couleur taupe ! Elle se redressa dans le lit. Qui n'était pas *son* lit. Bien sûr que non.

Elle était chez Adrian.

C'était une belle chambre d'amis, ni trop féminine ni trop masculine, neutre sans être fade, équilibrée. Sur le mur, des tableaux abstraits apportaient une touche de couleur assortie aux textiles et aux meubles en merisier, et le nombre d'oreillers sur le lit aurait pu paraître excessif à quelqu'un d'autre qu'elle, qui estimait qu'on n'en avait jamais trop.

Elle se glissa hors du lit. Le T-shirt que lui avait prêté Adrian était doux et ample, mais c'était à peine s'il lui arrivait à mi-cuisses. Trop court pour se balader chez quelqu'un d'autre. Au retour de la salle de bains, elle enfila le peignoir de soie qu'Adrian lui avait laissé sur une chaise. Son regard tomba sur le réveil de la table de nuit. Il était… 19 heures ? Déjà ? Avait-elle vraiment dormi plus de dix heures ? C'était sans doute ce dont son corps avait besoin, car elle se sentait reposée et en pleine forme. Ou presque, à en juger par les grognements de protestation de son estomac.

Elle décida de descendre dans la cuisine. Les chambres qu'elle avait entrevues en passant étant aussi belles que la sienne, elle fut surprise quand elle découvrit un salon meublé avec le strict nécessaire. L'appartement, en dépit de ses prestations de luxe, n'était qu'un logement provisoire.

La cuisine aussi faisait envie. Des plans de travail en ardoise, des appareils en acier brossé. Rien à voir avec la sienne, petite et un peu démodée. Elle ouvrit le frigidaire. Adrian lui avait dit qu'une gouvernante cuisinait pour lui, mais elle ne s'était pas attendue à cette surabondance de boîtes alimentaires étiquetées avec précision, par date. Cela signifiait-il qu'il dînait à la maison tous les jours ? Et s'il sortait ? Il jetait la nourriture ? Elle ouvrit la boîte avec la date du jour. Hmm, des pâtes qui sentaient très bon. Aujourd'hui, au moins, il n'y aurait pas de gâchis. Adrian lui avait dit de se servir sans se poser de questions.

Elle commença à manger et, encore une fois, elle pensa avec gratitude à Adrian. La sachant exténuée, il s'était donné la peine de venir la chercher. Il n'avait pas menti en disant qu'il était prévenant. Belvedere, en revanche… La grosse brute ! Il ne pensait qu'à satisfaire ses instincts les plus bas.

Les idées plus claires après avoir dormi et mangé, elle repensa à Adrian dans son costume. La veste rendait justice à la largeur imposante de ses épaules et au volume de ses biceps, le pantalon faisait honneur à ses jambes d'athlète. Sans parler de sa démarche résolue quand il avait avancé dans le hall… Elle avait dû se retenir pour ne pas se pâmer comme une collégienne. Il devrait être interdit d'avoir une telle prestance, de si bon matin. Il portait aussi une chemise d'une blancheur immaculée, mise en valeur par une cravate sombre au nœud parfait. La phrase « vêtu pour impressionner » semblait avoir été conçue pour le décrire. Bien qu'elle ait songé d'abord à « sexy à se damner ».

Elle finit la dernière bouchée de pâtes avec un soupir et rangea la cuisine sans se hâter. Lorsqu'elle consulta la pendule au mur, il était presque 20 heures. Adrian ne l'avait pas prévenue qu'il finirait si tard et elle avait envie de rentrer chez elle. Seulement, elle n'avait pas de voiture.

Le nœud qui retenait son peignoir se défit, elle le resserra. Elle n'aimait pas se balader vêtue d'un T-shirt trop court et d'un bout de soie trop fin chez un homme qui se disait attiré par elle. Mais elle n'avait pas le choix. Elle s'installa sur le canapé du salon pour appeler sa sœur et lui raconter le dernier coup bas de Belvedere.

— Tiens, pourquoi ça ne m'étonne pas ? fit Tara après l'avoir écoutée attentivement. Il se comporte exactement comme le médecin du Kentucky qui avait décidé qu'il coucherait avec moi, que je le veuille ou non. Et quel toupet, de te dire de rompre avec Adrian ? Mais pour qui se prend-il ?

— Je ne sais pas. Je te jure, je le méprise de tout mon cœur. J'étais tellement soulagée quand Adrian est venu me chercher ce matin, tu aurais dû voir la tête du docteur… Il n'en revenait pas que j'aie osé lui tenir tête.

— Adrian est allé te chercher à l'hôpital ?

— Oui, répondit-elle en expliquant à sa sœur l'échange de SMS qu'elle avait eu avec Adrian, la scène avec Belvedere, la suite de la journée.

— Il ne fait pas les choses à moitié, dis donc. C'est vraiment gentil de sa part.

— Oui, je lui en suis très reconnaissante. Il n'est pas encore rentré, j'imagine qu'il travaille tard. Je l'attends pour qu'il me ramène chez moi.

Elle s'abstint de mentionner sa déception de ne pas avoir reçu d'appel de sa part, pour savoir comment elle allait. Elles discutèrent encore quelques minutes, puis, après avoir raccroché, elle mit ses vêtements sales dans la machine à laver. Elle était en train de les transférer dans le sèche-linge quand elle entendit la porte d'entrée s'ouvrir. Ce n'était pas trop tôt ! Alors qu'il savait pertinemment qu'elle était bloquée chez lui, sans voiture, il rentrait seulement maintenant ?. Il aurait au moins pu l'appeler pour la prévenir qu'il devait rester tard au bureau. Et s'il avait passé la soirée ailleurs ? À s'amuser ? Ou avec une fille ? Elle fronça les sourcils. C'était stupide de se poser ce genre de questions. Et encore plus stupide d'éprouver de la jalousie. Surtout bouillonnante.

*Allez, Trinity, arrête de te prendre la tête. Ce n'est pas comme s'il était vraiment ton petit ami. C'est juste pour la galerie, ne l'oublie pas. D'un autre côté, il s'est engagé à ne voir personne d'autre en attendant.*

— Si les règles ont changé, il aurait pu me le dire, grommela-t-elle en quittant la buanderie.

Elle regagna le salon, une fraction de seconde avant Adrian.

Il était particulièrement séduisant, en manches de chemise, mais elle refusa de s'y attarder. Surtout quand elle remarqua qu'il ne portait plus de cravate et qu'elle percevait dans l'air un parfum féminin. Indiscutablement féminin.

*Du calme*, se dit-elle en prenant une longue inspiration. Elle devait, avant tout, rester polie. Adrian avait été incroyablement aimable avec elle, ce matin. Ils allaient discuter de tout cela de façon civilisée.

Mais avant qu'il ait pu s'apercevoir de sa présence, elle lâcha, d'un ton accusateur :

— Tu as passé la soirée avec une femme !

# - 9 -

En découvrant Trinity à l'autre bout de la pièce, Adrian se sentit comme galvanisé. Mains sur les hanches, tête bien haute, drapée dans un peignoir trois fois trop grand, elle avait l'air terriblement furieuse. Et pourtant, rien ne lui aurait fait plus plaisir que de traverser la pièce pour l'embrasser et effacer la moue de colère qui plissait sa jolie bouche.

Mais, tout à coup, l'idée lui vint qu'elle n'avait aucun droit de lui en vouloir. C'était justement à cause d'elle s'il n'était pas rentré plus tôt, pour éviter la tentation. Il n'avait même pas profité du film tellement elle parasitait son esprit.

Et en plus, elle se permettait de l'accuser ? « Tu as passé la soirée avec une femme ! » Comment osait-elle ? Ce qu'il faisait et avec qui ne regardait personne d'autre que lui.

Il lança la veste dans un fauteuil, et, bras croisés, il se balança sur les talons deux ou trois fois pour faire bonne mesure.

— Et alors ?

Il n'avait pas besoin de son diplôme d'ingénieur pour savoir que ce n'était pas la bonne réaction.

Le regard froid comme la glace, elle fit un pas vers lui.

— C'est toi qui m'as amenée ici, si je ne me trompe pas ?

— Oui, répondit-il avec un haussement d'épaules. Pour que tu puisses te reposer sans être dérangée. Quel rapport avec comment et qui j'ai passé la soirée ?

Une scène de ce genre, c'était une première pour lui. Il avait toujours veillé à ce qu'aucune femme ne se sente en droit de lui demander des comptes sur son emploi du temps. Et à sa connaissance, son état civil affichait toujours « célibataire ».

— Je t'ai posé la question parce que tu étais d'accord pour simuler une relation avec moi et, par la même occasion, ne pas sortir avec d'autres femmes pendant le temps que ça durerait.

Il la regarda dans les yeux.

— J'ai tenu mon engagement.

— Jusqu'à ce soir, tu veux dire ?

— Pourquoi ces questions, Trinity ? Tu es jalouse, ou quoi ?

À son expression, il devina qu'il avait vu juste. Elle était donc jalouse. Il sourit dans son for intérieur. Cela voulait dire, au moins, qu'il n'était pas le seul aux prises avec ses émotions.

— Jalouse ? Moi ? Mais pas du tout, fit-elle en portant une main à sa poitrine. Je croyais juste qu'on avait un accord.

— En effet. Comme je le disais, je voulais que tu puisses dormir sans interruption ; donc après mon dîner d'affaires, je suis allé au cinéma avec Bailey.

— Bailey ?

— Oui, ma petite sœur.

— Oh.

— C'est tout ce que tu as à dire ? demanda-t-il, refusant qu'elle s'en tire à si peu de frais.

— Oui, c'est tout… à part que je voudrais rentrer chez moi dès que mes vêtements seront secs. Ce qui ne saurait tarder d'ailleurs. Je vais vérifier, ajouta-t-elle en partant vers la buanderie.

Il la retint en l'attrapant par le bras. Rien qu'à son contact, la température de son corps monta d'un cran. Et Trinity n'y semblait pas indifférente non plus.

— Tu pars comme ça ? Tu ne crois pas que tu me dois des excuses ?

Elle releva le menton.

— Ah bon ?

— Il me semble. Tu viens pratiquement de me traiter de menteur. C'est injuste, et je suis blessé.

— Tu n'as pas l'impression que tu exagères, là ?

Au contraire, il faisait preuve d'une immense retenue. La

flamme du désir venait de mettre son corps en feu, et alors qu'il n'avait jamais senti quelque chose d'aussi intense, il arrivait à garder une expression neutre. Ou presque. En revanche, il avait du mal à s'écarter d'elle. Ce que Trinity ne manqua pas de remarquer.

— Que fait ta main, sur mon bras, Adrian ?

Elle avait parlé d'un ton agacé, mais il sentait qu'elle partageait son excitation. Le feu qui le consumait brûlait aussi dans le regard profond de Trinity. Son expérience des femmes lui avait appris à reconnaître le désir au fond de leurs yeux. Certaines ne voulaient pas l'admettre et préféraient feindre l'indifférence, mais il devinait qu'aborder le sujet avec Trinity ne ferait qu'augmenter sa colère.

— Tu n'as pas le droit de me parler comme tu l'as fait tout à l'heure, dit-il d'un ton ferme.

Elle suscitait trop d'émotions en lui, il n'aimait pas ça. Il n'aimait pas qu'une femme monopolise ses pensées.

— Tu as raison, je n'aurais pas dû. Mais ça n'explique pas pourquoi tu ne me lâches pas.

En effet. Mais puisqu'elle s'entêtait à poser des questions rhétoriques, il allait lui servir la vérité sans fard.

— J'aime te toucher. J'aime aussi t'embrasser.

À l'instant où le regard de Trinity s'embrasa, il dut faire appel à toute sa force de volonté pour ne pas se jeter sur elle. Mais il ne résista pas à l'envie de la provoquer.

— Autant, probablement, que tu aimes m'embrasser, moi.

— Dans tes rêves, rétorqua-t-elle en reprenant son bras.

Il sourit.

— Crois-moi, bébé, tu ne veux pas t'engager là-dedans. Tu partirais en courant si tu savais ce qui se passe dans mes rêves.

— Je ne veux pas le savoir, siffla-t-elle en tournant les talons.

— Et ces excuses ?

Elle se retourna si brusquement qu'elle se heurta à lui. Il l'entoura de ses bras pour l'empêcher de perdre l'équilibre.

L'occasion était trop belle, et il n'allait pas la manquer. Il la serra contre sa poitrine.

— Puisque tu ne veux pas me présenter tes excuses, murmura-t-il contre ses lèvres, je crois que je vais prendre ça.

Et il l'embrassa à pleine bouche.

Cet homme maîtrisait l'art du baiser comme personne.

Trinity aurait préféré cacher à quel point elle avait envie de ça et de lui mais, quand bien même sa vie aurait été en jeu, elle n'aurait pu résister à ses baisers. Son corps, ce traître, préférait de toute évidence pactiser avec l'ennemi. Comment était-elle supposée lutter contre ces émotions qu'Adrian éveillait d'un simple geste ? Comment était-elle censée lui résister tout court ?

Elle pouvait sentir contre son corps chaque détail de celui d'Adrian, le contour de ses muscles, le creux au centre de son torse. Et son sexe, dressé et dur contre son ventre.

Quant à ses baisers…

Il faudrait les interdire. Comme les drogues. Comme les armes. Ils étaient tout aussi dangereux. La façon dont la langue d'Adrian jouait avec la sienne la mettait dans tous ses états. Littéralement : en état d'excitation et en état de rage, en état de grâce, en état de confusion. Elle ne savait plus ce qu'elle voulait. Elle était réduite à répondre à ses caresses avec une ardeur qu'elle avait oublié posséder.

Ce baiser l'amena à réfléchir à une question à laquelle elle ne songeait que rarement. Sa vie sexuelle. Le terme semblait disproportionné pour qualifier la seule fois où, encore étudiante, elle avait fait l'amour. Le garçon, Ray Morgan, était aussi ignorant qu'elle en la matière et il s'était montré trop maladroit pour lui donner envie de recommencer.

Depuis, et bien qu'elle soit sortie avec d'autres hommes, aucun ne lui avait assez plu pour qu'elle couche avec. Ils étaient nombreux à avoir essayé, mais aucun n'avait réussi, et surtout pas ceux qui étaient en plus ses confrères. Elle s'était donné comme règle de ne pas mélanger sa vie professionnelle et sa vie privée, pour s'éviter les complications qui ne manqueraient pas de survenir. Malheureusement, Casey Belvedere ne partageait pas ses principes, et du coup…

Adrian intensifia leur étreinte, et elle perdit le fil de ses réflexions. Elle n'avait jamais imaginé qu'un baiser puisse susciter des sensations aussi affolantes. Ou des pensées aussi torrides. Ce qu'Adrian pourrait faire avec sa langue en plus de l'embrasser… Une chaleur liquide envahissait son corps, plus intense entre ses jambes.

Tout à coup, elle se trouva, sans savoir comment, adossée à un mur. Elle s'entendit gémir, la respiration haletante. C'était donc cela, de désirer un homme à la folie ? Avoir envie de lui arracher ses vêtements et se jeter sur lui sans autre forme de procès ? Juste parce qu'il lui offrait un simple baiser ? Quoique, il n'y avait rien de simple dans ce baiser, ni les circonstances ni ses effets sur elle. Elle répondait aux sollicitations d'Adrian en l'embrassant, le caressant, le mordillant avec une audace qu'elle ne savait pas posséder. Quand il pressa son sexe en érection contre sa cuisse, elle se déhancha pour qu'il vienne se nicher contre le sien.

Oh ! c'était si bon.

Leurs mouvements, parfaitement coordonnés, devinrent de plus en plus rapides.

C'était tellement, tellement bon.

Soudain, il s'écarta d'elle. Il prit une longue inspiration, elle l'imita. Elle ignorait combien de temps avait duré le baiser. Pas assez, apparemment, si elle en jugeait par l'expression affamée dans les yeux d'Adrian. Il avait aimé, et il en redemandait.

— Tu as un très bon goût, Trinity, constata-t-il en lui caressant la bouche.

Elle résista à l'envie de lécher le doigt qui frôlait sa lèvre. Et plus que de le lécher, de le prendre en entier dans sa bouche. Mais qu'est-ce qui lui arrivait ? Elle secoua la tête pour chasser ces idées insensées.

— On est allés trop loin, murmura-t-elle d'une voix qu'elle eut du mal à reconnaître.

Il ébaucha un sourire en réitérant sa caresse.

— Et moi je pense qu'on n'est pas allés assez loin.

Elle aurait dû s'en douter. Elle fit un pas de côté pour s'écarter, mais il l'attira contre lui. C'était très difficile de résister, pourtant elle essaya.

— Adrian, tu vois…

— Oui, je vois, l'interrompit-il d'une voix rauque, les yeux toujours rivés à sa bouche. Et j'aime ce que je vois.

De ses doigts longs et chauds, il dessina le contour de sa bouche, les fit glisser sur son menton. Elle avait peur de perdre toute maîtrise d'elle-même, cet homme lui faisait sentir des choses inouïes. Comment et pourquoi, elle l'ignorait. À moins qu'elle ne soit en train de perdre la tête ? Cela expliquerait qu'elle soit devenue, après huit ans de célibat insouciant, une créature ravagée par le désir.

— Trinity ?

Elle redressa le menton et le regarda dans les yeux. Il caressait à présent la base de son cou, là où son pouls battait à tout rompre.

— Quoi ?

— Je te fais de l'effet.

S'il croyait qu'elle allait flatter son orgueil, il se trompait.

— Tu te fais des idées, surtout, rétorqua-t-elle.

— Non, je ne me fais pas d'idées, répliqua-t-il avec un rire sensuel. Je peux le voir.

Même si elle mourait d'envie de lui demander ce qu'il voyait au juste, elle préféra continuer à nier.

— Désolée de malmener ton ego surdimensionné, mais tu te trompes.

Il rit de nouveau.

— Laisse-moi te montrer que j'ai raison.

Mais quel prétentieux ! Elle en avait assez. Elle repoussa sa main.

— Écoute, Adrian, j'ai très envie de rentrer chez moi. Je vais donc aller récupérer mes vêtements, me rhabiller, et toi, tu vas m'accompagner à l'hôpital pour que je récupère ma voiture, d'accord ?

— Pas ce soir, il est trop tard.

S'il croyait qu'ils allaient passer la nuit sous le même toit, il devait être atteint de la même maladie que Belvedere. Elle devait les attirer, ces mecs arrogants qui ne voulaient pas entendre raison ?

— Très bien. Alors je vais appeler un taxi.

— Non, tu restes ici tranquillement, jusqu'à demain matin. Je te conduirai à l'hôpital demain matin, avant d'aller au bureau.

Sur quoi il tourna les talons. Mais comment osait-il ? Elle lui emboîta le pas.

— Il est hors de question que je passe la nuit ici.

Il pivota brusquement, l'obligeant à reculer de quelques pas pour ne pas se trouver de nouveau tout contre lui.

— Pourquoi pas ? demanda-t-il, les bras croisés.

— Parce que je ne veux pas. Je veux dormir dans mon propre lit.

— Et moi, je te veux dans le mien.

Elle déglutit avec difficulté.

— Pardon ? Ton lit ?

— Oui, celui de la chambre d'amis. Et si tu veux un T-shirt propre, j'en ai plein mes placards.

C'était plus clair ainsi, mais elle sentit la colère monter. Et ce n'était pas parce qu'il n'avait pas suggéré qu'ils partagent le même lit. Non, pas du tout. Quelle idée !

— Ce que je veux, c'est que tu me ramènes chez moi.

Le souci, quand on regarde quelqu'un longtemps, c'est qu'on est forcé de remarquer à quel point il est beau. Et Adrian l'était, impossible de ne pas le voir. Il avait de longues jambes, de larges épaules et un ventre plat entre les deux. Pourquoi l'ambiance dans cette pièce semblait-elle chargée d'électricité ?

Et pourquoi n'arrivait-elle pas à bouger, comme s'il l'avait hypnotisée ? Pourquoi avait-il autant de pouvoir sur elle ?

Sans savoir comment, elle se trouva à fixer l'entrejambe d'Adrian. Il était toujours en érection. C'était impressionnant.

Seigneur !

Elle releva lentement les yeux vers les siens. Erreur fatale ! Dès que leurs regards se croisèrent, elle se trouva de nouveau prise au piège du désir. Décidément, elle avait perdu la tête.

— On devrait arrêter de se voiler la face, Trinity. On a envie l'un de l'autre, il faut s'y résoudre. Et laisse-moi te dire, ça me déplaît autant qu'à toi.

— Je ne vois pas de quoi tu parles, nia-t-elle encore une fois.

Il avança d'un pas.

— Je parle de la façon dont tu me regardes et de la façon dont je te regarde. Je sais qu'en apparence on n'a rien en commun. Mais…

Elle ne le voulait pas, vraiment pas, mais ne put s'empêcher de demander :

— Mais ?

Il s'approcha encore plus.

— Mais à l'intérieur, c'est le contraire. Et pour parler franchement : ce que je veux le plus au monde, c'est te faire jouir et t'entendre crier mon nom.

# - 10 -

Adrian croyait fermement que dans la vie il faut dire ce qu'on pense et ce qu'on sent. Il n'avait aucun problème à demander sans ambages ce qu'il voulait et, en l'occurrence, il voulait faire l'amour avec Trinity. Il en avait envie depuis qu'il l'avait vue pour la toute première fois, au mariage de Riley. Il caressait l'idée de la séduire depuis qu'il avait appris qu'elle s'installait à Denver, et s'il n'avait rien entrepris, c'était parce que Thorn était son beau-frère. Et tout le monde savait que Thorn tendait à surprotéger les gens qu'il aimait.

Adrian savait que Thorn avait effrayé des garçons qui voulaient tout simplement sortir avec sa sœur Delaney. Son cousin n'hésitait pas à mettre ses menaces à exécution, et, en cas de besoin, il lui casserait la figure sans états d'âme, cousin ou pas.

Pourtant, il était prêt à braver le danger. Trinity, drapée dans ce peignoir qui glissait de son épaule, était la femme la plus sexy qu'il ait jamais vue, et il brûlait de découvrir ce corps que la soie cachait. Il la voulait.

— Crier ton nom ? Mais tu t'entends ? Je rêve ! Ça n'existe pas, les hommes qui font crier les femmes au lit.

Elle avait une expression amusée, comme si elle venait d'entendre une bonne blague.

— Pourquoi ça te paraît impossible ? demanda-t-il, sincèrement curieux.

Elle roula les yeux.

— Ce n'est pas que ça me paraît impossible, ça me paraît

ridicule. Pitoyable, même. Désolée de te l'apprendre mais, quand une femme crie au lit, c'est pour flatter son amant.

Il s'appuya contre le buffet derrière le canapé et croisa les bras.

— C'est vrai, ça ?

— Oui, répondit-elle avec un petit sourire narquois. Je suis déçue. Je croyais que tu étais un homme d'expérience.

Il décida de ne pas en prendre ombrage. La naïveté de Trinity l'amusait, c'était même touchant. Évidemment, il aurait aimé lui prouver sur-le-champ qu'elle se trompait mais, pour l'instant, il se contenterait de savoir d'où elle tenait ces idées si arrêtées.

— J'ai de l'expérience, Trinity, dans la vie en général et au lit en particulier. Mais il semblerait que tes expériences à toi aient été décevantes. Je me trompe ?

Elle fronça les sourcils.

— Il ne s'agit pas que de moi. Je parle en général. Entre femmes, on se raconte ces choses, on compare et, globalement, on arrive à la même conclusion.

— C'est vrai ?

— Bien sûr que c'est vrai. Je suis médecin, je connais le corps humain. Je sais que les orgasmes servent à relâcher les tensions sexuelles. Ce n'est pas ça qui me pose un problème.

— Alors, c'est quoi ?

— Que beaucoup d'hommes, et pas mal de femmes, croient que le sexe est l'ascenseur direct pour le septième ciel, alors que c'est quelque chose de beaucoup plus prosaïque. Et quand ils découvrent que c'est moins spectaculaire que ce qu'ils imaginaient, ils n'osent pas avouer leur déception. Donc, ils finissent par feindre plutôt que de le reconnaître.

— Et tu connais des femmes qui simulent ?

— Oui. Tu mettrais ta main à couper que tu n'en connais pas, toi ? Tu es sûr et certain que les femmes qui ont crié en couchant avec toi n'étaient pas juste en train de flatter ton ego de macho ?

Si son but était de le faire douter, elle n'était pas près de l'atteindre.

— Oui, je pense que les cris que j'ai suscités étaient authentiques pour la plupart, affirma-t-il.

— L'important, c'est d'en être convaincu, fit-elle d'un ton las, comme si elle pensait que son orgueil l'empêchait de regarder la vérité en face.

— Tu ne me crois pas ?

— Non, et ce n'est pas la peine de me demander de te laisser me prouver que je me trompe. Les hommes adorent ce petit jeu, mais je n'ai aucune intention d'y participer.

Il ne put s'empêcher de sourire.

— Donc, ce n'est pas que tu ne croies pas à l'orgasme, mais tu penses que le plaisir qu'une femme est susceptible d'éprouver a ses limites.

Elle haussa ses jolies épaules.

— Oui, on peut dire ça comme ça. La passion sexuelle n'a rien de magique, c'est une réaction chimique qui peut pousser deux personnes à… disons, perdre la tête. Ce que je n'arrive pas à croire, c'est qu'ils la perdent au point de crier à en briser les fenêtres au moment de l'orgasme. Ce sont des balivernes pour faire vendre de la romance. Moi, je suis plutôt du genre terre à terre.

« Du genre terre à terre » ? On allait voir ça. Il prendrait un immense plaisir à lui prouver qu'elle se trompait, et il allait vraiment le lui prouver. Il ne le faisait pas pour s'amuser, au contraire, il sentait qu'il en allait de son devoir. Quelqu'un avait induit dans l'erreur cette jeune femme, qui risquait de passer à côté des plus belles choses de la vie, parce qu'on l'avait convaincue — allez savoir comment ? — qu'il fallait feindre au lit. Et même pire, que c'était inévitable.

Cependant, il avait besoin d'un peu de temps pour échafauder un plan.

— Il est tard. On reprendra cette conversation demain matin, après ma première tasse de café. Tu trouveras des serviettes, du savon, et même une brosse à dents neuve, dans l'armoire de ta salle de bains. Bonne nuit.

Trinity dut se forcer pour ne pas suivre Adrian du regard lorsqu'il sortit de la pièce. Quand il bougeait, il était encore plus sexy : il avait une façon de marcher, à la fois fluide et déterminée qui démultipliait son pouvoir de séduction. Et ses fesses… Un chef-d'œuvre, surtout sous ce pantalon qui en épousait les formes. Elle imagina les sensations qu'elle éprouverait à empaumer ces muscles denses, fermes. L'idée la déconcerta. Elle n'avait jamais fantasmé sur le corps d'un homme, et encore moins sur ses fesses.

Comme elle avait passé la journée à dormir, elle n'avait pas sommeil. Il fallait qu'elle trouve à s'occuper. Elle commença par sortir ses vêtements du sèche-linge, puis les plia. Ensuite, elle retourna dans la cuisine. La femme de ménage d'Adrian faisait très bien son travail, découvrit-elle en ouvrant les placards. Tout était d'une propreté immaculée, bien rangé, impeccable.

Elle se prépara une tasse de thé et s'installa dans le salon, où elle se concentra sur sa respiration, espérant arriver ainsi à calmer les battements trop rapides de son cœur. Elle prit une gorgée de thé, ce qui ne l'aida pas non plus. Depuis qu'Adrian était parti dans sa chambre, son cœur gardait ce rythme affolé. Pourquoi le fait d'être sous le même toit et de respirer le même air que lui la mettait-il dans cet état ?

Peut-être que la vue sur la ville l'aiderait à penser à autre chose. L'immeuble se trouvait au cœur de la ville, entouré de gratte-ciel et de bâtiments imposants, mais la fenêtre donnait sur les montagnes Rocheuses. Ce soir, c'était la pleine lune et le ciel était magnifique.

Son appartement à elle se trouvait plus loin de l'hôpital que celui d'Adrian.

*Adrian.*

Son cœur fit un bond. Quel toupet d'avouer ouvertement

qu'il voulait coucher avec elle ! Jouer à être son amoureux avait dû lui monter à la tête. Elle se demanda si leur plan n'était pas finalement une fausse bonne idée. Le seul résultat qu'ils avaient obtenu pour l'instant était le dépit de Belvedere et les dix jours de travail ininterrompu qui en avaient découlé.

Non, ce n'était pas vrai. Jouer le rôle de l'amante d'Adrian lui avait aussi ouvert les yeux sur cette zone sinistrée qu'était sa vie sexuelle. C'était d'ailleurs parce qu'elle était en manque qu'Adrian éveillait chez elle un tel désir. Tout ce qu'elle avait dit sur l'orgasme comme soupape pour la tension sexuelle, elle ne le savait que de façon théorique. Avant de le connaître, lui, la notion de tension sexuelle lui était complètement étrangère. C'était lui qui causait ces palpitations et ce désordre inouï dans son corps.

— Trinity ?

Elle sursauta. Quand elle se retourna, Adrian se tenait au milieu du salon. Le pantalon du pyjama bas sur les hanches, il était encore plus sexy que d'habitude.

— Oui ?

— Pourquoi tu n'es pas couchée ?

Difficile d'articuler une phrase cohérente quand le plus beau spécimen mâle que vous ayez vu de toute votre vie venait de surgir derrière vous comme le génie de la lampe.

— Et pourquoi tu n'es pas couché, toi ? rétorqua-t-elle, soulagée d'avoir réussi à parler d'une voix assurée.

Une ébauche de sourire se dessina sur le visage d'Adrian. Elle se sentit vibrer de la tête aux pieds.

— Je n'arrivais pas à dormir, répondit-il en se frottant le menton.

— Retourne au lit, tu travailles demain. Pas moi. En plus, grâce à toi, j'ai dormi toute la journée.

— Ne me remercie pas. J'ai juste fait ce qu'il fallait.

Il s'était approché dangereusement. Elle fixa son thé et trouva, par la même occasion, l'excuse parfaite pour s'éclipser.

— Bon, moi, j'ai fini mon thé. Je crois que je vais aller m'allonger, le sommeil viendra peut-être.

Malheureusement, elle devait passer à côté de lui pour atteindre la cuisine. Il lui ôta la tasse des mains et la posa sur le buffet avant de l'enlacer par la taille.

— Qu'est-ce que tu fais ? demanda-t-elle en essayant de le repousser sans grande conviction.

— Quelque chose que j'aurais dû faire tout à l'heure.

Comme au ralenti, elle vit son visage approcher du sien. Elle ouvrit la bouche pour protester, mais il saisit l'occasion pour l'embrasser. La phrase qu'elle allait dire se perdit à jamais car, sans l'avoir vraiment décidé, elle se retrouva à lui rendre ses baisers avec une véhémence presque désespérée. Jamais elle n'avait eu besoin d'un baiser comme elle avait besoin de celui-ci.

D'instinct, elle se plaqua contre lui et jeta les bras autour de son cou, comme si c'était la chose la plus naturelle du monde. Il la serra contre lui en l'embrassant de plus belle. Elle pouvait sentir son membre, long et dressé contre son ventre.

Le désir coulait dans ses veines, chaud comme la lave, lui oppressant la poitrine. Un gémissement rauque lui échappa. Adrian l'avait fait gémir ! Elle ne croyait pas pour autant qu'il parviendrait vraiment à lui arracher des cris de plaisir, comme il s'en était vanté un peu plus tôt.

Quand il commença à se frotter contre son corps, elle se sentit défaillir.

Non. Elle ne devait pas céder. Elle mit un terme à leur baiser en s'écartant brusquement.

— Tu ne veux pas de ça, Trinity, murmura-t-elle. Tu n'en as pas besoin. Tu es capable de te maîtriser. Allez, tu le peux.

Adrian pencha la tête.

— Qu'est-ce que tu dis ?

Elle plongea le regard dans ses yeux sombres. C'était comme s'injecter un puissant aphrodisiaque. Elle se passa la langue sur les lèvres, alors qu'elle avait plutôt envie de dévorer la bouche gourmande d'Adrian.

— Trinity ? insista-t-il.

Ah oui, il avait posé une question… Elle décida d'y répondre honnêtement.

— J'essaie de me persuader de ne pas craquer sur quelque chose qui me fait envie, mais dont je n'ai pas besoin.

— Ah bon ? fit-il, un rien ironique.

— Oui.

— J'aurais tendance à croire que tu n'y arriveras pas.

Il posa une main sur son épaule, et elle sentit une décharge la traverser. Était-ce la promesse des moments torrides à venir ?

— Tu crois que je n'ai pas de force de volonté ? demanda-t-elle.

— Je n'ai pas dit ça. Mais je sais que, dans la plupart des cas, on a beau se raisonner, le désir est plus fort que la volonté.

Comment le contredire, alors qu'elle était la preuve vivante de ce qu'il avançait ?

— Mais pourquoi, Adrian ? Pourquoi je n'arrive pas à me maîtriser quand il s'agit de toi ?

— Parce que ce n'est pas nécessaire, peut-être ?

— Si, ça l'est. Mais…

— Mais quoi ?

— Je crains d'avoir plus besoin de toi que de me protéger de toi, expliqua-t-elle en marquant une pause avant d'avouer : Je ne veux pas me ridiculiser.

— Quelle drôle d'idée. Pourquoi tu dis ça ?

— Parce que je ne suis pas bonne à ça.

— Bonne à quoi, Trinity ?

— Aux jeux de séduction.

Il sourit et la dévisagea, d'un regard aussi enveloppant que les bras dont il l'entourait.

— Laisse-toi faire, bébé, et je t'apprendrai tout ce que je sais. Voire un peu plus.

*Je n'ai pas droit à l'erreur.*

Adrian se répéta la phrase comme un mantra en même temps qu'il embrassait Trinity avec une fougue qui le dépassait lui-même. Peu importait, il essayerait de comprendre plus tard.

Bien plus tard.

Il avait réfléchi pendant des jours et des jours, à ce qu'il pourrait faire de ses sentiments pour elle, à songer à la meilleure façon de se conduire et, finalement, il avait décidé de se passer de calculs et de laisser faire les lois de l'attraction. Bien lui en avait pris. Trinity répondait à ses baisers comme si sa vie en dépendait, et il ne savait pas où donner de la tête. Il la couvrit de caresses, son dos, ses épaules, ses fesses fermes qui l'obsédaient.

Elle avait un corps incroyable.

Lorsque son sexe se tendit au point de le faire souffrir, il comprit qu'il fallait passer à l'étape suivante. Il écarta son visage tout en la gardant contre lui.

— J'ai envie de toi, Trinity, murmura-t-il. Je veux faire l'amour avec toi.

Il la sentait hésiter. Il voulait la rassurer et, en même temps, il se devait d'être complètement honnête avec elle, qu'elle sache à quoi s'en tenir. Autrement, il serait incapable de se regarder dans la glace.

— Avant que tu me répondes, ajouta-t-il, je tiens à te rappeler que je ne suis pas du genre à me marier.

Elle écarquilla les yeux, perplexe.

— Se marier ? Mais qui a parlé de mariage ?

— Personne, je sais, mais… Justement. Il y a des femmes dont les attentes augmentent après une partie de jambes en l'air. Je voulais être sûr que tu avais compris que je ne m'engage pas pour la vie.

— Ne t'inquiète pas, Adrian, on est bien d'accord, répondit-elle. J'aurais pu te dire exactement la même chose.

— Parfait, alors.

Et avant qu'elle puisse changer d'avis quant à la façon de finir la nuit, il la prit dans ses bras et l'emmena dans sa chambre.

# - 11 -

Assise en tailleur sur le lit d'Adrian, Trinity ne le quittait pas des yeux. Il fit lentement glisser le pantalon de pyjama sur ses hanches en la regardant comme si elle était une friandise qu'il s'apprêtait à dévorer. Et que Dieu lui vienne en aide, elle aussi avait envie de le manger tout cru.

Quand le pantalon tomba complètement et qu'il se redressa, elle dut faire un effort pour ne pas rester bouche bée. Il était incroyablement viril. C'était peut-être de là qu'il tirait son arrogance ?

Elle regarda ailleurs, dans l'espoir de ralentir les battements affolés de son cœur. La chambre, décorée dans le même style élégant que le reste de la maison, était dominée par les tons avocat et chocolat, créant une ambiance à la fois masculine et apaisante.

Adrian, complètement nu, s'approcha d'elle, de sa démarche lente et sensuelle. Elle laissa ses yeux glisser sur lui. Abdos sculptés, torse musclé, épaules solides… Et ce sexe dressé qui suscitait chez elle les idées les plus folles.

Une fois au bord du lit, il y posa un genou. Intimidée, elle se sentit obligée de répéter :

— Je ne suis pas bonne à ça.

— Laisse-moi en juger par moi-même, répondit-il.

En un clin d'œil, il lui ôta son T-shirt, qu'il envoya valser à l'autre bout de la chambre, puis il s'écarta pour la contempler : elle avait encore ses sous-vêtements noirs, assortis mais, sous son regard, elle se sentait nue, vulnérable. Il dégrafa le soutien-gorge d'une main experte et, sans lui laisser le temps de réagir, le lui enleva.

Le visage transi, il fixa ses seins aux mamelons dressés. Elle les sentit pointer plus encore sous son regard, comme s'ils voulaient attirer son attention. Un gémissement faillit lui échapper lorsqu'il posa les lèvres sur l'un d'eux, mais un reste de fierté, miraculeusement rescapé du naufrage de sa volonté, l'en empêcha. Qui avait donné à cet homme les clés de son corps ? Elle enfonça les mains dans les cheveux d'Adrian pour le serrer contre elle. Était-il aussi habile et aussi passionné avec toutes les femmes ? C'était sans doute pour ça qu'il était aussi sollicité. Elle commençait à comprendre celles qui lui couraient après.

Il tourna son attention sur l'autre sein et, en même temps, glissa une main vers le bas de son ventre, pour s'insinuer sous sa culotte. Elle écarta les jambes, sans hésiter, sans se poser de questions. Il titilla son clitoris enflé avant de glisser un doigt en elle, puis un autre. Cette fois-ci, elle ne put retenir un cri de plaisir.

Il releva la tête et s'empara de nouveau de sa bouche, comme s'il voulait avaler son cri. Elle adorait ces préliminaires, oh que oui ! C'était bon, mais elle se sentait déjà prête à passer à l'étape suivante. L'humidité de son sexe mouillait le haut de ses cuisses, les doigts d'Adrian s'enfonçaient et sortaient au rythme de ses mouvements de langue. Sans qu'elle l'ait décidé, ses hanches aussi ondulaient au même rythme magique. Elle aurait pu s'évanouir de plaisir.

Elle écarta le visage pour reprendre son souffle et Adrian profita de cet instant pour lui enlever sa culotte. Au lieu de s'en débarrasser promptement comme il l'avait fait avec le soutien-gorge, il la porta à son nez et inspira profondément, les yeux fermés. Elle frissonna, flattée de le voir s'enivrer de son odeur avec un plaisir non dissimulé.

Il rouvrit les yeux, laissa tomber la culotte et riva son regard au sien en même temps qu'il collait ses hanches aux siennes. Il s'humecta les lèvres, elle sentit ses muscles intimes se contracter. Ce fut le moment qu'il choisit pour baisser lentement la tête et murmurer tout près de son oreille :

— Dernière chance pour faire machine arrière.

Il plaisantait ou quoi ? Il était hors de question d'arrêter. Même si sa raison lui criait d'appeler un taxi et de rentrer tout de suite chez elle, ses émotions avaient pris le dessus et elles étaient trop puissantes pour être contrecarrées.

— Je ne veux pas faire machine arrière.

— Si tu es sûre de toi, je te parlerai de ma technique.

Qu'est-ce qui se cachait derrière ce mot ? Elle osait à peine l'imaginer. Et s'il avait des penchants pervers ? Au point où elle en était, elle risquait de dire « oui » à tout.

— Ta « technique » ?

— Oui, ma technique. En te faisant l'amour, je vais te donner tout ce que j'ai.

— Tout ? demanda-t-elle d'une voix peu assurée.

— Jusqu'au bout.

Elle l'imagina sur elle. Viril, imposant. Elle trembla d'anticipation.

— Tu es prête ? Tu me veux en toi ?

Est-ce qu'elle était prête ? Elle déglutit avec difficulté. Quand il la touchait, elle se sentait bien. Quand il l'embrassait, elle se sentait encore mieux. Qu'allait-il se passer quand il lui ferait l'amour ?

— Trinity ?

Elle le regarda dans les yeux.

— Oui ?

— Je vais t'entendre crier et tu n'auras pas à feindre.

Maintenant qu'ils savaient tous les deux à quoi s'en tenir, Adrian pouvait arrêter de cogiter et s'abandonner à ses sensations. Il sentit les mamelons de Trinity dressés contre son torse. Délicieux. Il l'embrassa goulûment. Oh ! qu'il aimait ça ! Et le goût de sa bouche et la façon dont elle répondait à ses baisers. Comment pouvait-elle être si passionnée et l'ignorer ?

Lorsqu'elle posa la tête sur l'oreiller, il l'aida à soulever les hanches et glissa un coussin en dessous. Il la dévisagea, fasciné par son expression à la fois timide et fébrile, en même temps qu'il lui écartait les jambes d'un mouvement du genou. Il se passa la langue sur les lèvres d'un geste gourmand, les yeux rivés à son sexe offert.

Elle avait la peau la plus douce qu'il ait jamais touchée, songea-t-il en lui caressant l'intérieur des cuisses. Une chair souple et ferme. Elle avait un corps magnifique, parfaitement proportionné. Habillée, elle était magnifique ; nue, elle était d'une beauté à couper le souffle.

— Adrian ?

Le ton de Trinity, son regard exprimaient l'impatience. Mais il ne comptait pas se précipiter. Si elle l'avait pris pour le type d'homme qui bâcle les choses au lit, elle se trompait. Au cours de la nuit, il allait de toute façon lui montrer à quel point elle se trompait quant aux limites du plaisir. Aucune femme ne quittait déçue le lit d'Adrian Westmoreland. Il y mettait un point d'honneur.

Encore plus en ce qui concernait Trinity. D'après ce qu'elle avait dit, il en avait conclu qu'elle manquait d'expérience. Il allait y remédier.

Il l'embrassa pour lui montrer avec les mouvements de sa langue comment il allait lui faire l'amour. L'odeur de leurs corps excités emplit la chambre. Celui de Trinity, sucré avec un je-ne-sais-quoi de piquant, lui donna envie de la dévorer.

Il descendit lentement le long de son corps, en faisant d'abord une halte contre son cou gracile. Il y laissa sa marque, exprès, sans trop savoir pourquoi l'envie lui avait pris, d'autant plus qu'en général il évitait ce genre de choses, pour ne pas encourager les tendances possessives de certaines femmes.

Mais avec Trinity, rien ne se passait comme d'habitude. Il avait envie de la caresser alors même qu'il était déjà en train de la caresser, il aurait voulu avoir quatre mains, six mains, pouvoir toucher en même temps ses seins et ses hanches, ses fesses et son ventre. Elle avait une peau de soie, fine, très sensible. Il adorait la façon dont le bout de ses seins devenait tout dur au contact de ses doigts, la façon dont ses yeux noisette devenaient presque noirs sous l'emprise d'un désir aussi puissant que le sien. La façon dont elle écartait les jambes lorsqu'il caressait son sexe.

Et ses soupirs. Les gémissements qu'elle ne savait plus retenir quand il titillait son clitoris. Sa voix brisée.

— Je crève d'envie de toi, avoua-t-il avant de plonger entre ses cuisses.

Il posa les lèvres sur sa fente, et elle commença à se bercer contre son visage. Il était plutôt sûr de lui et voulait épater Trinity avec son habileté. Ce qui ne serait pas difficile, le goût de sa peau le rendait fou.

Quand elle gémit sans retenue, il sourit. Le meilleur était encore à venir. Elle n'allait pas tarder à s'agripper à ses cheveux ou bien à le griffer. Il explora ses plis humides de la langue, heureux de la sentir trembler sous ses caresses.

Elle venait de lui enfoncer les ongles dans le cuir chevelu, arc-boutée contre le coussin. Mais il se délectait surtout de ces gémissements sensuels, de plus en plus proches des cris.

C'était évident qu'elle essayait de cacher ses émotions, mais il ne comptait pas lui faciliter la tâche. Il avait une idée très précise des sons qu'il voulait lui arracher et aussi des moyens de les obtenir. Il approfondit ses coups de langue. Quelques instants plus tard, Trinity criait son plaisir. Les mains refermées sur ses hanches, il la sentit trembler au moment d'un orgasme dont l'intensité la secoua de la tête aux pieds.

Mais il ne lui donna pas de répit. Il continua à la lécher jusqu'à ce qu'elle crie de nouveau et qu'elle s'agite, et qu'enfin elle se laisse aller contre les oreillers, molle comme une poupée de chiffon. Il se redressa sur ses genoux pour la contempler.

Elle avait les mains sur le visage, haletant comme si elle avait couru un marathon.

Devinant qu'il l'observait, elle découvrit son visage et le regarda.

Il sourit, se passa la langue sur les lèvres et demanda :

— Tu faisais semblant ou tu as crié pour de bon ?

Trinity n'était pas sûre de pouvoir répondre. Parce qu'elle avait la gorge en feu, certes, mais surtout parce qu'elle n'en revenait pas de l'expérience qu'elle venait de connaître pour la première fois. Aucun homme ne lui avait donné du plaisir comme Adrian. Elle avait crié, vraiment crié, et elle n'avait pas fait semblant. Nul besoin de feindre.

— Tu n'es toujours pas sûre ? Alors je vais redoubler d'efforts.

Il plaisantait ?

Quand il se redressa, elle vit bien que non. Son membre en érection n'avait rien d'une blague.

— Adrian, murmura-t-elle.

Il tendit la main vers la table de chevet et sortit un préservatif du tiroir. En le regardant l'enfiler, elle s'aperçut, surprise, que le voir faire l'excitait. Et qu'imaginer la suite l'excitait encore plus. Elle frissonna.

Quand il s'allongea sur son corps, elle le lui offrit sans chercher à cacher son envie.

— On va commencer de façon traditionnelle et après on fera des folies, chuchota-t-il tout contre ses lèvres.

Il la pénétra lentement, très lentement. Bouleversée, elle ferma les yeux. C'était bon.

— Ça va, bébé ?

Elle enfonça le bout des ongles dans la chair de ses épaules en inspirant profondément. Il ne bougeait pas, mais elle sentait son sexe pulser contre ses muscles qui se serraient autour de lui. Elle trembla, les yeux rivés aux siens. Il l'avait senti, il était devenu plus dur.

Puis il commença à bouger. Si ce qu'il faisait avec sa langue frôlait l'illégalité, ce qu'il faisait avec son sexe mériterait qu'on l'enferme à vie. Il éveillait, à chaque poussée, des sensations qu'elle découvrait pour la première fois.

C'était comme un voyage sur les montagnes russes des sens. Il bougea fort et vite avant de ralentir un instant pour repartir de plus belle. Elle ne voulait plus réfléchir, elle voulait juste se laisser bercer par le rythme qu'il imposait, se concentrer sur ce qui se passait au point de jonction de leurs corps.

Une spirale chaude, qui partait de son ventre, se déroula dans son corps. Ses jambes tremblaient, un son étrange quitta sa gorge. Adrian avait trouvé son point G, mais pas seulement, il redessinait à chaque mouvement la carte de ses zones érogènes. Ses poussées devinrent de plus en plus rapides, fébriles, suscitant des sensations d'une intensité presque insoutenable.

Le monde tourna, hors de contrôle, comme une toupie, et elle sentit l'orgasme exploser au fond de son ventre. Submergée par le plaisir, elle cria d'une voix qu'elle ne reconnut pas et, finalement, elle dit son prénom dans un râle brisé. Comme si le son l'avait aiguillonné, il redoubla son ardeur, et elle jouit de nouveau. Il se cambra, le visage à son tour déformé par la jouissance, en répétant un seul mot comme une litanie : « Trinity ».

Quelques battements de cœur plus tard il s'écroula sur elle avec un soupir, avant de rouler sur le matelas en l'emportant dans le même mouvement pour qu'elle vienne sur lui. Il lui caressa tendrement le dos.

— Tu as crié mon prénom, susurra-t-il.

— Et toi, le mien, fit-elle en relevant la tête pour souligner le fait.

Il lui offrit un demi-sourire charmeur.

— C'est vrai.

Et après une longue pause, il continua :

— Je t'ai déjà posé la question, Trinity. Tes cris étaient simulés ?

Elle aurait aimé posséder assez de mauvaise foi pour mentir et, en même temps, elle n'en voyait plus l'intérêt. Adrian lui avait prouvé qu'elle se trompait de la façon la plus délicieuse qui soit. Et la leçon qu'il lui avait apprise allait changer sa vie à jamais. Pour le mieux.

— Non, répondit-elle tout bas. C'était pour de vrai.

Elle reposa la tête sur son torse. Elle aurait préféré ne pas songer à la façon dont il avait acquis une connaissance si approfondie du corps des femmes, et pourtant elle s'interrogea sur le nombre de partenaires qu'il avait connues pour arriver à un tel degré de perfection.

— Fatiguée ? demanda-t-il.

— K.-O.

D'un mouvement souple, il l'allongea de nouveau et vint se placer sur elle en appui sur les coudes.

— Alors, cette fois-ci, je vais faire tout le boulot.

Cette fois-ci ?

Elle le dévisagea. Il ne pensait pas recommencer déjà ? En fait, si. Il venait de sortir un autre préservatif du tiroir.

— Je reviens tout de suite, lança-t-il en partant vers la salle de bains attenante.

Dieu, il avait une paire de fesses qui lui donnaient envie de s'y frotter jour et nuit. Ou de les caresser juste pour le plaisir.

— Tu peux faire ce que tu veux, ajouta-t-il en se retournant avec un énorme sourire.

Mais comment avait-il deviné ? Il lisait dans les pensées ?

— Je ne vois pas de quoi tu parles.

Il ricana doucement.

— Ne m'oblige pas à te prouver encore que tu as tort.

Et, avec un clin d'œil, il ferma la porte derrière lui.

# - 12 -

Avant le lever du jour, Adrian avait démontré à Trinity de multiples façons et dans toutes sortes de positions à quel point ses idées sur le sexe étaient erronées. Toute la nuit durant, ils avaient exploré ensemble les dédales de la sensualité, lui en guide éclaireur, elle en apprentie éclairée.

Il trouvait étonnant, touchant aussi, qu'une femme aussi passionnée manque tellement d'expérience. Il s'était fait un plaisir de lui apprendre deux ou trois choses, et, à vrai dire, il ne se rappelait pas avoir pris autant de plaisir avec une femme.

Ils avaient partagé une nuit incroyable qui l'avait bouleversé et, à présent, il n'arrivait pas à dormir. Il sentit son cœur s'agiter chaque fois qu'il pensait au moment où elle l'avait pris dans sa bouche. Une première, pour elle, de son propre aveu. Il s'était senti honoré. Il n'avait pas hésité à lui dire ce qu'il aimait, et elle n'avait pas hésité à le lui offrir. Elle avait une bouche merveilleuse.

Il la contempla. Nue, elle dormait blottie contre lui, une jambe posée avec abandon sur la sienne. D'un simple mouvement, il pourrait se glisser en elle.

Sans préservatif ? Il cilla. Mais d'où sortait-il une pensée pareille ? Il ne s'était jamais imaginé faire l'amour à une femme sans se protéger, quel que soit le moyen de contraception qu'elle utilise. Cela ne lui ressemblait pas. En même temps, insister pour qu'une femme reste dormir chez lui ne lui ressemblait pas non plus. Avec elle pourtant, il l'avait fait. Le plus bizarre, c'était qu'il la trouvait désormais à sa place, là, endormie entre ses draps.

N'aimant pas la direction que prenaient ses pensées, il se dégagea doucement pour quitter le lit. Il enfila son pantalon de pyjama en la regardant. Il était de nouveau en érection. Cette femme était trop désirable. Après lui avoir fait l'amour, c'était comme si elle était devenue une piqûre qu'il voulait gratter encore et encore.

Il sortit de la chambre, ferma la porte sans faire de bruit et descendit dans le salon. Il avait besoin d'un verre et envie de quelque chose de fort, mais il se ravisa. La journée qui l'attendait risquait d'être très longue, il ferait mieux de se contenter d'une bière. Il sortit une bouteille du frigo et, dès la première gorgée, il comprit qu'il avait aussi besoin de parler à quelqu'un. Qui appeler, des deux personnes dont il se sentait le plus proche ? Aidan ou son cousin Bane ?

Aidan devait être en train de dormir ; quant à Bane, impossible de savoir : la dernière fois qu'ils avaient parlé, son cousin partait en mission « Secret défense ». Il l'appela, mais tomba sur le répondeur. Il essaya donc son frère.

— Docteur Westmoreland, répondit son jumeau d'une voix ensommeillée, au bout de quatre sonneries.

— Réveille-toi. Il faut qu'on parle.

Silence. Bâillement. Silence de nouveau.

— Pourquoi ? demanda finalement Aidan.

— C'est Trinity.

— Et ?

Adrian se frotta le visage.

— J'ai un peu perdu les pédales.

Encore une pause, aussi longue que la précédente.

— Pourquoi tu t'étonnes ? Ça se sentait, qu'il se passait un truc fort avec cette fille et qu'il fallait faire gaffe.

— Bon sang, Aidan, tu ne m'aides pas. Je croyais maîtriser la situation, tu sais, à cause de Thorn. Pour lui, c'est comme sa petite sœur. Mais j'ai craqué.

*Il aurait fallu être de pierre pour lui résister.*

— Et qu'est-ce que tu comptes faire, maintenant que tu as recouvré tes esprits ?

Adrian soupira. Était-il revenu à la raison ? Pas vraiment. S'il avait un minimum de jugeote, il monterait à l'étage sur-le-champ, réveillerait Trinity, la conduirait jusqu'à sa voiture et profiterait du trajet pour lui expliquer que leur faux couple n'était pas une bonne idée et qu'elle devait trouver un autre moyen de se débarrasser de Belvedere. Mais il ne se sentait pas la force d'un tel coup d'éclat.

— Adrian ?

— Oui ?

— Qu'est-ce que tu comptes faire ?

Il prit une longue gorgée de bière avant de répondre :

— Pas ce que je devrais. Mais il est tard, désolé de t'avoir dérangé.

— Ça ne me dérange pas. La seule chose que je te demande, c'est de ne pas t'attirer des ennuis. Je ne pourrai pas me déplacer pour payer ta caution.

Adrian secoua la tête, amusé.

— Arrête ton char. Si ma mémoire est bonne, mes ennuis sont presque toujours venus de toi, de Bailey ou de Bane.

— Je crois que tu as Alzheimer, alors. Tu devrais consulter...

Après encore quelques taquineries, ils raccrochèrent. Adrian garda le téléphone à la main un bon moment. Son frère n'arrivait pas à se remettre de son échec avec Jillian, et il le plaignait. Il ne voudrait pas être à sa place lorsque Pam, la femme de Dillon, apprendrait qu'il avait approché de trop près l'une de ses sœurs. Chacun savait que Pam se montrait extrêmement protectrice envers ses sœurs.

Et si Tara était comme elle ?

Il finit sa bière d'une traite. Il n'avait pas envie de penser à des grandes sœurs douées d'instincts de tigresse, et en même temps, s'il lâchait la bride à son imagination, il risquait d'aggraver ses ennuis.

Retourner au lit était hors de question. Il n'avait pas sommeil.

Il n'avait plus qu'à commencer sa journée. Installé à son bureau, il se plongea dans ses dossiers. En plus du projet à Amelia Island, Blue Ridge envisageait de construire un hôtel et un centre commercial à Dallas.

Autant dire qu'il avait trop de pain sur la planche pour soupirer dans sa cuisine à 4 heures du matin en rêvant aux plaisirs offerts par le corps de Trinity.

La lumière du soleil tombant sur son visage réveilla Trinity. Elle ouvrit les yeux. Un simple coup d'œil à la chambre lui rappela avec force détails ce qui s'était passé dans ce lit, quelques heures plus tôt.

Dès qu'elle bougea, elle sentit tous ses muscles protester. Elle comprenait maintenant ce que signifiait « faire des folies de son corps », alors que cette expression lui avait toujours paru excessive. Elle se souvint aussi qu'elle avait gémi, et même crié. Et de l'agaçante expression de triomphe sur le visage d'Adrian. Il était arrogant et prétentieux, beaucoup trop à son goût.

D'ailleurs, où était-il ? Pourquoi s'était-elle réveillée seule dans son lit ? Des scènes de ce qui s'était passé entre elle et Adrian défilèrent en rafale dans son esprit. Avait-elle vraiment… ?

Oui, elle l'avait pris dans sa bouche. Elle pouvait se rappeler de façon très précise le poids de son membre contre sa paume, si dur. La veine gonflée qui s'y enroulait comme un lierre, le gland soyeux. Elle s'était penchée juste pour l'embrasser, mais une fois qu'elle y avait posé la bouche, elle avait eu envie de l'avaler tout entier. C'était la première fois qu'elle faisait une chose pareille, et rien qu'en y repensant elle avait de nouveau le corps en feu.

Un bruit venant du rez-de-chaussée interrompit ses pensées. Une douche qui coulait ? Il était pourtant très tôt encore, même pas 6 heures. Pourquoi Adrian utiliserait-il la salle de bains d'une des chambres d'amis plutôt que celle de la sienne, où il avait toutes ses affaires ?

Une partie d'elle ne voyait pas de problème à attendre sagement qu'il revienne. Mais une autre partie — bien plus audacieuse, dont elle ignorait l'existence quelques heures plus tôt — voulait le voir, et le voulait sur-le-champ. Ce fut cette partie-là qui eut le dessus.

Après avoir enfilé le T-shirt qu'il lui avait prêté, elle descendit l'escalier et se laissa guider par le bruit de la douche afin de trouver la chambre qu'elle cherchait. Elle la traversa, c'était encore une fois une pièce charmante et bien agencée. Nerveuse, elle hésita devant la porte de la salle de bains mais, finalement, elle y entra sans s'annoncer.

Adrian se tenait au centre de la douche, dos à la porte, des jets d'eau s'abattaient sur son corps nu. Elle se figea, interdite. Oh ! qu'il était beau ! L'eau ruisselait sur ses cheveux coupés court, ses épaules immenses, ses jambes d'athlète. Elle serra les cuisses d'instinct, son envie de lui était aussi intense que la veille. Ou peut-être même encore plus forte.

Elle s'appuya contre le meuble du lavabo pour le contempler à loisir. Le voir sans être vue apportait du piquant à la situation, et lui permettait de confirmer ce qu'elle savait déjà : il avait des fesses rondes et musclées qu'on ne pouvait regarder sans avoir envie de les toucher. Elle soupira sans faire de bruit en voyant le jeu des muscles sous la peau, chaque fois qu'il bougeait pour se savonner.

*Mais depuis quand est-ce que je reluque des hommes nus ?*

La réponse, elle la connaissait : depuis qu'Adrian était entré dans sa vie.

Comme s'il avait entendu un bruit — les battements de son cœur ? —, il se retourna. À l'instant précis où leurs regards se croisèrent, elle fut comme secouée d'une décharge d'énergie électrique.

Il ouvrit la porte de la douche.

— Viens.

Dans son empressement à le rejoindre, elle faillit oublier d'enlever le T-shirt. Elle l'ôta promptement et le laissa tomber par terre. Des gouttes d'eau l'éclaboussèrent, la bouche d'Adrian se referma sur la sienne, ses doigts s'enfoncèrent dans ses cheveux. L'eau pleuvait sur eux. Elle soupira en retrouvant le goût de ses baisers. Tout son système nerveux semblait concentré sur la présence d'Adrian. Un désir brûlant lui traversa les reins avant de venir pulser douloureusement dans son sexe.

Il leva les mains pour encadrer son visage, en l'embrassant comme si sa vie en dépendait. C'était un baiser semblable à tous ses baisers, qui lui ressemblait : dominateur, puissant, zélé dans sa passion. Il l'enlaça ensuite en la serrant contre lui comme s'il voulait se fondre en elle.

Quand il s'écarta, elle le regarda entre ses cils perlés d'eau. Il avait l'air concentré quand il attrapa le savon et le fit glisser alternativement sur leurs deux corps. Il le lui passa sous les bras, en cercles dans le dos, s'attarda particulièrement sur ses fesses et ses cuisses. Elle se demanda s'il pouvait sentir son cœur cogner contre sa poitrine.

Puis il la souleva et la plaqua contre le mur en marbre.

— Accroche tes jambes à ma taille.

D'instinct, elle lui obéit, médusée encore une fois par la taille de son sexe dressé contre son ventre. Il la fit basculer pour avoir un meilleur accès à son corps et la pénétra d'un déhanchement souple. Elle se répéta pour la énième fois depuis la veille que leurs sexes semblaient faits pour s'emboîter l'un dans l'autre.

Leurs mouvements dispersaient l'eau de tous côtés. Elle s'accrocha aux épaules d'Adrian, lui laboura le dos. Son corps réclamait davantage. Et comme s'il l'avait deviné, il glissa la main sous ses fesses pour chercher le point le plus sensible de son corps, qu'il trouva et caressa.

Le plaisir devenait insoutenable. Elle enfonça les dents dans son épaule, comme qui éperonne un étalon. En réponse, il lâcha un râle animal en redoublant la force de ses poussées.

Traversée par des spasmes extatiques, elle cria son nom dans un gémissement. Le plaisir était si intense qu'elle s'entendit sangloter.

En dépit de l'eau qui ruisselait sur eux, elle sentit sa semence se répandre en elle. Une chaleur liquide l'inonda, emportant le peu de raison qui lui restait.

— Encore, dit-elle, les yeux dans les siens.

Ce simple mot suffit. Le sexe d'Adrian se raidit de nouveau, forçant la souplesse de ses muscles intimes. Elle trembla d'émotion, de désir.

Et il recommença à aller et venir en elle, ses hanches lui martelant l'intérieur des cuisses d'un mouvement rapide et régulier, érotique au possible, à l'image de son regard plein de désir qui ne la quittait pas et la poussait inexorablement vers le point de non-retour.

— Adrian.

Elle eut à peine le temps de prononcer son nom en un murmure qu'un nouvel orgasme venait dévaster son corps. Elle se cambra pour l'accueillir, les dents serrées sur sa chair.

Il laissa sa tête basculer en arrière, son corps fut secoué d'un tremblement, puis il cria son prénom en la rejoignant sur la déferlante du plaisir. Il la plaqua contre le mur sans cesser d'aller et venir encore et encore, comme elle l'avait demandé.

— Satisfaite ? demanda-t-il, son front contre le sien.

Elle chercha sa bouche pour y déposer un baiser. Elle aurait déjà pu recommencer, c'était fou. Comment était-il possible d'être à la fois repue et affamée ? La sensation était nouvelle, mais elle n'était pas à une nouveauté près. Adrian avait changé à jamais son idée du plaisir.

Elle sourit et murmura :

— Absolument.

# - 13 -

— Tu n’as pas dormi assez, Adrian, ou quoi ? lança Stern Westmoreland avec un sourire goguenard. Parce que, là, tu piques du nez.

Adrian cilla. Était-il possible qu’il se soit endormi en pleine réunion ? Il regarda les visages autour de la table. Riley et Canyon avaient l’air amusés, Dillon, plutôt grave.

— Au contraire, j’ai très bien dormi, prétendit-il en se redressant sur son siège.

— On t’ennuie alors, vas-y, tu peux le dire, le taquina Canyon.

Dillon ferma le dossier devant lui et se releva.

— Je vous ai déjà tous surpris plus d’une fois en train de roupiller. Fichez-lui la paix.

Adrian savait que ces mots seraient obéis, mais aussi qu’ils ne lui offraient qu’une trêve temporaire. Ses cousins s’accrochaient à la moindre occasion de raillerie comme des bouledogues à leur os. Il se leva pour partir avec Dillon, n’ayant aucune envie de supporter leurs moqueries, il n’était pas en état.

Dillon lui lança un regard en biais comme ils longeaient le couloir en direction de leurs bureaux respectifs.

— Comment ça se passe, avec Trinity ?

Ah, si seulement il le savait ? Adrian sentit son bas-ventre se contracter, rien qu’au souvenir de la nuit qu’il venait de passer, l’une des plus belles de sa vie. Passer la journée à lutter contre le sommeil était un prix ridicule à payer. Le sexe avait été… exceptionnel ? Magique ? Fabuleux ? Il n’y avait pas de mot assez fort pour le décrire. D'autant plus que Trinity n'était qu'une débutante.

Mais plus pour longtemps. Cette première nuit ensemble ne serait pas leur dernière, s'il n'en tenait qu'à lui. Il ne savait pas en revanche ce que Trinity en pensait. C'était à peine s'ils avaient parlé pendant le trajet jusqu'à l'hôpital. À vrai dire, elle en avait profité pour dormir et il n'avait pas voulu la déranger, et une fois arrivés sur le parking, elle avait quitté la voiture à la hâte en marmonnant « à bientôt », sans lui laisser le temps de l'embrasser ni de lui demander quand ils allaient se revoir.

— Adrian ?

La voix de Dillon le tira de ses pensées.

— Oui ?

— Je t'ai demandé comment ça allait avec Trinity.

— Bien, répondit-il en essayant d'éviter les yeux scrutateurs de son cousin.

— Tu as pu savoir si Belvedere avait des motifs professionnels pour l'obliger à travailler pendant ses jours de repos ?

— Mes soupçons ont été confirmés. Il abuse de son pouvoir. En plus, Trinity m'a raconté qu'il est encore revenu à la charge. Il lui a même demandé de « rompre » avec moi, et a menacé de lui nuire si elle ne cédait pas.

Le visage de Dillon reflétait une colère qu'Adrian savait identique à la sienne.

— Elle en a informé ses supérieurs ?

— Oui, mais le chef du service pédiatrique l'a accusée d'exagérer et de monter en épingle un banal échange entre collègues. La seule nouveauté dans l'affaire, c'est que j'ai rencontré personnellement ce salaud de Belvedere.

Dillon haussa un sourcil.

— Quand ?

— Hier matin. Je suis allé chercher Trinity à l'hôpital, je savais qu'elle était épuisée. Je suis arrivé pile au moment où Belvedere essayait de lui forcer la main pour qu'elle dîne avec lui le soir même. Après l'avoir obligée à travailler dix jours non-stop ! Il n'a même pas songé qu'elle pourrait avoir besoin de se reposer.

— Qu'est-ce que tu as fait ?

— Bien malgré moi, je ne lui ai pas réglé son compte. J'ai vraiment pris sur moi, tu aurais été fier. Je me suis présenté à Belvedere comme le petit ami de Trinity et je lui ai signalé qu'elle avait déjà rendez-vous. Ensuite, j'ai emmené Trinity chez moi, Belvedere me semblait capable de se pointer chez elle et je voulais qu'elle puisse dormir sans interruption. Elle en avait vraiment besoin.

— Je vois. Et c'est ce qui s'est passé ?

— Oui. Elle a dormi toute la journée. Je suis rentré assez tard, j'avais le dîner avec Kenneth Jenkings et ensuite je suis allé au ciné avec Bailey.

— Tu l'as raccompagnée chez elle, alors ? fit Dillon, le regard toujours perçant.

Adrian dut faire un effort pour garder un visage neutre. Quand son cousin prenait cette expression, il avait l'impression d'avoir de nouveau douze ans.

— Non, il était tard. Elle a passé la nuit chez moi.

— Je vois.

Son cousin commençait à voir un peu trop de choses. Il valait mieux battre en retraite avant que ses questions deviennent trop indiscrètes.

— Je te retrouve tout à l'heure, d'accord ? Je dois finir le rapport Potter pour Canyon.

Dillon le rappela avant qu'il ait pu se tapir dans son bureau.

— Adrian ?

— Oui ?

— Demain, c'est vendredi. Tu viens dîner à la maison ?

— Je n'ai rien de prévu, fit-il en haussant les épaules. Il n'y a aucune raison de manquer ça.

Dillon sourit.

— Tant mieux. C'est l'anniversaire de Jo, elle n'a pas envie de le fêter mais tu connais Pam, elle ne supporte pas l'idée de laisser passer une occasion de fêter quoi que ce soit.

— Raison de plus pour venir, alors.

— Propose à Trinity de se joindre à nous, si tu en as envie.

— Pourquoi en aurais-je envie ? rétorqua-t-il en scrutant à son tour l'expression de son cousin.

— Je n'en sais rien, juste comme ça. Ce serait en plus l'occasion de mettre le reste de la famille au courant. Si Belvedere ne s'arrête pas, il faudra présenter un front uni. Le prestige des Westmoreland dans cette ville vaut bien celui des Belvedere.

Adrian acquiesça.

— D'accord, je vais y réfléchir.

Mais il avait déjà pris sa décision. Trinity n'était plus sa prétendue maîtresse. Depuis la veille, elle l'était pour de bon.

Attablée dans sa cuisine en fin d'après-midi, Trinity savourait une tasse de thé. Elle avait passé de nouveau la journée à dormir, et elle ne le regrettait pas. Tant pis pour le linge en retard et le frigidaire vide. Quand elle était arrivée chez elle, ce matin, elle était aussi fatiguée que la veille. Ou presque. Mais pour des raisons fort différentes. Elle avait passé pratiquement toute la nuit à faire l'amour avec Adrian.

Et les heures depuis son réveil à rougir de son comportement. Elle ne se reconnaissait pas dans cette femme décomplexée. Seigneur ! Elle s'enfouit le visage dans les mains en repensant à ce qu'elle avait réclamé et aux réponses enthousiastes d'Adrian. Pourtant son corps tremblait de plaisir dès qu'elle s'attardait sur les souvenirs. Adrian sur elle, en train de lui faire l'amour, en train de jouir… C'était ça qui l'avait le plus marquée, le sexe d'Adrian qui devenait plus dur, plus gros… et se déversait en elle. La pulsation chaude de son plaisir se répercutait et déclenchait le sien.

Elle serra les cuisses tout en sachant que ce geste ne pouvait rien contre le désir qui revenait en trombe.

*Seigneur ! Des années sans penser au sexe, et dès que j'ai un peu de pratique, je deviens obsédée !*

Non, pas un peu. La nuit avait été pour le moins agitée, et sa réaction était on ne peut plus naturelle au vu des circonstances. Adrian avait un charme fou, un corps de rêve, il était sexy au-delà des mots. Cerise sur le gâteau, il savait vraiment comment donner du plaisir à une femme, il savait même la faire hurler de plaisir. Étonnant d'ailleurs que les voisins n'aient pas appelé la police.

Plus étonnant encore, elle s'était laissé aller au point d'oublier de se protéger, lors de leurs derniers ébats. Heureusement, elle prenait la pilule, Adrian avait paru soulagé lorsqu'elle le lui avait appris au petit matin, et il lui avait assuré, juré même, qu'il n'avait jamais pris ce genre de risques avec aucune autre femme. La seule explication à son comportement, avait-il ajouté, c'était que, dans le feu de l'action, il n'y avait plus repensé. Elle pouvait le comprendre, c'était exactement ce qui lui était arrivé. Après avoir établi qu'ils étaient tous les deux en parfaite santé, ils avaient même oublié que les préservatifs existaient.

Du grand n'importe quoi ! Mais, dans ce cas, pourquoi ses mains fourmillaient-elles d'envie de l'appeler ? Pourquoi était-elle impatiente d'entendre sa voix, de lui proposer de venir chez elle ?

Elle secoua la tête. C'était stupide de permettre qu'un homme prenne une place aussi disproportionnée dans sa vie. Elle reprenait le travail dès demain et la dernière chose dont elle avait besoin, c'était d'une autre nuit blanche. Son linge, en revanche, avait un besoin urgent qu'elle s'occupe de lui.

Un peu plus tard, alors qu'elle se demandait quelle autre tâche ménagère attaquer pour ne pas penser à Adrian, quelqu'un frappa à sa porte. C'était lui. La réaction de son corps — pouls accéléré, léger tremblement — ne laissait pas la moindre place au doute.

Elle songea à ne pas répondre, mais cela n'empêcherait pas

son cœur de battre la chamade. Adrian était le seul à avoir cet effet sur elle, et le pire, c'était qu'il le savait.

— Qui est-ce ? demanda-t-elle en prenant son ton le plus nonchalant.

— Adrian.

Pourquoi avait-il une voix aussi séduisante ?

— Qu'est-ce que tu veux ?

— Tu as vraiment besoin de le demander ?

Son cœur manqua un battement. Pourquoi la soumettait-il sans cesse à la tentation ? Agacée par l'idée, elle ouvrit la porte d'un geste brusque.

Elle ouvrit aussi la bouche pour régler son compte à Adrian. Qui la lui referma d'un baiser incandescent.

*Enfin !* songea Adrian en embrassant les lèvres qui l'avaient obsédé toute la journée durant. Enfin.

Trinity répondit à son étreinte avec une passion aussi féroce que la sienne. Il n'aurait su dire lequel des deux menait la danse, et d'ailleurs il s'en fichait. C'était exquis, quoi qu'il en soit.

Il s'écarta. S'ils continuaient, il risquait de la prendre sans façon sur le seuil de la porte. L'idée ne manquait pas de sel…

Bon sang ! Il fallait qu'il se calme.

— Ce n'était pas une bonne idée de venir.

Elle avait parlé d'un ton sec.

— Je ne suis pas d'accord avec toi, répondit-il en la contournant pour entrer.

— Eh, je ne t'ai pas invité chez moi !

Il sourit.

— Non, mais l'odeur de ton corps, oui.

Elle roula les yeux.

— Mon odeur ? Mais qu'est-ce que tu racontes ?

— Je t'expliquerai ça tout à l'heure. D'abord, fit-il en levant vers elle un sac frappé du logo d'une chaîne chinoise très réputée, on va dîner.

— Non, merci. J'ai déjà mangé.

— Pas moi. Tu peux me tenir compagnie, non ? On a des choses à se dire, il me semble.

— Oui, j'imagine, concéda-t-elle avec un soupir, tout en prenant le chemin de la cuisine.

Il la suivit sans manquer de remarquer la courbe épanouie de ses hanches sous la jupette qu'elle portait, les mêmes hanches qui ondulaient sur lui comme la houle, hier. Il lui avait parlé de l'odeur de son corps, et ce n'était pas de la provocation. Elle sentait bon, comme une femme qui désire un homme — et il n'allait pas s'encombrer de fausse modestie, il était prêt à parier que c'était lui, cet homme-là.

Trinity s'était assise sans rien dire, ni même lui proposer un verre d'eau. Sans se gêner, il ouvrit tiroirs et placards jusqu'à trouver ce dont il avait besoin pour son repas. Elle n'avait pas l'air enchantée.

— Tu es sûre que tu n'en as pas envie ? demanda-t-il en vidant le contenu de la boîte dans un bol.

Vu qu'elle ne répondait pas, il se tourna pour la regarder. Il commençait à bien la connaître, et il n'eut pas de mal à déchiffrer les émotions contradictoires trahies par sa moue — pincée — et son regard — brûlant de désir.

— Je te demandais si tu avais envie de manger, expliqua-t-il, amusé. Pas si tu avais envie de moi. Ça, je le sais déjà.

— Tu sais quoi, pardon ?

— Que tu as envie de moi.

Elle se releva et le toisa.

— Tu es gonflé de dire des choses pareilles.

— Tu n'as qu'à me traiter de menteur. Mais je te préviens, si tu t'obstines, je te prouverai avant de partir que c'est toi qui mens.

Trinity se mordit la lèvre, agacée. Elle aurait adoré pouvoir lui rire au nez mais, malheureusement, il avait raison.

Pour garder la face, elle poussa un soupir suffisant et le

mesura du regard. Il mangeait son dîner dans sa cuisine comme s'il était chez lui. Il avait dû se changer avant de venir, car il ne portait plus le costume qu'elle lui avait vu ce matin, mais un jean et un pull bleu à col en V. Elle adorait cette couleur et la manière dont elle rendait sur lui. Mais elle détestait ne rien pouvoir faire pour calmer les battements de son cœur.

— Ne me regarde pas comme ça, bébé.

Elle cilla, interloquée. Elle ne s'était même pas rendu compte qu'elle le dévisageait. Elle détourna le regard un instant avant de revenir vers lui, pour le fixer cette fois-ci dans les yeux.

Ce n'était pas facile.

— J'ai l'impression que ce qui s'est passé hier t'a mis de fausses idées en tête.

Il se releva et ouvrit le frigidaire avec un sourire en coin.

— Tu crois ? demanda-t-il en prenant une bouteille d'eau.

— Je suis sérieuse, Adrian.

— Moi aussi. Quant à hier, je ne sais pas de quelles fausses idées tu parles, j'ai trop sommeil pour en avoir la moindre idée. J'ai même piqué du nez en réunion, et pas qu'une fois.

Elle voyait très bien de quoi il parlait, côté fatigue. Elle se rassit.

— Ce n'était pas ma faute.

— Bien sûr que non, admit-il en revenant vers la table. C'était la mienne. Je ne me lassais pas de toi.

Elle hocha la tête en silence. Cet homme était-il vraiment obligé de dire tout ce qui lui passait par la tête ?

— Écoute, il ne s'agit pas de déterminer à qui la faute. Tu conviendras avec moi que ce qui s'est passé hier, c'est…

— Ne t'avise pas d'appeler la nuit passée « une erreur », l'interrompit-il.

— Comment veux-tu que je l'appelle, alors ?

— Une nuit inoubliable.

Et il lui prit la main. Dès qu'il la toucha, tout revint. Les sensations de la nuit dernière, les envies, les pulsions. Tout ce qui l'avait mise dans cette situation tellement compliquée. Sans violence, très lentement, elle retira sa main.

— Au contraire, c'est pour moi une nuit qu'on devrait oublier, répliqua-t-elle d'un ton ferme.

— Désolé, mais ça ne risque pas d'arriver, répondit-il avant de changer de sujet comme si de rien n'était. Tu as passé une bonne journée ?

Devant son silence, il lui tendit la bouteille d'eau qu'il venait d'ouvrir.

# - 14 -

C'était à elle de faire le pas suivant, pensa Adrian, les yeux dans ceux de Trinity.

Elle nageait dans la confusion, c'était évident. Elle disait une chose alors qu'elle en pensait une autre. Il ne pouvait que la comprendre, il avait lui-même passé la journée dans le même état, à faire les cent pas dans son bureau et à essayer de se persuader qu'elle n'était qu'une fille comme les autres. Au moment de quitter le bureau, cependant, il avait cessé de se voiler la face et s'était avoué enfin qu'il avait rencontré une femme exceptionnelle avec laquelle il avait partagé un moment exceptionnel. La plus belle nuit de sa vie, en fait. Étant donné le nombre de femmes qu'il avait connues depuis l'âge de quinze ans, ce n'était pas peu dire.

Il s'était douté que, tout comme lui, Trinity refuserait d'admettre qu'ils avaient partagé quelque chose de très spécial. Elle avait peur et il pouvait le comprendre, mais après avoir écouté ce qu'elle avait sur le cœur, il décida qu'ils devaient arrêter de se voiler la face. Ce qui se passait entre eux était trop fort pour être ignoré. La peur n'avait jamais rendu qui que ce soit heureux.

— Je n'ai pas besoin de me rafraîchir, merci. Je n'ai pas chaud.

Elle s'entêtait dans le déni, encore une fois.

— Tu es sûre ? demanda-t-il.

— Ce dont je suis sûre, Adrian, c'est que notre farce est allée trop loin. On était censés feindre une relation, pas la commencer. C'est n'importe quoi.

— On est majeurs et vaccinés, non ? Pourquoi ça te pose un problème ?

— Pour plein de raisons. Je n'ai pas le temps pour une relation, sérieuse ou pas. Mon avenir, c'est la médecine. C'est ma vie. Je t'ai parlé de mes projets : quand j'aurai fini mon internat, je pars d'ici. Je n'aime pas les grandes villes. Je veux retourner à Bunnell, et personne ne me fera changer d'avis.

Il avait envie de lui dire qu'elle avait mal compris, notamment si elle croyait qu'il cherchait une relation sur le long terme. Ce n'était pas le cas. Mais… Qu'est-ce qu'il cherchait, alors ? Une amante à temps partiel ? Une aventure sans lendemain ? C'étaient ses modes de relation habituels, et pourtant il trouvait inimaginable de ranger Trinity dans l'une ou l'autre de ces catégories.

— Je ne suis pas une fille qu'on appelle quand on a envie de s'envoyer en l'air, Adrian.

Il poussa un soupir mi-déconcerté, mi-agacé. Elle ne voulait pas de relation exclusive, elle ne voulait pas de relation légère non plus.

— Qu'est-ce que tu veux, alors ? Une relation sérieuse, ou une aventure ? Parce que c'est l'un ou l'autre.

Elle releva le menton.

— Et si je ne veux rien, justement ?

La réponse à cette question était simple.

— Ça, ce n'est pas possible. Tu es une femme passionnée. Tu as plus de feu dans ton petit doigt que certaines femmes dans tout leur corps. Ne me contredis pas, j'ai eu l'immense plaisir d'en allumer la première étincelle, la nuit dernière, et de brûler avec toi. Il est très difficile, tu sais, d'éteindre un incendie qui fait rage. Personnellement, je te vois mal retourner sans regret à ton célibat sans saveur.

Il marqua une pause pour finir le contenu de son bol et reprit :

— Alors, qu'est-ce que tu comptes faire, Trinity ? Refouler ce que tu es et devenir folle ? Ou accepter ta véritable nature et profiter de la vie, quel qu'en soit le prix ? C'est ta vie, ton choix. À toi de jouer.

Elle fixa la table comme qui scrute une boule de cristal, à la recherche d'une réponse lui indiquant le chemin à prendre. Il pouvait presque entendre les bruits de la bataille acharnée à laquelle raison et passion se livraient dans son esprit. Au cours des dernières années, elle s'était concentrée si intensément sur sa carrière que l'idée de tourner son attention vers quelque chose d'autre, ou vers quelqu'un d'autre, ne pouvait que la déstabiliser. Mais il n'avait pas menti, le retour en arrière était impossible.

Ils se regardèrent dans un silence de plus en plus chargé de tension sexuelle. En voyant le désir embraser les yeux de Trinity, il sentit son excitation, déjà intense, monter d'un cran.

Mais c'était à elle de décider.

Plusieurs minutes s'écoulèrent. L'air calme, elle saisit la bouteille dans laquelle il venait de boire et suivit le bord du goulot du bout de la langue puis, après avoir pris une petite gorgée, elle se lécha les lèvres comme si c'était son goût à lui qu'elle savourait.

Elle avait pris sa décision.

L'estomac serré, il attendit qu'elle parle. L'envie de la toucher l'empêchait de respirer, la pression dans son entrejambe devenait insupportable. Quand le désir devint trop intense, il recula la chaise et tapota le haut de sa cuisse. Si elle ne voulait pas parler, il le ferait à sa place.

— Viens ici, fit-il. Viens sur moi.

Trinity sentait sa culotte toute trempée. Le regard d'Adrian, le renflement de sa braguette... Et il voulait qu'elle s'y asseye ?

Évidemment. Et ce n'était pas pour la faire sauter sur ses genoux. Cet homme était capable de trouvailles érotiques tellement ingénieuses qu'elles mériteraient d'être brevetées.

Il avait raison quand il disait avoir allumé un feu qu'elle

ignorait posséder. Il avait libéré la créature passionnée qui dormait en elle. Mais elle devait admettre aussi qu'après sa longue sieste elle se sentait détendue comme elle ne l'avait pas été depuis… elle ne savait plus quand.

Alors, pourquoi hésitait-elle ? C'était en effet sa vie, et elle pouvait faire ce qu'elle voulait. Et ce qu'elle voulait, en cet instant précis, c'était justement ça — le sexe d'Adrian, son corps, son énergie… et le plaisir qui allait avec.

Pourquoi s'en priver ? C'était un cadeau de la vie, le refuser aurait été impoli. Stupide, même. Elle se releva et dégrafa le crochet qui retenait sa jupe en réprimant un sourire devant l'expression ébahie d'Adrian lorsque le vêtement tomba par terre.

*Eh non, monsieur, vous n'êtes pas le seul à foncer vers ce que vous voulez, une fois votre décision prise.*

— Tu es magnifique !

Elle ébaucha un sourire, contente de son petit effet. Comme s'il ne voulait pas être en reste, il ôta ses chaussures en deux coups de pied avant de se relever pour se débarrasser aussi de son pantalon.

Seigneur, était-il possible qu'il soit encore plus excité que ce matin ?

— C'est juste ton imagination, dit-il.

Il fallait qu'elle apprenne à mieux cacher son jeu. C'était agaçant qu'il devine systématiquement ses pensées.

— Cela dit, tu n'as pas à me croire sur parole, continua-t-il. Tu devrais vérifier par toi-même.

— J'allais justement le faire.

Elle franchit avec aplomb l'espace qui les séparait et posa la main sur son entrejambe. Son sexe se dressait très fort, très dur. Décidant que la chose méritait un examen approfondi, elle glissa la main à l'intérieur du boxer.

*Oh oui !*

Elle le caressa plus franchement, mais le caleçon gênait. Elle le repoussa pour qu'il tombe, et Adrian fit un pas de côté pour finir de s'en débarrasser. Elle ferma alors la main autour de son sexe, les bouts de ses seins se dressèrent.

— C'est mieux, murmura-t-elle.

— C'est vrai ?

Il avait parlé d'une voix rauque, qui devint un gémissement quand elle bougea la main de la base de son sexe vers l'extrémité, puis très lentement en sens contraire. Elle renversa la tête en arrière pour le regarder au fond des yeux. Le feu du désir y brûlait.

— Oui. Et je pense qu'il est plus gros qu'hier. C'est incroyable, dit-elle.

— C'est toi qui es incroyable.

— Oh ! le beau parleur, protesta-t-elle, tout en se réjouissant du compliment.

— C'est sincère, je ne suis pas du genre à mentir pour séduire. Je ne joue pas à ce jeu-là.

Peut-être. Mais en ce qui la concernait, ils étaient en train de jouer à quelque chose : ils ne sortaient pas ensemble pour de bon, mais c'était plus qu'une aventure d'une nuit. Un jeu était censé être soumis à des règles, et elle avait grand besoin de s'en fixer quelques-unes avant de continuer à frayer avec Adrian Westmoreland.

Pour tout un tas de raisons, il était le style d'homme à qui une femme risquait de donner son cœur. Alors que lui n'en voulait pas, de ce cœur. Seul le sexe l'intéressait. S'il lui avait fait des avances, c'était parce qu'elle avait montré son détachement, parce qu'elle avait affiché une détermination farouche à atteindre ses buts professionnels. Et elle devait avant tout éviter de confondre les choses et de penser que, leurs parties de jambes en l'air étant sublimes, quelque chose de plus profond se cachait forcément derrière.

Elle leva les yeux sans interrompre ses caresses. Si on lui avait dit deux jours plus tôt qu'elle se trouverait dans sa cuisine, à moitié nue, la main refermée sur le sexe d'un homme, elle aurait éclaté de rire.

— Tu aimes ? demanda-t-il.

— Oui. J'adore, même. Et toi, comment tu te sens ?

— Excité.

Elle rit doucement.

— J'aurais tendance à croire que tu l'étais déjà en arrivant. Je ne suis pas bête, Adrian. Tu es venu avec une idée très précise derrière la tête.

Le sourire qu'il lui décocha l'obligea à serrer les doigts plus fort.

— Deux idées, en fait.

Elle ne put lui demander quelle était la deuxième, parce qu'il se rassit sur la chaise et sans crier gare, dans le même mouvement, l'attira pour qu'elle se retrouve à califourchon sur lui. Il avait repoussé le string sur le côté et l'avait pénétrée avant qu'elle ait pu ouvrir la bouche.

Ce fut très intense tout de suite. Elle n'aurait pas su dire qui menait la danse, qui dégageait le plus de chaleur, elle savait seulement que ses hanches ondulaient comme elles ne l'avaient jamais fait, elle s'empalait sur lui avant de remonter jusqu'à ce qu'il gémisse et, alors, elle recommençait. Une fois et une autre. De plus en plus loin. Plus vite, puis plus lentement. Dans un équilibre difficile, elle se pencha en avant et embrassa la commissure de ses lèvres avant d'en dessiner le contour du bout de la langue. Elle cherchait une réaction, qu'elle obtint quand il la poussa vers le bas pour venir encore plus loin en elle.

Tout à coup, c'était comme si la chaise flottait dans les airs pour s'envoler vers le septième ciel. Les coups de reins d'Adrian devinrent plus intenses, puis il se figea, cambré à l'extrême pour la pénétrer plus profondément. Elle serra ses muscles intimes autour de lui une fois, deux, et il jouit. Le plaisir d'Adrian déclencha le sien, et un orgasme fulgurant éclata dans son ventre. Elle cria son nom.

Les mains fermement agrippées à ses hanches, il la tint en place pour prolonger la communion de leurs corps. Elle enfouit la tête dans le creux de son épaule et inspira son odeur en l'entourant de ses bras. Il avait un dos large, musclé, parfait. Elle n'aurait pas pu imaginer meilleur amant.

*Amant…*

C'était ce qu'il était à présent, non ? Non pas son prétendu amant, mais son véritable amant. Mais pour combien de temps ? Elle avait passé une bonne partie de la journée à se jurer que plus rien ne se passerait jamais entre eux. Et pourtant, ils venaient de faire follement l'amour. Pourquoi ?

*Parce que tu en avais envie. Tu en avais envie et tu l'as fait.*

Elle releva la tête. Dans le silence que leurs respirations agitées ponctuaient, il approcha le visage du sien. Sa langue se mêla à la sienne, ou ce fut peut-être elle qui approfondit ce baiser ? Peu importait. C'était un baiser si tendre, si chaud et si langoureux que le désir revint en trombe comme s'il ne venait pas d'être apaisé.

Elle s'écarta légèrement. Les yeux d'Adrian brillaient intensément, assombris par le désir. Et ce n'était que le début, elle le savait.

Couché dans le lit de Trinity, Adrian se demandait comment elle avait fait pour prendre aussi vite autant de place dans ses pensées et dans sa vie. Il aurait aussi voulu savoir pourquoi, après avoir fait trois fois l'amour avec elle — une fois dans la cuisine, les deux suivantes dans la chambre —, son envie d'elle ne s'était pas atténuée. Au contraire, elle grandissait.

— C'était quoi, ta deuxième idée ? demanda-t-elle, interrompant le cours de ses pensées.

Elle était allongée sur lui, les cheveux en bataille. Une mèche tombait sur ses lèvres rougies par trop de baisers. Elle avait le regard un peu hébété de la femme qui a perdu le compte de ses orgasmes. Autrement dit, elle était belle à en crever.

— Je ne sais pas de quoi tu parles.

— Quand j'ai dit qu'en venant tu avais une idée derrière la tête, tu m'as répondu qu'en fait tu en avais deux.

Et il n'avait pas menti.

— Tu as des plans, demain soir ?

Elle réfléchit brièvement.

— S'il n'y a pas une urgence ou si Belvedere n'invente pas un prétexte pour me garder toute la soirée à l'hôpital, je n'ai pas de plans, non. Pourquoi ?

— Je voulais t'inviter à dîner dans la propriété des Westmoreland.

Elle se mordilla la lèvre.

— Avec ta famille ?

— Avec ma famille.

— Est-ce que… Est-ce qu'ils savent, à propos de nous ?

Il secoua la tête.

— Oui et non. Ils savent que je fais semblant d'être ton amant, mais ils ne savent pas… comment dire ? que la réalité a pris le pas sur la fiction.

Il la sentit soudain plus tendue.

— Et que vont-ils penser s'ils découvrent ce qui s'est passé ?

— Que je risque de me faire corriger méchamment par Thorn.

Elle plissa le front.

— Pourquoi ferait-il une telle chose ?

— Parce qu'il te considère comme sa petite sœur.

— Non, c'est fini, ça. Il a compris que j'avais grandi, et il a changé, aussi. L'âge l'a rendu plus sage, je trouve.

Il se demanda s'ils parlaient vraiment du même Thorn Westmoreland.

— J'espère que tu as raison, répliqua-t-il avec un soupir. Alors, tu viens dîner avec nous ?

— Oui.

Ce petit mot, si court, l'emplit d'une joie disproportionnée qu'il ne s'expliquait pas. Ou qu'il préférait ne pas chercher à comprendre.

— Je passerai te chercher vers 18 heures, d'accord ?

— D'accord. Je serai prête.

*Moi aussi*, pensa-t-il en la serrant contre sa poitrine. *Moi aussi.*

# - 15 -

Le lendemain matin, Trinity fit la visite de ses patients d'un pas léger. En dépit des deux dernières nuits agitées, elle se sentait en pleine forme. Elle essayait de ne pas penser à Adrian qu'elle avait laissé dans son lit après un câlin matinal ébouriffant, mais quand, inévitablement, elle le faisait, le sourire lui montait aux lèvres.

Au réveil, Adrian s'était donné pour mission qu'elle parte au travail de bonne humeur et il l'avait accomplie avec brio. La vie était belle, et elle ne laisserait rien ni personne lui gâcher la journée, même pas le Dr Belvedere.

Elle l'avait croisé en arrivant, mais on l'avait appelé d'urgence au bloc opératoire et il n'avait pas eu le temps de se montrer désagréable. En plus, d'après une infirmière, il allait consacrer sa journée à une intervention chirurgicale majeure, ce qui ne faisait qu'ajouter à sa gaieté. Moins elle le verrait, mieux elle se porterait.

Son téléphone vibra dans la poche de sa blouse. Après avoir lu le message qu'elle venait de recevoir, son sourire devint encore plus large.

Pense à moi aujourd'hui.

Elle répondit sans tarder.

Seulement si tu penses à moi.

La réponse d'Adrian s'afficha immédiatement.

C'est fait.

Elle rit toute seule.

— On dirait que quelque chose vous a mise de bonne humeur, docteur Matthews.

Elle se crispa au son de cette voix. Casey Belvedere. Il se tenait devant elle, dans sa tenue de bloc. Il était déjà sorti ? Mais pourquoi ?

— Oui, docteur Belvedere, je suis de bonne humeur.

— Et vous avez l'air reposée.

— C'est le cas.

*Mais pas grâce à vous.*

Au lieu de quoi, elle ajouta avec une froideur polie :

— J'avais cru comprendre que vous aviez des interventions programmées tout au long de la journée.

— En effet, mais la dernière s'est finie plus tôt que prévu, j'ai donc un peu de temps devant moi. Vous prendrez un café avec moi.

— C'est gentil, mais je dois m'occuper de mes patients.

— Pas si un supérieur, moi par exemple, vous dit de faire autrement.

— Je pense avoir mal compris, répliqua-t-elle en s'efforçant de garder un ton poli. Vous n'êtes pas en train de me demander de négliger mes patients pour prendre un café avec vous, n'est-ce pas, docteur Belvedere ?

Un rictus de contrariété sur le visage, il s'approcha d'elle sous prétexte de consulter le dossier qu'elle avait à la main.

— Ne vous avisez pas de me donner des leçons, docteur Matthews. N'oubliez pas qui je suis. Il me suffirait d'un mot pour ruiner votre carrière avant même qu'elle n'ait débuté. Quant à ce petit ami que vous vous êtes trouvé, rendez-vous service et débarrassez-vous de lui. Je me suis renseigné à son sujet, c'est un Westmoreland. Ils ont un peu d'argent, mais tout le monde connaît le passé de votre ami et de sa petite bande : c'étaient des délinquants, au cas où vous l'ignoreriez. Mes parents ont toujours tenu à m'envoyer dans des écoles privées pour m'éviter de fréquenter des gens comme eux. Contrairement à nous, ce sont des parvenus dont la fortune…

— … est le fruit de beaucoup d'effort et de sacrifices, coupa-t-elle, refusant de le laisser insulter Adrian ou sa famille.

Il allait répondre quand une annonce dans le haut-parleur le rappela dans l'aile de chirurgie. Il lui lança un regard noir.

— Cette conversation n'est pas terminée, fit-il avant de tourner les talons.

Elle le regarda partir, profondément affectée par son attitude. C'était un malade, un pervers, et elle commençait à avoir vraiment peur. Ce type ne comprenait pas le sens du mot « non », et son plan de dissuasion avec un petit ami fictif n'avait servi à rien, d'autant que la direction de l'hôpital ne voulait toujours rien entendre. Elle avait épuisé ses ressources et il lui fallait se résoudre à demander une affectation dans un autre hôpital, aussi loin de Denver que possible.

Elle commencerait la paperasse correspondante aujourd'hui même.

— Alors, qu'en penses-tu ? demanda Stern.

Adrian sourit en tapotant du doigt le rapport d'évaluation sur leur projet au Texas que son cousin avait rédigé.

— Je trouve que tu as réussi à couvrir admirablement toutes les conséquences juridiques possibles. On a eu de la chance de rafler la mise sur cette propriété, Dallas est en plein essor.

— C'est peu de le dire, acquiesça Stern en se laissant tomber sur la chaise face au bureau. Sinon, tu viens ce soir, au dîner du vendredi ?

— Oui. Et Trinity a prévu de m'accompagner.

— Excellent. À ce propos, comment ça va, vous et votre fausse liaison ? L'autre mec a fini par comprendre ?

— Non, il est complètement obtus, répondit-il.

Il résuma pour son cousin le comportement abusif de Belvedere.

— Mais quel salaud ! s'emporta Stern après l'avoir entendu. Il se prend pour qui ? Il a de la chance d'être tombé sur Trinity. Si c'était Jo, elle l'aurait réduit en charpie devant tout le personnel de l'hôpital.

Adrian sourit en imaginant la scène. Jovonnie Jones, la fiancée de Stern, n'était pas seulement une experte en arts martiaux, elle tirait à l'arc comme Guillaume Tell et maniait les armes à feu avec une habileté redoutable.

— Je sais, mais Trinity doit faire preuve de diplomatie. Les Belvedere ont trop de pouvoir dans cette ville pour que la direction de l'hôpital ose se les mettre à dos.

— Mais tu n'as que faire de ces bureaucrates ! L'Adrian que j'ai connu ne se serait pas encombré de diplomatie, il aurait réglé la chose de deux coups de poing bien sentis. Il n'aurait laissé personne maltraiter sa copine.

— Trinity n'est pas ma copine.

— Mais Belvedere ne le sait pas, donc s'il drague ta « copine », il te manque sciemment de respect. Et tu le laisses faire ? L'âge te ramollit, mon ami.

— J'essaie surtout de protéger le nom de notre famille, Stern. Tu connais mon passé, tu devrais comprendre. En plus, Dillon m'a demandé de ne pas régler l'affaire par la violence.

Stern se pencha sur le bureau pour appuyer ses propos.

— En l'occurrence, si tu veux mon avis, ce que Dillon ne sait pas ne peut pas lui nuire.

— Complètement d'accord, renchérit une voix de basse depuis la porte. Quand est-ce qu'on botte les fesses de ce méchant docteur ?

Adrian leva les yeux, son cousin se tourna. Sur le seuil, si grand et baraqué qu'on ne voyait plus le couloir derrière lui se tenait Bane Westmoreland.

— C'est vraiment ce que tu veux, Trinity ? demanda Tara.

L'inquiétude dans le ton de sa sœur était presque palpable,

et Trinity prit une longue inspiration silencieuse pour répondre d'une voix posée et, elle l'espérait, rassurante.

— Non, ce n'est pas ce que je veux. Je préférerais finir mon internat ici, mais je n'ai plus le choix. Dans l'état actuel des choses, le mieux pour moi, c'est de quitter Denver.

— Mon plan n'a pas marché, apparemment.

— Non. Belvedere insiste pour que je rompe avec Adrian. Il est si imbu de sa personne qu'il pense que je vais quitter quelqu'un rien que pour lui faire plaisir.

— Mais il doit y avoir un autre moyen de te débarrasser de lui.

— Je crains que non. Je pourrais passer outre la direction de l'hôpital et demander l'intervention de la commission administrative des hôpitaux du Colorado, mais je buterais contre le même obstacle : c'est la parole de Belvedere contre la mienne, et la procédure risque de traîner longtemps. Pire encore, Belvedere serait capable de retourner la situation en m'accusant de lui avoir fait des avances. Il faut du temps et de l'argent pour s'occuper d'un cas pareil, et je n'ai ni l'un ni l'autre. Tout ce qui m'importe maintenant, c'est de finir mon internat sans perdre mon temps à poursuivre Casey Belvedere devant les tribunaux. En plus, si je l'attaque en justice, sa famille est susceptible de se retirer du financement de la nouvelle aile de pédiatrie, et les enfants malades en pâtiraient.

Comme sa sœur ne répondait pas, elle ajouta :

— Ce n'est pas si grave, Tara. Tu as changé d'hôpital au milieu de ton internat, toi aussi, et tu t'en es bien sortie. D'ailleurs, c'est grâce à ça que tu as rencontré Thorn.

— Oui, mais j'ai quitté le Kentucky de mon plein gré, pas parce qu'on m'y a obligée.

— J'apprécie vraiment tout ce que tu as fait pour m'aider, Il fallait le trouver, ton plan du faux amoureux pour dissuader Belvedere ! Ça aurait marché avec n'importe qui d'autre, mais ce mec est l'arrogance incarnée. Il pense que tout lui est dû, moi incluse, avec ou sans petit ami. C'est vraiment dingue.

Elle consulta sa montre.

— Oh ! il faut que je me prépare, constata-t-elle. Adrian m'a invitée à dîner avec lui et sa famille, ils se réunissent chaque vendredi.

— Ça a l'air chouette, s'enthousiasma Tara. Il sait déjà que tu envisages de quitter Denver ?

— Non, j'attends d'en savoir un peu plus moi-même. Je viens juste de déposer la demande et il peut se passer des semaines avant qu'un poste se libère. Je préfère attendre de connaître ma nouvelle affectation avant d'en parler à Adrian. Il a été tellement gentil avec moi.

Plus que gentil, beaucoup plus même. Mais elle préférait ne pas raconter à sa sœur le tournant qu'avait pris leur relation. À quoi bon, puisque leurs jours ensemble étaient comptés ?

— Bon, au moins vous n'aurez plus à faire semblant.

Oui, c'était fini ça. Elle se demanda pourquoi l'idée l'attristait.

— Allez, il faut vraiment que je m'habille, décréta-t-elle en se relevant.

— Tu leur passes le bonjour de ma part, hein ? Et tu leur dis que je suis impatiente d'être en juin pour les revoir tous au mariage de Stern !

— Je n'y manquerai pas. Bisous.

Elle raccrocha. Si son changement de poste se déroulait comme prévu, au mois de juin, elle aurait déménagé et travaillerait dans un hôpital de la côte Est, loin de Denver.

Loin d'Adrian, aussi, songea-t-elle en ouvrant à fond le robinet de la douche. Elle n'avait pas envie d'y penser.

— Tu es arrivé quand ?

— Dillon sait que tu es là ?

— Tu étais où, tout ce temps ?

— Tu n'as pas donné de nouvelles pendant un an !

Bane répondit avec un sourire calme aux questions qui pleuvaient sur lui.

— J'arrive à l'instant de l'aéroport et, non, Dil n'est pas encore au courant. J'ai été très occupé et si vous n'avez pas eu de nouvelles, c'est parce que je n'ai pas le droit de parler de mon travail. Tout ce que je peux dire, c'est que ça fait du bien d'être à la maison, même si ce n'est que pour quelques jours.

Adrian étudia son cousin en considérant à quel point il avait changé en quelques années. Lorsque Bane s'était engagé dans la marine de guerre, c'était un jeune homme en colère, au cœur brisé, sans illusions. Adrian avait cru à l'époque que l'armée ne supporterait pas plus de six mois un bagarreur dur à cuire comme lui. Il se trompait. Bane s'était vaillamment adapté à la discipline militaire, qui lui avait donné des repères pour mûrir. À présent, il marchait droit, se tenait droit et, surtout, souriait plus souvent. Et par ailleurs, Adrian en mettrait sa main à couper, son cousin était toujours un dur à cuire.

— Alors, il est passé où, Dillon ? demanda Bane. Tout ce que sa secrétaire peut me dire, c'est qu'il est en rendez-vous à l'extérieur.

— C'est la vérité, il devait rencontrer des clients potentiels, il ne rentre que ce soir, répondit Adrian. Il va être sacrément surpris en te voyant.

Il avait hâte d'assister aux retrouvailles de Dillon et du cadet de la fratrie. De tous les troublions Westmoreland dont Dillon avait endossé la responsabilité, Bane avait représenté le plus grand défi. Il n'avait pas dû être facile pour Dillon de prendre la décision de pousser son petit frère à s'enrôler dans l'armée. Mais il fallait l'éloigner de Crystal Newsome.

*Crystal Newsome…*

Adrian se demanda si Bane savait ce que Crystal était devenue, ou s'il s'en souciait, après tout ce temps. À l'époque, les adultes avaient décidé qu'il fallait séparer ces deux adolescents fusionnels jusqu'à l'obsession. Les parents de Crystal avaient envoyé la jeune fille chez une tante on ne savait où, et Dillon avait convaincu Bane de s'engager dans l'armée.

— Tu es rentré pile au bon moment, Bane, lança Stern. On bouffe tous ensemble ce soir et, en plus, c'est l'anniversaire de Jo.

Bane sourit.

— Génial. Comment va-t-elle ? J'ai appris le décès de son père, il y a quelque temps. Vous êtes toujours comme cul et chemise ?

Adrian ne put que rire. Bane avait enchaîné les missions, et donc n'avait pas remis les pieds à Denver depuis le mariage de Mega et Rico — il ignorait en conséquence tout des naissances, mariages et autres événements au sein de la famille, à commencer par les fiançailles de Stern avec son amie d'enfance, Jo.

Il allait se faire une joie de le mettre au courant de tout.

# - 16 -

Trinity s'essuya les lèvres avec un mouchoir jetable et appliqua une couleur différente de rouge. C'était mieux ou pas ? Oh ! mais ce n'était qu'un dîner avec Adrian et sa famille, il n'y avait pas de quoi en faire tout un plat. Pourquoi se donnait-elle tant de mal ?

Oui, en effet, pourquoi ? Elle se regarda dans la glace en songeant aux réponses possibles à cette question a priori simple. Quand son cœur se mit à battre fort, elle lança un regard peu amène à son reflet.

— Non, on ne va pas se lancer là-dedans. Je ne suis pas en train de tomber amoureuse d'Adrian. Pas même un peu. Ce qui se passe, c'est que je découvre enfin un partenaire qui me satisfait. N'importe quelle femme deviendrait dépendante d'un homme qui lui donne plusieurs orgasmes pendant la nuit.

Seigneur, elle préférait ne pas y penser ou elle allait devoir prendre une douche froide.

Son téléphone retentit tout à coup, et son excitation retomba plus vite que sous un seau d'eau glacé. C'était la sonnerie de l'hôpital, celle pour les urgences. Ce qui pourrait aussi signifier qu'elle devrait annuler le dîner avec Adrian.

Elle décrocha.

— Trinity Matthews à l'appareil.

— Docteur Matthews, c'est le Dr Belvedere.

Elle ravala la ribambelle d'insultes qui menaçaient de sortir en trombe. C'était suspect qu'il l'appelle de ce numéro. En général, c'étaient les assistants administratifs qui s'occupaient de ce genre d'appels. Les médecins sur place étaient en principe débordés quand il y avait une urgence.

— Oui, docteur Belvedere ?

— Je voulais vous prévenir que je quitte la ville pour deux semaines. Je pars au Texas aider les victimes de la tornade. Ils ont besoin des meilleurs experts, j'ai été logiquement sollicité.

Elle leva les yeux au ciel.

— Je ne comprends pas pourquoi vous teniez à m'en informer personnellement.

— Eh bien, parce que j'espère que les choses auront changé à mon retour. Je commence à en avoir assez de votre petit jeu à la noix.

Son « petit jeu à la noix » ? Son sang ne fit qu'un tour.

— Vous en avez assez de mon jeu ? Vous voyez le monde à l'envers, docteur Belvedere. C'est moi qui subis vos jeux. Je vous ai dit très clairement, et à maintes reprises, que vous ne m'intéressiez pas. Je ne comprends pas pourquoi vous n'acceptez pas mon refus pour ce qu'il est, c'est-à-dire, mon dernier mot.

— C'est moi qui ai toujours le dernier mot. Vous devriez garder ça à l'esprit. J'espère un changement d'attitude radical de votre part à mon retour ou je vous ferai renvoyer de l'hôpital.

Elle faillit lui crier qu'elle lui avait coupé l'herbe sous les pieds et qu'elle s'en allait de son propre gré, mais elle se mordit la langue. Il aurait la surprise dans deux semaines quand, avec un peu de chance, elle aurait obtenu sa nouvelle affectation.

— Faites comme vous l'entendez, docteur Belvedere, je ne compte pas changer d'avis. Au revoir.

— On verra ça à mon retour. Vous avez quinze jours pour réfléchir.

Elle raccrocha, incapable de supporter une seconde de plus autant d'arrogance. Elle poussa un long soupir et tenta de se calmer. Belvedere lui avait déjà gâché le début d'une journée qui avait pourtant très bien commencé, et elle refusait de le laisser ruiner en plus sa soirée.

Adrian remonta l'allée de Trinity en songeant que la vie semblait avoir envie de le gâter ces temps-ci. L'arrivée de Bane les avait tous pris au dépourvu, mais le mettre au courant des dernières nouvelles avait été un véritable plaisir. Son cousin avait été choqué d'apprendre qu'il était l'un des rares Westmoreland toujours célibataire, ils avaient même dû lui montrer des preuves pour le convaincre que Zane s'était marié pour de bon. Mais la nouvelle qui l'avait le plus réjoui était la naissance de son neveu Beau, le fils de Canyon, ce qui leur avait enfin fourni l'excuse parfaite pour aller arroser leurs retrouvailles au MacKays.

Ces quelques heures au bar avaient été inoubliables. La nouvelle du retour de Bane s'était répandue comme une traînée de poudre, et à son entrée, certains des habitués avaient eu un mouvement de recul motivé par la peur. La mauvaise réputation de Bane ne s'était pas encore effacée des mémoires mais, heureusement, il y avait à Denver pas mal de gens prêts à passer l'éponge. Surtout ceux qui savaient que Bane avait été formé à l'Académie navale, qu'il était sorti dans les premiers de sa promotion, et qu'il faisait à présent partie des Seals. Un tel parcours impliquait des efforts considérables, de l'application et de la discipline, qualités dont le jeune Bane avait manqué cruellement. Sa métamorphose avait forcé le respect des plus sceptiques.

Puis il y avait eu le moment magique où Bane et Bailey s'étaient retrouvés. Prévenue par Canyon, Bailey les attendait déjà au café-restaurant. En les voyant rire et se serrer dans les bras comme s'ils avaient traversé une guerre, Adrian avait compris à quel point tous les quatre — Aidan, Bane, Bailey et lui — étaient devenus proches pendant les années turbulentes qui avaient suivi la mort de leurs parents, quand ils croyaient que s'attirer des ennuis était la seule façon de chasser leur chagrin.

Il sortit de la voiture et frappa chez Trinity. Il avait hâte de l'emmener à « Westmoreland Country » et de lui présenter Bane. Son cousin avait entendu assez de sa conversation avec Stern pour comprendre les problèmes que posait Belvedere et, à l'instar de Stern, il pensait qu'Adrian devait régler son compte au docteur ; et il lui avait expliqué comment, sans trop d'effort, lui briser deux ou trois de ses précieux doigts. Adrian commençait à trouver très difficile de suivre les conseils de Dillon.

Quand Trinity ouvrit la porte, il se trouva à court de mots. Un « ouahou » ébahi lui échappa. Il se demanda pourquoi elle lui faisait encore plus d'effet que d'habitude. Sa tenue, peut-être : une petite robe pull avec des leggins et des bottes, qui mettait en valeur ses courbes. Ou alors, ses cheveux soyeux qui caressaient sensuellement ses épaules.

Ou bien, conclut-il, parce qu'elle était Trinity et que sa seule présence suffisait à le mettre en émoi.

— C'est tout ce que tu trouves à dire ? s'amusa-t-elle.

L'effort qu'il dut fournir pour éloigner son regard de sa bouche gourmande fut récompensé lorsqu'il plongea dans ses adorables yeux bruns. Il lui prit la main, entra avec elle dans la maison et referma la porte.

— On dit de moi que je suis un homme moins porté sur la conversation que sur l'action, répondit-il d'une voix rauque à peine teintée d'autodérision.

Il l'enlaça par la taille, l'attira contre lui. Il pouvait sentir le cœur de Trinity battre fort, aussi vite que le sien. Sans pouvoir résister, il fixa de nouveau sa bouche envoûtante qu'elle avait savamment maquillée de fuchsia, ce soir, et dont la forme risquait de lui donner des idées s'il la fixait trop longtemps. Il se pencha pour en dessiner le contour du bout de la langue. Le pouls de Trinity monta encore d'un cran et lorsqu'elle entrouvrit les lèvres avec un soupir éperdu, il les dévora sans se faire prier. En quelques jours seulement, il était devenu complètement accro à son goût. C'était fou qu'un simple baiser le mette dans un tel état.

Elle le repoussa doucement et se tâta les lèvres.

— Je crois qu'elles sont gonflées.

Il sourit.

— Ça pourrait être pire, répondit-il en jetant une œillade malicieuse vers son bas-ventre.

À sa grande surprise, elle piqua un fard. Était-ce possible ? Elle rougissait à une petite blague après les nuits démentes qu'ils avaient passées ?

— Ta famille va le savoir.

Il haussa un sourcil.

— Quoi ? Qu'on s'est embrassés ?

— Oui.

Elle avait vu juste : sa famille allait le deviner, ils avaient la fâcheuse habitude de tout remarquer. Le retour de Bane leur laissait une chance de passer inaperçus, mais il n'y croyait pas trop. Ils avaient du flair pour ces choses. Si Trinity croyait pouvoir quitter la soirée sans que leur secret soit dévoilé, elle se trompait du tout au tout. Il décida de ne rien lui dire : de toute façon, elle n'allait pas tarder à comprendre son erreur.

Il lui prit la main.

— Prête ?

— J'ai besoin de retoucher mon rouge à lèvres.

— Désolé.

Ce qui était un mensonge. Il n'était pas désolé du tout. D'ailleurs, il comptait recommencer plusieurs fois dans la soirée. Mais c'était assurément plus sage de ne pas le lui dire.

Pour la énième fois depuis le début de la soirée, Trinity songea qu'elle adorait les grandes familles. Lors de ses visites chez Tara, à Atlanta, elle avait découvert que les Westmoreland étaient une tribu chaleureuse qui aimait passer du temps ensemble et s'amuser. C'était le cas aussi pour la branche de Denver.

L'ambiance était particulièrement festive à cause du retour à la maison du fameux Brisbane Westmoreland, que tout le monde appelait « Bane ». Il avait expliqué qu'il ne pouvait rester que trois jours avant de rejoindre son unité, et la famille s'était empressée de remplir son court séjour d'activités et de visites chez les uns et les autres. Il s'était aussi excusé de manquer le mariage de son frère Stern en laissant entendre qu'il se trouverait à l'étranger à ce moment-là. En mission secrète, sans doute. Très grand, avec une musculature imposante, il avait assurément le physique d'un membre des Seals. Il possédait aussi un visage magnifique, où sur l'écrin de sa peau couleur café brillaient d'étonnants yeux noisette. Un atout qu'il était le seul à avoir hérité de leur grand-mère Gemma, avait expliqué Adrian.

Ils s'étaient réunis autour d'une grande table pour profiter du délicieux dîner préparé par les femmes de la famille. Les épouses Westmoreland semblaient s'entendre à merveille, on aurait dit des sœurs plutôt que des belles-sœurs. Pam, qui en tant qu'hôtesse l'avait prise sous son aile, tenait à accueillir ces dîners hebdomadaires pour garder la famille soudée. La méthode semblait porter ses fruits, pensa Trinity en s'unissant au chœur enjoué qui chantait « Joyeux Anniversaire » en l'honneur de Jo, la fiancée de Stern.

Adrian, assis à son côté, se pencha vers elle et lui demanda encore une fois si elle passait un bon moment, et encore une fois elle le rassura avec son plus grand sourire.

— J'espère que tu excuseras ma curiosité, mais j'ai entendu que tu avais des soucis avec un chirurgien de ton hôpital, dit Rico Clairborne, le mari de Megan, l'une des trois sœurs d'Adrian.

— Oui, répondit-elle d'un ton neutre. Je m'étais dit qu'en lui faisant croire que j'avais une relation sérieuse avec quelqu'un, en l'occurrence Adrian, il allait se calmer. Mais non, il a même eu le culot de me demander de rompre et m'a menacée de représailles si je ne me pliais pas à ses envies.

Un peu embarrassée, elle regarda les autres convives, mais elle fut rassurée en voyant le dégoût que leur inspirait l'attitude de Belvedere.

— Est-ce que tu as pensé à enregistrer vos conversations ? demanda Rico. C'est évident que ce type se croit tout permis. Nul n'est au-dessus de la loi, et la loi interdit le harcèlement sexuel.

— Je n'y avais pas pensé, en fait. Je croyais qu'enregistrer une conversation à l'insu d'un interlocuteur était illégal.

— Pas au Colorado, si celui qui enregistre participe à la

conversation, intervint Keisha, la femme de Canyon, avocate de son état. Cependant, s'il soupçonne que tu es en train d'enregistrer et qu'il te pose la question, tu lui dois la vérité. Autrement, l'enregistrement perd sa valeur de preuve devant les tribunaux.

— Tu devrais peut-être y songer, suggéra Adrian.

Elle hocha la tête. Si c'était légal, elle n'allait pas s'en priver. Belvedere était tout à fait capable de bloquer son transfert ou de lui rendre la vie impossible jusqu'à son départ.

— C'est peut-être une bonne idée, acquiesça-t-elle. Je suis soulagée de ne pas l'avoir sur le dos pendant quinze jours.

Elle leur raconta alors sa conversation téléphonique avec Belvedere en début de soirée, ce qui souleva un murmure outré autour de la table.

— Pourquoi tu ne m'en as pas parlé quand je suis venu chez toi ? demanda Adrian, visiblement en colère.

— Je ne voulais pas gâcher la soirée avec mes soucis, mais… je crois que c'est raté. Je suis navrée, je ne voulais pas ruiner votre dîner.

— Ne t'excuse pas, répliqua Dillon, qui présidait la grande table. Le plan de Tara n'a pas marché, il faut trouver un plan B. Je pense qu'enregistrer vos conversations pourrait s'avérer utile.

— J'en suis persuadé, renchérit Rico en soulignant son propos d'un geste de la main. Et d'ailleurs je peux te prêter le matériel parfait pour ça. C'est un micro-enregistreur en forme de pendentif. Tu peux le porter sur toi toute la journée, et il suffit d'appuyer dessus pour qu'il se mette en route. Un jeu d'enfant, tu verras. Je t'expliquerai tout en détail avant que l'ignoble personnage revienne de son voyage.

Trinity sourit.

— Super. On dirait qu'on le tient, notre plan B.

— Je sais que je me répète, fit Trinity en tournant la clé dans la porte, mais j'ai passé une soirée excellente, Adrian. Ta famille est géniale. Merci de m'avoir invitée.

Adrian la suivit dans l'appartement et referma la porte derrière eux. Il n'arrivait pas à décolérer : Belvedere avait depuis longtemps dépassé les bornes. Ce dernier coup de fil était la goutte qui faisait déborder le vase.

— Adrian ?

Il la regarda. Elle avait enlevé sa veste et s'était assise sur le canapé pour ôter ses bottes.

— Oui ?

— Tu as l'air ailleurs. Ça va ?

— Oui, très bien, prétendit-il en s'asseyant à côté d'elle.

À l'intérieur, il bouillonnait de rage. Il avait envie d'oublier les conseils de Dillon et d'aller chez Belvedere pour mettre en pratique ceux de Bane. Ce salaud de chirurgien se trompait s'il croyait pouvoir harceler sa femme et…

Sauf que Trinity n'était pas « sa femme ». Mlle Matthews avait été sa partenaire pendant les deux dernières nuits. La formulation lui fit serrer les dents. Il avait déjà eu d'autres partenaires, une longue liste, en fait. Pourquoi rechignait-il à y inscrire Trinity ?

Elle se tourna vers lui.

— Excuse-moi, mais ça n'a pas l'air d'aller, insista-t-elle. Tu es inquiet, je le sens. Tu n'as pas décroché un mot pendant tout le trajet de retour. Dis-moi ce qui te tracasse, allez.

Il faillit s'entêter dans ses réponses évasives, mais, estimant qu'il y avait peu de chances qu'elle y croie, opta pour une réponse franche.

— C'est le coup de fil de Belvedere, ça m'a énervé, avoua-t-il. Il est vraiment gonflé, et le pire, c'est qu'il ne voit même pas à quel point son comportement est déplacé, parce que personne n'a jamais eu le courage de le remettre à sa place. Donc, il a l'impression que tout lui est dû. Tu aurais dû me parler tout de suite de son appel, Trinity.

Elle plissa le front.

— Pourquoi ? Je ne voulais pas gâcher la soirée, et j'avais

raison. J'en ai parlé, et maintenant tu es en pétard. Alors qu'il est juste aussi minable que d'habitude.

Il la dévisagea. Jusqu'à présent, il n'avait pas compris le poids du fardeau qu'elle portait depuis six mois. Ce n'était pas un compliment maladroit par-ci, un sous-entendu par-là, mais un abus constant qu'elle avait dû supporter un jour après l'autre. Il prit son visage entre ses mains.

— Ni toi ni aucune femme ne devriez avoir à subir ce genre de comportement. Renvoyer Belvedere ne va pas suffire, je veux qu'on mette aussi à pied le directeur de l'hôpital. Il aurait dû réagir dès ta première plainte.

— Je suis bien d'accord avec toi, Adrian, mais cela nous dépasse. C'est une question politique, ça ne concerne pas que le Denver Memorial, c'est un problème récurrent dans les hôpitaux. Il y a des nantis qui pensent que leur argent achète tout, les Belvedere en font partie. Ce sont des philanthropes, ils soutiennent de grandes causes. Mais leurs cadeaux sont empoisonnés. Pas pour l'hôpital qui a besoin de nouvelles installations, mais pour d'autres, des femmes en l'occurrence — médecins, infirmières, aides-soignantes… Des femmes sur lesquelles ils s'arrogent le droit de cuissage. Je sais que la loi l'interdit, mais personne ne l'applique. Ou rarement.

Elle marqua une pause, avant d'ajouter :

— Je crois même que Belvedere se serait comporté exactement de la même façon si j'avais été mariée. Il ne se serait pas laissé arrêter par l'existence d'un éventuel mari. Je parie en plus que je ne suis pas un cas isolé, il a dû y en avoir d'autres avant moi. J'imagine qu'il a réussi à forcer la main à des femmes moins sûres d'elles, ou avec moins de ressources. Mais moi, il ne m'aura pas, il a beau menacer ma carrière, je ne me laisserai pas faire. Cela dit, j'ai fini par comprendre que me battre contre lui ne sert à rien, donc j'ai décidé de partir. J'ai déposé mon dossier de mutation cet après-midi.

Sonné, il sentit son pouls cogner dans ses tempes.

— Tu vas quitter l'hôpital ? Tu as fait les démarches ?

— Oui.

Il se raidit.

— Mais tu restes à Denver, n'est-ce pas ?

— Non, j'ai regardé : impossible de trouver un hôpital qui ne soit pas redevable aux Belvedere. J'espère trouver un poste sur la côte Est, pour me rapprocher de chez moi.

Après tout, c'était logique. Elle n'aimait pas les grandes villes, Denver ne lui plaisait pas particulièrement, et Belvedere lui rendait la vie impossible depuis son arrivée. Elle avait raison de vouloir partir. Et pourtant…

— Quand comptais-tu m'en parler ? demanda-t-il.

C'était irrationnel, mais il se sentait trahi.

— Plus tard, quand j'aurais eu une réponse. Il n'y avait aucune raison de t'en parler, j'ai commencé les démarches aujourd'hui.

Évidemment qu'elle n'avait pas pensé à le consulter. Il n'était qu'un partenaire.

— Et pourquoi aujourd'hui ? Tout allait bien, ce matin, non ?

Il se flattait même d'y être pour quelque chose.

— Ce matin, Belvedere a vraiment dépassé les bornes. J'ai décidé que j'en avais assez.

— Qu'est-ce qu'il a fait ?

Elle marqua une pause, comme si elle voulait maîtriser ses émotions.

— J'avais encore beaucoup de patients à voir, mais il voulait que je les laisse tous tomber pour aller boire un café avec lui. Comment peut-on être aussi égoïste ? Je n'avais déjà aucun respect pour lui en tant qu'homme mais, après ça, je ne pouvais même pas le respecter en tant que médecin. Donc, je me suis dit que ça suffisait.

— Juste comme ça ?

— Oui, comme ça.

— Mais si tu prévois de quitter l'hôpital, pourquoi tu as dit à Rico que tu voulais enregistrer une conversation avec Belvedere pour prouver le harcèlement ?

— Parce que je veux le faire. La procédure administrative

risque de prendre du temps, c'est beaucoup de paperasses, des signatures. Belvedere risque de bloquer le dossier, ou de me donner une mauvaise appréciation pour éviter qu'on m'embauche ailleurs. Je préfère me prémunir. J'ai besoin d'armes pour me défendre, et je vais les obtenir.

Il entendit la détermination dans sa voix. Elle avait travaillé très dur pour décrocher son diplôme de médecin. Et elle avait besoin de sérénité pour aller jusqu'au bout de sa spécialisation. Partir de Denver était un choix raisonnable et sage. Il devrait se réjouir pour elle, au lieu d'avoir envie de tout casser, non ?

— Eh bien, puisque tu as lancé le plan B, j'imagine que ça signe la fin du plan A, fit-il en se relevant.

Il avait été le plan A.

Elle le regarda, confuse.

— Qu'est-ce que tu veux dire ?

— Tu vas pouvoir utiliser l'enregistrement contre Belvedere, on n'a plus besoin de feindre qu'on est amants.

À son expression, il comprit que la question ne lui avait même pas traversé l'esprit. Elle se releva avec une grâce féline que n'importe quel homme aurait appréciée et l'enlaça par la taille.

— On a cessé de feindre qu'on était amants, l'autre jour chez toi, Adrian.

Leurs deux cœurs battaient de plus en plus vite, comme s'ils faisaient la course. Et elle avait ce regard plein de désir qu'il commençait à bien connaître et qui l'excitait tant.

— Définis notre relation, Trinity.

Parce qu'il préférait savoir à quoi s'en tenir.

Elle se passa nerveusement la langue sur les lèvres, et ce geste si simple eut sur lui un effet fulminant. Il était déjà en érection. Il avait envie d'elle avec une intensité qui le surprenait, comme chaque fois.

— C'est une aventure sans attentes ni promesses, Adrian. Je partirai dès que j'aurai ma nouvelle affectation et je ne veux pas regarder en arrière. On est bien ensemble, c'est vrai, tu m'as fait ressentir des choses que je n'avais pas ressenties avant. Je veux profiter autant que possible de ce que nous avons. J'ai devant moi quelques années de travail intense. Je ne pourrai penser à quoi que ce soit d'autre qu'à mon travail pendant très longtemps.

Elle lui offrit un sourire coquin avant de continuer :

— Ce qui veut dire que j'ai besoin de toi pour stocker tous les orgasmes possibles d'ici à mon départ. Tu te sens à la hauteur ?

Et voilà un défi qu'il allait se faire un plaisir de relever. Mais…

Pourquoi accepter ces conditions-là lui semblait-il soudain si difficile ? Elles ressemblaient point par point — pas d'attentes, pas de promesses — à celles qu'il avait toujours imposées à ses partenaires. Il n'aimait pas les attaches, il tenait à sa liberté de mouvement… Et par-dessus tout, il aimait le sexe. L'aventure que Trinity lui proposait aurait dû le réjouir. Ils étaient sur la même longueur d'onde.

Il la regarda et, soudain, il sut qu'il accepterait tout ce qu'elle voudrait.

— Oui, je suis à la hauteur.

— J'en étais sûre.

Ses mains quittèrent sa taille pour descendre jusqu'à son sexe qu'elles enveloppèrent à travers le pantalon. Il n'avait pas besoin de lui demander ce qu'elle faisait, il le savait. Elle prenait ce qu'elle voulait et il n'allait sûrement pas l'arrêter.

Elle le déshabilla, embrassant chaque parcelle de peau qu'elle découvrait. Il lui enleva ses vêtements, fébrile.

— Fais-moi crier, Adrian, murmura-t-elle quand elle fut entièrement nue devant lui.

*C'est bien mon intention, bébé. Tu vas crier, à en réveiller tout l'immeuble.*

Il la prit dans ses bras et se dirigea vers la chambre.

# - 17 -

— Ah, ça va me manquer, aucun doute là-dessus, soupira Trinity en s'écroulant sur le torse magnifique d'Adrian.

Elle venait de connaître plusieurs orgasmes, et son corps en tremblait encore.

— Alors ne t'en va pas, répondit Adrian.

Au prix d'un effort considérable, elle parvint à relever la tête pour regarder dans ses yeux chocolat. Il avait une expression grave, mais il plaisantait, bien entendu. Il avait eu l'immense gentillesse de mettre sa vie sociale entre parenthèses pour l'aider avec Belvedere mais, dès qu'elle quitterait Denver, il retournerait à ses anciennes habitudes.

— Tu dis ça parce que tu as compris que j'ai l'intention de t'épuiser dans les semaines à venir, fit-elle en lui mordillant le menton.

Il sourit avant de répondre :

— Essaie, pour voir.

Mais elle savait par avance qu'elle risquait de mourir à la tâche. Cet homme était passé maître dans l'art de la faire crier.

Crier, oui. Bien plus souvent et beaucoup plus fort qu'elle n'aurait osé en rêver. C'était même étonnant que les voisins n'aient pas appelé la police.

Il changea de position pour se coller contre elle, une jambe au-dessus des siennes. Elle s'émerveilla de cette intimité, du tendre plaisir de sentir son pénis tout chaud contre ses fesses.

Elle le regarda par-dessus son épaule.

— Raconte-moi ton enfance avec tes cousins. J'ai entendu

dire qu'avec Aidan, Bane et Bailey, vous formiez une sacrée bande.

Elle s'abstint de rapporter que Belvedere les avait carrément qualifiés de délinquants.

Un silence si long s'ensuivit qu'elle crut qu'il ne voulait pas répondre. Quand il le fit, son ton était réfléchi, grave.

— Je ne sais pas combien de fois nous avons eu besoin, tous les quatre, depuis que nous sommes devenus adultes, de demander pardon à Dillon et à Ramsey, et à toute la famille, pour notre comportement de l'époque. Nos parents venaient de mourir, et quand tu es encore un gosse, c'est le pire qui puisse t'arriver. Ils sont partis du jour au lendemain, c'était trop soudain. On ne supportait pas l'idée de ne plus jamais les voir. Mais Dillon et les autres étaient là, pour nous soutenir, nous consoler. L'État a voulu nous placer en famille d'accueil, et Dillon s'est battu comme un lion devant les tribunaux pour nous garder avec lui.

Il déposa un baiser dans sa nuque avant de continuer.

— Je me donne à fond dans mon travail pour le rendre fier de moi, c'est l'une de mes motivations principales. Je tiens à ce qu'ils sachent que leur confiance en moi, leur loyauté sans faille et leurs efforts ont porté leurs fruits.

L'émotion teintait si profondément sa voix qu'elle se tourna pour regarder son visage.

— Vous étiez si terribles que ça ?

— Pire que ce que tu peux imaginer. On n'a pas touché aux drogues, heureusement, mais on n'arrêtait pas les bêtises, pour rester poli. Les flics appelaient ça autrement.

— Vous faisiez partie d'un gang ?

— Non. Nous étions notre propre gang, prêts à en découdre si l'on s'en prenait à nous. Dillon a déployé une patience incroyable. Convaincre Bane de s'enrôler a été la bonne solution, mais seul Dillon, qui le connaît mieux que personne, pouvait la trouver. Et si Bailey est capable de parler sans dire un juron tous les deux mots, c'est parce qu'elle en a eu assez de se faire laver la bouche au savon.

— Dillon doit être fier des adultes qu'il vous a aidés à devenir.

Il sourit.

— C'est ce qu'il dit, mais il estime qu'il reste encore du boulot à faire. Nous avons grandi, mûri et nous sommes bien plus sensés qu'à l'époque, mais je crois qu'il n'est pas encore tout à fait rassuré.

— Il avait l'air détendu, ce soir.

— Oui, à peu près. L'absence d'Aidan y était pour quelque chose. Il n'arrive pas tout à fait à baisser sa garde quand on est tous les quatre réunis. Ça prendra encore quelques années, je le crains.

— Ça viendra, j'en suis sûre. Et ta vie d'étudiant ? Raconte. Tu as eu plein de copines ?

— Plein, répondit-il en riant. Mais elles ne pouvaient jamais savoir avec certitude si c'était Aidan ou moi, leur cavalier. Nous sommes de vrais jumeaux et il n'y a qu'une façon de nous identifier.

— Laquelle ?

Il l'examina comme s'il évaluait si elle méritait cette preuve de confiance.

— Nos mains, avoua-t-il finalement.

— Vos mains ?

— Oui, fit-il en lui montrant une petite cicatrice au-dessus de son pouce droit. Là. Je me suis fait ça en grimpant dans un arbre. Avant cet incident, personne n'arrivait à nous différencier. On arrivait même à embrouiller nos parents…

— Vous avez joué pas mal de tours aux gens, à ce que je comprends ?

— C'était notre passe-temps préféré. On rendait fous les profs, et on ne s'en lassait pas. À l'époque, seuls Bane et Bailey arrivaient à dire qui était qui sans regarder nos mains. Mais assez parlé de moi. Raconte-moi quelle petite fille tu étais.

Elle ne se fit pas prier, elle aurait pu parler pendant des heures quand il lui caressait le dos, ou les cheveux, en la regardant comme si elle était la seule femme sur terre. Il hurla de rire quand elle lui expliqua comment elle s'était débrouillée pour se débarrasser d'une petite amie de son frère qu'elle n'aimait pas. Elle raconta aussi que son seul forfait à l'école, la seule fois où elle avait été grondée, avait été quand elle avait essayé de rentrer chez elle avec le cochon d'Inde de la classe.

— Tu étais une bonne petite, on dirait.

— Je suis toujours une bonne fille, répondit-elle, provocante. Tu n'es pas de cet avis ?

— Je suis on ne peut plus d'accord avec ce constat.

Ils rirent ensemble. Oh ! cette complicité ! Elle allait lui manquer autant que le sexe.

— Tu te ramollis avec l'âge

— Non, fit-il, la voix un peu rauque. Je m'endurcis. Regarde.

Il se frotta contre sa cuisse. Elle n'en revenait pas. Si on lui avait dit, ne serait-ce qu'un mois plus tôt, qu'elle allait partager son lit et son temps avec quelqu'un comme Adrian, elle se serait esclaffée. À vrai dire, après les trois nuits qu'ils venaient de passer ensemble, elle commençait à se demander comment elle allait faire quand elle partirait et qu'il ne serait plus là pour lui tenir chaud. Elle n'avait aucune idée non plus de la façon dont réagirait son corps lorsque le désir reviendrait et qu'Adrian ne serait pas là pour l'assouvir.

— Tu travailles tôt demain, non ? demanda-t-il alors. Tu ne crois pas qu'il faudrait dormir un peu ?

— Oui, il faut dormir.

Mais le sexe d'Adrian, dressé contre sa hanche, semblait avoir un avis différent. Leur besoin le plus urgent n'était apparemment pas le sommeil.

— Est-ce que je t'ai déjà dit que j'adore te caresser ? demanda-t-il en couvrant ses seins de caresses.

Il fit rouler un téton entre ses doigts. Elle sentit une drôle de sensation au creux de son estomac.

— Je ne crois pas, non, répondit-elle, le souffle entrecoupé.

Son entrejambe était déjà tout humide.

— Je fais mal mon travail, alors. Je dois me faire pardonner sans tarder.

D'un geste leste, il se mit à genoux entre ses jambes. Elle frissonna d'anticipation. Il lui fit relever les hanches, et plongea la tête entre ses cuisses pour lui faire l'amour de sa langue, qu'il nicha avec délectation dans les plis de son intimité. Une onde de chaleur la traversa avec une intensité qui lui coupa le souffle. Il la tenait par les hanches comme s'il avait peur qu'elle s'enfuie, mais elle avait trop besoin de lui. Elle gémit, et comme si c'était le signal qu'il attendait, il accéléra le rythme de ses coups de langue. Elle plaqua une main sur sa nuque pour qu'il sache qu'il ne devait pas bouger.

*Là, oui, là. Exactement là.*

Les yeux fermés, elle se concentra sur les bruits qu'il faisait, sur son odeur et ses caresses. C'était l'une des offrandes les plus érotiques d'un homme à une femme. Et elle doutait que quiconque puisse s'y prendre mieux que lui.

Les frissons d'un plaisir imminent la parcouraient lorsqu'il lâcha ses hanches, la positionna à quatre pattes et l'attira de nouveau vers lui pour la pénétrer d'une longue poussée coulée.

— J'aime bien faire l'amour comme ça, murmura-t-il tout en parsemant son dos de baisers légers comme des papillons qui contrastaient avec la puissance de ses coups de reins.

Elle aimait aussi. Beaucoup. À la folie. Elle cria, secouée de spasmes. Enhardi, il continua sans relâche, inépuisable, comme s'il n'avait d'autre but dans la vie que la faire jouir. Finalement, il lâcha un râle guttural et elle sentit sa chaleur se répandre dans son ventre. Elle s'abandonna alors au plaisir ultime avec un cri extatique.

Elle flottait encore dans des limbes enchantés quand il la prit de nouveau dans ses bras. Elle sentit contre son visage la peau humide de son torse, et son cœur encore tout agité.

— Maintenant tu peux dormir, bébé.

Et ce fut la dernière phrase qu'elle entendit avant de sombrer.

Quelques jours plus tard, Adrian regarda les visages autour de lui en songeant qu'il devait avoir lui aussi la même expression de curiosité impatiente. Toute la famille s'était réunie à la demande de Rico, qui voulait leur révéler ses dernières découvertes. Depuis un an, celui-ci déployait tous les moyens à la portée de son agence de détectives pour retrouver la véritable nature des relations entre quatre femmes — Portia, Lila, Clarice et Isabelle — et leur arrière-grand-père, Raphel Westmoreland.

Pendant très longtemps, ils avaient cru que leur arrière-grand-mère Gemma était la seule épouse de Raphel. Mais au cours d'une recherche généalogique, ils avaient découvert qu'avant de se marier avec elle, Raphel avait été très proche de ces quatre autres femmes, que quelques documents signalaient comme ses épouses.

Le mystère entourant Portia et Lila avait été éclairci : Raphel ne les avait pas épousées, il s'était contenté de les sortir d'une mauvaise passe. On savait aussi que Clarice avait mis au monde un enfant de Raphel, dont celui-ci n'avait jamais connu l'existence. Cet enfant, après la mort de sa mère, avait été adopté par une dénommée Jeanette Outlaw. L'agence de Rico s'efforçait de retrouver ses éventuels descendants.

Rico venait d'expliquer ce qu'il avait appris à propos de la quatrième femme, Isabelle.

— Si je résume, reprit Dillon, la seule relation de Raphel avec Isabelle, c'est qu'il l'a sortie du caniveau après que ses parents l'ont rejetée parce qu'elle était tombée enceinte sans être mariée.

— Exactement. Mais l'enfant n'était pas de Raphel. Il l'a laissée vivre chez lui pendant qu'il partait livrer des troupeaux de bétail. Dès qu'elle s'est remise sur pied, elle est partie. Elle a réussi à trouver un mari, Hogan Nelson, un gentleman d'un certain âge, veuf, qui avait déjà trois enfants. Mais Isabelle a joué un rôle important dans vos vies à tous, c'est elle qui a présenté Gemma à Raphel : Gemma travaillait chez Isabelle, elle gardait ses enfants.

Megan hocha la tête.

— Ce qui s'explique, parce que Gemma et Isabelle étaient originaires de Percy, dans le Nevada.

— Exactement, corrobora Rico en souriant à son épouse. Votre arrière-grand-père a été l'ange gardien de plusieurs femmes en difficulté. Un homme bien. De ces quatre femmes, la seule avec laquelle il a eu une relation amoureuse a été Clarice.

— Et qu'est-ce qu'on sait pour l'instant de leur enfant, Levy Outlaw ? Tu as trouvé ses descendants ?

— Pas encore, désolé. Mais on a repéré sa trace à Detroit, et on continue les recherches.

La réunion se termina là-dessus. Adrian partait déjà lorsque Dillon vint lui parler.

— Tu vas bien ?

— Oui, très bien, répondit-il, d'un air dégagé. Merci, cousin. Et toi-même ?

— Bon alors, je vais être direct : j'ai parlé hier à Thorn, qui m'a appris que Trinity avait demandé une nouvelle affectation. Comment tu te sens, par rapport à cette question ?

Adrian soupira.

— Je ne vais pas te mentir : je suis en colère. Trinity comptait quitter Denver un jour, mais c'est Belvedere qui la pousse à partir en cours d'internat. À qui va-t-il s'en prendre, la prochaine fois ? Il faut l'arrêter.

Les jours passaient trop vite. Trinity remplissait un carton de livres. Belvedere allait bientôt revenir alors que son dossier n'avait pas encore été traité. C'était désespérant.

Au moins son plan B avait-il démarré. Elle avait rencontré Rico, qui lui avait donné le collier enregistreur. En plus des instructions techniques, il lui avait conseillé de lancer l'enregistrement dès que Belvedere commencerait à parler. Il lui avait conseillé également de ne pas forcer le sens de la conversation. Il ne fallait pas qu'on ait l'impression qu'elle cherchait à le piéger. On devait sentir, sans l'ombre d'un doute, que Belvedere s'était engagé de lui-même dans une conversation condamnable.

Son portable tinta pour la prévenir de l'arrivée d'un SMS. Elle sourit, elle souriait toujours quand c'était Adrian qui lui écrivait.

Envie de dîner dehors ? Millenium Place ?

Elle répondit.

Chic, MP !

Génial. Je passe vers 7 heures.

Elle rangea le portable dans la poche de son jean. Quand elle avait dit qu'elle voulait passer autant de temps que possible avec lui, elle n'imaginait pas qu'il allait la prendre au mot. Depuis le dîner chez les Westmoreland, ils avaient dormi ensemble tous les soirs, soit chez elle, soit chez lui.

Plus elle apprenait à le connaître, plus elle l'appréciait. Il détestait les brocolis et adorait la glace à la fraise. Sa couleur préférée était le marron et, en plus de l'escalade, son sport préféré était le ski, qu'il pratiquait le plus souvent en compagnie de son cousin Riley.

Elle consulta sa montre, elle avait à peine une heure pour se préparer. Le Millenium Place était un restaurant très branché et terriblement chic où il fallait réserver des mois à l'avance. Mais Adrian avait ses entrées partout, elle commençait à s'en rendre compte.

Quand il sonna à sa porte, à 7 heures tapantes, elle vérifia une dernière fois sa tenue dans la glace. À son grand dam, elle continuait à avoir des papillons dans le ventre au moment de le retrouver.

Et à avoir le souffle coupé quand elle le voyait. Il était renversant, dans ce costume sombre.

— Salut, beauté, lança-t-il en lui tendant une rose rouge à longue tige.

— Entre, je t'en prie. En quel honneur ?

Il sourit.

— Juste comme ça. Tu es magnifique.

— Merci, tu n'es pas mal, non plus. Et merci aussi pour la rose.

Il accepta le compliment avec un hochement de tête satisfait.

— Ce couple magnifique a une table qui l'attend. Tu es prête ?

*Pour toi, toujours.*

Une pensée absurde, dans leur situation.

— Oui, une seconde. Je vais donner à boire à cette fleur, répondit-elle d'une voix enjouée.

# - 18 -

Adrian leva sa coupe.

— Je propose un toast.

Elle sourit et leva la sienne.

— À quoi ?

— Pas « à quoi », mais « à qui ». À toi.

— Oh ! s'exclama-t-elle avec un rire lutin. À moi ?

— Oui, à toi. Et à moi aussi. Il y a un mois exactement que nous sommes allés dîner au Laredo's. En dépit des circonstances, je trouve qu'on s'en est bien sortis. J'espère que tu t'es amusée autant que moi. C'est le cas ?

— C'est le cas, répondit-elle.

Ils trinquèrent. Adrian but une gorgée de champagne. Depuis sa dernière conversation avec Dillon, il essayait de s'imaginer sa vie après le départ de Trinity. Sans y parvenir.

Il reposa le verre et la contempla. Quelques jours plus tôt, lors d'un moment d'abandon, il lui avait demandé de rester. Elle ne l'avait pas pris au sérieux. Il l'était, pourtant. Malheureusement, leur relation n'était pas de celles qui lui donnaient le droit de demander quoi que ce soit.

*Alors, change-la.*

Il fronça les sourcils. Cette petite voix intérieure qui n'arrêtait pas de lui souffler des idées de ce genre commençait à l'agacer. Trinity l'empêcha de continuer à s'énerver contre lui-même.

— C'est un endroit somptueux, Adrian. Et le dîner était délicieux. Merci beaucoup.

— Tout le plaisir est pour moi.

— Non, on le partage. Et ces deux dernières semaines ont été aussi merveilleuses. Légères et détendues. J'en avais besoin.

Lui aussi. Pour de nombreuses raisons. Il avait ouvert les yeux, changé son regard sur la vie. Trinity comptait à présent beaucoup pour lui.

— Tu veux danser ? proposa-t-il.

— Volontiers.

En la guidant vers la piste, il pensa aux soirées languides et douces qu'ils avaient partagées. Exactement ce qui fallait à leurs vies pleines de stress. Ils se retrouvaient en fin de journée, commandaient quelque chose à dîner ou se contentaient de faire griller des sandwichs au fromage. Une ou deux fois, il avait apporté des dossiers à finir, pour travailler, assis par terre à ses pieds, pendant qu'elle lisait des revues médicales, allongée sur le canapé.

Sa présence avait empli de lumière chaque moment. Elle était à l'aise avec lui, et lui avec elle qui lui avait ouvert son espace, comme lui le sien. Il n'avait jamais partagé une telle intimité avec une femme, et, à vrai dire, il ne s'en croyait pas capable. Elle lui avait appris qu'il se trompait.

Les matins avaient été aussi des moments privilégiés. Il aimait ouvrir les yeux à côté d'elle après une nuit d'amour, contempler son corps nu en attendant qu'elle se réveille, l'embrasser à la folie quand elle lui offrait un premier sourire ensommeillé. Baisers qui ouvraient la voie à bien d'autres délices, et alors ils commençaient la journée de la meilleure façon possible, qui l'aidait à traverser le jour avec une énergie décuplée.

*Mais elle allait bientôt partir.*

— Comment s'est passée votre réunion de famille ? demanda-t-elle.

Parfois, quand il contemplait de si près son beau visage, il avait du mal à former des phrases cohérentes. Il la fit tournoyer sur la piste avant de retrouver l'usage de la parole. Il résuma les derniers rebonds de la saga des Westmoreland.

— Au moins, vous avez tiré au clair le rôle de votre arrière-grand-père dans la vie de ces femmes, fit-elle. J'imagine que vous n'allez pas vous arrêter en si bon chemin : vous allez chercher ces Outlaw qui ignorent qu'ils sont aussi des Westmoreland ?

— Oui. On pense que c'est ce que Raphel aurait voulu. Toute sa vie, il a essayé d'aider les autres. C'était un homme extraordinaire.

— Tu tiens de lui, alors. Tu t'es donné beaucoup de mal pour m'aider.

— Et ça n'a servi à rien.

— Mais c'est l'intention qui compte. J'apprécie sincèrement ce que tu as fait.

Elle laissa aller la tête contre son torse et ils dansèrent quelques pas en silence. Quand elle releva de nouveau le visage vers lui, la combinaison de sa beauté, de son parfum et du morceau terriblement romantique que jouait l'orchestre, éveilla encore une fois son désir toujours alerte. Comme répondant à un signal, elle se pressa contre lui. Il sentit, en dépit des vêtements, les bouts de ses seins pointer. Ils se bercèrent en silence au rythme de la musique et il laissa ses yeux lui exprimer l'envie qu'il avait d'elle, et son espoir de l'assouvir plus tard.

Et pour confirmer le message de son regard, il dessina, du bout des doigts, de petits cercles au creux de ses reins. Quand il l'y embrassait, elle perdait ses moyens, c'était son point sensible, une zone érogène qu'il avait découverte quelques jours plus tôt. Elle se trémoussa, câline.

Il se pencha pour murmurer à son oreille :

— Envie de partir ?

— Oui, souffla-t-elle.

Alors ils quittèrent la piste, main dans la main.

Trinity ne s'étonnait plus des émotions qui la traversaient. C'était « l'effet Adrian », elle avait fini par se faire une raison. Mais, ce soir, c'était plus fort que d'habitude.

Les causes probables en étaient faciles à identifier. L'ambiance idyllique du restaurant, les mets exquis qu'on y servait, et le beau spécimen de mâle qui slalomait parmi les voitures pour rentrer chez elle. Depuis le moment où il avait sonné ce soir à sa porte, Adrian avait été attentionné, séduisant et sexy au-delà des limites tolérables.

Tout au long du dîner, elle l'avait observé. Sa façon de la regarder, de la charmer, de laisser monter lentement mais sûrement la tension sexuelle… Il fallait se rendre à l'évidence, les hommes Westmoreland avaient un charisme particulier contre lequel une femme ne pouvait rien. Sinon en profiter.

C'était le parti qu'elle avait pris. Elle s'était laissé regarder, charmer et prendre dans le filet qu'il lui tendait. C'était très excitant d'être la proie lorsque le prédateur se donnait autant de mal. Elle avait hâte de se retrouver seule avec lui chez elle.

Sauf qu'il n'avait pas pris la bonne route. C'était chez lui qu'il l'emmenait. Elle le regarda, déconcertée.

— Mais…

— Je sais, la coupa-t-il. Mais je te veux dans mon lit.

Une réponse qui fit monter d'un cran la température de son corps, déjà en hausse. Elle sourit.

— C'est important, à qui appartient le lit ?

— Ce soir, oui.

Elle essayait encore de comprendre le sens de cette réponse lorsqu'ils arrivèrent chez lui. D'habitude, quand elle entrait dans son salon, elle prenait un instant pour s'imprégner de la beauté du paysage mais, ce soir, elle oublia les montagnes.

Ce soir, toute son attention se concentrait sur lui.

Il la fit pivoter et la dévisagea, envoûtant et viril. Son regard était un challenge, il lui lançait un défi qu'elle n'osait pas nommer, car il dépassait le domaine du physique. Jusqu'où voulait-il aller ?

Avant qu'elle ait pu trouver une réponse, il avança vers elle avec une lenteur délibérée. Rien qu'en le regardant elle sentait son corps flamber. Il avait un regard hypnotique, intense.

Un essaim d'émotions brouilla ses pensées lorsqu'il s'arrêta.

Elle n'avait jamais rien senti de la sorte, rien d'aussi puissant. Elle se jeta sur lui et lui arracha sa veste, puis embrassa passionnément son visage en même temps qu'elle déboutonnait sa chemise avec impatience. Il n'y avait rien de lent ni de délibéré dans ses mouvements, mais elle se sentait en état d'urgence. Elle venait de se rappeler que leurs jours ensemble étaient comptés, et cette pensée l'avait frappée comme une révélation. Ce matin, elle avait décidé de partir dès que sa mutation serait confirmée, dans les heures qui suivraient, si elle pouvait. Elle avait même commencé ses cartons. Mais, tout à coup, elle doutait. Elle n'était plus si sûre de vouloir partir parce que…

Parce que Adrian.

Elle avait commencé à défaire sa ceinture, mais il l'arrêta.

— Laisse-moi faire.

S'écartant d'un pas, elle le regarda finir de se déshabiller d'abord. Ensuite, il la déshabilla et l'emmena dans la chambre.

Ce soir, il y avait dans sa façon de lui faire l'amour, quelque chose qui la bouleversa. Ses baisers étaient à la fois généreux et implorants, ses caresses possessives et tendres. Sa langue explora chaque parcelle de son corps lorsqu'elle ne fut plus que soupirs et tremblements.

Et au moment où elle croyait ne pas pouvoir survivre au plaisir de ces préliminaires, il vint en elle, ses yeux chevillés aux siens et la pénétrant plus profondément qu'elle ne l'aurait cru possible. Elle fut traversée par un sentiment… nouveau, indéfinissable.

— Fais-moi crier, supplia-t-elle.

Il lui donna ce qu'elle demandait, et bien plus. Elle le mordit, se cramponna à lui, lui enfonça les ongles dans la chair. Elle oublia ses inhibitions, la notion même de pudeur. À ses coups de reins elle répondait avec des déhanchements tout aussi ardents, en parfaite synchronisation.

Avec une maîtrise de l'art d'aimer stupéfiante, il la poussait jusqu'au point de non-retour et la rattrapait au dernier instant.

Mais finalement, il caressa ce point précis, au creux de ses reins, et elle gémit. Elle savait ce qui allait survenir.

— Maintenant.

Répondant à ce mot lancé d'une voix rauque, l'orgasme éclata. Elle poussa les hanches contre lui en criant son nom. Comme si les cris qu'elle poussait redoublaient sa passion, il la pénétra encore plus fort. Il commença à trembler, son sexe pulsa en elle, et une sensation de chaleur l'envahit. Il cria son plaisir. Alors, avec une force inattendue, le désir, renaissant de ses flammes comme un phénix, revint en force. Elle jouit de nouveau, en même temps que lui. Et dans le plaisir, ils ne firent plus qu'un.

Une éternité plus tard, lorsqu'elle s'écroula contre lui, faible comme un chaton, molle comme une poupée, elle sut qu'une vie sans lui serait difficile à affronter.

# - 19 -

— Vous semblez en forme, docteur Matthews.

Trinity se hérissa. Elle savait que c'était le jour du retour de Belvedere, et elle craignait depuis son arrivée à l'hôpital ce matin le moment où leurs chemins allaient inévitablement se croiser. Mais elle ne s'était pas attendue à ce qu'il l'accoste si tôt. Bon sang, il n'était même pas 10 heures ! Peu importe, elle portait le pendentif. Elle enclencha l'enregistrement.

— Merci, docteur Belvedere. J'espère que votre mission au Texas s'est bien passée.

— Évidemment. Mais je voulais vérifier auprès de vous une rumeur stupide qui est revenue à mes oreilles. Vous avez demandé votre mutation ?

— Oui, docteur, ce n'est pas qu'une rumeur, je l'ai fait. À plusieurs reprises, vous m'avez fait des avances importunes. Je vous ai signifié que je n'étais pas intéressée et vous avez insisté. Vous vous êtes entêté, alors même que vous savez que j'ai un homme dans ma vie. Il ne me restait d'autre choix que de chercher un poste dans un autre hôpital.

Il grimaça un sourire dédaigneux.

— Oui, vous m'avez dit que vous ne voulez pas de moi, mais, franchement, votre avis m'importe peu, docteur. J'ai envie de coucher avec vous, et si vous voulez continuer à travailler ici, vous avez intérêt à me faire plaisir.

*Comme preuve, c'est déjà pas mal*, se dit-elle. *Mais tant qu'à faire, autant enfoncer le clou. Juste pour aider le marteau du juge.*

— Vous êtes en train de dire que vous ne me permettrez pas de travailler en paix tant que je n'aurai pas couché avec vous ?

— Vous comprenez enfin, docteur Matthews. Et ce n'est pas la peine de courir me dénoncer. Je suis intouchable. L'hôpital a besoin de cette nouvelle aile de pédiatrie, et c'est ma famille qui va la construire. Pensez donc à ces petits enfants malades. Couchez avec moi, c'est pour la bonne cause.

— Je refuse de croire qu'il n'y a personne dans cet hôpital pour mettre un frein à vos abus.

Il ricana.

— Vous feriez mieux de le croire. Peu importe à qui vous vous adressez : je suis un Belvedere et je fais ce qui me plaît. Pourquoi ne voulez-vous pas comprendre cela ?

— Parce que je refuse d'être une victime de votre harcèlement sexuel. Et c'est pourquoi j'ai demandé un poste ailleurs.

— Vous ne l'aurez pas. J'ai parlé au Dr Fowler ce matin, et il est d'accord avec moi. Votre dossier va être refusé.

Elle crut étouffer de colère.

— Vous ne pouvez pas faire ça, siffla-t-elle. Je fais du bon travail.

— Détrompez-vous, je le peux. Quant à vos capacités, c'est à moi d'en juger. Venez chez moi ce soir, vous me montrerez ce que vous savez faire. À 19 heures précises, ne soyez pas en retard. Je laisserai la porte ouverte, vous trouverez seule le chemin de ma chambre. J'ai vu avec le planning, on vous a trouvé un remplaçant pour demain. Vous allez avoir besoin de vous reposer.

Il partit, un sourire visqueux aux lèvres.

En prenant soin de ne pas trahir ses émotions, elle annonça à un collègue qu'elle ne se sentait pas bien et qu'elle préférait rentrer chez elle. Elle retrouva sa voiture au parking et, une fois à l'intérieur, appela Rico.

— Je crois qu'on tient Belvedere.

Dans le bureau de Rico, où il avait accouru suite à l'appel de Trinity, Adrian écouta lui aussi l'enregistrement, de plus en plus fou de rage.

— Eh bien, déclara Rico, à Trinity avec une moue de dégoût, tu as raison, on le tient, ce salaud. Je parie qu'il se chargera lui-même de ton dossier sur-le-champ en échange de ce fichier.

— On ne peut pas le laisser s'en tirer à si bon compte, fulmina Adrian, incapable de se contenir plus longtemps. Dès que le danger sera passé, il va recommencer. Il va harceler d'autres femmes, les forcer à coucher avec lui. Vous pensez vraiment qu'il va s'arrêter parce qu'on lui aura donné une petite tape sur la main ?

— Non, évidemment que non, répondit Rico. Mais on n'y peut rien, à moins que Trinity ne porte plainte et fasse un scandale, avec les risques que cela implique.

Adrian se tourna vers elle.

— Tu veux le faire ?

— Non, Adrian. Je n'en peux plus. Je veux juste partir d'ici. Je n'ai pas l'argent qu'il faut pour traîner en justice un mec qui peut se payer les meilleurs avocats de l'État, et si je perds, ma carrière sera ruinée. Même avec l'enregistrement, je doute que le jeu en vaille la chandelle. Sa famille est trop puissante.

Adrian échangea un regard avec Rico, qui haussa les épaules.

— Écoute, Adrian, les Belvedere ont le bras très long. Ils savent qui appeler en cas de problème, et qui acheter en cas de besoin. Trinity a raison, elle court le risque de ne pas pouvoir exercer pendant la durée du procès, qui pourrait être long. Sauf si…

— Quoi ?

— Sauf si on arrive à les piéger de sorte qu'ils n'aient pas d'autre choix que de radier Belvedere de l'ordre des médecins.

— Définitivement ? L'empêcher d'exercer à vie ? demanda Trinity.

— Oui.

— Je n'y crois pas, dit-elle d'une voix lasse. Sa famille ne le permettra pas. On aura beau prouver sa culpabilité, ils le soutiendront. À la fin, ils auront gain de cause.

Elle se releva.

— Tout ce que je veux, c'est qu'on valide mon dossier. J'espère qu'après avoir écouté l'enregistrement la direction de l'hôpital empêchera Belvedere de me nuire. Dans le cas contraire, alors oui, je porterai plainte et l'affaire deviendra publique.

— Je n'aurais pas imaginé que tu étais lâche, Trinity.

Elle releva le menton. Elle avait compris, dès qu'Adrian était arrivé chez elle, qu'il était encore en colère contre elle. C'était à peine s'il lui avait adressé la parole après le rendez-vous avec Rico.

— Tu me traites de lâche parce que je n'accuse pas Belvedere au grand jour ?

— Exactement. Si tu n'agis pas, il va faire à d'autres ce qu'il t'a fait. Alors que tu as la possibilité de l'arrêter.

— Tu te trompes, Adrian. Tu as entendu Rico. S'en prendre à sa famille ne sert à rien. À la fin…

— Oui, j'ai entendu, tu risques ta carrière. Tu ne penses qu'à ça, à ta carrière ?

Mais comment osait-il la juger ? Elle lui lança un regard noir.

— Non, dit-elle, piquée au vif. Il ne s'agit pas de moi ni de ma carrière. Je pense aux enfants.

— Quels enfants ?

— Aux enfants malades qui ont besoin des finances de Belvedere. Il a été clair, non ? Si je fais des vagues, sa famille se retirera du projet.

— On croirait entendre les administrateurs du Denver Memorial, répondit-il, âpre. Ils sont d'accord pour fermer les yeux pourvu qu'on leur donne de l'argent.

— Écoute, c'est comme ça que ça marche. C'est le monde dans lequel on vit. Ce n'est pas juste, mais…

— Ce type ne va pas s'arrêter si on n'agit pas. Il voulait te mettre de force dans son lit. Il t'attend chez lui, ce soir. Et, grand seigneur, il t'a accordé un jour de congé pour que tu t'en remettes. Comment peux-tu te laisser faire ?

— Je ne me suis pas laissé faire.

— En fait, si. Tu demandes juste qu'on t'accorde le droit de fuir pour sauver tes fesses.

Là, elle éclata.

— Oui, je veux partir de Denver. Ça te pose un problème ? Si je fais un scandale, l'hôpital perdra une aile pédiatrique et moi, le droit d'exercer la médecine. Et toi, tu râles parce que tu ne veux pas perdre une de tes partenaires de galipettes.

Il fit un pas vers elle.

— C'est ce que tu crois être pour moi, Trinity ? Laisse-moi te détromper : je suis tombé amoureux de toi. Je ne m'en étais pas rendu compte avant d'écouter l'enregistrement. Mais quand j'ai entendu ce salaud te manquer de respect… J'ai passé un mois à te faire l'amour, c'est vrai, mais j'adore ton corps, je le chéris. Belvedere te voit comme un objet sexuel destiné à satisfaire ses plus bas instincts.

— Tu… Tu es amoureux de moi ? demanda-t-elle, convaincue d'avoir mal compris.

— Oui. Je ne comptais pas te le dire, tu n'as pas de place pour moi dans ta vie, tu as ta carrière, et cætera. Et malgré tout, je n'ai pas pu m'empêcher de tomber amoureux de toi. Rends-toi compte.

Et sans attendre de réponse, il partit.

Adrian voyait rouge. En ce qui le concernait, Casey Belvedere avait largement dépassé les bornes. Penser que ce type allait continuer impunément, comme s'il n'avait rien fait, lui retournait le ventre.

Trinity était si dévouée aux malades qu'elle se souciait avant tout des enfants qui avaient besoin des nouvelles installations.

Il trouvait, pour sa part, que les Belvedere ne méritaient pas qu'on associe leur nom à une si belle cause. N'y avait-il pas d'autres gens fortunés dans cette ville, ou quoi ?

Cette dernière idée en amena une autre. Pas mauvaise, en fait. Il consulta sa montre. Il était à peine midi. Si Dillon était au bureau, il pourrait lui exposer son nouveau plan. Ils décideraient ensuite de la marche à suivre.

— Attends, Adrian t'a avoué être amoureux de toi ? demanda Tara. On dirait que tu as oublié de me raconter une ou deux choses, ces derniers temps, non ? Je n'étais absolument pas au courant que les choses étaient devenues sérieuses entre vous !

Trinity soupira.

— Si par « sérieuses » tu entends qu'on a couché ensemble, oui, c'est le cas. Ça a commencé il y a quelques semaines, mais c'était juste... une aventure. Pas d'attentes, pas de promesses.

Elle raconta à sa sœur les grandes lignes de sa relation avec Adrian et conclut :

— Je ne vois pas comment il a pu tomber amoureux de moi. Je lui ai dit que je haïssais les grandes villes, que j'allais quitter Denver dès que j'aurai fini mon internat. Il aime le grand air, moi pas. Il...

— Tu ne sais pas que les opposés s'attirent ? répondit Tara. On tombe parfois amoureux de la personne à laquelle on s'attend le moins. Dieu sait que je ne m'imaginais pas une seconde avec quelqu'un comme Thorn, et si tu lui demandes, il va te répondre qu'au départ il pensait la même chose.

Trinity n'arrivait pas à se projeter dans un tel scénario. Déjà, elle n'imaginait pas qu'on puisse résister aux charmes de son beau, très beau-frère. Ensuite, Thorn adorait Tara, et elle refusait de croire qu'il ait pu, au départ, en être autrement.

— Eh bien, moi, je n'ai pas l'intention de tomber amoureuse de qui que ce soit et je n'ai pas envie qu'on tombe amoureux de moi. Je suis déjà mariée à ma carrière.

— J'étais comme toi, moi aussi. Surtout après ce qui s'était passé avec Derrick, répondit sa sœur. C'est beau de se consacrer à la médecine, mais rien ne vaut de partager ta vie avec quelqu'un en qui tu as pleinement confiance, qui te soutiendra toujours, coûte que coûte. Et ce n'est pas incompatible, tu peux avoir les deux : ta carrière et l'amour d'un homme de valeur.

— Mais je ne veux pas les deux.

— C'est moi que tu essaies de convaincre ? Ou c'est toi-même, petite sœur ?

Trinity se mordilla la lèvre, nerveuse, et choisit de répondre en esquivant la question :

— Il faut que je raccroche. Keisha, la femme de Canyon, va m'accompagner au rendez-vous avec la direction de l'hôpital, demain matin, elle va me représenter. Il faut que je l'appelle pour revoir quelques points avec elle.

— Je comprends, c'est important. J'espère que ça va bien se passer… Trinity ? ajouta-t-elle après une courte pause.

— Oui ?

— Qu'un homme t'aime est plutôt une bonne chose. Mais l'aimer en retour est sans aucun doute un plus.

Adrian passa le reste de la journée à appeler des experts et à essayer d'échafauder son plan. Ce n'était pas aussi simple qu'il l'avait cru initialement. La plupart de ses amis remboursaient encore leurs prêts étudiants, ce qui voulait dire qu'il devait faire appel aux membres de la famille qui avaient les moyens de se livrer à la philanthropie, comme Thorn ou sa cousine Delaney, qui avait épousé un cheikh, ou leur cousin Jared, avocat renommé spécialisé dans les séparations des people.

Il était en train de composer l'indicatif du pays du Proche-Orient où habitait Delaney quand le téléphone sonna.

— Adrian à l'appareil.

— C'est arrangé, tout le monde vient. On peut se retrouver au MacKays, annonça Dillon.

Adrian consulta sa montre.

— À 20 heures, ça ira ? J'ai quelque chose de prévu à 19.

— Oui, 20 heures, c'est parfait.

— Merci, Dil. J'apprécie vraiment.

Il était sincère. Dillon avait contacté les membres du conseil d'administration de la Westmoreland Foundation, une organisation de bienfaisance créée à la mémoire de leurs parents. En principe, la fondation finançait des bourses d'études et des recherches sur le cancer. Dillon avait convoqué les décideurs pour qu'Adrian puisse les convaincre d'ajouter à leur liste un projet d'hôpital pédiatrique.

Il finit d'envoyer quelques e-mails puis, à 18 heures, il se leva et enfila sa veste. Il n'aurait voulu rater son rendez-vous pour rien au monde.

À 19 heures précises, Adrian franchit le seuil de la maison de Casey Belvedere qui avait, ainsi qu'il l'avait dit à Trinity, laissé la porte ouverte. Adrian jeta un coup d'œil autour de lui. La décoration était opulente, et à un autre moment, il aurait pris le temps de décider s'il appréciait ou non. Mais pas aujourd'hui. D'autres affaires plus urgentes occupaient son esprit.

— Juste à l'heure, c'est bien, lança une voix depuis l'étage. Je suis en haut.

Sans répondre, il enleva sa veste et la déposa délicatement sur le dossier d'une chaise avant de s'engager lentement dans le grand escalier en colimaçon.

— Je savais que tu viendrais, fit Belvedere. J'ai quelque chose pour toi que tu vas adorer.

En surgissant dans la pièce, Adrian découvrit le médecin allongé sur le lit, dans le plus simple appareil. Belvedere le regarda, les yeux exorbités, et bondit pour attraper un peignoir.

— Que diable faites-vous chez moi ? s'étrangla-t-il. Vous êtes entré par effraction. Je vais appeler la police.

Ignorant sa menace, Adrian fit un pas vers lui.

— C'est la dernière fois que vous osez manquer de respect à ma femme.

Et sans autre forme de procès, il lui assena un coup de poing au menton. Belvedere, tombant en arrière, atterrit sur le lit. Adrian sauta sur lui et le frappa d'abord dans le ventre, enchaîna avec un crochet droit et ajouta une salve de coups bien sentis dans les côtes. Sous le coup d'une inspiration soudaine, il sortit la bouteille de champagne du seau où elle refroidissait, la brisa contre le poteau du lit et aspergea Belvedere de vin glacé, pour empêcher qu'il ne tombe dans les pommes.

— Appelle la police, si tu l'oses. Si je dois m'expliquer avec eux, je t'assure que je reviendrai pour te casser tes précieuses mains, doigt après doigt. On verra après si tu es capable d'opérer.

Quand Belvedere hocha la tête sans le regarder, il quitta la pièce puis la maison, en prenant sa veste au passage, et en remerciant mentalement Aidan, qui l'avait poussé à prendre des cours de boxe à Harvard.

# - 20 -

Trinity se redressa dans son lit et passa les doigts dans ses cheveux. Impossible de dormir. La conversation avec Keisha l'avait profondément affectée. Elles avaient passé en revue tous les aspects juridiques à mettre en avant lors de la confrontation qu'elles comptaient imposer à Belvedere et au directeur de l'hôpital. Keisha tenait à créer la surprise, cela les avantagerait sur leurs adversaires.

L'autre raison pour laquelle le sommeil lui faussait compagnie, c'était que, pour la première fois depuis des semaines, elle dormait seule. Elle s'était habituée à se blottir contre le corps chaud et musclé d'Adrian, qui l'entourait de ses bras pendant la nuit, le menton posé sur le sommet de son crâne. Elle ne s'était pas aperçue, jusqu'à présent, à quel point elle se sentait protégée, en sécurité à son côté.

Les chiffres rouges de son radio-réveil indiquaient qu'il n'était même pas minuit. Elle ne devait surtout pas se présenter seule à l'hôpital, lui avait dit Keisha, qui prévoyait d'appeler la direction en se présentant comme sa représentante légale pour exiger un rendez-vous avec le directeur et l'avocat de l'hôpital, le Dr Fowler et, bien sûr, Belvedere. Impressionnée par son efficacité implacable, Trinity se réjouissait d'avoir une défenseure aussi brillante. Elle avait hâte de la voir en action.

Quand elle entra dans sa cuisine, elle fut saisie par une sensation de vide. Adrian avait communiqué son énergie à toutes les pièces de la maison et, son absence commençait à la rendre folle.

*Si je me sens comme ça maintenant, qu'est-ce que ça va donner quand je serai à des centaines de kilomètres ?*

— Je m'en sortirai, murmura-t-elle en mettant la cafetière en marche. Ce n'est qu'un homme.

Une douleur soudaine, violente, transperça sa poitrine, juste au niveau du cœur. Adrian n'était pas « qu'un homme ». C'était un homme qui l'aimait. Un homme prêt à la laisser partir pour qu'elle puisse réaliser ses rêves.

Assise à la table de la cuisine, elle but lentement sa tasse de café. Cette pièce pourtant si petite était emplie de souvenirs heureux. Adrian en train de préparer une omelette au milieu de la nuit, eux deux en train de manger de la glace dans le même bol, en train de faire l'amour sur cette même table, sur cette même chaise, sur le comptoir au lieu de remplir le lave-vaisselle… Le reste de la maison était aussi hanté par les souvenirs, des souvenirs qui ne la quitteraient pas lorsqu'elle quitterait Denver. Ils l'accompagneraient pour toujours. Et elle en comprit soudain la raison.

Elle était amoureuse d'Adrian.

Une larme solitaire coula sur sa joue. Elle tenta d'imaginer une vie sans Adrian, mais c'était inimaginable. Où qu'elle aille, quoi qu'elle fasse, il allait lui manquer, et son corps, et la vie qu'ils n'avaient pas eue ensemble. Ce que Tara lui avait dit était vrai. « Qu'un homme t'aime est une bonne chose. Mais l'aimer en retour est sans aucun doute un plus. »

Avec une grande inspiration, elle essuya sa joue et regagna sa chambre. Adrian était en colère contre elle, il la croyait lâche. Elle allait lui prouver son erreur. Cette affaire dépassait de loin sa petite personne, et les enfants malades méritaient mieux qu'un hôpital dans les mains de prétendus bienfaiteurs qui abusaient de leur pouvoir.

Elle songea aux conseils de Keisha, aux paroles d'Adrian. Elle ne pouvait plus se contenter d'exiger la validation de son dossier. Il fallait que Belvedere parte en emportant avec lui, de préférence, le Dr Fowler et tous les bureaucrates qui fermaient les yeux sur ses turpitudes. Et si c'était à elle de les mettre hors jeu, elle le ferait, parce qu'elle savait qu'Adrian la soutiendrait. Et rien d'autre n'importait si elle l'avait à ses côtés.

Elle chercha son téléphone. Il était tard, mais Keisha lui avait dit de l'appeler à n'importe quelle heure, qu'elle comptait travailler tard sur le dossier.

Leur conversation ne dura que quelques minutes et, dès qu'elle raccrocha, Trinity changea sa chemise de nuit pour une robe et quitta la maison.

Adrian appliqua de nouveau de la glace sur son poing tuméfié. Il pensait à Trinity. De toute façon, en ce moment, il ne faisait que ça. Mais il se demandait aussi comment elle allait réagir en apprenant qu'il avait frappé Belvedere. Pour sa part, il avait l'esprit en paix, il avait donné à ce sale type ce qu'il méritait. Ou presque. Chaque fois qu'il pensait à Belvedere nu, en train d'attendre Trinity, il regrettait de ne pas avoir cogné plus fort.

Il ne regrettait pas, en revanche, d'avoir avoué son amour à Trinity, même s'il avait été le premier surpris à s'entendre le déclarer à voix haute. Mais il savait déjà, quand il avait parlé, qu'elle ne l'aimait pas et qu'elle rêvait d'un avenir où il n'avait pas aucun rôle. Elle allait partir, et il resterait à Denver, seul avec sa douleur. Il comprenait à présent ce qu'Aidan avait ressenti lorsque sa relation avec Jillian avait capoté. Il semblait que son frère et lui aient aussi des destins jumeaux en ce qui concernait les affaires de cœur.

Au moins, tenta-t-il de se consoler, la réunion avec Dillon et les autres décisionnaires de la fondation avaient porté ses fruits. Après l'avoir écouté, ils avaient décidé à l'unanimité de consacrer, si cela s'avérait nécessaire, une partie de leurs fonds à la construction de la nouvelle aile du Denver Memorial. Canyon lui avait en plus appris que Keisha s'était saisi du dossier de Trinity, ce dont il se réjouissait. Les deux femmes prévoyaient de demander à être reçues par la direction de l'hôpital, en présence de Belvedere. Adrian aurait voulu être une mouche pour assister à la réunion et voir enfin Belvedere sur la sellette. Il était curieux de savoir quelle explication allait donner cette ordure pour justifier ses propos sur l'enregistrement.

Belvedere allait-il porter plainte pour agression ? La police n'étant pas venue le chercher, il en avait déduit que le chirurgien avait pris sa menace au sérieux. Ou peut-être que non, se ravisa-t-il en entendant la sonnette retentir après minuit. S'il s'agissait de la police, eh bien, il donnerait sa version des faits. Il assumait complètement le traitement qu'il avait infligé à Belvedere. Au point où il en était, il l'assumerait même devant Dillon.

Voulant s'assurer que le toubib n'avait pas envoyé des hommes de main pour lui régler son compte, il regarda par l'œilleton. Son cœur manqua un battement : c'était Trinity. Et si Belvedere, dans sa rage, avait assouvi son besoin de vengeance en s'en prenant à elle ?

— Trinity ? s'écria-t-il en ouvrant la porte. Tu vas bien ?

Elle essaya de sourire, mais n'y parvint qu'à moitié.

— Cela va dépendre de toi.

Il ne comprenait pas vraiment ce qu'elle voulait dire, mais elle était venue, ce qui en soi était déjà une bonne nouvelle.

— Entre, on discutera tranquillement.

Bon sang, mais pourquoi sentait-il toujours aussi bon ?

Trinity percevait la chaleur qui irradiait d'Adrian. Il était si beau que c'en était une torture, et s'il portait, Dieu merci, un jean, il l'avait reçue torse nu. Elle avait du mal à ne pas penser à toutes les fois où elle avait embrassé ces pectoraux saillants.

— Tu veux boire quelque chose ?

Elle devait avoir perdu la tête lorsqu'elle avait décidé de s'éloigner de lui.

— Du café, si tu en as.

— Bien sûr. Je vais en préparer, j'en ai besoin, moi aussi. On le boit ici ? Ou tu préfères la cuisine ?

La cuisine d'Adrian avait été, à l'instar de la sienne, le témoin de quelques scènes torrides. C'était peut-être un bon endroit pour tenter de se faire pardonner.

— Cuisine.

Elle le suivit en admirant encore une fois ses fesses musculeuses sous le jean. Elle s'installa sur l'un des tabourets qui entouraient l'îlot où s'entassaient quelques revues d'architecture et décoration. Quelques semaines plus tôt, Adrian avait mentionné qu'il avait l'intention de construire, dans l'année à venir, une maison sur le terrain qu'il possédait à Westmoreland Country. Elle prit le magazine en haut de la pile et le feuilleta, en s'attardant sur les projets qu'il avait soulignés.

En entendant la vibration de la cafetière, elle se tourna. Adrian la dévisageait, accoudé au plan de travail. Elle ne put soutenir son regard. Il était toujours en train de la regarder quand elle se risqua à lui jeter de nouveau un coup d'œil quelques secondes plus tard.

— Très belle, cette revue, parvint-elle à dire d'une voix à peu près normale. Tu as prévu de démarrer la construction de ta future maison bientôt ?

Il haussa ses larges épaules.

— Je me suis dit qu'après ton départ j'aurais besoin de m'occuper la tête pendant un bon bout du temps. La maison me semblait un projet assez prenant.

Elle hocha la tête, les yeux sur la revue.

— Je vois que tu as déjà commencé à choisir.

— Oui, j'ai commencé.

Du coin de l'œil, elle vit qu'il s'était retourné pour verser le café dans les tasses. Elle soupira, soulagée d'échapper, même pour un court instant, à son regard pénétrant. Il y avait trop de choses, dans ses yeux, elle en avait le tournis.

Elle continua à passer en revue les projets qui avaient attiré l'attention d'Adrian. Des maisons très grandes, en général à deux étages. Rien d'étonnant : tous les Westmoreland possédaient des maisons imposantes.

— Et voilà, fit-il en posant une tasse devant elle.

C'est alors qu'elle remarqua l'état des articulations de ses doigts. Elles étaient rouges et enflées.

— Eh, dit-elle en lui prenant le bras. Qu'est-ce qui t'est arrivé ?

— Rien.

Elle le lâcha, il s'assit face à elle. Pourquoi niait-il l'évidence ? Sa main était dans un sale état !

— Qu'est-ce qui t'est arrivé aux mains, Adrian ? répéta-t-elle. Tu t'es blessé tout seul ?

L'ébauche d'un sourire se dessina sur ses lèvres.

— Non, j'ai fait un peu de boxe.

— Tu pratiques la boxe ?

Il acquiesça en soufflant sur sa tasse.

— Oui, Aidan et moi, nous avons appris à boxer à Harvard. Nous appartenions tous les deux à l'équipe de l'université.

— Je vois, fit-elle en prenant une gorgée de café. Et aujourd'hui, tu as oublié tes gants ?

— Oui, je ne les avais pas sur moi.

Elle aurait voulu aller au fond de la question, mais il la devança.

— Alors, qu'est-ce qui dépend de moi ?

Elle le regarda dans les yeux. Ces yeux profonds, sombres, pénétrants.

— Tu as dit tout à l'heure que tu étais tombé amoureux de moi.

Il hocha la tête lentement.

— En effet, je l'ai dit.

— Tu étais sincère ?

Il serra brièvement les lèvres, comme s'il pesait ses mots.

— Je ne dis pas des choses que je ne pense pas, tu devrais le savoir. Oui, je t'aime. Franchement, je n'ai rien vu venir. Je ne m'y attendais pas et c'est seulement aujourd'hui que j'ai compris l'étendue de mes sentiments pour toi.

C'était une bonne réponse. Une très bonne réponse. La réponse parfaite.

— Dans ce cas, répondit-elle, je pense que tu sauras me comprendre.

Elle posa une main sur la sienne, doucement, pour ménager ses blessures.

— Je t'aime aussi, Adrian.

Il ne dit rien, mais tout son corps était en alerte. Elle comprit qu'elle devait aller plus loin pour le convaincre. Alors serrant tendrement sa main, elle répéta, avec tout l'amour dont débordait son cœur :

— Je t'aime, Adrian Westmoreland.

L'instant d'après, sans qu'elle sache trop comment, il l'avait fait asseoir sur ses cuisses et l'embrassait comme s'il comptait ne jamais s'arrêter. Et elle ne voulait pas qu'il s'arrête.

Quand ils s'écartèrent pour reprendre de l'air, elle lui prit le visage dans les mains.

— Je vais rester à Denver avec toi, murmura-t-elle, la voix brisée par l'émotion. Je ne sais pas si j'aurai encore du travail, mais je serai auprès de toi.

— Tu ne pars pas ? demanda-t-il, comme s'il voulait s'assurer d'avoir bien entendu.

Elle sourit.

— En laissant mon cœur derrière moi ? Non, aucune envie. Tu avais raison, Adrian, les enfants malades méritent du personnel compétent autant que de nouvelles installations. J'en ai déjà discuté avec Keisha. Je ne vais pas me borner à obtenir un poste ailleurs. Je veux faire le ménage. Il faut donc que tu décides si tu acceptes de voir ton nom associé au mien. J'ai l'intention de mettre Casey Belvedere au centre d'un scandale, sauf s'il quitte l'hôpital de son propre gré et si les membres de la direction qui l'ont protégé démissionnent avec lui.

Il la serra plus fort.

— Je me fiche de ce que les gens pensent. Je suis fier de

toi et je te soutiens à cent pour cent. Tu as aussi le soutien de tous les Westmoreland.

Et il lui raconta ce qui s'était passé au cours de la réunion avec Dillon et le reste de la famille.

De grosses larmes coulèrent sur ses joues quand elle apprit qu'il avait mis au service de sa cause ses ressources et celles de sa famille, alors même qu'il ignorait encore qu'elle l'aimait. Il était assurément un digne descendant de Raphel Westmoreland.

— Ne t'inquiète pas pour ce qui peut se passer demain, dit-il. Je serai à tes côtés.

— Merci, dit-elle en déposant un baiser reconnaissant sur ses lèvres. Merci, mon amour.

Il éclata d'un rire profond et joyeux, aussi rassurant que ces bras puissants qui semblaient vouloir la protéger envers et contre tous.

— Quand as-tu compris que tu m'aimais ?

— Cette nuit, tout à l'heure, quand je me suis réveillée et que tu n'étais pas à côté de moi. Tu me manquais trop, et pas seulement sur le plan physique. Sur le plan intellectuel aussi, et avant tout, sur le plan affectif. J'ai paniqué en comprenant que si j'acceptais un poste ailleurs, je devrais me séparer de toi. J'ai compris que je tenais à toi autant qu'à ma carrière, et que peu importait où je vivais, si c'était à côté de toi. C'est toi mon rêve, Adrian Westmoreland.

Le visage d'Adrian exprimait une telle émotion qu'elle faillit se remettre à pleurer. Il l'étreignit fort, à l'en étouffer.

— Je t'aime tellement, Trinity, que ça me fait peur.

— Pas autant qu'à moi, répondit-elle. Mais on va s'en sortir ; ensemble, on peut tout.

Elle en était profondément convaincue.

# - 21 -

L'heure de vérité. Trinity venait de s'installer à la table de la grande salle de réunion, Keisha à sa gauche, Adrian à sa droite. À coté de lui, Dillon discutait à voix basse avec un monsieur appelé Stan Harmer. Keisha lui avait indiqué qu'il occupait le poste d'administrateur général des hôpitaux du Colorado. C'était un ami de la famille, et notamment un grand fan de Thorn.

— Tu vas bien ? demanda Adrian.

— J'aurais préféré dormir un peu plus.

— Ah bon ? Tu n'as pas passé une bonne nuit ?

Elle sourit. Elle avait passé une nuit formidable.

La porte s'ouvrit. Elle ne connaissait pas l'homme trapu qui entra, mais devina qu'il s'agissait d'Anthony Oats, le conseiller juridique de l'hôpital. Le Dr Fowler, qui arrivait avec lui, faillit trébucher en découvrant la présence de Stan Harmer. Les deux hommes se précipitèrent vers leurs places après avoir lancé un « Bonjour » à la cantonade. Trinity remarqua que Wendell Fowler se donnait beaucoup de mal pour ne pas croiser son regard. Il ne se gêna pourtant pas pour faire des messes basses avec Anthony Oats, qui lâcha un rire gras.

— Ne te laisse pas intimider, chuchota Keisha. Ce sont des chiens, il ne faut pas leur montrer que tu as peur.

Trinity leva la tête en entendant la porte s'ouvrir de nouveau. Roger Belvedere, le frère de Casey Belvedere, venait d'arriver. Elle ne s'y attendait pas et, à en juger par les expressions des personnes présentes à ses côtés, elle n'était pas la seule.

— Pourquoi déranger Roger Belvedere ? demanda Anthony Oats. C'est une affaire interne à l'hôpital.

Keisha sourit avec une douceur dangereuse.

— Pas tout à fait, monsieur Oats. Le sujet que nous allons traiter risque d'entraîner le retrait de sa famille du projet de la nouvelle aile pédiatrique, et j'ai estimé que sa présence pourrait s'avérer nécessaire. En outre, il est possible que M. Belvedere devienne dans quelques mois gouverneur de notre État, ajouta-t-elle pour flatter l'ego du dernier arrivé.

Roger Belvedere déploya un sourire d'affiche électorale. Il était évident qu'il n'avait pas la moindre idée de la question à l'ordre du jour.

— Où est mon frère ? demanda-t-il au chef du service de pédiatrie tout en s'asseyant.

Le Dr Fowler, de plus en plus nerveux, se racla la gorge à quelques reprises.

— La réunion nous a tous pris un peu au dépourvu, expliqua-t-il. Et le Dr Belvedere a appelé très tôt ce matin pour demander à être remplacé.

— Je me demande bien pourquoi, murmura Adrian dans sa barbe.

Trinity lui lança un regard interrogateur, qu'il balaya d'un geste nonchalant.

— Il devait consulter un confrère, continua le Dr Fowler. J'ai cru comprendre qu'il a été victime d'un accident, hier soir.

Roger haussa un sourcil.

— Je l'ignorais, dit-il. Ce n'est sans doute pas grave, sinon je serais au courant.

Mais la porte s'ouvrit encore une fois, et Casey Belvedere entra d'un pas chancelant. Trinity étouffa un cri de surprise. On aurait dit qu'il s'était pris un bus dans la figure.

Roger Belvedere bondit vers son frère.

— Qu'est-ce qui s'est passé ?

— Un accident, grommela Belvedere dont la mâchoire faisait le double de son volume habituel.

Il hocha la tête en guise de salutation. Son visage, jusque-là maussade, s'affola en découvrant Adrian qui resta impassible. Trinity regarda les deux hommes tour à tour, Dillon l'imita. Et tout à coup, elle sut comment Adrian s'était blessé la main. À voir l'expression suspicieuse de Dillon, il venait lui aussi de faire le lien.

Le Dr Belvedere s'adressa au Dr Fowler avec sa courtoisie habituelle.

— Je peux savoir ce qui se passe ? Pourquoi m'a-t-on convoqué alors que je suis en congé ? Qui sont tous ces gens et qu'est-ce que mon frère fait ici ?

Keisha prit la parole.

— Asseyez-vous, je vous prie, docteur Belvedere. Je vous promets qu'à la fin de cette réunion vous aurez une réponse à toutes vos questions.

Casey Belvedere tapa littéralement du poing sur la table.

— C'est intolérable ! J'espère que personne ne croit un traître mot de ce que raconte une interne inconnue au bataillon ! Ce n'est qu'une arriviste sans scrupules ! Il est évident que les Westmoreland n'ont pas assez d'argent à son goût et qu'elle cherche à se remplir les poches grâce à ma famille.

Trinity dut faire appel à tout son sang-froid pour garder son calme alors que Belvedere continuait à déverser sur elle des propos injurieux. Keisha, sereine, compatissait en lui tapotant la cuisse sous la table. Adrian, furibond, semblait sur le point d'exploser.

— Je suis d'accord avec le Dr Belvedere, intervint Anthony Oats avec un sourire obséquieux. Il est, comme son frère, une figure très respectée de notre communauté. Il est malheureux que le Dr Matthews ait pris cette honorable famille comme cible de ses machinations. À moins que vous n'ayez une preuve irrécusable de…

— Mais nous l'avons, rétorqua Keisha, avec un sourire encore plus mielleux.

Trinity s'amusa de l'effet de surprise en voyant l'expression déconfite des hommes de la partie adverse.

— Quelle sorte de preuve ? s'enquit Roger Belvedere, indigné. Ma famille est très fière de son nom. Je suis l'aîné des petits-enfants de Langley et Melinda Belvedere et je ne permettrai pas qu'on salisse notre honneur pour en tirer un quelconque avantage financier.

— Voilà qui est parlé, Roger, grommela Casey Belvedere.

Keisha poussa un classeur épais vers le centre de la table.

— Ceci est le journal que ma cliente a tenu. Elle y a consigné toutes les occasions où elle a été victime de harcèlement de la part du Dr Belvedere, ci-inclus celles déjà rapportées au Dr Fowler et ignorées par celui-ci.

— Et nous sommes censés croire ce qu'elle dit, parce qu'elle le dit par écrit ? ricana M. Oats.

Le regard de Keisha devint tranchant comme une lame.

— Non, mais je suis certaine que ceci vous paraîtra beaucoup plus crédible, répliqua-t-elle en plaçant sur la table un lecteur MP3.

Elle appuya sur le bouton de lecture, et tout le monde écouta dans un silence stupéfait.

Il avait beau avoir déjà entendu l'enregistrement, Adrian sentait son sang bouillonner comme si c'était la première fois.

— Eteignez-moi ce truc ! hurla Belvedere. Ce n'est pas moi, c'est faux ! Elles ont doublé ma voix !

Keisha sourit.

— Je me doutais que vous nieriez, l'interrompit-elle en faisant tourner un document sur papier à en-tête du FBI. Ceci est une expertise vocale, qui certifie que la voix dans cet enregistrement est bel et bien la vôtre. Depuis environ six mois, vous abusez de votre position hiérarchique pour faire pression sur ma cliente dans le but d'obtenir des faveurs de nature sexuelle. Je tiens à rappeler ici que nous n'avions nulle obligation de convoquer cette réunion et que nous aurions pu envoyer l'enregistrement directement à la presse.

— Mais vous ne l'avez pas fait, répondit Roger Belvedere dont l'attitude montrait la répulsion que lui inspirait son frère. Cela veut dire que vous espérez obtenir une compensation financière. Parlez, votre prix sera le mien.

Adrian secoua la tête tristement. Les Belvedere croyaient que l'argent achetait tout. C'était dégoûtant. Mais, cette fois-ci, ils allaient apprendre que certaines choses n'avaient pas de prix. Du moins, pas celui qu'ils imaginaient.

— Notre prix risque de vous surprendre, répondit Keisha avant d'énoncer leurs exigences.

En retenant un soupir de satisfaction, il chercha sous la table la main de Trinity et la serra. C'était une promesse silencieuse, mais il comptait la tenir : tout allait bien finir. Les Belvedere comprendraient bientôt qu'ils ne menaient plus la danse.

Dès qu'Adrian ouvrit la porte de chez lui, Trinity s'écroula dans ses bras. Elle était heureuse de voir se finir cette journée épuisante.

Le Dr Belvedere ne pourrait plus exercer la médecine pendant trois ans. Non seulement dans l'État du Colorado, mais dans tout le pays. Il devrait aussi suivre une thérapie approfondie. La nouvelle aile de l'hôpital, dont le financement était maintenu, ne porterait pas le nom de sa famille.

Le Dr Fowler avait été relevé sur-le-champ de ses fonctions, par Stan Harmer qui comptait faire en sorte que l'ancien chef de pédiatrie ne puisse plus accéder à des postes de responsabilité dans les établissements de santé du Colorado. Par ailleurs, tous les salariés du Denver Memorial devraient suivre des stages de prévention contre le harcèlement sexuel.

Pour couronner le tout, les conditions étaient réunies pour

intenter un procès contre le Dr Belvedere et contre l'hôpital pour harcèlement sexuel, mais, afin d'éviter un scandale qui risquait de lui coûter sa carrière politique, Roger Belvedere était prêt à verser à Trinity une somme considérable s'ils parvenaient à un accord à l'amiable.

Si elle acceptait cette solution, elle pourrait construire sa propre clinique pédiatrique ici même, à Denver. Ou alors, elle pouvait aller jusqu'au bout de sa démarche et rendre l'affaire publique. Keisha lui avait promis son soutien, quelle que soit sa décision. Elle devait y réfléchir, mais sa priorité restait de finir son internat. Juste après la réunion, Stan Harmer avait validé son dossier, elle n'avait plus qu'à choisir l'établissement où elle souhaitait exercer. Elle avait aussi obtenu un mois de congé pour se remettre du stress psychique provoqué par les abus de Belvedere.

La journée la plus longue de sa vie se finissait en beauté. Adrian la couvait d'un regard attendri.

— J'ai envie de toi, murmura-t-il en la soulevant dans ses bras.

Blottie contre lui, se sentant légère comme une plume, elle se laissa conduire à l'étage. Une fois dans la chambre, il l'embrassa avec cette passion sans laquelle elle ne pourrait plus vivre, désormais.

— Je veux t'emmener chez toi en Floride, murmura-t-il en ponctuant ses propos de tendres baisers sur son visage. Ce week-end.

— Pourquoi ?

— Il est temps que je rencontre tes parents, tu ne crois pas ? Je veux que ton père sache que mes intentions envers toi sont des plus honorables.

— C'est vrai, ça ?

— Oui. Je veux lui demander ta main.

Elle se sentit flotter dans un tourbillon de bonheur.

— Tu veux m'épouser ?

Il rit doucement.

— Au plus vite. On ne va pas voler la vedette à Stern et Jo, mais j'ai l'intention de te voir devenir Mme Adrian Westmoreland avant la fin de l'année. Finis, les faux-semblants. Notre amour est trop vrai pour l'inventer.

Il l'embrassa de nouveau. Elle allait crier son bonheur jusqu'au bout de cette nuit qui n'était qu'à eux.

# Épilogue

— Stern, tu peux embrasser la mariée.

Sous une salve de cris et d'applaudissements, Stern prit Jo dans ses bras. Trinity ne voulait pas pleurer, mais elle avait du mal à contenir ses larmes. Jo était une mariée rayonnante, et l'amour qu'elle partageait avec Stern semblait flotter autour d'eux comme une aura protectrice.

Le mariage avait lieu au cœur des montagnes Rocheuses, dans le pavillon de chasse de Stern. Cependant, grâce à Alpha, la femme de Riley, organisatrice d'événements pleine de talent, l'endroit avait été transformé en un décor somptueux. Stern et Jo voulaient un mariage au grand air, et le choix de leur lieu préféré s'était imposé naturellement. Une excellente décision, pensa Trinity en admirant le buffet campagnard.

— Je te manque ? murmura à son oreille une voix terriblement masculine.

Avec ses frères et ses cousins, Adrian avait été l'un des garçons d'honneur du marié.

Elle se tourna avec un sourire, qui se changea aussitôt en une moue faussement outrée.

— Mais tu n'es pas Adrian !

— Non ? fit-il d'un ton séducteur. Tu en es bien sûre ?

— Complètement ! Il est où, mon futur mari ?

— Il m'a envoyé te chercher. Il t'attend vers l'étang.

Elle allait partir, mais l'expression troublée d'Aidan l'arrêta. En suivant son regard, elle tomba sur Pam qui discutait avec ses trois jeunes sœurs, Jillian, Nadia et Paige, qui étaient aussi belles que leur grande sœur.

— Aidan ? Quelque chose ne va pas ? demanda-t-elle.

— Non, tout va bien, répondit-il avec un sourire sans joie. Je dois y aller, excuse-moi.

Elle mit plus de temps que prévu pour arriver à l'étang, obligée de s'arrêter à plusieurs reprises pour remercier ceux qui se réjouissaient de ses fiançailles avec Adrian. La plupart avaient aussi voulu admirer la magnifique bague qu'il lui avait offerte. Ils avaient prévu de se marier à Bunnell, sa ville natale, et ensuite ils habiteraient chez Adrian. Leur future maison dans Westmoreland Country — Adrian's Cove — était déjà en cours de construction.

L'homme de sa vie l'attendait au bord de l'eau. Il ouvrit les bras et elle accourut. Il l'embrassa.

— Heureuse ?

— Je ne savais pas qu'on pouvait l'être autant.

C'était la vérité.

Quand les détails de sa plainte pour harcèlement avaient été publiés dans la presse, les Belvedere, comme de juste, avaient engagé un prestigieux avocat qui avait clamé l'innocence de son client. Peine perdue, car d'autres femmes, elles aussi victimes de Belvedere, s'étaient unies à Trinity pour le poursuivre en justice. Elles étaient douze pour l'instant, Keisha en attendait d'autres.

Casey Belvedere ne pouvait plus exercer la médecine et son frère s'était retiré de la course électorale. Des associations pour la défense des droits des femmes appelaient à boycotter les produits laitiers Belvedere. La fortune familiale en subissait les conséquences.

Adrian lui prit la main et ils marchèrent sur la rive. Il avait besoin d'un moment de douceur avec sa fiancée ; depuis quelques mois, entre le procès et les fiançailles, ils n'avaient pas eu tellement de temps pour eux.

— Adrian ?

— Oui, mon amour ?

— Il se passe quelque chose entre Aidan et l'une des sœurs de Pam ?

— Qu'est-ce qui te fait dire ça ?

Elle raconta la scène dont elle avait été témoin.

— Oui, il est amoureux de Jillian depuis des années. Personne ne le sait, et il ne faut surtout pas que Pam et Dillon l'apprennent. Ils ont eu une aventure clandestine… qui s'est finie l'année dernière.

— Pourquoi ?

Il lui raconta le peu qu'il savait de la situation.

— Tu crois qu'ils vont réussir à recoller les morceaux ? demanda-t-elle. Ils feraient un si beau couple…

— Ils vont y arriver.

Son assurance la surprit.

— Comment peux-tu en être si sûr ?

Il s'arrêta et l'entoura de ses bras.

— Je connais mon frère, et je sens sa détermination. Jillian va avoir affaire à forte partie. Il est prêt à tout pour la reconquérir. Mais assez parlé de choses compliquées…

Et il lui donna un très long baiser, tout simplement.

Retrouvez prochainement,
dans votre collection

# PASSIONS

**Un chalet pour s'aimer, de Brenda Jackson - N°1025**

Persuadée qu'il l'avait trahie, Leslie s'est tenue éloignée de Sloan durant dix longues années. Or maintenant qu'elle connaît son erreur, elle n'a qu'une envie : le revoir ! Alors que, le cœur battant, elle vient le trouver pour lui demander de sauver son entreprise, Sloan laisse éclater sa rancœur : il l'aidera à la condition qu'elle passe une semaine avec lui dans son chalet isolé. Une proximité que Leslie redoute, car elle pourrait raviver entre eux la flamme du désir…

**Ce rancher si troublant, de Joanne Rock**

Enfin ! Après des mois d'enquête, Sierra a retrouvé le père du bébé abandonné à Royal ! Colt Black, un rancher très séduisant, est le premier surpris par sa paternité. Aussi Sierra accepte-t-elle de lui prêter secours, quand il lui demande d'emménager chez lui pour l'aider à s'occuper de son fils. Mais cette cohabitation se révèle vite dangereuse pour son cœur, en raison des sentiments qu'elle sent naître pour Colt et son enfant…

---

**Irrésistibles retrouvailles, d'Yvonne Lindsay - N°1026**

Kristin est sous le choc : le nouvel avocat de sa famille n'est autre que Jackson Jones, son premier amour, l'homme qui lui a brisé le cœur onze ans plus tôt ! Alors qu'elle voudrait pouvoir célébrer l'hiver et Noël en toute sérénité, la voilà contrainte de travailler en bonne entente avec lui, tiraillée entre son envie de l'affronter et celle de succomber au désir qu'il lui inspire encore, contre toute raison…

**Une famille pour Merry, de Teresa Southwick**

Merry a trouvé l'emploi idéal. Elle est la nourrice de Wren, une adorable petite fille de six ans. Son seul problème : elle est attirée par Hunter, le père de l'enfant. Si elle parvient peu à peu à faire fondre le cœur de cet homme ombrageux en remplissant sa maison de biscuits, de couronnes de gui et de l'esprit de Noël, elle doit se montrer prudente. En effet, bien qu'elle n'ait aucun avenir avec Hunter, elle se prend à rêver d'appartenir à sa famille…

## Charmée par son rival, de Cat Schield - N°1027

Nolan Thurston, son pire ennemi, est de retour à Royal... Pour Chelsea, c'est l'occasion de le charmer afin de lui soutirer des informations au sujet du conflit financier qui oppose leurs familles depuis toujours. Ainsi, elle prouvera à son père qu'elle est la digne héritière du ranch familial ! Mais, alors qu'elle se rapproche de Nolan, Chelsea sent naître de tendres sentiments pour lui et s'interroge. Une relation est-elle seulement possible entre elle et son rival ?

## Le premier Noël de son fils, de Christine Rimmer

Karin refuse d'épouser Liam uniquement pour le bien de leur bébé à naître ! Elle souhaite une relation amoureuse véritable et durable, pas une union de convenance. Aussi s'est-elle montrée très claire avec Liam : il devra lui prouver qu'il partage les sentiments qu'elle éprouve pour lui, s'il veut une famille pour le premier Noël de leur fils...

---

## Les amants de Catamount, de Joanne Rock - N°1028

Série : De retour à Catamount 2/3

Après sa rupture douloureuse avec Ryder, Jessamyn n'a jamais remis les pieds à Catamount. Pourtant, l'héritage de sa grand-mère la pousse aujourd'hui à y revenir... et à revoir son premier amour. Bouleversée par ces retrouvailles, Jessamyn se laisse rapidement emporter par le désir sans penser aux conséquences. Une folie qui prend toute son ampleur quand elle se découvre enceinte...

## Mariés avant minuit, de Fiona Brand

*Marié d'ici minuit.* C'est la seule manière pour Damon Wyatt de toucher l'héritage de son grand-oncle. Acculé, il propose à la hâte un mariage arrangé à Jenna Beaumont, son ancienne amante qu'il n'a jamais oubliée. Si tout se passe comme prévu, tous deux se sépareront dans deux mois. Mais la vie est pleine de surprises et l'attirance de Damon pour Jenna si incontrôlable qu'il est bientôt prêt à briser toutes les règles de leur contrat...

**Prisonniers de la tempête, d'Andrea Laurence - N°1029**

SÉRIE : LES MARIÉES DE NASHVILLE 1/4

La règle d'or des associées de From this Moment, agence de *wedding planner*, est simple : rester professionnelles en toute circonstance… même quand le futur époux se trouve être votre ex-petit ami. Briana le sait bien, mais organiser le mariage de Ian lui brise le cœur. En tant que photographe de l'agence, elle s'occupera de la séance photo des fiancés, dans un chalet en montagne ! Hélas, aucun guide n'indique la conduite à tenir lorsque l'on se retrouve piégée par la neige avec l'homme qu'on a toujours aimé…

**Un serment inattendu, d'Andrea Laurence**

SÉRIE : LES MARIÉES DE NASHVILLE 2/4

Amelia doit bien se l'avouer : le dîner des anciens élèves de son lycée ne s'est pas terminé comme elle l'avait prévu ! Elle qui s'attendait à s'ennuyer, la voilà… mariée à Tyler, son meilleur ami de toujours ! Un mariage express à Las Vegas, sur un coup de folie. Depuis, sa vie est chamboulée. Pourquoi Tyler a-t-il disparu aussi brusquement, le lendemain de leur folle équipée ? Et, surtout, comment lui annoncer que leur nuit d'amour n'a pas été sans conséquence ?

---

**Un héritier pour les Calloway, de Kristi Gold - N°1030**

En acceptant de devenir la vétérinaire du ranch Calloway, Georgie savait qu'elle prenait une mauvaise décision : la voilà désormais obligée de côtoyer Austin, le seul homme qu'elle ait jamais vraiment aimé. Austin, qui l'a brutalement abandonnée après une nuit de passion… et qui la plonge aujourd'hui dans une colère noire en affirmant qu'il regrette son geste. Car ce qu'il ignore, c'est que l'étreinte torride qu'ils ont partagée n'a pas été sans conséquence…

**Le secret de Wolff Mountain, de Janice Maynard**

Lorsque Pierce apprend qu'il n'est pas le fils de son père et que toute sa vie repose sur un tissu de mensonges, il embauche Nikki Parrish, une avocate aussi belle que talentueuse, pour démêler le mystère de ses origines. La jeune femme, il en est sûr, l'aidera à trouver des réponses, si toutefois il parvient à réprimer le désir qu'elle lui inspire. Mais cette quête d'identité prend bientôt un tour inattendu, quand Pierce découvre de quelle illustre famille il est issu…